HEYNE
BÜCHER

MARY JO PUTNEY

TANZ DER ROSE

Roman

Aus dem Amerikanischen
von Alexandra von Reinhardt

WILHELM HEYNE VERLAG
MÜNCHEN

HEYNE ROMANE FÜR »SIE«
Nr. 04/329

Titel der Originalausgabe
ONE PERFECT ROSE

Umwelthinweis:
Das Buch wurde auf
chlor- und säurefreiem Papier gedruckt.

Deutsche Erstausgabe 4/2000

Printed in Germany 2000
Umschlagillustration: Oliviero Berni/Agentur Schlück
Umschlaggestaltung: Nele Schütz Design, München
Satz: Pinkuin Satz und Datentechnik, Berlin
Druck und Bindung: Elsnerdruck, Berlin

ISBN 3-453-15982-9

http://www.heyne.de

Für Pat Rice –
Mitarbeiter, Verbündeter und Freund.

Mein besonderer Dank gilt Michael Miller, der mir erzählt hat, wie man sich auf der Schwelle des Todes fühlt, und seiner Frau, Laurie Grant Miller, die ebenfalls viel zu dieser Geschichte beitrug.

Ich glaube heute genauso wie als Kind, daß das Leben eine Bedeutung, eine Richtung und einen Wert besitzt, daß kein Leiden sinnlos ist, daß jeder Blutstropfen und jede Träne zählen, und daß das Geheimnis des Lebens in den Worten des Apostels Johannes enthüllt wird: »Deus Caritas est« – »Gott ist Liebe«.

François Mauriac

PROLOG

London, 1794

Das Kind stand mucksmäuschenstill in der Gasse und ließ das junge Paar, das durch die heruntergekommene Hafenstraße schlenderte, nicht aus den Augen. Beide sahen so ganz anders aus als die Leute, die in dieser Gegend lebten: sie waren sauber gekleidet, hatten fröhliche Stimmen und lachten viel.

Und sie aßen Fleischpasteten! Der köstliche Geruch stieg dem kleinen Mädchen verführerisch in die Nase.

Der Gentleman, der ihr wie ein Riese vorkam, machte eine ausladende Geste, und dabei fiel ein großes Stück seiner Pastete auf die schmutzige Straße, ohne daß er es bemerkte.

Furcht hatte die Kleine gelehrt, geduldig auszuharren, bis das Paar sich etwas entfernte. Viel zu lange durfte sie aber auch nicht warten, denn sonst könnte ein Hund oder eine Ratte ihr den Leckerbissen wegschnappen. Sie huschte aus ihrem Versteck, sicherte sich die Beute und stopfte sie sich hastig in den Mund. Das Fleisch war noch warm, und es schmeckte besser als alles, was sie seit einer Ewigkeit ergattert hatte.

Als die Lady sich unerwartet umdrehte, erstarrte das Kind und hoffte inbrünstig, daß man es nicht entdecken würde. Es hatte sehr schnell gelernt, daß man unsichtbar bleiben mußte. Da waren böse Buben, die mit Steinen warfen, und da war der Böse Mann gewesen, der sie mit einer Wurst angelockt hatte: seine heißen Hände waren über ihren ganzen Körper geglitten, und sie hatte geglaubt, daß er sie aufessen wollte, aber er hatte sie schnell losgelassen, als sie ihn in die Zunge biß.

Er hatte sie verfolgt und schlimme Wörter gebrüllt, bis

sie durch eine Zaunlücke schlüpfte und sich in einem Abfallhaufen versteckte. Dort hatte sie die Wurst verschlungen, aber seitdem war sie ständig auf der Hut vor dem Bösen Mann und anderen Männern mit dem gleichen seltsamen Blick.

Die schöne dunkelhaarige Dame hob ihre Brauen und sagte lächelnd: »Wir haben einen kleinen Aasgeier auf den Fersen, Thomas!«

Es war ein freundliches Lächeln. Trotzdem wollte das kleine Mädchen sich in der Gasse verkriechen.

Die Lady ging in die Hocke, und jetzt konnte das Kind ihr in die blauen Augen schauen. »Du brauchst nicht wegzulaufen, Liebling! Ich teile gern mit dir.« Sie streckte ihre Hand mit dem Rest der Fleischpastete aus.

Die Kleine zögerte, weil sie sich daran erinnerte, daß auch der Böse Mann sie mit Essen einfangen wollte. Aber dies hier war eine Dame, und die Pastete roch *so* gut!

Sie griff gierig danach, wich einige Schritte zurück und kaute, ohne ihre Wohltäterin aus den Augen zu lassen.

»Armes Ding!« Die tiefe Stimme des Mannes, der Thomas hieß, hallte in der Gasse wider. »Die Eltern sollten ausgepeitscht werden, weil sie ein Kleinkind unbeaufsichtigt herumlaufen lassen!«

»Das Gör hat keine Eltern nich'«, ertönte eine heisere Stimme. »Schlägt sich schon 'n paar Monate allein hier in der Gegend durch.«

Das Mädchen erkannte die Stimme: das war die alte Frau mit den grauen Haarsträhnen, die tagaus, tagein in einem schattigen Torweg saß, eine Tonpfeife im zahnlosen Mund. Die alte Frau hatte ihr einmal etwas zu essen gegeben, und sie hatte nie Steine geworfen. Sie war nicht gefährlich.

Die schöne Lady runzelte die Stirn. »Ist das Kind ausgesetzt worden?«

»Nee, 's scheint 'ne Waise zu sein.« Die alte Frau zuckte gleichgültig mit den Schultern. »Ich hab' gehört, daß sie mit 'nem Schiff hergekommen ist, und die Frau, die bei ihr war, ist noch am Kai tot umgefallen. Ein Wachmann wollt' die Göre schnappen und ins Waisenhaus bringen, aber sie hat sich versteckt und schnorrt seit der Zeit wie 'ne Möwe hier rum.«

Die schöne Lady sah entsetzt aus. »O Thomas, wir können sie nicht hier lassen! Sie ist doch fast noch ein Baby – älter als drei Jahre ist sie bestimmt nicht!«

»Wir können sie nicht wie ein Kätzchen mitnehmen, Maria«, wandte der Gentleman ein, aber auch er schaute das Kind nachdenklich an.

»Warum nicht? Niemand scheint sie haben zu wollen. Vielleicht hat der liebe Gott unsere Schritte in diese Straße gelenkt, damit wir sie finden. Wir haben immer noch keine eigenen Kinder, obwohl wir doch wirklich unser möglichstes tun!« Einen Moment lang sah die schöne Dame traurig aus, dann drehte sie sich nach dem Kind um und breitete die Arme aus. »Komm her, Kleines! Wir werden dir nichts zuleide tun.«

Das Kind zögerte. Es hatte aus bitterer Erfahrung gelernt, daß man mißtrauisch sein mußte. Doch Maria erinnerte es an eine andere Dame – an eine Dame aus jener Zeit, als das Leben noch schön war, als es noch nicht hungrig, zerlumpt und schmutzig auf der Straße leben mußte. Früher … früher …

Das Bewußtsein der Kleinen hatte alle unerträglichen Bilder der Vergangenheit erfolgreich verdrängt. Sie schaute in die blauen Augen der Dame und las darin nicht nur Güte, sondern auch etwas anderes. Ein Versprechen?

Langsam einen Fuß vor den anderen setzend, schweiften ihre Blicke unruhig von der Dame zu dem Gentleman. Wenn er sich bewegt hätte, wäre sie weggelaufen, denn Männer stellten eine Bedrohung dar. Aber er stand ganz ruhig da, und seine Augen waren genauso blau und genauso freundlich wie die seiner Frau.

Sobald sie in Reichweite war, legte die Dame ihr liebevoll eine Hand auf den Kopf. »Du hast blonde Haare, stimmt's? Wenn sie sauber sind, müssen sie einen reizvollen Gegensatz zu deinen großen braunen Augen bilden. Hättest du gern eine neue Mama und einen neuen Papa, Liebling?«

Mama ... Papa ... Worte aus der fernen goldenen Vergangenheit! Die Kleine wog die Gefahr gegen ihr sehnsüchtiges Verlangen ab, und ihre Hoffnung besiegte die Furcht. Sie warf sich in die Arme der Dame.

Maria hob sie hoch. Ihre Arme waren warm und weich – wie die Arme jener anderen Dame, an die sie sich dunkel erinnern konnte. Warm und weich ... Sie fühlte sich geborgen.

»Mach dir keine Sorgen, Liebling«, murmelte Maria. »Thomas und ich mögen zwar in den Augen der Welt nicht ganz respektabel sein, aber es wird dir bei uns weder an Essen noch an Liebe fehlen.« Das Kind sah mit Verwunderung, daß die Dame Tränen in ihren blauen Augen hatte, als sie ihren Mann anschaute.

»Starr mich nicht so an, du irischer Wichtigtuer! Du hast doch ein genauso weiches Herz wie ich.«

»Ich glaube eher, daß wir beide unter Gehirnerweichung leiden«, kommentierte Thomas trocken. »Aber du hast recht – wir können sie nicht hier allein lassen, und je eher sie in eine warme Badewanne kommt, desto besser.« Er umfing die Hand des Kindes mit seinen eigenen großen warmen Händen. »Wie heißt du, Liebling?«

Bestürzt vergrub das Mädchen sein Gesicht in der Halsgrube der Dame, die so herrlich duftete wie Blumen nach einem Sommerregen.

Maria streichelte liebevoll ihren Rücken. »Ich glaube, wir werden ihr selbst einen Namen geben müssen. Hübsch wie eine Rosenknospe, und so tapfer! Stell dir vor, dieses winzige Geschöpf hat wochenlang auf der Straße überlebt!«

»Dann sollten wir sie Rosalind nennen, nach Shakespeares unerschrockenster Heldin«, schlug Thomas vor, während er dem Kind sanft die Hand drückte. »Heute ist dein Glückstag, kleine Rose.«

»Nein, Thomas.« Maria küßte die Schläfe des Kindes. »Es ist *unser* Glückstag!«

1. Kapitel

Ashburton Abbey, 1818

»Todkrank.«

Die Worte des Arztes hingen in der Luft, scharf und bedrohlich wie Skorpione. Stephen Edward Kenyon, fünfter Herzog von Ashburton, siebenter Marquis von Benfield – ein halbes Dutzend weiterer Adelstitel war nicht weiter erwähnenswert –, schwieg benommen, während er nach der medizinischen Untersuchung sein Hemd wieder anzog. Seine Gedanken kreisten um den Satz, so als könnte er auf diese Weise irgendwie abgemildert werden.

Sie sind todkrank. Er hatte gewußt, daß etwas nicht ganz in Ordnung war, aber mit einem Todesurteil hatte er wirklich nicht gerechnet. Der Arzt mußte sich irren. Gewiß, in den letzten Wochen hatten Stephens leichte Magenbeschwerden sich zu ungeheuer schmerzhaften Anfällen gesteigert. Doch sogar ein Geschwür konnte nicht lebensbedrohlich sein – oder doch?

Heilfroh über seine Fähigkeit, bei Bedarf eine undurchdringliche Miene aufzusetzen, knöpfte er sein Hemd zu. »Für einen Arzt ist das eine erstaunlich eindeutige Diagnose. Ich dachte, Sie und Ihre Kollegen würden unangenehme Wahrheiten lieber verschweigen.«

»Sie sind als ein Mann bekannt, der Ehrlichkeit zu schätzen weiß, Euer Gnaden.« Doktor George Blackmer konzentrierte sich darauf, alle Utensilien sorgfältig in seinem Arztkoffer zu verstauen. »Ich dachte, es wäre verantwortungslos, Ihren Zustand zu beschönigen. Ein Mann in Ihrer Position braucht Zeit, um … um alle Angelegenheiten zu ordnen.«

Stephen erkannte schockiert, daß der Arzt es wirklich ernst meinte, wandte aber trotzdem ein: »Das wird sicher nicht notwendig sein. Abgesehen von gelegentlichen Magenschmerzen fühle ich mich völlig gesund.«

»Ihr Zustand hat mir Sorgen bereitet, seit diese Schmerzen begannen, aber ich hoffte bis jetzt, daß meine Befürchtungen sich als falsch erweisen würden. Nach der heutigen Untersuchung bin ich mir jedoch völlig sicher.« Blackmers graugrüne Augen hatten einen bekümmerten Ausdruck, als er seinen Patienten ansah. »Sie haben Geschwülste an Magen und Leber. Es sind die gleichen Krankheitssymptome wie bei Ihrem Wildhüter, Mr. Nixon.«

Das war ein weiterer harter Schlag für Stephen. Nixon hatte sich innerhalb weniger Monate von einem kraftstrotzenden Naturburschen in ein schmerzgepeinigtes menschliches Wrack verwandelt, und sein Tod war qualvoll gewesen.

Noch nicht bereit, einen Blick in den Spiegel zu werfen, band der Herzog seine Krawatte aufs Geratewohl. »Und es gibt keine Behandlungsmethode?«

»Ich befürchte – nein.«

Stephen zog sein dunkelblaues Jackett an und glättete automatisch die Falten an den Ärmeln. »Wie genau ist Ihre Schätzung, daß mir noch sechs Monate bleiben?«

Blackmer zögerte. »Es ist schwierig, den Verlauf einer Krankheit genau vorherzusagen. Mindestens drei Monate, schätze ich … aber sechs Monate sind schon sehr … sehr optimistisch.«

Wenn diese Diagnose stimmte, so bedeutete das im Klartext, daß er an Weihnachten nicht mehr leben würde. Wahrscheinlich viel früher.

Natürlich könnte Blackmer sich irren, aber der Mann war ein allgemein respektierter und äußerst gewissenhafter Arzt. Als Findelkind hatte er es – in der Obhut des Kirchspiels – nicht leicht gehabt, aber der alte Herzog, Stephens Vater, war schließlich auf den begabten Jungen aufmerksam geworden und hatte ihm ein Medizinstudium ermöglicht. Aus Dankbarkeit betreute Blackmer die Kenyons mit besonderer Sorgfalt. Es war höchst unwahrscheinlich, daß er den Sohn seines Wohltäters mit einem Todesurteil konfrontieren würde, wenn er sich nicht hundertprozentig sicher wäre.

Stephen zwang sein betäubtes Gehirn, eine wichtige Frage zu formulieren. »Soll ich die Pillen, die Sie mir bei Ihrem letzten Besuch gegeben haben, weiterhin einnehmen, oder ist das jetzt sinnlos?«

»Nehmen Sie sie weiterhin ein. Ich habe einen größeren Vorrat mitgebracht.« Blackmer holte einen verkorkten Glasbehälter aus seiner Arzttasche. »Diese Pillen bestehen hauptsächlich aus Opium, das den Schmerz lindert, und aus Kräutern zur Reinigung des Blutes. Nehmen Sie mindestens eine am Tag ein – mehr, wenn Sie sich schlecht fühlen.«

Perfekte Umgangsformen waren dem Herzog so in Fleisch und Blut übergegangen, daß er das Medikament höflich entgegennahm. »Vielen Dank, Dr. Blackmer. Ich weiß Ihre Aufrichtigkeit zu schätzen.«

»Viele meiner Kollegen sind anderer Meinung, aber ich persönlich glaube einfach, daß Menschen das Recht haben sollten, sich mit dem Gedanken an ihren baldigen Tod vertraut zu machen.« Der Arzt ließ seine Tasche zuschnappen und erkundigte sich mit besorgter Miene: »Haben Sie noch irgendwelche Fragen, Euer Gnaden?«

Für einen zum Tode Verurteilten gab es keine wichtigen Fragen mehr. »Nein. Ich wünsche Ihnen einen schönen Tag, Doktor.« Stephen wollte an der Klingelschnur ziehen.

»Ich finde allein hinaus«, versicherte der Arzt hastig. Seine Miene war unergründlich, als er mit dem Koffer in der Hand zur Tür ging. »In zwei Wochen komme ich wieder.«

»Wozu?« Stephen konnte seine Gereiztheit nicht länger verbergen. »Weitere Untersuchungen dürften überflüssig sein, nachdem Sie selbst gesagt haben, daß Sie mir nicht helfen können.«

Blackmer verzog leicht das Gesicht. »Ich werde trotzdem nachfragen, wie es Ihnen geht. Nehmen Sie die Medizin und denken Sie daran, daß ich zu jeder Tages- und Nachtzeit für Sie da bin.« Mit gebeugten Schultern verließ der große Mann den Privatsalon des Herzogs.

Stephen stand regungslos mitten im Raum, während er die Worte des Arztes zu verarbeiten versuchte. Daß er in wenigen Monaten tot sein würde, kam ihm immer noch unmöglich vor. Um Himmels willen, er war doch erst sechsunddreißig! Nicht mehr blutjung, aber alles andere als alt und in bester Verfassung! Abgesehen von dem leichten Asthma, unter dem er als Junge gelitten hatte, war er immer kerngesund gewesen.

Tiefer Groll durchbrach allmählich seine Betäubung. Er wußte nur allzu gut, daß das Alter nicht ausschlaggebend war. Seine Frau Louisa war noch keine Dreißig gewesen, als ein Fieber sie dahingerafft hatte. Ihr Tod war ein schwerer Schock gewesen, aber sie hatte wenigstens nicht lange leiden müssen.

Stephens Blick fiel auf den großen Spiegel mit vergoldetem Rahmen, der über dem Kamin hing. Sein Spiegelbild hatte sich während der letzten Stunde nicht verändert: groß und schlank, kastanienbraunes Haar, markante Gesichtszüge, die er von Generationen arroganter Kenyons geerbt hatte. Doch vor einer Stunde war er ein Mann in der Blüte seines Lebens gewesen, der nach der Trauerzeit um seine Frau gerade von einem Neuanfang zu träumen begann.

Und jetzt war er ein zum Tode Verurteilter.

Wieder stieg Zorn in ihm auf, ein intensiver Groll, wie er ihn zuletzt als Fünfzehnjähriger empfunden hatte, als sein Vater ihm eröffnete, daß für ihn eine standesgemäße Heirat arrangiert worden war. Lady Louisa Hayward sei zwar noch ein Kind, verkündete der alte Herzog, aber sehr hübsch und wohlerzogen, so daß sie bestimmt eine perfekte Ehefrau und Herzogin abgeben würde.

Stephen hatte damals wütend protestiert, daß eine derart wichtige Entscheidung doch nicht einfach über seinen Kopf hinweg getroffen werden dürfe, doch seine Rebellion war von kurzer Dauer gewesen, weil sein Vater ihn niedergebrüllt hatte. Resigniert hatte er sich bereit erklärt, seinen Pflichten nachzukommen und Louisa zu heiraten.

Rückblickend mußte er seinem Vater wenigstens zur Hälfte recht geben: Louisa Hayward war zweifellos eine perfekte Herzogin geworden, auch wenn sie als Ehefrau nicht seinen Erwartungen entsprochen hatte.

Zum erstenmal seit Louisas Tod vor über einem Jahr betrat er ihre Suite, die an seine eigenen Räume grenzte.

Auch zu ihren Lebzeiten war er, ehrlich gesagt, nicht oft hier gewesen.

Das einzige, was in den makellos sauberen Zimmern noch an Louisa erinnerte, waren ihre herrlichen Handarbeiten: exquisit bestickte Kissen und Stuhlpolster. Wenn Stephen an seine Frau dachte, sah er sie ruhig dasitzen, den Kopf über einen Stickrahmen gebeugt. Offenbar war es ihr leichtgefallen, sich an die Regel zu halten, daß der Name einer Dame nur drei Mal in Zeitungen stehen dürfe: bei Geburt, Hochzeit und Tod.

Stephen schloß die Tür und kehrte in seinen eigenen Salon zurück. Nachdenklich betrachtete er Louisas Porträt, das eine Wand schmückte. Sir Anthony Seaton, Englands bester Porträtmaler, hatte nicht nur ihre porzellanene Schönheit auf die Leinwand gebannt, sondern auch den Hauch von Traurigkeit, der ihren Blick verschleierte.

Zum abertausendsten Mal fragte er sich, ob es hinter der perfekten Fassade irgendwelche starken Gefühle gegeben hatte. Leidenschaft, Zorn, Liebe, Haß – irgend etwas. Ihm war es jedenfalls nie gelungen, bei Louisa Emotionen hervorzurufen. In all den Ehejahren hatte es zwischen ihnen keinen heftigen Wortwechsel gegeben.

Sie hatte bedauert, daß die Ehe kinderlos blieb, aber nur, weil sie das als Pflichtversäumnis betrachtete. Im Gegensatz zu Stephen sehnte sie sich nicht nach Kindern. Trotzdem hatte sie ihre Schuldigkeit getan und ihn regelmäßig in ihr Bett eingeladen, obwohl Lust für sie ein Fremdwort war.

Würde Louisa im Jenseits auf ihn warten? Oder blieb das Menschen vorbehalten, die sich geliebt hatten? Sie waren bestenfalls Freunde gewesen. Man konnte es auch negativer ausdrücken – sie hatten als Fremde nebeneinanderher gelebt.

Er trat ans Fenster und ließ seinen Blick über die liebliche Landschaft schweifen. Weiche Hügel, Wiesen und Felder, der kleine See, der wie ein Silberspiegel glänzte ... Von klein auf hatte er gewußt, daß Ashburton Abbey eines Tages ihm gehören würde, und er hing mit ganzem Herzen an diesem Besitz.

Wenn Blackmer recht hatte, würde Stephens jüngerer Bruder Michael demnächst der Grundherr sein. Daß Michael oder dessen Sohn den Herzogstitel erben würden, hatte er längst akzeptiert – aber er hatte geglaubt, das läge noch in ferner Zukunft!

Sein Bruder würde einen gerechten und fähigen Herzog abgeben, weil er äußerst pflichtbewußt war. Doch Michael haßte Ashburton Abbey von jeher, was kein Wunder war, nachdem man ihn zum Sündenbock der Familie abgestempelt hatte. Er würde zweifellos auch weiterhin auf seinem heißgeliebten walisischen Gut leben, wofür Stephen volles Verständnis hatte. Nichtsdestotrotz bedauerte er zutiefst, daß die Abtei leer stehen würde, bis eine künftige Generation sich für das alte Gemäuer, die prächtige Halle und den friedvollen Klostergarten begeisterte.

Stephen kochte jetzt vor Wut. Sein Leben lang war er allen Pflichten nachgekommen, hatte sich redlich bemüht, seiner Position gerecht zu werden und Verantwortung zu tragen. In Harrow und Cambridge war er ein glänzender

Schüler und Student gewesen, der sich aber auch beim Sport hervortat. Mit großer Willenskraft hatte er gegen die Arroganz angekämpft, die sein Vater ihm als Kenyon anerziehen wollte, weil er persönlich der Meinung war, daß ein wahrer Gentleman auf Hochmut verzichten konnte. Er hatte seine Frau immer zuvorkommend und respektvoll behandelt, ihre Gefühlskälte nie beanstandet.

Er hatte sich an sämtliche Spielregeln gehalten – und wozu das alles? *Wozu?*

In seiner Verbitterung fegte er absichtlich eine Porzellanvase mit frischen Blumen von einem zierlichen Beistelltisch. Sie zerschellte auf dem Boden, und der Scherbenhaufen erinnerte ihn an sein Leben, das bisher so unbefriedigend verlaufen war. In letzter Zeit hatte er oft davon geträumt, als freier Mann einen Neuanfang zu wagen, der ihm mehr Glück bescheren würde – und nun sollte es dafür zu spät sein! Es war einfach nicht fair. Es war verdammt ungerecht!

Nachdem die langen Kriege endlich vorüber waren, hatte er Reisen geplant – nach Wien, Florenz und Griechenland. Er hatte vorgehabt, törichte Dinge zu tun, die Spaß bereiteten. Er hatte in Erfahrung bringen wollen, ob er zu leidenschaftlichen Gefühlen fähig war, und er hatte gehofft, eine Frau zu finden, die nicht nur eine perfekte Herzogin, sondern auch eine liebevolle Lebensgefährtin sein würde.

Zu spät!

Auch wenn er sich keiner Menschenseele anvertraute, würde sein Zustand sich nicht lange verheimlichen lassen. Bald würde er neugierigen Blicken ausgesetzt sein, und die Leute würden hinter seinem Rücken tuscheln, wieviel Zeit ihm wohl noch blieb. Noch unerträglicher würde das Mitleid sein. Hubble, sein Kammerdiener, würde bestimmt nur noch mit Tränen in den Augen arbeiten, die anderen Dienstboten würden lautlos durchs Haus huschen, und alle Nachbarn würden ihn wie ein rohes Ei behandeln.

Zum erstenmal in seinem Leben verspürte Stephen den Wunsch, Ashburton Abbey zu entfliehen. Verstört lief er im Zimmer auf und ab. Hier war er ›der Herzog‹ – ruhig, ausgeglichen, distanziert. Doch jetzt sehnte er sich danach, irgendwo ein Fremder zu sein, der Blackmers niederschmetternde Diagnose in Ruhe verarbeiten konnte. Er wollte anonym und *frei* sein, wenigstens für einige Wochen.

Was hinderte ihn eigentlich daran? Stephen blieb stehen und dachte darüber nach. Er konnte doch tun und lassen, was er wollte! Er war niemandem Rechenschaft schuldig! Es war August – die beste Jahreszeit, um gemächlich durch England zu reiten. Er könnte Jahrmärkte besuchen und hübsche Dorfmädchen bewundern, und er könnte in Gasthöfen übernachten, die seine Diener für den Herzog nie in Betracht ziehen würden.

Dies war höchstwahrscheinlich sein letzter Sommer.

Mit zugeschnürter Kehle eilte er in sein Schlafzimmer, riß eine Kommodenschublade auf und warf einige Garnituren Unterwäsche aufs Bett. Wenn er reiten wollte, konnte er nicht viel Gepäck mitnehmen. Was machten normale Menschen mit schmutziger Wäsche? Es dürfte ganz interessant sein, das während seiner Reise herauszufinden.

Sein Kammerdiener kam zur Tür herein. »Ich glaube, gehört zu haben, daß etwas zu Bruch gegangen ist, Euer Gnaden.« Hubble blieb wie angewurzelt stehen und starrte die Unordnung auf dem Bett mit großen Augen an. »Euer Gnaden?«

Stephen richtete sich auf. Wenn Hubble schon einmal hier war, konnte er sich auch nützlich machen. Das würde den Aufbruch erheblich beschleunigen. »Ich möchte Urlaub machen«, erklärte er selbstironisch. »Packen Sie meine Satteltaschen.«

Hubble warf einen skeptischen Blick auf die Kleidungsstücke. »Sehr wohl, Sir. Wohin geht unsere Reise?«

»*Unsere* Reise geht nirgendwohin. Ich mache mich allein auf den Weg.« Stephen legte einen abgegriffenen Band Shakespeare auf den Kleiderstapel – sein Lieblingsschriftsteller war der einzige, der ihn begleiten durfte.

Der Kammerdiener sah völlig verwirrt aus. Er war ein gutmütiger und fähiger Mann, aber für absurde Späße hatte er kein Verständnis. »Wer soll sich denn um Ihre Kleidung kümmern, Sir?«

»Das werde ich wohl selbst tun müssen.« Stephen öffnete eine Schreibtischschublade und nahm eine Geldsumme an sich, die für mehrere Wochen ausreichen würde. »Es wird eine interessante Erfahrung sein.«

Hubble zuckte bei der Vorstellung, daß sein Herr auf sich allein gestellt sein würde, merklich zusammen und wollte Einwände erheben, doch Stephen hinderte ihn daran. »Keine Diskussionen, keine Kommentare«, sagte er scharf. »Packen Sie und Schluß!«

Der Kammerdiener schluckte. »Sehr wohl, Sir. Welche Garderobe benötigen Sie?«

Stephen zuckte mit den Schultern. »Nur ganz schlichte Sachen. Ich habe nicht vor, Bälle zu besuchen.« Er griff nach seinem goldenen Visitenkartenetui, legte es aber sofort in die Schreibtischschublade zurück. Wenn er anonym unterwegs sein wollte, benötigte er keine Visitenkarten.

Er setzte sich an den Schreibtisch und formulierte einige Sätze an seinen Sekretär und an seinen Verwalter: beide sollten ihren üblichen Pflichten nachkommen. Er überlegte, ob er auch seinem Bruder und seiner Schwester schreiben sollte, entschied dann aber, daß er das auch später noch tun konnte.

Hubble packte währenddessen die Satteltaschen, und als er fertig war, fragte er mit gedämpfter Stimme: »Wohin soll ich dringende Botschaften schicken, Euer Gnaden?«

Stephen versiegelte seine Schreiben. »Nirgendwohin. Ich will nicht mit irgendwelchen Nachrichten belästigt werden.«

»Aber, Sir …«, wollte Hubble protestieren, verstummte jedoch unter dem grimmigen Blick seines Herrn und erkundigte sich demütig: »Wie lange werden Sie auf Reisen sein?«

»Keine Ahnung«, erwiderte Stephen freimütig. »Ich komme zurück, wann mir danach zumute ist.«

Einer Panik nahe, murmelte Hubble: »Sir, Sie können doch nicht einfach davonlaufen …«

»Ich bin der Herzog von Ashburton«, entgegnete Stephen mit einer gewissen Verbitterung. »Ich kann tun, was ich will!« Nur nicht leben …

Als er seinen Arm unter die prallen Satteltaschen schob, fiel ihm ein, daß er etwas vergessen hatte. Blackmers Pillen paßten gerade noch hinein.

Ohne Hubbles Dienste in Anspruch zu nehmen, trug er sein Reisegepäck selbst ins Freie. Er wußte nicht, wieviel Zeit ihm noch blieb, aber er wollte jede Minute davon genießen.

2. *Kapitel*

»Rose!« rief Maria Fitzgerald. »Mein linker Flügel fällt fast ab!«

»Sofort, Mama«, antwortete Rosalind. Rasch befestigte sie ein Ende der langen Stoffbahn an den rauhen Brettern der Stallwand. Das glänzende blaugraue Material ließ sich, verschieden drapiert, vielseitig verwenden: als Vorhang in einem Königspalast, als nebelverhangene Meeresoberfläche oder – wie jetzt – als Kulisse für Prosperos Zauberzelle. Nachdem sie das andere Ende etwa sechs Meter entfernt angebracht und ihr Werk begutachtet hatte, eilte sie ihrer Mutter zu Hilfe.

In der Scheune herrschte hektisches Treiben, während die *Fitzgerald Theater Troupe* letzte Vorbereitungen für die Vorstellung traf, die in wenigen Minuten beginnen würde. Obwohl sie Shakespeares *Der Sturm* in einem abgelegenen Marktflecken aufführten, und obwohl das halbe Ensemble aus Laienschauspielern bestand, waren alle mit Feuereifer bei der Sache.

Einer der silbrigen Flügel, die zu Marias Kostüm gehörten, drohte tatsächlich abzufallen. Rosalind holte Nadel und Faden aus ihrem Handwerkskästchen und befahl: »Dreh dich um!«

Ihre Mutter wandte ihr gehorsam den Rücken zu, damit sie den Schaden reparieren konnte. Marias üppige weibliche Kurven entsprachen bestimmt nicht Shakespeares Vorstellung vom zarten Luftgeist Ariel, aber das hauchdünne fließende Gewand riß alle männlichen Zuschauer zu Begeisterungsstürmen hin, und sie war eine so großartige Darstellerin, daß sie in jeder Rolle brillierte.

Ein Dutzend schneller Stiche genügte, um den losen Flügel am Mieder festzunähen. »Du bist so gut wie neu, Mama. Paß nur auf, daß du nicht in die Lüfte entschwebst!«

Während ihre Mutter kicherte, jammerte plötzlich ein heller Sopran: »Rose, ich brauche dich ganz dringend! Ich kann Mirandas Halskette nicht finden.«

Rosalind verdrehte zwar die Augen zur Decke, erhörte aber das Flehen ihrer jüngeren Schwester. Jessica, eine leibliche Tochter von Thomas und Maria Fitzgerald, hatte die Schönheit und theatralische Ader ihrer Eltern geerbt. Mit ihren dunklen Wimpern klimpernd, verkündete sie dramatisch: »Wenn ich meine glänzenden Meeresfrüchte nicht umhängen habe, werden alle Blicke nicht auf mich, sondern auf Edward gerichtet sein, und das bringt dann das ganze Stück aus dem Gleichgewicht.«

Rosalind lachte. »Du weißt doch genau, daß alle Männer entweder Mama oder dich anstarren werden. Aber soviel ich weiß, liegt deine Kette in der Truhe.«

Jessica wühlte in dem Requisit herum, das Prosperos Zelle schmückte, und zog eine fast drei Meter lange Seidenschnur heraus, an der vergoldete Muscheln, Seepferdchen und Seesterne baumelten. »Ja, da ist sie! Sagenhaft, wie du dir das alles merken kannst.«

»Untalentierte Menschen müssen wenigstens über ein gewisses Organisationsgeschick verfügen«, sagte Rosalind trocken, während sie die Kette um die schlanke Gestalt ihrer Schwester schlang.

»Blödsinn!« widersprach Jessica vehement. »Du besitzt alle möglichen Talente. Ohne dich käme unsere Truppe nie zurecht.«

Sie musterte Rosalind, die viel größer, aber genauso schlank wie sie selbst war. »Es liegt nur an diesem gräßlichen Kostüm, daß die Männer dich nicht angaffen.«

»Auf dieses Vergnügen kann ich gern verzichten.« Rosalind steckte die lange Kette vorsichtshalber am Kleid fest, damit Jessica nicht wieder über einen Seestern stolperte wie in Leominster. Damals war sie auf dem Schoß des Bürgermeisters gelandet, der sie am liebsten nicht wieder losgelassen hätte. »Außerdem mag ich dieses gräßliche Kostüm. Du mußt zugeben, daß Caliban eine perfekte Rolle für mich ist, weil sie wenig schauspielerisches Können erfordert.«

Jessica schaute betroffen drein. Der mangelnde Ehrgeiz ihrer Adoptivschwester war ihr völlig unbegreiflich. »Du bist doch eine gute Schauspielerin«, versicherte sie aus Loyalität. »Du kommst mit allen möglichen Rollen gut zurecht.«

»Ich beherrsche meinen Text, und ich falle auf der Bühne nicht über meine eigenen Füße«, schmunzelte Rosalind. »Aber eine richtige Schauspielerin bin ich deshalb noch lange nicht.«

»Rosalind!« Ein dröhnender Bariton scheuchte Tauben von den Dachbalken auf. »Hilf mir bei der Beleuchtung.«

»Ich komme, Papa.«

Thomas Fitzgerald, der schon sein Kostüm des Zauberers Prospero trug, plagte sich auf der improvisierten

Bühne mit dem Rampenlicht ab. Rosalind rückte die reflektierenden Öllampen ein wenig zurecht. »So – dann sind die Ecken besser ausgeleuchtet.«

»Du hast natürlich wie immer recht, mein Liebling.« Thomas lächelte seiner Tochter stolz zu, bevor er auf die Stalltür deutete. »Brian sagt, daß viele Leute draußen ungeduldig auf Einlaß warten.«

»Natürlich – für Fletchfield sind wir der Höhepunkt dieses Sommers!«

Während ihr Vater sich entfernte, betrachtete Rosalind die mit Stroh bestreute Bühne. Die simple Kulisse war fertig, und alle Schauspieler waren kostümiert. Draußen machte Calvin in breitem Cockney-Dialekt Reklame für die Aufführung. Alles war in Ordnung.

Wie oft hatte sie das schon miterlebt – ein paar tausendmal? Mindestens … Sie unterdrückte einen Seufzer. Den größten Teil ihres Lebens hatte sie auf solchen improvisierten Bühnen verbracht und Kleinstädtern einen aufregenden Abend beschert – und am nächsten Tag war sie mit der Truppe in den nächsten Ort gezogen. Vielleicht wurde sie mit achtundzwanzig allmählich zu alt für dieses Herumvagabundieren. Die Begeisterung ihrer Adoptiveltern war zwar immer noch ungebrochen, aber als Vollblutschauspieler konnten die beiden sich kein Leben ohne Theater vorstellen. Rosalind Jordan – Findelkind, Witwe und ›Inspizientin‹ – schlüpfte hingegen eher notgedrungen in alle möglichen Rollen und träumte manchmal von einem eigenen Zuhause.

Was sie allerdings immer wieder für das ermüdende Tingeln entschädigte, war die Tatsache, daß sie tagaus, tagein von geliebten Menschen umgeben war. Das rief sie sich auch jetzt ins Gedächtnis, bevor sie laut befahl: »Alle auf ihre Plätze!«

Das Ensemble eilte hinter die Paravents aus Sperrholz, die als provisorische Kulissen dienten. Nachdem auch Rosalind ihren Platz eingenommen hatte, gab sie ihrem kleinen Bruder Brian ein Zeichen, daß er jetzt die

Türen öffnen und das wartende Publikum einlassen durfte.

Der Zauber konnte beginnen ...

Tag 83

Eine Woche ziellosen Umherreisens hatte Stephens erste Wut über den unerwarteten Schicksalsschlag verfliegen lassen. Zorn und Angst machten allmählich der glühenden Hoffnung Platz, daß Bleckmer sich doch geirrt haben könnte, obwohl zwei schlimme Schmerzanfälle eher auf die Richtigkeit der Diagnose hindeuteten. Glücklicherweise waren es nächtliche Attacken gewesen, die er in seinem Gasthofzimmer allein hinter sich brachte. Er hoffte inbrünstig, daß ihm die Demütigung eines Anfalls in aller Öffentlichkeit erspart bleiben würde, obwohl das auf Dauer eher unwahrscheinlich war. Vorläufig versuchte er den Gedanken an eine solche Schmach zu verdrängen.

Mit bitterer Ironie hatte er beschlossen, die Tage seines Lebens rückwärts zu zählen. Von mindestens drei Monaten ausgehend, hatte er bei neunzig begonnen. Sollte er den Tag Null noch erleben, würde er von da ab nach vorne rechnen und jeden neuen Tag als Geschenk empfinden.

Mit der unerbittlich tickenden Uhr im Hinterkopf war er von Ashburton Abbey aus nach Norden geritten, durch das Grenzgebiet zwischen England und Wales, wo jahrhundertelang erbitterte Kämpfe geführt worden waren. An der alten Römerstraße, die entlang der Südküste nach Wales führte, hatte er sein Pferd gezügelt und überlegt, ob er seinem Bruder einen Besuch abstatten sollte. Michael war Soldat gewesen und hatte dem scheinbar unausweichlichen Tod unzählige Male ins Auge blicken müssen.

Doch Stephen war noch nicht bereit, sich seinem Bruder anzuvertrauen, vielleicht weil er der Ältere war. Obwohl sie in den letzten anderthalb Jahren Freunde geworden waren, wollte er bei Michael nicht als furchtsamer Bittsteller auftauchen. Die Arroganz seiner Vorfahren hatte er zwar abgelegt, aber ein gewisser Stolz war ihm geblieben.

In gemächlichem Tempo war er statt dessen durch Herefordshire geritten und dann nach Osten abgebogen. Er genoß die Bilder und Gerüche des Spätsommers, und es war eine interessante neue Erfahrung, selbst die Kosten für ein Zimmer oder ein Essen auszuhandeln. Als Gentleman wurde er überall höflich behandelt, doch da er sich nirgends als Herzog zu erkennen gab, fehlte die übliche übertriebene Ehrerbietung, die ihm immer lästig gewesen war.

Trotzdem war es eine einsame Reise. Manchmal kam er sich wie ein Geist vor, der Sterbliche zwar beobachten, aber nicht an ihrem turbulenten und oft kindisch anmutenden Treiben teilnehmen konnte. Wahrscheinlich war es höchste Zeit, nach Hause zu reiten und seine Pflichten als Herzog wieder wahrzunehmen. Es gab noch so viel zu tun: er mußte sein Testament auf den neuesten Stand bringen, er mußte einige unwiderrufliche Anordnungen treffen, bevor sein Bruder den Besitz übernahm, und er mußte mehrere Personen über seinen baldigen Tod informieren.

Vor allem wollte er seine ältere Schwester Claudia besuchen. Sie hatten in den letzten Jahren kein enges Verhältnis gehabt, aber er würde sie trotzdem gern noch einmal sehen. Bevor es endgültig zu spät war, könnten sie ja vielleicht doch noch zueinanderfinden.

Gewitterwolken brauten sich zusammen, als er die Kleinstadt Fletchfield erreichte. Weil es sinnlos wäre weiterzureiten, nur um bis auf die Haut naß zu werden, musterte er die Fassaden der beiden Gasthöfe an der Hauptstraße und entschied sich wegen der farbenfrohen Blumenkästen an den Fenstern für den *Red Lion*.

Stephen mietete ein Zimmer und wollte gerade nach oben gehen, als er an der Wand einen Theaterzettel entdeckte. Die ›berühmte Fitzgerald-Truppe‹ würde heute abend hier in Fletchfield Shakespeares *Der Sturm oder Die bezauberte Insel* aufführen. Stephen war von jeher ein Theaterliebhaber, und die Geschichte vom Herzog, der mit seiner Tochter auf einer Insel im Exil leben mußte und magische Kräfte besaß, gehörte zu seinen Lieblingsstücken. Doch was mochten viertklassige Schauspieler daraus machen?

»Taugt diese Truppe etwas?« fragte er den Gastwirt.

»Nun, ich weiß natürlich nicht, was ein Gentleman wie Sie davon halten würde«, erwiderte der Mann vorsichtig, »aber wir mögen diese Leute. Sie kommen jeden Sommer hier vorbei, und alle freuen sich auf ihre Aufführungen, weil die Stücke immer spannend sind.« Er grinste. »Außerdem gibt's da ein paar verdammt attraktive Weiber, und manchmal bekommt man von denen mehr als nur einen zarten Fußknöchel zu sehen!«

Nach großer Kunst hörte sich das zwar nicht an, aber es würde eine willkommene Abwechslung sein. Nachdem Stephen sich etwas ausgeruht und eine Kleinigkeit gegessen hatte, trat er wieder auf die Hauptstraße hinaus. Es war ein schwüler Augustabend, doch das ferne Donnergrollen versprach baldige Abkühlung.

Das provisorische Theater am Stadtrand war leicht zu finden, weil viele Einwohner von Fletchfield ebenfalls dorthin unterwegs waren. Einige warfen dem Fremden neugierige Blicke zu, aber die meisten schenkten ihm in ihrer Vorfreude auf das wichtige Ereignis kaum Beachtung.

Vor der Scheune, wo die Aufführung stattfinden sollte, standen schon fünfzig oder sechzig Personen herum. Ein fuchsartiger kleiner Mann mit Cockney-Dialekt verkaufte die Eintrittskarten. Für einen Shilling erhielt man eine Holzscheibe mit eingraviertem ›F‹, die man später abgeben mußte, um eingelassen zu werden. Zwischen

Loge und Parkett brauchte sich hier niemand zu entscheiden!

Während Stephen sich geduldig anstellte, um seine Karte zu kaufen, beobachtete er zwei ältere Damen. Sie waren schäbig, aber peinlich sauber gekleidet, und ihre Ähnlichkeit wies sie als Schwestern aus. Die Kleinere sagte lebhaft: »Ich gebe ja zu, daß es viel Spaß machen würde, aber wir können uns die zwei Shilling einfach nicht leisten!«

Die größere Schwester, die weichere Gesichtszüge hatte, seufzte sehnsüchtig. »Ich weiß, Fanny, ich weiß ... Essen ist wichtiger als ein Theaterstück. Trotzdem – vor fünf Jahren, als die Hühner so gut legten und wir ein bißchen Geld übrig hatten, war *Romeo und Julia* ein unvergeßliches Erlebnis!«

»Sinnlos, darüber zu grübeln.« Fanny, die dominierende der beiden Schwestern, packte die andere am Ellbogen. »Gehen wir nach Hause und trinken eine Tasse Himbeerblättertee.«

Stephen war an der Reihe, seine Karte zu kaufen. Impulsiv gab er dem Mann drei Shilling und erhielt drei Holzscheiben. Er bahnte sich einen Weg durch die Menge und holte die Schwestern mühelos ein. »Entschuldigen Sie bitte, meine Damen«, sagte er mit einer höflichen Verbeugung, »könnten Sie einem Ortsfremden vielleicht einen Gefallen erweisen?«

Fanny musterte ihn skeptisch. »Haben Sie sich verirrt?«

Er schüttelte den Kopf. »Ich wollte mir mit zwei Freunden die Aufführung anschauen, habe aber soeben erfahren, daß sie nicht kommen können. Würden Sie vielleicht einspringen?« Stephen hielt ihnen zwei Scheiben hin.

»O Fanny!« rief die größere Schwester mit leuchtenden Augen.

»Können Sie die Karten denn nicht zurückgeben?« knurrte Fanny.

»Der Verkäufer sieht nicht besonders liebenswürdig aus«, entgegnete Stephen. »Ich möchte mich lieber nicht auf einen Streit mit ihm einlassen.«

Während Fanny überlegte, ob sie dieses Angebot annehmen durfte, schweifte ihr Blick zwischen dem Fremden und dem hoffnungsvollen Gesicht ihrer Schwester hin und her, und ihre Augen verrieten, daß sie Stephen durchschaut hatte. »Vielen Dank, Sir. Sie sind sehr freundlich ...« Sie streckte ihre Hand aus. Für sich selbst hätte sie eine milde Gabe bestimmt zurückgewiesen, doch sie wollte ihre Schwester nicht um das seltene Vergnügen bringen.

»Ich habe *Ihnen* zu danken, Madam.« Stephen überreichte ihr die beiden Holzscheiben, verbeugte sich noch einmal und ließ die Schwestern diskret allein, erfüllt von einem warmen Glücksgefühl. Er spendete alljährlich Tausende von Pfund an die Kirchengemeinde und alle möglichen Wohltätigkeitsorganisationen, ob sie nun Soldatenwitwen unterstützten oder Schulen für Arbeiterkinder einrichteten. Doch das alles geschah auf Distanz: Er brauchte nicht einmal die Überweisungen persönlich zu unterschreiben. Diesen beiden verarmten Damen mit zwei Shilling aus seiner eigenen Tasche geholfen zu haben war befriedigender als alles, was er in der Vergangenheit anonym geleistet hatte. Vielleicht sollte er seine Menschenfreundlichkeit in Zukunft persönlicher gestalten.

Seine Hochstimmung verflog, als ihm einfiel, daß er nicht mehr viel Zeit hatte, um seine Gewohnheiten zu ändern. Trotzdem beschloß er, in den wenigen Monaten, die ihm noch blieben, einige Witwen und Schulen zu besuchen, nicht um Dankesbezeigungen zu hören, sondern um selbst dafür dankbar zu sein, daß es ihm vergönnt war, Menschen in Not zu helfen.

Ein zehn- oder elfjähriger lebhafter Junge ließ die Stalltüren weit auffliegen, und der Kartenverkäufer brüllte: »Treten Sie ein, meine Damen und Herren! *Der Sturm* wird gleich beginnen.«

Das aufziehende Gewitter untermalte seine Worte durch ein Donnergrollen, was allgemeines Gelächter auslöste. Die Menge drängte in die Scheune, gab die Holzscheiben ab und erhielt im Gegenzug Programmzettel. Ein scharfer Geruch verriet, daß hier normalerweise Kühe untergebracht waren. Man hatte rohe Holzbänke aufgestellt, und das Rampenlicht bestand aus einem halben Dutzend Öllampen, die den Zuschauerraum von der improvisierten Bühne trennten.

Den beiden Schwestern gelang es, Plätze in der ersten Reihe zu ergattern. Die Bänke füllten sich sehr schnell, und viele – so auch Stephen – mußten sich mit Stehplätzen begnügen. Ihm kam diese Lösung ganz gelegen. An die rechte Scheunenwand gelehnt, spürte er einen kühlen Luftzug, und außerdem könnte er unauffällig verschwinden, falls die Aufführung unerträglich sein sollte.

Das Publikum fieberte dem Beginn der Vorstellung entgegen, und Stephen wurde von der erwartungsvollen Stimmung angesteckt. Sogar unter diesen primitiven Bedingungen ging vom Theater eine magische Wirkung aus. Obwohl er in jedem wichtigen Londoner Theater eine Loge belegte, hatte er sich seit Jahren nicht mehr so auf ein Stück gefreut, und er hoffte von ganzem Herzen, daß die Schauspieler annehmbar sein würden.

Ein metallisches Dröhnen – künstlicher Donner – hallte durch die Scheune und ließ einige ängstliche Frauen zusammenzucken. Während künstliche Blitze die Bühne erhellten, tauchten zwei Seeleute aus den Kulissen auf und redeten aufgeregt über den Sturm und den drohenden Untergang des Schiffes.

Ihre adligen Passagiere gesellten sich zu ihnen und beklagten den scheinbar unausweichlichen Tod durch Ertrinken. Nachdem alle die Bühne verlassen hatten, herrschte sekundenlang tiefes Schweigen. Dann traten Prospero und seine bezaubernde junge Tochter Miranda auf. Beide hatten dunkle Haare und strahlendblaue Augen. Stephen warf einen Blick auf seinen Programmzettel: Thomas und Jessica Fitzgerald, höchstwahrscheinlich auch im wirklichen Leben Vater und Tochter.

Die Schauspielerin war eine Schönheit und wurde vom Publikum mit lautem Applaus und anerkennenden Pfiffen begrüßt. Miranda schenkte ihren Bewunderern ein süßes Lächeln, wartete, bis wieder Ruhe eintrat, und sprach ihre ersten Sätze mit einer kristallklaren Stimme, die mühelos die ganze Scheune erfüllte.

Gleich darauf erscholl Prosperos mächtiger Bariton. Eindringlich erklärte er seiner Tochter, daß er einst Herzog von Mailand und sie eine Prinzessin gewesen war. Stephen stemmte sich überrascht von der Wand ab und lauschte fasziniert. Die beiden Fitzgeralds waren großartig! Man fühlte sich aus der primitiven Scheune in die Zelle des Zauberers entrückt. Besser konnte diese Szene an keinem großen Theater gespielt werden.

Ariels Auftritt veranlaßte die männlichen Zuschauer zu neuen begeisterten Pfiffen, und Stephen konnte ihnen daraus keinen Vorwurf machen, denn der Luftgeist wurde von einer reifen Frau mit üppigen Kurven verkörpert. Maria Fitzgerald – vermutlich Thomas' Frau und Jessicas Mutter – hatte eine melodische Stimme und glänzte in der Rolle des unsichtbaren Wesens, das dem Magier treu dient, obwohl es viel lieber völlig frei wäre.

Mit verschränkten Armen lehnte Stephen sich wieder an die Wand und versank entspannt in dieser Zauberwelt. Die Natur trug Blitz, Donner und trommelnden Regen bei, um die Illusion einer fernen bezauberten Insel perfekt zu machen.

Obwohl die übrigen Schauspieler nicht so talentiert wie die drei Fitzgeralds waren, erbrachten sie doch beachtliche Leistungen. Das zottige Affenkostüm des Ungeheuers Caliban rief lautes Gelächter hervor. Wer sich unter dem unförmigen Kostüm verbarg, ließ sich nicht einmal erahnen, doch Calibans schwerfälliges Umhertrampeln erntete viel Applaus. Der attraktive junge Mann, der den glühenden Liebhaber Ferdinand spielte, war bestenfalls mittelmäßig begabt, wurde aber vom weiblichen Publikum angeschmachtet.

Der Sturm wurde nicht zu Shakespeares besten Werken gerechnet. Trotzdem hatte Stephen eine besondere Vorliebe für dieses Stück, in dem Prospero seinem Bruder Antonio einen zwölf Jahre zurückliegenden Mordversuch verzeiht. Stephen war überzeugt, daß die Welt diesen Willen zur Versöhnung dringend benötigte. Auch zwischen ihm und seinem jüngeren Bruder hatte eine tiefe Kluft aus jahrelang angestauten Mißverständnissen gegähnt, aber es war ihm gelungen, sie zu überbrücken, und dadurch hatte sein Leben eine wesentliche Bereicherung erfahren.

Als die Liebenden endlich vereint waren, als Prospero sein Zauberbuch im Meer versenkt und Ariel aus seinen Diensten entlassen hatte, fühlte Stephen sich so wohl wie seit Tagen nicht mehr. Die Fitzgerald-Truppe hatte ihm einen unerwarteten Genuß beschert, und nach Prosperos Epilog applaudierte er genauso begeistert wie die anderen Zuschauer.

Nacheinander kamen die Schauspieler aus den Kulissen hervor und verbeugten sich, Jessica mit charmanter Koketterie, ihre Mutter Maria mit geradezu fürstlicher Würde.

Caliban nahm seinen zottigen Affenkopf ab und entpuppte sich als attraktive junge Frau mit dunkelblonden Haaren. Sie war zwar nicht so schön wie Jessica Fitzgerald, aber ihr lachendes Gesicht wirkte so sympathisch, daß Stephen den Wunsch verspürte, sie näher kennenzulernen.

Als sie einen Blick in seine Richtung warf, sah er ihre dunkelbraunen Augen, die einen reizvollen Kontrast zu den hellen Haaren bildeten. Sie war um einiges älter als Jessica – Mitte oder Ende Zwanzig. Eine Frau, kein Mädchen.

Er schaute auf den Programmzettel: Caliban wurde von Mrs. Rosalind Jordan gespielt. Ein Mr. Jordan schien nicht zum Ensemble zu gehören. Während die Schauspieler sich zurückzogen, träumte Stephen einen Moment lang davon, dies wäre London, und er wäre ein gesunder Mann. Dann könnte er in die Künstlergarderobe gehen und diese lachende Blondine treffen, um festzustellen, ob sie tatsächlich ein so gewinnendes Wesen hatte und welche Figur sich unter dem plumpen Kostüm verbarg.

Doch dies war nicht London, und er war kein gesunder Mann. Wenn man ums Überleben kämpfen mußte, hatte man kein Interesse an amourösen Abenteuern. Leben Sie wohl, Lady Caliban ...

Die Truppe würde jetzt noch einen Einakter präsentieren, aber Stephen hatte genug vom Rauch und Gestank des improvisierten Theaters. Er bahnte sich einen Weg zur Tür und trat ins Freie. Das Gewitter war vorüber, die Luft erfrischend kühl, und der Sprühregen störte ihn nicht. Die Tage waren im August noch lang, und die dunstige Dämmerung verwandelte Fletchfield in eine Märchenlandschaft.

Begierig atmete er auf der leeren Hauptstraße die köstlichen Gerüche von nasser Erde, blühenden Blumen und frischgebackenem Brot ein. Er genoß die Feuchtigkeit auf seiner Haut und die schillernden Regentropfen, die allem eine überirdische Schönheit verliehen. Die einzige positive Auswirkung von Blackmers düsterer Prognose bestand darin, daß Stephen sich seltsamerweise lebendiger fühlte als jemals zuvor.

Seine impulsive Reaktion auf Rosalind Jordan hatte ihn daran erinnert, daß er zwar ein Sterbender sein mochte, aber noch nicht tot war. Wie sollte ein Mann sich unter diesen Bedingungen verhalten? Vor dem Todesurteil des Arztes hatte er vorgehabt, sich nach einer neuen Frau umzuschauen. Manche Leute würden vermutlich sagen, es sei seine Pflicht, unverzüglich zu heiraten, um vielleicht doch noch einen Erben zu zeugen. Sein Bruder Michael wäre entzückt, wenn es dazu käme.

Doch aus seiner langen Ehe mit Louisa waren keine Kinder hervorgegangen, und das mußte nicht an ihr gelegen haben. Es konnte genausogut möglich sein, daß er selbst kein neues Leben zu erschaffen vermochte. Oder waren freudlose körperliche Vereinigungen nicht dazu geeignet, etwas so Vitales wie ein Baby zu produzieren?

Bei der bloßen Vorstellung, kaltblütig aus dynastischen Gründen zu heiraten, preßten sich seine Lippen zu einer schmalen Linie zusammen. Er war einmal eine Pflichtehe eingegangen, und diesen Fehler würde er um nichts in der Welt wiederholen.

Dann vielleicht eine Affäre? In London gab es genügend schöne Frauen, die einem Mann bereitwillig Leidenschaft vorgaukeln würden, wenn er sie gebührend entlohnte.

Aber wollte er so etwas? Die einsamsten Stunden seines Lebens hatte er in Louisas Bett verbracht, weil all seine Bemühungen, wenigstens einen Funken Lust in ihr zu wecken, erfolglos blieben. Käufliche Liebe könnte genauso trostlos sein, speziell jetzt, da die Leidenschaft nicht im Vordergrund seines Denkens stand.

Nein, lieber würde er so sterben, wie er gelebt hatte – allein. Viele Männer und Frauen hatten das in Würde getan. Bestimmt konnte auch er es schaffen.

Es regnete stärker, und er hob sein Gesicht mit geschlossenen Augen zum Himmel empor. Während die kühle Flüssigkeit ihm über die Wangen lief, dachte er an einige Zeilen aus dem Stück, das er soeben gesehen hatte: ›Fünf Faden tief liegt Vater dein, Sein Gebein wird zu Korallen.‹

Oder waren die Worte aus dem Begräbnisgottesdienst passender: ›Asche zu Asche, Staub zu Staub‹?

Ashburton zu Asche – was für ein hübsches Wortspiel!

Mit grimmiger Miene setzte Stephen seinen Weg durch den herrlichen Regen fort. Er fühlte sich unendlich einsam.

3. Kapitel

Thomas Fitzgerald schaute mißmutig aus dem Fenster der Wirtsstube. Draußen regnete es in Strömen. »Den *Sturm* während eines richtigen Unwetters aufzuführen war zwar sehr stimmungsvoll, aber dafür sind die Straßen heute morgen kaum befahrbar.«

Rosalind blickte von dem Kostüm auf, das sie stopfte. »Stimmt, doch der Regen hört vermutlich bald auf, und bis Redminster sind es ja nur acht oder neun Meilen.«

»Wir werden den ganzen Tag für diese kurze Strecke benötigen«, knurrte Thomas.

Maria beugte sich über den Frühstückstisch und schenkte ihrem Mann den letzten Rest Tee ein. »Was würdest du denn sonst mit der Zeit anfangen, mein Herr und Gebieter?«

Thomas grinste ihr schelmisch zu. »Wir könnten in diesem gemütlichen Gasthof bleiben, und ich würde dir zeigen, welches der beste Zeitvertreib an einem Regentag ist. Statt dessen werde ich den Wagen aus dem Morast schieben müssen!«

Maria klimperte unschuldig mit ihren langen dunklen Wimpern. »Vielleicht sollten wir noch einmal in unser Zimmer gehen, damit du es mir wenigstens in Kürze zeigen kannst. Dazu müßte die Zeit reichen, nachdem die Jugend ja noch nicht einmal gefrühstückt hat.«

»Benehmt euch, ihr zwei!« befahl Rosalind, während sie Aloysius, den Wolfshund der Familie, der unter dem Tisch lag, eine halbe Scheibe Toast zusteckte. »Bei diesem Wetter müssen wir so schnell wie möglich aufbrechen. Und denk daran, Papa, deine ältesten Sachen anzuziehen, wenn du durch den Morast zu stapfen gedenkst.«

»Dieses Mädchen hat nicht den geringsten Sinn für Romantik«, murrte Thomas.

»Das ist auch gut so«, kommentierte Rosalind trocken. Als sie den Faden vernähte, schwebte Jessica ins Zimmer.

»Guten Morgen«, sagte sie mit einem schmachtenden

Seufzer. »Wollen die Eltern uns wieder einmal einer peinlichen Zurschaustellung ehelicher Liebe aussetzen?«

»Sieht fast so aus.« Rosalind schnitt den Faden ab und verstaute ihr Nähzeug. »Wer bist du heute morgen – Julia?«

Jessica ließ sich anmutig auf einen Stuhl sinken. »Ja. Ich glaube, ich werde vor Liebe sterben! Habt ihr gestern abend den absolut göttlichen Gentleman im Zuschauerraum gesehen? Er stand an der Wand – so lässig und selbstbewußt! Und dann seine Kleidung – er ist bestimmt ein Lord! Wir werden eine Affäre miteinander haben.«

»Untersteh dich!« rief ihre Mutter energisch. »Du bist noch nicht zu alt für eine ordentliche Tracht Prügel, junge Dame!«

Jessica ließ sich von dieser leeren Drohung nicht beeindrucken. »Seine Lordschaft wird mich bewundern und mir zu Füßen liegen, aber ich werde seine Avancen zurückweisen. Von Liebe verzehrt, wird er mir trotz des Standesunterschieds einen Heiratsantrag machen, aber ich werde sagen, daß ich die Bühne niemals verlassen würde, um das langweilige Leben einer Dame der Gesellschaft zu führen. Völlig niedergeschmettert, wird er an unerwiderter Leidenschaft sterben.«

Der Mann war auch Rosalind aufgefallen – ein so gut aussehender, hochgewachsener Mann würde jeder Frau auffallen und sie zum Träumen bringen. Nur hatten sie an diesem Morgen für Tagträume keine Zeit. »Der Bursche dürfte eher ein Anwalt als ein Lord sein«, bemerkte sie nüchtern. »Vielleicht ist er auch nur ein erfolgreicher Kornhändler. Iß deine Eier, bevor Brian auftaucht und alles verschlingt, was nicht niet- und nagelfest ist.«

Jessica stand kichernd auf, gab ihre affektierte Pose auf und nahm sich etwas Herzhaftes zum Frühstück. »Wetten, daß man Julia nie befohlen hat, ihre Eier zu essen, bevor ihr kleiner Bruder sie ihr wegschnappen würde?«

»Wenn Brian ihr Bruder gewesen wäre, hätte sie sich freiwillig beeilt!« Rosalind verstaute das Gewand, das sie genäht hatte, in der Kostümtruhe. »Wenn man vom Teufel spricht …«

Auf der Treppe waren schnelle Schritte zu hören, die abrupt in lautes Gepolter übergingen. Rosalind runzelte die Stirn und wollte aufspringen, doch da kam ihr kleiner Bruder schon zur Tür herein. Er war ein typischer Fitzgerald, mit dunklen Haaren und strahlendblauen Augen, aber jetzt war er sehr blaß und hielt mit der linken Hand sein rechtes Handgelenk fest. »Ich bin gestürzt und habe mir das Handgelenk gebrochen, glaube ich.«

Es war in dieser Familie sehr schwierig, zwischen Wahrheit und Fantasie zu unterscheiden. Trotzdem eilten Rosalind, ihre Eltern und sogar Aloysius auf den Jungen zu, für den Fall, daß er sich ernsthaft verletzt haben sollte. Brian schrie vor Schmerz auf, als Rosalind sein Gelenk abtastete. »Es dürfte eine leichte Verstauchung sein«, erklärte sie. »Ich mache dir einen Verband, dann ist in ein, zwei Tagen alles wieder in Ordnung. Das wird dir hoffentlich eine Lehre sein, auf Treppen nicht zu rennen.«

»Heute werde ich keine Rechenaufgaben lösen können«, meinte Brian hoffnungsfroh.

»O doch, du kannst und wirst sie lösen«, sagte Thomas streng. »Zum Rechnen braucht man nämlich den Kopf und nicht die Hände.«

»Stimmt nicht, Papa – Brian braucht seine Finger zum Zählen«, provozierte Jessica ihren Bruder.

»Ist nicht wahr!« rief Brian beleidigt. »Du warst es doch, die Algebra nie kapiert hat!« Mit der linken Hand schaufelte er sich die restlichen Eier auf einen Teller, wobei Aloysius ihm aufmerksam zuschaute.

Jessica legte den Kopf zur Seite, was sie perfekt beherrschte. »Eine Bühnengöttin braucht keine Algebra. Es genügt völlig, daß ich unsere Einnahmen nach einem einzigen Blick in den Zuschauerraum ziemlich genau schätzen kann.« Rosalind rollte mit den Augen. »Ich hole das Verbandszeug, während ihr zwei euch streitet.« Sie ging zur Tür. Weil Brian als lebhafter Zehnjähriger ein ausgesprochenes Talent besaß, sich irgendwelche Blessuren zuzuziehen, packte sie den Erste-Hilfe-Kasten immer zuoberst ein, um ihn sofort zur Hand zu haben. Von der Schwelle aus warf sie noch einen Blick auf ihre Familie, und ihr Herz schwoll vor Liebe. Zum abertausendsten Mal dankte sie dem Schicksal, das Thomas und Maria in jene schmutzige Hafenstraße geführt hatte, wo die beiden Schauspieler in unvergleichlicher Großzügigkeit beschlossen hatten, einem Bettelkind ein neues Zuhause zu geben. Rosalind hatte nur ein paar vage alptraumhafte Erinnerungen an die Zeit auf der Straße, aber an ihre erste Begegnung mit den Fitzgeralds erinnerte sie sich in allen Einzelheiten. Selbst wenn sie hundert Jahre alt würde – die Güte, die sie als völlig verschüchtertes Kleinkind in Marias Augen entdeckt hatte, würde sie niemals vergessen.

Ihr fielen plötzlich mit Schrecken erste Spuren des Alters an ihren Eltern auf. Beide waren immer noch attraktiv, aber ihre dunklen Haare waren mit Silberfäden durchzogen. Sie gingen auf die Fünfzig zu, und das Leben einer Wandertruppe war hart. Wie lange würden sie diesen Strapazen noch gewachsen sein? Und was sollte aus ihnen werden, wenn das ewige Tingeln ihnen einfach zuviel wurde? Jetzt lebten sie in bescheidenem Komfort, aber sie hatten kaum Ersparnisse, denn Kostüme, Wagen, Gagen und Übernachtungen kosteten viel Geld.

Nicht daß Thomas sich jemals Sorgen machte: er besaß ein unerschütterliches Gottvertrauen, das Rosalind nicht zu teilen vermochte, weil sie bezweifelte, daß der Herr sich für die Finanzlage der Fitzgeralds interessierte.

Leise schloß sie die Tür. Vielleicht würde Jessica ja den großen Durchbruch auf den Londoner Bühnen schaffen und so berühmt werden, daß sie ihre Eltern im Alter unterstützen konnte. Das nötige Talent besaß sie zweifellos, und es fehlte ihr auch nicht an Ehrgeiz. Auch Brian zeigte schon heute beachtliche schauspielerische Fähigkeiten und könnte eines Tages sehr erfolgreich sein. Jedenfalls waren nur die beiden leiblichen Kinder der Fitzgeralds imstande, ihnen einen unbeschwerten Lebensabend zu sichern, denn Rosalinds eigene Begabung war mehr als bescheiden – besser gesagt, kaum vorhanden.

Seufzend stieg sie die Treppe zu dem kleinen Zimmer hinauf, das sie mit ihrer Schwester geteilt hatte. Sie spürte es in den Knochen, daß irgendwelche Veränderungen eintreten würden. Natürlich hatte sie immer gewußt, daß die Familie nicht ewig zusammenbleiben würde. Jessica machte zwar nur Spaß, wenn sie von stürmischen Romanzen mit gutaussehenden Fremden schwärmte, aber es war doch ein Hinweis darauf, daß ihre Gedanken um die Liebe kreisten. Bald würde sie einen Ehemann finden und mit ihm die Truppe verlassen. Rosalind konnte nur hoffen, daß ihre schöne Schwester in bezug auf Männer ein besseres Urteilsvermögen als sie selbst haben würde!

Tag 82

Der Regen hörte auf, bevor Stephen sein ausgiebiges Frühstück beendet hatte, und so beschloß er, den langen Heimritt nach Ashburton Abbey anzutreten. Die heftigen Magenschmerzen während der Nacht hatten ihm deutlich vor Augen geführt, daß es höchste Zeit war, diese egoistische Eskapade zu beenden und wieder seinen Pflichten als Herzog nachzukommen. Er hatte noch so viel zu regeln, in der Abtei ebenso wie in London.

Stephen ritt aus Fletchfield hinaus und überquerte eine steinerne Bogenbrücke über den Fluß, der fast parallel zu der Straße verlief, auf der er gestern in das Städtchen gekommen war. Der am Vortag so friedliche und idyllische Fluß hatte sich wegen der Wolkenbrüche über Nacht in einen reißenden Strom verwandelt. Er versuchte sich zu erinnern, ob es irgendwo auf der Strecke eine Furt gegeben hatte.

Nein, Fluß und Straße kreuzten sich nicht, worüber er heilfroh war, denn eine Furt zu durchqueren wäre bei diesen Wassermassen äußerst gefährlich.

Im Laufe des Vormittags brach die Sonne durch die Wolkendecke, und Stephen hielt an, um vom höchsten Hügel weit und breit aus die Landschaft zu bewundern. Das war Teil eines Versprechens, das er sich selbst gegeben hatte: in der wenigen Zeit, die ihm noch blieb, würde er nie zu beschäftigt sein, um einen schönen Ausblick zu genießen oder an einer Blume zu schnuppern. Es bereitete ihm eine bittersüße Freude, überall Dinge zu entdekken, die er früher kaum beachtet hatte.

Jetzt lag ihm eine typisch englische liebliche Szenerie zu Füßen: meilenweit verschiedenfarbige Felder und Wiesen, unterteilt durch blühende Hecken. Zur Rechten durchschnitt der Fluß die grünen Felder. Sein Bett war hier schmäler als bei Fletchfield, und die Strömung war noch reißender.

Stephens Blick schweifte über die Straße. Etwa eine halbe Meile vor ihm hatten eine Kutsche und vier Wagen am Rand angehalten, weil der letzte Wagen im Morast steckengeblieben war. Zwei Männer spannten die Pferde vom vorletzten Wagen aus, die helfen sollten, das andere Gefährt aus dem Dreck zu ziehen.

Irgend etwas an den Gestalten, die sich aufgeregt um die Wagen scharten, kam Stephen bekannt vor. Bei näherem Hinsehen stellte er fest, daß es die Fitzgerald-Theatertruppe war. Die Leute mußten früh aufgebrochen sein, wenn sie es schon so weit geschafft hatten. Thomas Fitzgerald erteilte selbst die Befehle, ein Junge schlenderte auf den Fluß zu, und die Frauen spazierten müßig am Wegrand auf und ab, wobei ihnen ein zottiger Hund Gesellschaft leistete.

Nur eine der Damen versuchte sich nützlich zu machen. Stephen lächelte, als er Rosalind Jordan an ihren blonden Haaren erkannte, die nicht unter einer Haube versteckt waren. Von ihrer Figur war leider wieder nicht viel zu sehen, weil sie sich in ein weites Umschlagtuch gehüllt hatte. Es würde jedoch eine ganze Weile dauern, den Wagen frei zu bekommen. Ihm blieb Zeit genug, die Reisenden einzuholen, ihnen höflich seine Hilfe anzubieten und dabei Lady Caliban aus der Nähe zu begutachten. Schmunzelnd trabte er auf Jupiter den Hügel hinab.

Die Stelle, wo die Straße eben wurde, war höchstens hundert Meter vom Fluß entfernt. Stephen runzelte die Stirn, als er sah, daß der dunkelhaarige Junge auf eine Weide kletterte, deren Äste sich über das schäumende Wasser bogen. Die Eltern sollten besser auf ihn aufpassen, obwohl das bei einem Burschen dieses Alters zugegebenermaßen nicht ganz einfach war.

Stephen wandte seine Aufmerksamkeit gerade wieder der Straße zu, als er ein Knacken und einen Schrei hörte. Sein Kopf schnellte in Richtung Fluß zurück. Entsetzt beobachtete er, wie der Ast, auf dem der Junge saß, sich bedenklich nach unten neigte, abbrach und das Kind mit sich in die Strömung riß.

Während Stephen auf das Ufer zugaloppierte, hallten ihm die gellenden Schreckensschreie der Truppe in den Ohren, und er sah aus dem Augenwinkel heraus, daß mehrere Männer zu dem Fluß rannten.

Aber sie würden zu spät kommen. Mit der Geschwindigkeit eines durchgegangenen Pferdes trieben die wilden Fluten den Jungen auf Stephen zu. Der kleine dunkle Kopf verschwand immer wieder im trüben Wasser. Entweder konnte der Junge nicht schwimmen, oder ihm fehlte die Kraft, gegen den tobenden Fluß anzukämpfen.

Nach Sekunden, die Stephen wie eine Ewigkeit vorkamen, erreichte er das Ufer und sprang vom Pferd. Ihm war klar, daß nur er das Kind vielleicht noch retten konnte, aber wie? Weil der Fluß an dieser Stelle ein Kornfeld durchschnitt, lagen nirgends abgebrochene Äste herum, die er dem Jungen hinhalten könnte. Und Jupiter war zwar ein prächtiger Hengst, aber wasserscheu. Es würde Stephen nicht gelingen, das Pferd schnell genug in den Strom zu treiben.

Noch bevor sein Gehirn die logische Schlußfolgerung aus diesen hektischen Überlegungen traf, warf Stephen sein Cape ab, schreckte jedoch vor dem entscheidenden Schritt zurück. Diese reißende Strömung könnte sogar einen Erwachsenen überwältigen, auch wenn er ein ausgezeichneter Schwimmer sein mochte. Stephen war kein Held. Wenn er den Jungen zu retten versuchte, würde er vermutlich selbst ertrinken. Er würde nicht erst in vier oder fünf Monaten sterben, sondern jetzt gleich, bei hellem Tageslicht, von Fremden beobachtet.

Nein, ich bin noch nicht auf den Tod eingestellt! Zur Salzsäule erstarrt, schossen ihm wirre Gedanken durch den Kopf.

Dann trieb ein Strudel das Kind wieder an die Oberfläche, und für den Bruchteil einer Sekunde trafen sich ihre Blicke. Das Entsetzen und die Verzweiflung im Gesicht des Jungen befreiten Stephen von seiner Lähmung. Zwei Schritte, dann ein flacher Hechtsprung. Das kalte Wasser war für seinen von der Sonne erwärmten Körper ein Schock, und er mußte sich Schlamm aus den Augen blinzeln. Mühsam kämpfte er gegen die Strömung an, aber immerhin kam er voran. Noch ein Dutzend kräftiger Schwimmstöße, dann müßte er die Flußmitte erreicht haben.

Stephen glaubte sich fast schon am Ziel, als der Junge plötzlich wieder unter Wasser verschwand. Jetzt blieb ihm nichts anderes übrig, als selbst zu tauchen, wobei er in der trüben Brühe ausschließlich auf seinen Tastsinn angewiesen war. Seine Finger berührten etwas, und er packte zu. Es war ein Handgelenk, und während er den kleinen Körper fester an sich zog, strapazierte er seine Beinmuskeln, um an die Oberfläche zu gelangen.

Der Junge schnappte verzweifelt nach Luft, als sie auftauchten, war zum Glück aber vernünftig genug, nicht wild um sich zu schlagen oder seinen Retter zu umklammern. Einen Arm um den schmalen Brustkorb geschlungen, steuerte Stephen mit dem freien Arm auf das Ufer zu, wodurch er natürlich noch langsamer als zuvor vorwärts kam. Ein im Wasser umherwirbelnder Ast prallte gegen seinen Hals, raubte ihm vorübergehend die Luftzufuhr und ließ seinen Kopf nach unten sinken. Er spürte, daß seine Kraftreserven fast erschöpft waren, daß er den Jungen kaum noch festhalten konnte. Doch das Ufer war nur noch etwa einen Meter entfernt, und diese kurze Strecke müßte er noch bewältigen können …

Jemand schrie eine Warnung, doch es war schon zu spät. Irgend etwas rammte Stephens Kopf mit betäubender Wucht, und er verlor das Bewußtsein.

4. Kapitel

Vor Anstrengung keuchend, hielt Rosalind mit den Männern der Theatertruppe Schritt, die über das Feld zum Fluß rannten, aber ihr war klar, daß sie Brian nicht rechtzeitig erreichen würden. Wenn nicht ein Wunder geschah, würde ihr kleiner Bruder vor ihren Augen ertrinken. Sie konnte nur ein stilles Stoßgebet zum Himmel schicken: *Lieber Gott, bitte laß ihn nicht sterben, bitte …*

Dann sah sie, daß ein Reiter von der Straße abbog und auf das Ufer zugaloppierte. Er sprang vom Pferd, warf sein Cape ab und hechtete in die reißende Strömung. Offenbar war er ein hervorragender Schwimmer, denn er näherte sich Brian, der hilflos in der Flußmitte trieb.

Neben ihr fluchte Calvin Ames – Kutscher, Kartenverkäufer und Mann für alles –, als Brian und der Mann unter Wasser verschwanden. »Dieser verdammte Narr! Sie werden beide ertrinken!«

»Nein!« rief Thomas entsetzt. Obwohl er mühsam

nach Atem rang und einen hochroten Kopf hatte, hetzte er weiter am Ufer entlang. »Wir werden sie retten! Wir *müssen* sie retten!«

Der Fremde tauchte mit Brian im Arm wieder auf. »Schaut nur!« schrie Rosalind. Im Widerstreit von Angst, Hoffnung und Dankbarkeit beobachtete sie, wie der freie Arm des Mannes kraftvoll durch das Wasser pflügte. Würde er es schaffen, sich mit Brian ans sichere Ufer zu retten?

Ihre Augen weiteten sich vor Schreck, als sie eine neue Gefahr erspähte: ein Baumstamm trieb mit hoher Geschwindigkeit auf die beiden zu. Sie brüllte eine Warnung, wußte aber schon, daß der Mann nicht mehr ausweichen konnte.

Der Baumstamm traf ihn ausgerechnet am Kopf, und er versank zusammen mit Brian.

Die nächsten Sekunden zogen sich unerträglich in die Länge. Dann kam der Mann erneut an die Oberfläche, und er hielt Brian immer noch umklammert. Und endlich war ihnen das Glück hold. Die Strömung hatte sie von den Feldern zu einem Wäldchen am Ufer getrieben, wo die untersten Weidenäste ins Wasser hingen. Einen dieser Äste bekam der Fremde zu fassen, aber ihm fehlte die Kraft, sich hochzuziehen.

Als die Schauspieler den Baum erreichten, bemerkte Rosalind, daß die Fluten fast die ganze Erde um die Wurzeln herum weggeschwemmt hatten. Es würde nicht einfach sein, Brian und seinen Retter vollends ans Ufer zu bringen.

Calvin hatte die Lage auf einen Blick erfaßt. »Ich bin am leichtesten – ich mach das.«

Auf einem dicken Ast, der höchstens einen halben Meter vom tosenden Wasser entfernt war, kroch er vorsichtig vorwärts, ohne auf das bedenkliche Knacken zu achten. Sobald er in Reichweite war, rief er: »Brian, streck mir die Hand entgegen!«

Der Junge hob den Kopf. Seine Augen waren glasig,

aber er packte Calvins rettende Hand und ließ sich ans Ufer ziehen.

Tränen liefen Thomas über das Gesicht, als er Brian in seine Arme riß. »Verdammt, wenn du noch einmal eine solche Dummheit begehst, ertränke ich dich eigenhändig!«

Am ganzen Leibe zitternd, vergrub der Junge seinen Kopf an der Brust seines Vaters.

Von einem Gefühl tiefer Dankbarkeit erfüllt, wandte Rosalind ihre Aufmerksamkeit dem Retter ihres Bruders zu, als Calvin rief: »Sir, brauchen Sie Hilfe?«

Es kam keine Antwort. Der Fremde hielt immer noch den Ast umklammert, gab aber kein Lebenszeichen von sich. Rosalind runzelte besorgt die Stirn. »Ich glaube nicht, daß er dich hören kann. Wahrscheinlich ist er völlig benommen.«

Sie riß die Schärpe von ihrem Kleid ab und drückte sie Calvin in die Hand. »Sichere ihn damit, bevor die Strömung ihn doch noch mitreißt.«

Calvin nickte, knotete ein Ende der Schärpe an seinem Arm fest, kroch wieder auf den Ast und schlang das andere Ende um den Oberkörper des Unbekannten. »Jeremiah, kannst du mir helfen? Für mich allein ist der Bursche zu schwer.«

Jeremiah Jones, ein großer, bedächtiger Mann, der Charakterrollen spielte und nebenbei die Pferde betreute, folgte ihm auf den Ast. Der Baum ächzte und neigte sich nach unten, hielt der Belastung jedoch stand. Mit vereinten Kräften zogen die beiden Männer den Fremden an Land. Zwei weitere Männer eilten ihnen zu Hilfe und legten ihn in sicherer Entfernung vom Fluß auf den Rücken.

Während Rosalind neben dem Retter ihres Bruders niederkniete, um ihn zu untersuchen, trafen die anderen Frauen am Schauplatz des Geschehens ein. Aloysius, der Wolfshund, sprang begeistert an dem verstörten Jungen hoch und leckte ihm das Gesicht ab, und

Maria schimpfte ihren Sohn schluchzend aus, preßte ihn aber gleichzeitig so fest an sich, als wollte sie ihn nie wieder loslassen.

Thomas überließ Brian der Obhut seiner Frau, gesellte sich zu Rosalind und musterte den bewußtlosen Mann mit gerunzelter Stirn. »Der mutige Bursche ist doch hoffentlich nicht ertrunken, oder?«

Sie schüttelte den Kopf. »Sein Puls ist kräftig, sein Atem ebenso. Leider hat der Baumstamm ihn voll erwischt.« Ihre Finger glitten behutsam durch das nasse dunkelbraune Haar und tasteten den Schädel ab. »Ich glaube nicht, daß er schwer verletzt ist, aber wir sollten ihn vorsichtshalber zu einem Arzt bringen, am besten nach Redminster. Wir könnten ihn in einen der Wagen betten und in die Stadt vorausfahren, ohne darauf zu warten, daß ihr den anderen Wagen frei bekommt. Braucht auch Brian einen Arzt?«

»M-Mir geht es gut«, stammelte ihr Bruder. »P-Paß gut auf diesen Gentleman auf, Rosie! Ich ... ich dachte, um mich wär's geschehen ...«

»Ja, wenn er nicht gewesen wäre ...« Thomas rang sichtlich um Fassung und mußte sich kräftig räuspern, bevor er Anweisungen erteilen konnte. »Calvin, hol das Pferd des Mannes! Jeremiah, lenk den Planwagen möglichst nahe heran! Rose, du fährst mit und kümmerst dich um ihn! Wir treffen uns später in Redminster, im Gasthof *Three Crowns.*«

Jessica trat neben ihre Schwester und betrachtete den Fremden. »Du lieber Himmel!« rief sie. »Das ist doch der attraktive Gentleman, der mir gestern abend bei der Aufführung aufgefallen ist!«

Erst jetzt schaute Rosalind dem Verletzten, dessen Kopfverletzung sie sorgfältig untersucht hatte, ins Gesicht.

»Ich glaube, du hast recht. Laß die Hände von dem armen Kerl, bis er wieder bei Bewußtsein ist und sich wehren kann, Jess!«

Verächtlich schnaubend, kniete Jessica neben Rosalind nieder. »Er ist vielleicht kein Lord, aber tapfer ist er allemal.«

Rose nickte zustimmend, ohne ihren Blick von dem Verletzten zu wenden. Seine markanten Gesichtszüge wirkten streng – sogar die vollen, sinnlichen Lippen schienen unter Kontrolle des harten Kinns zu stehen. Er schien daran gewöhnt zu sein, daß man ihm gehorchte, was nicht verwunderlich war, denn sogar die Stoffqualität und der perfekte Schnitt seiner Kleidung verrieten den Gentleman. Seltsamerweise bewiesen jedoch seine Muskeln und die harten Hände, daß ihm auch körperliche Arbeit nicht fremd war.

»Sollen wir nachschauen, ob er irgendwelche Papiere bei sich trägt?« fragte Jessica. »Bestimmt müßten wir jemanden über diesen Unfall benachrichtigen.«

Nach kurzem Zögern schüttelte Rosalind den Kopf. »Wenn es nicht unbedingt notwendig ist, möchte ich nicht in seinen Sachen herumwühlen. Sobald er zu Bewußtsein kommt, kann er uns selbst erzählen, wer er ist und ob wir seine Familie verständigen sollen.«

»Das wird das Geheimnis zunichte machen«, seufzte Jessica. »Wahrscheinlich stellt sich heraus, daß er ein humorloser Wichtigtuer mit Frau und acht Kindern ist!«

Möglicherweise ... Doch während Rose seine breiten Schultern in ihr Umschlagtuch hüllte, dachte sie, daß er für sie trotzdem immer ein Held bleiben würde.

Langsam kam Stephen wieder zu Bewußtsein. Er schwankte hin und her. Vielleicht ein Schiff? Nein, irgendein Fahrzeug. Er lag auf dem Rücken und konnte sich kaum bewegen. Außerdem hatte er Schmerzen ...

O Gott, war er etwa in einem Sarg gefangen? Hatte man ihn fälschlicherweise für tot erklärt? Er kannte viele unheimliche Geschichten über Leute, die lebendig begraben worden waren! Als er erschrocken die Augen aufriß, stellte er grenzenlos erleichtert fest, daß er sich in einem Planwagen befand. Kisten und Truhen schränkten seine

Bewegungsfreiheit erheblich ein, aber man hatte ihn auf einen weichen Strohsack gebettet und mit einer warmen Decke umhüllt.

Sein Kopf tat verdammt weh. Mit zittriger Hand wollte er ihn abtasten, wurde aber sanft daran gehindert. »Lassen Sie den Verband lieber in Ruhe«, riet eine weiche Altstimme. »Sie haben eine ganz schöne Beule abbekommen.«

Stephen blinzelte. Rechts neben ihm kniete Lady Caliban, besser gesagt, Mrs. Rosalind Jordan. Ein verirrter Sonnenstrahl fiel auf ihr blondes Haar und ließ es wie Gold, Bronze und Bernstein erstrahlen. Alle Farben des Herbstes ... Ihr Gesicht spiegelte genauso viel Humor und Intelligenz wider wie gestern abend nach der Vorstellung, doch neu und unerwartet war die Wärme in den dunkelbraunen Augen. Schier unglaublich, daß solche Freundlichkeit und Fürsorge ihm gelten sollte!

»Wie fühlen Sie sich?« fragte sie. Ihre Stimme erinnerte Stephen an erstklassigen Brandy – weich und zugleich kraftvoll. Ihre Augen erinnerten ihn an Schokolade, der zarte Teint glich einer köstlichen Sahnecreme ... Diese Frau rief Assoziationen zu allen möglichen Leckerbissen hervor.

Wenn er ihre simple Frage nicht bald beantwortete, würde sie ihn vermutlich für schwachsinnig halten. »Gut«, wollte er sagen, doch seine ausgedörrte Kehle brachte nur ein Krächzen hervor.

Lady Caliban griff nach einem Krug. »Nach allem, was Sie durchgemacht haben, hört es sich wahrscheinlich ironisch an, aber möchten Sie vielleicht etwas Wasser trinken?«

Als er nickte, goß sie etwas Wasser aus dem Krug in einen Zinnbecher und hielt ihm das Gefäß an die Lippen. Nachdem er es geleert hatte, verlagerte sie ihr Gleichgewicht auf die Fersen. »Wissen Sie, was passiert ist? Erinnern Sie sich an den Fluß?«

Stephen dachte schaudernd an die reißende Strömung

zurück, die ihn zu verschlingen drohte. »Was ist mit dem Jungen?«

»Brian geht es gut – besser als Ihnen! Er ist mein kleiner Bruder, und wir bringen Sie jetzt zu einem Arzt, um ganz sicher zu sein, daß Sie keine schweren Verletzungen davongetragen haben.«

»Danke«, murmelte er kaum hörbar.

»Wir müssen *Ihnen* danken. Meine ganze Familie wird Ihnen ewig dankbar sein.« Rosalind runzelte die Stirn. »Leben Sie in Fletchfield? Vielleicht hätten wir Sie dorthin bringen sollen, aber Redminster war näher.«

Stephen schüttelte den Kopf. »Ich lebe im ... im Westen des Landes«, brachte er mühsam hervor.

»Dann werden wir uns um Sie kümmern, bis Sie wieder reisefähig sind.« Sie legte ihre Hand auf die seine. »Ich bin Rosalind Jordan, und wie heißen Sie?«

»Ash...« Seine Kehle trocknete aus, bevor er Ashburton aussprechen konnte.

Rosalind Jordan legte den Kopf zur Seite. »Mr. Ashe?«

Bevor Stephen sie korrigieren konnte, geriet der Wagen in ein tiefes Schlagloch, und er wurde gegen eine Truhe geschleudert. Bevor er wieder ohnmächtig wurde, war er glücklich, daß Lady Caliban seine Hand hielt.

Er rannte auf einer Blumenwiese hinter einer lachenden Frau her. Ihre wehenden Haare schimmerten in allen Herbstfarben, und sie hatte eine herrlich weibliche Figur. Am Wiesenrand holte er sie ein, drehte sie zu sich herum und küßte sie. Ihr Mund schmeckte nach Walderdbeeren, ihre Finger glitten zärtlich durch sein Haar, und sie atmete immer schneller. Im nächsten Moment lagen sie beieinander, und die Frau reagierte leidenschaftlich auf seine Liebkosungen.

Er zog sie noch näher an sich heran und küßte sie wieder. Süße Walderdbeeren ... Und sie erwiderte seine glühenden Küsse.

Doch plötzlich stemmte sie sich von seiner Brust ab

und murmelte atemlos: »Es geht Ihnen offenbar viel besser.«

Stephens Traum verflog, und er schaute in bestürzte schokoladenbraune Augen, die nur wenige Zentimeter von den seinen entfernt waren. Er lag auf der Seite in einem Bett, und das dunkle Zimmer wurde nur von einigen Kerzen erhellt. Rosalind Jordan lag dicht neben ihm, mit wirren Haaren, halb lachend, halb bestürzt.

Am liebsten hätte er sie wieder geküßt, denn ihr lokkender Mund war verführerisch nahe, doch er rief sich streng zur Ordnung. Die Blumenwiese war nur ein schöner Traum gewesen ... »Mein Gott, es tut mir leid, Mrs. Jordan! Was ... was ist passiert? Wo bin ich?«

Auf einen Ellbogen gestützt, strich sie ihre Haare zurück. Sie lag voll bekleidet auf den Decken, in die er gehüllt war. »Als Krankenschwester tauge ich wirklich nicht viel«, murmelte sie verlegen. »Entschuldigen Sie bitte ... ich wollte mich nur ein bißchen ausruhen, und dann muß ich fest eingeschlafen sein.«

Sie gähnte hinter vorgehaltener Hand. »Entschuldigung, es war ein langer Tag. Wir sind im Gasthof *Three Crowns* in Redminster. Ein Arzt hat Sie untersucht und gesagt, Sie würden Kopfweh haben und ein paar Tage Ruhe brauchen, seien ansonsten aber nicht ernsthaft verletzt. Wie fühlen Sie sich?«

Stephen hoffte, daß seine Stimme sich normal anhören würde. »Der Arzt hatte recht, was das Kopfweh betrifft, doch ansonsten geht es mir gut, Mrs. Jordan.«

»Nennen Sie mich Rosalind – das tun alle.« Sie schenkte ihm ein herrlich sonniges Lächeln. »Formalitäten dürften nach jenem Kuß fehl am Platze sein.«

Während er errötend eine weitere Entschuldigung stammelte, stand sie gähnend auf. »Möchten Sie vielleicht etwas Suppe? Sie müßte noch warm sein, denn die Wirtin hat die Schüssel in einen mit Stroh ausgestopften Korb gepackt. Ein Krug Milch steht auch bereit, wenn Ihnen das lieber sein sollte.«

Obwohl er in letzter Zeit wenig Appetit gehabt hatte, verspürte er plötzlich einen Heißhunger. »Suppe wäre großartig!«

Vorsichtig setzte er sich auf, wobei ihm etwas schwindelig wurde, doch dieses Gefühl verflog, sobald er sich ans Kopfteil lehnte. Er fragte sich, wer ihm sein Nachthemd angezogen haben mochte. »Bilde ich es mir nur ein, oder ist diese Situation wirklich unanständig?«

Rosalind lachte. »Wahrscheinlich ist sie das, aber wir Theaterleute sind ziemlich unkonventionell.« Sie wurde plötzlich ernst. »Ich hätte Sie vielleicht warnen sollen, daß mein Vater Direktor der Fitzgerald-Theatertruppe ist.«

Ihre Miene verriet, daß man sie deshalb oft von oben herab behandelt hatte. Um sie wieder zum Lächeln zu bringen, sagte Stephen schnell: »Das weiß ich. Ich habe gestern in Fletchfield den *Sturm* gesehen. Es war eine großartige Aufführung.«

Rosalinds Mißtrauen verflog sofort. »Das finde ich auch. Als Prospero ist Papa einfach unübertrefflich. Es jagt mir immer einen kalten Schauer über den Rücken, wenn ich ihn sagen höre, daß er seine Diener entlassen und sein Zauberbuch versenken will.«

»Mir ging es gestern genauso. Ihr Vater hat perfekt zum Ausdruck gebracht, wie einem Menschen zumute sein muß, der auf seinen bisherigen Lebensinhalt verzichtet.« Weil Stephen befürchtete, daß seine Stimme verraten könnte, wie nahe ihm dieses Thema ging, schlug er einen leichteren Ton an. »Alle Schauspieler waren gut – besonders Miranda und Ariel. Und Sie sind der ungewöhnlichste Caliban, den ich je erlebt habe.«

Rosalind grinste. »In dem Affenkostüm kann jeder diese Rolle spielen. Heute abend hat Calvin, unser Kartenverkäufer, sie übernommen, weil wir Sie nicht der Obhut von Fremden überlassen wollten.«

Während sie Suppe in einen tiefen Teller schöpfte, bewunderte er ihre weiblichen Rundungen, die denen seiner Traumgestalt in nichts nachstanden. »Sie alle sind so freundlich«, murmelte er, weil ihm nichts Besseres einfiel.

»Das haben Sie auch verdient.« Rosalind überreichte ihm den Teller und einen Löffel. »Schließlich haben Sie Brian das Leben gerettet und dabei um ein Haar Ihr eigenes verloren. Sie sind ein Held!«

Stephen probierte die Suppe: Rindfleisch und Gemüse, sehr schmackhaft. »Nein, das bin ich nicht – als ich die reißende Strömung sah, war ich nahe daran, die Flucht zu ergreifen.«

»Aber Sie haben es nicht getan!« Rosalinds große dunkle Augen hatten einen warmen Schimmer. »Daß Sie Angst hatten und trotzdem Ihr Leben riskierten, macht Sie in meinen Augen zu einem noch größeren Helden.«

Ihre Bewunderung bereitete Stephen Unbehagen. Ein ohnehin nur in Monaten bemessenes Leben aufs Spiel zu setzen war keine Heldentat.

Sie schöpfte etwas Suppe in einen zweiten Teller und setzte sich auf einen Stuhl neben dem Bett. »Ihr Pferd ist übrigens hier im Stall gut untergebracht und wird von allen bewundert.« Ihre ausdrucksvollen Augen funkelten humorvoll. »Ihr Gepäck steht drüben in der Ecke. Ihre Reitstiefel haben das Bad leider nicht schadlos überstanden, aber Jeremiah, unser Lederexperte, trocknet sie fachmännisch und meint, daß Sie sie morgen wieder tragen können.«

Stephen zuckte mit den Schultern. Weil er sich von jeher kaufen konnte, was immer er wollte, bedeuteten Besitztümer ihm sehr wenig – mit Ausnahme seines Pferdes, denn Jupiter war kein Gegenstand, sondern ein Freund.

»Möchten Sie, daß wir irgend jemanden über Ihren Unfall informieren, Mr. Ashe?« Rosalind schaute auf ihren dampfenden Suppenteller. »Ihre Frau und Ihre Familie machen sich doch bestimmt schon Sorgen um Sie.«

Er dachte an sein Personal in Ashburton Abbey. Wenn es erfuhr, daß er verletzt war, hätte er bald ein Dutzend besorgte Leute am Hals. Auch Familienangehörige und Freunde würden zweifellos herbeieilen, aber im Augenblick gab es keinen einzigen Menschen, der ihn wirklich vermißte. »Danke, aber ich werde nicht zu einem bestimmten Zeitpunkt zu Hause erwartet. Und ich bin nicht Mr. Ashe.«

»Entschuldigen Sie bitte«, murmelte Rosalind zerknirscht. »Wie soll ich Sie denn anreden?«

Er wollte antworten, besann sich aber im letzten Moment eines Besseren. Sobald er sich als Herzog von Ashburton zu erkennen gab, würde die freundschaftliche Atmosphäre zerstört sein. Wenn Rosalind Jordan käuflich war, würde sie versuchen, ihn zu verführen, um sich zu bereichern. Sollte sie jedoch die redliche Frau sein, für die er sie hielt, so würde sein Herzogstitel sie wahrscheinlich einschüchtern, und sie würde auf ehrfürchtige Distanz gehen.

Er schaute in ihre warmen Augen und fand diese Vorstellung unerträglich. »Ich heiße Stephen«, sagte er lokker. »Sie wollten ja auch, daß ich Sie Rosalind nenne.«

»Stimmt.« Sie legte wieder den Kopf zur Seite. »Also heißen Sie Stephen Ashe?«

Wenn er jetzt beichtete, daß sein Familienname Kenyon war, müßte er sowohl das gestammelte ›Ash‹ als auch das Monogramm ›As‹ auf manchen Kleidungsstükken erklären. Deshalb nickte er kurz und wechselte rasch das Thema. »Und Sie sind also eine Tochter der Fitzgeralds. Gehört auch Mr. Jordan zur Truppe?«

Rosalinds Heiterkeit verflog. »Er hat einmal dazugehört«, seufzte sie, »aber das ist lange her. Er ist schon vor Jahren gestorben.«

»Das tut mir leid.« Stephen hoffte, daß seine Worte sich aufrichtig anhörten, obwohl er in Wirklichkeit hoch erfreut war. Lady Caliban war also eine Witwe – eine bezaubernde, unkonventionelle Witwe, die neben einem

Fremden einschlief und nicht empört reagierte, wenn sie durch einen Kuß geweckt wurde.

Die Erwähnung ihres Ehemanns veranlaßte Rosalind aufzustehen. »Sie sollten sich jetzt ausruhen, und nachdem es Ihnen ja ganz gut zu gehen scheint, kann ich wohl in meinem eigenen Zimmer übernachten. Brauchen Sie noch etwas, bevor ich mich zurückziehe?«

Stephen unterdrückte die unanständige Antwort, daß er *sie* brauche, und fragte statt dessen: »Verläßt die Truppe Redminster schon morgen?«

»Nein, die Stadt ist größer als Fletchfield. Wir bleiben noch einige Tage hier.« Sie lächelte. »Der Veranstaltungssaal im *Royal George* ist für unsere Begriffe ein gutes Theater.«

»Warum wohnen Sie dann nicht dort? Hätten vornehme Hotelgäste etwas gegen die Anwesenheit von Schauspielern einzuwenden?«

»Vielleicht, aber der eigentliche Grund ist, daß wir uns das *Royal George* nicht leisten können«, erklärte sie freimütig im Hinausgehen. »Bis morgen, Stephen.«

Nachdem sie die Tür hinter sich geschlossen hatte, stand er vorsichtig auf. Dabei wurde ihm wieder etwas schwindelig, und er spürte alle Blessuren, die er sich im Fluß zugezogen hatte. Er holte Blackmers Pillen aus seinem Gepäck und schluckte zwei davon mit etwas Wasser. Heute nacht würde das Medikament, das er getreulich einnahm, obwohl es von geringem Nutzen zu sein schien, wenigstens seine Kopfschmerzen lindern.

Noch ziemlich wackelig auf den Beinen, war er heilfroh, als er wieder im Bett lag. Trotzdem hatte er beim Einschlafen erstaunlich gute Laune.

Nach der gestrigen Aufführung hatte er entschieden, daß er weder eine Ehefrau noch die gespielte Leidenschaft einer Kurtisane haben wollte. So etwas war leicht zu sagen, wenn man kein Begehren verspürte, doch plötzlich machte seine Manneskraft ihm wieder zu schaffen. Vielleicht würde es möglich sein, mit einer sympathischen und attraktiven Frau zu schlafen, die so unkonventionell und erfahren war, daß sie eine Affäre nicht überbewertete. War Rosalind Jordan eine solche Frau? Er hoffte es.

Er hoffte es von ganzem Herzen.

Als Rosalind das Zimmer betrat, das sie wie immer mit Jessica teilte, war sie glücklich, daß ihre Schwester noch nicht von der Aufführung zurück war. Sie ließ sich aufs Bett fallen und preßte eine Hand auf den Mund.

Sowohl Jessica als auch ihr selbst war schon während der gestrigen Vorstellung aufgefallen, wie attraktiv Stephen Ashe war, und das lag nicht nur an seiner guten Figur und den markanten Gesichtszügen. Sie würde jede Wette eingehen, daß unter der freundlich distanzierten Fassade ein komplizierter Charakter verborgen war, der Shakespeares Fantasiegestalten in nichts nachstand. Gezügelte Leidenschaft, dunkle Unterströmungen von ... – ja, wovon? Zorn, Trauer, Sehnsucht? Ein entschlossener Hamlet, ein Mann mit natürlicher Autorität. Doch zugleich strahlte er eine Güte aus, die sie besonders anziehend fand.

Hinzu kam noch, daß er fantastisch küßte. Sie wünschte fast, jener unwirkliche Zustand zwischen Wachen und Schlafen hätte länger gedauert. Sie hatte sich in seinen warmen Armen geborgen und begehrt gefühlt ...

Energisch rief sie sich zur Ordnung: Sie durfte ihrer Fantasie keinen freien Lauf lassen! Mr. Ashe und sie kannten einander kaum, und er faszinierte sie hauptsächlich deshalb, weil sie noch nie einen Mann wie ihn kennengelernt hatte.

Ihr Vagabundenleben brachte es mit sich, daß sie nur in Schauspielerkreisen verkehrte. Zwar vergötterte sie ihren Vater und bewunderte viele andere großartige Schauspieler, aber sie hatte sich geschworen, nie wieder einen zu heiraten. Charles Jordan hatte blendend ausgesehen und unglaublichen Charme versprüht, doch er war unzuverlässig und unredlich gewesen und hatte seine schauspielerische Begabung stark überschätzt. Über ihren letzten Gedanken mußte sie selbst schmunzeln: daß sie mangelndes Talent als Charakterfehler wertete, bewies, daß sie die Wertmaßstäbe der Fitzgeralds übernommen hatte.

Und doch unterschied sie sich in mancher Hinsicht von ihnen. Die leiblichen Eltern, an die sie sich überhaupt nicht erinnern konnte, hatten ihre Erbmasse geprägt – nicht nur ihr Aussehen, sondern auch ihren Geist. Während ihre Adoptivfamilie mit dem Nomadendasein zufrieden zu sein schien, schaute Rosalind sich oft die Häuser am Straßenrand an und überlegte, wie es wohl wäre, für immer an einem Ort zu leben. Sie empfand es als Erholung, mit Männern wie Stephen Ashe zu reden, deren Temperament nicht so unberechenbar wie das von Künstlern war, und manchmal träumte sie davon, einen gutmütigen Gutsbesitzer zu heiraten, um im eigenen Heim eine Familie zu gründen.

Seufzend stieß Rosalind den Atem aus. Genausogut könnte sie von einem Schloß auf dem Mond und einem Ritter in glänzender Rüstung träumen! Die bittere Wahrheit war, daß sie höchstwahrscheinlich keine Kinder haben konnte und sich nie lang genug an einem Ort aufhielt, um solide seßhafte Männer kennenzulernen.

Und sollte sie trotzdem einmal einen solchen respektablen Gentleman kennenlernen, würde er sie mit Sicherheit für eine verruchte Schauspielerin halten. Dieser Gedanke brachte sie zum Lachen, denn sie war weder verrucht noch eine wirkliche Schauspielerin. Und Stephen Ashe war alles andere als ein gutmütiger Gutsbesitzer!

Ihr Lachen half Rosalind über das Bedauern hinweg, daß der aufregendste Mann, den sie je getroffen hatte, in ein, zwei Tagen wieder aus ihrem Leben verschwinden würde, bevor sie Gelegenheit hatte, ihn näher kennenzulernen.

5. *Kapitel*

Tag 81

Stephen versuchte gerade einzuschlafen, als die ersten Schmerzen durch seinen Magen schossen. Sofort hellwach, preßte er beide Hände auf den Leib und taumelte aus dem Bett. Glücklicherweise hatte Rosalind eine Kerze brennen lassen.

Mit dem Gefühl, als brodle in seinem Innern ein Vulkan, konnte er gerade noch rechtzeitig vor dem Nachttopf auf die Knie fallen, bevor er sich würgend übergab, von qualvollen Krämpfen geschüttelt. Herrgott, dachte er, als der Anfall endlich vorüber war, wie idiotisch, von einer Liebesaffäre zu träumen, wenn auf den eigenen Körper kein Verlaß mehr war!

Erschöpft setzte er sich auf und wischte sich mit einem Nachthemdärmel den kalten Schweiß von der Stirn, endgültig mit der bitteren Wahrheit konfrontiert. Bis jetzt hatte er immer noch insgeheim gehofft, daß Blackmer sich irrte. Er war der Herzog von Ashburton und stand in der Blüte seines Lebens. Wie sollte er da todkrank sein? Doch nach dieser bisher schlimmsten Attakke war ihm klar, daß das Schicksal sich durch nichts erweichen lassen würde. Ein relativ junger Herzog konnte dem Sensenmann ebenso zum Opfer fallen wie ein bettelarmer Greis.

Tod, sei nicht stolz – und nennt auch mancher dich sehr stark und furchtbar. Im Augenblick vermochten John Donnes Worte Stephen nur ein bitteres Lächeln zu entlocken. Irgendwann würde ihn ein solcher demütigender Anfall auch in der Öffentlichkeit ereilen, und gleichgültige Fremde würden dieses menschliche Wrack neugierig angaffen! Im Angesicht des Todes begriff er, daß der Stolz – eine der sieben Hauptsünden – ihn fest im Griff hatte.

Obwohl er nie das Bedürfnis verspürt hatte, mit seiner

Abstammung und seinem Reichtum zu prahlen, verabscheute er es, Schwächen zu offenbaren. Sobald die Krankheit sich nicht mehr verheimlichen ließ, würde er notgedrungen Demut lernen müssen, aber wenn er jetzt möglichst schnell nach Ashburton Abbey zurückkehrte, würde wenigstens niemand außer einigen Dienstboten seinen körperlichen Verfall sehen. Ein Quentchen Würde sollte doch sogar einem Sterbenden vergönnt sein!

Von den Schmerzen noch halb benommen, stand er mit weichen Knien auf. Es wäre sinnlos, weitere Opiumpillen zu schlucken – sein Magen würde rebellieren. Aber er mußte seinen quälenden Durst löschen. Hatte Rosalind nicht etwas von Milch erwähnt? Er entdeckte den Krug auf der Kommode, füllte einen Becher mit dem kühlen Trank und nippte vorsichtig daran. Jeder Schluck linderte das Sodbrennen, und er leerte den ganzen Krug, bevor er sich wieder im Bett verkroch. Milch gehörte von klein auf zu seinen Lieblingsgetränken, und seit dem Ausbruch seiner Krankheit konsumierte er dreimal mehr als früher von der labenden Flüssigkeit.

Es gelang Stephen, wieder einzuschlafen, aber diesmal waren ihm keine schönen Träume vergönnt.

Morgensonne flutete ins Zimmer, als er aufwachte, aber er sah trotzdem alles grau in grau. Resigniert sagte er sich, daß an eine Liaison mit Rosalind Jordan nicht einmal zu denken war, daß sein fiebriges Hirn ihm gestern abend etwas Unrealisierbares vorgegaukelt hatte. Er konnte von ihr träumen, mehr aber auch nicht. Es wäre völlig verantwortungslos, sich mit einer Frau einzulassen, wenn man nur noch Siechtum und Tod vor sich hatte – und auch sein Stolz ließ das nicht zu.

Stephen zwang sich aufzustehen, obwohl er ziemlich wackelig auf den Beinen war und unter starkem Kopfweh litt. Bis morgen oder übermorgen müßte sein Zustand sich jedoch so weit bessern, daß er den Heimritt antreten könnte ...

Er schnitt eine Grimasse, als er einen Blick in den Spiegel über der Waschkommode warf. Mit Bartstoppeln, Verband und blauen Flecken sah er wie ein Landstreicher aus! Sobald er sich sorgfältig rasiert hatte, entfernte er den Verband und betrachtete die Kopfwunde, die der Arzt genäht hatte. Sie schien weder zu eitern noch zu bluten und war kaum noch zu sehen, als er Haare über die rasierte Stelle kämmte. Seine neue Frisur wirkte etwas verwegen, gefiel ihm aber ganz gut.

Beim Ankleiden stellte er fest, daß Rosalind recht gehabt hatte: seine Stiefel waren getrocknet und durchaus tragbar, obwohl sein Kammerdiener sie zweifellos sofort weggeworfen hätte. Doch Stephen Ashe war kein Herzog und brauchte nicht allerbeste Qualität zu tragen – ein befreiender Gedanke!

Seine Laune hatte sich während der allmorgendlichen Routine etwas gebessert, und weil sein Magen ihm derzeit keine Probleme bereitete, ging er die Treppe hinab, um zu frühstücken. Das *Three Crowns* gehörte zu jenen bescheidenen, aber sauberen Gasthöfen, an die er sich während dieser Reise gewöhnt hatte. Unten blieb er auf dem Korridor lauschend stehen. Durch eine geschlossene Tür war Thomas Fitzgeralds klangvolle Stimme zu hören. Offenbar frühstückte die Familie in einem separaten Raum.

Stephen zögerte nur kurz. Er hatte es satt, allein zu sein, und im Moment rechnete er nicht mit einem Anfall. Deshalb klopfte er an und trat ein, sobald Maria ›Herein!‹ gerufen hatte. Alle fünf Fitzgeralds saßen um den Frühstückstisch herum – eine attraktive Familie, obwohl es erstaunlich war, wie sehr Rosalind sich von ihrer dunkelhaarigen und blauäugigen Sippe unterschied.

Sie war auch die einzige, die ruhig sitzen blieb, während die anderen aufsprangen und ihm entgegeneilten. Sogar der zottige Wolfshund kam unter dem Tisch hervor und näherte sich neugierig.

Maria Fitzgerald erreichte Stephen als erste, griff nach

seiner Hand, preßte sie an ihren üppigen Busen und sagte mit belegter Stimme: »Rosalind hat uns alles über Sie erzählt, Mr. Ashe. Gott segne Sie, daß Sie meinen Kleinen gerettet haben! Ich schwöre, daß mein Leben von nun an Ihnen gehört – Sie können damit machen, was immer Sie wollen!«

In ihren großen blauen Augen standen Tränen, und Stephen dachte unwillkürlich, daß sie wirklich eine fabelhafte Tragödin war. Gleichzeitig spürte er jedoch, daß sie es trotz dieser theatralischen Art völlig ehrlich meinte: wenn er ihr Leben forderte, würde sie ihm persönlich eine Pistole überreichen!

Sanft befreite er seine Hand. »Jeder andere hätte in dieser Situation bestimmt genauso gehandelt, Mrs. Fitzgerald. Und ich habe den Eindruck, als führten Sie auch ohne mein Eingreifen ein äußerst sinnvolles Leben.«

Thomas Fitzgerald lachte schallend, packte seinerseits Stephens Hand und schüttelte sie kräftig. »Gut gesagt, Mr. Ashe! Trotzdem teile ich die Gefühle meiner Frau.« Er warf seinem Sohn, der neben ihm stand, einen zärtlichen Blick zu. »Brian ist zwar ein schrecklicher Frechdachs, aber wir hätten ihn sehr vermißt.«

Jessica zauste ihren Bruder bei den Haaren. »Stimmt – es macht mir nämlich einen Riesenspaß, ihn mit meiner Haarbürste zu jagen, wenn er sich unmöglich aufführt!« Als Miranda im *Sturm* war sie hinreißend gewesen, doch als liebevolle Schwester gefiel sie Stephen noch besser.

Brian errötete ein wenig, machte eine Verbeugung und sagte sehr formell: »Ich werde Ihnen ewig zu Dank verpflichtet sein, Sir. Mir ist klar, daß ich durch meine Gedankenlosigkeit auch Ihr Leben gefährdet habe, und ich bin überglücklich, daß Sie nicht schwer verletzt wurden.«

Überwältigt von all diesen Dankesbezeigungen, wußte Stephen nicht, was er sagen sollte. Rosalind kam ihm humorvoll zu Hilfe. »Ihr bringt den armen Mann in tödliche Verlegenheit, und dabei sehnt er sich wahrscheinlich nach einem herzhaften Frühstück. Eine Tasse Tee, Mr. Ashe?«

Erleichtert umrundete er ihre überschwengliche Familie und nahm ihr die dampfende Tasse ab. Nach dem ersten Schluck räusperte er sich: »Ich bin froh, daß ich helfen konnte, aber lassen Sie uns doch nicht mehr davon reden.«

Die Fitzgeralds waren jedoch nicht bereit, das Thema so schnell fallenzulassen. Während Stephen sich mit Rühreiern und Toast versorgte und neben Rosalind Platz nahm, redeten sie weiter über das Abenteuer, übertrafen sich gegenseitig mit Schilderungen ihrer Ängste, ihrer Hilflosigkeit und ihrer grenzenlosen Erleichterung nach der geglückten Rettung.

Obwohl es Stephen peinlich war, immer wieder als Held gerühmt zu werden, genoß er dieses turbulente Frühstück, das so ganz anders verlief als die Mahlzeiten, die er in seinem Elternhaus erlebt hatte. Es faszinierte ihn, daß die Fitzgeralds wirklich eine *Familie* waren, nicht nur eine reservierte Gruppe von Blutsverwandten, die sich im Grunde nichts zu sagen hatten. Hier fühlte sich jeder angenommen und geliebt und konnte deshalb auch den anderen Respekt und Zuneigung entgegenbringen.

Nur Rosalind beteiligte sich nicht an dem fröhlichen Geplauder. Ruhig sorgte sie dafür, daß alle gut versorgt waren – sogar der Hund. Stephen spürte, wie wichtig diese heitere Ausgeglichenheit für die übrige Familie war, aber trotzdem schien es ihr nicht an Temperament zu mangeln, sonst hätte sie seinen Kuß im Halbschlaf nicht so feurig erwidert. Sobald sie sich ihm zuwandte, stieg ihm ein schwacher Duft nach Rosenwasser in die Nase, und er hörte sogar das leise Rascheln ihrer Röcke, als sie aufstand, um eine Kanne Tee zu bestellen. Er konnte sich nicht erinnern, wann ihn die Nähe einer Frau zuletzt so erregt hatte – vielleicht nie!

Auf dem Rückweg blieb sie hinter ihm stehen und untersuchte seine Kopfwunde. Als sie ihm sanft die Haare zurückstrich, fühlte er sich von ihren Fingerspitzen elektrisiert. »Das heilt ausgezeichnet, Mr. Ashe«, kommentierte Rosalind nüchtern, »aber Sie sehen noch ziemlich angegriffen aus. Ich hoffe, Sie bleiben noch mindestens einen Tag in Redminster. Ein langer Ritt könnte Ihren Zustand verschlimmern.«

»Nicht Mr. Ashe – Stephen, oder haben Sie das schon wieder vergessen? Sie brauchen sich keine Sorgen zu machen – vor morgen breche ich auf keinen Fall auf.«

Ihr freudiges Lächeln wärmte sein Herz. »Das freut mich, Stephen.«

»Sie sind natürlich mein Gast, solange Sie hier wohnen«, rief Thomas Fitzgerald. »Wenn Ihnen danach zumute ist, können Sie gern ein Champagnerbad nehmen.«

Mit schlechtem Gewissen nahm Stephen die Großzügigkeit dieses Mannes an, der bestimmt nicht mit Reichtümern gesegnet war, während er selbst den ganzen Gasthof kaufen könnte, ohne daß es sich auf seinen Konten bemerkbar machen würde. Aber er begriff, wie wichtig es für den Theaterdirektor war, seine Dankbarkeit zum Ausdruck zu bringen, und sagte deshalb schmunzelnd: »Das wäre eine sinnlose Verschwendung von Champagner. Vielleicht trinken wir später lieber ein Gläschen.«

»Keine schlechte Idee«, stimmte Thomas zu. »Dann habe ich wenigstens Gelegenheit, einen Toast auf Sie auszubringen und Ihnen Gesundheit und ein langes Leben zu wünschen.«

Die herzlichen Worte versetzten Stephen einen Stich. Kein noch so aufrichtig gemeinter Toast konnte ihm Gesundheit und langes Leben bescheren. Er hatte plötzlich keinen Appetit mehr und stand abrupt auf. »Ich glaube, ich gehe jetzt mal in den Stall und schaue nach Jupiter.«

»Ich werde Sie begleiten«, rief Brian eifrig.

»Du mußt deine Hausaufgaben machen«, widersprach seine Mutter energisch. »Und du, Thomas, mußt mit Jessica zur Probe. Rose, vielleicht könntest du Mr. Ashe in den Stall führen und später mit ihm ins *Royal George* nachkommen?«

Ein bißchen schüchtern fügte sie hinzu: »Das heißt, wenn Sie Lust haben, unsere Theatertruppe bei den Vorbereitungen zu erleben …«

»Ich wüßte nicht, was ich lieber täte«, erwiderte Stephen wahrheitsgemäß. Er hatte früher bei mehreren renommierten Theatern einen Blick hinter die Kulissen geworfen, aber noch nie bei einer Wanderbühne. Es würde eine reizvolle Ablenkung von seinen trüben Gedanken sein.

Als er an Rosalinds Seite den sonnigen Hof überquerte, sagte sie mit humorvoll funkelnden Augen: »Hoffentlich fanden Sie das Frühstück mit meiner Familie nicht allzu anstrengend!«

Während Stephen die Lichtreflexe in ihren dunkelblonden Haaren bewunderte, antwortete er lächelnd: »Es war wirklich ein Erlebnis – aber ein angenehmes!«

Höflich hielt er ihr die Stalltür auf und beschloß, seine Neugier zu befriedigen. »Sie sehen den anderen Fitzgeralds so gar nicht ähnlich. Sind Sie vielleicht ein Elfenkind, das zwischen Schlüsselblumen und Walderdbeeren aufgefunden wurde?«

»Leider nichts so Poetisches.« Ihre Miene wurde undurchdringlich. »Ich wurde adoptiert. Die Fitzgeralds entdeckten mich im Londoner Hafenviertel, als ich drei oder vier Jahre alt war. Meine leibliche Mutter scheint gleich nach der Landung in England gestorben zu sein, und ich habe eine Zeitlang auf der Straße gelebt. Weiß der Himmel, was passiert wäre, wenn die Fitzgeralds sich meiner nicht erbarmt hätten!«

Er starrte sie entsetzt an. Bei der Vorstellung, welchen Gefahren ein hübsches kleines Mädchen in der Gosse ausgesetzt war, lief ihm ein eisiger Schauer über den Rücken. »Das ist ja eine unglaubliche Geschichte, die Sie da so beiläufig erzählen! Haben die Fitzgeralds versucht, Näheres über Ihre Familie zu erfahren?«

»Dazu blieb ihnen nicht viel Zeit, weil sie ein Engagement in Colchester antreten mußten. Mama erzählt, meine Kleidung sei von guter Qualität gewesen, und ich soll ein akzentfreies Englisch gesprochen haben, was darauf hindeutet, daß ich einer guten Familie entstamme.« Sie zuckte die Achseln. »Mehr weiß ich über meine Herkunft leider nicht.«

Jupiter streckte seinen Kopf aus einer Box hervor und wieherte erfreut. Stephen streichelte die samtweiche Pferdenase. »Denken Sie manchmal darüber nach?«

»Ja«, gab Rosalind nach kurzem Zögern zu, »aber Mama und Papa dürfen nichts davon wissen. Sie wären traurig und würden befürchten, nicht genug für mich getan zu haben. Dabei hätte niemand mir mehr Liebe und Wärme schenken können.«

»Trotzdem ist es ganz normal, neugierig zu sein«, sagte Stephen ruhig.

»Sie können das verstehen?« Geistesabwesend streichelte Rosalind Jupiters schlanken Hals. »Es ist gut möglich, daß ich irgendwo Verwandte habe. Früher habe ich im Publikum nach Menschen Ausschau gehalten, die mir ähnlich sehen, und gelegentlich frage ich mich, was mein richtiger Name gewesen sein mag und ob damals jemand in London auf meine Mutter und mich gewartet hatte. Aber das ist jetzt fast 25 Jahre her ... Erinnert sich noch irgendwo irgend jemand an das kleine Mädchen, das damals verlorenging?« Sie warf ihm einen fragenden Blick zu, ohne ihn richtig wahrzunehmen.

Ihre Hand lag jetzt regungslos auf Jupiters Hals, und Stephen berührte sie tröstend, zog seine Finger aber hastig wieder zurück, weil sogar dieser flüchtige Körperkontakt ihn elektrisierte. »Und Sie haben überhaupt keine Erinnerungen an die Zeit, bevor Sie zu den Fitzgeralds kamen?«

»Nur ein paar ganz vage Bilder ... Da war ein großes

Steinhaus – aber einem Kleinkind kommt wahrscheinlich jedes Haus groß vor … Und da war jemand, der mich umarmte – aber das könnte auch Maria gewesen sein …«

»Sie erinnern sich nicht einmal an Ihren Vornamen?«

Für den Bruchteil einer Sekunde stand blankes Entsetzen in ihren Augen geschrieben, dann schaute sie beiseite. »Nein, nicht einmal daran …«

Stephen hielt es für geraten, das Thema zu wechseln. »Es muß seltsam sein, nichts über seine Vorfahren zu wissen.« Er lächelte trocken. »In mancher Hinsicht ist es vermutlich ein Segen. Ich könnte mir vorstellen, daß viele Kinder, die mit ihren Eltern nicht zufrieden sind, sich einreden, sie wären in Wirklichkeit Königskinder, die von Zigeunern gestohlen und dann wieder ausgesetzt wurden.«

Rosalind lächelte nun auch wieder. »Sie haben recht – wir Menschen sind wirklich töricht und sehnen uns nach dem, was wir nicht haben können.« Sie selbst bildete wahrlich keine Ausnahme. Wie ein Pferd, dem das Gras auf der anderen Zaunseite viel schmackhafter zu sein scheint, sehnte sie sich nach einer Welt, die nichts mit dem Theater und der Wanderbühne zu tun hatte. Wahrscheinlich übte Stephen deshalb eine solche Anziehungskraft auf sie aus – er gehörte jener anderen Welt an und war sowohl freundlich als auch attraktiv.

Sehr attraktiv … zumal mit der verwegenen Frisur, die eigentlich nur seine Kopfverletzung kaschieren sollte! Aber er war ein Gentleman, und sie war nur eine äußerst mittelmäßige Schauspielerin, was ihn für sie unerreichbar machte. Immerhin reichte ihre Begabung aus, um scheinbar fröhlich zu sagen: »Wenn ich wieder einmal meiner verlorenen Familie nachtrauere, werde ich mir ins Gedächtnis rufen, daß mir dadurch furchtbare Tanten und betrunkene Cousins erspart bleiben.«

»Sollten Sie das jemals bedauern, könnte ich Ihnen jede Menge meiner Verwandten ausleihen«, grinste Stephen. »Mir fehlt es in dieser Hinsicht an nichts – weder an alten Damen, die Brandy in ihren Tee schütten und dann wie Seeleute fluchen, noch an entfernten Vettern, die ihr ganzes Vermögen beim Glücksspiel verloren haben und um Almosen betteln, noch an frommen Heuchlern, die von Tugenden reden und heimlich ihren Lastern frönen. Ich kann Ihnen alles bieten.«

»Es würde mir nicht im Traume einfallen, Sie solcher Schätze zu berauben«, erwiderte Rosalind großzügig. »Hoffentlich haben Sie auch einige sympathische Angehörige.«

»Ein paar ... Meine ältere Schwester ist ziemlich streng, aber sie hat ein gutes Herz, und ihre Kinder sind entzückend.« Stephen holte ein Stück Zucker aus seiner Tasche und hielt es Jupiter hin, der die Gabe dankbar in Empfang nahm. »Außerdem habe ich einen jüngeren Bruder, der Soldat gewesen ist. Früher kamen wir nicht allzu gut miteinander aus, aber seit er die Armee verlassen hat, sind wir gute Freunde geworden. Wahrscheinlich sind wir beide im Laufe der Jahre ein bißchen weiser geworden.«

Rosalind fiel auf, daß er keine Ehefrau erwähnte, aber das bedeutete nicht, daß er ledig war. Vielleicht hatte er sich nur mit seiner Frau gestritten und ritt deshalb allein in England herum. Sein Familienstand ging sie jedenfalls nichts an. »Nachdem Jupiter jetzt zufrieden ist, sollten wir vielleicht nachschauen, was die Truppe macht.«

Stephen war einverstanden und bot ihr seinen Arm, sobald sie den Stall verlassen hatten. Während sie gemächlich die Hauptstraße von Redminster entlanggingen, genoß Rosalind die eifersüchtigen Blicke anderer Frauen, die sie sichtlich um ihren gutaussehenden Kavalier beneideten. Sie genoß es auch, Stephens muskulösen Unterarm unter ihrer Hand zu spüren. Sich energisch ins Gedächtnis rufend, daß dieser gemeinsame Spaziergang nicht das geringste zu bedeuten hatte, griff sie den Gesprächsfaden wieder auf. »Sind Sie und Ihr Bruder sich sehr ähnlich?«

»Nur äußerlich – Michael lebt viel intensiver«, erwiderte Stephen nachdenklich. »Obwohl er seinen Abschied genommen und geheiratet hat, wird er seinen ›Tausend-Meter-Blick‹ wohl niemals ablegen. Er behält seine Umgebung ständig scharf im Auge und hält Ausschau nach möglichen Gefahren. Wahrscheinlich hat er nur dank dieser Fähigkeit so viele Kriege überlebt.«

»Ein ›Tausend-Meter-Blick‹«, wiederholte Rosalind. »Das werde ich mir merken. Ein Schauspieler, der einen Krieger verkörpern muß, könnte Nutzen daraus ziehen.«

»Liegt es in der Natur einer Schauspielerin, alles um sich herum zu beobachten, um zu wissen, wie man eine Rolle am überzeugendsten spielt?«

Sie lachte. »Ich bin keine Schauspielerin. Ich springe einfach überall ein, wo gerade Not am Mann ist, und weil ich ziemlich groß bin, kann ich sogar Hosenrollen übernehmen, aber das wahre Talent besitzt Jessica. Meine eigentliche Aufgabe besteht darin, hinter den Kulissen für Ordnung zu sorgen, mich um Bühnenbilder, Kostüme, Textbücher und alles andere zu kümmern.«

»Ist die Truppe das ganze Jahr über unterwegs?«

Sie schüttelte den Kopf. »Nicht ganz. In den kältesten Wintermonaten beziehen wir Quartier in Birmingham und treten nur in der näheren Umgebung auf, aber sobald es Frühling wird, machen wir uns wieder auf den Weg und spielen in Scheunen und auf Höfen, in seltenen Glücksfällen auch in Sälen wie hier im *Royal George*.« Sie deutete auf den vor ihnen liegenden Gasthof.

»Für mich hört sich das verdammt unbequem an«, gab Stephen ehrlich zu. »Schweifen Sie frei nach Lust und Laune durchs ganze Land?«

»Nein, wir haben eine feste Route durch das westliche Mittelengland, wo wir jeden Ort kennen und wo die Leute uns sehnsüchtig erwarten.« Sie führte ihn in den Innenhof des *Royal George* und zuckte mit den Schultern. »Wanderbühnen genießen nun einmal kein hohes Ansehen. Am wichtigsten sind natürlich die großen Londoner

Theater, gefolgt von den relativ bekannten Provinztheatern von Bath und York. Truppen wie die unsere besuchen Kleinstädte, deren Einwohner sich über jede Abwechslung freuen.«

»Aber Ihre Eltern sind ungewöhnlich begabt! Sie hätten doch bestimmt in einem angesehenen Theater Karriere machen können.«

Rosalind lächelte bedauernd. »Talent ist nicht alles ... Mein Vater überzeugt als König Lear genauso wie als Falstaff, und meine Mutter bringt in einer Tragödie wie *Isabella* sogar erwachsene Männer zum Weinen. Das blieb nicht unbemerkt, und als ich klein war, wurden sie von John Philip Kemble für eine Probezeit am *Drury Lane* engagiert. Das ging aber nur einen Monat gut – angeblich soll Kemble auf Papas tolle Kritiken neidisch gewesen sein. Das dürfte auch der Wahrheit entsprechen, aber hinzu kam wohl noch der Dickschädel meines Vaters. Theaterdirektoren sind bekanntlich arrogant und schätzen es nicht, wenn jemand ihnen widerspricht.«

»Speziell ein Schauspieler, der noch nicht lange genug in London aufgetreten war, um so viele Anhänger zu haben, daß Kemble gezwungen gewesen wäre, sein künstlerisches Temperament zu tolerieren.«

Rosalind nickte. »Meinem Vater blieb nichts anderes übrig, als sein eigener Theaterdirektor zu werden. Die Fitzgerald-Truppe mag nicht berühmt sein, aber Papa kann hier machen, was er will.«

Sie gingen in Richtung der Halle, die für Versammlungen und Festivitäten an den Gasthof angebaut worden war. Auf den Stufen kam ihnen ein hübscher junger Mann entgegen. Stephen erkannte Edmund Chesterfield, der im *Sturm* den Ferdinand gespielt hatte.

»Wie geht es dir heute morgen, meine hinreißende Rose?« rief er mit strahlendem Lächeln.

»Weder dein noch hinreißend«, entgegnete Rosalind gewohnheitsmäßig. »Edmund, das ist Mr. Ashe, der Brian aus dem Fluß gerettet hat.«

Chesterfields Lächeln verflog, und er musterte Stephen scharf, so als wollte er abschätzen, ob das ein Rivale oder aber ein potentieller Gönner sein könnte. Offenbar hielt er beides für unwahrscheinlich, denn er sagte etwas herablassend: »Es war sehr mutig von Ihnen, für einen solchen Lümmel Ihr Leben zu riskieren, Ashe. Wenn es sich um die bezaubernde Jessica gehandelt hätte, wäre ich natürlich selbst in den Fluß gesprungen!«

»Und hättest deine schönen Kleider ruiniert? Das wage ich sehr zu bezweifeln«, warf Rosalind honigsüß ein.

»Ach, schöne Rosalind, du kennst all meine Schwächen!« Chesterfield verbeugte sich elegant. »Bis heute abend, grausame Herrin.«

»Ist die Probe denn schon zu Ende?« fragte Rosalind überrascht.

»Für mich schon ...« Er schnitt eine Grimasse. »Andere Theaterdirektoren verlangen keine ständigen Proben. Ich glaube, der alte Herr will uns einfach plagen.«

»Er will, daß die Stücke möglichst gut gespielt werden«, widersprach Rosalind heftig. »Auch du hast viel gelernt, seit du bei uns bist.«

»Vielleicht«, gab Chesterfield zu, »aber das war letztes Jahr. Ich sehe beim besten Willen nicht ein, warum ich einen sonnigen Sommertag mit Proben vergeuden sollte, wenn ich meine Rolle perfekt beherrsche. Lieber verführe ich ein paar hübsche Milchmädchen.« Leichtfüßig rannte er die Stufen hinab.

»Ein entzückender Bursche«, kommentierte Stephen sarkastisch. »Spielt er vielleicht in *Macbeth* den Duncan? Wenn ja, könnte man vielleicht die Dolchattrappe einmal durch einen echten Dolch ersetzen.«

Rosalind lächelte. »Edmund ist zwar faul und sehr eitel, aber ich glaube nicht, daß er es verdient hat, von Macbeth erstochen zu werden.«

»Sie haben recht – er sollte lieber Antigonus spielen und von einem Bären verspeist werden!«

»Sie kennen Ihren Shakespeare«, sagte Rosalind anerkennend.

»Ich liebe das Theater, und Shakespeare war von jeher mein Lieblingsdramatiker. Ich habe sogar an einigen Laienaufführungen seiner Stücke teilgenommen.« Stephen hielt ihr wieder galant die Tür auf. »Manche Aussprüche seiner Helden behält man für immer auf der Zunge – wie den Geschmack von erstklassigem Brandy.« Rosalinds charmantes Lächeln rief ihm ein solches Zitat ins Gedächtnis: *Sie ist schön und muß umworben werden. Sie ist eine Frau und muß erobert werden.*

Tief durchatmend folgte er ihr vom Foyer in den Saal, dessen Tribüne sich für Redner und musikalische Darbietungen genauso gut eignete wie für Bühnenstücke. Einige Schauspieler probten unter Thomas' Regie, während andere die Kulissen aufbauten. »Aus wie vielen Personen besteht die Truppe?«

»Achtzehn«, gab Rosalind ihm bereitwillig Auskunft. »Etwa zehn von uns treten wirklich auf – die anderen sind Musikanten, Bühnenarbeiter und Statisten – so wie Calvin Ames und Ben Brady, der gerade ein sorgenvolles Gesicht macht.« Sie runzelte selbst die Stirn. »Ich muß mal nachsehen, was da passiert ist.«

Stephen folgte ihr zur Bühne, wo die Schauspieler einander des Verrats und Neids bezichtigten. »Welches Stück wird geprobt?«

»*Der Geist spricht.* Wir führen es morgen auf.« Sie grinste schelmisch. »Das Stück taugt nicht viel, aber es erlaubt uns, die Versenkung zu nutzen, die es hier gibt. Wann immer wir im *Royal George* spielen, suchen wir mindestens ein Stück mit Geistern aus.«

»Es wäre ja auch ein Jammer, niemanden in dieser Versenkung verschwinden zu lassen«, stimmte Stephen zu. »Und was wird heute abend aufgeführt?«

»*Ein Sommernachtstraum,* eines meiner Lieblingsstükke. Ich spiele zuerst Hippolyta, dann Titanias Elfendiener, bin also vollauf beschäftigt.«

»Sind die Kostümwechsel schwierig?«

»Nein. In diesem Stück tragen alle fließende mittelalterliche Gewänder, und meistens genügt es, ein anderes Cape überzuwerfen und den Haarschmuck abzuwandeln.« Rosalind zog sich ihr Schultertuch wie eine Mönchskapuze über den Kopf und drehte sich nach Stephen um. »Wissen Sie, Kleider machen Leute!« flüsterte sie mit dunkler verschwörerischer Stimme.

»Sie sind eine viel bessere Schauspielerin, als Sie glauben«, sagte Stephen beeindruckt.

»Oh, ich bin mit allen Tricks vertraut.« Sie legte sich das Tuch wieder um die Schultern. »Das haben meine Eltern mir beigebracht. Was mir fehlt, ist das innere Feuer.«

Der Feuereifer für die Schauspielerei mochte ihr fehlen, doch Stephen vermutete, daß sie als Frau durchaus feurig sein konnte. Ihr prächtig geformter Körper schien wie geschaffen für Leidenschaft zu sein.

Um sich auf weniger heikle Gedanken zu bringen, betrachtete er die an einer Wand aufgestapelten Gegenstände. »Ich nehme an, daß alle Kostüme und Bühnenbilder vielfältig eingesetzt werden?«

Rosalind nickte, stieg die Stufen zur Bühne hinauf und umrundete die Schauspieler, die so in ihre Rollen vertieft waren, daß sie ihr keine Beachtung schenkten. »Beispielsweise hat der Baum, mit dem Ben sich gerade abmüht, schon oft Macbeth und seine Hexen beschattet, Bonnie Prince Charlie als Versteck gedient und viele Stürme überstanden.«

Im Augenblick bot der Baum allerdings einen kläglichen Anblick, weil zwei seiner ausladenden Äste abgebrochen waren. »Was ist denn da passiert?« fragte Rosalind den drahtigen Mann, der das Requisit mit düsterer Miene anstarrte.

»Mein ungeschickter Assistent hat das Ding fallen gelassen«, erklärte Ben mürrisch. »Zuerst hat die ganze gestrige Aufregung unseren Zeitplan völlig durcheinandergebracht, und jetzt ist auch noch mein schöner Baum kaputt!«

»Was muß denn noch alles gemacht werden?« erkundigte Rosalind sich besorgt.

Ben zählte eine lange Liste unerledigter Arbeiten auf und schloß betrübt: »Das schaffen wir nie, wenn ich mir die Zeit nehme, den Baum ordentlich zu reparieren, deshalb werden wir heute abend wohl auf ihn verzichten müssen.«

»Ich könnte vielleicht mit dem Bühnenbild helfen«, warf Stephen ein. »Natürlich bin ich nur für einfache Arbeiten wie Tragen oder Festhalten zu gebrauchen.«

Rosalind zögerte. »Aber Sie müssen sich nach Ihrer Verletzung noch schonen.«

»Ich verspreche, nichts auf dem Kopf zu tragen!« grinste Stephen.

Bevor sie weiter protestieren konnte, meinte Ben: »Nimm den Mann beim Wort, Rosie. Wenn wir dieses Stück heute korrekt aufführen wollen, sind wir auf Hilfe angewiesen.«

»Also gut – aber ruhen Sie sich zwischendurch bitte aus, Stephen.«

»Abgemacht.« Stephen ging mit Ben zu den Wagen und bekam eine schwere blaugrüne Stoffrolle in die Arme gedrückt. Er erkannte das glänzende Material, das Prosperos Zelle geschmückt hatte. An die Bühnenrückwand geheftet, würden die fließenden Stoffbahnen heute als Hintergrund des Zauberwalds dienen.

In den nächsten Stunden schleppte er alle möglichen Requisiten und befolgte geduldig Bens Anweisungen, wie dieses und jenes aufzustellen oder zu befestigen war, wobei er nur darüber staunen konnte, wie aus derart simplem Zubehör eine perfekte Illusion erschaffen wurde. Gleichzeitig genoß er das Chaos im Theater, das ständige Kommen und Gehen von Schauspielern, das Deklamieren dramatischer Szenen über seinen Kopf hinweg.

Staubig und etwas müde, bewunderte er das fertige

Bühnenbild, als er Maria Fitzgerald hinter sich rufen hörte:

»Mr. Ashe ist der Herzog, Thomas!«

Stephen wirbelte bestürzt herum. Woher wußte sie das? Vielleicht hatte man ihn ihr irgendwo einmal gezeigt, und jetzt war ihr seine wahre Identität plötzlich wieder eingefallen.

Marias Bemerkung hatte alle aufhorchen lassen, und jetzt waren alle Augen auf Stephen gerichtet, der zutiefst bedauerte, daß es mit seiner Anonymität nun vorbei war.

Am schärfsten wurde er von Thomas Fitzgerald gemustert, der schließlich nachdenklich sagte: »Er hat zweifellos das Auftreten eines Herzogs, meine Liebe, und mir würde das zwei Kostümwechsel ersparen, aber vielleicht hat Mr. Ashe nicht die geringste Lust, mit uns auf der Bühne zu stehen.«

Stephen blinzelte verwirrt. »Wie bitte?«

Maria schenkte ihm ein strahlendes Lächeln. »Sie würden einen höchst eindrucksvollen Herzog von Athen abgeben, Mr. Ashe. Rosalind hat uns erzählt, daß Sie bei Amateurvorstellungen mitgewirkt haben, und da dachte ich mir, daß Sie vielleicht heute abend den Theseus spielen möchten.«

Erleichtert darüber, daß man ihn nicht identifiziert hatte, fühlte Stephen sich dennoch geschockt. Der Herzog von Ashburton konnte doch unmöglich in einem Gasthof auftreten! Er starrte Maria fassungslos an. Ein Stück mit Freunden in irgendeinem Landhaus aufzuführen war etwas ganz anderes als eine Vorstellung mit einer Wandertruppe.

»Nicht alle Menschen lieben es, im Rampenlicht zu stehen, Mama«, meinte Rosalind. »Die meisten würden es eher als Strafe empfinden.«

»Außerdem ist Mr. Ashe noch erholungsbedürftig«, fügte Jessica hinzu.

Marias Lächeln verflog. »Natürlich … Daran habe ich nicht gedacht.«

Als er ihre niedergeschlagene Miene sah, begriff Stephen schlagartig, warum sie diesen Vorschlag gemacht hatte. Für Maria war die Schauspielerei ein Hochgenuß. Wie eine Katze, die einem geliebten Menschen eine tote Maus schenkt, hatte sie dem Mann, der ihren Sohn gerettet hatte, die Gelegenheit zum Theaterspielen geboten, weil es das wertvollste Geschenk war, das sie sich vorstellen konnte.

Die Idee war natürlich völlig absurd, und doch reizte es ihn ungemein, etwas so Unerhörtes zu tun. »Ich werde es bestimmt bereuen, aber ich würde es trotzdem gern probieren – wenn Sie sicher sind, daß ich die Vorstellung nicht ruinieren werde.«

Maria strahlte, und Thomas lachte dröhnend. »Großartig! Machen Sie sich keine Sorgen – es ist ja keine tragende Rolle, und wenn wir jetzt noch ein bißchen üben, merkt kein Mensch, daß Sie ein Neuling sind.«

Jessica klatschte vergnügt in die Hände, und Rosalinds Lächeln wärmte sein Herz. »Willkommen in der Fitzgerald-Theatertruppe, Stephen!«

»Es ist ja nur für einen Abend«, wandte er ein, doch als Thomas ihn zu einer ersten Probe beiseite nahm, fühlte er sich fast glücklich.

6. Kapitel

Rosalind hielt sich dicht an Stephens Seite, während sie hinter den Kulissen warteten, und das nicht nur, weil sie gleich gemeinsam auftreten würden. Sogar routinierte Schauspieler litten kurz vor jeder Aufführung unter Lampenfieber, und obwohl ihr Schützling seine Nervosität hinter einer undurchdringlichen Miene verbarg, spürte sie, daß er sich am liebsten irgendwo verkrochen hätte.

Als Elfenkönig Oberon verkleidet, spähte ihr Vater in

den Zuschauerraum. »Ein volles Haus!« verkündete er zufrieden. »Ich sage den Musikanten Bescheid, daß sie den Marsch anstimmen sollen.«

Stephen warf Rosalind einen kläglichen Blick zu. »Jetzt kann ich wohl keinen Rückzieher mehr machen, stimmt's?«

»So ist es, aber Sie brauchen sich keine Sorgen zu machen«, beruhigte sie ihn. »Alles wird gutgehen. Mama hatte recht – Sie geben einen großartigen Herzog ab.«

»Ich glaube allmählich, es ist leichter, ein Herzog als ein guter Schauspieler zu sein!«

»Unsinn! Sie beherrschen Ihren Text, und Sie haben bei den Proben mit Papa Ihre Sache sehr gut gemacht.« Rosalind musterte ihn von Kopf bis Fuß. In einem purpurroten Gewand, mit Krone auf dem Kopf und Goldketten um den Hals, strahlte Stephen überzeugende aristokratische Würde aus. Die Rolle schien ihm auf den Leib geschrieben zu sein. »Sie müssen nur laut und deutlich sprechen und sollten möglichst nicht stolpern. Ansonsten brauchen Sie als Herrscher von Athen nur autoritär aufzutreten und der Frau, die Sie zu heiraten gedenken, Ihre Liebe zu zeigen.«

»Du stellst das als kinderleicht hin, meine Hippolyta«, bemerkte er trocken.

»Das wird es auch sein, sobald Sie die ersten Worte gesagt haben«, versicherte Rosalind. »Und sollten Sie Ihren Text vergessen, kann ich improvisieren, so daß das Publikum nichts bemerkt.«

Die Musikanten hatten die Ouvertüre beendet und stimmten den feurigen Marsch an, der den Auftritt von Theseus, dem Herzog von Athen, mit seiner Braut, der Amazonenkönigin Hippolyta, einleitete. Selbst so aufgeregt wie immer, wenn sie auf die Bühne mußte, griff Rosalind nach Stephens Hand. »Nur Mut, mein geliebter Herzog! Das ist nur Redminster, eine Kleinstadt, und wenn Sie versagen, wird es in keiner Zeitung zu lesen sein.«

»Aber Shakespeare könnte aus dem Grabe auferstehen und mich mit seinem Zorn verfolgen«, murmelte Stephen düster.

»Diese Ehre wird er Ihnen bestimmt nicht antun«, konterte sie schlagfertig. »Sein Werk wird nun schon seit Jahrhunderten verstümmelt, und trotzdem ruht er allem Anschein nach in Frieden. So miserabel wie einige Schauspieler, die ich gesehen habe, können Sie gar nicht sein.«

Er lächelte gequält, und bevor seine Nerven vollends versagten, verklang der Marsch, und sie traten Hand in Hand aus den Kulissen.

Jetzt waren die Augen aller Zuschauer auf sie gerichtet, und Rosalind spürte, daß ihr Partner sich noch mehr versteifte. Ihren Fingerdruck verstärkend, flüsterte sie: »Nicht über die eigenen Füße fallen und deutlich sprechen!«

Stephen schloß sekundenlang die Augen, sammelte sich und sagte mit kraftvoller Stimme: »Nun rückt, Hippolyta, die Hochzeitstunde mit Eil' heran …«

Rosalind hielt den Atem an, weil in seinen Augen so viel Wärme geschrieben stand. Lag es daran, daß er kein professioneller Schauspieler war? Jedenfalls wirkte er kein bißchen gekünstelt, sondern strahlte eine Aufrichtigkeit aus, die sie für einen Moment vergessen ließ, daß sie auf der Bühne standen. Er war ein Herrscher und ein Held, und er wollte sie zu seiner Frau machen. Sie liebte ihn, sie sehnte sich nach seinen Küssen und wollte ihren Körper an den seinen pressen …

Ein Hüsteln im Publikum riß sie aus der Verzückung, kurz bevor sie ihr Stichwort verpaßt hätte, und über zwanzig Jahre Bühnenerfahrung halfen ihr, Theseus verführerisch zuzulächeln – *Theseus,* nicht Stephen! – und ihm zu versichern, wie schnell die letzten Tage bis zur Hochzeit vergehen würden.

Im Laufe der Szene stieg freudige Erregung in Rosalind auf. Die routinierte Truppe ihrer Eltern brachte zwar immer gute Vorstellungen zustande, doch sie spürte, daß dies einer jener Abende sein würde, an denen eine zusätzliche magische Wirkung entstand. Stephens selbstbewußtes Auftreten und seine Männlichkeit verbesserten ihre eigene schauspielerische Leistung: Sie verwandelte sich in die Amazonenkönigin, um die Theseus ›mit dem Schwert gebuhlt‹ hatte, und die sich nun auf ihre Vermählung ›mit Prunkaufzügen und Maskenfesten‹ freute.

Die Stille im Zuschauerraum verriet ihr, daß alle sofort in den Bann des Stücks geraten waren und das Geschehen bis zum Schluß atemlos verfolgen würden.

Als Jessica, Edmund und Jeremiah auftraten und verlangten, daß der Herzog Recht sprechen solle, sprang der zündende Funke auch auf sie über, so daß sie ihre Rollen noch überzeugender als gewöhnlich verkörperten.

Bald gingen Rosalind und Stephen von der Bühne ab. Maria, die im silbrigen Kostüm der Elfenkönigin Titania hinter den Kulissen wartete, umarmte Stephen überschwenglich, und Rosalind beneidete ihre Mutter um diese Unbefangenheit, die ihr selbst fehlte, weil sie sich insgeheim viel zu sehr wünschte, in den Armen dieses Mannes zu liegen.

»Sie waren fantastisch!« Marias leise Stimme bebte vor Freude. »War es nicht herrlich?«

»Meine Amazonenkönigin hat mich zum Glück davor bewahrt, stumm dazustehen und kein Wort hervorzubringen. Danke, daß Sie mir erlaubt haben mitzuspielen. Nur wenige Menschen bekommen eine solche Gelegenheit.«

Erleichtert und erfreut, daß Stephen seinen Auftritt genossen hatte, ging Rosalind in die winzige Damengarderobe, um ihr Elfenkostüm anzuziehen. Das war leicht.

Viel schwerer fiel es ihr zu vergessen, daß sie im Stück für wenige Minuten Stephens Braut gewesen war.

Weil Theseus nur in drei Szenen zu Beginn und am Schluß auftreten mußte, konnte Stephen fast das ganze

Stück von den Kulissen aus beobachten. Jessica glänzte als hübsche verwirrte Hermia, Thomas und Maria waren als Elfenkönig und Elfenkönigin unübertrefflich, und Brian gab einen köstlich koboldhaften Puck ab. Stephen hatte noch nie eine bessere Aufführung des *Sommernachtstraums* gesehen. Thomas Fitzgerald hatte eine Truppe geschaffen, auf die er wirklich stolz sein konnte. Ob diese Kleinstädter überhaupt wußten, welches Glück sie hatten, in den Genuß einer solchen Vorstellung zu kommen?

Es befriedigte Stephen, einen kleinen Beitrag zur Verzauberung des Publikums geleistet zu haben. Natürlich wußte er, daß das Ensemble in der Vergangenheit ohne ihn wunderbar zurechtgekommen war, aber heute abend durfte er eine Macht ausüben, die nur von seinem Können abhing, während er als Herzog von Ashburton in erster Linie aufgrund seines Reichtums respektiert wurde – und aufgrund eines Adelstitels, den sogar ein Vollidiot erben konnte!

Immer wieder dachte er an den Genuß, den es ihm bereitet hatte, mit Rosalind zu sprechen, als wäre sie seine Braut. Ein flüchtiger Sommernachtstraum hatte ihn sogar sein düsteres Schicksal vergessen lassen. Kein Wunder, daß Märchenerzähler und Theater seit Anbeginn der Zeiten so beliebt waren! Eine faszinierende, gut erzählte Geschichte konnte den Menschen wenigstens vorübergehend Frieden und Freude bescheren.

Theseus und Hippolyta traten immer gemeinsam auf, und Rosalind, die als eine von Titanias Elfen ihre herrliche Figur in duftigen Schleiern zur Schau gestellt hatte, war jetzt wieder in ein fürstliches Gewand gehüllt, wie es sich für die Königin der Amazonen gebührte.

Sie lächelte Stephen zu. »Sie sehen gar nicht mehr eingeschüchtert aus!«

Er hob herablassend die Brauen. »Glauben Sie, daß diese Bauern es wagen würden, respektlos gegenüber dem Herrscher von Athen zu sein?«

Ihr Lächeln verwandelte sich in ein Grinsen. »Sie geben in der Tat einen höchst eindrucksvollen Herzog ab.«

Wenn sie wüßte ...

Jagdhörner erklangen im Hintergrund – das Signal für ihren Auftritt. Stephen war überrascht, daß Rosalind und er mit lautem Applaus begrüßt wurden. »Das Publikum hat Sie ins Herz geschlossen, Mylord«, flüsterte sie ihm verschmitzt zu.

Er wunderte sich selbst darüber, wie sehr ihn dieser Beifall freute.

In diesen beiden letzten Szenen trat er wesentlich selbstbewußter als zu Beginn auf. Einmal stolperte er über seinen Text, was aber niemand bemerkte, weil Rosalind eine perfekte Souffleuse war, und als er schließlich die Bühne verließ, frohlockte er. Der Herzog von Ashburton war das Risiko eingegangen, sich lächerlich zu machen – und er hatte die Feuerprobe bestanden.

Nach Pucks Schlußworten brach donnernder Applaus los. Nacheinander kamen die Schauspieler noch einmal auf die Bühne und verbeugten sich, wobei die Hauptdarsteller natürlich bis zuletzt warteten. Als Stephen und Rosalind Hand in Hand auftauchten, schwoll der Beifall merklich an, und ein zum Ball zusammengeknülltes Taschentuch mit Spitzenbesatz flog ihm vor die Füße. »Sie haben eine Eroberung gemacht, Stephen!« flüsterte Rosalind lachend.

»O Gott, nur das nicht!« murmelte er, fühlte sich aber dennoch geschmeichelt.

Schließlich war das ganze Ensemble auf der Bühne und verbeugte sich Hand in Hand. Stephen stand zwischen Jessica und Rosalind und dachte, daß seine Freunde ihn für verrückt halten würden, wenn sie ihn jetzt sehen könnten – aber zweifellos würden sie ihn auch beneiden.

Dieser glorreiche Moment ging schnell vorüber. Die Zuschauer erhoben sich und strömten dem Ausgang zu, doch hinter den Kulissen legte Thomas seinen Arm um Stephens Schultern. »Gut gemacht, Sir! Ich habe selten einen so überzeugenden Herzog von Athen gesehen.«

»Wahrscheinlich bin ich von Natur aus arrogant«, sagte Stephen bescheiden.

Maria schloß ihn wieder überglücklich in die Arme. »Jetzt essen wir in den *Three Crowns* zu Abend und feiern Ihren ersten Bühnenauftritt!«

Stephen war froh, noch einen Abend in Gesellschaft dieser sympathischen Menschen verbringen zu können, bevor er sich definitiv auf den Heimweg machen mußte. In der völlig überfüllten Herrengarderobe legte er sein prächtiges purpurrotes Gewand ab, unter dem er seine eigenen Kleider getragen hatte.

Er war fast fertig, als Edmund Chesterfield hereinkam und giftig sagte: »Sie halten sich jetzt wohl für einen Schauspieler, Ashe?«

Jeremiah Jones verdrehte die Augen, und Stephen spürte, daß Chesterfield bei seinen Kollegen alles andere als beliebt war. »Keineswegs«, entgegnete er friedfertig. »Ich bin ein Amateur, dem freundliche Profis erlaubt haben, einen aufregenden Abend zu erleben.« Während er seine Krawatte band, fügte er hinzu: »Ihr Demetrius hat mir übrigens sehr gut gefallen.«

Chesterfield war sofort besänftigt. »Ich habe großartig gespielt, nicht wahr? Der Demetrius ist eine wesentlich anspruchsvollere Rolle als der Lysander.«

Mühsam ein Lächeln unterdrückend, verließ Stephen die Garderobe. Ein kleines Kompliment hatte genügt, diesen Neidhammel zu entwaffnen!

Er würde diese Leute vermissen. Sogar den eitlen Chesterfield würde er vermissen!

Alle Mitglieder der Theatertruppe liebten Partys, und so kam ihnen die Feier zu Ehren von Stephen Ashe sehr gelegen. Nachdem während des Abendessens im Gasthof mehrere Toasts auf sein Wohl ausgebracht worden waren, herrschte eine ausgelassene Stimmung. Die Musikanten scharten sich in einer Ecke zusammen und spielten zu ihrem eigenen Vergnügen, und das übrige Ensemble teilte sich in kleine Gruppen auf, die angeregte Unterhaltungen führten.

Rosalind genoß solche Abende. Die Kosten trug ihr Vater, und das war einer der Gründe, weshalb er nie ein reicher Mann sein würde, doch dafür war die Atmosphäre in seiner Truppe herzlich und familiär – eine Seltenheit in der Theaterbranche.

Ihr Blick schweifte durch den vollen Raum und blieb auf Stephen haften, der mit Jane und Will Landers redete, einem jungen Paar, das meistens Nebenrollen spielte. »Möchtest du Stephen immer noch als aristokratischen Helden in deiner privaten Tragödie sehen?« fragte sie Jessica, die neben ihr saß. »Erinnerst du dich? Du wolltest ihn schmachten und an unerwiderter Liebe sterben lassen.«

Ihre Schwester lachte, während sie den letzten Bissen Schweinepastete zum Mund führte. »Nein, sogar meine lebhafte Fantasie streikt bei der Vorstellung, daß ich diesen ehrfurchtgebietenden Charakter so weit bringen könnte!«

Rosalind aß ein Stückchen Gewürzkuchen und trank einen Schluck Champagner. »Aber für einen Gentleman paßt er sich unserer Truppe erstaunlich gut an. Mit vielen scheint er sogar schon auf du und du zu stehen.«

»Das beweist, daß er ein echter Gentleman ist«, meinte Jessica nachdenklich. »Die brauchen ihre Überlegenheit nicht demonstrativ zur Schau zu stellen.«

Stephen lachte gerade über irgendeine Bemerkung, die Jane gemacht hatte. Er wirkte fröhlich und entspannt, während sie am Vormittag den Eindruck gehabt hatte, als trüge er irgendeine schwere Last mit sich herum. Es tat gut zu wissen, daß sie ihn wenigstens vorübergehend von seinem Kummer abgelenkt hatten, aber dafür konnte sie den Gedanken kaum ertragen, daß er schon am nächsten Morgen für immer aus ihrem Leben verschwinden würde.

Aus diesem deprimierenden Wissen heraus wurde sie plötzlich kühn. »Nachdem Stephen heute abend in unserer Truppe mitgespielt hat, müßten wir ihm eigentlich auch die entsprechende Weihe erteilen.«

»Eine glänzende Idee!« Jessicas blaue Augen funkelten vergnügt. »Mal sehen, ob er hinterher noch genauso selbstbewußt ist!«

»Bestimmt«, meinte Rosalind. »Dieser Mann besitzt eine angeborene Würde, die ihn nicht einmal auf dem Totenbett verlassen wird.«

Jessica überdachte diese düstere Szene, die sich vielleicht in irgendeinem Stück bühnenwirksam umsetzen ließ, wollte aber nicht ins Grübeln kommen. »Ich werde jetzt die Weihe ankündigen.« Sie stellte ihr Glas ab, sprang auf und hob gebieterisch die Arme.

»Alle mal zuhören! Alle mal zuhören!« Ihre Stimme übertönte mühelos das allgemeine Gemurmel und Gelächter. »Nachdem Stephen Ashe heute erfolgreich auf der Bühne gestanden hat, sollten wir ihn auch würdig zum Mitglied unserer Truppe weihen!«

Ihre Ankündigung wurde mit begeistertem Applaus quittiert. Nur Edmund Chesterfield runzelte mißmutig die Stirn. Er konnte es nicht ertragen, wenn ein anderer im Mittelpunkt der Aufmerksamkeit stand, was zur Folge hatte, daß er meistens schlechte Laune hatte.

»Wie geht diese Weihe denn vonstatten, schöne Hermia?« fragte Stephen mißtrauisch. »Werde ich in einen Wassertrog geworfen?«

»Nein, so brutal sind wir nicht«, grinste Thomas Fitzgerald. »Neulinge müssen nur jedes Mitglied des anderen Geschlechts küssen.«

»Das ist keine schwere Strafe, Stephen«, kicherte Jeremiah.

»Ich bin als erste dran«, verkündete Jessica. Sie schlang ihre Arme um Stephens Hals und legte den Kopf in den Nacken, eine betörende Geste aus einer ihrer Bühnenrollen. Die beiden gaben ein hinreißendes Paar ab, und zum erstenmal in ihrem Leben beneidete Rosalind die jüngere Schwester um ihre Schönheit. Welcher Mann könnte diesem bezaubernden Geschöpf widerstehen? Zu ihrer großen Befriedigung begnügte Stephen sich jedoch mit einem freundschaftlichen Kuß.

Kichernd, so als wären sie noch alberne Schulmädchen, folgten die anderen Frauen Jessicas Beispiel, sogar die alte Nan, die zänkische Weiber und Hexen spielte und nebenbei als Garderobiere fungierte. Stephen ging gutmütig auf das Spiel ein und küßte alle Damen mit dramatischer Überschwenglichkeit.

Nur Rosalind blieb sitzen und bereute ihren impulsiven Vorschlag. Ihr lag nichts daran, auf diese Weise von Stephen geküßt zu werden. Sie wollte etwas anderes ...

Rasch verdrängte sie ihre unkeuschen Gedanken.

Maria war als letzte an der Reihe. Sie bedachte Stephen mit einem schmatzenden Kuß, so als spielte sie in *Die lustigen Weiber von Windsor,* drehte sich um und winkte Rosalind zu. »Jetzt bist du dran, meine Liebe. Ein letzter Kuß, und Stephen wird für immer zu uns gehören.«

Alle applaudierten. Widerwillig stand Rosalind auf und durchquerte das Zimmer. Als sie vor Stephen stand, hob sie den Kopf und las in seinen Augen, daß er sich genauso unbehaglich wie sie selbst fühlte. Die zarten Bande, die sie geknüpft hatten, brauchten nicht durch einen öffentlichen Kuß besiegelt zu werden.

Dann streckte er ihr seine Hand entgegen. »Komm, meine Hippolyta!«

Dankbar schlüpfte Rosalind in ihre Bühnenrolle. Sie war eine Amazonenkönigin, die sich stolz ihrem Liebsten näherte. »Mein Herzog«, hauchte sie und machte einen tiefen Knicks.

Stephen zog sie hoch und nahm sie in die Arme. Seine Lippen waren warm, und obwohl er sich mit einem flüchtigen Kuß begnügte, lief ihr ein heißer Schauer über den Rücken.

Ja, zwischen ihnen gab es zweifellos irgendwelche Schwingungen, und wenn sie sich zu einer anderen Zeit und an einem anderen Ort begegnet wären, hätte vielleicht sogar eine tiefe Beziehung entstehen können. Doch dieses Glück würde ihnen nicht beschieden sein.

Sie schaute ihm tief in die Augen, während sie murmelte: »Danke, Stephen.«

»Es war mir ein Vergnügen, Rosalind«, erwiderte er genauso leise.

Wieder wurde applaudiert, und Thomas füllte Stephens Champagnerglas. Rasalind zog sich zufrieden zurück. Sie bedauerte nicht mehr, die Aufnahmezeremonie initiiert zu haben. Sogar ein öffentlicher Kuß war besser als gar keiner.

Stephen hatte leichte Magenschmerzen gehabt und deshalb so gut wie nichts gegessen. Statt dessen hatte er heimlich eine seiner Pillen geschluckt und seitdem Champagner getrunken, der seine Beschwerden zu lindern schien. Er genoß die Unterhaltungen, die in Londoner Salons unmöglich gewesen wären. Ben Brady hatte ihm beispielsweise fachmännisch erklärt, wie man auf der Bühne eine Explosion vortäuschte, ohne das ganze Gebäude in Brand zu setzen. Und Bradys Frau, Nan, hatte ihm mit heiserer Stimme anvertraut, daß sie Geschichten über tugendhafte Jungfrauen liebte, die schlimme Schürzenjäger zähmten – obwohl sie selbst ihre Jungfräulichkeit verloren hatte, noch bevor Georg III. die amerikanischen Kolonien verlor! Der einzige Langweiler im ganzen Ensemble war Edmund Chesterfield.

Nach seiner offiziellen Aufnahme in die Truppe setzte er sich zu Thomas und Maria Fitzgerald auf eine bequeme Eicheneckbank und lauschte fasziniert ihren amüsanten Erzählungen über das Theaterleben. Er beneidete die beiden um ihre Vertrautheit, um die innige Liebe, die bei jedem Wort und jeder Geste zu spüren war.

Stephen fühlte sich doppelt einsam, wenn er ihre zärtlich ineinander verschlungenen Finger beobachtete, und er mußte energisch gegen Anfälle von Selbstmitleid ankämpfen, indem er sich vorsagte, daß der reiche Herzog von Ashburton nun wirklich keinen Grund hatte, sein Schicksal zu beklagen.

Thomas warf plötzlich einen Blick auf seine Taschenuhr und wandte sich an Brian. »Mitternacht! Du solltest längst im Bett sein, mein Junge.«

Beim Gähnen ertappt, grinste der Schlingel: »Ich habe aber meine Lateinsätze noch nicht übersetzt!«

»Das kannst du morgen vormittag nachholen«, sagte Maria. »Und vergiß bitte auch deine Rechenaufgaben nicht.«

Brian gab seiner Mutter einen Gutenachtkuß und zog sich ohne weiteren Widerspruch zurück. »Latein?« fragte Stephen überrascht.

Thomas nickte. »Im Griechischen bin ich leider nicht mehr fit genug, um ihn unterrichten zu können, aber Latein habe ich noch im Kopf, und der Bursche plagt sich schon mit Caesar herum.«

Stephen hob die Brauen. »Er hat Glück, daß er bei Ihnen so viel lernen kann.«

Thomas schmunzelte amüsiert. »Ich habe früher das Trinity College in Dublin besucht«, erklärte er. »Ach ja, damals war ich ein vielversprechender Student, und meine Eltern dachten, ich würde in der Kirche oder als Jurist Karriere machen.« Er schüttelte mit gespieltem Bedauern den Kopf. »Dann habe ich dieses lüsterne Weibsbild kennengelernt! Sie hat in Dublin die Julia gespielt, und ich verzichtete auf alle Zukunftschancen und legte ihr mein Herz zu Füßen.«

Maria schnaubte. »Glauben Sie ihm kein Wort, Stephen! Es stimmt zwar, daß er einer adligen Familie entstammt, aber wenn ich mich seiner nicht angenommen hätte, wäre er irgendwann am Galgen gelandet.« Sie lächelte ihrem Mann zärtlich zu. »Wenn Sie wüßten, wieviel Mühe es mich gekostet hat, ihn vor irgendwelchen Katastrophen zu bewahren! Der Kerl wollte unbedingt Schauspieler werden, deshalb setzte er seinen verdammten irischen Charme ein, um mich von seiner unsterblichen Liebe zu überzeugen. Und ich in meiner Unschuld durchschaute nicht, daß er nur in eine alte Theaterfamilie einheiraten wollte, die ihm alles beibringen konnte, was er wissen wollte!«

»Sie ist eine harte Person«, seufzte Thomas traurig. »Ich stehe völlig unter ihrem Pantoffel.« Bevor er den Satz beendet hatte, legte seine Frau ihm eine Hand auf den Oberschenkel, und er legte ihr grinsend einen Arm um die Schultern und zog sie auf der Bank dicht an sich heran.

Jessica huschte an ihnen vorbei. »Achten Sie nicht auf meine Eltern, Stephen«, flüsterte sie verschwörerisch. »Ihnen fehlt leider jeder Sinn für Anstand. Ich muß mich ständig für sie schämen!«

Stephen kicherte über die vertauschten Rollen in dieser Familie und bedauerte zutiefst, daß seine eigenen Eltern nicht einmal ein Zehntel dieser tiefen Beziehung besessen hatten.

Plötzlich spürte er ein unangenehmes Magenbrennen. Mittlerweile mit allen Abstufungen von Schmerz vertraut, glaubte er zwar nicht, daß ihm ein schlimmer Anfall bevorstand, aber er wollte lieber kein Risiko eingehen und leerte deshalb sein Glas. »Ich gehe jetzt zu Bett. Es war ein anstrengender Tag.«

Sobald er aufstand, wurde ihm so schwindelig, daß er sich am Tisch festhalten mußte, um nicht zu stürzen. Verdammt, so viel Champagner hatte er doch gar nicht getrunken! Er griff sich an den schmerzenden Kopf und hoffte inbrünstig, daß er nicht hier vor aller Augen zusammenbrechen würde.

Rosalind war sofort an seiner Seite. »Um Himmels

willen, wir haben ganz vergessen, daß Sie erst gestern von einem Baumstamm gerammt wurden.« Sie legte ihm einen Arm um die Taille. »Ich helfe Ihnen hinauf und gehe dann ebenfalls schlafen.«

Stephen hatte seine Kopfverletzung fast vergessen, doch jetzt war sie eine willkommene Entschuldigung für seinen Zustand. Auf Rosalind gestützt, durchquerte er den Raum und schaffte es sogar, immer wieder ›Gute Nacht‹ zu murmeln.

Auf dem kühlen Korridor fühlte er sich sofort wohler, wollte aber dennoch nicht auf Rosalinds Nähe verzichten. Sie fühlte sich so herrlich weich an, und auch ihre Größe hatte etwas Beruhigendes an sich. Neben Louisa war er sich immer wie ein ungeschlachter Riese vorgekommen!

Die Arme umeinander geschlungen, gingen sie die Treppe hinauf. Vor Stephens Zimmertür schaute Rosalind ihn besorgt an. »Kommen Sie allein zurecht?«

Er nickte. »Es war nur ein kurzes Schwindelgefühl. Wie Sie richtig gesagt haben, stieß mein Kopf erst gestern mit einem Baumstamm zusammen. Mir kommt es viel länger vor.«

Rosalind strich sanft die Haare zurück, die er über die Wunde gekämmt hatte. »Gott sei Dank hat sie sich nicht entzündet. Trotzdem – wenn Ihnen immer noch schwindelig wird, sollten Sie morgen doch lieber hierbleiben.«

Stephen griff nach dem Strohhalm. »Sie haben recht. Ich brauche noch mindestens einen Tag Ruhe.«

Eigentlich hätten sie sich voneinander lösen müssen, aber sie taten es nicht, sondern tauschten einen stummen Blick. Er kämpfte heldenhaft gegen das Verlangen an, ihr seidiges Haar zu streicheln, ihren verführerischen Körper noch fester an sich zu ziehen und ihre vollen Lippen zu küssen, so wie er es letzte Nacht im Halbschlaf getan hatte ...

Stephen verlor den Kampf, drückte sie an sich und küßte sie, und sie schlang mit einem seligen Seufzer ihre

Arme um seinen Hals. Ihr Mund schmeckte nach Champagner und Gewürzkuchen, und während seine Hände über ihre wohlgerundeten Hüften glitten, loderte wilde Leidenschaft in ihm auf. Diese Umarmung war so ganz anders als der unbefriedigende öffentliche Kuß. Sie war innig und intim und richtig.

Falsch.

Er riß sich von ihren Lippen los, und daß ihm jetzt schwindelig war, hatte nicht das geringste mit dem Baumstamm zu tun. Rosalind schaute verwirrt zu ihm auf, und er vermutete, daß seine eigenen Augen genauso verschleiert waren wie die ihren.

»Es tut mir leid«, murmelte er, beschämt über seinen Mangel an Selbstbeherrschung.

»Sie besitzen die erschreckende Fähigkeit, mich vergessen zu lassen, daß ich eine ehrbare Witwe bin.« Ohne Eile löste Rosalind ihre Arme von seinem Hals und trat einen Schritt zurück. »Es hört sich vermutlich furchtbar liederlich an, aber ich habe diesen Kuß sehr genossen.«

»Ich auch. Sie sind die verführerischste Frau, der ich je begegnet bin, obwohl das natürlich keine Entschuldigung für mein tadelnswertes Verhalten ist.« Nach kurzem Zögern fügte er hinzu: »Sie sehen nicht nur bezaubernd aus … Irgendwie … irgendwie rühren Sie mein Herz an.«

Rosalind strich ihm mit den Fingerspitzen zärtlich über die Wangen. »Zwischen uns ist etwas aufgeblüht, stimmt's?« sagte sie leise. »Eine zarte Blüte, die niemals zur Frucht heranreifen wird, aber trotzdem nicht wertlos ist.« Ihre Lippen streiften flüchtig seinen Mund, bevor sie sich abwandte und mit wiegenden Hüften zu ihrem Schlafzimmer ging.

Stephen blickte ihr nach und wurde von einem Hunger verzehrt, der mehr war als reine Begierde. Er benötigte seine ganze Willenskraft, um ihr nicht zu folgen.

In seinem Zimmer lehnte er sich an die Tür und ballte die Hände zu Fäusten. Als Herzog schien man zur Einsamkeit verdammt zu sein. Man schmeichelte ihm, und hinter seinem Rücken verfluchte man ihn vermutlich. Von einer Handvoll Freunde abgesehen, hatte er stets das Gefühl gehabt, daß ihn eine Mauer von normalen Menschen trennte.

Ohne sich von der Stelle zu rühren, betrachtete er die hellen Vorhänge, die sich in der leichten Brise bewegten, weil das Fenster geöffnet war. Bis heute abend, als er für kurze Zeit zu einer Gemeinschaft gehört hatte, war ihm nie klargeworden, wie sehr er unter dem Alleinsein litt. Wie könnte er es ertragen, diese Theaterleute zu verlassen, die ihn glücklicher machten, als er jemals gewesen war?

Wenn es nur Rosalind oder nur die Kameradschaft in der Truppe gewesen wäre, würde es ihm nicht so schwer fallen, nach Ashburton Abbey zurückzukehren, aber die Kombination von beidem übte eine unwiderstehliche Faszination auf ihn aus. Gerade deshalb müßte er sich so schnell wie möglich losreißen. Es war falsch, etwas so sehr zu begehren – speziell jetzt, da er keinerlei Zukunftsperspektiven mehr hatte.

Doch als er länger darüber nachdachte, sah er keinen Grund mehr, überstürzt abzureisen. Seine Gesundheit war noch gut genug, um seinen Zustand eine Weile geheimhalten zu können, und er bezweifelte, daß jemand ihn auffordern würde, die Truppe zu verlassen, wenn er sich ein bißchen nützlich machte. Ja, er würde noch einige Tage bleiben, vielleicht sogar noch eine ganze Woche!

Er verspürte eine solche Erleichterung über seinen Entschluß, daß er ihn fast wieder rückgängig gemacht hätte. Doch was, zum Teufel … ein zum Tode Verurteilter hatte ein Anrecht auf ein paar letzte Freuden! Von klein auf an harte Disziplin gewöhnt, müßte es ihm doch gelingen, Rosalind in Zukunft nicht zu nahe zu kommen. Er würde keinen Champagner mehr trinken und es vermeiden, mit ihr allein zu sein.

Erfüllt von guten Vorsätzen, zog er sich im Dunkeln aus und kroch unter die Decke, doch sobald sein Kopf auf dem Kissen lag, stürzten lebhafte Erinnerungen auf ihn ein: Auf diesem Bett hatte er Rosalind letzte Nacht umarmt und geküßt!

Mit dem Gefühl einer totalen Leere wälzte er sich auf die Seite und verfluchte seine Krankheit, die einen schwarzen Schatten auf alles warf.

Schließlich schloß er die Augen und dachte an die Umarmung auf dem Korridor. Natürlich hätte er sich nicht dazu hinreißen lassen dürfen, aber die Erinnerung an diesen Kuß würde ihm bis zu seinem nicht mehr allzu fernen Todestag das Herz wärmen …

7. Kapitel

George Blackmer stieg aus seinem Einspänner und erklomm die massive Steintreppe von Ashburton Abbey. Sobald die Tür auf sein Klopfen hin geöffnet wurde, sagte er gebieterisch: »Informieren Sie den Herzog, daß ich hier bin.«

Owens, der normalerweise unerschütterliche Butler, versteifte sich merklich. »Seine Gnaden ist nicht zu Hause.«

Blackmer zog seine Handschuhe aus. »Dann warte ich eben. Wann kommt er zurück?« Als Owens nicht antwortete, rief der Arzt ungeduldig: »Hören Sie, Mann, ich bin kein Bettler! Der Herzog wird mich sehen wollen.«

Der Butler zögerte noch einen Augenblick, doch dann sprudelten die Worte nur so aus seinem Mund: »Er ist nicht hier … Er ist plötzlich abgereist, ganz allein … wir wissen nicht, wohin. Ich bin – wir alle sind ziemlich besorgt.«

Blackmer runzelte die Stirn. »Allein?«

Owens nickte. »Er ist einfach weggeritten und hat nicht einmal seinen Kammerdiener mitgenommen – gleich nach Ihrem letzten Besuch.«

»Sie haben seit vierzehn Tagen nichts von ihm gehört?« fragte der Arzt ungläubig.

»Gar nichts.«

»Haben Sie irgend jemanden darüber informiert?«

»Nein. Schließlich hat Seine Gnaden das Recht zu reisen, wohin und wie er will. Nur ...« – Owens schluckte – »nur ist dieses Verhalten sehr ungewöhnlich.«

Es war wirklich ungewöhnlich. Blackmer hatte Stephen Kenyon über Jahre hinweg scharf beobachtet, und er bezweifelte, daß der Herzog jemals zuvor so impulsiv gehandelt hatte. Andererseits konnte ein Todesurteil natürlich jeden Mann aus dem Gleichgewicht bringen ... »Benachrichtigen Sie mich sofort, wenn er zurückkommt oder wenn Sie etwas von ihm hören. Es ist wichtig, daß ich von seiner Rückkehr erfahre.«

Der Arzt fluchte auf der ganzen Heimfahrt leise vor sich hin. Sein Patient konnte sich überall in Großbritannien aufhalten, und obwohl es um seine Gesundheit noch nicht allzu schlecht bestellt sein dürfte, war eine Verschlimmerung in nächster Zukunft nicht auszuschließen.

Zu Hause angelangt, begab Blackmer sich sofort in sein Arbeitszimmer, wo er nervös auf und ab lief. Ashburtons Dienstboten wollten verständlicherweise nichts unternehmen, was ihrem Herrn mißfallen könnte, aber irgend jemand mußte etwas tun, und nur Blackmer selbst kannte die Gründe für die Flucht des Herzogs.

Am vernünftigsten war es wohl, Ashburtons Bruder in Wales zu informieren. Vielleicht hielt der Herzog sich ja sogar dort auf, nicht nur um Trost zu suchen, sondern auch um seinen Erben mit dem Gedanken vertraut zu machen, daß die gesamte Verantwortung bald auf ihm ruhen würde. Blackmer kannte Lord Michael Kenyon nur flüchtig – aber gut genug, um zu wissen, daß der

Mann hart und gefährlich war. Wie er auf die Neuigkeiten reagieren würde, ließ sich beim besten Willen nicht vorhersagen. Vielleicht würde Lord Michael es kaum erwarten können, das Erbe seines Bruders anzutreten. Vielleicht würde er aber auch in Wut geraten und den Unglücksboten – den Arzt – zur Rechenschaft ziehen. Vielleicht ... die Möglichkeiten waren vielfältig und besorgniserregend.

Trotzdem blieb ihm keine andere Wahl. Fluchend setzte der Arzt sich an seinen Schreibtisch und verfaßte einen Brief an Lord Michael Kenyon, wobei er jedes Wort sorgfältig abwog.

8. Kapitel

Rosalinds Blicke schweiften durch das kleine Theater, in dem ein gutes Dutzend Leute geschäftig umhereilte. Sie wartete, bis Stephen aufschaute, und rief: »Könnten Sie mir mit den Requisiten helfen?«

»Aber ja.« Stephen kam auf die Bühne und hob eine Fensterattrappe vom Boden auf. »Wo soll das hin?«

»Dort drüben, genau über der Stelle, wo Aloysius schläft. Er hat ein besonderes Talent dafür, es sich ausgerechnet dort bequem zu machen, wo er am meisten im Wege ist!«

Rosalind beobachtete lächelnd, wie Stephen den Wolfshund geduldig überredete, ein Stück zur Seite zu rücken. Sie hatte einmal ein arabisches Sprichwort gehört: ›Hat ein Kamel seine Nase einmal in ein Zelt gesteckt, steht es bald ganz drin.‹ Natürlich war es unverschämt, Stephens aristokratische Nase mit der eines Kamels zu vergleichen, aber er war im Laufe der letzten Woche erfolgreich ins Zelt eingedrungen – das hieß in diesem Fall in die Fitzgerald-Theatertruppe. Er schleppte schwere Requisiten, er hatte einen der Planwagen gelenkt, spielte kleine Nebenrollen und unterrichtete Brian in Latein, wenn Thomas keine Zeit hatte.

Seine Kopfwunde war inzwischen völlig verheilt, deshalb vermutete Rasalind, daß er bei ihnen blieb, weil er sich hier einfach wohl fühlte. Jedenfalls wirkte er viel gelöster als anfangs.

Sie dachte oft sehnsüchtig an jenen herrlichen, atemberaubenden Kuß vor seinem Zimmer zurück. Seitdem vermieden sie es wohlweislich, irgendwo ganz unter sich zu sein. Wenn andere dabei waren, arbeiteten sie Hand in Hand oder unterhielten sich angeregt über alles mögliche und taten so, als fühlten sie sich nicht schier unwiderstehlich zueinander hingezogen.

Während Stephen ihre Anweisungen befolgte und die letzten Requisiten aufstellte, überlegte sie, wie lange er wohl noch bei der Truppe bleiben würde. Aber sie traute sich nicht, ihn direkt zu fragen, aus einer abergläubischen Furcht heraus, er könnte sich verpflichtet fühlen, zu seinem normalen Leben zurückzukehren, sobald das Thema offen zur Sprache kam. Sie wußte natürlich, daß er sie bald verlassen würde, doch sie wollte nicht der Auslöser für diesen Entschluß sein.

Stephen drehte sich nach ihr um. »Gibt es sonst noch etwas zu tun, gestrenge Inspizientin?«

Rosalind musterte kritisch das Bühnenbild und die Beleuchtung. »Alles scheint in bester Ordnung zu sein. Dieses Theater ist leicht vorzubereiten.«

Er kraulte Aloysius hinter den Ohren. »Was wird heute eigentlich gespielt?«

»*Isabella oder Die fatale Heirat,* eine Tragödie über betrogene Unschuld und grausamen Tod.« Rosalind schmunzelte. »Das ist eine der Glanzrollen meiner Mutter – das weibliche Publikum ist immer zu Tränen gerührt. Es war hier in Whitcombe, als ich sie zum erstenmal die Isabella spielen sah. Ich war vier oder fünf Jahre alt, und während der Szene, in der sie stirbt, rannte ich schreiend auf die Bühne, weil ich glaubte, sie würde wirklich sterben. Den Zuschauern gefiel dieser Zwischenfall, und seitdem bestehen sie darauf, das wir hier jedesmal *Isabella* aufführen.«

Stephen hob seine dunklen Brauen. »Sie erzählen das wie einen Scherz, aber für ein kleines Kind muß es ein schreckliches Erlebnis gewesen sein.«

Seine freundlichen Worte lösten eine unerwartete Sturmflut von Emotionen aus. Eiskalte Schauer liefen ihr über den Rücken, und sie preßte eine Hand auf das laut pochende Herz, als sie sich daran erinnerte, wie ihre geliebte Adoptivmutter scheinbar im Sterben lag. Unerträgliche Angst, grenzenloses Entsetzen ...

Stephen packte sie am Arm und warf ihr einen besorgten Blick zu. »Geht es Ihnen nicht gut?«

In die Gegenwart zurückkehrend, lachte Rosalind verlegen. »Seltsam – Ihre Bemerkung hat dazu geführt, daß ich die Szene plötzlich wieder so lebhaft vor Augen hatte, als würde sie in diesem Moment passieren. Töricht von mir!«

»Ich finde das gar nicht töricht«, sagte Stephen ruhig. »Sie hatten schon Ihre leibliche Mutter verloren, und zu glauben, daß nun auch die Adoptivmutter tot war, muß gräßlich gewesen sein. Das Weltende, könnte ich mir vorstellen.«

»Ja, so habe ich es empfunden.« Etwas Düsteres und Grauenerregendes stieg aus den Tiefen ihres Unterbewußtseins empor. Der Tod ihrer Mutter ... Das Weltende ...

Schaudernd zwang sie die Schreckensbilder ins Dunkel zurück, bevor sie Gestalt annehmen konnten. Merkwürdig, daß Stephen die Zusammenhänge sofort begriffen hatte – im Gegensatz zu ihr selbst. Aber sie bemühte sich ja auch stets, nicht über ihr Leben vor der Adoption nachzudenken.

Er drückte ihr tröstend die Hand. »Versuchen Sie manchmal, sich an Ihre leibliche Mutter zu erinnern?«

»Hin und wieder, aber es gelingt mir nie. Maria sagt,

es müsse eine sehr gute Mutter gewesen sein, weil ich für ein kleines Kind ausgezeichnete Manieren hatte.« Um von dem Thema abzulenken, das sie verstörte, schaute Rosalind sich im Theater um. »Edmund ist nicht da, oder? Wir wollten eigentlich das Nachspiel proben, weil wir es lange nicht aufgeführt haben.«

Stephen akzeptierte den Themenwechsel und ließ ihre Hand los. »Wie heißt das Stück?«

»*Der treulose Liebhaber.* Eine alberne Schlafzimmer-Farce, die das Publikum nach dem Melodram *Isabella* zum Lachen bringt.« Mit gerunzelter Stirn beobachtete sie ihren Vater, der nervös am Eingang auf und ab lief. »Papa ist sehr unzufrieden, daß Edmund wieder einmal fehlt.«

Gleich darauf schlug Thomas sich wütend mit dem Textbuch auf die Handfläche und stürmte zur Bühne. »Stephen, Sie müssen als schurkischer Liebhaber im Nachspiel einspringen. Wenig Dialoge – Sie müssen hauptsächlich vornehm und verschlagen auftreten und mit der falschen Frau ins Bett gehen.«

»Wie bitte?« fragte Stephen bestürzt.

Rosalind mußte über seine verblüffte Miene lachen. »Sie sind Claudio, der schurkische Herzog, der Annabelle heiß begehrt – eine tugendhafte Jungfrau, gespielt von Jessica. Sie drohen, ihren Vater hinrichten zu lassen, wenn sie sich Ihnen nicht hingibt. Annabelle stimmt unter der Bedingung zu, daß Sie im Dunkeln zu ihr kommen, um ihr Schamgefühl zu schonen. Dann beschließt sie zusammen mit ihrem geliebten Anton, der von Will Landers gespielt wird, ihre weniger unschuldige Freundin Ethel – das bin ich – zu bitten, sie zu vertreten. Ethel war die Geliebte des Herzogs und wurde von ihm verlassen, doch weil sie ihn noch immer liebt, stimmt sie zu, bei dem Täuschungsmanöver mitzuwirken.«

Stephen hob die Brauen. »Es sieht fast so aus, als könnte ich mit der Darstellung von Herzögen Karriere machen.«

»Sie haben das richtige Auftreten«, sagten Thomas und Rosalind wie aus einem Munde. Die drei schauten einander an und brachen in Gelächter aus.

»Zur Rolle des Herzogs verdammt!« kommentierte Stephen trocken. »Ist das mein Text?«

Thomas gab ihm das Textbuch. »Die Dialoge sind nicht besonders witzig, Sie können also getrost ein bißchen improvisieren. Am wichtigsten ist es, übertrieben zu agieren – unanständig, aber nicht vulgär.«

Stephen nickte und überflog seinen Text, während Thomas die anderen Mitspieler versammelte. Als die Probe begann, hatte Stephen die Dialoge so weit im Kopf, daß er sich durchmogeln konnte. Es bereitete ihm nicht die geringste Mühe, arrogant, fordernd und einschüchternd aufzutreten, und er bewies unerwartetes komisches Talent, wenn er Jessica lüstern anstarrte, die als Annabelle schaudernd vor ihm zurückwich.

Von Zeit zu Zeit unterbrach Thomas die Probe und gab knappe Anweisungen, doch im großen und ganzen klappte alles so gut, daß Rosalind sich richtig amüsierte und überhaupt nicht daran dachte, welche Gefahren die Täuschungsszene – der Höhepunkt der Farce – in sich barg. Dann schlich Stephen auf Zehenspitzen in die Kulisse, die das dunkle Gartenhaus darstellen sollte, und rief: »Wo bist du, mein geliebtes Turteltäubchen?«

Rosalind säuselte: »Hier, Claudio! Hier! Hier!« Sie wollte sich ihm in die Arme werfen, als ihr schlagartig zu Bewußtsein kam, daß nicht Edmund, sondern Stephen ihr Partner war. Eine Umarmung mit Edmund war völlig unverfänglich. Mit Stephen hingegen …

Ihm ging es offenbar genauso, denn er blieb einen Meter von ihr entfernt wie angewurzelt stehen, und seine Miene wechselte von Lüsternheit zu Bestürzung.

»Worauf warten Sie?« rief Thomas ungeduldig. »Sie sollen sie küssen.«

Stephen holte tief Luft und fiel aus der Rolle des schurkischen Herzogs. »Tut mir leid, tut mir leid, aber ich habe eine Frau noch nie vor Publikum geküßt – schon gar nicht in Gegenwart ihres Vaters. Ich hoffe, Sie haben keine Reitpeitsche zur Hand?«

Thomas lachte. »Das ist mir bisher nicht in den Sinn gekommen, aber ich kann Ihre Skrupel nachvollziehen.« Er winkte seiner Frau zu, die sich in der hintersten Bankreihe leise mit einigen anderen Frauen unterhielt. »Komm her, meine Süße, damit wir diesem korrekten jungen Mann zeigen können, wie man so etwas macht.«

»Ich fliege zu dir, mein Held!« erwiderte Maria theatralisch.

Rosalind überließ ihrer Mutter den Platz im Gartenhaus, halb belustigt, halb beunruhigt. Es wäre peinlich, wenn Stephen und sie mitten auf der Bühne von ihrem heftigen Verlangen überwältigt würden, doch zugleich war diese Situation genauso absurd wie die Farce, die geprobt wurde.

»Wo bist du, mein geliebtes Turteltäubchen?« rief Thomas.

»Hier, Claudio!« Maria warf sich in seine Arme. »Hier! Hier!«

Der nun folgende Kuß war hoch dramatisch. Zwischendurch rühmte Claudio ihre Schönheit und verkündete, er hätte das Gefühl, sie sein Leben lang gekannt zu haben, was zweifellos ein Zeichen des Himmels sei, daß sie füreinander bestimmt seien. Maria ging so leidenschaftlich auf ihn ein, daß alle lachen mußten.

»Es hat die Eltern mal wieder gepackt!« erklärte Jessica ironisch, was eine neue Welle von Heiterkeit auslöste. Doch dann mußten Stephen und Rosalind die Szene nachspielen. Sie zwinkerte ihm zu und murmelte: »Nachdem uns keine andere Wahl bleibt, sollten wir es genießen!«

Seine Augen funkelten amüsiert, während er sie so ungestüm in seine Arme riß, daß ihr Oberkörper weit nach hinten gebogen wurde.

Unwillkürlich klammerte sie sich an ihm fest und vergaß vor Überraschung fast die übertriebenen Gesten, die zu ihrer Rolle gehörten. Doch sie faßte sich sehr schnell, und weil es in dem Gartenhaus ja angeblich völlig dunkel war, hatte sie als Schauspielerin durchaus das Recht, ihre Hände über Stephens breite Schultern und muskulöse Arme gleiten zu lassen, ihm tief in die graugrünen Augen zu schauen und das markante Gesicht zu streicheln. Sie zeichnete mit den Fingerspitzen seine Lippenkonturen nach und sagte heiser: »Du kannst dir nicht vorstellen, wie ich diesen Moment herbeigesehnt habe, Liebster!«

»Ich habe von dir geträumt, meine Turteltaube!« Seine Augen glühten vor Begierde. »In der einsamen Stille der Nacht habe ich dich vor mir gesehen!«

Unwillkürlich wünschte Rosalind, die Worte und die leidenschaftlichen Blicke wären ernst gemeint.

Sie rieb ihre Wange an der seinen und konnte nicht mehr klar zwischen Spiel und Realität unterscheiden. »Versprich mir, mich nie zu vergessen, Liebster.«

»Wie könnte ich diese Süße und dieses Feuer jemals vergessen?« Er küßte sie, und seine Lippen waren warm und fordernd.

»Laß diese Frau los, hinterhältiger Herzog!« brüllte Thomas.

Rosalind und Stephen zuckten zusammen, so als hätte man sie mit kaltem Wasser übergossen, und das war nur teilweise gespielt. Doch als Thomas, gefolgt von zwei Dienern mit Fackeln, die das angeblich dunkle Gartenhaus hell beleuchteten, sich drohend näherte, besann Stephen sich wieder auf seine Rolle und rief entsetzt: »Es ist der Erzbischof!«

Dann fiel sein Blick auf die Frau, die er in den Armen hielt. »Und Ethel!« Er ließ sie so abrupt los, als hätte sie sich plötzlich in eine Schlange verwandelt. »Schlampe! Wie konntest du es wagen, mich zu täuschen? Was hast du mit meiner geliebten Annabelle gemacht?«

Das war das Stichwort für Jessica und Will Landers.

Sie traten Hand in Hand auf und sahen sehr zufrieden aus. Der Erzbischof donnerte, daß er das junge Paar soeben getraut habe und daß der Herzog wegen seiner Schlechtigkeit abgesetzt und von der Kirche zum Tode verurteilt worden sei.

Rosalind fiel vor dem Herzog auf die Knie und flehte ihn mit gefalteten Händen an: »Eure Exzellenz, begnadigen Sie meinen Geliebten! Er hat zwar gesündigt, aber im Grunde ist er kein schlechter Mensch. Er leidet nur unter zuviel Reichtum und Macht!«

Diese Zeile rief im Publikum, das nur zu gern unter zuviel Reichtum und Macht gelitten hätte, immer schallendes Gelächter hervor. Dann wandte Rosalind sich an ihren treulosen Geliebten. »Ich kann Sie nicht zwingen, mich zu lieben – aber fanden Sie meine Küsse nicht süß, als Sie mich für eine andere Frau hielten, teurer Herzog?«

Stephen erschauderte dramatisch und blickte zum Himmel empor. Nach längerem Schweigen murmelte er heiser: »O doch, deine Küsse waren sehr süß, liebe Ethel.«

Er griff nach ihrer Hand und zog sie hoch, während sein Gesicht tiefe Reue widerspiegelte. »Verzeih mir, meine treue Geliebte, daß ich dich schändlich betrogen habe. Ich habe den Tod verdient, aber vergiß mich nicht ganz.«

Es war Stephens Einfall, ihr an dieser Stelle die Hand zu küssen – ein sehr wirkungsvoller Bühneneffekt, der ihr einen heißen Schauer über den Rücken jagte.

Befriedigt über die Reue des Herzogs, verzieh der Erzbischof ihm und vermählte ihn sofort mit Ethel. Jessica wollte gerade das freche Schlußlied trällern, als ein Mann ›Verdammt!‹ brüllte.

Alle drehten sich um. Edmund Chesterfield schmetterte die Theatertür zu und stürmte durch den Mittelgang auf die Bühne. »Wie können Sie es wagen, meine Rolle diesem … diesem unfähigen Dilettanten zu geben?

Dazu haben Sie kein Recht!« Er bedachte Stephen mit einem giftigen Blick.

»Es ist Tradition, daß Schauspieler ihre gewohnten Rollen behalten – aber nur, wenn sie ihre Pflichten erfüllen«, sagte Thomas trocken. »Du hast eine Probe zuviel versäumt!«

Rosalind vermutete, daß ihr Vater versöhnlich gewesen wäre, wenn Edmund sich für seine Verspätung entschuldigt hätte. Statt dessen explodierte der junge Mann: »Sie … Sie eingebildeter alter Tyrann! Weil Sie Ihren eigenen Text ständig vergessen, wollen Sie bessere Schauspieler zu überflüssigen Proben zwingen! Sie sind doch nur neidisch auf mich, weil Sie ein totaler Versager sind, der eine eigene Truppe zusammentrommeln mußte, um nicht zu verhungern!«

Thomas und Maria erbleichten, das Ensemble hielt den Atem an, und Jessicas liebliches Gesicht bekam einen düsteren Ausdruck. Rosalind machte instinktiv einen Schritt auf ihren Vater zu, weil sie wußte, wie schwer ihn diese Vorwürfe treffen würden.

Dann sagte Stephen eisig: »Sie haben die Manieren eines noch lange nicht stubenreinen Welpen, Chesterfield! Thomas Fitzgerald ist einer der besten Schauspieler, die Großbritannien jemals gesehen hat. Wenn Sie auch nur einen Funken Ehre im Leibe haben, müssen Sie wenigstens sein Talent anerkennen, wenn Sie schon gegen seine Autorität Sturm laufen.«

Nun war es Edmund, der erbleichte. »Sie aufgeblasener Parasit! Ich habe beobachtet, wie Sie sich in die Truppe eingeschlichen haben, weil Sie etwas sein wollen, was Sie nie sein werden! Und ich habe auch beobachtet, wie Sie um Jessica herumscharwenzeln! Aber sie wird einen alternden Wüstling wie Sie nie eines Blickes würdigen.«

Rosalind ballte die Hände zu Fäusten und hätte am liebsten zugeschlagen. Wie konnte Edmund etwas so Unwahres und Bösartiges äußern?

Doch Stephen war kein temperamentvoller Schauspieler. Die Beleidigungen entlockten ihm nur ein müdes Lächeln. »Haß ist für mich nichts Neues, Mr. Chesterfield, und nichts, was Sie sagen, wird mich aus der Fassung bringen. Ich habe weder den Wunsch, ein Schauspieler zu sein, noch scharwenzle ich um Jessica herum, wie Sie es so vulgär ausgedrückt haben.« Er warf Rosalind einen flüchtigen ironischen Blick zu. »Aber ich altere zweifellos mit jedem Tag – wie wir alle. Finden Sie nicht auch, daß das immer noch besser ist, als infantil zu werden?«

Vor Wut völlig außer sich, schrie Edmund: »Das reicht! Ich gehe! Der Direktor des Königlichen Theaters in Bath hat mich gebeten, dort aufzutreten, aber aus Loyalität bin ich bei diesem hoffnungslosen Haufen hier geblieben!« Er wirbelte auf dem Absatz herum und hastete die Stufen hinab. »Ihr könnt mich alle mal ...«

»Immerhin weiß er, wie man einen effektvollen Abgang gestaltet«, kommentierte Stephen trocken.

Seine Bemerkung sorgte dafür, daß die allgemeine Anspannung sich in Gelächter auflöste. Nach einem letzten haßerfüllten Blick verschwand Edmund aus dem Theater.

»Ich werde ihm keine Sekunde nachtrauern«, sagte Thomas. »Der Bursche ist zwar nicht untalentiert, aber ihm fehlt jede Disziplin.«

Jessica kicherte. »Und er hat die Manieren eines nicht stubenreinen Welpen!«

Thomas grinste, stieß aber gleich darauf einen tiefen Seufzer aus. »Trotzdem sind wir jetzt in einer schwierigen Situation ...« Er überlegte mit gerunzelter Stirn und wandte sich sodann an Stephen. »Wollen wir im Gasthof ein Glas Bier trinken? Ich möchte mit Ihnen reden.«

Stephen nickte zustimmend, und die beiden Männer verließen das Theater. Rosalind schaute ihnen nach und fragte sich besorgt, was ihr Vater wohl zu sagen hatte.

9. *Kapitel*

Tag 69

Thomas Fitzgerald bestellte zwei Halbliterkrüge Ale und setzte sich in eine Nische des Schankraums. Mitten am Nachmittag herrschte hier kaum Betrieb, sie würden also nicht gestört werden.

Obwohl Stephen leichte Magenbeschwerden hatte, nippte er an seinem Bier, während er überlegte, was Fitzgerald wohl mit ihm besprechen wollte. Hatte er Rosalind während der Probe doch viel zu enthusiastisch geküßt? Er hatte sein Bestes getan, um sich wie ein Schauspieler zu verhalten, aber er hielt es für durchaus möglich, daß er sich wie ein ganz normaler Mann benommen hatte, der eine begehrenswerte Frau in den Armen hielt.

Um berechtigter Kritik des Theaterdirektors zuvorzukommen, sagte er von sich aus: »Es tut mir leid, daß ich Chesterfield so angefahren habe. Hätte ich ihn nicht provoziert, hätte er sich vielleicht beruhigt und bei Ihnen entschuldigt.«

»Das bezweifle ich.« Thomas zuckte die Achseln. »Ehrlich gesagt, wollte ich ihn schon mehr als einmal entlassen. Anfangs war er dankbar für das Engagement, doch im Laufe der Zeit wurde er größenwahnsinnig. Wahrscheinlich haben ihn zu viele Milchmädchen angehimmelt.« Thomas schüttelte den Kopf. »Immerhin hatte er einen Vertrag, und es ist nicht leicht, einen Schauspieler mitten in der Saison zu ersetzen, deshalb hätte ich ihn bis zum Ende des Jahres behalten. Jetzt muß ich mich nach jemand anderem umschauen.«

»Können Sie bis dahin mit einem kleineren Ensemble auskommen?«

»Das wäre mit vielen Komplikationen verbunden. Mehr Proben, mehr Kostümwechsel.« Nach einer kurzen Pause faßte Thomas sich ein Herz. »Viel einfacher wäre es, wenn Sie Chesterfield ersetzen würden.«

Stephen verschluckte sich an seinem Ale. »Das soll wohl ein Scherz sein?«

»Keineswegs. Ich weiß, daß Ihnen die glühende Leidenschaft für das Theater fehlt, die einen echten Schauspieler beflügelt, aber Sie sind ein guter Charakterdarsteller, haben ein ausgezeichnetes Gedächtnis – was unter diesen Umständen besonders wichtig ist – und verfügen über ein erstaunliches Stimmvolumen. Ihre Stimme ist fast genauso kraftvoll und nuancenreich wie die meine, was ich bei einem Amateur noch nie erlebt habe.«

Seine Stimmgewalt war gar nicht erstaunlich, wenn man bedachte, daß eine Rede im Oberhaus sich nicht allzusehr von einem Bühnentext unterschied, dachte Stephen. Doch die Saison der Theatertruppe würde erst in mehreren Monaten zu Ende sein, und sein Körper würde ihn lange vorher im Stich lassen. In den drei Wochen, seit Blackmer ihm das Todesurteil verkündet hatte, waren die Schmerzattacken immer häufiger geworden, und sobald er in den Spiegel schaute, fiel ihm auf, daß er abmagerte. »Ihr Angebot ist sehr schmeichelhaft, aber ich kann es leider nicht annehmen«, murmelte er.

Thomas seufzte. »Das habe ich mir fast gedacht ... schließlich sind Sie ein Gentleman, doch nachdem Sie sich bei uns wohl zu fühlen scheinen, wollte ich Sie wenigstens fragen. Sie sind ein angenehmer Gesellschafter, weil Sie nicht das hitzige Temperament eines Schauspielers haben.«

Stephen lächelte. »Kein Wunder – ich bin ja auch kein begnadeter Schauspieler wie Sie!«

Thomas grinste, wurde aber sofort wieder ernst. »Ich weiß, daß es viel verlangt ist, aber könnten Sie einspringen, bis ich Chesterfield ersetzt habe? Das dürfte nicht allzulange dauern. Zufällig habe ich vor wenigen Tagen einen Brief von einem Freund in Nordengland erhalten, der mir einen jungen Schauspieler namens Simon Kent empfiehlt. Der Bursche soll sehr begabt sein und braucht dringend ein Engagement. Ich werde meinem Freund Bates noch heute schreiben und diesen Kent für den Rest der Saison probeweise aufnehmen. Doch bis er hier sein wird, fehlt mir ein Mann, und nachdem Sie unser kleines Ensemble ja mittlerweile gut kennen, wissen Sie, wie unersetzlich hier jeder ist.«

Stephen nickte. Nur deshalb hatte er sich mit seinen bescheidenen Fähigkeiten nützlich machen können. Und jetzt bot Thomas ihm einen willkommenen Vorwand, noch eine Zeitlang bei diesen Menschen bleiben zu können, die er ins Herz geschlossen hatte – schließlich mußte er seinen Freunden helfen! »In spätestens zwei Wochen muß ich Sie leider verlassen, doch bis dahin helfe ich Ihnen gern aus.«

»Ausgezeichnet.« Strahlend leerte Thomas seinen Bierkrug. »Aber verzichten Sie bitte darauf, meine Tochter zu verführen!«

Stephen versteifte sich. »Sie glauben doch hoffentlich nicht, daß ich um Jessica ›herumscharwenzele‹, wie Chesterfield es so unverblümt ausgedrückt hat?«

»Natürlich nicht. Jeder, der Augen im Kopf hat, muß bemerken, daß Sie es auf Rosalind abgesehen haben, und ich kann Sie nur zu Ihrem guten Geschmack beglückwünschen. Eine Schönheit wie Jessica oder Maria weiß jeder Mann auf Anhieb zu schätzen, aber nur wenige Männer erkennen, daß Rosalind nicht minder bezaubernd ist.« Thomas lächelte ironisch. »Ich bin Ihnen dankbar für Ihre Zurückhaltung. Meine kleine Rose ist zwar eine erwachsene Frau, aber das bedeutet noch lange nicht, daß sie gegen Herzschmerz gefeit ist.«

Immerhin wurde seine Zurückhaltung gewürdigt, dachte Stephen düster. Trotzdem war es peinlich, daß Thomas – und vermutlich auch Maria – ihn durchschaut hatte. »Ich will Rosalind nicht verletzen, das müssen Sie mir glauben. Ihre Tochter und ich sind uns einig darüber, daß eine Affäre unklug wäre.«

»Weil die Adoptivtochter von Wanderschauspielern

für einen Gentleman als Ehefrau nicht in Frage kommt?« fragte Thomas scharf.

Stephen wollte aufbrausen, sah aber noch rechtzeitig ein, daß es eine berechtigte Frage war. Viele Männer seines Standes hielten Schauspielerinnen in der Tat für liederliche Frauenzimmer, gerade gut genug für ein flüchtiges Abenteuer. Für ihn selbst war es unvorstellbar, eine Frau wie Rosalind einfach mit dem Etikett ›Schauspielerin‹ abzustempeln. »Sie waren auch ein Gentleman und haben Maria, eine gewöhnliche Schauspielerin, geheiratet!«

»An Maria war nichts Gewöhnliches!« entgegnete Thomas hitzig, verstummte aber, weil ihm klar wurde, daß Stephen ihn mit seinen eigenen Waffen geschlagen hatte. »Entschuldigung! Es war unfair, Sie mit Londoner Lebemännern in einen Topf zu werfen. Die Gefühle eines Vaters unterliegen leider nicht den Gesetzen der Vernunft!«

Stephen wußte natürlich, daß es ihn nichts anging, doch die ungezwungene Atmosphäre in der Truppe hatte ihn so aufgelockert, daß er sich zu fragen traute: »Gibt es bei Ihrer väterlichen Liebe einen Unterschied zwischen Rosalind und Ihren beiden leiblichen Kindern?«

Thomas schüttelte energisch seine Löwenmähne. »Wenn Sie ein Kind aufwachsen sehen, wenn es in Ihren Armen lacht und weint, dann spielt es keine Rolle, ob Sie es selbst gezeugt haben oder nicht. Wenn überhaupt ein Unterschied in meinen Gefühlen besteht, so will ich Rose vielleicht noch mehr beschützen als die beiden anderen, weil sie so ein tapferes kleines Ding war.« Geistesabwesend formte er aus verschütteten Biertropfen eine Tudor-Rose. »Und so lieb ... ein fast schon unnatürlich braves Kind. Manchmal denke ich, daß Gott uns Jessica und Brian nicht geschenkt hätte, wenn wir Rosalind nicht aufgenommen hätten. Und das wäre eine Tragödie gewesen, denn ein Junge wird erst dann zum richtigen Mann, wenn er Kinder großzieht.« Thomas verstummte leicht verlegen. »Es läßt sich nicht leugnen, daß wir Iren ein sentimentales Volk sind!«

Stephen hob seinen Krug und prostete ihm zu. »Mag sein, aber für Rosalind war es ein Segen, daß Sie und Maria sie gefunden haben. Ich wünschte …« – seine Stimme wurde rauh – »ich wünschte, ich könnte ernste Absichten verfolgen.«

Thomas stieß laut den Atem aus. »Sie sind also verheiratet! Das dachte ich mir fast schon … Vergessen Sie es bitte auch in Zukunft nicht.«

Viel zu stolz, um einzugestehen, daß er nur noch wenige Monate zu leben hatte, widersprach Stephen nicht. »Ich werde es bestimmt nicht vergessen«, versprach er.

Obwohl sie eigentlich alles besprochen hatten, fühlte er sich in der Gesellschaft des Theaterdirektors so wohl, daß er die seltene Gelegenheit zu einem Gespräch unter vier Augen noch ein wenig ausdehnen wollte. Er gab dem Wirt ein Zeichen, Thomas' leeren Krug zu füllen, und fragte: »Glauben Sie, daß Chesterfield wirklich ein Engagement in Bath erhält? Es ist eines der besten Theater in ganz England.«

Fitzgerald zuckte mit den Schultern. »Wenn ja, wird man ihn dort nur winzige Nebenrollen spielen lassen, aber ich glaube eher, daß er gelogen hat. Im Grunde ist ja das ganze Leben eines Schauspielers ein einziges Lügengespinst, weil er in einer Fantasiewelt weilt. Kein Wunder, daß wir immer mißtrauisch beäugt werden!«

Trotzdem hatte dieser gebürtige Adlige den Sprung ins kalte Wasser gewagt und eine Wanderbühne gegründet. Was mochte ihn dazu bewogen haben? Neugierig fragte Stephen: »Sie haben neulich erzählt, Sie seien ein vielversprechender Student gewesen. Haben Sie jemals bereut, Ihre Karriere dem Theaterleben geopfert zu haben?«

»Niemals!« antwortete der ältere Mann sofort. »Ich bereue nur, daß ich Maria daran gehindert habe, eine der ganz großen Tragödinnen zu werden – eine zweite Sarah

Siddons. Sie konnte nie auf den wirklich wichtigen Bühnen spielen, weil ich mich mit allen Regisseuren verkrachte.« Er lächelte selbstironisch. »Leider Gottes halte ich die Regisseure für Dummköpfe und glaube, alles besser zu wissen.«

»Sie sind genauso begabt wie Ihre Frau. Haben Sie nie versucht, Kompromisse zu schließen, um so berühmt zu werden, wie Sie es verdient hätten?«

Thomas seufzte. »Doch, versucht habe ich es einige Male, aber schon nach wenigen Tagen stand ich unweigerlich auf Kriegsfuß mit den Leuten, die mich engagiert hatten. Vielleicht würde ich mich bei Theaterdirektoren und Regisseuren nicht so auf die Hinterbeine stellen, wenn mein Vater kein solcher Tyrann gewesen wäre. Doch wenn er halbwegs vernünftig gewesen wäre, hätte ich mich möglicherweise nie für die Schauspielerei entschieden und wäre nicht enterbt worden.«

In wenigen Worten hatte Fitzgerald sehr viel über sich verraten. Stephen, der ebenfalls einen tyrannischen Vater gehabt hatte, konnte Eigensinn gut verstehen. Er selbst hatte freilich nicht rebelliert, sondern den Weg von Gehorsam und Distanziertheit beschritten. War er nun klüger oder nur feiger als Thomas gewesen? Wäre er durchgebrannt, wenn er eine glühende Leidenschaft für das Theater gehabt hätte, oder wäre er eine Geisel des immensen Reichtums und der Verantwortung der Ashburtons geblieben?

Wahrscheinlich letzteres, nachdem man ihm vom Tage der Geburt an Verantwortungsbewußtsein eingedrillt hatte. Trotzdem bedauerte er jetzt zutiefst, nicht einmal wahrgenommen zu haben, daß ihm auch andere Wege offenstanden. Sein Bruder hatte rebelliert und sein Glück gefunden. Stephen selbst hatte dazu der Mut oder die Fantasie gefehlt. Vielleicht hätte Verantwortungsbewußtsein sich mit anderen Interessen vereinbaren lassen, wenn er es wirklich versucht hätte.

Und nun hatte er nur noch den Tod vor Augen ...

Pflichtgefühl war zweifellos etwas Positives, doch während Thomas Fitzgerald aus seinem Leben ein Festbankett gemacht hatte, hatte er selbst sich mit dünnem Haferschleim begnügt. Deprimiert trank er einen Schluck Bier, doch sogar dieses süffige Getränk schmeckte in seiner Einbildung nach Asche. »Es muß schwierig gewesen sein, eine eigene Truppe zu gründen, aber dafür genießen Sie eine Freiheit, die nur wenigen Menschen beschieden ist.«

»Ja.« Thomas lächelte ein wenig melancholisch. »Früher träumte ich von einem eigenen kleinen Theater in einer Stadt wie Bristol oder Birmingham, von einem gemütlichen Häuschen und genügend Geld, um meiner Frau und meinen Kindern einen bescheidenen Luxus ermöglichen zu können. Ich hätte gern meine Theorien über realistische Darstellung und historische Kostüme in die Tat umgesetzt und ...« Er stieß wieder einen schweren Seufzer aus. »Aber das werde ich finanziell nie schaffen, und in zehn Jahren werde ich für alle wichtigen Rollen außer Lear zu alt sein. Dann bleibt mir nur noch übrig, als Tattergreis am Kamin zu sitzen und über mein verpfuschtes Leben nachzudenken.«

Er setzte eine so theatralisch jämmerliche Miene auf, daß Stephen lachen mußte. »Sie übertreiben – aber das ist schließlich Ihre Aufgabe.«

Thomas grinste. »Was das Selbstmitleid betrifft, kann niemand es mit den Iren aufnehmen, mein Freund. Ich hatte ein schönes Leben mit der besten Frau der Welt an meiner Seite, ich konnte mit den Texten der größten Dichter vielen Menschen Freude bescheren, und zahlreiche Schauspieler, die ich ausgebildet habe, sind an berühmten Theatern sehr erfolgreich, folglich scheint an meinen Methoden etwas dran zu sein. Außerdem habe ich drei Kinder, auf die jeder Mann stolz sein würde. Kein schlechtes Vermächtnis, oder?«

Ohne es zu wollen, versetzte er Stephen mit diesen Worten einen Dolchstoß. Der Herzog von Ashburton hatte keine Kinder, auf die er stolz sein könnte ... Er hätte ein Kind adoptieren sollen, aber das war ihm nie in den Sinn gekommen, denn nur sein leiblicher Sohn wäre erbberechtigt gewesen, und er hatte mehr an die Erbfolge als an seinen Seelenzustand gedacht. Jetzt war es zu spät, diesen folgenschweren Irrtum wiedergutzumachen ...

»Sie werden im hohen Alter auf ein erfülltes Leben zurückschauen können«, bestätigte er, und dann stand er schnell auf, weil er genau wußte, daß er andernfalls demonstrieren würde, daß ein Engländer genauso sentimental wie ein Ire sein konnte. »Ich sollte mich jetzt im Theater nach einem passenden Kostüm für den schurkischen Herzog umschauen.«

Thomas leerte seinen Bierkrug. »Ich werde sofort an Simon Kent schreiben. Hoffen wir, daß er halb so gut ist, wie mein Freund Bates behauptet.«

Stephen nickte zustimmend und verließ den Gasthof. Was er wirklich wollte, war kein Kostüm, sondern Rosalind. Ihre Wärme und ihr sonniges Gemüt würden seine düstere Stimmung aufhellen.

Schnellen Schrittes ging er die Hauptstraße entlang und bemühte sich zu vergessen, wie sehr er diese Frau begehrte.

Rosalind verließ das Theater mit dem beruhigenden Gefühl, alle Vorbereitungen für die Aufführung getroffen zu haben. Sie wollte gerade die Tür schließen, als Stephen ihr mit großen Schritten entgegenkam. Sein kastanienbraunes Haar hatte in der Sonne einen rötlichen Schimmer, was ihn noch attraktiver machte. Während sie seine breiten Schultern bewunderte, fiel ihr allerdings auf, daß er in den zwei Wochen seit Brians Rettung abgenommen hatte. Sogar sein Gesicht war schmäler geworden, so daß die markanten Züge noch schärfer hervortraten. Vielleicht strengte ihn die körperliche Arbeit zu sehr an.

Sie lächelte ihm zu und wünschte insgeheim, sie wäre

nicht so staubig und zerzaust. Aber andererseits war es sinnlos, das zu bedauern, denn sie war nun einmal keine Lady, die stets untadelig aussehen konnte.

Stephen blieb dicht vor ihr stehen, und sein bewundernder Blick verriet, daß ein bißchen Staub ihn nicht störte. »Rosalind, hat Ihnen schon jemand gesagt, daß Ihr Lächeln einem Sonnenaufgang gleicht?«

Sie lachte erfreut, obwohl sie seine Worte nicht wirklich ernst nahm. »Der Umgang mit Schauspielern ölt Ihre Zunge, Mr. Ashe! Was wollte Papa von Ihnen?«

Er verbeugte sich theatralisch. »Lady Caliban, vor Ihnen steht das neueste Mitglied der Fitzgerald-Truppe – bis Ihr Vater einen Ersatz für Chesterfield findet. Er will einen jungen Mann engagieren, den ein Freund ihm empfohlen hat.«

»Großartig!« Das bedeutete, daß Stephen noch ein, zwei Wochen bei ihnen bleiben würde. »Sie werden sich glänzend bewähren, weil Sie neue Texte mühelos lernen.«

»Ich brauche noch ein Kostüm für heute abend. Sollen wir zusammen nachschauen, was mir passen könnte?«

Rosalind gönnte sich das Vergnügen, ihn aufmerksam von Kopf bis Fuß zu mustern, obwohl das eigentlich völlig überflüssig war. »Sie werden im Gewand des Theseus auftreten müssen. Es ist das einzige in Ihrer Größe, das prächtig genug für Herzog Claudio ist.«

»Oh …« Stephen sah enttäuscht aus.

Auch sie war enttäuscht, weil sie jetzt keinen Vorwand hatten, etwas Zeit miteinander zu verbringen. Aber brauchten sie solche albernen Vorwände? Sie waren erwachsen und konnten zusammensein, soviel sie wollten, ohne unvernünftig zu werden!

»Hätten Sie Lust zu einem Spaziergang?« fragte sie ohne Umschweife. »Es gibt einen hübschen Weg am Fluß entlang, auf dem ich mich immer erhole, wenn ich in Whitcombe bin.«

Stephen schenkte ihr ein warmes Lächeln und bot ihr seinen Arm. »Ich wüßte nicht, was ich lieber täte.«

Während sie zum Fluß schlenderten, sagte er nachdenklich: »Ich beneide Sie um Ihr sonniges Gemüt.«

»Warum sollte ich nicht zufrieden und ausgeglichen sein? Ich habe eine wunderbare Familie und eine interessante Arbeit.« Rosalind grinste: »Es ist befriedigend zu wissen, daß in der Truppe ohne mein Organisationstalent das absolute Chaos herrschen würde.«

»Sie könnten aus den Fakten Ihres Lebens aber ohne weiteres eine Tragödie machen«, betonte Stephen. »Eine Waise, adoptiert von Leuten ohne gesicherte Existenz, jung verwitwet, zur Mitarbeit auf einer Wanderbühne gezwungen, mit einer ungewissen Zukunft vor Augen.«

Rosalind lachte perlend. »Wahrscheinlich haben Sie recht, aber ich bevorzuge meine positive Sicht der Dinge. Kein Mensch weiß, was die Zukunft für ihn bereithält. Warum sollte ich mich zu einer tragischen Königin hochstilisieren? Es hört sich verdammt ungemütlich an.«

»Je älter ich werde, desto mehr sehe ich ein, wie segensreich eine positive Lebenseinstellung wie die Ihre ist«, meinte Stephen sinnend. »Es ist ein Fluch, alles in düsteren Farben zu sehen, sogar wenn man im Grunde keine Veranlassung zu Klagen hat.«

»Abgesehen von den Problemen, die jeder Mensch hat, bin ich eigentlich immer glücklich gewesen, was aber nicht mein Verdienst ist. Mama erzählt, ich hätte sogar als kleines Kind immer gelächelt.« Sie warf ihm einen Seitenblick zu. »Und zu welcher Kategorie gehören Sie? Zu den ewigen Schwarzsehern doch bestimmt nicht, oder?«

»Nein, aber ich bin zur Nüchternheit erzogen worden. Ein Geschäftsmann muß verantwortungsbewußt und zuverlässig sein.« Er lachte selbstironisch. »Und langweilig!«

Sie drückte lachend seinen Arm. »Langweilig sind Sie nie! Sie besitzen einen trockenen Humor, mit dem Sie vermutlich schon Ihre Amme strapaziert haben.«

»Das stimmt, aber glücklicherweise fällt meine subversive Ader nur wenigen Menschen auf.«

Rosalind kicherte wieder. Sie hatten den Pfad erreicht, der sich zwischen den Bäumen am Fluß dahinschlängelte. Hier war es angenehm kühl, und sie holte tief Luft. »Mmm, wie herrlich Gras, Blumen und Bäume duften! Ich liebe den Spätsommer!«

Stephen hob ein welkes Blatt auf, warf es in den Fluß und beobachtete, wie es langsam stromabwärts trudelte. »Die Erntezeit beginnt, und dann wird es Herbst ... und Winter.«

Das hörte sich so deprimiert an, daß Rosalind tröstend sagte: »Aber der nächste Frühling kommt bestimmt, und dann ist die Welt wieder jung.«

Er starrte ins Wasser und zitierte nach längerem Schweigen: »›Ein jegliches hat seine Zeit, und alles Vornehmen unter dem Himmel hat seine Stunde. Geboren werden und sterben, pflanzen und ausrotten, was gepflanzt ist, weinen und lachen, klagen und tanzen ...‹« Sich ihr zuwendend, fügte er mit ruhiger Stimme hinzu: »Noch ist Sommer – die Zeit, um zu leben!«

Ihr wurde beklemmend klar, wie nahe sie daran war, den Kopf zu verlieren. Alles an ihm – sein warmes Lächeln, seine aufrichtigen Worte – könnte sie in den Abgrund einer emotionalen Katastrophe stürzen. Zum Glück war sie kein junges Mädchen mehr, andernfalls würde sie bestimmt freiwillig in die Tiefe springen!

Doch obwohl sie sich nicht erlauben durfte, Stephen zu lieben, war ihr ebenso wie ihm bewußt, wie schnell die Zeit verging. Bald würde er fort sein, und dann würde ihre Welt zwar wieder sicherer, aber auch viel farbloser sein. In einem Anfall von Kühnheit ließ sie seinen Arm los und griff statt dessen nach seiner Hand, die groß, warm und kräftig war.

Er schob seine Finger durch die ihren, und sie gingen Hand in Hand weiter am Fluß entlang. Rosalind genoß immer noch den sonnigen Sommertag, aber nur noch als

Kulisse für Stephens Nähe. Seltsam, wieviel man ohne Worte sagen konnte!

Nach etwa einer Meile erreichten sie eine Lichtung, wo eine alte Weide einladend ihre Arme ausbreitete. In stummem Einvernehmen setzten sie sich auf einen der dicken Äste, der fast so bequem wie eine Bank war. Das Wasser plätscherte so träge dahin, daß sich das Riedgras kaum bewegte. »Kaum zu glauben, daß Brian in diesem Fluß fast ertrunken wäre«, murmelte Rosalind.

»Ja, hier ist er so flach wie ein Gartenteich.« Stephen ließ widerwillig ihre Hand los und berichtete: »Wir sind durchschaut worden. Ihr Vater hat mit mir nicht nur darüber gesprochen, ob ich aushelfen kann, bis der neue Schauspieler eintrifft. Er hat bemerkt, wie ich Sie anschaue, und weiß genau, daß es nicht Jessica ist, die ich gern verführen würde.«

Rosalind schnitt eine Grimasse. »Ich hätte wissen müssen, daß es ihm und Mama auffallen würde. Sie sind erstaunlich gute Beobachter. Aber vielleicht waren meine Blicke noch verräterischer als die Ihren.«

Er bückte sich und pflückte eine goldene Zistrose, deren Stengel er zwischen Daumen und Zeigefinger hin und her rollte. »Ich hatte die abergläubische Hoffnung, wir wären sicher, wenn nichts laut ausgesprochen würde.«

Sie nickte verständnisvoll, weil sie das gleiche gehofft hatte. »Doch weil es keine Zukunft gibt, sollte es auch keine Gegenwart geben. Habe ich recht?«

»Ja.« Stephen schluckte hart, weil seine Kehle wie zugeschnürt war. »Ich wünschte, es wäre anders.«

Rosalind überlegte, ob sie ihn direkt fragen sollte, ob er verheiratet war, verzichtete aber darauf. Daß es für sie keine gemeinsame Zukunft gab, könnte ja auch andere Gründe haben. Vielleicht konnte er sich keine arme Frau leisten, oder er wollte sich nicht erniedrigen, indem er eine Frau unbekannter Herkunft heiratete, die zudem auch noch Schauspielerin war. Möglicherweise beschränkten sich seine Gefühle für sie nur auf pure Begierde, und sein Gewissen erlaubte ihm nicht, sie zu verführen.

Weil keiner der Gründe, die sie sich vorstellen konnte, erfreulich war, wollte sie die Angelegenheit lieber auf sich beruhen lassen. »Falsche Zeit, falscher Ort«, meinte sie abschließend.

»Und der falsche Mann.« Er warf ihr einen innigen Blick zu. »Doch du, Rosalind, bist eine vollkommene Rose.« Zärtlich steckte er ihr das goldfarbene Röschen hinters Ohr.

Einen Moment lang hing seine Hand unschlüssig in der Luft. Dann berührte er linkisch ihre Wange, so als handle er gegen seinen eigenen Willen, strich ihr mit rauhen Fingerspitzen eine Haarsträhne aus dem Gesicht und wölbte seine Finger um ihr Kinn.

Rosalind saß regungslos da. Ihre Haut prickelte, heiße Schauer liefen ihr über den Rücken, und ihr Puls ging immer schneller. Sie wußte selbst nicht, wovor sie mehr Angst hatte – daß sie unterliegen könnte oder daß sie wegrennen würde.

Sein Verlangen war Stephen an den Augen abzulesen, als er heiser murmelte: »Du machst alle meine guten Vorsätze zunichte, Rosalind.«

Er küßte sie, und sie schloß die Augen und gab dem Druck seiner fordernden Lippen nach. Lustwellen jagten durch ihren Körper und schärften ihre Sinne. Sie liebte seinen herben männlichen Geruch, der sich mit den sommerlichen Düften vermischte. Überall um sie herum rauschten Weidenblätter in der schwachen Brise, was sich wie ein hypnotisches Lied anhörte. Rosalind streichelte Stephens Kopf und fuhr mit den Fingern durch das seidige dunkle Haar.

Laut atmend zog er sie auf seinen Schoß, und sie drehte sich ihm zu. Brust an Brust, schob Rosalind einen Schenkel zwischen seine Beine.

Es erregte sie, durch die Kleidung hindurch sein hartes, heißes Glied zu spüren, und es erregte sie noch mehr, als er eine Hand um ihre linke Brust wölbte und mit dem Daumen die Brustwarze unter dem dünnen Musselinkleid streichelte. Ihr Blut schien sich in kochende Lava zu verwandeln, ihr Unterleib sandte beredte Signale aus, daß er sich noch viel mehr Intimität wünschte.

Stöhnend preßte er ihre Hüften an sich, so als hätte er ihre heimlichen Wünsche erraten. Im nächsten Augenblick hob er sie hoch und legte sie ins samtweiche Gras. Neben ihr kauernd, küßte er ihre empfindliche Halsgrube, während seine Hände zärtlich über ihren Körper glitten. Diese köstlichen Liebkosungen steigerten ihre Lust ins schier Unermeßliche. Es war Jahre her – viel zu lange! –, daß sie von einem Mann verwöhnt worden war. Eine so mächtige Leidenschaft hatte sie noch nie im Leben verspürt.

Stephen schob ihr das Kleid von den Schultern. Ein kühler Lufthauch streifte ihre entblößten Brüste. »So wunderschön!« flüsterte er bewundernd, bevor seine Zunge mit einer Brustwarze zu spielen begann. Als er dazu überging, daran zu saugen, versteifte sie sich vor Wonne und grub ihre Finger in seine Schultern.

Eine warme Hand schob ihren Rock hoch und streichelte ihre Schenkel. Plötzlich begriff Rosalind, wie nahe sie dem Punkt waren, an dem es kein Zurück mehr geben würde. Sie wünschte sich nichts sehnlicher als diese Vereinigung, doch sie wußte auch, daß ihre Schutzmauern dann endgültig in sich zusammenfallen würden. Schon jetzt konnte sie den Gedanken, Stephen zu verlieren, kaum ertragen. Wenn sie auch noch ein Liebespaar wurden, würde sein baldiger unvermeidlicher Aufbruch ihr das Herz brechen.

Als seine Finger zwischen ihre Schenkel glitten, keuchte sie: »Nein! Bitte, nein!« Trotzdem tat sie nichts, um ihm Einhalt zu gebieten, und ihr war klar, daß ihr Körper wider alle Vernunft hoffte, er würde sich über ihren schwachen Protest hinwegsetzen.

Aber Stephen gehorchte sofort. Er riß seine Hand so schnell zurück, als hätte er sich verbrannt, und rollte ein Stück zur Seite. Leise fluchend, lag er bäuchlings da, auf die Ellbogen gestützt, das Gesicht in den Händen vergraben.

Selbst am ganzen Leibe zitternd, flüsterte Rosalind: »Es tut mir leid ...«

Er verstummte, und sie beobachtete, wie seine Schultern sich strafften. Nach einer Ewigkeit schaute er auf und lächelte gequält. »Mein Ärger galt nicht Ihnen, Lady Caliban, sondern mir selbst. Ich hatte mir geschworen, nichts Derartiges zu tun, und obwohl Sie es mir vielleicht nicht glauben werden, kann ich mich normalerweise sehr gut beherrschen.«

Rosalind glaubte ihm aufs Wort, und eigentlich hätte sie geschmeichelt sein müssen, daß er ausgerechnet ihr nicht widerstehen konnte. Sie *wäre* es auch – wenn es eine gemeinsame Zukunft für sie gäbe.

Doch weil das nicht der Fall war, setzte sie sich auf, zog ihr Kleid zurecht und fuhr sich mit den Fingern durch die wirren Haare. »Vernunft kann etwas Teuflisches sein, nicht wahr?«

»O ja ... Es ist die große Tragödie meines Lebens, daß alle meine Teufel so verdammt respektabel sind!«

Lächelnd stieß Rosalind den Atem aus, erleichtert darüber, daß seine Augen nichts von ihrer Wärme verloren hatten. Sie konnten niemals ein Liebespaar sein, aber immerhin waren sie noch gute Freunde.

10. Kapitel

Immer noch erschüttert von dem Sturm jäh unterbrochener Leidenschaft, setzte Stephen sich auf und lehnte sich an den dicken Weidenstamm. Rosalind beobachtete ihn aufmerksam, und ihre braunen Augen spiegelten so viel Wärme und Bedauern wider, daß er sie am liebsten wieder in die Arme genommen hätte, aber er wußte, daß es glatter Wahnsinn wäre, sie auch nur zu berühren. Deshalb riß er mühsam seine Blicke von ihr los und zwang sich zu langsamen, tiefen Atemzügen, um seine Begierde unter Kontrolle zu bekommen. Noch schwieriger war es, Ordnung in seine Gedanken zu bringen. Wenn ihnen schon keine körperliche Vereinigung vergönnt war, wollte er wenigstens die geistige und seelische Nähe zu ihr aufrechterhalten. Er wollte wissen, was sie zu der Frau gemacht hatte, die sie war. Deshalb warf er ausnahmsweise seine guten Manieren über Bord und fragte unverblümt: »Wie war dein Ehemann?«

»Charles?« Seine indiskrete Frage schien Rosalind nicht zu stören, aber sie dachte eine Weile über die richtige Antwort nach. »Er war Schauspieler, ein ähnlicher Typ wie Edmund Chesterfield, nur etwas begabter. Sehr attraktiv und charmant. Ich war achtzehn, als er zu unserer Truppe stieß, und in diesem Alter verliebt man sich sehr schnell. Meine Eltern waren darüber nicht besonders glücklich, aber sie konnten auch keine einleuchtenden Gründe gegen eine Eheschließung vorbringen, und so heirateten Charles und ich nach knapp einjähriger Freundschaft.«

Sie bewegte sich ein wenig, und ein Sonnenstrahl fiel durch das dichte Laub auf ihr Haar, so daß es wie Gold, Bernstein und Sandelholz schimmerte. Sie sah nicht wie eine Frau aus, die noch um ihren Mann trauerte, sondern wie eine heidnische Erntegöttin – die personifizierte Verkörperung von Reife und Fruchtbarkeit. Stephen schluckte hart. »War Jordan ein schlechter Ehemann?«

»Nun, er hat mich nie geschlagen, aber er war ein unverbesserlicher Weiberheld. Beim ersten Mal hat mich das zutiefst schockiert, weil ich geglaubt hatte, alle Männer wären wie mein Vater, der nie eine andere Frau als Maria angeschaut hat. Doch Charles begnügte sich nicht mit Blicken …« Sie schnitt eine Grimasse. »Er hat mich sehr schnell von allen romantischen Illusionen kuriert, was vielleicht gar nicht schlecht war.«

Stephen stellte sich Rosalind als strahlende junge Braut vor. Sie hatte sich bestimmt bedingungslos mit Leib und Seele hingegeben – und dieses größte aller Geschenke auf ein egoistisches Schwein verschwendet! »Jordan muß ein Dummkopf gewesen sein, wenn er nicht begriff, was er besaß.«

»Ehrlich gesagt, war ich derselben Meinung«, stimmte Rosalind mit bitterem Humor zu, während sie ihre Haare wieder zu einem korrekten Nackenknoten zusammenfaßte. »Aber Charles pflegte nicht mit seinem Kopf zu denken, sondern mit … mit einem tiefer gelegenen Körperteil.«

Stephen lächelte trocken. »Das passiert Männern leider sehr häufig. Wie ist er gestorben?«

Sie starrte einen herrlichen blauen Eisvogel an, der mit lautem Platschen im Wasser untertauchte. »Wir waren drei Jahre verheiratet, als ihm ein Engagement an einem Dubliner Theater angeboten wurde. Er hielt das für eine großartige Chance und zog sofort nach Irland um. Eigentlich war vereinbart, daß ich nachkommen sollte, sobald er eine Wohnung gefunden hatte, aber das zögerte er unter den verschiedensten Ausreden immer wieder hinaus, und ein halbes Jahr später wurde er vom Ehemann einer Frau erschossen, die er verführt hatte.«

Stephen verzog das Gesicht. »Mein Gott, wie theatralisch! Und nicht einmal ein Drama, sondern eine billige Farce.«

Ein Lächeln spielte um Rosalinds Lippen. »Wie wahr! Ich trauerte um Charles, aber ich konnte ihm nie ganz verzeihen, daß er auf diese geschmacklose Weise ums Leben gekommen war.«

Das Schicksal verfluchend, das sie viel zu spät zusammengeführt hatte, stand Stephen auf und streckte ihr die

Hand entgegen. »Wir sollten uns auf den Heimweg machen, Lady Caliban. Gibt es vielleicht eine Abkürzung, oder müssen wir wieder am Fluß entlang?«

Sie griff nach seiner Hand und sprang leichtfüßig auf. »Wenn wir dieses Feld überqueren, kommen wir auf eine Straße, die direkt in die Stadt führt.«

Er schob ihren Arm unter seinem Ellbogen hindurch, weil es förmlicher war als ein Spaziergang Hand in Hand. Trotzdem stellte ihre Nähe seine Selbstbeherrschung auf eine harte Probe.

Als sie die ruhige Landstraße erreichten, plauderten sie scheinbar unbefangen über die bevorstehende Aufführung, doch obwohl Rosalind Heiterkeit vortäuschte, war ihr schmerzhaft bewußt, daß dieser goldene Nachmittag so unaufhaltsam verrann wie die Körner einer Sanduhr. Und eine Wiederholung würde es nicht geben, weil es viel zu riskant wäre.

Hinter einer Kurve stand ein offener Pferdewagen mitten auf der Straße, und der Kutscher diskutierte hitzig mit einem Reiter. Bestürzt über die wütenden Stimmen, runzelte Rosalind die Stirn. »Das hört sich ja fast nach Mord und Totschlag an!«

Aus dem Wagen erscholl der schrille Schrei einer Frau. »Verdammt, was ist denn da los?« Stephen ließ Rosalinds Arm los und eilte zum Schauplatz des Geschehens. »Ist hier jemand verletzt?«

Der Kutscher, ein kräftiger Mann mit harten Gesichtszügen, zuckte mit den Achseln. »Das Luder behauptet, Wehen zu haben.« Er drehte sich um und knurrte über die Schulter hinweg: »Du gibst jetzt keinen Mucks mehr von dir, Mädchen, bis ich dich aus der Gemeinde Cowley raus habe!«

Der Reiter rief aufgeregt: »Ich hab' Ihnen doch schon gesagt, daß ich Sie nicht passieren lasse! Die Einwohner von Whitcombe haben mit diesem Bastard nichts zu schaffen.«

Stephens Miene verdüsterte sich, und er fluchte leise

vor sich hin. »Worum geht es denn?« fragte Rosalind ihn leise.

»Nach dem Armenrecht entscheidet der Geburtsort darüber, welche Gemeinde für ein mittelloses Kind zu sorgen hat«, erklärte er grimmig. »Deshalb versuchen manche Gemeinden, schwangere Frauen wegzuschaffen, um sich diese Kosten zu sparen.«

Aus dem Wagen war jetzt ein verzweifeltes Wimmern zu vernehmen, das Rosalind schier das Herz zerriß. »Fehlt Ihnen denn jeder Sinn für Anstand? Während Sie hier streiten, leidet das Mädchen!«

Die Männer verstummten, und der Reiter rückte unbehaglich im Sattel hin und her. »Meine Schuld ist das nicht«, verteidigte er sich. »Ich bin Joseph Brown, einer der Ratsherren von Whitcombe. Zufällig kam ich hier entlang und mußte feststellen, daß die Gemeinde Cowley uns dieses Mädchen zuschieben möchte. Der Ort ist berüchtigt für ein solches Verhalten, und dieser Kerl hier – Crain heißt er – ist der Aufseher, der die Schmutzarbeit erledigt.«

Crain kicherte heiser. »Und ich bin verdammt tüchtig! Sobald ich jene Ulme dort passiert habe, seid ihr in Whitcombe für die Nutte und ihren Balg verantwortlich.« Ohne auf Browns wütende Proteste zu achten, ließ er seine Peitsche knallen.

Stephens Gesicht schien aus Granit gemeißelt zu sein, während er vor den Wagen sprang, die Pferde bei den Zügeln packte und mit seinem Gewicht zum Stehen brachte. »Rosalind, steig in den Wagen und schau nach, wie es der Frau geht«, befahl er ruhig.

»Verdammt, halten Sie sich da raus!« brüllte Crain. »Ich bringe die Schlampe nach Whitcombe.« Wütend hob er die Peitsche und schlug nach Stephen.

Stephen riß einen Arm hoch, um sein Gesicht zu schützen. Ohne auch nur zusammenzuzucken, als das harte Leder seinen Unterarm traf, packte er es mit beiden Händen. Ein kräftiger Ruck, und der Peitschenstiel entglitt Crains Griff und sauste wie eine Schlange durch die Luft.

Stephen fing ihn mühelos auf und zielte mit der Waffe auf den Kutscher. »Wenn Sie nicht sofort den Mund halten und tun, was ich sage, werden Sie bereuen, daß Sie jemals geboren wurden, das verspreche ich Ihnen!«

Seine eisige Stimme klang so bedrohlich, daß Crain erbleichte. Brown schluckte und war heilfroh, daß der Zorn des Unbekannten nicht ihm galt, und Rosalind staunte mit offenem Mund über die erschreckende Autorität, die Stephen plötzlich an den Tag legte. Nur ein sehr mutiger Mensch würde es wagen, ihm nicht aufs Wort zu gehorchen.

Ein Stöhnen erinnerte sie an seine Aufforderung, der Frau zu helfen. Sie kletterte auf ein Hinterrad und schwang sich in den Wagen. Auf Heu gebettet, lag ein Mädchen, das nicht älter als siebzehn oder achtzehn sein konnte. Unter normalen Umständen mußte es sehr hübsch sein, doch jetzt krümmte es sich vor Schmerzen, und das hellbraune Haar klebte schweißnaß am Kopf.

»Mach dir keine Sorgen«, sagte Rosalind beruhigend, während sie neben dem Mädchen in die Hocke ging und eine zur Faust geballte Hand in die ihre nahm. »Du bist nicht mehr allein.«

»Aber … aber mein Baby kommt jeden Augenblick zur Welt!« Die nußbraunen Augen waren schreckensweit aufgerissen, und der schäbige graue Rock war durchnäßt. »Ich … ich habe solche Angst!«

Rosalind drückte ihr fest die Hand und hätte sie gern getröstet, war aber selbst mehr als besorgt über die Tatsache, daß die Geburt unmittelbar bevorzustehen schien. Sollte es irgendwelche Komplikationen geben, könnten Mutter und Kind in wenigen Minuten tot sein.

Stephen legte ihr flüchtig eine Hand auf die Schulter, während er einen Blick in den Wagen warf. »Brown, holen Sie unverzüglich eine Hebamme oder einen Arzt.«

Eingeschüchtert von der gebieterischen Stimme, wendete der Ratsherr sein Pferd, zögerte dann aber doch loszureiten. »Versprechen Sie mir, daß der Wagen die Ulme nicht passiert?«

»Dieser Wagen wird sich nicht von der Stelle rühren«, versicherte Stephen und fügte an Crain gewandt hinzu: »Und Sie machen sich jetzt aus dem Staub – es sei denn, Sie verstehen etwas von Geburtshilfe!«

»Die kleine Nutte kann ihren Bastard doch nicht in meinem Wagen zur Welt bringen!« empörte sich der Aufseher.

»Dann hätten Sie sich nicht mit ihr auf den Weg machen dürfen«, entgegnete Stephen ungerührt. »Verschwinden Sie, aber schnell!«

Der Blick des Fremden ließ es Crain geboten erscheinen, den Kutschbock zu räumen und sich ein Stück zu entfernen. Aus sicherem Abstand beobachtete er das weitere Geschehen.

Stephen kletterte in den Wagen und kniete neben dem Mädchen nieder. Rosalind atmete erleichtert auf. Seine Nähe schenkte ihr neue Zuversicht, daß alles gutgehen würde.

»Wie heißt du, meine Liebe?« Seine sanfte Stimme stand in krassem Gegensatz zu der Art und Weise, wie er mit den beiden Männern gesprochen hatte.

»Ellie, Sir … Ellie Werden.«

»Nun, Ellie, es sieht ganz danach aus, als würdest du jeden Moment Mutter werden. Ist es dein erstes Kind?«

Sie nickte.

»Dann bist du verständlicherweise sehr nervös, aber mach dir keine Sorgen. Frauen bringen seit Anbeginn der Zeiten Kinder zur Welt.« Er wischte ihr mit seinem Taschentuch den Schweiß von der Stirn. »Wir wissen, was zu tun ist, du brauchst also keine Angst zu haben.«

Rosalind schaute auf und schüttelte erschrocken den Kopf, um anzudeuten, daß sie keine Ahnung von Geburtshilfe hatte. Stephen nickte ihr beruhigend zu.

Ellie umklammerte ihre Hand und schrie wieder auf.

»Die Wehen kommen so dicht hintereinander, daß es nicht mehr lange dauern wird«, sagte Stephen ganz gelassen. Er gab Rosalind sein Taschentuch und flüsterte: »Lenk sie ab«, bevor er den Körper des Mädchens behutsam in die richtige Position brachte.

Rosalind tat, wie ihr geheißen. »Hast du immer in Cowley gelebt?«

»Ich bin in Norfolk geboren worden, aber mein Vater hat uns vor zehn Jahren hierhergebracht«, stammelte Ellie. »Er war Schreiner und hatte einen guten Arbeitsplatz. Er kaufte uns ein kleines Haus und richtete es hübsch her, doch als er vor drei Jahren starb, hatten wir kein Geld, und weil wir in dieser Gegend keine Verwandten haben, mußte meine Mutter die Gemeinde um Unterstützung bitten, weil wir sonst verhungert wären.« Von einer weiteren Wehe überwältigt, schloß sie die Augen, und ihre Finger verkrampften sich um Rosalinds Hand, aber es gelang ihr, einen Schrei zu unterdrücken. Als sie wieder sprechen konnte, war ihrer leisen Stimme tiefe Verbitterung anzuhören: »Die Gemeindevertreter sagten, wir müßten alles von Wert verkaufen, um die Unkosten zu decken. Als meine Mutter im Sterben lag, nahmen sie ihr sogar das Federbett weg und verkauften es, und nach ihrem Tod nahmen sie mir das Haus weg. Und jetzt schieben sie mich und mein Baby einfach ab!«

Wie konnten Menschen, die sich selbst als fromme Christen bezeichneten, nur so abscheulich handeln? Rosalind konnte sich nicht daran erinnern, daß Thomas Fitzgerald jemals eine Kirche betreten hatte, aber seine Hilfsbereitschaft und Güte übertraf die solcher engherziger Heuchler um ein Tausendfaches! Mühsam verdrängte sie ihren Zorn, weil es zur Zeit wichtiger war, sich um praktische Dinge zu kümmern. »Kann der Vater deines Kindes dir helfen, Ellie?«

Das Mädchen schüttelte traurig den Kopf. »Danny und

ich wollten heiraten, aber weil es hier keine Arbeitsplätze gab, ist er nach Wales gegangen und hat in einem Schiefersteinbruch geschuftet. Einen Tag bevor er zur Hochzeit hierher zurückkommen wollte, ist er bei einem Unfall ums Leben gekommen.« Sie schluchzte leise auf. »Wir ... wir haben nur ein einziges Mal miteinander geschlafen. Er wußte gar nicht, daß er Vater werden würde.«

»Du hast viel Schlimmes durchgemacht, aber das ist jetzt vorbei«, sagte Stephen tröstend. »Bald wirst du dein Kind in den Armen halten.«

Ellie entspannte sich ein wenig, doch bei der nächsten Wehe stöhnte sie verzweifelt: »O mein Gott, ich sterbe!«

»Nein, du stirbst nicht«, erwiderte Stephen energisch. »Es tut höllisch weh, doch das ist ganz normal, und du wirst es gleich hinter dir haben. Ich verspreche dir, daß alles in Ordnung ist.«

Rosalind beschränkte sich in den nächsten Minuten darauf, Ellies Hand zu halten und beruhigend auf sie einzureden. Sie verarztete zwar seit Jahren die ganze Truppe, aber Fieber und kleinere Verletzungen waren etwas ganz anderes als eine Geburt, und sie befürchtete, ohnmächtig zu werden, wenn sie den Prozeß beobachtete.

Ellie stieß einen letzten gepeinigten Schrei aus. Dann trat Stille ein, und es schien eine Ewigkeit zu dauern, bis das Neugeborene den ersten verstörten Schrei von sich gab. »Gut gemacht, Ellie!« rief Stephen triumphierend. »Du hast einen hübschen kleinen Jungen.«

Rosalind schaute auf. Das strampelnde Baby sah in seinen großen Händen winzig aus, aber sie konnte nur darüber staunen, wie behutsam er es mit Heu säuberte und wie geschickt er die Nabelschnur durchtrennte. Dann lächelte er dem Mädchen freundlich zu. »Das war wirklich eine schnelle Arbeit, Ellie! Du scheinst dafür besonders begabt zu sein.«

Ellie erwiderte sein Lächeln. »Geben Sie ihn mir?«

Stephen legte ihr das Baby in die Arme, und wie durch

ein Wunder hörte es sofort auf zu schreien. Verzückt betrachtete das Mädchen seinen Sohn. »Er ist wunderschön, nicht wahr?«

»Ja, das ist er«, bestätigte Rosalind aufrichtig, während sie unauffällig ihre rechte Hand massierte, die sich nach der krampfhaften Umklammerung taub anfühlte.

Ein zweirädriger Ponywagen, von einer kleinen, stämmigen Frau gelenkt, näherte sich auf der Landstraße und hielt neben Crains Karren an. Mr. Brown, der Ratsherr von Whitcombe, kam ebenfalls wieder angetrabt.

»Sind Sie das Mädchen, das …« Die Frau schaute genauer hin und schmunzelte. »Ich bin Mrs. Holt, die Hebamme, aber wie ich sehe, haben Sie nicht auf mich gewartet, meine Liebe. Ein prächtiger Junge!« Sie tätschelte Ellies Schulter. »Ich bringe Sie und den Kleinen jetzt zu mir. Sie müssen sich erholen, und wahrscheinlich brauchen Sie auch einige Anweisungen hinsichtlich der Babypflege.«

Stephen sprang aus dem Wagen und sagte ruhig: »Ich übernehme alle Kosten, Mrs. Holt, einschließlich neuer Kleidung für Mutter und Kind.«

Die Hebamme nickte. »Können Sie die beiden in meinen Wagen bringen?«

Stephen öffnete die hintere Klappe des Karrens und trug Ellie und ihren Sohn mühelos hinüber, ohne sich davon abschrecken zu lassen, daß ihr Rock naß und blutig war. Behutsam bettete er sie auf die alten Matratzen und Decken, mit denen das Wägelchen weich gepolstert war. Rosalind folgte mit Ellies wenigen Habseligkeiten, die in einem kleinen Bündel Platz gefunden hatten.

Mrs. Holt wickelte das Neugeborene in ein sauberes Handtuch, bevor sie es wieder der jungen Mutter in die Arme drückte. Bei dieser Hebamme, die ihren Beruf offensichtlich liebte und ein weiches Herz hatte, würde Ellie gut aufgehoben sein, dachte Rosalind erleichtert.

Mr. Brown war immer noch nervös. »Daß Mrs. Holt das Mädchen nach Whitcombe bringt, bedeutet nicht, daß unsere Gemeinde den Unterhalt bezahlen muß«, betonte er.

»Machen Sie sich keine Sorgen«, erwiderte Stephen trocken. »Mrs. Jordan und ich werden bezeugen, daß das Baby in der Gemeinde Cowley geboren wurde.« Er wandte sich an Crain. »Ich werde morgen Ihren Gemeindevorstand aufsuchen und einen Antrag stellen, auf welche Weise Sie Ellie Warden und ihren Sohn am wirkungsvollsten unterstützen können.«

»Das geht Sie nichts an!« knurrte der Aufseher wütend. »Außerdem hat die kleine Nutte meinen Wagen völlig verdreckt.«

Stephen ließ sich auf keine weiteren Debatten mit ihm ein. »Ich komme morgen nach Cowley«, wiederholte er kalt.

Eingeschüchtert wendete Crain seinen Wagen und trat den Rückweg an. Gleich darauf brach auch die Hebamme auf, und der Ratsherr von Whitcombe trabte ihr notgedrungen hinterher.

Sobald alle außer Sicht waren, ließ Stephen sich erschöpft am Straßenrand ins Gras fallen, stützte seine Ellbogen auf die Knie und vergrub das Gesicht in den Händen. »Gott sei Dank war es eine unkomplizierte Geburt! Weiß der liebe Himmel, was sonst passiert wäre!«

Auch Rosalind hatte weiche Knie, nachdem die Krise überstanden war. Sie setzte sich neben ihn und lachte zittrig. »Du warst einfach großartig! Bist du Arzt?«

Er schaute auf. »Nein – nur ein Farmer, der vielen Kälbern, Fohlen und Lämmern Geburtshilfe geleistet hat.«

Rosalind starrte ihn an. »Um Gottes willen – soll das heißen, daß du im Grunde keine Ahnung hattest?«

Stephen runzelte in geheuchelter Empörung die Stirn. »Ich bin kein professioneller Schauspieler, aber die Rolle eines Arztes habe ich doch ganz überzeugend verkörpert, oder?«

Sie mußte wieder lachen. »Verdammt, und ich dachte, wenigstens einer von uns wüßte Bescheid!«

»Mir war immerhin klar, daß zwischen Tieren und Menschen in dieser Hinsicht kein allzu großer Unterschied besteht.«

»Hast du das arme Kind deshalb mit Heu gesäubert?« schmunzelte Rosalind, und Stephen stimmte in ihr Gelächter ein. Sie fühlte sich ihm sehr nahe, war aber auch zutiefst beeindruckt. Er war kein Arzt, konnte jedoch Geburtshilfe leisten. Er war ein Gentleman, kümmerte sich jedoch um ein verzweifeltes Mädchen, dem das Schicksal übel mitgespielt hatte. Und obwohl er sich bescheiden als Farmer bezeichnete, mußte er ein Gutsbesitzer sein – das bewies sein autoritäres Auftreten.

Seine Geistesgegenwart war für Ellie jedenfalls ein wahrer Segen gewesen. »Du warst sehr tapfer«, sagte Rosalind bewundernd. »Die allermeisten Männer würden in einer solchen Situation entsetzt die Flucht ergreifen.«

»Jemand mußte etwas tun, und ich war dazu am besten qualifiziert.« Stephen lächelte bescheiden. »Mein erster Stallknecht hat mir einmal in allen Einzelheiten geschildert, wie er selbst Geburtshilfe leisten mußte, weil die Wehen bei seiner Frau so schnell einsetzten, daß man keine Hebamme mehr rufen konnte. Damals hätte ich gern auf die Details verzichtet, aber heute war ich froh, daß er mich so genau informiert hatte. Seine Tochter ist inzwischen fünf Jahre alt und quicklebendig, und so Gott will, wird es Ellies Baby genauso gutgehen.«

Seine sehnsüchtige Miene legte die Vermutung nahe, daß er Kinder liebte und keine eigenen hatte. Das waren Gefühle, die Rosalind nur allzu gut verstehen konnte – während ihrer Ehe hatte sie sich verzweifelt Kinder gewünscht.

Versonnen blickte sie in den blauen Sommerhimmel empor, bis ihr auffiel, daß die Sonne schon ziemlich tief stand. »Oje, uns bleibt eine knappe Stunde, um nach Whitcombe zurückzukehren, uns zu säubern und uns für die Aufführung anzukleiden!«

»Das hatte ich ganz vergessen!« stöhnte Stephen.

»Ein Beweis dafür, daß du kein richtiger Schauspieler bist.« Rosalind sprang auf und streckte ihm ihre Hand entgegen. »Das Theater hat immer Vorrang vor dem wirklichen Leben, Herzog Claudio!«

Lächelnd ergriff er ihre Hand und ließ sich von ihr hochziehen. »Nachdem es zu meiner Rolle gehört, dich zu küssen, werde ich den Abend wohl überstehen!«

Rosalind errötete, erwiderte dann aber mit perfekt gespielter Förmlichkeit: »Es war wirklich reizend von Ihnen, Herzog, diese Kuß-Szene heute nachmittag mit mir privat zu proben!«

Stephen lachte schallend. In bestem Einvernehmen traten sie den Rückweg nach Whitcombe an – Hand in Hand.

11. Kapitel

Lord Michael Kenyon zügelte sein Pferd vor dem Haus von Dr. George Blackmer und schwang sich müde aus dem Sattel. Er hoffte inbrünstig, daß der Arzt zu Hause war, denn nach seinem langen anstrengenden Ritt wollte er endlich vernünftige Auskünfte bekommen.

Ein älterer Diener führte Michael in die Apotheke, wo Blackmer damit beschäftigt war, mit Mörser und Stößel eine kalkige Substanz zu zermahlen. Der Lord hatte ihn bisher nur ein einziges Mal gesehen, anläßlich des Begräbnisses seiner Schwägerin, der Herzogin von Ashburton, die Blackmers Patientin gewesen war – zweifellos kein günstiger Zeitpunkt, um die Fähigkeiten des Arztes objektiv einschätzen zu können.

Blackmer sprang auf, sobald er seinen Besucher bemerkte. »Ashburton! Ich bin heilfroh, daß Sie endlich wieder hier sind! Ich habe mir große Sorgen gemacht.«

»Schauen Sie genau hin!« Michael nahm seinen Hut

ab, damit der Arzt sein Gesicht besser sehen konnte. »Ich bin nicht Ashburton, sondern sein Bruder.«

»Entschuldigung!« murmelte Blackmer bestürzt. »Sie sehen ihm sehr ähnlich.«

Das hatte Michael sein Leben lang zu hören bekommen. »Ich habe Ihren Brief erst gestern erhalten, weil ich auf Reisen war«, erklärte er barsch. »Natürlich bin ich sofort hergekommen, doch in Ashburton Abbey wurde mir gesagt, mein Bruder sei vor über drei Wochen ohne Begleitung davongeritten und habe seitdem nichts von sich hören lassen. Was, zum Teufel, ist eigentlich passiert?«

Blackmer seufzte. »Der Herzog hat Sie also nicht besucht. Ich hatte gehofft, daß er bei Ihnen in Wales wäre.«

»Nein, und in London ist er auch nicht, weil ich mich bis vor wenigen Tagen dort aufgehalten habe«, sagte Michael ungeduldig. »Sie haben mir geschrieben, mein Bruder sei ernsthaft erkrankt. Was fehlt ihm denn?«

Der Arzt beschloß nach kurzem Zögern, mit der Wahrheit herauszurücken. »Er hat eine Geschwulst, die Magen und Leber zerstört ... Seine Lebenserwartung beträgt nur noch wenige Monate.«

Michael erstarrte. Blackmers vorsichtig formulierter Brief hatte ihn nicht auf diese Hiobsbotschaft vorbereitet. Stephen war so gut wie nie krank gewesen, und er hatte sich auch bei seinem letzten Besuch in Wales vor wenigen Monaten bester Gesundheit erfreut. Und jetzt sollte er plötzlich dem Tode nahe sein? »Kann man denn gar nichts für meinen Bruder tun?«

Blackmer wich seinem scharfen Blick unbehaglich aus. »Allenfalls beten ...«

Der Lord unterdrückte sein heftiges Verlangen, ihm einen Kinnhaken zu verpassen. Es wäre ungerecht, den Überbringer schlechter Nachrichten zu bestrafen. Statt dessen verlieh er einem gräßlichen Einfall laut Ausdruck. »Halten Sie es für möglich, daß Stephen spurlos verschwunden ist, weil die Krankheit seinen Geist verwirrt hat?«

»Auf gar keinen Fall«, entgegnete der Arzt entschieden. »Ich vermute, daß der Herzog das Bedürfnis verspürte, in aller Ruhe über diesen schweren Schicksalsschlag nachzudenken.«

Das konnte Michael ohne weiteres verstehen – wenn es sich nur um einige Tage gehandelt hätte. Aber drei Wochen? »Könnte sein Zustand sich plötzlich verschlechtert haben, so daß er jetzt irgendwo hilflos im Sterben liegt?«

Blackmer schüttelte den Kopf. »Möglich ist natürlich alles, doch es kommt mir höchst unwahrscheinlich vor.«

Michael überlegte, was er tun sollte. Stephen hatte eine hohe Meinung von Blackmers Fähigkeiten, aber ein Landarzt mußte größtenteils gebrochene Knochen schienen und Erkältungen kurieren. Der Mann hatte Louisa nicht retten können, und er schien Stephen für einen aussichtslosen Fall zu halten.

Vielleicht könnte Ian Kinlock helfen. Nach der Schlacht von Waterloo hatte dieser Chirurg Michael durch einen riskanten Eingriff vor dem fast sicheren Tod bewahrt. Jetzt arbeitete Kinlock am *St. Bartholomew's Hospital* in London und kämpfte unermüdlich an der vordersten Front medizinischen Wissens. Wenn es Michael gelänge, Stephen zu finden und zu Ian zu bringen, bestünde vielleicht doch noch Hoffnung …

Erleichtert über die Möglichkeit, etwas unternehmen zu können, wirbelte der Lord auf dem Absatz herum und eilte zur Tür. »Danke für Ihre Informationen, Doktor. Leben Sie wohl.«

»Was haben Sie vor?«

»Ich will meinen Bruder suchen«, rief Michael über die Schulter hinweg.

»Warten Sie! Ich möchte Sie begleiten.«

Michael blieb stehen. »Wozu?«

Blackmer starrte seinen Arbeitstisch an und berührte geistesabwesend den Steinmörser. »Er ist mein Patient. Falls Sie ihn finden, möchte ich zur Stelle sein.«

Michael runzelte die Stirn und wollte strikt ablehnen. Er hatte keine Lust, mit einem Fremden unterwegs zu sein, und außerdem hatte er ja die Absicht, Stephen von Ian Kinlock untersuchen zu lassen, so daß Blackmers Anwesenheit völlig überflüssig war. Andererseits imponierte ihm die Gewissenhaftigkeit des Arztes, und er brachte es nicht übers Herz, ihn direkt zu brüskieren. Statt dessen knurrte er unwillig: »Sie können mitkommen, wenn Ihnen so viel daran liegt, aber nur, wenn Sie ein guter Reiter sind, denn ich werde beim Tempo keine Rücksicht auf Sie nehmen.«

»Das schaffe ich schon«, erwiderte Blackmer. »Ich brauche nur etwas Zeit, um einen Kollegen zu bitten, meine Patienten zu betreuen. Könnten wir erst morgen früh aufbrechen?«

Michael warf einen Blick aus dem Fenster und stellte fest, daß die Sonne schon ziemlich tief stand. »Einverstanden. Ich muß sowieso noch die Dienstboten meines Bruders befragen und mehrere Briefe schreiben. Bis morgen, Dr. Blackmer! Kommen Sie bei Tagesanbruch zur Abtei.«

Er ging und versuchte sich einzureden, daß der Londoner Chirurg Stephen bestimmt helfen würde, denn der Gedanke, seinen einzigen Bruder zu verlieren, war schlichtweg unerträglich.

Sobald die Tür hinter dem Besucher zugefallen war, ließ Blackmer sich erschöpft auf seinen Stuhl fallen. Lord Michael Kenyon war genauso kurz angebunden wie sein verstorbener Vater, und zusätzlich besaß er das einschüchternde Auftreten eines befehlshaberischen Offiziers. Eine Reise mit diesem Mann würde wahrlich kein Vergnügen sein!

Doch es waren nicht die bevorstehenden Strapazen, die den Arzt verstörten, sondern die Tatsache, daß Kenyons kühle grüne Augen tiefen Schmerz über den kritischen Zustand seines Bruders widergespiegelt hatten. Die Aussicht, schon in wenigen Monaten Herzog von Ashburton zu sein, erfüllte Lord Michael offenbar nicht mit heimlichem Frohlocken.

Blackmer starrte den Kamin an, in dem noch kein Feuer brannte. Er hatte – wie befürchtet – mit seinem Brief an den Lord in ein Wespennest gestochen. Ashburton konnte sich überall in Großbritannien aufhalten, und die Chance, daß sie ihn finden würden, war mehr als gering. Es wäre vernünftiger, seine Rückkehr nach Ashburton Abbey abzuwarten, aber dem Arzt war klar, daß er Michael Kenyon niemals umstimmen könnte.

Die ganze Situation war bedauerlicherweise völlig außer Kontrolle geraten ...

12. Kapitel

Rosalind wachte am nächsten Morgen ziemlich spät auf. Draußen schien die Sonne, und Jessica war schon aufgestanden, aber sie hatte am Vortag ja auch weder einen langen Spaziergang am Fluß gemacht noch Geburtshilfe geleistet.

Dem dramatischen Nachmittag war dann eine sehr erfolgreiche Vorstellung im kleinen Theater von Whitcombe gefolgt. Maria hatte in der Tragödie *Isabella* die Zuschauer wie immer zu Tränen gerührt, und anschließend hatten sie herzhaft über die Farce gelacht, bei der Rosalind und Stephen einander küssen durften, ohne befürchten zu müssen, jede Selbstbeherrschung zu verlieren.

Während Rosalind sich genüßlich im Bett rekelte, dachte sie nicht an diese Bühnenküsse, sondern an die Szene unter der Weide am Fluß, die ihr sogar in der Erinnerung heiße Schauer über den Rücken jagte. Sie malte sich aus, was geschehen wäre, wenn Stephen ihre schwachen Proteste mißachtet hätte, und ihr war klar, daß eine leidenschaftliche Vereinigung mit dem Mann, in den sie sich verliebt hatte, etwas einmalig Schönes gewesen wäre.

Seufzend schwang sie ihre Beine aus dem Bett. Weil ihre Liebe keine Zukunft hatte, war es nur vernünftig gewesen, Stephen gerade noch rechtzeitig Einhalt zu gebieten. Aber sie bereute auch nicht, daß es überhaupt so weit gekommen war, denn jene lustvollen Momente würden ihr für immer im Gedächtnis bleiben,

Besser als gar nichts …

Nachdem sie sich gewaschen und angezogen hatte, ging sie nach unten, doch Stephen war zu ihrer großen Enttäuschung nicht im Gasthof, und er versäumte auch das Mittagessen. Erst als Rosalind im ruhigen Nebenzimmer saß und sich eifrig Notizen machte, sah sie ihn auf dem Korridor und winkte ihm zu.

Lächelnd betrat Stephen den Raum. »Was treibst du denn hier so ganz allein?«

»Nichts Aufregendes.« Sie deutete auf ihre Listen. »In zwei Tagen geben wir eine Privatvorstellung auf einem nahe gelegenen Landsitz. Das ist für unsere Truppe eine hohe Ehre, und deshalb überprüfe ich, ob wir auch wirklich nichts übersehen haben. Leider Gottes kann ich für das Allerwichtigste – gutes Wetter – keine Garantie übernehmen.«

»Ist es eine Freilichtbühne?«

Rosalind nickte. »Ein kleines Amphitheater im griechischen Stil, ideal für den *Sommernachtstraum*. Bei miserablem Wetter können wir auch drinnen auftreten, aber das ist natürlich nicht so reizvoll.« Sie schob ihre Notizen beiseite. »Hast du zu Mittag gegessen?«

Stephen zuckte nur teilnahmslos mit den Schultern und rieb sich unbewußt den Magen – eine Geste, die Rosalind schon oft beobachtet hatte. Es war auch nicht zu übersehen, daß er immer magerer wurde. Vielleicht litt er an Magenverstimmung oder sogar an einem Magengeschwür?

Sie überlegte noch, ob es indiskret wäre, ihn direkt zu

fragen, als er sagte: »Hättest du Lust, Ellie Warden zu besuchen?«

Rosalind vergaß seine Appetitlosigkeit und rief lächelnd: »Ich wüßte nicht, was ich lieber täte.« Sie setzte rasch ihre Haube auf.

Unterwegs berichtete Stephen: »Ich war heute vormittag in Cowley.«

»Und?« erkundigte sie sich interessiert. »Ist es dir gelungen, mit dem Vorsitzenden des Gemeinderats über Ellies Zukunft zu sprechen?«

»Ja«, erwiderte er einsilbig, und Rosalind verzichtete auf weitere Fragen, weil sie wußte, daß sie bald alles erfahren würde.

Mrs. Holt wohnte am Stadtrand in einem hübschen Häuschen, umgeben von einem Garten voller Spätsommerblumen in leuchtenden Farben – eine ideale Umgebung für die heitere Hebamme, die über das ganze Gesicht strahlte, als sie die Besucher erkannte. »Ah, Ellies Schutzengel! Mutter und Kind sind wohlauf.«

»Gott sei Dank!« Rosalind fiel ein Stein vom Herzen. »Dürfen wir sie sehen?«

»Aber ja.« Mrs. Holt führte sie eine schmale Treppe hinauf und öffnete die Tür zu einem sonnigen Zimmer. Ellie saß in einem Polsterstuhl am Fenster, und ihr Sohn schlief in ihren Armen. Rosalind hatte richtig vermutet – frisch gewaschen und in einen hübschen Morgenrock gehüllt, sah die junge Mutter mit ihren weichen braunen Locken und den lieblichen Gesichtszügen unwiderstehlich aus.

Sie lächelte ihren Helfern glücklich zu. »Ich weiß gar nicht, wie ich Ihnen danken soll … Ohne Ihr beherztes Eingreifen wären der Kleine und ich vielleicht gar nicht mehr am Leben …«

Rosalinds Herz schmolz beim Anblick des schlafenden Kindes mit dem seidigen dunklen Haarschopf dahin. »Darf ich ihn einmal halten?«

»Selbstverständlich.« Ellie legte ihren Sohn behutsam

in Rosalinds Arme, die den weichen kleinen Körper an sich schmiegte und gegen das irrsinnige Verlangen ankämpfte, dieses Baby einfach zu entführen. Daß ihr eigene Kinder versagt geblieben waren, gehörte zu den schlimmsten Enttäuschungen ihres Lebens. Sogar mit der Untreue ihres Mannes hatte sie sich leichter abgefunden als mit ihrer Unfruchtbarkeit. »Er ist wunderschön«, murmelte sie heiser.

»So klein und vollkommen!« Stephen berührte ein winziges Händchen so vorsichtig, als wäre es aus Glas. »Wirst du ihn nach seinem Vater nennen?«

»Ja. Und ...« Ellie senkte schüchtern den Kopf. »Ich weiß nicht einmal, wie Sie heißen, Sir.«

»Stephen Ashe«, antwortete er, ohne seinen Blick von dem Baby zu wenden. Rosalind las in seinen Augen den gleichen Hunger nach einem Kind, von dem auch sie selbst verzehrt wurde.

»Dann würde ich ihn gern Daniel Stephen nennen – wenn Sie nichts dagegen haben, Sir.«

Stephens Miene verriet freudige Überraschung. »Ich fühle mich sehr geehrt ... Obwohl ich mehrere Patenkinder habe, ist dieses hier etwas ganz Besonderes.«

Rosalind segnete insgeheim das Mädchen, das Stephen reich beschenkt hatte, ohne es zu ahnen. Widerwillig gab sie Ellie ihren Sohn zurück.

Mit einer Fingerspitze streichelte Stephen die zarte Wange des Kleinen. »Schlaf gut, Daniel Stephen.« Dann schaute er auf und fragte geschäftsmäßig: »Hast du schon irgendwelche Zukunftspläne, Ellie?«

Das glückliche Lächeln verschwand vom Gesicht der jungen Mutter. »Ich werde versuchen, eine Stellung zu finden, wo ich ihn bei mir behalten kann. Das wird nicht leicht sein, aber ich fürchte mich nicht vor harter Arbeit.«

»Heute morgen habe ich mit dem Gemeinderat von Cowley gesprochen«, berichtete Stephen. »Die Männer mußten zugeben, daß die finanzielle Unterstützung, die deiner Mutter und dir gewährt wurde, nur einen Bruchteil des Wertes eures Hauses betrug, und sie erklärten sich bereit, dir 200 Pfund Entschädigung zu bezahlen.«

»200 Pfund!« rief Ellie ungläubig. »Das ist ja ein Vermögen!«

»Ein Vermögen nicht gerade, aber ein vernünftiger Notgroschen«, meinte Stephen nüchtern. »Und ich wüßte auch eine passende Stellung für dich. Ein Freund von mir besitzt ein Gut in Norfolk, und dort könnte man ein weiteres Dienstmädchen gut gebrauchen. Die Haushälterin ist eine gutmütige Witwe, die Kinder liebt.« Er lächelte. »Eine Frau wie Mrs. Holt ... Und nachdem deine Familie ja aus Norfolk stammt, findest du dort vielleicht irgendwelche Verwandte.«

Ellie starrte ihn mit Tränen in den nußbraunen Augen selig an. »Das wäre einfach herrlich, Sir! Sie und Ihre Frau waren so gut zu mir ... ich werde Sie nie vergessen.«

Rosalind und Stephen tauschten einen bestürzten Blick. »Wir sind nicht verheiratet«, stammelte sie errötend. »Nur ... Freunde.« Etwas Besseres fiel ihr einfach nicht ein.

Auch Ellie errötete. »Entschuldigen Sie bitte! Ich dachte ... Sie scheinen sich so gut zu verstehen ...«

»Wir sind eben sehr, sehr gute Freunde«, sagte Stephen augenzwinkernd. »Wenn du möchtest, kannst du dich in Norfolk übrigens getrost Mrs. nennen und Dannys Familiennamen annehmen. In euren Herzen wart ihr ja schließlich schon miteinander verheiratet, und nur sein Tod hat die Trauung verhindert.«

»Dann ... dann wird niemand mein Baby als Bastard beschimpfen können?« schluchzte Ellie. »Oh, Sir, das alles ist wie ein Wunder!«

»Du hast in den letzten Jahren viel Schlimmes erlebt«, murmelte Stephen verlegen. »Höchste Zeit für ein bißchen Glück zur Abwechslung.« Er sah Rosalind an. »Und für uns ist es höchste Zeit aufzubrechen.«

Sie bückte sich und küßte das Baby zart auf die Wange. Daniel Stephen schlug plötzlich die Augen auf und betrachtete sie aufmerksam. Gerührt drückte sie Ellies Hand, wünschte ihr alles Gute und verließ hastig das Zimmer, um nicht selbst in Tränen auszubrechen. Unten erklärte Stephen der Hebamme, was er mit Ellie abgesprochen hatte, und Mrs. Holt erklärte sich gern bereit, Mutter und Kind zu betreuen, bis sie kräftig genug sein würden, um mit einer Kutsche nach Norfolk zu reisen. Rosalind hörte das Klirren von Münzen, die Stephen der Frau diskret in die Schürzentasche schob.

Sobald sie sich ein Stück vom Haus entfernt hatten, fragte sie neugierig: »Wie in aller Welt hast du die Gemeinde Cowley dazu gebracht, Ellie für den Verkauf des Familienbesitzes zu entschädigen?«

»Mit Drohungen«, grinste er. »Ich kenne mich mit Rechtsfragen ganz gut aus, und sie erschraken, als ich etwas von einer Anzeige beim Gouverneur verlauten ließ. Die bleibt ihnen nicht erspart, obwohl sie bezahlt haben, denn Ellie ist nicht die einzige, die von ihnen betrogen wurde.«

Rosalind, die miterlebt hatte, wie er am Vortag mit dem Aufseher Crain umgesprungen war, konnte sich gut vorstellen, daß er – ohne auch nur die Stimme zu erheben – den ganzen Gemeinderat eingeschüchtert hatte. »War das Häuschen wirklich 200 Pfund wert?«

Nach kurzem Zögern antwortete Stephen: »Die Hälfte, nach Abzug der nachweisbaren Kosten für den Unterhalt der Familie. Ich habe den Betrag verdoppelt, um Ellie ein bißchen Sicherheit zu geben.«

»Du schenkst ihr hundert Pfund und bezahlst auch noch Mrs. Holt? Das ist unglaublich großzügig.«

»Es sind doch nur hundert Pfund«, murmelte er verlegen. »Nicht der Rede wert.«

Mit dieser Antwort bestätigte er Rosalinds Vermutungen, daß Stephen Ashe ein reicher Gutsbesitzer sein mußte. »Für die meisten Leute ist diese Summe ein kleines Vermögen!« stellte sie trocken fest. »Auch für die Fitzgeralds.« Und als er sie verblüfft ansah, fügte sie leise hinzu: »Wir stammen aus verschiedenen Welten, Stephen. Ich glaube, dir ist nicht einmal richtig bewußt, *wie* verschieden sie sind.«

Ihre Hand lag auf seinem Arm, und er legte seine darüber. »Aber haben wir nicht eine Brücke zwischen diesen Welten gebaut?«

»Doch«, erwiderte Rosalind ruhig. »Eine sehr brüchige, die sich in nichts auflösen wird, sobald du abreist.«

Sein Gesicht erstarrte zur Maske, doch in seinen Augen stand tiefes Bedauern geschrieben. »Warum muß das so sein?«

Sie zuckte die Achseln. »So ist nun einmal das Leben … Du bist ein Gentleman, und ich bin eine Schauspielerin. Mit unsoliden Leuten wie uns pflegen anständige Bürger nur hinter geschlossenen Türen zu verkehren.« Sie lächelte ihm zu. »Uns war immerhin das Glück eines kurzen Urlaubs vom üblichen Lauf der Welt beschieden.«

Stephen stieß einen tiefen Seufzer aus. »Du hast recht, wie immer.«

Sie traute sich endlich, die Frage zu stellen, die ihr schon lange auf der Seele brannte. »Du rennst vor irgend etwas davon, stimmt's?«

»Bin ich so leicht zu durchschauen?«

»Es ist nützlich für Schauspieler, Menschen scharf zu beobachten.« Und Stephen hatte sie besonders scharf beobachtet, weil sie in ihn verliebt war …

»Ich habe kein Verbrechen begangen«, erklärte er nach langem Schweigen, »aber davongerannt bin ich tatsächlich. Es war eine Flucht vor … sagen wir, vor dem Alltag. Höchste Zeit, nach Hause zurückzukehren und mich wieder um meine Pflichten zu kümmern. Sobald der Ersatz für Edmund Chesterfield eintrifft, mache ich mich auf den Weg.«

Weil er nicht wissen sollte, wie sehr sie ihn vermissen

würde, sagte Rosalind leichthin: »Es war ein hübscher Flirt.«

»In der Tat«, bestätigte Stephen mit undurchdringlicher Miene. Nach einem galanten Handkuß fügte er mit übertrieben theatralischer Stimme hinzu: »Ich werde mich mein Leben lang an Sie erinnern, Lady Caliban.«

Auch sie würde sich ihr Leben lang an ihn erinnern, und eines Tages – vielleicht in ein, zwei Jahren – würde sie bestimmt an ihn denken können, ohne daß es schmerzte.

13. Kapitel

Tag 62

Stephen erkannte das drohende Unheil erst in letzter Minute. Die Truppe befand sich auf dem Weg zu der Privatvorstellung, die Rosalind neulich erwähnt hatte. Die meisten Schauspieler saßen in der Kutsche und im ersten Planwagen, während Stephen den Wagen mit Kostümen und Requisiten lenkte.

An feurige Pferde gewöhnt, die manchmal übernervös waren und deshalb nicht aus dem Auge gelassen werden durften, war es für ihn kein Problem, mit dem behäbig trottenden Gespann fertig zu werden und sich gleichzeitig seiner reizvollen Begleiterin zu widmen. Rosalind hatte ihre Haube in den Wagen geworfen und saß barhäuptig neben ihm. Ihre Haare schimmerten in der warmen Sonne wieder einmal in allen Herbstfarben, und bei diesem Anblick fiel ihm auf, daß ein Hauch von Herbst auch in der Luft lag. Die Zeit verging so schnell …

Um auf andere Gedanken zu kommen, fragte er: »Wohin fahren wir eigentlich?«

»Nach Bourne Castle, dem Sitz des Herzogs von Candover. Es wundert mich, daß Papa dir nichts davon erzählt hat. Er ist verständlicherweise mächtig stolz darauf, daß wir seit vier Jahren auf ausdrücklichen Wunsch des Herzogs dort auftreten.«

Bourne Castle? Um Gottes willen! Stephens Hände verspannten sich unwillkürlich so stark, daß die Pferde klagend wieherten. Hastig die Zügel lockernd, hoffte er, daß Rosalind seinen Schock nicht bemerkt hatte.

Rafe Whitbourne, Herzog von Candover, gehörte zu Michaels besten Freunden, und auch Stephen kannte ihn seit vielen Jahren. Candover würde ihn natürlich auf den ersten Blick erkennen ... Am liebsten hätte Stephen Rosalind die Zügel überreicht und die Flucht ergriffen.

Wochenlang war er mit den Fitzgeralds in einer verzauberten Welt unterwegs gewesen, die sich total von seinem normalen Leben unterschied. Jetzt drohten diese beiden Welten zu kollidieren. Wenn er nur hinter den Kulissen arbeiten würde, könnte er sich vielleicht verstecken, doch heute abend sollte er wieder den Herzog von Athen spielen. Rosalind und er würden als erste die verdammte Bühne betreten, und alle Augen würden gespannt auf sie gerichtet sein.

»Besteht das Publikum nur aus dem Haushalt des Herzogs?« erkundigte er sich so beiläufig, wie er konnte.

»O nein, es ist eine großartige Veranstaltung«, berichtete Rosalind fröhlich. In diesem Augenblick schob Aloysius, der auf ihrem Wagen mitfuhr, seinen zottigen Kopf zwischen die beiden Menschen, und sie streichelte den Hund geistesabwesend. »Der Herzog und die Herzogin laden alle Adligen der Umgebung dazu ein. Vor der Vorstellung wird diniert, und dieses Festmahl wird sogar uns Schauspielern gebracht. Ausgezeichnetes Essen und Zuschauer, die etwas von gutem Theater verstehen. Es ist der alljährliche Höhepunkt unserer Tournee.«

Na großartig! Stephen würde die Hälfte der Gäste kennen, und vermutlich würden mehrere darunter sein, die ihn als Paten ihrer Kinder schätzten. »Wie ist es denn dazu gekommen?«

»Der Herzog hat mit einigen seiner vornehmen Freunde eine Aufführung in Whitcombe besucht. Wahrscheinlich waren sie nur hergekommen, um zu lästern, doch dann kamen sie offenbar aus dem Staunen nicht heraus.« Rosalind lächelte glücklich. »Nach der Vorstellung – es war *Der Sturm* – kam Candover hinter die Bühne, flirtete mit allen Damen der Truppe, sogar mit der alten Nan, und fragte, ob wir für eine Privatvorstellung in seinem Amphitheater zur Verfügung stünden. Übrigens ist er ein sehr attraktiver Mann!«

Ohne auf ihre letzte Bemerkung einzugehen, murmelte Stephen: »Und ihr habt natürlich mit Freuden zugestimmt.« Noch war es nicht zu spät für ihn, um die Flucht anzutreten, doch das wäre unverantwortlich, nachdem es der Truppe ohnehin schon an Schauspielern fehlte. Thomas verließ sich darauf, daß Stephen auch heute abend den Theseus mimte.

»Halt dich fest«, warnte er, während er den Wagen um ein großes Schlagloch herumlenkte. Warum verstörte ihn der Gedanke, erkannt zu werden, eigentlich so sehr? Schließlich war er der Herzog von Ashburton, der tun und lassen konnte, was er wollte. Vielleicht würden die Leute über sein exzentrisches Benehmen lachen und spotten – aber mit Sicherheit nur hinter seinem Rücken! Einen direkten Affront würde niemand wagen.

Schämte er sich, öffentlich aufzutreten? Keineswegs. Ganz im Gegenteil – er war stolz auf sein bescheidenes Talent und genoß es, zu diesem hervorragenden Ensemble zu gehören.

Was war dann der Grund für diesen Widerwillen, erkannt zu werden?

Er begriff, daß es die Kollision der beiden Welten war, die er unbedingt vermeiden wollte. Die letzten Wochen waren etwas ganz Besonderes gewesen, eine Zeit nie gekannter Lebensfreude, an die er sich in den nächsten schwierigen Monaten dankbar erinnern würde. Dieses einmalige Erlebnis durfte nicht als törichtes Abenteuer zerredet werden!

Was aber noch viel schlimmer war – man würde natürlich munkeln, er hätte mit einer – oder mehreren – der Schauspielerinnen geschlafen. Boshafter Klatsch dieser Art würde Rosalind und ihre Familie diffamieren, und das durfte nicht geschehen!

Doch wie in aller Welt sollte er es anstellen, nicht erkannt zu werden?

Plötzlich fiel ihm etwas ein. »Ich würde den Theseus gern mit Perücke und Bart spielen, um altertümlicher auszusehen. Das müßte sich doch machen lassen, oder?«

»Ja, aber wozu willst du einen Bart tragen?« fragte Rosalind überrascht. »Sie kratzen schrecklich – das weiß ich aus eigener Erfahrung, wenn ich Männer gespielt habe. Und sie verdecken das Gesicht so sehr, daß die Mimik darunter leidet.«

Stephen rang sich ein Lächeln ab. »Als ich die Rolle zum ersten Mal spielte, hast du selbst gesagt, ich müßte nur autoritär auftreten und die Liebe zu meiner Braut zum Ausdruck bringen.«

»Autorität würdest du sogar mit einem Sack über dem Kopf ausstrahlen«, lachte Rosalind. »Also gut – du bekommst einen wunderschönen Bart.«

Er entspannte sich ein wenig. Wenn er außerdem noch seine Stimme leicht veränderte, müßte er eigentlich unerkannt davonkommen. Schließlich rechnete niemand damit, den Herzog von Ashburton inmitten einer Wandertruppe vorzufinden.

Die vorderen Wagen waren schon von der Straße abgebogen und hatten ein gewaltiges Tor passiert. Während Stephen ihnen folgte, rief Rosalind begeistert: »Schau mal – ist es nicht herrlich romantisch?«

Auf einem Hügel gelegen, bot Bourne Castle mit seinen Türmen tatsächlich einen beeindruckenden Anblick, obwohl Stephen seine Ashburton Abbey schöner fand.

Auf der langen Auffahrt zog er seinen Hut tiefer ins Gesicht und beugte sich leicht vornüber, froh darüber, daß er einiges von seiner aristokratischen Gepflegtheit eingebüßt hatte, seit er mit dem mageren Inhalt von zwei Satteltaschen auskommen mußte.

Ihr Weg führte an den riesigen Stallungen vorbei. Dahinter war ein gutes Dutzend prächtiger Kutschen geparkt, die meisten mit Wappen an den Türen. Rosalind deutete auf die Fahrzeuge. »Imposant, nicht wahr?« Sie warf Stephen einen schelmischen Seitenblick zu. »Obwohl ich vermute, daß es für dich nichts Aufsehenerregendes hat.«

Sie hatte recht: er hatte den teuren Equipagen kaum Beachtung geschenkt. »Wünschst du dir manchmal, solche Reichtümer zu besitzen?« fragte er ernsthaft. »Juwelen, Abendroben und Kutschen?«

Rosalind brauchte nicht lange zu überlegen. »Eigentlich nicht. Ich leide keine Not, besitze sogar einige Wertgegenstände, bin gesund und habe eine wunderbare Familie und gute Freunde. Irgendwelchen Flitterkram brauche ich nicht.« Sie betrachtete nachdenklich das Schloß. »Ein hübsches Haus hätte ich gern, das gebe ich zu, aber Geld macht nun einmal nicht glücklich, und ich vermute, daß Reichtum auch zur schweren Last werden kann.«

Ihre Worte trafen Stephen mitten ins Herz. Was gab es Wichtigeres als Gesundheit und ein warmes Zugehörigkeitsgefühl? Mit dem Tod vor Augen hatte auch er begriffen, daß Reichtum, Macht und Adelstitel letztlich wirklich nur Flitterkram waren. »Du bist eine sehr weise Frau, Rosalind«, sagte er ruhig.

Während er den Wagen nach links lenkte, fiel sein Blick zufällig auf eine Kutsche in der zweiten Reihe, deren Wappen ihm sehr bekannt vorkam.

O Gott! Nur mit Mühe konnte er ein lautes Stöhnen unterdrücken. Das war das Wappen der Herringtons – und seine ältere Schwester Claudia war die Gräfin von

Herrington! Wahrscheinlich weilte sie mit ihrem Mann zu Besuch bei Freunden in dieser Gegend, und solche erlauchten Gäste waren auf Bourne Castle natürlich stets herzlich willkommen.

Claudias Name würde zweifellos zuoberst auf seiner Liste jener Menschen stehen, von denen er nicht erkannt werden wollte. Im Grunde waren sie immer gut miteinander ausgekommen, doch ihr Standesdünkel hatte ihn von jeher gestört. Wenn sie herausfand, daß ihr Bruder – der Herzog von Ashburton – mit einer Wandertruppe auftrat, würde sie Gift und Galle spucken.

Er könnte immer noch die Flucht antreten, aber er wurde hier gebraucht. Die heutige Vorstellung war für Rosalinds Familie sehr wichtig, speziell für ihren Vater. Es wäre schändlich, die Fitzgeralds ausgerechnet jetzt im Stich zu lassen.

Es würde ein sehr langer, anstrengender Abend werden … Während Stephen seinen Wagen neben den anderen abstellte, schickte er ein Stoßgebet an Hermes, den griechischen Gott, der Wanderer und Fahrende beschützte.

In dieser Situation fühlte er sich auf göttlichen Beistand angewiesen.

Jessica drückte vorsichtig die linke Seite des falschen Bartes an und trat einen Schritt zurück. »Was meinst du, Rose?«

Rosalind betrachtete ihr Opfer und nickte zufrieden. »Nicht schlecht.«

»Dürfte ich mein eigenes Gesicht jetzt vielleicht auch sehen?« fragte Stephen trocken.

Rosalind grinste. »Mit diesem Rauschebart wirst du dein Gesicht sogar im Spiegel suchen müssen!«

Jessica zog ihre dunklen Augenbrauen zusammen. »Ich finde, daß er imposant wirkt – wie einer der mittelalterlichen Könige, Eduard vielleicht oder …«

Stephen hatte keine Lust abzuwarten, bis die Schwestern entschieden haben würden, welchem König er am ähnlichsten sah. Er holte einen Handspiegel aus dem Schminkkasten und seufzte erleichtert, nachdem er sich kritisch gemustert hatte. Sie hatten ihm eine dunkle Lokkenperücke aufgesetzt, die bis zu den Schultern reichte, und der dazu passende üppige Bart verhüllte fast die Hälfte seines Gesichts. Natürlich würde kein Mensch diese Haarpracht für echt halten, aber in dieser Verkleidung dürfte ihn auch niemand erkennen, und das war das einzige, worauf es ankam. »Meiner Meinung nach sehe ich eher wie ein Prophet aus dem Alten Testament aus – wie einer, der zu lange in der Wüste gelebt hat!«

Lachend befestigte Rosalind das Diadem des Herzogs von Athen – einen leicht vergoldeten Eisenreif – an der Perücke. »Ich muß zugeben, daß es eine ausgezeichnete Idee von dir war. Dich umgibt eine Aura fürstlicher Autorität, die man förmlich riechen kann.«

»Was man riecht, ist nicht seine Autorität, sondern nur die Lavendelsäckchen, mit denen wir Motten fernhalten«, widersprach Jessica frech und wich kichernd einem langen blonden Zopf aus, mit dem ihre Schwester nach ihr schlagen wollte.

Stephen erhob sich und zupfte sein Purpurgewand zurecht. Rosalind hatte recht gehabt – der Bart kratzte. »Eigentlich müßte die Vorstellung bald beginnen.«

Als Oberon verkleidet, kam Thomas Fitzgerald angehastet. Ganz in seinem Element, gab er vor Aufregung gelegentlich widersprüchliche Anweisungen, was aber nicht ins Gewicht fiel, weil Rosalind alles wie immer perfekt organisiert hatte. Und auch das Wetter machte ihnen keinen Strich durch die Rechnung.

Aus einem kleinen Fenster im Künstlerzimmer spähte Stephen ins Freie. Das Amphitheater schmiegte sich an einen Hügel, so daß hinter der Bühne riesige alte Bäume emporragten, die eine ideale natürliche Kulisse für den *Sommernachtstraum* abgaben. Stephen hatte mitgeholfen, dicke Seile an diesen Bäumen festzuknoten, und während der kurzen Probe hatten alle Darsteller von Elfen ausgelassen geschaukelt. Ihm war angst und bange geworden, als Rosalind ihren Auftritt ebenfalls aus luftiger Höhe vollzog, aber ihr hatte es viel Spaß bereitet, und sogar Maria war mit sichtlichem Vergnügen als Elfenkönigin Titania auf diese ungewöhnliche Weise auf der Bühne gelandet.

Jetzt brach die Abenddämmerung herein und trug zu der Illusion bei, dies sei tatsächlich jener verzauberte Wald, der nur in Shakespeares Fantasie existiert hatte. Irgendwo sang eine Nachtigall, während elegant gekleidete Damen und Herren lachend und plaudernd ihre Plätze auf den ansteigenden Bankreihen einnahmen. Stephen hielt nach seiner Schwester Ausschau, konnte sie aber nirgends entdecken. Vielleicht hatte sie ja Migräne und war nicht mitgekommen.

Doch so viel Glück würde ihm kaum vergönnt sein …

Der Duft von Rosenwasser stieg ihm in die Nase, und gleich darauf stand Rosalind neben ihm am Fenster. Im prächtigen Kostüm der Amazonenkönigin, mit hochgesteckten Haaren und einem goldenen Diadem sah sie einfach hinreißend aus. Das Bühnen-Make-up betonte ihre vollen Lippen und die langen Wimpern, so daß es Stephens ganze Willenskraft erforderte, sie nicht an sich zu ziehen und zu küssen.

Er begnügte sich damit, seinen linken Arm unter ihren weiten Umhang zu schieben und die schmale Taille zu umschlingen, unbemerkt von den Kollegen. Sobald ihr warmer Körper den seinen berührte, pulsierte sein Blut schneller in den Adern, und gegen seinen Willen glitt seine Hand höher und wölbte sich um eine straffe Brust. »Bist du bereit für unsere Hochzeitsstunde, meine Hippolyta?« wandelte er seine erste Textzeile etwas ab.

Rosalind warf ihm unter halb geschlossenen Lidern hervor einen schmachtenden Blick zu. »Ja, mein liebster Herzog, ich bin bereit«, murmelte sie heiser und schmiegte ihre Hüfte an die seine.

Von einer Hitzewelle überflutet, ließ Stephen seiner Fantasie freien Lauf. Sie waren als Herzog und Königin ein unsterbliches Liebespaar aus dem Sommernachtstraum, er würde sie mit Wein und Rosen verführen, und sie würden im Märchenwald ewig ihrer Leidenschaft frönen, für immer jung und kraftvoll …

Ein heftiges Stechen im Magen riß ihn jäh in die Realität zurück. Verdammt, er glich einer Motte, die zu dicht an die sengende Flamme heranflog! Warum quälte er Rosalind und sich stets aufs neue?

Weil der Schmerz unbefriedigten Verlangens trotz allem süßer war als kalte Logik, lautete die Antwort. Tief durchatmend, ließ er Rosalind los und trat einen Schritt beiseite. »Habt ihr hier schon *Wie es euch gefällt* gespielt? Dieses Amphitheater ist eine ideale Kulisse für den Ardenner Wald.«

Sie brauchte einen Moment, um diesen plötzlichen Wechsel von Sinnlichkeit zur Sachlichkeit zu verkraften. »Ja, erst letztes Jahr. Ich habe meine Namensschwester Rosalind gespielt.«

Er hätte sie gern in dieser Rolle gesehen. Es mußte ihr gut stehen, als Mann verkleidet zu sein. Er würde sie gern in tausend verschiedenen Rollen erleben – am allerliebsten als seine Geliebte, auf Satinlaken gebettet, nur von ihren langen blonden Haaren umhüllt …

Um nicht der Versuchung zu erliegen, an ihrem Ohrläppchen zu knabbern, schaute er wieder aus dem Fenster und sah zu seinem Entsetzen, daß das Herzogspaar von Candover die Bühne überquerte und jeden Augenblick im Künstlerzimmer auftauchen würde.

Sein Herzschlag stockte, und er mußte sich ins Gedächtnis rufen, daß sie nichts von seiner Gegenwart ahnen konnten, bevor er mit gepreßter Stimme hervorbrachte: »Sind das unsere Gastgeber? Sie treten jedenfalls fürstlich auf.«

»Der Herzog und die Herzogin kommen vor der Vorstellung immer zu uns, um die Truppe willkommen zu heißen und zu fragen, ob wir bereit sind«, erklärte Rosalind. »Ist sie nicht schön? Sie sind schon jahrelang verheiratet und scheinen trotzdem noch so verliebt wie in den Flitterwochen zu sein.«

Margot, die Herzogin, war tatsächlich eine sehr schöne Frau, fast so schön wie Michaels Frau Catherine. Fast so begehrenswert wie Rosalind …

Stephen zog sich hastig in die hinterste Ecke des Künstlerzimmers zurück, bevor die Candovers eintraten. Sie begrüßten Thomas und Maria mit familiärer Ungezwungenheit und fanden auch für andere Schauspieler, die sie kannten, freundliche Worte. Stephen beobachtete den Herzog mit Argusaugen. Bis vor wenigen Wochen war er selbst genauso aufgetreten: freundlich, leicht gönnerhaft, von dem Bewußtsein durchdrungen, daß alle ehrfürchtig zu ihm aufschauten.

Bevor das Paar sich entfernte, schenkte die Herzogin den übrigen Mitgliedern der Truppe ein warmes Lächeln. Für Sekunden blieb ihr Blick auf Stephen haften, aber er vermutete, daß sie nur Bart und Perücke bestaunte. Er verbeugte sich höflich, und gleich darauf verließen die Candovers den Raum.

Nachdem die Tür sich hinter ihnen geschlossen hatte, hob Thomas gebieterisch beide Arme: »Es gibt keine Bühne, die für dieses Stück besser geeignet wäre, und diesem Abend wohnt ein besonderer Zauber inne. Sollen wir das ausnutzen und eine Vorstellung bieten, die niemand je vergessen wird?«

Alle Schauspieler murmelten zustimmend, und Brian, der als Puck kostümiert war, rief laut: »O ja, *Sir*!« Er errötete, weil seine helle Stimme alle anderen übertönt hatte, doch sein Vater grinste nur und gab Stephen, Rosalind und ihrem Gefolge ein Zeichen, sich auf die Bühne zu begeben.

Von Trompetenfanfaren angekündigt, betraten sie das Königreich der Fantasie. Es war jetzt fast dunkel, die Bühne wurde von großen flackernden Fackeln beleuchtet, und hoch oben in den Bäumen funkelten kleine Lampen wie helle Sterne.

Sie schritten in die Mitte der Freilichtbühne, und Stephen wandte sich majestätisch seiner Amazonenbraut zu. In diesem Moment entdeckte er seine Schwester in der zweiten Bankreihe.

Trotz ihrer strengen Miene, die verriet, daß sie keine Kompromisse duldete, war Claudia eine gutaussehende Frau, mit den kastanienbraunen Haaren und markanten Gesichtszügen aller Kenyons. Ihre Hände waren korrekt auf dem Schoß gefaltet, und neben ihr saß ihr stiller Ehemann. Stephen fragte sich flüchtig, wie diese Ehe aussehen mochte. Verband Claudia und Herrington echte Zuneigung, oder lebten sie – wie so viele Aristokraten – als Fremde unter einem Dach? Wenn er ein besserer Bruder wäre, wüßte er es, und er schwor sich, es vor seinem Tod noch herauszufinden.

Es war Zeit für seine ersten Worte. Seine Stimme – etwas tiefer als sonst – hallte mächtig durch das Amphitheater. Er war Theseus, der große Schlachten gekämpft und viele Heldentaten vollbracht hatte, und jetzt war er nach Hause zurückgekehrt, um mit der Liebe seines Lebens vereint zu werden.

Seine furchtlose Amazonenkönigin antwortete mit Rosalinds melodischer Stimme, der anzuhören war, daß sie die Hochzeit mit ihrem Liebsten kaum erwarten konnte. Während Stephen ihr tief in die braunen Augen schaute, genoß er es, als Herzog von Athen von Gefühlen sprechen zu dürfen, die er als Herzog von Ashburton verheimlichen mußte.

Bald überließen Theseus und Hippolyta die Bühne dem jungen Liebespaar. Rosalind rannte in die Garderobe, um sich in einen Elfen zu verwandeln, doch Stephen konnte das Stück in aller Ruhe betrachten.

Schon bald wurde klar, daß Thomas Fitzgeralds Wunsch in Erfüllung gehen würde. Stephen hatte etwa ein Dutzend Aufführungen des *Sommernachtstraums* in verschiedenen Theatern gesehen und an drei davon mitgewirkt, aber diesmal war alles einfach vollkommen. Vielleicht lag es an der herrlichen Kulisse, daß die Schauspieler sich selbst übertrafen, allen voran Jessica als verwirrte Hermia.

Als Stephen am Ende der Komödie wieder mit Rosalind auf die Bühne mußte, befürchtete er nicht mehr, erkannt zu werden. Viele Zuschauer kannten den Herzog von Ashburton, aber heute abend war er Stephen Ashe, ein von der Tyrannei des Standesdünkels befreiter Mann, der den Theseus so überzeugend wie noch nie verkörperte.

Nach Pucks Schlußworten herrschte einen Moment lang andächtige Stille. Dann sprangen die Zuschauer von ihren Bänken auf und applaudierten so stürmisch, als wären sie keine blasierten Aristokraten, sondern ungehobelte Arbeiter und Bauern.

Nach anderen Nebendarstellern betrat Stephen Hand in Hand mit Rosalind noch einmal die Bühne, um die übliche Verbeugung zu absolvieren. Der tosende Beifall wirkte auf ihn berauschender als jeder Alkohol. Kein Wunder, daß Schauspieler geradezu süchtig danach wurden. Diese spontane Würdigung einer vollbrachten Leistung wurde anderen Menschen so gut wie nie zuteil.

Stephen empfand tiefe Dankbarkeit, daß es ihm vor dem baldigen Tod noch vergönnt gewesen war, dieses Leben kennenzulernen, das in krassem Gegensatz zu seinem nüchternen Alltag stand.

Das Publikum ströhmte auf die Bühne, um sich mit den Schauspielern zu unterhalten. Sobald Stephen sah, daß mehrere Damen zielstrebig auf ihn zusteuerten, zog er sich rasch in die Garderobe zurück. Rosalind hatte ihm erzählt, daß der Herzog das ganze Ensemble nach der Vorstellung immer ins Schloß zu einem Empfang einlud, wo kostümierte Schauspieler ausnahmsweise ungezwungen mit den adligen Gästen plaudern durften. Nach ein, zwei Stunden würden die Fitzgeralds dann mit ihrer Truppe im Mondschein nach Whitcombe zurückfahren.

Stephen wartete, bis draußen keine Stimmen mehr zu hören waren, bevor er Bart und Perücke abnahm und sein Kostüm auszog. In den wenigen Tagen, die er noch bei der Wanderbühne verbringen würde, war keine weitere Vorstellung des *Sommernachtstraums* vorgesehen. Während er die Sachen in der Kostümtruhe verstaute, verabschiedete er sich nostalgisch von Theseus, dem Herzog von Athen.

Kurz entschlossen trug er die Truhe hinaus und stellte sie in einen der Wagen. Wenn er schon als einziger nicht am Empfang teilnahm, konnte er sich wenigstens ein bißchen nützlich machen, indem er in der Garderobe Ordnung schaffte.

Aloysius, der unter dem Wagen geschlafen hatte, hob den Kopf, bellte erfreut und wedelte mit dem Schwanz. Bevor Stephen sich mit dem Hund beschäftigen konnte, stieg ihm Tabakgeruch in die Nase. Er wirbelte auf dem Absatz herum und sah wenige Meter entfernt die glühende Spitze einer Zigarre.

Eine amüsierte Stimme sagte gedehnt: »Du bist es also wirklich, Ashburton.«

Verdammt! Seufzend lehnte Stephen sich an den Wagen und verschränkte die Arme vor der Brust. Das Mondlicht war hell genug, um die hochgewachsene Gestalt mit den habichtartigen Gesichtszügen erkennen zu können: Er war vom Herzog von Candover ertappt worden.

»Guten Abend, Candover«, murmelte er resigniert. »Wie hast du mich erkannt? Ich dachte, ich hätte mich gut verkleidet.«

»Margot hat deine Stimme erkannt«, erwiderte Candover. »Als sie mir sagte, du würdest den Theseus spielen, dachte ich erst, meine Liebste hätte beim Diner zuviel Wein getrunken. Dann las ich aber auf dem Programmzettel den Namen Stephen Ashe, der durchaus eine Abkürzung von Ashburton sein konnte, und als du nicht zum Empfang kamst, beschloß ich nachzuschauen. Ich hätte von Anfang an wissen müssen, daß Margot recht hat. Stimmen und Akzente sind eine Spezialität von ihr.« Er zog an seiner Zigarre. »Das gehört zu den unerwarteten Vorteilen, wenn man eine Spionin heiratet.«

Ein weiterer Vorteil könnte darin bestehen, daß eine Spionin verschwiegen sein mußte, dachte Stephen. »Weiß sonst jemand Bescheid?«

Candover schüttelte den Kopf. »Nur wir zwei. Möchtest du vielleicht eine Zigarre?«

»Danke.« Stephen rauchte selten, doch im Augenblick war ihm jede Ablenkung willkommen. Bedächtig zündete er die Zigarre an.

»Die Fitzgerald-Truppe ist erstaunlich gut für eine Wanderbühne«, fuhr Candover unbeirrt fort. »Trotzdem ist es ein seltsamer Aufenthaltsort für einen Herzog. Darf ich fragen, warum du hier bist, oder geht es mich nichts an?«

Stephen beschloß, ihm wenigstens einen Teil der Wahrheit anzuvertrauen. »Bist du deinen Verpflichtungen nicht manchmal überdrüssig?«

»Ja. Zwar nicht allzu oft, aber von Zeit zu Zeit«, antwortete Candover nachdenklich. »Du gönnst dir also einen Urlaub von deinem Herzogtum?«

»So ist es, und ich möchte nicht, daß jemand davon erfährt.«

Candover schmunzelte. »Das kann ich gut verstehen. Du bist zwar ein ganz anständiger Schauspieler, aber deine Familie wäre mit deiner neuen Karriere vermutlich nicht ganz einverstanden.«

»Michael würde nach dem ersten Schock wahrscheinlich herzhaft lachen, aber meine Schwester Claudia würde fast der Schlag treffen, und dann würde sie so lange zetern, bis *ich* einen Herzanfall bekäme.«

Candover lachte laut. »Ja, deine Schwester hat wirklich Haare auf den Zähnen. Mach dir keine Sorgen – ich werde dich nicht verraten. Mich wundert nur, daß Fitzgerald die Katze nicht aus dem Sack gelassen hat. Er mußte sich doch sehr geehrt fühlen, dich in der Truppe zu haben.«

»Er hat keine Ahnung, wer ich bin. Niemand von der Truppe weiß es.«

»Aha, also die perfekte Anonymität!« Candover warf seine Zigarre auf den Boden und zertrat den Stummel mit dem Absatz. »Bist du ganz sicher, daß du nicht ins Schloß kommen möchtest? Du brauchst dich nur wieder mit Bart und Perücke zu schmücken, dann erkennt dich kein Mensch.«

»Ich möchte lieber kein Risiko eingehen.« Stephen stieß eine Rauchwolke aus. »Außerdem genieße ich den Nachtfrieden.«

»Wie du willst.« Candover streckte ihm die Hand hin. »Ich habe mich gefreut, dich wiederzusehen. Du mußt uns bald einmal besuchen – in deiner wahren Identität! Oder hast du vor, Schauspieler zu bleiben?«

»Nein, ich werde die Truppe in spätestens einer Woche verlassen.« Stephen schüttelte ihm die Hand. »Grüß bitte deine clevere Herzogin von mir.«

Während er der kräftigen Gestalt nachblickte, bis sie mit der Dunkelheit verschmolz, sagte er sich, daß die Sache glimpflich abgelaufen war. Viele Männer würden der Versuchung nicht widerstehen können, eine so interessante Geschichte in Umlauf zu bringen, doch auf Candovers Verschwiegenheit war Verlaß.

Ein stechender Schmerz schoß durch seinen Körper. Er preßte eine Hand auf den Magen und hielt unwillkürlich den Atem an, bis das Brennen nachließ. Gott sei Dank, das war kein richtiger Anfall! Es würde wohl bei dem unangenehmen Gefühl bleiben, als würde an seinen inneren Organe genagt.

Erschöpft ließ er sich ins Gras fallen, den Rücken an ein Wagenrad gelehnt. Mittlerweile an chronische Schmerzen gewöhnt, versuchte er sie zu ignorieren, solange sie kein unerträgliches Ausmaß annahmen. Dann verschafften ihm die Opiumpillen Linderung, dämpften freilich auch seine allgemeine Wahrnehmungsfähigkeit mehr, als ihm lieb war.

Wie lange war es jetzt her, seit er sich zuletzt hundertprozentig wohl gefühlt hatte? Etwa drei Monate … Alles hatte mit einer Nahrungsmittelvergiftung durch verdorbenen Fisch begonnen. Alle, die jenes Gericht gegessen hatten, waren erkrankt, hatten sich jedoch dank Dr. Blackmers Behandlung rasch erholt. Nur Stephen litt seitdem unter Magenbeschwerden, die immer schlimmer wurden.

Ein verdorbener Fisch als mögliche Todesursache? Er nahm sich vor, Blackmer einen entsprechenden Hinweis zu geben, sobald er den Arzt wiedersah. Wenn er schon sterben mußte, könnte er auf diese Weise vielleicht wenigstens einen bescheidenen Beitrag zum medizinischen Fortschritt leisten.

Der Gedanke vermochte ihn nicht aufzuheitern. Er rieb seinen Bauch und machte sich klar, daß einer von den drei Monaten, die Blackmer ihm als Minimum in Aussicht gestellt hatte, schon vorüber war, und auf eine Verlängerung dieser Frist wagte er nicht mehr zu hoffen. Nur gut, daß er die Truppe in spätestens einer Woche verlassen würde!

Candovers Einladung hatte ihn gefreut, aber er würde den Herzog und seine gewitzte Frau wohl nicht wiedersehen. Vielleicht würde er auch nie wieder so im Gras sitzen und den Sternenhimmel genießen. Es galt, Abschied von der Welt zu nehmen – Abschied von der Natur, Abschied von Freunden, Abschied von geliebten Menschen …

Wie sollte er es ertragen, Rosalind zu verlassen? Wenn er sie in den letzten Wochen seines Lebens bei sich haben könnte, würde er glücklich sterben. Nun ja, glücklich vielleicht nicht gerade, aber immerhin mit dem beruhigenden Wissen, nicht allein zu sein.

Die Vision war so verführerisch, daß er sie ernsthaft in Erwägung zog. Obwohl Rosalind sich nicht nach Reichtümern sehnte, würde sie vielleicht die Gelegenheit wahrnehmen, ihre Familie materiell abzusichern. Allerdings müßte sie dann einige qualvolle Wochen oder Monate bei einem Sterbenden ausharren …

Nein, sie sollte sein Siechtum nicht hautnah miterleben! Es war vernünftiger, auch von ihr Abschied zu nehmen, bevor seine Krankheit sich nicht mehr verheimlichen lassen würde.

Aloysius legte seinen Kopf zutraulich auf Stephens Schoß, und er kraulte den Hund hinter den Ohren. Er würde das Tier vermissen.

Er würde die ganze Fitzgerald-Theatertruppe schmerzlich vermissen …

Als Rosalind feststellte , daß Stephen nicht am Empfang im Schloß teilnahm, bat sie einen der Dienstboten um einen Korb, füllte ihn mit Delikatessen und ging durch den Park auf das Amphitheater zu. Die Stille und die kühle Nachtluft waren ihr nach der ausgelassenen Stimmung in der großen Halle sehr willkommen. Die Tradition, Aristokraten und Schauspieler zeitweilig zu vereinen, stammte aus dem Mittelalter und wurde auf Bourne Castle bis zum heutigen Tage gepflegt, was Rosalind dem Herzog von Candover hoch anrechnete, doch sie persönlich hatte wenig Freude an lärmenden Veranstaltungen dieser Art. Ihre Willenskraft zu erproben, wenn sie mit Stephen allein war, würde viel reizvoller sein.

Ihre Augen stellten sich auf das schwache Mondlicht ein, noch bevor sie die Planwagen erreichte, so daß ihr die Silhouette des Mannes, der an ein Rad gelehnt im Gras saß, sofort auffiel. Hippolytas Prachtrobe raffend, ließ sie sich anmutig neben ihm nieder. »Hallo, mein Theseus, ich dachte, du könntest hungrig oder durstig sein. Wie wär's mit einem Glas Champagner?«

»Gern.«

Seine Stimme klang müde – eine natürliche Reaktion auf die aufregende Vorstellung. Ein Glas Champagner würde ihm bestimmt guttun. Die Flasche war schon geöffnet, sie brauchte nur noch den Korken herauszuziehen und einzuschenken. »Auf einen sehr erfolgreichen Abend!«

Während sie von dem köstlichen Getränk nippten, betrachtete Rosalind sinnend das Schloß, das sich dunkel vom Nachthimmel abhob. »Bourne Castle ist wirklich malerisch … obwohl es wahrscheinlich in allen Räumen zieht.«

»Hättest du gern ein Schloß?« fragte Stephen. »Oder vielleicht eine ehemalige Abtei?«

»Gegen eine Abtei hätte ich nichts einzuwenden … aber nur, wenn die Kreuzgänge unversehrt sind, damit ich bei Regenwetter dort wandeln und meditieren kann.«

Stephen ging auf ihren scherzhaften Ton ein. »Soll ich dir eine Abtei mit unversehrten Kreuzgängen schenken?«

»Nicht nötig – eigentlich ist Meditation nicht gerade meine große Stärke.« Rosalind wurde plötzlich ernst. »Papa hat vorhin berichtet, er hätte einen Brief von Simon Kent erhalten. Der Mann will schon in vier Tagen bei uns sein.«

Stephen brauchte eine Minute, um sich von dem Schock zu erholen. »Ich werde aufbrechen, sobald er angekommen ist«, murmelte er schließlich.

Als sie erschauderte, zog er sie an sich, und sie lehnte ihren Kopf an seine Schulter. »Du brauchst uns nicht zu verlassen, nur weil Kent kommt. Es gäbe trotzdem Rollen für dich – ganz abgesehen davon, daß du ein guter Bühnenarbeiter und Kutscher bist.«

»Es wird Zeit für mich, Rose«, sagte er ruhig.

Sie vergrub ihr Gesicht in seiner Halsgrube. Er war so warm, so *nahe*. Kaum zu glauben, daß er bald nicht mehr dasein würde. »Ich werde dich vermissen«, flüsterte sie.

Stephen küßte ihre Haare. »Ich dich auch.«

Rosalind hob den Kopf, und plötzlich küßten sie sich mit wilder Leidenschaft. Die samtene Nacht duftete nach Blumen und Champagner, und sie barg Geheimnisse, die das Tageslicht scheuten. Eng umschlungen sanken sie ins Gras.

Stephens Hand wölbte sich um eine Brust, strich über das Seidenkleid der Amazonenkönigin, glitt zu ihrem Unterleib hinab. Rosalinds Blut geriet in Wallung, und ihr Körper schrie förmlich nach Befriedigung. Doch ein Rest von Vernunft warnte sie wieder vor der völligen Hingabe, die zur Folge hätte, daß der Abschied ihr noch schwerer fallen würde. Nein, sie wollte nicht, daß ein flüchtiger Sinnenrausch ihr das Herz brach …

Aloysius kam ihr zu Hilfe. Winselnd schob er seine kalte Nase zwischen die beiden Gesichter. Rosalind lachte leicht hysterisch, als der Hund ihre Wange leckte. »O Gott, die Romanze droht zur Farce zu werden!«

Stephen rollte zur Seite. »Dieser Hund hat mehr Verstand als wir«, keuchte er. Gleich darauf stand er auf, griff nach Rosalinds Hand und zog sie hoch. Nachdem er ihr Kostüm geglättet hatte, hob er ihr Kinn leicht an und gab ihr einen kurzen, harten Kuß. »Geh ins Schloß zurück und komm nur in Gesellschaft anderer wieder. Andernfalls könnte ich etwas tun, was wir beide bereuen würden.«

Rosalind wußte natürlich, daß er recht hatte. Leicht schwindelig trat sie den Rückweg an, nicht ganz sicher, ob sie es *wirklich* bereut hätte, wenn etwas passiert wäre.

14. Kapitel

Haverford war eher ein Dorf als eine Stadt, doch die Truppe hatte dort immer gute Geschäfte gemacht, und der *Green Man Inn* war ein hübscher Gasthof. Rosalind brachte ihre Sachen in die kleine Dachkammer, die sie wie immer mit Jessica teilen würde. Dann eilte sie wieder nach unten, weil ihr nach einer Tasse Tee zumute war. Ihr Vater unterhielt sich auf dem Korridor mit Mr. Williamson, dem Wirt, und winkte sie mit gerunzelter Stirn herbei.

»Williamson sagt, die Scheune, in der wir seit Jahren aufgetreten sind, sei neulich abgebrannt. Er hat aber zwei andere Plätze ausfindig gemacht, die sich eignen könnten.« Thomas gab seiner Tochter einen Zettel mit Richtungsangaben. »Ich schau mir den einen an, du den anderen.«

»Sind die Besitzer denn einverstanden, uns ihre Scheunen zur Verfügung zu stellen?«

»Ja, Mrs. Jordan«, erwiderte der Wirt. »Bauer Brown und seine Familie sind mitten bei der Ernte, aber die Tenne wird vorläufig noch nicht benötigt. Er meinte, Sie sollten sich auf eigene Faust umschauen, weil alle draußen auf den Feldern sind.«

Rasalind beschloß, daß diese Familie auf jeden Fall Freikarten bekommen würde, sogar wenn sie sich für die andere Scheune entschieden. Die Truppe war auf freundliche Menschen wie die Browns angewiesen, denn die geringe Gebühr, die ihre Wanderbühne entrichten konnte, machte den ganzen Trubel keinesfalls wett.

»Nimm Stephen mit«, schmunzelte Thomas, »für den Fall, daß du von einem Lamm oder irgendeinem anderen Scheunenbewohner angegriffen wirst!«

Sie nickte, heilfroh über jeden Vorwand, mit Stephen allein zu sein. Ihnen blieb nur noch ein einziger Tag bis zu Simon Kents Ankunft, und am Tag darauf wollte Stephen aufbrechen. Sobald Rosalind an den bevorstehenden Abschied dachte, hatte sie das Gefühl, als ballte sich eine kalte Riesenfaust um ihr Herz.

Als Schauspielerin gelang es ihr, eine heitere Miene aufzusetzen, bevor sie das Nebenzimmer betrat, wo Stephen ihrem kleinen Bruder Unterricht erteilte. »Darf ich deinen Lehrer entführen, Brian? Papa möchte, daß wir uns eine Scheune anschauen.«

»Nimm ihn mit«, sagte Brian begierig. »Die Bedürfnisse der Truppe haben immer Vorrang.«

»Das heißt im Klartext, daß du hoffst, dich auf diese Weise vor der lateinischen Übersetzung drücken zu können«, kommentierte Stephen trocken. »Sieh zu, daß du sie fertig hast, bis ich zurückkomme.«

Mit einem abgrundtiefen Seufzer beugte Brian seinen Kopf über das Buch. Stephen zauste ihm grinsend das Haar. »Denk einfach daran, daß jedes schwere Leiden deine schauspielerischen Leistungen fördert.«

Brian griff sich sofort röchelnd an die Kehle und mimte dramatisch eine Todesszene. Lachend hängte Rosalind sich bei Stephen ein und verließ mit ihm das Zimmer.

Noch bevor sie die Tür des Gasthofs erreichten, verzog er das Gesicht. »Warte, ich möchte nur schnell ein Glas Wasser trinken.«

Mit großen Schritten eilte er in die Schankstube, wo die Wirtin seinen Wunsch bereitwillig erfüllte. Rosalind runzelte die Stirn, als sie sah, daß er mit dem Wasser eine Pille hinunterspülte.

»Geht es dir nicht gut?« fragte sie besorgt, als er zurückkam.

Sein Gesicht verschloß sich. »Nur eine kleine Magenverstimmung«, sagte er achselzuckend.

Nachdem das Thema ihm offensichtlich unangenehm war, wollte Rosalind nicht weiter in ihn dringen. Sie traten auf die sonnige Hauptstraße hinaus. Es war ein herrlicher Tag, aber eher herbstlich als sommerlich. Die ersten trockenen Blätter raschelten schon in der leichten Brise.

Ziemlich schweigsam gingen sie durch das Dorf. Der Bauernhof lag am Ortsrand, und niemand öffnete, als sie an der Haustür klopfte. Wie Williamson vorhergesagt hatte, war die ganze Familie auf den Feldern und nutzte das gute Wetter aus, um die Ernte einzubringen.

Rosalind schaute sich auf dem Hof um, der auf drei

Seiten von verwitterten Ziegelbauten gesäumt war. »Wo finden wir die Tenne?«

»Ich würde sagen – links«, meinte Stephen. »Neben der Kornkammer und gegenüber dem Kuhstall.«

Ein weiterer Beweis, daß er sich auf Farmen gut auskannte. Sie öffneten eine Hälfte des hohen Scheunentors und traten ein. Rosalind nahm den Raum kritisch in Augenschein. Alte knorrige Balken trugen das Dach, und durch die hohen Fenster fiel ziemlich viel Licht ein. Im Hintergrund gab es einen Heuboden. »Wir könnten unter diesem Heuboden spielen, aber wohin mit den Kulissen?«

»Dort in der Ecke ist eine Tür, die in die Kornkammer führt. Notfalls könnten die Auftritte von dort aus erfolgen.«

Sie gingen herum und diskutierten die Möglichkeiten, die dieser Raum bot. Abschließend sagte Rosalind: »Ein bißchen klein, aber durchaus zu gebrauchen, wenn Papas Scheune nicht besser geeignet ist.« Sie hörte ein quiekendes Geräusch und legte lauschend den Kopf zur Seite. »Was war das?«

»Wahrscheinlich eine Maus, die von einer Eule geschnappt wurde.«

Wieder waren hohe Laute zu hören. »Sie kommen vom Heuboden. Ich steige hinauf und schaue nach.«

Stephen hielt die Leiter fest, während sie vorsichtig hochkletterte. Sie wußte, daß er mehr von ihren Beinen zu sehen bekam, als schicklich war, doch es störte sie nicht – ganz im Gegenteil. Als sie oben war, folgte er ihr geschickt.

Der Heuboden war sonnig, und es duftete köstlich nach frisch gemähtem Gras. Rosalind dachte, daß sie als Kind gern hier gespielt hätte. Auch Erwachsene könnten an diesem Ort ein sehr reizvolles Spiel veranstalten …

Ein ganzer Chor hoher Piepsstimmen lenkte sie von ihren unkeuschen Gedanken ab. Sie stapfte durch das Heu und rief begeistert: »Schau mal – Kätzchen!«

Die gestreifte Katzenmutter fauchte besorgt, als Rosalind neben ihr und ihren vier verschiedenfarbigen Jungen niederkniete. »Du brauchst keine Angst zu haben, meine Süße. Ich tu' deinen Kleinen bestimmt nichts zuleide. Darf ich eines kurz halten?«

Trotz der einschmeichelnden Menschenstimme blieb die Katze wachsam, doch ein schwarzoranges Kätzchen sprang mutig auf Rosalind zu, hatte aber Mühe, im Heu voranzukommen. Lachend kam sie ihm zu Hilfe, und es lief zufrieden auf ihre Handfläche. »Ist er nicht köstlich, Stephen? Schau mal, er paßt genau in meine Hand.« Sie streichelte das Kätzchen mit einem Finger und wurde durch kaum hörbares Schnurren belohnt.

»Nicht er – sie! Schildpattkatzen sind immer Weibchen«, sagte Stephen mit gepreßter Stimme.

Als Rosalind erstaunt aufschaute, sah sie, daß sein Gesicht verkrampft war.

»Ich warte unten auf dich«, murmelte er und ging rasch auf die Leiter zu, taumelte aber schon nach wenigen Schritten, griff sich mit beiden Händen an den Magen und sank zusammengekrümmt ins Heu.

Erschrocken legte Rosalind das Kätzchen zu seiner Mutter zurück und eilte zu ihm hin. Stephen hatte sich zu einem Ball zusammengerollt, und sein Gesicht war mit kaltem Schweiß überzogen.

»Um Himmels willen, Stephen, was hast du?«

Er schüttelte den Kopf und wollte sprechen, brachte aber kein Wort hervor.

Mit zitternden Händen lockerte sie seine Krawatte, damit er leichter atmen konnte. Seine Haut war kalt und klebrig. Sie sprang auf. »Ich hole einen Arzt.«

»Nein!« röchelte er. »Es ... es geht gleich vorbei ...«

»Kann ich irgend etwas für dich tun?«

Er schloß die Augen. »Wasser ... bitte ...«

Rosalind stieg die Leiter hinab und rannte hinaus. Wo war das Brunnenhaus? Dort, am anderen Ende des Hofes. Sie stürzte darauf zu, ließ den Schöpfeimer in die Tiefe fallen und drehte an der Kurbel. Es kam ihr wie eine Ewigkeit vor, bis er wieder oben war.

An der Wand hing ein Blechbecher, den sie randvoll füllte. Um das Wasser nicht zu verschütten, mußte sie auf dem Rückweg zur Tenne langsam gehen, und es war schwierig, die Leiter mit dem Becher in der Hand zu erklimmen. Als sie endlich auf dem Heuboden anlangte, war Stephen zu ihrer großen Erleichterung nicht mehr zum Ball gekrümmt, sondern lag auf dem Rücken, eine Hand auf den Magen gepreßt. Seine Augen waren geschlossen, sein Gesicht schmerzverzerrt. Wie war es nur möglich, daß sie bisher nicht bemerkt hatte, wie krank er war?

Sie kniete neben ihm nieder und hielt den Becher an seine Lippen. »Trink.«

Er hob ein wenig den Kopf, hielt den Becher selbst mit einer Hand fest und trank erst vorsichtig, dann mit großen Schlucken. »Danke«, murmelte er heiser, als der Becher leer war.

»Soll ich noch mehr holen?«

Stephen schüttelte den Kopf. »Es geht mir wieder ganz gut. In wenigen Minuten können wir uns auf den Rückweg machen.«

»Lügner!« rief Rosalind. »Bisher ist es dir immer gelungen, mir weiszumachen, daß dir nichts fehlt, sonst hätte ich dich längst zu einem Arzt geschleppt! Aber jetzt solltest du mir endlich reinen Wein einschenken.«

Er schaute sie an. Das Grün war aus seinen Augen verschwunden, die jetzt aschgrau zu sein schienen. Sein langes Schweigen deutete darauf hin, daß er überlegte, mit welcher Lüge er sie beruhigen könnte.

Ihm unverwandt in die matten Augen schauend, drückte sie seine kalte Hand, um ihn zu zwingen, ihr endlich die Wahrheit zu sagen. Stephen war nach dem Anfall viel zu kraftlos, um ihrem eisernen Willen lange standzuhalten. Gegen seinen Willen flüsterte er rauh: »Mir kann niemand helfen – weder du noch ein Arzt.«

Rosalinds Herzschlag stockte. »Was meinst du damit?«

Er schloß die Augen und murmelte kaum hörbar: »Ich sterbe ...«

Mit dieser schrecklichen Nachricht hatte sie nicht gerechnet, und sie konnte sie einfach nicht fassen. Stephen sollte sterbenskrank sein? Das war doch unmöglich! Er war so stark, so vital, so lebendig.

Ich sterbe ...

Rosalind preßte ihre freie Hand aufs Herz. Der ungeheure Schmerz, den sie empfand, machte ihr bewußt, wie sehr sie diesen Mann liebte. Sie hatte es sich bisher nur nicht eingestehen wollen, um weniger unter der unvermeidlichen Trennung zu leiden.

Sie hatte von Anfang an gewußt, daß er irgendwann zu seiner Familie und in seine gewohnte Umgebung zurückkehren würde. Insgeheim hatte sie gehofft, daß er hin und wieder an sie denken würde, aber sie hatte ihm aufrichtig alles Glück dieser Welt gewünscht. Und statt dessen würde er bald in der kalten Erde liegen ...

Jetzt wurde ihr so vieles klar. Seine Düsternis, die sie oft gespürt hatte, seine verzweifelten Bemühungen, trotz der gegenseitigen Anziehungskraft eine gewisse Distanz zu wahren, sein Entschluß, die Truppe möglichst bald zu verlassen, sein Gewichtsverlust ...

Auf gar keinen Fall durfte sie sich anmerken lassen, wie sehr die Neuigkeit sie verstört hatte, denn ihr Schmerz würde ihn nur zusätzlich belasten. So ruhig, wie sie nur konnte, sagte sie: »Damit bin ich überhaupt nicht einverstanden. Dein früher Tod wäre ein schmerzlicher Verlust für die Menschheit.«

Stephen schlug die Augen auf, und sie sah, daß seine Pupillen geweitet waren. Vermutlich hatte die Pille, die er im Gasthof geschluckt hatte, Opium enthalten.

»Ich bin ganz deiner Meinung«, lächelte er selbstironisch, »aber wir alle müssen eines Tages sterben. Mich trifft es nur früher als erwartet.«

Zu wissen, daß alle Menschen sterben mußten, war *eine* Sache, den Sensenmann unvermutet am Teetisch sitzen zu sehen eine ganz andere. Rosalind versuchte sich vorzustellen, wie ihr zumute wäre, wenn er *sie* holen wollte, aber es gelang ihr nicht. »Bist du deshalb vor deinem normalen Leben davongerannt?«

Er nickte. »Nach der Diagnose des Arztes brauchte ich etwas Zeit, um das Todesurteil zu verkraften.«

»Ärzte können sich irren.«

Stephen verzog das Gesicht. »Das stimmt – aber der Körper lügt nicht. Ich spüre jeden Tag, daß die Krankheit fortschreitet – so schnell, daß mir nicht mehr viel Zeit bleibt.«

»Was ist das für eine Krankheit?«

»Eine Geschwulst an Magen und Leber, sagt der Arzt.«

Rosalind verwünschte ihre mangelnde Beobachtungsgabe. »Und ich dachte, du gönntest dir nur einen Urlaub von einer schwierigen Ehe.«

»Ich war verheiratet.« Stephens Blick schweifte zu den Dachbalken. »Louisa ist vor etwas über einem Jahr gestorben.«

Seine tonlose Stimme deutete darauf hin, daß er seine Frau sehr geliebt hatte. »Wie war sie?« fragte Rosalind leise.

Er suchte nach Worten. »Sehr schön ... Immer eine perfekte Dame.«

Niemand würde Rosalind eine Dame nennen, und sie war alles andere als perfekt. Doch Stephen begehrte sie, und das bedeutete, daß es in ihrer Macht stand, ihnen beiden etwas Freude zu bescheren. Und sie konnte es getrost tun, denn ihr bisheriges Gegenargument, nicht mehr als nötig leiden zu wollen, war bedeutungslos geworden, seit sie wußte, wie es um Stephen stand.

Sie mußte aber den richtigen Ton treffen, sonst würde er sich wieder in sein Schneckenhaus zurückziehen. »Ich nehme an, daß du dir vornehme Zurückhaltung auferlegt hast, weil du befürchtetest, ich könnte hysterisch und schwierig werden, wenn ich etwas von deiner Krankheit erfahren würde.«

Stephen starrte sie an, und sein Mund verzog sich zu einem müden Lächeln. »Das stimmt im großen und ganzen, obwohl ich es im Geiste ein bißchen anders formuliert habe als du.«

»Was für ein stolzer und törichter Mann du doch bist!« Rosalind beugte sich vor und küßte seine kühlen Lippen, wobei sie inbrünstig hoffte, daß er nach dem schweren Anfall nicht viel zu erschöpft war, um Begierde empfinden zu können.

Dicht an seinem Mund flüsterte sie: »Ich neige weder zur Hysterie noch zu übertriebener Gefühlsduselei.« Sie zauberte ein verführerisches Lächeln auf ihr Gesicht. »Nachdem du uns morgen verläßt, könnten wir uns doch ein gegenseitiges Abschiedsgeschenk machen, meinst du nicht auch?«

Stephen betrachtete sie eindringlich, und allmählich kehrte der grüne Farbton in seine Augen zurück. Es war so still auf dem Heuschober, daß Rosalind sogar hören konnte, wie die Katzenmutter ihre Jungen liebevoll leckte.

Dann schlang Stephen seine Arme um ihre Taille und küßte sie, zuerst noch etwas zögernd, dann immer fordernder. Sie spürte, wie seine Untertemperatur zu fiebriger Hitze emporschnellte, und auch ihr selbst jagten heiße Schauer über den Rücken.

Von Anfang an hatte zwischen ihnen eine mächtige körperliche Anziehungskraft bestanden, gegen die sie ständig unter Aufbietung aller Willenskraft ankämpften. Jetzt hatte sein Eingeständnis alle mühsam errichteten Barrieren zum Einsturz gebracht. Seit ihrer ersten Begegnung war jeder Blick, jede Berührung, jeder Bühnenkuß und jeder richtige Kuß ein gefährliches Spiel mit dem Feuer gewesen, und jetzt hatte ein kleiner Funke genügt, um es hell auflodern zu lassen.

Stephen preßte sie ungestüm an sich, ihr Gesäß umklammernd. Rosalinds Beine öffneten sich wie von selbst, um einen noch intimeren Kontakt herbeizuführen, obwohl sie schockiert über ihre ungezügelte Lust war. Auch zwischen ihr und Charles hatte es Leidenschaft gegeben – jedenfalls am Anfang –, aber *so* war es nie gewesen, nicht einmal annähernd.

Sie küßten einander, bis sie völlig atemlos waren. Mit seinem Körpergewicht drückte Stephen seine Gespielin tiefer ins weiche, duftende Heu. »Ich möchte mit dir schlafen, Rose«, murmelte er heiser. »Wenn du Bedenken hast, solltest du schleunigst entsprechend handeln.«

Sie hob ihre Hand und streichelte seine Wange. »Ich habe keine Bedenken, Stephen. Ich bedaure nur, daß wir es nicht schon früher getan haben.«

Mit geschickten Fingern lockerte er die Verschnürung ihres Mieders und streifte ihr das Kleid von den Schultern, während seine heißen Lippen ihre Haut versengten. Als ihre üppigen Brüste entblößt waren, wölbte er seine Hände um die herrlich reifen Früchte und küßte sie mit einer Glut, die deutliche Spuren auf der zarten Haut hinterließ.

Rosalind versteifte sich, als seine Zunge mit einer Brustwarze spielte, die sofort anschwoll, und sie stöhnte vor Wonne, als er daran zu saugen begann – kräftig, aber nicht schmerzhaft. Zu keinem klaren Gedanken mehr fähig, überließ sie sich dem köstlichen Sinnenrausch, schob ihre Hände unter seine Jacke, zerrte das Hemd aus der Hose und streichelte seinen nackten Rücken. Sie spürte, wie die harten Muskeln unter ihren Fingerspitzen vibrierten, und diese Reaktion machte sie noch kühner. Es gelang ihr, eine Hand zwischen die beiden eng umschlungenen Körper zu zwängen und durch die hinderliche Hose hindurch sein steifes Glied zu umfassen.

Stöhnend verlagerte er sein Gewicht etwas zur Seite, küßte ihre Halsgrube, schob ihre Röcke bis zu den Hüften hoch und streichelte die samtige Innenseite ihrer Schenkel.

Rosalind stieß einen erstickten Schrei aus, als seine schmalen Finger bis zur Scham vordrangen und die verräterisch feuchten Falten erkundeten. Sie spreizte die Beine und wölbte sich ihm entgegen, entsetzt über ihre unvermutete Hemmungslosigkeit und doch außerstande, ihre Lust zu zügeln. »Jetzt«, flehte sie, »bitte ... jetzt ...«

Er ließ sie los und nestelte an seiner Hose herum. Die Sekunden schienen sich zu Stunden zu dehnen, bis sein steifes Glied gebieterisch Einlaß verlangte. Ungeduldig umklammerte sie sein Gesäß und preßte ihn an sich.

»O Gott!« stöhnte Stephen, während er in ihre warme Grotte eindrang. Sie verspürte einen leichten Schmerz, weil es so lange her war, seit sie zuletzt mit Charles geschlafen hatte, doch im nächsten Moment wurde sie von einer Flutwelle unbändiger Lust überrollt.

Keuchend schlang sie die Beine um seine Taille, um seine kraftvollen Stöße noch intensiver zu spüren, und als er das Tempo immer mehr beschleunigte, glaubte sie, in einem Strudel der Leidenschaft zu versinken. Himmel und Hölle, Seligkeit und unerträgliche Anspannung ...

Den Gipfel erstürmten sie fast gleichzeitig, und dann kam es zu einem Vulkanausbruch, der ihre Körper in glühende Lava zu verwandeln schien.

Am ganzen Leibe zitternd und nach Atem ringend, hielt Rosalind sich an Stephen fest, während der Sturm verebbte und eine köstliche Mattigkeit zurückließ. Was sie soeben gemeinsam erlebt hatten, war fast erschreckend, doch sie wußte, daß sie niemals bereuen würde, was geschehen war.

Tag 59

Stephens Bewußtsein kehrte in einzelnen Fragmenten zurück. Von nun an brauchte er sich nicht mehr zu fragen, ob er leidenschaftlich veranlagt war. Niemals hätte er sich träumen lassen, daß Begierde so heftig und sorglos sein konnte. Eigentlich hätte er sich für seinen blinden Egoismus schämen müssen, aber Rosalind war ja genauso verrückt gewesen und hatte allem Anschein nach die gleiche Befriedigung gefunden wie er selbst.

Zum erstenmal in seinem Leben begriff er, warum die sexuelle Vereinigung manchmal ›kleiner Tod‹ genannt wurde. Er war vorübergehend ausgelöscht worden, und jetzt lebte er losgelöst von der Zeit, ohne Vergangenheit und Zukunft, in einer ewigen Gegenwart, und in diesem Zustand fühlte er sich so lebendig wie noch nie. Mit hellwachen Sinnen registrierte er den Duft des Heus, sein rasendes Herzklopfen, Rosalinds Körperwärme.

Zur Seite rollend, nahm er sie in die Arme, und sie schmiegte sich bereitwillig an seine Brust. Ihr Atem kitzelte ihn am Hals, und ihre Haut fühlte sich salzig an, als er ihre Schläfe küßte.

Stephen erinnerte sich plötzlich in allen Einzelheiten an den Traum, den er in der Nacht nach Brians Rettung aus dem Fluß gehabt hatte. Er war auf einer Blumenwiese hinter einer Frau hergerannt, deren Haar in allen Herbstfarben schimmerte, und als er sie eingeholt hatte, ließ sie sich bereitwillig von ihm küssen und lieben.

Heute war dieser Traum Wirklichkeit geworden, und er bedauerte nur, daß es so schnell vorüber gewesen war. Es kam ihm wie eine bittere Ironie des Schicksals vor, daß er die Leidenschaft viel zu spät entdeckt hatte.

Nein, noch nicht *ganz* zu spät! Er konnte und wollte Rosalind nicht aufgeben.

Wochenlang hatte er sich bemüht, Distanz zu halten, zu bewundern und zu flirten, ohne Verwicklungen zu riskieren. Er hatte versucht, sich wie ein Ehrenmann zu benehmen …

Zum Teufel mit der Ehre! Er begehrte diese Frau, und sein rücksichtsloses Kenyon-Blut verlangte von ihm, sie bis zum letzten Atemzug bei sich zu behalten.

Allerdings würde er einen hohen Preis dafür bezahlen

müssen: Rosalind würde miterleben, wie er immer schwächer wurde. So groß die Leidenschaft zwischen ihnen auch sein mochte – eines Tages würde sein Körper ihn auch in dieser Hinsicht im Stich lassen. Er würde ihr keine Lust mehr bescheren können – vielleicht die schlimmste Demütigung für einen Mann. Doch noch bitterer war der Gedanke, daß er sie immer mehr brauchen würde, je weiter seine Krankheit fortschritt.

Trotzdem war er bereit, seinen Stolz zu opfern. Er hatte Rosalind unbewußt wie eine Treibhauspflanze behandelt, wie eine empfindliche Blüte, die keinen Windhauch vertragen konnte – wie Louisa ... Aber Rosalind war stark: Sie hatte als Kleinkind in den Hafenslums überlebt, sie hatte sich an das harte Leben einer Wandertruppe gewöhnt, und sie war zum guten Geist der Truppe geworden. Ihr gesunder Menschenverstand und ihr Optimismus hatten ihr über schwere Krisen hinweggeholfen, und ihr törichter Ehemann hatte sie glücklicherweise von romantischen Illusionen geheilt.

Was sie verband, war Freundschaft und Leidenschaft, und das müßte genügen. Obwohl sie ihn nicht liebte, würde sie wahrscheinlich bereit sein, einige Wochen lang sein Leben und sein Bett zu teilen, wenn er im Gegenzug die materielle Zukunft ihrer Familie sicherstellte.

Während er ihr zärtlich feuchte Locken aus der Stirn strich, suchte er verzweifelt nach den richtigen Worten und beschloß schließlich, daß eine direkte Frage am vernünftigsten war. Rosalind war intelligent genug, um die Vorteile eines solchen Arrangements zu begreifen, und vielleicht war sie auch weichherzig genug, um aus Mitleid bei ihm zu bleiben ...

Das war kein angenehmer Gedanke, aber er könnte sogar Mitleid ertragen, wenn sie nur an seiner Seite bliebe.

»Rosalind«, murmelte er.

Sie öffnete die Augen und lächelte ihm verträumt zu. »Ja?«

Stephen mußte sich energisch zur Ordnung rufen, um

nicht dahinzuschmelzen. »Ich möchte dir einen Vorschlag machen«, sagte er kühl. »Könntest du dir vorstellen, mich zu heiraten?«

15. Kapitel

Heiraten? Zunächst völlig sprachlos, murmelte Rosalind nach einer Weile: »Normalerweise spricht man in einem solchen Fall nicht von Vorschlag, sondern von *Antrag.*«

Stephen lächelte. »Du hast natürlich wieder einmal recht, aber in diesem speziellen Fall ist ›Vorschlag‹ trotzdem der passendere Ausdruck. Wir würden nicht lange genug verheiratet sein, um eine echte Lebensgemeinschaft bilden zu können, und wir lieben einander nicht. Aber wir sind sehr gute Freunde.« Sein Blick schweifte zu ihren nackten Brüsten. »Und wir können einander Sinnenlust bescheren.«

Es war Rosalind peinlich, an ihre Zügellosigkeit erinnert zu werden. Sie setzte sich auf und brachte ihr Mieder hastig in Ordnung, gleichzeitig bemüht, auch etwas Ordnung in ihre wirren Gedanken zu bringen. »Das kommt ziemlich unerwartet.«

Er grinste. »Wenn ich mich recht erinnere, lautet die korrekte Textzeile: ›Sir, das kommt *so* unerwartet‹.«

Rosalind mußte lachen. »Es ist wirklich eine Riesenüberraschung!« Sie kämmte sich mit den Fingern Heu aus den Haaren. »Warum solltest du mich heiraten wollen?«

Stephen wurde wieder ernst. »Ich kann durchaus verstehen, daß der Heiratsantrag eines Sterbenden nichts Verlockendes an sich hat, aber es gäbe gewisse Entschädigungen. Du wärest mich nach wenigen Monaten wieder los, und ich würde nicht darauf bestehen, daß du bis zum bitteren Ende bei mir ausharrst. Ganz im Gegenteil – ich würde verlangen, daß du mich in der letzten Phase allein läßt.« Nach kurzem Zögern fügte er hinzu: »Außerdem bin ich ein wohlhabender Mann und würde Vorsorge treffen, nicht nur deine persönliche materielle Zukunft zu sichern, sondern auch die deiner Familie.«

Rosalinds Hände sanken auf ihren Schoß, und sie starrte ihn entgeistert an. Glaubte er wirklich, sie wäre käuflich und würde ihn wegen seines Geldes heiraten? Glaubte er wirklich, sie würde sich wegschicken lassen, wenn er auf dem Totenbett lag? Glaubte er wirklich, daß sie eine fröhliche Witwe sein würde? Warum in aller Welt wollte er sie heiraten, wenn er das alles glaubte?

Ihr fiel nur *ein* möglicher Grund ein. »Wenn du auf einen Erben hoffst, so muß ich dich enttäuschen«, sagte sie unumwunden. »Ich bin höchstwahrscheinlich unfruchtbar.«

Stephen verzog das Gesicht. »Das spielt keine Rolle. Ich war jahrelang verheiratet, und daß meine Ehe kinderlos blieb, kann genausogut an mir gelegen haben wie an meiner Frau.«

Rosalind fand es sehr anständig von ihm, nicht automatisch die Frau für dieses ›Versagen‹ verantwortlich zu machen, wie es die meisten Männer taten, war jetzt aber um so verwirrter. Das schwarzorange Kätzchen stakste wieder durch das Heu auf sie zu, und sie hob es hoch und legte es auf ihren Schoß, wo es sich sofort schnurrend zusammenrollte. »Aber wenn es dir nicht um einen Erben geht, wäre eine Schauspielerin wie ich doch zweifellos besser für die Rolle einer Mätresse als für die einer Ehefrau geeignet. Ein leidenschaftliches Intermezzo sollte dich nicht dazu verleiten, eine Mesalliance einzugehen.«

Er machte eine abwehrende Geste. »Wenn man den Tod vor Augen hat, sieht man ein, daß Standesdünkel etwas Absurdes ist. Ich will sehr viel von dir – deine Zeit, deine Gesellschaft, deine Geduld und Leidenschaft. Das mindeste, was ich dir dafür schulde, ist Respekt.« Er setzte sich auf. »Außerdem muß ich einige Zeit in London verbringen, um verschiedene Angelegenheiten zu regeln. Es wird einfacher sein, dich bei mir zu haben, wenn wir verheiratet sind.«

»Aber was ist mit deinen Geschwistern und sonstigen Familienangehörigen?« wandte sie ein. »Sie werden doch bestimmt gegen eine solche Mißheirat sein.«

Stephen hob arrogant die Brauen. »Ich bin das Familienoberhaupt, und es steht ihnen nicht zu, mich zu kritisieren. Wenn meine Entscheidung ihnen nicht paßt, können sie von mir aus alle zum Teufel gehen!«

Sein aristokratisches Gehabe reizte sie zum Lachen. Kein Wunder, daß ihr Vater Stephen als Herzog eingesetzt hatte! »Und wenn du nun nicht stirbst? Ärzte irren sich häufig. Wirst du dann nicht bereuen, unter deinem Stand geheiratet zu haben?«

»Nur ein Wunder könnte mein Leben retten, und ich glaube nicht an Wunder.« Er sah sie ruhig an. »Sollte es aber doch eintreten, werde ich meine Wahl nicht bereuen. Und du?«

»Nein, ich würde es auch nicht bereuen«, antwortete sie ruhig. Trotzdem wußte sie nicht, welche Antwort sie ihm geben sollte. Seine geschäftsmäßige Art irritierte sie, vor allem nach der Leidenschaft, die sie gemeinsam erlebt hatten. Und Liebe schloß er von vornherein aus.

Erst als Rosalind ihm in die Augen schaute, begriff sie alles. Wenn Stephen gesund wäre, hätten sie sich nie kennengelernt, und selbst wenn er sie irgendwo gesehen und sich in sie verliebt hätte, wäre es ihm nie in den Sinn gekommen, ihr einen Heiratsantrag zu machen. Doch jetzt war er sterbenskrank, einsam und angsterfüllt – und viel zu stolz, um das zuzugeben. Er würde niemals über die Lippen bringen, daß er sie – oder einen anderen Menschen – brauchte. Trotzdem brauchte er sie.

Ihr war erschreckend klar, was es bedeuten würde, ihn zu heiraten: ein wenig Freude, ungleich mehr Leid. Sie würde mit ansehen müssen, wie er dahinsiechte, und sie dürfte ihm nie zeigen, wie sehr sie darunter litt, um ihn nicht zusätzlich zu belasten. Ohne die Unterstützung ihrer Familie würde sie sich in einer ihr fremden Welt behaupten müssen, verabscheut von Stephens Freunden und Angehörigen.

Eine kluge Frau würde dankend darauf verzichten. Eine stolze Frau würde sich durch einen so kaltblütigen Antrag beleidigt fühlen.

Sie betrachtete das Kätzchen auf ihrem Schoß und kraulte es zärtlich am Hals. Offenbar war sie weder stolz noch klug ...

Rosalind hob den Kopf und streckte eine Hand aus. »Ja, ich werde dich heiraten.«

Er drückte ihre Hand fast schmerzhaft fest. »Ich bin sehr glücklich und werde mein Bestes tun, damit du deinen Entschluß nicht zu bereuen brauchst.«

Die Erleichterung, die in seinem Gesicht geschrieben stand, bewies ihr, daß sie die richtige Entscheidung getroffen hatte. Sie liebte ihn, und der Gedanke an seinen baldigen Tod war kaum zu ertragen. Doch wenn sie die ihm verbliebene kurze Zeit zusammen verbrachten, würde sie wenigstens einige glückliche Erinnerungen haben. Außerdem würde ihr ein Stein vom Herzen fallen, wenn ihre Eltern finanziell abgesichert wären.

Ihre Aufmerksamkeit praktischen Dingen zuwendend, sagte sie: »Nachdem ich als fahrende Schauspielerin keine Heimatgemeinde habe, werden wir wohl bei dir heiraten müssen.«

»Das brauchen wir nicht. Ich werde mir in London eine Ausnahmegenehmigung besorgen lassen. Das dürfte nicht länger als drei Tage dauern – oder sagen wir vier, um ganz sicher zu gehen. Sollen wir am Mittwoch heiraten?«

Sie blinzelte, verwirrt über dieses Tempo. Aber er hatte recht – es gab keinen Grund zu warten und jeden Grund zur Eile. »Einverstanden.«

Stephen runzelte die Stirn, während er seinen Krawattenknoten festzog. »Wirst du die Truppe sofort verlassen können, oder werden wir warten müssen, bis dein Vater einen Ersatz für dich findet?«

Rosalind ließ das Repertoire der nächsten Zeit im Geist Revue passieren. »Einige Stücke werden verschoben werden müssen, aber mein Weggang wird die Truppe nicht vor unüberwindliche Probleme stellen. Es gibt weniger Frauen- als Männerrollen.«

»Ausgezeichnet, dann bleibt uns Zeit für kurze Flitterwochen, bevor wir nach London müssen.« Er klopfte Heu von seiner dunklen Jacke. »Ich habe meine Pflichten vernachlässigt, indem ich so lange bei der Truppe geblieben bin. Ich wollte nicht nach Hause.«

Sie lächelte ihm zu. »Ich bin froh, daß du ausnahmsweise deine Pflichten vergessen hast. Wir alle haben deine Gesellschaft sehr genossen.« Ihr Blick schweifte zum Fenster, um nach dem Sonnenstand die Uhrzeit abzuschätzen. »Du lieber Himmel, wir müssen schleunigst zum Gasthof zurück. Papa wird glauben, wir wären von wilden Lämmern gefressen worden.«

Stephen stand auf und half ihr hoch. Das Kätzchen kletterte rasch zu ihrer Schulter und klammerte sich dort mit nadelscharfen Krällchen fest. Er löste es behutsam und brachte es zu seiner Mutter zurück. Dann nahm er Rosalind in die Arme, nicht wie zuvor im Sinnenrausch, sondern ganz ruhig und beschützend. »Ich bin furchtbar selbstsüchtig und schaffe es nicht einmal, mich schuldig zu fühlen.«

Sie legte den Kopf zurück und schaute ihm ins Gesicht, dessen markante Züge durch die Magerkeit noch schärfer hervortraten. »Warum sollte es selbstsüchtig sein, sich eine Gefährtin zu nehmen? Jeder von uns wird geben, und jeder von uns wird nehmen. Das ist doch die natürlichste Sache der Welt.«

Seufzend strich er mit einer Fingerspitze an ihrem Ohr entlang. »Hoffentlich hast du recht.«

Rosalind lehnte ihren Kopf an seine Schulter. Wie wenig sie von ihm wußte! Sie kannte weder seine Familie noch sein Zuhause und hatte keine Ahnung von seinem normalen Leben.

Aber sie wußte, daß er freundlich und ehrlich war, und das genügte ihr.

In seinen Armen fühlte sie sich sicher und geborgen. Zur Zeit war ihr Verhältnis ausgewogen, doch wie lange würde das noch so bleiben? Bald würde er ihre Kraft mehr benötigen als sie die seine, und er würde es hassen, der Schwächere zu sein. Vielleicht würde er dann sogar *sie* hassen.

Sie müßte auch das ertragen. Wenn sie sich ein leichtes Leben wünschte, hätte sie seinen Antrag nicht annehmen dürfen.

Rosalind löste sich widerwillig von ihm und begann sich zu säubern. »Ich sehe wie ein Milchmädchen aus, das sich ein Schäferstündchen im Heu gegönnt hat.«

Er musterte sie mit viel Wärme in den Augen. »Du besitzt viel zuviel natürliche Eleganz, um für ein Milchmädchen gehalten zu werden.«

Sie lachte. »Aber das Schäferstündchen sieht man meiner Kleidung an! Könntest du meinen Rücken vom Heu befreien?«

Stephen tat das sehr bereitwillig, und seine Hände verweilten länger als nötig auf ihrem Körper, wogegen sie nichts einzuwenden hatte.

Als beide nach einigen Minuten Arbeit einigermaßen respektabel aussahen, hob Stephen den Becher auf, um ihn zum Brunnen zurückzubringen, und kletterte die Leiter hinab. Bevor Rosalind ihm folgte, warf sie einen letzten Blick auf den Heuboden. Für so viel Leidenschaft und Dramatik war das wahrlich ein bescheidener Schauplatz gewesen!

Erfüllt von Glück und Melancholie, stieg sie die Leiter hinab, in dem Wissen, daß diese gemischten Gefühle sie fortan begleiten würden.

Ohne sich darum zu kümmern, was die Leute denken würden, hielt Stephen auf dem Rückweg zum Gasthof Rosalinds Hand. Er war … glücklich. Es war angenehm, sich auf etwas freuen zu können. Und könnte ein Mann sich sogar unter normalen Umständen etwas Besseres wünschen als eine Ehefrau, die sowohl Freundin als auch leidenschaftliche Geliebte war?

Alle möglichen Pläne wirbelten in seinem Kopf herum. Sie hielten sich noch in der Nähe von Bourne Castle auf, deshalb konnte er den Herzog von Candover bitten, einen Vertrauensmann nach London zu schicken. Diesen Wunsch würde ihm der Freund seines Bruders gern erfüllen. Der Beauftragte sollte in *Doctors' Commons* – dem Rechtsgelehrtenkollegium – eine Sondergenehmigung für die Heirat einholen und bei der Bank, die alle Geschäfte der Ashburtons abwickelte, einen Scheck einreichen, weil Stephen allmählich knapp an Bargeld war. Ferner könnte der Mann Jupiter in die Stallungen von Ashburton House bringen und von dort einige Kleidungsstücke mitbringen. Die wenigen Sachen, die er auf seinen Ritt mitgenommen hatte, konnte er bald nicht mehr sehen.

Ansonsten brauchte er nur Rosalind. Während er sie aus dem Augenwinkel heraus beobachtete, staunte er, welches Glück er gehabt hatte. Sie warf ihm einen Seitenblick zu und schenkte ihm ein warmes, vertrauliches Lächeln. Am liebsten wäre er mit ihr sofort wieder auf den Heuboden zurückgekehrt. Doch bald würde sie ja ihm gehören, und dann konnten sie miteinander ins Bett gehen, wann immer ihnen danach zumute war.

Ein Stechen im Magen riß ihn jäh aus seinen herrlichen Zukunftsvisionen. Er hatte überlegt, ob er Rosalind über seinen Rang aufklären sollte, die Idee jedoch wieder verworfen. Es war besser, wenn sie erst nach der Hochzeit erfuhr, daß sie einen Herzog geheiratet hatte. Nachdem sie ohnehin schon Bedenken wegen des Standesunterschieds hatte, würde sie sich möglicherweise weigern, seine Frau zu werden, wenn sie wüßte, wie groß dieser Unterschied war.

Wie hätte sein Vater wohl auf die Nachricht reagiert, daß sein Sohn und Erbe eine Schauspielerin heiraten wollte? Zweifellos hätte ihn bei dieser Neuigkeit der Schlag getroffen! Er war sowieso nie mit Stephen zufrieden gewesen, obwohl dieser lange Zeit alles – aber auch wirklich alles – getan hatte, um dem alten Herrn zu gefallen. Irgendwann hatte er diese vergeblichen Versuche resigniert aufgegeben.

Seinem Vater wäre auch der Gedanke verhaßt gewesen, daß Michael der nächste Herzog sein würde. Ein Jammer, daß er es nie erfahren würde, dachte Stephen bitter. Der Alte war ein strenger und schwieriger Mann gewesen, der seinen eigenen jüngeren Bruder verabscheut hatte. Aus einem Rachegefühl heraus hatte er alles darangesetzt, um auch Stephen und Michael zu entzweien. Das war das einzige, was Stephen ihm nicht verzeihen konnte.

Claudia würde natürlich ebenfalls entsetzt über seine Mesalliance sein, und das war ein gewisses Problem. Wenn er Glück hatte, würde es ihm vielleicht gelingen, sie versöhnlich zu stimmen, sobald sie Rosalind richtig kennenlernte. Wenn nicht … dann eben nicht!

Der *Green Man* kam in Sicht. Zwei Personen stiegen gerade aus der Postkutsche aus: ein junger Mann und eine junge Frau. Als sie mit ihrem Gepäck im Gasthof verschwanden, sagte Rosalind nachdenklich: »Ich frage mich, ob das Simon Kent sein könnte. Ich habe zwar nicht gewußt, daß er verheiratet ist, aber der Bursche sieht so aus, als könnte er ein Schauspieler sein.«

»Keine imposante Erscheinung, aber das ist ja nicht ausschlaggebend. Edmund Kean macht äußerlich auch nicht viel her.«

»Du hast Kean auf der Bühne gesehen?« Als Stephen nickte, fragte Rosalind begierig: »Ist er wirklich so gut, wie behauptet wird?«

»Er ist fantastisch. Ich habe ihn das erstemal am Abend seines berühmten Londoner Debuts gesehen, als er im *Kaufmann von Venedig* den Shylock spielte.«

Sie machte große Augen. »Ich habe gehört, das *Drury Lane Theater* sei nur zu einem Drittel besetzt gewesen, als die Vorstellung begann, doch er habe so hervorragend gespielt, daß die Besucher in der ersten Pause auf die Straßen liefen und andere Leute zum Mitkommen überredeten. Ist das tatsächlich passiert?«

»Ja.« Stephen schmunzelte. »Obwohl es Januar und bitter kalt war, bin ich in ein Restaurant gelaufen und habe drei Freunde in meine Loge geschleppt. Gegen Ende des Stücks war das Theater voll. Es war wirklich ein ungewöhnliches Erlebnis.«

»Ich wäre gern dabeigewesen«, murmelte sie sehnsüchtig.

Er drückte ihre Hand. »Wenn wir in London sind, gehen wir ins *Drury Lane.* Die Theatersaison beginnt in etwa einer Woche.«

»Und du hast eine Loge!« kicherte Rosalind. »Ich werde mir sehr bedeutend vorkommen.«

Weil Stephen befürchtete, daß sie sich in seiner Herzogsloge fehl am Platze fühlen und unter Minderwertigkeitskomplexen leiden würde, wechselte er rasch das Thema. »Kean ist ein großartiger Schauspieler – aber dein Vater ist genausogut.«

Er wurde durch Rosalinds strahlendes Lächeln belohnt, aber er hatte ihr mit diesem Kompliment nicht nur eine Freude machen wollen, sondern es ganz ernstgemeint. Hätte Thomas Fitzgerald sich nicht mit den Theaterdirektoren überworfen, wären er und Maria jetzt wahrscheinlich genauso berühmt wie Kean und Sarah Siddons. Es war traurig, aber wahr, daß Talent allein nicht ausreichte, um durchschlagenden Erfolg zu haben.

Sie betraten den Gasthof und wurden vom Stimmengewirr im Nebenraum angelockt. Die halbe Truppe hatte sich um die beiden schäbig gekleideten Neuankömmlinge geschart. Der junge Mann hatte seinen Hut abgenommen und unterhielt sich mit Thomas.

Als Stephen und Rosalind hereinkamen, winkte Thomas sie zu sich heran. »Das ist Simon Kent. Er ist einen Tag früher als geplant angekommen und hat seine Schwester Mary mitgebracht.«

Stephen musterte den Schauspieler. Kent war mittelgroß, und seine hellen Haare gehörten dringend geschnitten. Kein gutaussehender Mann, eher unscheinbar, aber mit wunderschönen dunkelgrauen Augen.

»Die Scheune, die wir uns angeschaut haben, ist ein bißchen klein, würde sich aber notfalls eignen«, berichtete Rosalind.

Thomas nickte. »Wir brauchen sie nicht. Die, zu der ich gegangen bin, ist sehr gut geeignet, und ich habe mit den Leuten schon vereinbart, daß wir heute abend dort auftreten.« Er wandte sich wieder Kent zu. »Dann wollen wir mal sehen, wie Sie spielen. Welche Rolle möchten Sie mir vorsprechen?«

Kents Unterkiefer klappte herunter. »Jetzt?«

»Jetzt!« Thomas' Stimme war freundlich, doch seine Miene duldete keinen Widerspruch. Stephen vermutete, daß er die Courage des jungen Schauspielers auf die Probe stellen wollte.

Jessica erbarmte sich des Neuankömmlings und trat mit schelmisch funkelnden Augen auf ihn zu. »Sie hatten unter Ihren Rollen auch den Romeo angeführt. Sollen wir zusammen die Balkonszene spielen?«

»Das wäre sehr hilfreich«, sagte er dankbar.

Die Zuschauer wichen etwas zurück, um ihnen Platz zum Agieren zu geben. Mary Kent, ein zierliches blondes Mädchen, das seinem Bruder ähnlich sah, wirkte sehr nervös.

Jessica kletterte auf einen Stuhl und tat so, als lehnte sie am Fenster und schaute in die Nacht hinaus, ohne zu wissen, daß draußen ein junger Mann stand und bewundernd zu ihr emporblickte.

Simon Kent räusperte sich und begann: »Doch still! Was schimmert durch das Fenster dort? Es ist der Ost, und Julia die Sonne …«

Seine Stimme war bei den ersten Zeilen etwas unsicher, gewann aber sehr schnell an Kraft und Ausdrucksstärke. Stephen beobachtete fasziniert, wie der unscheinbare junge Mann sich in einen glühenden Liebhaber verwandelte. Dieser Kent besaß das Talent, ein wirklich großer Schauspieler zu werden.

Das schien auch Jessica zu spüren. Sie schaute ihrem Partner tief in die Augen, während sie Julias aufkeimendem Verlangen mit Shakespeares unvergleichlichen Worten Ausdruck verlieh.

Mit jedem Dialog wuchs die Leidenschaft der Verliebten, und Stephen spürte ein Prickeln im Nacken. Das war mehr als eine von zwei sehr begabten Schauspielern aufgeführte Szene – die Anziehungskraft zwischen Jessica und Simon Kent war nicht zu übersehen. Oder bildete er sich das nur ein, weil er selbst in romantischer Stimmung war?

Als Jessica die letzten Zeilen flüsterte, streckte sie ihrem Verehrer die Hand entgegen, und er tat es ihr nach, aber sie konnten einander nicht erreichen. »Nun gute Nacht! So süß ist Trennungswehe, ich rief wohl gute Nacht, bis ich den Morgen sähe.«

Sie stieg vom Stuhl, um anzudeuten, daß Julia sich in ihr Zimmer zurückzog, die einen letzten schmachtenden Blick mit dem Mann tauschte, der ihr Herz erobert hatte und ihr bald zum Verhängnis werden würde.

Kent sprach Romeos Schlußzeilen mit der Leidenschaft eines Menschen, der die Liebe seines Lebens gefunden hat. Dann drehte er sich um und machte einige Schritte.

Die Zuschauer applaudierten begeistert.

»Gut gemacht, Sir.« Mit rosigen Wangen griff Jessica nach Simons Hand, und sie verbeugten sich gemeinsam, so als stünden sie wirklich auf einer Bühne.

Laut klatschend, flüsterte Stephen Rosalind zu: »Wieviel davon war nur gespielt?«

Sie betrachtete ihre Schwester aufmerksam. »Nicht alles, darauf würde ich jede Wette eingehen.«

Auf der anderen Seite des Zimmers musterte Maria den neuen Schauspieler, so als zöge sie ihn bereits als künftigen Schwiegersohn in Betracht. Kent selbst sah glücklich und erleichtert aus. Er hielt immer noch Jessicas Hand.

Stephen fand Thomas' Miene am interessantesten. Sein Gesicht spiegelte freudige Erregung und Bewunderung wider, aber auch das melancholische Bedauern eines alten Löwen beim Anblick des jungen Löwen, der eines Tages an seine Stelle treten wird. Trotzdem ging er auf Kent zu und schlug ihm freundlich auf die Schulter. »Du wirst gut in unsere Truppe passen, mein Junge. Aber könntest du jetzt vielleicht meine Tochter loslassen?«

Mit hochrotem Kopf ließ Simon Jessicas Hand los. Der junge Löwe war noch sehr weit davon entfernt, König dieses Dschungels zu werden.

Stephen legte einen Arm um die Taille seiner Verlobten. »Das scheint mir eine gute Gelegenheit zu sein, allen mitzuteilen, daß Rosalind mir die Ehre erwiesen hat, meinen Heiratsantrag anzunehmen. Ich hoffe sehr, daß ihre Familie uns ihren Segen geben wird.«

Alle Fitzgeralds wirbelten herum und starrten das Paar an. »Wie wunderbar!« rief Maria. »Aber geht das nicht ein bißchen schnell? Ihr kennt euch doch erst einen Monat.«

Rosalind lächelte Stephen liebevoll zu. »Das ist lang genug.«

»Ah, du hörst dich an wie ich, als ich Thomas kennenlernte!« Maria durchquerte den Raum und umarmte zuerst ihre Tochter, dann Stephen. »Ich habe mir immer einen zweiten Sohn gewünscht, und ich könnte mir keinen besseren vorstellen als den Mann, der meinen Jüngsten gerettet hat.«

Während Stephen ihre Umarmung erwiderte, schoß ihm durch den Kopf, daß seine eigene Mutter ihn niemals so herzlich an sich gedrückt hatte, nicht einmal als kleinen Jungen.

Thomas umarmte seine Tochter, schüttelte Stephen aber nur kräftig die Hand, mit einer Miene, die besagte: ›Das wurde aber auch höchste Zeit!‹ Dann wurden die Verlobten von den anderen Mitgliedern der Truppe umringt, die ihnen herzlich gratulierten, je nach Temperament mit Händedruck oder mit überschwenglichen Küssen.

Bei seiner Hochzeit mit Louisa hatte Stephen nicht das Gefühl gehabt, ein Teil ihrer Familie zu werden, vermutlich weil ihre Eltern – Graf und Gräfin von Rotham – genauso steif und förmlich wie seine eigenen waren. Bei den Fitzgeralds war das ganz anders: Sie nahmen ihn warmherzig in ihren Familienkreis auf. Er mußte bei dem Gedanken grinsen, daß Brian bald sein Schwager sein würde.

Nachdem Jessica ihre Schwester umarmt hatte, fragte sie neugierig: »Und wann soll die Hochzeit stattfinden?«

»Am Mittwoch«, antwortete Rosalind ruhig.

»O Gott, dann haben wir jede Menge zu tun!« rief Jessica, packte ihre Schwester bei der Hand und zog sie in Richtung Treppe. Rosalind konnte ihrem Verlobten gerade noch einen lachenden Blick über die Schulter hinweg zuwerfen, bevor sie verschwand.

Thomas beschloß, seinen künftigen Schwiegersohn zu duzen. »Ich dachte, du wärst verheiratet«, knurrte er. Seiner Stimme war anzuhören, daß er eine Erklärung erwartete.

»Ich bin Witwer und habe keine Kinder«, erwiderte Stephen kurz und bündig. »Es gab … andere Gründe, weshalb ich zögerte, um Rosalinds Hand anzuhalten, aber ich habe ihr meine Situation erklärt und sie selbst entscheiden lassen.«

Der ältere Mann sah erleichtert aus. »Meine Tochter

besitzt gesunden Menschenverstand. Wenn sie glaubt, daß du einen guten Ehemann abgeben wirst, will ich ihrem Urteilsvermögen vertrauen.«

»Ich habe ihr die Wahrheit gesagt und bin sehr dankbar für ihre Entscheidung.« Nach kurzem Schweigen fuhr Stephen nüchtern fort: »Rosalind meinte, ihr Weggang würde der Truppe keine unüberwindlichen Probleme bereiten. Stimmt das, oder sollen wir bei euch bleiben, bis du einen Ersatz für sie gefunden hast?«

»Du nimmst sie uns fort?« murmelte Thomas traurig.

Stephen nickte. »Aber nicht für immer. Sie wird ihre Familie oft sehen wollen.«

Mit gerunzelter Stirn schaute Thomas sich im Zimmer um, und sein Blick blieb auf Mary Kent haften. »Hallo, Mädchen, kannst du schauspielern?« rief er mit dröhnender Stimme.

Sie zuckte erschrocken zusammen und mußte schlukken, bevor sie den Mut zu einer Antwort aufbrachte. »Ja, Sir. Ich bin nicht so gut wie Simon, aber ich habe seit mehreren Jahren kleinere Rollen gespielt.« Sie lächelte unerwartet. »Ich glaube, daß ich eine brauchbare Zofe für Miss Jessicas Heldinnen abgeben könnte.«

Thomas lachte. »Ausgezeichnet. Möchtest du für zwei Pfund in der Woche für mich arbeiten?«

»O ja, Sir!« Mary strahlte übers ganze Gesicht. Stephen vermutete, daß ihr Bruder für wichtigere Rollen etwa drei oder vier Pfund erhalten würde. Zusammen würden sie von dieser Gage gut leben können.

Bisher ging alles erstaunlich glatt. Stephen fragte sich allerdings, wie lange diese Glückssträhne wohl anhalten würde.

In der kleinen Dachkammer der beiden Schwestern ließ Jessica sich aufgeregt aufs Bett fallen. »Was wirst du bei der Trauung tragen – das hübsche blaue Kleid, das du bei der Hochzeit mit Charles anhattest?«

Rosalind schnitt eine Grimasse, während sie ihr zerknittertes Kleid aufknöpfte. »Auf gar keinen Fall! Ich dachte an das Ophelia-Gewand aus der Kostümtruhe. Was meinst du?«

»Großartig! Du siehst darin umwerfend aus.« Jessica grinste. »Es bringt deine Figur perfekt zur Geltung, und Stephen wird von deiner Schönheit überwältigt sein. Ich hole es gleich, damit wir überlegen können, welche Accessoires du benötigst.«

Rosalind nickte zustimmend und zog ihr Kleid aus. Gleich darauf bemerkte sie, daß Jessica sie anstarrte. Sie warf einen Blick auf ihre halb entblößten Brüste, errötete und hielt hastig ihre Hände über die verräterischen Liebesbisse.

Bevor sie etwas sagen konnte, rief ihre Schwester entsetzt: »Hat er dich verletzt? Ich bringe ihn um, wenn ...«

»O nein, er hat mir nicht weh getan.« Rosalind setzte sich auf die Bettkante und rief sich ins Gedächtnis, daß Jessica zwar gern die welterfahrene Frau spielte, in Wirklichkeit aber noch Jungfrau war. »Es tut mir leid – ich hätte besser aufpassen sollen, aber wir wohnen schon so lange zusammen, daß ich einfach nicht daran gedacht habe. Stephen hat mich nicht verletzt, ganz im Gegenteil. Wir haben uns sehr schlimm benommen, und es war ... wundervoll!« Warnend fügte sie hinzu: »Denk daran, daß ich eine Witwe reifen Alters bin, der gewisse Freiheiten erlaubt sind. Du darfst mich auf gar keinen Fall imitieren, auch wenn dein Romeo noch so romantisch ist.«

Jetzt war es Jessica, die errötete. »Er ist nicht mein Romeo, aber Mr. Kent ist ein ausgezeichneter Schauspieler, findest du nicht auch?«

»Ja, und ich bin sicher, daß du das Aufnahmeritual genießen wirst«, neckte Rosalind ihre Schwester. »Bei dieser Gelegenheit kannst du herausfinden, ob er genauso gut küssen wie schauspielern kann.« Die Balkonszene vor Augen, die Jessica und Simon offenbar von einer Minute zur anderen verzaubert hatte, brach Rosalind zu ihrer eigenen Verwunderung plötzlich in Tränen aus.

Sie vergrub ihr Gesicht in den Händen und fühlte sich von Jessicas Armen umschlungen. »Rose, was ist denn los? Das sind doch keine Freudentränen, oder?«

Rosalind schluchzte noch verzweifelter. Sie mußte sich irgend jemandem anvertrauen, und Jessica war ihre beste Freundin. Wenn sie abends in ihren Betten lagen, pflegten sie von jeher Geheimnisse auszutauschen, und Rosalind wußte, daß sie sich auf die Verschwiegenheit ihrer Schwester verlassen konnte. »Stephen ist sehr krank«, stammelte sie. »Er hat ... er hat höchstwahrscheinlich nur noch wenige Monate zu leben.«

»O Gott!« Jessica nahm sie noch fester in die Arme. »Das ist ja schrecklich, Rose! Hat er deshalb so lange gezögert, dir einen Heiratsantrag zu machen, obwohl seine Verliebtheit nicht zu übersehen war?«

Rosalind nickte. »Um seinen Zustand zu verheimlichen, wollte er unsere Truppe gleich nach Kents Ankunft verlassen, doch heute war ich zufällig anwesend, als er einen schrecklichen Anfall hatte. Ich brachte ihn dazu, mir die Wahrheit zu gestehen, und dann ... nun ja, eines führte zum anderen, und jetzt werden wir in vier Tagen heiraten.«

Es tat ihr gut, sich in Jessicas Armen auszuweinen, denn in Stephens Gegenwart würde sie sich immer zusammennehmen und eine heitere Miene aufsetzen müssen. Als sie keine Tränen mehr hatte, schneuzte sie sich kräftig. »Erzähl Papa und Mama bitte nichts davon. Ich möchte nicht, daß sie sich früher als notwendig Sorgen machen.«

»Versprochen«, sagte Jessica ernst. »Aber bist du ganz sicher, daß du Stephen heiraten willst? Ich habe ihn sehr gern, aber er hatte kein Recht, dir so etwas zuzumuten.«

Rosalind verkrampfte ihre Hände auf dem Schoß. »Doch, er hatte dieses Recht«, flüsterte sie, »und es ist mein sehnlichster Wunsch, Stephens Frau zu sein – egal, ob für Wochen oder Monate!«

16. Kapitel

Ein kalter Herbstregen, der im Morgengrauen eingesetzt hatte, peitschte gelbe Blätter von den Bäumen und verwandelte die Straßen in Morast. Lord Michael Kenyon war müde und erbittert. Er suchte nun schon seit vierzehn Tagen nach seinem verschwundenen Bruder und hatte feststellen müssen, daß es verdammt schwer war, einem einzelnen Reiter auf die Spur zu kommen. Bei einer Kutsche wäre das viel einfacher gewesen.

Dr. Blackmer beteuerte zwar immer wieder, es sei höchst unwahrscheinlich, daß Stephen irgendwo krank und hilflos liege, doch Michael war trotzdem jedesmal erleichtert, wenn jemand ganz sicher war, seinen Bruder gesehen zu haben. Konnte sich auf irgendeiner Route niemand an ihn erinnern, machten Michael und Blackmer kehrt und versuchten ihr Glück auf einer anderen Straße.

Besonders verwirrend war, daß Stephen allem Anschein nach kein festes Ziel vor Augen hatte, sondern kreuz und quer durch die Gegend ritt.

Auf ihrem Weg nach Norden hatte Michael bei seinem Freund Lucien, Graf von Strathmore, haltgemacht und den ehemaligen Spion um Hilfe gebeten. Luce hatte mehrere gute Vorschläge gemacht und versprochen, sein Netzwerk von Informanten einzusetzen – bisher erfolglos. Sie mußten sich nach wie vor mühsam von Ort zu Ort und von Gasthof zu Gasthof durchfragen. Ihr einziges Glück war, daß Stephen auf Jupiter unterwegs war, einem der prächtigen Hengste, die Michaels Freund Lord Aberdare züchtete. Das Pferd fiel vielen Leuten mehr auf als der Reiter.

Michael hatte Jupiter seinem Bruder vergangenes Jahr zum Geburtstag geschenkt, und Stephens Freude war jetzt eine schmerzliche Erinnerung. Tief im Herzen konnte er einfach nicht glauben, daß Stephen todkrank sein sollte. Ärzte irrten sich häufig, und als die Brüder sich zuletzt gesehen hatten, war er in bester Verfassung gewesen.

Andererseits starben Männer und Frauen in jedem Alter und aus den verschiedensten Gründen. Vielleicht war Stephens Uhr abgelaufen ... Doch diese Vernunftargumente änderten nichts daran, daß Michael sich nicht damit abfinden konnte, seinen einzigen Bruder zu verlieren, kurz nachdem sie so gute Freunde geworden waren.

Es grenzte an ein Wunder, daß Stephen sich so positiv entwickelt hatte, obwohl er als Erbe von ihrem Vater besonders schikaniert worden war, weil der alte Herzog ihn zu einem Ebenbild seiner selbst zurechtbiegen wollte. Michael hatte so wenig Zeit wie nur möglich in der Abtei verbracht, um einer emotionalen Verstümmelung zu entgehen, doch Stephen war aus härterem Holz geschnitzt. Michael hatte seinen ausgeprägten Gerechtigkeitssinn, seine Güte und Stärke oft bewundert, und er hätte es nie für möglich gehalten, daß dieser so ausgeglichene Mann irrational handeln könnte.

Der Lord schaute zu seinem Reisegefährten hinüber, der sich fröstelnd im Sattel duckte. Obwohl er wußte, daß es ungerecht war, machte er Blackmer insgeheim für Stephens Verschwinden verantwortlich. Der Arzt hätte seine Diagnose vorsichtiger formulieren oder ganz den Mund halten sollen. Aus seiner eigenen Erfahrung mit schwerverletzten Soldaten wußte Michael, daß es nicht zuletzt von der Gemütsverfassung abhing, ob jemand wieder gesund wurde oder nicht. Einem Mann ins Gesicht zu sagen, daß er demnächst sterben mußte, konnte viel dazu beitragen, den Tod zu beschleunigen. Absolute Ehrlichkeit war bei einem Arzt nicht immer angebracht.

Obwohl sie nun schon seit zwei Wochen zusammen unterwegs waren, blieb Dr. Blackmer für Michael eine rätselhafte Gestalt. Er hatte keine Ahnung, was im Kopf des schweigsamen Arztes vorging – außer daß er sich große Sorgen um Stephen machte. Oder hatte er nur Angst, daß es sich negativ auf seine Praxis auswirken könnte, wenn er seinen prominentesten Patienten verlor?

Eine müde Stimme unterbrach Michaels Gedanken. »Werden wir irgendwo eine Mittagspause einlegen?«

»In der nächsten Stadt – das ist Redminster, soviel ich weiß«, erwiderte Michael. »Die Pferde müssen sich ein, zwei Stunden erholen. Anschließend können wir bis zur Dunkelheit weiterreiten.«

Blackmer verstummte wieder, bis sie am Spätnachmittag endlich Redminster erreichten. Es hatte aufgehört zu regnen, und eine bleiche Sonne spiegelte sich in den Pfützen. Kurz vor einem Gasthof namens *Three Crowns* mußte Michael sein Pferd herumreißen, um einem vier- oder fünfjährigen Mädchen auszuweichen, das hinter einem Ball auf die Straße gerannt kam. Die hübsche dunkelhaarige Mutter eilte aus dem Hof ihres Häuschens herbei, lächelte Michael entschuldigend zu und nahm die Kleine auf den Arm.

Als sie vor dem Gasthof erschöpft abstiegen, verspürte der Lord leichte Gewissensbisse, daß er seinem Reisegefährten, der nicht an lange Feldzüge gewöhnt war, solche Strapazen zumutete. »Ich bringe die Pferde in den Stall«, sagte er. »Gehen Sie schon mal rein und bestellen uns etwas zu essen.«

Ein Stallknecht mit einer Tonpfeife im Mund war damit beschäftigt, ein Pferdegeschirr zu polieren. Er lächelte Michael erfreut zu. »Schön, Sie wiederzusehen, Sir. Heute ist wirklich ein schrecklicher Tag, um unterwegs zu sein.«

Michael wurde hellhörig. »Ich bin noch nie hier gewesen, aber vielleicht jemand, der mir ähnlich sieht?«

Der Stallknecht schaute genauer hin und machte eine entschuldigende Geste mit seiner Pfeife. »O ja, vor ein paar Wochen hatten wir einen Gast, der so ausgesehen hat wie Sie – und auch sein Pferd sah Ihrem verdammt ähnlich.«

»Ich versuche meinen Bruder zu finden, und unsere Pferde wurden vom selben Hengst gezeugt.«

Der Knecht nickte zufrieden. »Ah, dann sind Sie auch ein Mr. Ashe. Übernachten Sie hier?«

Mr. Ashe? Stephen reiste offenbar inkognito ...

»Nein, mein Begleiter und ich wollen hier nur essen, aber ich wäre dankbar, wenn Sie sich für ein, zwei Stunden um die Pferde kümmern würden.« Michael nahm seinen nassen Hut ab und fuhr sich durch die feuchten Haare. »Wissen Sie zufällig, wohin mein Bruder wollte?«

Der Stallknecht überlegte mit gerunzelter Stirn. »Ich glaube, die Fitzgerald-Theatertruppe wollte als nächstes nach Whitcombe.«

Michael hob die Brauen. »Theatertruppe?«

»Ja, Ihr Bruder ist zusammen mit der Truppe aufgebrochen«, erklärte der Mann. »Er hatte Fitzgeralds Sohn vor dem Ertrinken gerettet und wurde dabei verletzt. War natürlich der Held des Tages ...«

»Verletzt?« rief Michael beunruhigt.

»Ja, aber nicht schlimm«, versicherte der Knecht. »Am nächsten Tag ging es Mr. Ashe wieder ganz gut, und er soll sogar in einem Stück aufgetreten sein.« Er zwinkerte Michael zu. »Wenn Sie mich fragen, ist er wegen der Mädchen bei der Truppe geblieben. Fitzgerald hat zwei sehr hübsche Töchter, und man weiß ja, wie Schauspielerinnen sind ...«

Michael lauschte mit einer Mischung aus Schock und Hoffnung. Konnte es möglich sein, daß Stephen mit einer Wandertruppe aufgetreten war? Gewiß, er liebte das Theater und hatte bei einigen Amateuraufführungen mitgewirkt, aber da bestand ein himmelweiter Unterschied! Und würde er sich auf ein Techtelmechtel mit einer Schauspielerin einlassen? Er war immer ein nüchterner Mensch gewesen. Doch wer konnte schon sagen, wozu ein Mann imstande war, der nur noch wenige Monate zu leben hatte? Stephen war Witwer, warum sollte er sich nicht ein bißchen amüsieren?

Wenn er immer noch bei dieser Theatertruppe war, müßte es leicht sein, ihn zu finden, denn Schauspieler reisten langsam und hinterließen deutliche Spuren. Hoffnungsfroh dankte Michael dem Knecht und ging in den Gasthof. Während ihnen Rindfleisch mit gekochten Kartoffeln aufgetischt wurde, berichtete er Blackmer die Neuigkeiten. Der Arzt schien genauso überrascht wie er selbst zu sein, daß Stephen sich einer Wandertruppe angeschlossen haben könnte, enthielt sich jedoch jeglichen Kommentars, was für ihn charakteristisch war.

Als die beiden Männer nach dem Essen auf den Hof hinaustraten, bedeckten dräuende Gewitterwolken den Himmel. Einem grellen Blitz folgte rasch lauter Donnerhall, und es begann in Strömen zu regnen.

»Nicht gerade die besten Reisebedingungen«, kommentierte Blackmer mit betont neutraler Stimme.

Es war eine sehr diskret formulierte Bitte, im Trockenen bleiben zu dürfen, und auch Michael zögerte kurz. Er war zwar abgehärtet, aber das bedeutete noch lange nicht, daß er es genoß, naß und erschöpft zu sein und zu frieren. Andererseits trieben ihn die Informationen des Stallknechts zur Eile an.

»Gewitter dauern meistens nicht lange, und wir müßten Whitcombe noch vor Einbruch der Dunkelheit erreichen können.«

Blackmer seufzte, ohne laut zu protestieren.

Sie hatten den Stall im Laufschritt fast erreicht, als sie vom bläulichen Licht eines besonders grellen Blitzes geblendet wurden. Gleichzeitig krachte ein ohrenbetäubender Donnerschlag.

Michael duckte sich instinktiv, so als wäre er unerwartet ins Sperrfeuer der Franzosen geraten. Im nächsten

Moment krachte es wieder, aber diesmal hörte es sich nicht nach Donner an.

»Mein Gott, was war das?« rief Blackmer.

»Vermutlich hat der Blitz in einen Baum eingeschlagen und ihn gefällt«, antwortete Michael.

Die gellenden Schreie einer Frau verrieten, daß sich eine Katastrophe ereignet hatte. Michael wirbelte auf dem Absatz herum und rannte über den Hof auf die Straße, wo er sofort sah, was passiert war. Eine riesige Ulme war, vom Blitz getroffen, auf das Haus der hübschen dunkelhaarigen Frau gestürzt, die vorhin ihr kleines Mädchen von der Straße geholt hatte. Der schwere Baum hatte die Kate aus Holz und Lehm wie eine Eischale zusammengedrückt. Rauchwolken stiegen vom geschwärzten Stamm der Ulme auf, aber der Regen verhinderte immerhin, daß Feuer ausbrach.

Die dunkelhaarige Frau kratzte mit bloßen Händen an den Trümmern ihres Hauses. »Sind Sie verletzt?« brüllte Michael, um Wind und Regen zu übertönen.

Sie drehte sich mit nassem Gesicht und glasigen Augen um. »Ich … ich bin rausgelaufen, um Kräuter fürs Abendessen zu pflücken«, stammelte sie. »Mir ist nichts passiert, aber … aber mein Mann und meine Tochter sind dort drin.« Sie packte Michael mit zittrigen Händen am Arm. »Bitte helfen Sie ihnen!«

Während er mit grimmiger Miene die Verwüstung betrachtete, dachte er insgeheim, daß die Menschen im Haus tot oder schwer verletzt sein mußten.

Jetzt kam auch Blackmer keuchend angerannt. »Ist noch jemand drin?«

»Der Mann und die Tochter dieser Frau.« Michael wußte, daß ungeschickte Hilfsmaßnahmen noch größeren Schaden anrichten könnten. Die Kate könnte vollends einstürzen, sobald man an irgendeinem Balken rüttelte, und dann wären die beiden Personen im Innern hoffnungslos verloren. Michael besaß eine Kohlengrube in Wales, und nach einer Explosion in 150 Meter Tiefe hatte er die Rettungsaktion geleitet. Verglichen damit war dies hier eine Kleinigkeit. »Das vernünftigste ist, den Baum zu heben«, erklärte er resolut.

Inzwischen hatte sich ein Dutzend Nachbarn versammelt. Ein Mann – er sah der Frau so ähnlich, daß es sich um ihren Bruder handeln mußte – schrie: »Emma, sind Jack und Lissie noch im Haus?«

Als Emma nickte, schloß er sie mit aschfahlem Gesicht in die Arme.

Weil alle anderen nur untätig herumstanden und jammerten, übernahm Michael das Kommando. Einmal ein Offizier, immer ein Offizier, dachte er, während er befahl, ein Ochsengespann, einen Flaschenzug und Holzklötze herbeizuschaffen.

Dann ertönte aus der Ruine der Schrei eines Kindes. Emma löste sich von ihrem Bruder und rannte herbei. »Lissie! Geht es dir gut?«

»Ja«, schluchzte das Kind, »aber Papa blutet, und ich kann ihn nicht aufwecken!«

Michael überlegte, ob man das Kind befreien könnte, noch bevor der Baum gehoben wurde. Es mußte irgendwo dicht hinter der Wand sein, sonst wäre die Stimme nicht so deutlich zu hören. Mit äußerster Vorsicht, um die Einsturzgefahr nicht zu vergrößern, versuchte er eine Lehmplatte von der Stelle zu bewegen.

Blackmer packte auf der anderen Seite mit an, und Michael fiel wieder einmal auf, daß der Arzt genauso groß wie er war, obwohl die leicht geduckte Haltung ihn normalerweise kleiner wirken ließ. Mit vereinten Kräften schoben die beiden Männer die krümelige Platte zur Seite, so daß nun in Bodenhöhe ein unregelmäßiges Loch gähnte.

»Ich sehe Licht, Mama!« rief Lissie aufgeregt.

Emma wischte sich Regen und Tränen aus dem Gesicht. »Kannst du auf das Licht zukriechen, Liebling?« fragte sie so ruhig, wie es ihr irgend möglich war.

Nach kurzer Stille jammerte die Kleine: »Ich komm

nicht raus, Mama! Papa und Stücke vom Haus liegen dazwischen.«

Blackmer musterte das Loch. »Ich werde versuchen hineinzukriechen. Wenn der Mann dem Kind im Weg liegt, kann ich ihm vielleicht helfen.«

»Das dürfen Sie nicht tun!« rief Michael.

Der Arzt warf ihm einen verächtlichen Blick zu. »Wenn Sie es so eilig haben, müssen Sie allein nach Whitcombe reiten. Ich werde Sie morgen einholen.«

Normalerweise war sein Gesicht eine undurchdringliche Maske, doch jetzt sprühten die graugrünen Augen vor Zorn. Verwundert, aber auch verärgert über die Unterstellung, erwiderte Michael scharf: »Reden Sie kein dummes Zeug! Ich will nur verhindern, daß Sie sich in Gefahr begeben. Das Haus kann jederzeit vollends einstürzen.«

»Ich bin Arzt und muß Hilfe leisten, wenn ich kann.« Blackmer legte sich in den Morast und kroch durch das Loch, während alle Zuschauer den Atem anhielten. Nach zwei Minuten, die Michael wie eine Ewigkeit vorkamen, rief der Arzt: »Der Mann lebt! Sein Herz schlägt kräftig, aber er ist bewußtlos und blutet aus einer Arterie.«

»Gott sei Dank!« schluchzte Emma.

Michael konnte ihren Optimismus nicht teilen, weil er wußte, wie lebensgefährlich eine solche Verletzung war. »Können Sie die Blutung mit einer Aderpresse stoppen?«

»Nein – ein Balken ist mir im Wege«, erwiderte Blackmer. »Ich kann seinen Arm nur mit der Hand umklammern. Der verdammte Baum sollte schleunigst gehoben werden.«

Das Ochsengespann und das übrige Zubehör waren inzwischen zur Stelle, und Michael überwachte die Befestigung der Seile und die Aufstellung des Flaschenzugs. Als alles fertig war, schrie er: »Blackmer, wir sind soweit. Kommen Sie jetzt lieber raus.«

»Das geht nicht«, entgegnete der Arzt. »Der Mann hat schon genug Blut verloren.«

»Aber der Doktor wird sterben, wenn die Wand einstürzt«, rief ein älterer Mann besorgt.

»Das weiß er.« Grimmig gab Michael den Leuten das Signal anzufangen.

Die Ochsen bewegten sich langsam, die Seile strafften sich, und Michael hielt unwillkürlich den Atem an, denn wenn sie in diesem Moment rissen, bestand für die drei Personen im Haus höchste Lebensgefahr.

Die Zuschauer jubelten, als die schwere Ulme hochgezogen wurde, und viele Hände griffen zu, um sie zur Seite zu schwenken. Das war auch gut so, denn die Seile konnten dem Gewicht nicht lange standhalten, und der Baum krachte zu Boden, begrub zum Glück aber keinen der Helfer und Gaffer unter sich.

Wie Michael gehofft hatte, klaffte jetzt ein riesiges Loch im Dach, so daß es möglich war, in die Kate zu gelangen. Vorsichtig arbeiteten sich die Retter bis zu dem kleinen Mädchen vor, Emmas Bruder allen voran.

»Onkel John!« rief Lissie selig.

Er hob das Kind hoch und trug es durch die Trümmer ins Freie, wo er es der Mutter übergab. Emma preßte ihre Tochter so fest an sich, als wollte sie sie nie wieder loslassen. Freudentränen vermischten sich mit dem Regen auf ihren Wangen.

Ohne viel Zeit damit zu vergeuden, diese rührende Szene zu beobachten, bat Michael einen kraftstrotzenden Schmied um Hilfe bei der Bergung des verletzten Mannes, der mit blutdurchtränktem Hemd auf dem Rücken lag. Zum Glück hatte der Balken, der den Zugang von der anderen Seite blockierte, ihn vor noch schwereren Verletzungen geschützt. Die tiefe Wunde an seinem Arm sah allerdings bedrohlich aus.

Von Blackmer war nur die rechte Hand zu sehen, die er durch die Trümmer geschoben hatte. Nur auf seinen Tastsinn angewiesen, hatte der Arzt die Wunde lokalisiert und die Blutung zum Stillstand gebracht, indem er den Oberarm mit verkrampften Fingern umklammerte.

Michael zog sein Taschentuch hervor und band den Arm damit ab. »Sie können jetzt loslassen, Blackmer. Kriechen Sie schnell raus.«

Zusammen mit dem Schmied schleppte er den Verletzten zu dem gähnenden Loch. Auf der anderen Seite der eingedrückten Wand standen Männer bereit, um ihn zu übernehmen und behutsam auf die nasse Erde zu legen. Emma fiel neben ihm auf die Knie und umklammerte seine Hand, während sie mit dem anderen Arm immer noch ihre Tochter an sich drückte. »Danke«, flüsterte sie schluchzend. »Danke, lieber Gott, und danke euch allen!«

Müde kletterte Michael aus den Trümmern. Der ältere Mann, der zuvor so besorgt um Blackmer gewesen war, trat auf ihn zu. »Ich bin William Johnson, der Bürgermeister von Redminster. Wir alle sind Ihnen und Ihrem Freund zu großem Dank verpflichtet, um so mehr, als Sie Fremde sind.«

»Ich habe mein Leben so manches Mal Fremden verdankt«, lächelte Michael, »und bin froh, mich dafür revanchieren zu können.« Er ging auf die andere Seite der Kate, um nachzuschauen, ob Blackmer Hilfe benötigte. Es hatte aufgehört zu regnen, und die Dämmerung brach schon herein.

Der Arzt kroch rückwärts aus dem schmalen Tunnel heraus. Er hatte es fast geschafft, als die Schuttberge in Bewegung gerieten. Michael packte ihn bei der Taille und riß ihn buchstäblich in letzter Sekunde aus dem einstürzenden Gang. Ein Lehmbrocken streifte Blackmers Wange, aber er blieb ansonsten unverletzt.

Während Michael ihm auf die Beine half, schickte er ein stummes Dankgebet zum Himmel, daß die Rettungsaktion geglückt war. »Der Mann wird durchkommen«, berichtete er. »Wie geht es Ihnen?«

Blackmer wischte sich das Blut von der Wange. »Mir ist nichts passiert. Die göttliche Vergeltung läßt offenbar noch etwas auf sich warten.«

Mit diesen rätselhaften Worten wollte er sich abwenden, doch Michael legte ihm eine Hand auf die Schulter. »Das haben Sie wirklich gut gemacht.«

Der Arzt zuckte zusammen und starrte Michaels Hand an, als wäre sie ein Skorpion, bevor er seine übliche undurchdringliche Miene aufsetzte. »Sollen wir jetzt nach Whitcombe reiten?«

Michael grinste. »Ich finde, wir haben uns ein heißes Bad, einige Gläser Brandy und acht Stunden Schlaf in den *Three Crowns* redlich verdient.«

Der erschöpfte Arzt atmete erleichtert auf. »Eine ausgezeichnete Idee!« Er entfernte sich, um den Verletzten zu untersuchen.

Lord Michael Kenyon schaute ihm nachdenklich nach. Blackmer war und blieb für ihn ein Rätsel, und er hegte keine besonderen Sympathien für ihn, doch der Mann hatte soeben erstaunlichen Mut bewiesen.

17. Kapitel

»Halt jetzt endlich still, Rose, sonst schaffe ich es nie, deine Haare bis zur Trauung ordentlich hochzustecken!« schimpfte Jessica.

Rosalind bezwang ihre Nervosität und legte ergeben ihre Hände in den Schoß. Sie hatte den Schock dieser schnellen Eheschließung immer noch nicht ganz verarbeitet. Stephen hatte es irgendwie geschafft, eine Sondergenehmigung aus London zu erhalten, der zufolge die Zeremonie an jedem Ort und zu jeder Zeit vonstatten gehen konnte. Weil das Wetter beständig war, hatte Maria vorgeschlagen, die Hochzeit auf einer hübschen Lichtung außerhalb von Bury St. James zu feiern, wo die Truppe gerade gastierte.

Es war ein sonniger Herbsttag, und in einer Stunde würde Rosalind verheiratet sein.

Jessica hatte die dunkelblonden Haare ihrer Schwester zu einem kunstvollen Knoten arrangiert, den sie mit kleinen bronzefarbenen Chrysanthemen schmückte. »Du siehst hinreißend aus. Glaubst du, daß du jetzt allein zurechtkommst, während ich mich umziehe?«

»Mach dir keine Sorgen«, lächelte Rosalind. »Schließlich habe ich das schon einmal erlebt.«

»Ja, aber damals hast du nicht so benommen ausgesehen«, grinste Jessica frech, bevor sie das Zimmer verließ. Rosalind lehnte sich seufzend zurück, dankbar für einige Minuten Ruhe. Obwohl dies ihre zweite Hochzeit war, wurde sie von der allgemeinen Aufregung angesteckt.

Was war diesmal anders als bei der ersten Trauung?

Damals hatte sie in romantischen Träumen geschwelgt und sich eingeredet, Charles Jordan wäre ein Märchenprinz, der sie ein Leben lang auf Händen tragen würde. Sie war ein unschuldiges junges Mädchen gewesen. Jetzt war sie eine Frau, und was sie für Stephen empfand, ließ sich nicht mit jener schwärmerischen Verliebtheit vergleichen, ging viel, viel tiefer …

Und diesmal wußte sie, was sie im Ehebett erwartete. Ihr Gesicht glühte beim bloßen Gedanken an die bevorstehende Hochzeitsnacht. Seit jener magischen Stunde auf dem Heuboden hatten sie keine Gelegenheit gehabt, allein zu sein. Das war zwar erst vier Tage her, aber sie begehrte Stephen so sehr, daß diese Tage ihr wie eine Ewigkeit vorgekommen waren. Gott sei Dank würden sie in wenigen Stunden das Recht haben, ohne Furcht vor Entdeckung miteinander zu schlafen.

Es klopfte an der Tür, und die Stimme ihres Verlobten rief: »Wird der Himmel einstürzen, wenn ich hereinkomme?«

Rosalind sprang auf und riß erleichtert die Tür auf. »Bin ich froh, dich zu sehen! Wir hätten nach Gretna Green durchbrennen sollen. Unvorstellbar, welches Chaos eine Mutter und Schwester in vier Tagen anrichten können!«

Lachend stellte Stephen eine mittelgroße Holzkiste auf dem Tisch ab und nahm sie in die Arme. »Ich bin froh, daß sie sich soviel Mühe geben, denn du hast einen ganz besonderen Tag verdient.« Er trat einen Schritt zurück und legte ihr seine Hände auf die Schultern. »Du siehst hinreißend aus, Rosalind«, sagte er ruhig. »Ich bin ein sehr, sehr glücklicher Mann!«

Auch Rosalind betrachtete ihren Verlobten. Irgendwie hatte er sich neue Kleidungsstücke beschafft, die – unverkennbar von einem erstklassigen Schneider angefertigt – seine breiten Schultern betonten, so daß kaum auffiel, wie mager er in den letzten Wochen geworden war. »Du siehst so vornehm aus, daß ich fast Angst habe, dich zu heiraten«, scherzte sie mit ernstem Unterton.

»Es gibt gute Gründe, mich nicht zu heiraten, aber mein vornehmes Aussehen gehört bestimmt nicht dazu.« Nach kurzem Zögern fuhr er fort: »Ich bin hergekommen, um dich vorzuwarnen, damit du bei der Trauung nicht überrascht bist. Mein Familienname ist nicht Ashe, sondern Kenyon.«

Rosalind blinzelte verwirrt. »Warum hast du dich dann Ashe genannt?«

Stephen lächelte trocken. »Du hast falsch verstanden, was ich gesagt habe, als ich halb bewußtlos war, und ich habe diesen Irrtum nicht aufgeklärt, weil es mir dadurch leichter fiel, meine wahre Identität für einige Zeit zu vergessen.«

Das konnte sie verstehen, fragte jedoch mißtrauisch: »Heißt du wenigstens noch Stephen? Wenn nicht, müssen wir die Hochzeit vielleicht doch absagen.«

»Glücklicherweise wurde ich auf die Namen Stephen Edward getauft.« Er beugte sich vor und küßte sie mit warmen, festen Lippen.

»Mrs. Stephen Kenyon also – hört sich gar nicht schlecht an!« Mit einem zufriedenen Seufzer machte sie es sich in seinen Armen bequem. Wenigstens heute wollte sie vergessen, wie schrecklich wenig Zeit ihnen blieb.

Ganz verdrängen ließ sich der Gedanke jedoch nicht, und sie drückte Stephen unwillkürlich fester an sich.

Er streichelte ihren Nacken unter den hochgesteckten Haaren – eine zarte Liebkosung, die ihr heiße Schauer über den Rücken jagte. »Ich muß dir noch etwas anderes gestehen.«

Rosalind legte den Kopf zur Seite und schaute ihn mit halbgeschlossenen Lidern an. »Sie stecken voller Überraschungen, Mr. Kenyon. Wollen Sie mir vielleicht offenbaren, daß Sie ein aus dem Gefängnis entflohener Räuber sind?«

Stephen lächelte schwach. »Fast so schlimm.«

Bevor er seine Beichte ablegen konnte, ertönte aus der Kiste, die er mitgebracht hatte, ein quiekender Laut. Erst jetzt bemerkte Rosalind, daß Löcher in das Holz gebohrt waren und daß oben ein Tragegriff aus Messing angebracht war. »Was in aller Welt ...«

»Dein Hochzeitsgeschenk.« Er öffnete den Deckel. In der Kiste war eine kleine flauschige Decke, ein Kistchen Sand – und das Schildpattkätzchen vom Heuboden. Es stellte sich sofort auf die Hinterbeine, legte die Vorderpfoten auf eine Seitenkante und schaute sich mit großen grünen Augen neugierig um.

»Ich schwankte anfangs zwischen Diamanten und einer wertlosen Scheunenkatze«, erklärte Stephen. »Als Geizkragen habe ich mich natürlich für die Katze entschieden.«

»O Stephen!« Begeistert hob Rosalind das Kätzchen aus der Kiste. Es hatte ein fast schwarzes Gesicht, mit einem orangefarbenen Fleck auf der Stirn und einem weißen Fleck auf dem Kinn. Sie erlaubte ihm, auf ihre Schulter hochzuklettern, obwohl es schwarze Haare auf dem elfenbeinfarbenen Ophelia-Gewand hinterließ. Mit leuchtenden Augen blickte sie ihren Bräutigam an. »Das ist ein schöneres Geschenk als sämtliche Diamanten Englands.«

Er streichelte ihre Wange. »Ich bin glücklich, daß ich dir damit eine Freude machen konnte.«

Sie vermutete, daß er ihr das Kätzchen geschenkt hatte, damit sie sich in den bevorstehenden schwierigen Monaten ein bißchen ablenken konnte, und dieses Wissen machte ihr das Herz schwer. Er war so gütig, so unheimlich liebenswert.

Weil sie befürchtete, daß ihre Augen zuviel von ihren Gedanken verraten würden, wandte sie hastig den Blick ab, nahm das Kätzchen von ihrer Schulter und setzte es aufs Bett, wo es sofort tatendurstig, mit hochgestelltem Schwanz, über die Steppdecke stapfte.

Die Tür öffnete sich, und Maria trat ein, in der prächtigen blauen Robe, die sie trug, wenn sie Königinnen spielte.

Aloysius begleitete sie schwanzwedelnd, doch sobald er die Katze roch, stellten sich seine Ohren vor Erregung auf, er machte einen Satz auf das Bett zu und beschnupperte den Neuling.

»Trau dich ja nicht!« schrie Rosalind und stürzte zum Bett, um zu verhindern, daß ihr Hochzeitsgeschenk aufgefressen wurde.

Auch Stephen wollte eingreifen, doch das erwies sich als überflüssig. Unerschrocken betrachtete das Kätzchen den riesigen Hundekopf mit der hechelnden Zunge, und dann hob es eine winzige Pfote und versetzte Aloysius mit ausgefahrenen Krallen einen gezielten Hieb auf die Nase.

Jaulend wich der Hund etwas zurück. Das Kätzchen machte zwei Schritte auf ihn zu, starrte ihn mit den gefährlich funkelnden Augen eines sibirischen Tigers an und fauchte furchterregend. Das Wunder geschah – der große Hund zog sich eingeschüchtert hinter Maria zurück.

Sie lachte. »Was ist denn hier los? Der arme Aloysius wird sich nie von dieser Demütigung erholen!«

Rosalind hob das Kätzchen hoch und streichelte es. »Portia ist Stephens Hochzeitsgeschenk für mich.«

»Portia?« rief er amüsiert.

»Ein ausgezeichneter Name für eine Katze«, entschied Maria, bevor sie anklagend auf Stephen deutete und gebieterisch wie Lady Macbeth verkündete: »Schurke, du hast diesen Raum unbefugt betreten! Hast du noch nie gehört, daß es dem Bräutigam Unglück bringt, wenn er die Braut vor der Trauung sieht?«

»Ich wollte mit Rosalind reden«, rechtfertigte er sich kläglich.

»Dafür wirst du ein Leben lang Zeit haben.« Maria scheuchte ihn unerbittlich aus dem Zimmer. »Hinaus! Hinaus! Hinaus!«

Stephen gab sich geschlagen, nachdem er Rosalind einen bedauernden Blick zugeworfen hatte. Sie überlegte, was er noch auf dem Herzen gehabt haben mochte, wollte sich darüber aber nicht den Kopf zerbrechen. Alles war unwichtig, verglichen mit seiner tödlichen Krankheit. Was spielte es schon für eine Rolle, ob er nun Ashe oder Kenyon hieß?

»Laß dich anschauen«, sagte Maria. Nach kritischer Musterung nickte sie zufrieden. »Du siehst genauso aus, wie eine Braut aussehen sollte, Liebling.«

»Nur nicht mehr ganz taufrisch!«

»Wahre Schönheit kennt kein Alter.« Maria setzte sich auf das Bett, und Portia kam sofort zu ihr und rieb das Köpfchen an ihrer Hand, erreichte auch sofort, gestreichelt zu werden.

»Alle schutzlosen kleinen Geschöpfe haben auf den ersten Blick Vertrauen zu dir«, sagte Rosalind leise. »So wie ich.«

»Es kommt mir wie gestern vor, daß Thomas und ich dich auf jener gräßlichen Gasse entdeckt haben.« Maria lächelte nostalgisch. »Wie schnell du erwachsen geworden bist!«

»O Mama!« Mit Tränen in den Augen ließ Rosalind sich aufs Bett fallen und umarmte ihre Mutter. »Ich kann mir nicht vorstellen, was aus mir geworden wäre, wenn du und Papa mich nicht aufgenommen hättet. Ihr habt immer nur gegeben … Ich schulde euch mehr, als ich jemals zurückzahlen kann.«

»Dich mitzunehmen war der vernünftigste Entschluß, den wir jemals gefaßt haben.« Maria drückte ihrer Tochter fest die Hand. »Manchmal halte ich es für einen Segen, daß wir uns keiner der berühmten Truppen angeschlossen haben. Erfolg hätte zwangsläufig viele Ablenkungen und Versuchungen mit sich gebracht. Darunter hätte das Familienleben gelitten, und es gibt letztlich nichts Wichtigeres als die Familie.« Sie lächelte. »Nicht, daß ich etwas dagegen gehabt hätte, in *Covent Garden* die Isabella zu spielen, um Sarah Siddons am *Drury Lane* in derselben Rolle Konkurrenz zu machen. Ich glaube kaum, daß mein Publikum sich benachteiligt gefühlt hätte.«

»Du wärst besser als Mrs. Siddons gewesen, Mama«, versicherte Rosalind solidarisch.

»Vielleicht, vielleicht auch nicht.« Maria zuckte die Achseln. »Es macht nichts, daß ich nie Gelegenheit hatte, vor erlesenem Publikum aufzutreten. Ich habe meine Rollen gut gespielt, und das ist das wichtigste.« Sie rieb ihre Nase an Portias Köpfchen. »Wir haben noch einige Minuten Zeit. Soll ich dich über die Fakten des Liebeslebens aufklären, wie es sich für eine Mutter gehört?«

Rosalind lachte. »Das meiste dürfte ich schon wissen, Mama. Schließlich war ich drei Jahre verheiratet.« Sie runzelte besorgt die Stirn, als sie sah, daß ihre Mutter sich die Augen wischte. »Was ist? Du hast doch nichts dagegen, daß ich Stephen heirate? Ich dachte, du magst ihn.«

»Ich mag ihn sehr. Er ist ein ungewöhnlicher Mann.« Maria holte ein Taschentuch hervor und schneuzte sich kräftig. »Es ist nur, daß das Leben ab heute nie mehr so sein wird wie bisher. Als du Charles geheiratet hast, bist du bei uns geblieben, doch Stephen entführt dich in eine andere Welt. Bald wird es auch andere Veränderungen geben. Du hast ja gesehen, wie Jessica und Simon Kent einander anschauen. In absehbarer Zeit werden auch sie vor den Altar treten, speziell wenn euer Vater sie beim Küssen erwischt. Und dann werden sie bei ihrem Talent bestimmt Engagements an irgendeinem bedeutenden Theater bekommen. In nicht allzu ferner Zukunft bleibt uns nur noch Brian ...«

Rosalind schluckte. »Aber falls ... falls Stephen etwas zustoßen sollte, was Gott verhüten möge, dann dürfte ich doch zu euch zurückkehren?«

»Selbstverständlich, aber das ist nun wirklich kein Thema für den Hochzeitstag«, sagte Maria entrüstet.

Diese Bemerkung bewies Rosalind, daß es richtig gewesen war, ihren Eltern nichts von Stephens Krankheit zu erzählen. Dazu würde später noch genug Zeit sein – dann, wenn sie gezwungen war zurückzukommen. Jessica hatte nichts verraten und war auch nicht mehr auf das Thema zu sprechen gekommen, aber manchmal beobachtete sie Stephen und Rosalind mit großen traurigen Augen.

Schluß jetzt mit den trüben Gedanken! Rosalind stand auf und nahm ihr Brautbukett zur Hand – gold-, orange- und elfenbeinfarbene Herbstblumen. »Es ist Zeit, Mama.«

Während sie die Treppe hinabgingen, fiel ihr ein, daß Stephen einmal ernst gesagt hatte: »Es wird Zeit für mich, Rosalind.«

Zeit war ihr schlimmster Feind.

Tag 55

Obwohl der Geistliche ihn zu beruhigen versuchte, lief Stephen rastlos auf der sonnigen Lichtung hin und her, die eine perfekte Kulisse für die Hochzeit abgab, speziell jetzt, da die Bäume ihren farbenprächtigen Herbstschmuck trugen. Alle Mitglieder der Truppe hatten sich schon versammelt, die meisten Frauen in Roben aus den Kostümtruhen.

Auch einige Bürger von Bury St. James waren gekommen, darunter der Gutsbesitzer, dem die Lichtung gehörte. Während die Musikanten Händel spielten, zog es die Gäste immer wieder zu den schwerbeladenen Tischen am Rand der Lichtung. Stephen spendierte ein Hochzeitsfrühstück, und der Gastwirt wollte bei dieser Gelegenheit zeigen, was er konnte. Es gab viele Platten mit verschiedenen Fleisch- und Wurstsorten, köstliche Salate sowie eine Rinderkeule, die über offenem Feuer gebraten wurde. Die alte Nan hütete dieses Büfett und gebärdete sich wie eine Shakespearesche Hexe, wenn jemand vorab einen Happen stibitzen wollte.

Stephen lief auf und ab, und obwohl er nicht an Gott glaubte, schickte er Stoßgebete zum Himmel, ihn wenigstens heute vor schlimmen Schmerzen zu bewahren. Dieser Tag sollte durch keine Wolke getrübt werden.

Jeremiah Jones, der als Brautführer fungieren sollte, grinste. »Wenn Sie so weitermachen, Stephen, trampeln Sie noch das ganze Gras auf der Lichtung nieder! Nur keine Bange, Rose kommt bestimmt. Jane Landers und Mary Kent werden ihre Rollen mühelos übernehmen können, aber als Organisatorin wird sie uns sehr fehlen. In den nächsten Wochen dürften die Aufführungen ziemlich chaotisch werden.«

Aber würde Rose wirklich kommen? Vielleicht hatte sie es sich in letzter Minute anders überlegt. Stephen begriff noch immer nicht, warum sie eingewilligt hatte, einen todkranken Mann zu heiraten. Die finanzielle Sicherheit, die er ihr versprochen hatte, war ganz bestimmt nicht ausschlaggebend gewesen, denn an Geld schien keinem der Fitzgeralds viel gelegen zu sein. Sie mußte seinen Antrag aus Mitleid angenommen haben.

Lieber Gott, erhalte ihr dieses Mitleid noch eine Weile, flehte er.

Die Musik verstummte. Stephen drehte sich um und sah, daß seine Braut am anderen Ende der Lichtung stand. Sie sah im Gewand der Ophelia einfach atemberaubend aus: Die elfenbeinfarbene Seide fiel in weichen

Falten bis zum Boden hinab, war auf dem Rücken aber so kunstvoll geschnürt, daß Rosalinds Figur perfekt zur Geltung kam. Sie war viel reizvoller als jede Ophelia, die er jemals auf einer Bühne gesehen hatte, und sie strahlte im Gegensatz zu Hamlets schwächlicher Liebsten eine warme, frauliche Stärke aus.

Stephen nahm seinen Platz am Altar ein, Jeremiah neben sich. Die Musikanten spielten einen feierlichen Marsch, und die Braut schritt anmutig durch das Gras, umrahmt von ihrem Vater und Brian auf einer Seite, von ihrer Mutter und Jessica auf der anderen. Die ganze Familie gab ihr das Geleit, und bei diesem Anblick schnürte sich Stephens Kehle zu. Er hatte kein Recht, sie aus dieser Geborgenheit zu reißen – aber er konnte seinen Egoismus auch nicht bereuen.

Als die Fitzgeralds ihn erreichten, brummte Thomas: »Gib gut auf sie acht, mein Junge, sonst kannst du was erleben!«

»Ich werde mein Bestes tun.« Lächelnd griff Stephen nach Rosalinds Hand. Das war die ungewöhnlichste Hochzeit, die er je gesehen hatte – und die schönste!

Sie erwiderte seinen Händedruck mit leuchtenden Augen, und am liebsten hätte er sie auf der Stelle geküßt. Statt dessen wandten sie sich dem Geistlichen zu, während ihre Familie sich zu den anderen Gästen gesellte.

Mit einer tiefen Stimme, die fast so kraftvoll war wie die von Thomas Fitzgerald, vollzog der Geistliche die Trauung. Die Worte waren Stephen natürlich vertraut, aber er hatte sie noch nie so tief nachempfunden, auch nicht bei seiner ersten Vermählung, als er sich nur dem unbeugsamen Willen seines Vaters gefügt hatte.

Als der Name *Kenyon* fiel, war unter den Gästen ein leises Raunen zu hören, doch nicht einmal Thomas traute sich, die Zeremonie zu unterbrechen. Und dann sprach der Geistliche die Worte aus, die für Stephen eine ganz besondere Bedeutung hatten: »... bis daß der Tod euch scheidet?«

Rosalind schaute ihn an, und ihre Augen spiegelten seine eigenen bittersüßen Gefühle wider. »Ja«, gelobte er und wurde durch ein Lächeln belohnt.

Ihr eigenes ›Ja‹ war laut und deutlich.

Stephen streifte ihr den Ring, den Jeremiah ihm mit theatralischer Geste überreicht hatte, auf den Finger. »Mit diesem Ring nehme ich dich zur Frau …«

Rosalind lächelte ihm wieder zu, ohne auch nur einen Blick auf den Ring zu werfen, der mit erlesenen Diamanten besetzt war, denn natürlich hatte er ihr außer dem Kätzchen auch etwas Wertvolles schenken wollen, obwohl ihm klar war, daß ihr Geschenk an ihn – ihre Bereitschaft, ihm die letzten Monate seines Lebens zu versüßen – mit keinem Gold der Welt aufzuwiegen war.

»Ich erkläre euch zu Mann und Frau.«

Endlich durfte Stephen seine strahlende Braut küssen. Als er sie in die Arme nahm, spürte er ihren lauten Herzschlag. Rosalind … seine Frau … seine vollkommene Rose …

Sie wurden von Gratulanten umringt. Die Männer klopften Stephen auf die Schulter und schüttelten ihm die Hand, die Frauen küßten ihn schmatzend, und natürlich ließ es sich kein Gast nehmen, die Braut zu küssen.

Sobald die Aufregung sich etwas gelegt hatte, schlang Stephen einen Arm um die Taille seiner Frau. »Sollen wir uns jetzt das Hochzeitsfrühstück schmecken lassen?« schlug er vor.

»Einen Augenblick noch«, protestierte Thomas. »Was hat es mit deinem Familiennamen auf sich?«

»Stephen hat es mir heute morgen erklärt.« Rosalind strahlte ihren Mann an. »Als er sich mir vorstellte, noch halb benommen von der Rettungsaktion im Fluß, habe ich seinen Namen falsch verstanden, und als Gentleman war er viel zu höflich, um mich zu korrigieren.«

Einige Leute kicherten, doch Thomas runzelte noch mehr die Stirn. »Das kommt mir sehr merkwürdig vor.«

Seine Augen weiteten sich plötzlich. »Kenyon ... Ashe ... *Ashburton.* Heißt der Herzog von Ashburton nicht Stephen Kenyon?«

Stephen seufzte inwendig. Er hatte Rosalind vorhin die Wahrheit gestehen wollen, war aber von ihrer Mutter daran gehindert worden. Jetzt blieb ihm nur noch die Flucht nach vorne. Er zog seine Frau noch fester an sich und verkündete: »So ist es. Und der Name der Herzogin von Ashburton ist Rosalind Fitzgerald Kenyon.«

18. Kapitel

Eine beklemmende Stille senkte sich über die Lichtung. Rosalind starrte ihren Mann an. Er hatte bestimmt nur einen Scherz gemacht ... Sie hoffte, ein schelmisches Funkeln in seinen Augen zu entdecken, sah aber nur besorgte Resignation.

Stephen war Ashburton, einer der reichsten Adligen im Land? »Wenn du nicht flunkerst«, murmelte sie, »so ist es kein Wunder, daß Papa dich am liebsten Herzöge spielen ließ.«

Er verzog den Mund. »Es ist wahr, Rosalind.«

Thomas Fitzgerald explodierte. »Verdammt, Ashburton, was ist das für eine Farce? War die Trauung nur ein Täuschungsmanöver? Hat irgendein Schauspieler sich die Rolle eines Geistlichen angemaßt?«

»Um Himmels willen, nein!« erwiderte Stephen. »Selbstverständlich war es eine echte Trauungszeremonie. Meine einzige Unkorrektheit bestand darin, meinen richtigen Familiennamen bis heute zu verschweigen.«

Bevor Thomas eine hitzige Antwort geben konnte, legte Maria ihm eine Hand auf den Arm. »Bezähme dein irisches Temperament, mein Lieber!«

»Er hat gelogen, und dafür gibt es keine Entschuldigung«, knurrte Fitzgerald.

»Nein?« Maria warf Stephen einen scharfen Blick zu. »Thomas, du und ich können auf der Bühne jede Rolle spielen, die uns gefällt, und sie danach wieder ablegen. Es muß viel schwieriger für einen Herzog sein, diese Rolle ein Leben lang spielen zu müssen.«

»So ist es«, sagte Stephen, dankbar für ihr Verständnis. »Ich mußte von klein auf ein Lord sein, ob ich wollte oder nicht.« Er schaute ironisch in die Runde. »Und nachdem jetzt alle vor mir zurückweichen wie vor einem Aussätzigen, ist es vielleicht verständlich, daß ich es genossen habe, eine Zeitlang einfach Mr. Ashe zu sein.«

Jessica trat auf ihn zu. »Ich für meine Person bin hell begeistert über diese Neuigkeit und kann es kaum erwarten, ganz nebenbei zu erzählen: ›Vorhin habe ich bei meinem Schwager, dem Herzog von Ashburton, gespeist.‹ Oder auch: ›Gefällt Ihnen mein Schal? Den hat mir meine Schwester, die Herzogin von Ashburton, geschenkt.‹ Ich werde *schamlos* mit deinem Titel angeben!« Sie umarmte Stephen herzlich. »Und ich finde dich auch als Aristokraten überaus sympathisch.«

Rosalind segnete insgeheim ihre Schwester, die das Eis gebrochen hatte, und versuchte nun ihrerseits, ihren Vater zu besänftigen. »Er wollte es mir vor der Trauung sagen, Papa, aber Mama hat ihn aus dem Zimmer gescheucht.« Doch obwohl sie sich bemühte, die Atmosphäre zu entspannen, hatte sie den Schock selbst noch nicht überwunden. Wie könnte Rosalind Fitzgerald Jordan – Findelkind, Schauspielerin und Witwe – jemals eine Herzogin sein?

Ihr Blick fiel auf den Trauring, und erst jetzt bemerkte sie, daß er mit funkelnden Diamanten besetzt war, die ein Vermögen wert sein mußten. Niedergeschlagen dachte sie, daß sogar dieser Ring ein Beweis dafür war, aus welch verschiedenen Welten sie stammten.

Später würde sie darüber nachdenken müssen. Im Augenblick war es wichtiger, Stephen beizustehen und ihn davon zu überzeugen, daß sich zwischen ihnen nichts geändert hatte. »Ich könnte jetzt unverschämt werden und mir für mein Kätzchen ein mit Diamanten besetztes Halsband wünschen«, scherzte sie.

Seine angespannte Miene hellte sich auf. »Wenn du meinst, daß Portia sich damit wohl fühlt, soll sie es bekommen.«

Thomas sah immer noch verstimmt aus. Rosalind konnte gut verstehen, daß er sich hintergangen fühlte, doch unbewußt kam bei ihm wohl noch der Groll eines liebenden Vaters auf jeden Mann hinzu, der ihm die Tochter ›raubte‹. Wie auch immer – lange würde sein Ärger nicht anhalten, das wußte sie aus Erfahrung.

»Sehr verehrte Damen und Herren«, rief Brian plötzlich so übermütig wie als Puck im *Sommernachtstraum,* »dürfte ich respektvoll daran erinnern, daß es höchste Zeit für das Hochzeitsfrühstück ist?« Er grinste dem Brautpaar zu. »Ich nehme doch an, daß sogar Herzöge hin und wieder etwas essen müssen.«

Sein Kommentar rief allgemeines Gelächter hervor, und die Gäste strebten erleichtert den Tischen zu. Rosalind und Stephen folgten langsam, eng umschlungen. Sie genoß seine Nähe, konnte sich aber nicht an den Gedanken gewöhnen, daß sie nun eine Herzogin war – nicht auf der Bühne, sondern im wirklichen Leben.

Das Festmahl war ein großer Erfolg. Lachend und plaudernd überspielte Rosalind ihr Unbehagen, und es gelang Maria und ihr mit vereinten Kräften, eine neue Konfrontation zwischen Thomas und Stephen zu vermeiden.

Beim Essen und Trinken überwanden die Mitglieder der Truppe allmählich wieder ihre Hemmungen gegenüber dem Herzog, der wochenlang unverdrossen schwere Requisiten geschleppt und in Scheunen Nebenrollen gespielt hatte. Stephen war so ungezwungen und charmant wie eh und je, und als das Brautpaar sich verabschiedete, herrschte eine ganz lockere Atmosphäre.

Nach vielen Umarmungen und Küssen ließ Rosalind

sich von Stephen beim Einsteigen in die elegante Kutsche helfen, die er gemietet hatte. Oder hatte er das Gefährt vielleicht sogar gekauft? Mit Portias Reisekiste in der Hand nahm er ihr gegenüber Platz und schloß die Tür.

Rosalind winkte aus dem Fenster, bis niemand mehr zu sehen war, lehnte sich sodann in die bequemen Samtpolster zurück und betrachtete ihren Ehemann. Nachdem der erste Schock verflogen war, wunderte sie sich kaum, daß er ein Mitglied des englischen Hochadels war. Er hatte seine Autorität unter Beweis gestellt, als es darum ging, Ellie zu ihrem Recht zu verhelfen, doch weil er sich andererseits so mühelos in das Leben der Wandertruppe eingefügt hatte, war es ihr leichtgefallen, relativ selten über seine Position nachzudenken.

Stephen war einer der mächtigsten Männer im Lande. Wenn er etwas sagte, würde sogar der Prinzregent zuhören ... Sie schloß die Augen und rieb sich die Schläfen.

»Hast du Kopfweh?« fragte ihr Mann besorgt.

»Ein bißchen. Jessica hat meine Haare etwas zu straff angezogen, als sie mir diese kunstvolle Hochfrisur steckte.« Rosalind zog die Haarnadeln und Chrysanthemen heraus und atmete erleichtert auf, als ihre Haare lose auf die Schultern fielen. »Außerdem komme ich mir wie im Märchen vom König und der Bettelmaid vor.«

Sein Gesicht verdüsterte sich. »Ich bin kein König, und du bist keine Bettelmaid.«

»Aber fast.« Sie begann ihre Haare mit den Fingern zu kämmen. »Es ist schon skandalös, wenn ein Gentleman eine Schauspielerin unbekannter Herkunft heiratet, aber daß ein Herzog so etwas tut, ist eigentlich völlig undenkbar. Alle werden mich für eine raffinierte geldgierige Person und dich für einen Trottel halten.«

»An unserer Heirat ist nichts Skandalöses«, entgegnete Stephen scharf. »Du bist die Adoptivtochter eines Mannes adliger Abstammung – Thomas ist ein Gentleman vom Scheitel bis zur Sohle, obwohl er sich für die Bühnenlaufbahn entschieden hat. Und du bist eine Dame in jeder Hinsicht, auch wenn du bisher nicht mit weltlichen Gütern gesegnet warst. Jeder Mann, der dich kennenlernt, wird mich beneiden.«

War er naiv oder einfach so sehr an Ehrerbietung gewöhnt, daß er sich nicht vorstellen konnte, wie die vornehme Gesellschaft sie behandeln würde, sobald er nicht mehr an ihrer Seite war? Man würde sie niemals anerkennen, aber das spielte im Grunde keine Rolle, denn wenn er nicht mehr lebte, würde sie sowieso zu ihrer Familie zurückkehren. In der Zwischenzeit wollte sie ihn jedoch nicht blamieren ... »Was erwartest du von mir, Stephen? Welche gesellschaftlichen Verpflichtungen hat eine Herzogin?«

Stephen sah überrascht aus. »Ich möchte, daß du meine Frau bist, Rosalind. Meine Freundin, meine Gefährtin, meine Geliebte. Ob du irgendwelche gesellschaftlichen Verpflichtungen übernehmen willst oder nicht, liegt ganz allein an dir. Wenn du bei Hofe empfangen werden möchtest, werde ich es arrangieren. Wenn du keinen Fuß in die Salons meiner Bekannten setzen willst, werde ich dich bestimmt nicht dazu zwingen. Du kannst jederzeit völlig frei entscheiden.«

Das hörte sich einfach an, aber sie glaubte nicht so recht daran. »Ein Mann in deiner Position hat doch zweifellos viele Verpflichtungen, denen er sich nicht entziehen kann?«

»Was glaubst du, warum ich einfach die Flucht ergriffen habe?« fragte er mit unüberhörbarer Verbitterung.

»Ist es so schrecklich, ein Herzog zu sein?«

Stephen zügelte seine Erregung. »In den zwei Jahren, seit ich den Titel geerbt habe, wurde mir allmählich klar, daß es viel angenehmer ist, selbst Herzog zu sein als nur der Sohn eines Herzogs. Jetzt kann ich fast alles tun, was mir gefällt – sogar vorübergehend in die Rolle eines Bürgerlichen schlüpfen.«

»Du hast es genossen, Mr. Ashe zu sein?«

Nach kurzem Zögern gab er zu: »Ich habe mich nie so

wohl gefühlt wie im vergangenen Monat. Endlich durfte ich einmal nur ich selbst sein, ohne auf Schritt und Tritt beachten zu müssen, was sich für einen Herzog ziemt und was nicht. Ich kam mir wie ein Falke vor, der seine Fesseln abgestreift hat.«

Weil Rosalind spürte, daß dieses Thema ihr wichtige Aufschlüsse über seinen Charakter geben würde, bohrte sie weiter: »Und warum war es so schlimm, als Anwärter auf den Titel zu leben?«

Sein Gesicht verhärtete sich. »Seit meinem ersten Atemzug war ich Marquis von Benfield und wurde darauf vorbereitet, eines Tages Herzog von Ashburton zu sein. Ein solcher Junge darf niemals weinen, nicht aus Kummer über den Tod eines geliebten Haustiers und schon gar nicht vor Schmerz über die harten Prügel, die er oft bezieht. Er darf nicht mit Kindern einfacher Leute spielen. Er muß ein hervorragender Schüler sein und sich auch beim Sport hervortun. Er darf sich nicht beklagen, wenn er im Internat von älteren Schülern gequält wird. Er ist sich seiner Pflichten stets bewußt und entschuldigt sich nie bei Untergebenen. Er hat Respekt vor seinem König, auch wenn dieser Herrscher nur ein hochnäsiger Hannoveraner mit vulgärem Geschmack ist. Er befreundet sich nur mit Gleichgestellten, und er heiratet …« Stephen verstummte plötzlich.

Rosalind starrte ihn entsetzt an. »Das klingt ja grauenhaft!«

Stephen rieb sich unbewußt den schmerzenden Magen. »Du wirst bemerkt haben, daß diese Erziehung nicht in jeder Hinsicht geglückt ist. Mein Vater war immer erbost darüber, wie wenig Wert ich auf meinen hohen Rang legte. Er hielt mich für schwach und würdelos.« Er lächelte ironisch. »Wenn man seine Maßstäbe anlegt, stimmt das zweifellos.«

Trotzdem hatte dieser unerbittliche Drill tiefe Spuren hinterlassen – beispielsweise das Bedürfnis, seine Schmerzen um jeden Preis zu verbergen. Offenbar hatte nur ein angeborenes Gefühl für Gerechtigkeit und menschlichen Anstand ihn davor bewahrt, ein solches Ungeheuer zu werden, wie sein Vater gewesen zu sein schien. »War im herzöglichen Ehrenkodex Platz für die Liebe?«

Er schaute zum Fenster hinaus. »Nein, Liebe war nicht vorgesehen. Lust war durchaus erlaubt – beide Elternteile hatten zahlreiche Affären. Aber Liebe war ein Fremdwort.« Sein Kinnmuskel zuckte ein wenig. »Ich glaube, daß man Liebe wie eine Fremdsprache lernen muß, solange man jung ist, andernfalls wird man nie ein Gespür dafür bekommen.«

Wahrscheinlich hatte er auch seiner Frau nie sagen können, daß er sie liebte, dachte Rosalind mitleidig. Hoffentlich hatte die verstorbene Herzogin Verständnis für diese emotionale Abkapselung gehabt ... »Nachdem du das alles erzählt hast, bin ich heilfroh, eine Bürgerliche zu sein. Aber du hast dich trotz allem sehr positiv entwickelt.«

»Du bedauerst also nicht, mich geheiratet zu haben?«

An seinen Augen konnte sie ablesen, wie wichtig ihm diese Frage war. Herrgott, warum redeten sie überhaupt über solche Nichtigkeiten, wenn ihnen so wenig Zeit für die wirklich wichtigen Dinge des Lebens blieb? »Natürlich nicht – ich beglückwünsche mich zu meinem glänzenden Instinkt! Ich dachte, du wärst nur ein verdammt attraktiver Mann, der mir den Kopf verdreht hat, und jetzt stellt sich heraus, daß ich auf dem Heiratsmarkt das große Los gezogen habe«, scherzte sie. »Im Augenblick bedaure ich nur, daß du viel zu weit von mir entfernt bist!«

»Das läßt sich leicht ändern.« Stephen stand auf, stieg über Portias Transportkiste hinweg und setzte sich neben Rosalind, was in der Kutsche enge Tuchfühlung bedeutete.

»Wohin fahren wir eigentlich, und wann werden wir dort ankommen?« erkundigte sie sich, während sie ihre

Finger mit den seinen verflocht. »In dem ganzen Trubel habe ich ganz vergessen, dich danach zu fragen.«

»Ich habe ein kleines Haus am Meer, unweit von Chester. Es ist hübsch und gemütlich, und als Personal wird uns nur ein freundliches Ehepaar zur Verfügung stehen. Wir müßten gegen Sonnenuntergang ankommen.«

»Wieviel Häuser besitzt du eigentlich?« fragte sie neugierig.

Stephen mußte kurz überlegen. »Sechs. Erinnerst du dich noch daran, daß ich dich gefragt habe, ob dir eine Abtei gefallen könnte? In Ashburton Abbey, dem Familiensitz, gibt es Kreuzgänge und herrliche Gärten. Ich könnte mir vorstellen, daß du diesen Ort genauso lieben wirst wie ich.«

Rosalind, die nie ein eigenes Dach über dem Kopf gehabt hatte, wurde schwindelig bei dem Gedanken, nun plötzlich sechs Häuser zur Auswahl zu haben. Gleich darauf gähnte sie herzhaft und hielt sich rasch eine Hand vor den Mund. »Entschuldige bitte, aber ich habe letzte Nacht kaum geschlafen.«

Er schlang seinen rechten Arm um ihre Taille. »Du könntest mich als Kissen benutzen.«

Sie lehnte den Kopf an seine Schulter und schmiegte sich an ihn. Zum Teufel mit den Standesunterschieden – in Stephens Armen fühlte sie sich herrlich geborgen, und vor ihnen lag eine köstliche Liebesnacht.

Mit einem seligen Lächeln auf den Lippen schlief Rosalind ein.

Während die Kutsche eine anmutige Hügellandschaft durchquerte, genoß Stephen die Nähe seiner Frau. Er konnte sich nicht daran erinnern, jemals in seinem Leben zufriedener gewesen zu sein. In den letzten Wochen hatte er gelernt, ausschließlich in der Gegenwart zu leben, und deshalb wollte er auch dieses stille Glück voll auskosten.

Ein jäher Schmerz fuhr wie ein Blitz durch seinen Körper, und er mußte seine ganze Willenskraft aufbieten, um sich nicht wie ein Wurm zu krümmen. Nicht jetzt! Nicht heute!

Er zwang sich stillzuhalten, um Rosalind nicht zu wecken. Sie schlief so fest, daß sie weder seine verkrampften Muskeln noch den kalten Schweißausbruch wahrnahm, und ihre bloße Nähe linderte Stephens Qualen. Vorsichtig holte er mit der linken Hand eine Opiumpille aus der Tasche. Er hatte schon nach dem Hochzeitsfrühstück eine geschluckt, und eigentlich widerstrebte es ihm, sich nach so kurzer Zeit wieder zu betäuben. Wenn es dem Ende zuging, würde er vielleicht – wie so viele andere Menschen – um eine immer stärkere Dosis Opium betteln, weil die Schmerzen sonst nicht zu ertragen waren.

Im Augenblick wollte er aber in erster Linie Rosalind schonen. Ihr Hochzeitstag sollte nicht durch einen seiner Anfälle verdorben werden. Er würgte die Pille ohne Wasser hinunter und saß mit geschlossenen Augen da, bis die Wirkung einsetzte. Immerhin konnte er noch von Glück sagen, daß er sich nicht in der Kutsche erbrochen hatte ...

Eine sanfte Hand streichelte Rosalinds Arm. »Aufwachen, Lady Caliban! Wir sind fast am Ziel.«

»Mmmmmm ...« Sie döste in Stephens Arm zufrieden weiter, bis die Kutsche anhielt. Erst als etwas Kühles und Feuchtes ihre Wange berührte, öffnete sie widerwillig die Augen und sah Portia, die sanft ihre Nase anstupste. »Träume ich, oder sitzt wirklich eine Katze auf meiner Brust?«

»Ich habe sie rausgelassen, und nachdem sie eine Weile mit ihrem eigenen Schwanz gespielt hat, muß sie wohl festgestellt haben, daß du warm und behaglich aussiehst.« Seine Augen funkelten humorvoll. »Ich kann ihr nur voll und ganz zustimmen.«

Errötend setzte Rosalind sich aufrecht hin und streckte ihre verkrampften Muskeln. »Sind wir schon da?«

»So ist es.« Stephen sperrte Portia wieder in ihrer Kiste ein. »Du hast einen beneidenswert tiefen Schlaf, Liebling. Sogar die beiden Pferdewechsel konnten dich nicht aus der Ruhe bringen.«

»Wenn man ständig mit einer Wanderbühne unterwegs ist, lernt man, überall zu schlafen.« Rosalind warf einen Blick aus dem Fenster und hielt unwillkürlich den Atem an. Sanft abfallende Parkanlagen gingen in einen flachen Sandstrand über, und am Horizont ging gerade die Sonne über dem Meer unter und färbte die Wolken korallenrot. »Das ist traumhaft schön! Wie heißt der Ort?«

»*Kirby Manor.* Du blickst über die Mündung des Dee hinweg auf die Irische See.« Er sprang aus der Kutsche und half ihr beim Aussteigen. »Das Haus ist hinter uns.«

Stephen wollte sich umdrehen, aber sie hinderte ihn daran. »Das Haus kann warten.«

Schweigend beobachteten sie, wie die Sonne im Meer versank. Als der Himmel dunkel wurde, mußte Rosalind unwillkürlich an Stephens baldigen Tod denken, und ihre Kehle war wie zugeschnürt, als sie sich *Kirby Manor* zuwandte. Es war ein alter Fachwerkbau mit Butzenscheiben, die im letzten Tageslicht orangefarben schimmerten. Fasziniert betrachtete sie die krummen Balken. »Es ist zauberhaft, entspricht aber nicht meiner Vorstellung von einem *kleinen* Haus.«

»Mit nur fünf Schlafzimmern ist es das kleinste meiner Häuser.«

Ein Mann und eine Frau kamen auf sie zu. »Willkommen auf Kirby Manor, Euer Gnaden!« Der Mann verbeugte sich, die Frau machte einen Knicks. »Hoffentlich werden Sie mit allem zufrieden sein. Wenn wir mehr Zeit gehabt hätten …« Er verstummte sichtlich nervös.

»Hauptsache, die wichtigsten Räume sind sauber und wir bekommen etwas Gutes zu essen!« Stephen schob Rosalind etwas vor. »Das sind Mr. und Mrs. Nyland, Rose. – Meine Frau, die Herzogin von Ashburton.«

Rosalind zuckte zusammen, als auch sie mit einem Knicks und einer unbeholfenen Verbeugung begrüßt wurde. Du lieber Himmel, sie war doch keine Herzogin, sondern eine Schauspielerin, und zu allem Übel fielen ihr auch noch die Haare lose über die Schultern, so als wäre sie ein Schulmädchen!

Trotzdem mußte sie sich Stephen zuliebe wie eine Herzogin benehmen, und dabei kam ihr die langjährige Bühnenerfahrung zugute. Sie neigte anmutig den Kopf und lächelte freundlich, aber nicht familiär. »Ich freue mich, Sie kennenzulernen. Wenn Sie das Gepäck ins Haus bringen, achten Sie bitte besonders auf die Tragekiste meines Kätzchens. Portia hat die lange Fahrt zwar gut überstanden, dürfte aber völlig ausgehungert sein.«

Während die Nylands sich um das Gepäck kümmerten, stiegen Rosalind und Stephen Arm in Arm die Treppe hinauf. Er öffnete die Tür und hob sie unerwartet hoch. Während sie lachend seinen Hals umklammerte, erklärte er: »Das ist zwar nicht Ashburton Abbey, aber trotzdem meine Schwelle.«

»Willst du das bei allen sechs Häusern machen?« kicherte sie.

»Wenn du möchtest – aber die Jagdhütte dürfte nicht ganz nach deinem Geschmack sein. Oder möchtest du von ausgestopften Tierköpfen angestarrt werden?«

Ihr fiel ein, daß sie keine Zeit haben würden, alle sechs Häuser aufzusuchen. »Nein, darauf kann ich gern verzichten.«

Er trug sie in eine große Halle und stellte sie auf einem weichen Teppich ab, bevor er sie zärtlich küßte. Heiße Schauer liefen Rosalind über den Rücken, und die vier Tage, in denen sie keine Gelegenheit gehabt hatten, miteinander allein zu sein, kamen ihr wie eine Ewigkeit vor.

Widerwillig löste Stephen sich von ihren Lippen und flüsterte heiser: »Darf ich nach dem Essen in dein Schlafzimmer kommen?«

Einen Moment lang starrte sie ihn verständnislos an, und gleich darauf mußte sie lachen. »Mein liebster Gemahl, nichts könnte unseren Standesunterschied besser illustrieren! In meinen Kreisen pflegt ein Ehepaar ein Zimmer und ein Bett zu teilen, und das trägt vermutlich dazu bei, einen Streit schneller beizulegen.« Sie strich ihm sanft die Haare aus der Stirn, traute sich aber nicht, ihm ihre Liebe zu gestehen. »Du wirst immer in meinem Bett willkommen sein; und ich werde es als Kränkung empfinden, wenn du nicht neben mir liegst.«

»Ist das wirklich dein Ernst?«

»Aber ja.« Rosalind fuhr sich mit der Zunge über die Lippen. »Vielleicht sollten wir das Abendessen ausfallen lassen und nach diesem langen Tag gleich ins Bett gehen ...«

»Nein.« Stephen trat einen Schritt zurück und fing ihre Hand ein. »Beim erstenmal ging alles viel zu schnell. Laß uns heute abend die Vorfreude voll auskosten.«

Wenn sie noch lange warten mußte, würde sie wild wie ein Panther sein, dachte Rosalind. Aber er hatte recht: Es gab keinen Grund zur Eile, und vieles sprach dafür, sich Zeit zu lassen. »Das hört sich vernünftig an – obwohl ich mich im Augenblick gar nicht vernünftig fühle.« Sie legte den Kopf zur Seite. »Ich habe einen Vorschlag. Wie wär's, wenn du mir das Haus zeigen würdest, während unser Essen zubereitet wird? Anschließend könnten wir es uns ganz zwanglos in unseren Privaträumen schmecken lassen.«

»Eine großartige Idee!« Er küßte ihre Fingerspitzen, bevor er ihren Arm durch seinen Ellbogen zog. Mit der Stimme eines blasierten Butlers erklärte er: »Sehr verehrte Herzogin, dies hier ist die Haupthalle. Die ältesten Teile des Gebäudes sollen aus dem frühen 15. Jahrhundert stammen. Bitte beachten Sie die prächtigen Ornamente.«

Rosalind kicherte. Stephen hätte einen guten Komiker auf der Bühne abgegeben. »Wirklich prächtig, Euer Gnaden«, kommentierte sie in ihrer Rolle einer bewundernden Besucherin. »Aber ist es nicht unschicklich, wenn Cherubim an der Decke Unzucht treiben?«

»Sie treiben keine Unzucht, Madame! Sie sind nur sehr gute Freunde.« Er führte sie im Erdgeschoß herum, wies auf interessante Einzelheiten hin und brachte sie mit witzigen Bemerkungen immer wieder zum Lachen.

Wie in allen alten Fachwerkbauten, so waren auch hier die Fußböden uneben, die Fenster saßen etwas schief, und rechte Winkel gab es nirgends. Rosalind verliebte sich sofort in dieses Haus, und sie genoß die knisternde Erregung, die durch jede noch so harmlose Berührung angefacht wurde.

Während sie die Treppe hinaufgingen, erkundigte sie sich: »Wie oft kommst du hierher?«

»Vielleicht einmal im Jahr, und meistens bleibe ich nur wenige Tage.« Stephen lächelte bedauernd. »Traurig, daß es nicht ständig bewohnt ist.«

»Gibt es denn keine verarmten Kenyons, die ein Zuhause brauchen?«

»Doch, aber die ziehen es vor, weiter südlich zu leben, näher an der Zivilisation. Ein Vetter bewohnt beispielsweise mein Gut in Norfolk, und zu ihm habe ich Ellie Warden mit ihrem Baby geschickt.« Er grinste. »Vetter Quintus und seine Frau halten zweifellos mich für den Vater des Kindes, und deshalb wird es ihm an nichts fehlen.«

»Das freut mich für Ellie und ihr Baby, auch wenn dein Ruf darunter leidet.« Sie drückte seinen Arm. Seit Jahren hatte sie von einem eigenen Haus geträumt, war aber nie so vermessen gewesen, sich ein jahrhundertealtes romantisches Gemäuer auszumalen. Hoffentlich würde irgendein Kenyon es eines Tages gebührend zu schätzen wissen.

Am Ende eines mit Öllampen beleuchteten Korridors sagte Stephen: »Links ist das Schlafzimmer des Herzogs, rechts das der Herzogin. Dazwischen befindet sich ein

Ankleideraum – und es gibt zum Glück Verbindungstüren!« Er öffnete die Tür zur Rechten.

Rosalinds Atem stockte, als sie den Raum betrat. Auf der linken Seite stand ein riesiges Himmelbett, und auf der rechten Seite gab es eine gemütliche Sitzecke mit rundem Tisch, bequemen Stühlen und einer Chaiselongue. Doch was sie am meisten verblüffte, waren die Rosen: überall im Zimmer standen Vasen voller roter, rosa und weißer Blüten, deren Farbenpracht im Schein des Kaminfeuers perfekt zur Geltung kam und die einen betörenden Duft verströmten.

Verzückt berührte sie eine rote Rose. »Stephen, das ist einfach traumhaft ... Wie hast du das nur fertiggebracht?«

»Ich kann ganz gut organisieren.« Er preßte seine Lippen auf ihre besonders empfindsame Halsgrube. »Die Idee war doch naheliegend: Rosen für meine vollkommene Rose.«

Rosalind konnte nur hoffen, daß er nie feststellen würde, wie unvollkommen sie war. »Die Blumen sind herrlich ... Aber sie werden so schnell verblühen.«

»Nicht zuletzt deshalb sind sie ja so schön«, sagte er ruhig.

Ihre Blicke trafen sich, und beiden war schmerzlich bewußt, daß der Gedanke an Stephens baldigen Tod sogar ihre Hochzeitsnacht überschattete. Doch Rosalind schwor sich in diesem Moment, die kurze Zeit voll auszukosten.

19. Kapitel

Stephen trank einen Schluck Wein aus seinem Kelch, ohne Rosalind aus den Augen zu lassen, die auf der anderen Seite des runden Tisches saß. Sie hatte ihre Haare gebürstet, und jetzt fielen sie ihr in weichen Wellen über die Schultern und schimmerten in Gold- und Bernsteinfarben, sobald sie den Kopf bewegte. Es war eine großartige Idee von ihr gewesen, hier in ihrem Zimmer zu essen, denn unten im riesigen Speisesaal hätte eine viel förmlichere Atmosphäre geherrscht.

Das knisternde Kaminfeuer war die ideale Begleitmusik zu diesem Mahl, bei dem jeder Bissen und jeder Schluck nur ein Vorgeschmack auf einen noch viel größeren Genuß zu sein schien.

Trotzdem hatte Stephen mit ambivalenten Gefühlen bezüglich der Hochzeitsnacht zu kämpfen. Er begehrte Rosalind mit einem nie gekannten Hunger, er wollte sie bis zur totalen Erschöpfung lieben, eng umschlungen einschlafen und gleich nach dem Aufwachen erneut diese Ekstase erleben.

Zugleich fühlte er sich aber so unbeholfen wie ein völlig unerfahrener Junge. Vor seiner ersten Ehe hatte er – wie alle wohlhabenden jungen Männer – mit den verführerischsten Londoner Kurtisanen geschlafen und diese unkomplizierten Erlebnisse durchaus genossen, doch nach der Heirat hatte er diese Besuche eingestellt, obwohl Louisa ihm bestimmt keine Vorwürfe gemacht hätte. Eine perfekte Lady mußte Seitensprünge ihres Mannes stillschweigend ertragen, weil das der höfischen Etikette entsprach. Aber Stephen hatte es nie übers Herz gebracht, Louisa zu betrügen, zum einen, weil er sie nicht verletzen wollte, zum anderen aber auch, weil die Hemmungslosigkeit seines Vaters ihn immer abgestoßen hatte.

Anfangs war es ihm nicht leichtgefallen, sich mit einem kalten Ehebett zufriedenzugeben, und er hatte in vielen einsamen, schlaflosen Nächten von warmen Frauenkörpern geträumt, die ihm Lust bescheren könnten. Doch im Laufe der Zeit hatte er sich eingeredet, daß er kein leidenschaftlicher Mann war, daß es Wichtigeres gab als sexuelle Erfüllung.

Er hatte daran geglaubt, bis er Rosalind begegnet war.

Seit jenem herrlichen Liebesspiel auf dem Heuboden wußte er, daß es ihm mit der richtigen Partnerin nicht an Leidenschaft fehlte, doch damals war alles viel zu schnell gegangen. Heute und in den Nächten, die ihnen noch beschieden sein würden, wollte er die Lust mit allen Sinnen voll auskosten.

Aber würde er Rosalind befriedigen können? Sie war eine sinnliche Frau, während er selbst seit der Ehe mit Louisa nicht einmal einen nackten weiblichen Körper gesehen hatte. Für sie war Sex etwas Widerwärtiges gewesen, das nur im Dunkeln unter der Bettdecke und im Nachthemd erduldet werden konnte, und infolgedessen hatte er wenig Übung in Liebeskünsten.

Und ihm blieb auch nicht mehr viel Zeit, um sie zu erlernen. Obwohl er heute im großen und ganzen einen guten Tag gehabt hatte, war er nie mehr völlig schmerzfrei, und er spürte auch, daß seine Kräfte nachließen. Bald würde er Rosalind als Mann nichts mehr bieten können, und obwohl sie sich bestimmt nie darüber beklagen würde, weil sie ein gütiger, mitfühlender Mensch war, wollte er ihr wenigstens einige unvergeßliche Erinnerungen hinterlassen. Deshalb mußte er seine Ungeduld bezähmen und sie beim Vorspiel lange verwöhnen.

Eiserne Disziplin würde vonnöten sein, um seine Gelüste in Schach zu halten, die schon jetzt schier übermächtig waren. Sie trug immer noch das hinreißende Ophelia-Gewand, und ihr Dekolleté führte ihn in Versuchung, sobald sie sich vorbeugte. In all den Ehejahren hatte er von Louisa weniger zu sehen bekommen als von Rosalind auf dem Heuboden und sogar jetzt.

Aber sie war nicht nur verführerisch, sondern auch amüsant – beim Essen hatte sie ihn mit köstlichen Theateranekdoten unterhalten. »... und obwohl der Bühnendirektor geschworen hatte, daß die Katze durchschlafen würde«, erzählte sie gerade, »wachte sie mitten in der Szene auf und schob ihren Kopf aus dem Korb. Mama drückte sie einfach wieder nach unten und sagte energisch: ›Sei nicht so ehrgeizig, Mieze, das ist nicht *Dick Whittington!*‹«

Stephen lachte. »Das hätte ich gern gesehen. Gibt es wirklich ein Stück über Dick Whittington und seine Katze?«

»Ja.« Rosalinds Augen funkelten. »Es ist nicht besonders gut, aber als ich klein war, habe ich sehr gern die Katze gespielt.«

Er stellte sie sich mit Schwanz und Schnurrbart vor und mußte wieder lachen. »Möchtest du diesen ausgezeichneten Cheshire-Käse probieren?«

Sie lächelte ihm zu. »Ja, bitte.«

Als er ihr ein kleines Stück in den Mund schob, schlossen ihre Lippen sich um seine Fingerspitzen. »Köstlich«, murmelte sie. »Darf ich dir auch etwas geben?«

»Gern.«

Sie hielt ihm ein Stück an die Lippen. Ihre Finger waren schlank und kräftig, und er nahm sie zusammen mit dem Käse in den Mund und leckte sie mit der Zunge ab.

Langsam zog sie ihre Hand zurück. »Hast du bemerkt, wie warm es ist?«

»Soll ich das Feuer ausgehen lassen?«

»Ich habe eine bessere Idee.« Rosalind stand auf und kehrte ihm den Rücken zu. »Könntest du vielleicht mein Kleid aufschnüren, nachdem Jessica ja nicht hier ist?«

Sein Blut pulsierte schneller, als er hinter sie trat und die Schleife löste. Sogar auf Strümpfen war sie nur einen halben Kopf kleiner als er. Es gefiel ihm, daß sie kein zerbrechliches Porzellanpüppchen wie Louisa war.

Vergiß Louisa, rief er sich streng zur Ordnung. Es war ungerecht, die beiden Frauen ständig miteinander zu vergleichen. »Das ist das schönste Hochzeitskleid, das ich jemals gesehen habe«, murmelte Stephen, während er die Schnüre aus den Ösen zog. »Viel zu schade für eine Heulsuse wie Ophelia.«

Rosalind kicherte. »Ich fand auch immer, daß dieses

Kostüm für eine Königin geeignet wäre … oder für eine Herzogin.«

Ihr Unterkleid war tief ausgeschnitten, so daß Stephen viel nackte cremefarbene Haut bewundern konnte, die sich wie Satin anfühlte. Er konnte der Versuchung einfach nicht widerstehen, zärtlich an ihrem Nacken zu knabbern, und wurde mit einem leisen Wohllaut belohnt. Das verführte ihn dazu, ihren Hals mit Küssen zu bedekken und seine Zunge über ihr Ohr gleiten zu lassen.

Sie bebte am ganzen Leibe. »Das … das gefällt mir viel besser als Jessicas nüchterne Hilfe beim Ausziehen.«

»Ich bin Ihnen sehr gern zu Diensten, meine liebe Herzogin.« Streichelnd schob Stephen die Ärmel nach unten, und sie zog ihrerseits an den Manschetten. Gleich darauf hing ihr das Oberteil lose um die Taille. Mit trockenem Mund streifte er das Gewand über ihre vollen Hüften, und als die schwere Seide raschelnd zu Boden glitt, stand sie nur im Unterkleid da.

Stephen küßte sie auf die rechte Schulter, und sie lehnte ihren Rücken an seine Brust. »Jetzt habe ich weniger an, aber mir ist noch wärmer als vorhin«, seufzte sie.

Der Geruch ihrer Haut kam ihm noch betörender als der Rosenduft vor. O Gott, es war verdammt schwer, seine guten Vorsätze nicht zu vergessen! Er wölbte seine Hände um ihre reifen Brüste, die straff und doch herrlich weich waren.

»Haben wir die Vorfreude jetzt nicht lang genug ausgekostet?« flüsterte Rosalind heiser und unterstrich ihre Worte, indem sie ihr Gesäß provozierend an seinem Unterleib rieb.

Nein! Es würde so wenige Abende wie diesen geben. Aber sie hatte recht – im Zimmer war es viel zu warm. Stephen zog sein Jackett aus und überlegte noch, ob er auch die bestickte Weste ablegen sollte, als Rosalind sich umdrehte und sie aufzuknöpfen begann. »Jetzt bin ich an der Reihe, Euer Gnaden«, lächelte sie schelmisch.

Die Weste landete in hohem Bogen auf der Chaiselongue, und zarte Hände glitten über seine Schultern und Brustmuskeln. Sein Blut geriet in Wallung, und sein Herz klopfte immer schneller.

Während sie seine Krawatte aufband, schaute sie ihn bewundernd an. »Wenn du nicht das Pech hättest, Herzog zu sein, wäre dir eine großartige Theaterkarriere beschieden gewesen. Als strahlender Held hättest du alle Damenherzen zum Schmelzen gebracht, und sie wären scharenweise in Ohnmacht gefallen!« Sie ließ die Krawatte fallen und streichelte seinen Nacken.

Stephen fing ihre Hand ein und küßte die Innenfläche. »Mir liegt nichts daran, unbekannte Damen zu beeindrucken. Es genügt mir vollauf, wenn *du* Interesse an mir hast.«

Die leicht verschleierten dunklen Augen spiegelten Rosalinds Verlangen unmißverständlich wider. »Ich habe noch nie im Leben soviel Interesse an einem Menschen gehabt wie an dir.«

Ihre vollen Lippen zogen ihn magisch an. Er küßte sie, und ihr Mund schmeckte nach dem französischen Wein, den sie getrunken hatten. Fruchtig … berauschend …

Hingerissen von diesem langen, leidenschaftlichen Kuß, bemerkte Stephen kaum, daß Rosalind seine Hose aufknöpfte, doch sobald sie ihre Hand um sein steifes Glied wölbte und es durch die dünne Unterhose hindurch zu reiben begann, verwandelte sein Blut sich in glühende Lava, und es war um seine Beherrschung geschehen. Das Bett am anderen Ende des großen Zimmers war für seine Ungeduld viel zu weit entfernt, und so trug er Rosalind statt dessen zu der kaum zwei Schritte entfernten Chaiselongue, bettete sie auf den Brokatbezug und überließ sich der Raserei dieses Augenblicks. Wie oft – vielmehr wie selten – würden sie noch so zusammensein? Sein Leben glich einer Kerze im Dunkeln, die schnell niederbrannte und jederzeit erlöschen konnte. Wie oft würde er noch ihr seidiges Haar fühlen, ihren geheimnisvollen weiblichen Geruch einatmen, ihre salzige

Haut schmecken? Wie oft würde er noch diesen Sinnenrausch erleben, den nur Rosalind stillen konnte?

Er streifte ihr einen Träger des Unterkleids von der Schulter und preßte seinen Mund auf ihre linke Brust. Ihr ersticktes Stöhnen feuerte ihn an, fester an der Brustwarze zu saugen.

»Stephen ... o Gott, Stephen ...« Schwer atmend wühlte sie mit den Fingern in seinen Haaren.

Stephen schob ihren Unterrock hoch. Die Strumpfbänder waren mit roten Rosenknospen bestickt, und er riß die Schleife des rechten ungeduldig mit den Zähnen auf. Das Band löste sich, und er konnte ungehindert die zarte Haut an der Innenseite ihres Schenkels ablecken.

Fasziniert stellte er fest, daß ihre Schamhaare nicht dunkelblond wie die Haupthaare, sondern kastanienbraun waren. Sie stieß einen leisen Laut aus, als er dieses Gekräusel sanft anpustete – überrascht, aber allem Anschein nach nicht entrüstet. Ganz im Gegenteil ... Mit dem herrlichen Machtgefühl eines kühnen Eroberers drang seine Zunge in ihre Intimsphäre vor, erkundete alle feuchten Falten und stimulierte sie an den empfindsamsten Stellen.

Die Lustschauer, die durch ihren Körper jagten, bereiteten ihn auf den Moment vor, als sie sich wild aufbäumte, und seine Lippen verweilten auf ihrem erhitzten Fleisch, bis sie ermattet auf das Polster zurücksank und mit zittriger Hand über sein wirres Haar strich. »O Stephen«, flüsterte sie, »ich hatte ja keine Ahnung ...«

Unfähig, seine Erregung länger zu zügeln, befreite Stephen sein zuckendes Glied aus der Unterhose und drang mit einem kräftigen Stoß in Rosalinds Höhle ein, wo ihn warme Feuchtigkeit willkommen hieß. Nach Luft schnappend, winkelte sie ihr rechtes Knie an und stemmte sich mit dem linken Bein auf dem Boden ab, um ihn noch tiefer in sich aufnehmen zu können. Die Arme um seine Taille geschlungen, ging sie bereitwillig auf seinen Rhythmus ein, der immer schneller wurde, bis eine mächtige Flutwelle über ihm zusammenschlug und ihn zu verschlingen drohte. Hilflos stöhnend, Wange an Wange mit Rosalind, glaubte er, vor Seligkeit zu sterben, trieb aber langsam an einen weichen Strand. Sobald er wieder bei Kräften war, betrachtete er, auf einen Ellbogen gestützt, das erhitzte Gesicht seiner Frau. Feuchte Locken klebten an ihrer Stirn, und sie hatte glänzende Augen. Es beruhigte ihn, daß sein Ungestüm ihn offenbar nicht daran gehindert hatte, auch ihr Lust zu bescheren.

Trotzdem glaubte er, sich entschuldigen zu müssen, während er sie zärtlich auf die Schläfe küßte. »Ich kann gar nicht glauben, daß mein Temperament wieder mit mir durchgegangen ist«, murmelte er verlegen. »Dabei hatte ich die besten Vorsätze, mir diesmal Zeit zu nehmen und jeden Zentimeter deines Körpers zu genießen.«

»Macht nichts«, tröstete sie ihn übermütig. »Dafür kam ich ja in den Genuß deiner ganzen Manneskraft.«

Lachend setzte Stephen sich auf und betrachtete ihre üppigen Kurven, die durch das dünne Unterkleid kaum verhüllt wurden. »Du bist die raffinierteste Verführerin, die ich jemals gekannt habe.« Ihr Gesicht erstarrte, und er begriff, daß sie seine Bemerkung für eine Anspielung auf das angeblich unmoralische Leben von Schauspielern hielt. Liebevoll strich er ihr die feuchten Haare aus dem Gesicht. »Das war als Kompliment gemeint, Liebling. Deine Sinnlichkeit ist für mich ein Geschenk des Himmels.«

Rosalinds Miene entspannte sich zwar, doch sie hatte ihre Unbefangenheit eingebüßt und zog das Unterkleid über ihre nackten Brüste und Schenkel.

Stephen blies die Kerzen aus, so daß der Raum nur noch vom Kaminfeuer erhellt wurde, und zog sie von der Chaiselongue hoch. Er führte sie galant zum Bett und legte ihr beide Hände auf die Schultern. Obwohl seine Begierde im Augenblick gestillt war, konnte er sich an ihr nicht satt sehen – und er wollte alles sehen. Ein Gentleman würde ihr Schamgefühl respektieren, aber ihm blieb so wenig Zeit, daß er sich eine solche Rücksichtnahme nicht leisten konnte. Ihre Arme streichelnd, fragte er leise: »Darf ich dich vollends ausziehen?«

Sie nickte nach schier unmerklichem Zögern, und er streifte ihr begierig das Unterkleid über den Kopf, kniete nieder, löste das zweite Strumpfband – diesmal mit den Fingern – und rollte ihre Strümpfe hinunter, wobei er die wohlgeformten Beine in Augenschein nahm.

Dann trat er etwas zurück und bewunderte sie von Kopf bis Fuß. Ihr nackter Körper war perfekt wie der einer griechischen Götterstatue, wie geschaffen für Liebe und Leidenschaft. »Du bist schön«, murmelte er rauh. »Atemberaubend schön!«

Rosalind schluckte. »Fast könnte ich es glauben …«

»Du darfst nie daran zweifeln.« Während sie ins Bett stieg, legte er seine eigenen Kleidungsstücke ab. Es verletzte seine Eitelkeit, daß er viel zu mager war, aber immerhin sah er noch nicht völlig ausgemergelt aus, und mehr konnte ein Sterbender wohl nicht erwarten. »Ich bin müde, möchte diesen Tag aber noch nicht so schnell zu Ende gehen lassen.«

»Mir geht es genauso.« Rosalind griff nach seiner Hand, als er sich neben ihr ausstreckte, auf einen Ellbogen gestützt, um sie besser betrachten zu können. Im Zimmer war es immer noch so warm, daß sie darauf verzichteten, sich zuzudecken.

Rosalinds Blicke schweiften entspannt über den Körper ihres Mannes, und was sie sah, gefiel ihr: seine kräftigen Muskeln, die breiten Schultern und schmalen Hüften, die dunklen Haare auf seiner Brust und am Unterleib …

Es war ein Abend voller Überraschungen gewesen. Gewiß, zu Beginn ihrer ersten Ehe hatte Charles oft mit ihr geschlafen und sie gelegentlich auch befriedigt. Doch als Egoist war er hauptsächlich auf seinen eigenen Genuß erpicht gewesen, und deshalb hatte sie nach dem Akt oft lange frustriert wach gelegen und seinem leisen Schnarchen gelauscht. Ihre zweite Hochzeitsnacht hatte ihr gezeigt, zu welchen Höhenflügen der Lust sie mit einem fantasievollen Partner wie Stephen fähig war.

Es kam ihr auch ganz natürlich vor, daß sie beide völlig unbekleidet waren. »Es gibt einen alten Ausdruck für Nacktheit«, murmelte sie verträumt. »Mit dem Himmel umhüllt ... Hört sich das nicht hübsch an?«

»Mit dem Himmel umhüllt?« wiederholte Stephen. »Das paßt wunderbar zu dir! Ein Jammer, daß du nicht immer nackt sein kannst, aber das englische Klima ist dafür einfach nicht geeignet ... Außerdem möchte ich nicht, daß andere Männer dich so sehen.«

»Stört es dich, daß ich auf der Bühne auch in Hosenrollen aufgetreten bin?« fragte Rosalind beunruhigt.

»Wie könnte mich etwas stören, was du getan hast, bevor wir uns kennengelernt haben? Obwohl ...« Er zögerte. »Es geht mich natürlich nichts an, aber ... gab es jemand außer Charles Jordan?«

»Du meinst Liebhaber? Niemals!« Sie verdrehte die Augen. »Es gab natürlich keinen Mangel an Männern, die mit einer etwas zu üppigen Schauspielerin ins Bett gehen wollten, aber nach einer anstrengenden Vorstellung von irgendwelchen Bauerntölpeln begrapscht zu werden, die nach Bier stinken, ist alles andere als ein Vergnügen.«

»Du bist nicht zu üppig!« protestierte Stephen vehement. Er zog eine langstielige Rose aus der Vase auf seinem Nachttisch und streichelte ihre Brüste mit der Blüte. »Du bist vollkommen.«

Rosalind genoß die kühlen Blütenblätter auf ihrer Haut und den schwachen Duft, den die einzelne Rose verströmte. »Ich bin einigermaßen attraktiv, was für eine nicht besonders talentierte Schauspielerin ganz nützlich ist«, lachte sie, »aber vollkommen bin ich nun wirklich nicht!« Nachdem er selbst die Vergangenheit zur Sprache gebracht hatte, fragte sie ihrerseits: »Und du – hattest du viele Frauen?«

Gleich darauf hätte sie sich am liebsten auf die Zunge gebissen. Reiche und mächtige Männer wie Stephen konnten die schönsten Frauen Englands bekommen – nicht nur Kurtisanen, sondern auch unmoralische Damen der Gesellschaft. Soviel sie wußte, war sogar Ehebruch in höchsten Adelskreisen gang und gäbe, und Stephen schien kein Kostverächter zu sein.

Zu ihrer großen Verwunderung erwiderte er jedoch: »Seit meiner ersten Eheschließung nicht mehr. Ich halte nichts von Seitensprüngen, und nach Louisas Tod war ich wohl nicht in der richtigen Stimmung, mir eine Geliebte zu suchen.«

So sehr hatte er seine erste Frau also geliebt ... Im Grunde wäre es Rosalind lieber gewesen, wenn er zugegeben hätte, jede Menge Affären gehabt zu haben. Herrgott, was war sie doch für eine Närrin! Jetzt gehörte er ihr, und mehr durfte sie nicht verlangen. »Das freut mich«, schwindelte sie.

Stephen setzte sein reizvolles Spiel mit der Rose fort. »Wahrscheinlich habe ich tief im Innern gewußt, daß etwas Besseres auf mich wartete. Vielmehr – jemand!«

Rosalinds Brustwarzen richteten sich erwartungsvoll auf, als die Blüte sie sanft umkreiste. Durch das Prickeln ihrer Haut abgelenkt, murmelte sie: »Du hast eine große Begabung für romantische Komplimente.«

»Nur wenn Ehrlichkeit romantisch ist«, schmunzelte er.

Die Rose erkundete ihren Bauchnabel und glitt federleicht über ihren Unterleib. »Es ist eine Ironie des Schicksals, daß wir nie geheiratet hätten, wenn du nicht krank wärst.« Rosalind verstummte erschrocken und fragte sich, ob es ein unverzeihlicher Fauxpas gewesen war, seinen Zustand zu erwähnen, beschloß aber fortzufahren: »Wenn du mich auf der Bühne gesehen hättest, wäre ich dir überhaupt nicht aufgefallen.«

»Das stimmt nicht«, widersprach Stephen wahrheitsgemäß. »Du bist mir aufgefallen, sobald du den Caliban-Kopf abgenommen hast, und ich hätte dir wie die nach Bier stinkenden Tölpel vor der Garderobe aufgelauert, wenn wir in London gewesen wären, und wenn ... und wenn ich nicht ...« Er vollendete seinen Satz nicht, aber die unausgesprochenen Worte hingen in der Luft und zerstörten die Stimmung. Rosalinds erster Impuls war, schnell das Thema zu wechseln, aber sie wußte, daß das immer wieder passieren würde. »Deine Krankheit ist wie ... wie ein Elefant im Zimmer«, sagte sie behutsam. »Riesig, nicht zu vergessen ... Ich weiß nicht, wie ich damit umgehen soll. Wahrscheinlich wissen wir es beide nicht.« Sie suchte seinen Blick. »Möchtest du, daß ich so tue, als wärst du nicht krank, Stephen? Oder soll ich ganz nüchtern über deinen Zustand sprechen, so wie über den Winter oder über Steuern und andere unangenehme Dinge, die man nicht ändern kann?«

Sein Gesicht erstarrte zur Maske, und es wurde so still im Zimmer, daß sie sogar das Rascheln der Blütenblätter hören konnte, mit denen er jetzt die Innenseite ihrer Schenkel streichelte. »Ein Elefant im Zimmer«, wiederholte er leise. »Das ist der richtige Ausdruck ... Wir schleichen um die Tatsache meines baldigen Todes herum wie die Katze um den heißen Brei.« Er überlegte. »Ich glaube, Ehrlichkeit ist mir lieber, denn wir vergeuden nur kostbare Zeit, wenn wir jedes Wort auf die Goldwaage legen.«

Rosalind atmete erleichtert auf und begriff erst jetzt, wie sehr sie ständig befürchtet hatte, etwas Falsches zu sagen. »Du bist wirklich ein bemerkenswerter Mann.«

»Ich?« sagte Stephen erstaunt. »Das einzig Bemerkenswerte an mir sind meine erlauchten Vorfahren.«

Sie mußte lachen. »Glaubst du das wirklich? Ich bin da ganz anderer Ansicht! Auf einer Wanderbühne lernt man Männer aller Gesellschaftsschichten kennen – meistens nicht von ihrer besten Seite –, und ich kann dir versichern, daß du auch mit anderen Vorfahren bemerkenswert wärst.«

Er schüttelte lächelnd den Kopf. »Ich bin froh, daß du eine so positive Meinung von mir hast.«

Die Rose rollte über ihre verborgenen Hügel und Täler, und sie hielt unwillkürlich den Atem an, weil ihr Körper unerwartet intensiv auf diese sanfte Liebkosung reagierte.

»Habe ich dich gekitzelt?«

»Es war nicht unangenehm«, kicherte Rosalind. »Ich kann nur kaum glauben, daß ich dich schon wieder begehre, so kurz nach …«

»Seltsam, aber mir geht es genauso.« Stephen ließ die Blüte zwischen ihren Schenkeln kreisen, um ihre Glut weiter zu entfachen.

»Das ist absurd – man kann doch nicht von einer Blume verführt werden«, flüsterte sie, halb amüsiert, halb verlegen.

»Wenn wir nachschauen, finden wir bestimmt eine griechische Legende, wo Zeus sich in eine Sonnenblume verwandelt hat, um eine Nymphe zu betören«, entgegnete Stephen ernsthaft. »Oder vielleicht auch in eine Steckrübe.«

»Zur Steckrübe hätte Zeus sich niemals degradiert!« protestierte Rosalind lachend, bevor sie die Augen schloß, um sich noch besser auf ihre Empfindungen konzentrieren zu können. Mit weit gespreizten Beinen ließ sie sich von der Rose stimulieren, doch als ihr Blut immer schneller pulsierte, wölbte sie ihre Hüften, weil der Kontakt mit einer Blume ihr nicht mehr genügte. Sie brauchte jetzt etwas ganz anderes …

Doch sogar die Blume war plötzlich verschwunden. Rosalind riß frustriert die Augen auf. »Du Schuft! Jetzt darfst du nicht aufhören.«

»Das habe ich auch nicht vor, aber diesmal überlasse ich dir die Arbeit.«

Stephen zog sie auf sich, genauso erregt wie sie selbst.

Obwohl Rosalind diese Position noch nie ausprobiert hatte, kam sie ihr durchaus reizvoll vor. Über ihm kniend, führte sie seinen Speer langsam in sich ein und spannte versuchsweise ihre inneren Muskeln an.

Nach Luft schnappend, packte er sie bei den Hüften. »Das ist unfair!«

Lachend legte sie ihren Kopf auf seine Schulter, während ihr Becken sich hob und senkte. Sie genoß es, selbst das Tempo bestimmen zu können und seinen beschleunigten Herzschlag zu spüren, sobald sie die Muskeln anspannte. Beim erstenmal waren sie beide von wilder Leidenschaft überwältigt worden, während sie jetzt jeden Moment der Lust bewußt auskosteten. Rosalind hatte das Gefühl, als würden nun nicht nur ihre Körper, sondern auch ihre Seelen miteinander verschmelzen.

Dann wurde ihre Begierde übermächtig, sie grub ihre Fingernägel in seine Schultern und setzte zu einem Galopp an, der damit endete, daß sie einen gebrochenen Schrei ausstieß. Die Arme um ihre Taille geschlungen, kam gleichzeitig auch Stephen zum Höhepunkt.

Als sie wieder ruhig atmen konnten, wollten sie sich immer noch nicht voneinander lösen. Von einer warmen Hand gestreichelt, hatte Rosalind nur den einen Wunsch, daß diese Nähe ewig anhalten möge.

Die schreckliche Gewißheit, ihren Gefährten bald zu verlieren, trieb ihr Tränen in die Augen, bevor sie ermattet einschlief.

20. Kapitel

Tag 54

Stephen wachte früh auf. Rosalind lag dicht neben ihm, einen Arm um seine Brust geschlungen. Regen klopfte ans Fenster, und im schwachen Morgenlicht sah er, daß ihre langen Haare wie ein Schleier über seine Schulter fielen. Als er ihr sanft über den Kopf strich, schmiegte sie sich mit einem wohligen Seufzer noch fester an ihn.

Zufrieden ließ Stephen den vergangenen Tag im Geist noch einmal Revue passieren. Abgesehen von der kurzen Schmerzattacke in der Kutsche war alles perfekt gewesen, und seine Hochzeitsnacht hatte alle Erwartungen übertroffen. Nun wünschte er sich sehnlichst einen weiteren vollkommenen Tag, eine weitere leidenschaftliche Nacht und einen weiteren Morgen, an dem er mit Rosalind in seinen Armen aufwachen und einen nie gekannten Frieden empfinden würde. Bestimmt würde es ihm heute genauso gut wie gestern gehen, vielleicht sogar noch besser.

Er döste wieder ein, und als er das nächstemal aufwachte, war es draußen heller, und es hatte aufgehört zu regnen. Rosalind schlief immer noch selig, aber er selbst fühlte sich so energiegeladen, daß es ihn nicht mehr im Bett hielt. Am liebsten hätte er seine Frau geweckt und zu einem neuen Liebesspiel verführt, doch als rücksichtsvoller Ehemann verzichtete er darauf – sie sollte Kräfte für später sammeln!

Stephen beschloß, einen Spaziergang zu machen, um die Zeit bis ›später‹ zu überbrücken. Sobald er leise aufstand und sich anzukleiden begann, rollte Rosalind auf seinen Schlafplatz und drückte sein Kissen an sich. Sie war so entspannt wie ein Kätzchen, aber noch viel bezaubernder.

Bei ›Kätzchen‹ fiel ihm Portia ein, die sich nach einem üppigen Abendessen zufrieden in ihrer Kiste zusammengerollt hatte und immer noch genauso tief schlief wie Rosalind. Sogar als er den warmen kleinen Körper vorsichtig hochhob und neben seine Frau legte, gähnte das Tierchen nur herzhaft und machte es sich auf dem Bett bequem.

Gestern abend hatte Stephen seine Medizin nicht eingenommen, weil er die Hochzeitsnacht genießen wollte, ohne vom Opium leicht betäubt zu sein. Er schluckte die Pille mit dem Vorsatz, das von nun an immer morgens zu tun, schrieb einen Zettel für Rosalind und legte ihn auf den Nachttisch. Ihr Gesicht und die nackten Arme boten einen so zauberhaften Anblick, daß er die Blütenblätter einer rosa Rose abzupfte und über ihr verstreute. Portia schlug die Augen auf und erhaschte mit dem Pfötchen ein duftiges Spielzeug.

In einen warmen Mantel gehüllt, verließ Stephen das Haus. Es war ein kühler Herbstmorgen, und der wolkenverhangene Himmel war kaum heller als das stahlfarbene Meer. Weil die Flut den Sandstrand unbegehbar machte, schlug er den Weg über die Klippen in nördliche Richtung ein. Der Wind peitschte ihm ins Gesicht, und er fühlte sich herrlich lebendig. Konnte Leidenschaft eine Krankheit heilen? Grinsend dachte er, daß ein nüchterner Mann wie Dr. Blackmer diese Möglichkeit bestimmt strikt von der Hand weisen würde.

Frohlockend legte er in zügigem Tempo etwa eine Meile zurück. Wegen der unberechenbaren Stürme wollte kein Mensch so dicht am Ufer leben, und nur eine uralte Steinkapelle zeugte davon, daß es hier einst ein Fischerdorf gegeben hatte. Stephen genoß die Einsamkeit, die er früher nie gekannt hatte, weil es in Ashburton Abbey von Dienstboten nur so wimmelte.

Er hatte die Kapelle fast erreicht, als der Schmerz ihn so jäh überfiel, als wäre er von einem Blitz getroffen worden. Zusammengekrümmt taumelte er auf einen Baum zu und klammerte sich daran fest, während er sich würgend übergab. Ihm wurde fast schwarz vor Augen, und das einzige, was er noch wahrnahm, war die rauhe Rinde, an die er seine Stirn preßte.

Allmählich wurde der Anfall schwächer, und Stephen konnte sich umdrehen und mit dem Rücken an den Stamm lehnen. Vor Kälte zitternd, kämpfte er gegen Schwäche und Verzweiflung an. Seine Hände und Füße fühlten sich taub an, und ein neuer schrecklicher Gedanke schoß ihm durch den Kopf: würde er vor dem Tod auch noch gelähmt sein? O Gott, wie hatte er nur glauben können, daß für ihn Hoffnung bestand?

Viel zu entkräftet, um den Rückweg nach Kirby Manor anzutreten, legte er wankend die hundert Meter zur Kapelle zurück. Die schwere Tür war glücklicherweise unverschlossen, und er ließ sich schwer auf die hinterste Eichenbank fallen. Immerhin war er hier vor dem Wind geschützt und konnte sich ungestört erholen.

Weil die Kapelle zum ausgedehnten Landbesitz von Kirby Manor gehörte, trug er die Kosten für die Instandhaltung. Ihm fiel plötzlich ein, daß er unlängst einen Brief von einer Gruppe Methodisten erhalten hatte, in dem sie baten, hier Gottesdienste abhalten zu dürfen. Der Herzog von Ashburton wurde ständig mit allen möglichen Anliegen belästigt, doch in diesem Fall hatte er bereitwillig seine Erlaubnis erteilt, weil es ihm grundsätzlich widerstrebte, Gebäude leer stehen zu lassen. Von seiner Großzügigkeit gegenüber Andersgläubigen überrascht, hatten die Methodisten sich überschwenglich bedankt, worüber er kurzfristig erfreut gewesen war, bevor er die ganze Angelegenheit vergaß.

Sein Blick schweifte über die bleiverglasten Fenster zum schlichten Altar, auf dem nur ein Messingkreuz stand. Die Gemeinschaft hatte die Kapelle gründlich gesäubert und die rauhen Steinmauern getüncht, doch sie wurde allem Anschein nach noch nicht benutzt und wirkte auf Stephen deshalb so trostlos wie ein Mausoleum.

Sobald er morgens aufwachte, fragte er sich als erstes, wieviel Tage er jetzt noch mindestens zu leben hatte, doch jetzt bezweifelte er, daß er es auch nur auf die neunzig bringen würde, die Blackmer ihm ursprünglich garantiert hatte. Blieben ihm noch fünfundvierzig? Oder nur dreißig? O Gott, ein Monat mit Rosalind mußte ihm doch noch vergönnt sein!

Aber wie würde er sich in diesem letzten Monat fühlen? Und warum erwähnte er Gott, obwohl er doch gar nicht an ihn glaubte? Stephen verzog bitter den Mund. Nicht einmal in dieser uralten Kapelle, die seit fast tausend Jahren die Küste bewachte, spürte er die Gegenwart Gottes, die anderen Menschen Trost spendete.

Eine ohnmächtige Wut stieg plötzlich in ihm auf und verdrängte seine Depression. Es war verdammt ungerecht, daß er ausgerechnet jetzt, da er sich zum erstenmal in seinem Leben wirklich glücklich fühlte, in die Einsamkeit eines kalten Grabes gestoßen wurde. Nein, das hatte er wirklich nicht verdient!

Der berüchtigte Jähzorn der Kenyons, den er seit seiner Jugend erfolgreich bezwungen hatte, kam schlagartig wieder zum Vorschein. Im Leben ging es so verdammt ungerecht zu, daß man eigentlich alles in Schutt und Asche legen sollte! So ähnlich mußte sich ein gehetzter Stier in der Arena vorkommen …

Stephen umklammerte die Rückenlehne der nächsten Bank und ließ seinen Kopf auf die Arme sinken. Unbeherrschtheit konnte man in den Griff bekommen, aber gab es irgendein Hilfsmittel gegen Todesangst?

Rosalind wachte auf, als jemand sie in den Magen knuffte. Sie öffnete die Augen gerade noch rechtzeitig, um etwas Schwarz-oranges vom Bett springen zu sehen. Portia! Grinsend beobachtete sie, wie das Kätzchen durchs Zimmer tobte, von der Chaiselongue auf die Stühle und zurück. Offensichtlich hatte es seine erste große Reise gut überstanden und sprühte vor Energie.

Aber wo war Stephen? Sie setzte sich auf, leicht beschämt, weil sie ohne Nachthemd geschlafen hatte. Dann bemerkte sie die auf dem Kissen verstreuten Rosenblätter – ein Geschenk ihres abwesenden Mannes. Sie drückte eines davon an ihre Wange und errötete bei dem Gedanken, wie er sie in ihrer Hochzeitsnacht mit einer Rose verführt hatte.

Als sie einen Zettel auf dem Nachttisch liegen sah,

griff sie danach und las: ›Mache einen Spaziergang. Komme bald zurück. Was möchtest du nach dem Frühstück treiben? S.‹

Noch stärker errötend, stand sie auf. Ohne das Kaminfeuer war es kalt im Zimmer, so daß sie beim Waschen und Ankleiden fröstelte. Um sich aufzuwärmen, ging sie nach unten in die Küche und bat Mrs. Nyland um eine Tasse Tee. Für die Haushälterin war es eine völlig neue Erfahrung, ungezwungen mit einer Herzogin zu plaudern, die ihren Tee in der Küche trank.

Weil Stephen noch nicht zurückgekommen war, beschloß Rosalind, selbst einen Spaziergang zu machen. In ihren Umhang gehüllt, ging sie hinaus. Vermutlich war ihr Mann am Ufer entlang in nördliche Richtung geschlendert, auf das offene Meer zu, das England von Irland trennte. Und irgendwo dahinter, in unvorstellbarer Ferne, mußte die geheimnisvolle Neue Welt liegen – eine faszinierende Vorstellung!

Sie genoß den Spaziergang trotz des kalten Windes, konnte Stephen aber nirgends erspähen. Offenbar hatte er doch eine andere Richtung eingeschlagen. Sobald sie die kleine Kirche auf der Landzunge erreichte, würde sie umkehren, nahm sie sich vor.

Verwitterte Steine zeugten davon, daß die Kapelle seit Jahrhunderten allen Stürmen trotzte. Weil die Tür nicht abgeschlossen war, beschloß Rosalind, einen Blick ins Innere zu werfen. Kaum eingetreten, blieb sie wie angewurzelt stehen und starrte die vertraute Gestalt an, die in sich zusammengesunken auf der hintersten Bank saß. Das Blut gefror ihr in den Adern. Lieber Gott, Stephen konnte doch nicht … er konnte doch nicht …

Dann hob er den Kopf und sah sie. Sobald ihre Blicke sich trafen, wurde ihr klar, daß er wieder einen schweren Anfall gehabt haben mußte, denn seine Augen waren von einem stumpfen Grau, und er schien seit der vergangenen Nacht um zwanzig Jahre gealtert zu sein. Was aber noch schlimmer war – sie spürte eine emotionale Distanz, so als stünde er plötzlich auf der anderen Seite eines tiefen Abgrunds, den sie nicht überbrücken konnte.

Dieser Gedanke war fast so erschreckend wie ihre anfängliche Angst, daß er gestorben sein könnte. Während sie ein Stoßgebet zum Himmel schickte, daß ihre Intuition falsch sein möge, streifte sie die Kapuze ab und lächelte strahlend. »Guten Morgen! Ich habe ebenfalls einen Spaziergang gemacht und gehofft, dich unterwegs zu treffen.« Sie setzte sich neben ihn und griff nach seiner Hand.

Sein Blick schweifte zum Altar, und seine Finger lagen schlaff in ihrer Hand. Zutiefst deprimiert dachte sie, daß sie letzte Nacht Ehrlichkeit vereinbart hatten – und jetzt, nur wenige Stunden später, täuschte sie schon wieder Heiterkeit vor!

Vielleicht hatte er ihre törichten Worte aber gar nicht zur Kenntnis genommen, denn er fragte plötzlich tonlos: »Rosalind, hast du Angst vor dem Tod?«

Sie wußte, daß Stephen eine aufrichtige Antwort brauchte. »Ich habe Angst vor Schmerzen«, sagte sie langsam. »Und weil ich sehr gern lebe, könnte man wahrscheinlich sagen, daß ich Angst vor dem Sterben habe. Aber vor dem Tod als solchem habe ich seltsamerweise keine Angst.«

»Warum nicht? Glaubst du an Himmel und Hölle? An Engel mit Flügeln und an Teufel mit Mistgabeln?« Seine Stimme klang sarkastisch.

»Ich ... ich weiß nicht.« Rosalind seufzte, weil sie sich schrecklich dumm vorkam. »Ich wollte, ich hätte bessere Antworten, aber ich habe mir nie den Kopf über Religion zerbrochen.«

Stephen verzog bitter den Mund. »Ich denke in letzter Zeit sehr viel darüber nach.«

»So wie du dich anhörst, scheinen deine Gedanken nicht befriedigend zu sein.«

»Religion ist ein Betrug!« brach es aus ihm heraus. »Sie wurde erfunden, um Menschen Hoffnung zu geben, die im Elend leben.« Seine Lippen wurden schmal. »Nur Narren können sich damit trösten!«

»Das stimmt nicht«, protestierte Rosalind. »Viele weise Männer und Frauen waren gläubig. Ich persönlich denke, daß die Welt viel zu großartig und kompliziert ist, um ein reines Zufallsprodukt sein zu können.«

Er führte ihre Hand an seine Lippen und küßte die Knöchel. »Beweise mir, daß es ein Leben nach dem Tod gibt, Rosalind, und ich werde dir ewig dankbar sein.« Er lächelte schwach. »Das war nicht spöttisch gemeint, auch wenn es sich so anhören mag.«

Mit Tränen kämpfend, preßte sie seine Hand an ihre Wange. Letzte Nacht war er ein glühender Liebhaber gewesen, so lebendig, so kraftvoll ... Heute morgen war er ein verzweifelter Sterbender.

Stephen ließ ihre Hand los und stand auf. »Du zitterst vor Kälte. Höchste Zeit, daß du an ein warmes Kaminfeuer kommst.«

Rosalind nickte und rutschte aus der Bank. Als Stephen ihr zur Tür folgen wollte, taumelte er und mußte sich an der Lehne festhalten. Erschrocken drehte sie sich um. »Stephen, es geht dir nicht gut. Bleib hier, ich lasse dich mit der Kutsche abholen.«

»Nein!« Er richtete sich mit grimmiger Miene auf. »Ich fühle mich ausgezeichnet.«

»Lügner!« Sie wollte sich nicht über seine Wünsche hinwegsetzen, aber auch nicht riskieren, daß er unterwegs zusammenbrach. »Bitte warte hier. Ich werde in einer halben Stunde mit dem Kutscher zurückkommen.«

Sein Blick wurde eisig. »Diese Ehe war ein Fehler«, erklärte er barsch. »Kehr zu deiner Familie zurück und behalte mich so in Erinnerung, wie ich gestern war.«

Sie starrte ihn fassungslos an. »Du schickst mich am Tag nach unserer Hochzeit zurück?«

»Mach dir keine Sorgen – ich werde meine finanziellen Versprechen erfüllen.« Stephen bewegte die Finger seiner freien Hand, schaffte es aber nicht, sie zur Faust zu schließen. »Kirby Manor scheint dir zu gefallen. Möchtest du es haben? Es gehört nicht zum Erbgut der Ashburtons, deshalb kann ich es dir sofort vermachen, zuzüglich eines entsprechenden Einkommens.«

Im allgemeinen konnte Rosalind sich meisterhaft beherrschen, doch jetzt explodierte sie vor Zorn. »Wie kannst du es wagen, so etwas zu sagen? Glaubst du, ich hätte dich nur wegen deines verdammten Geldes geheiratet? Wenn du noch einmal einen derartigen Vorschlag machst, wirst du deinem Schöpfer noch viel früher begegnen, als du glaubst!« Tränen liefen ihr über die Wangen, und sie wischte sie wütend ab. »Hol dich der Teufel, Stephen! Was habe ich nur getan, daß du mich loswerden möchtest?«

Nach einem Moment tiefen Schweigens machte Stephen einen Schritt vorwärts und nahm sie so fest in die Arme, als wollte er ihre Rippen brechen. »Verdammt, es tut mir leid, Rosalind«, murmelte er. »Es ist nicht deine Schuld. Es ist nur … ich kann den Gedanken nicht ertragen, daß du mein Siechtum mit ansehen mußt. Ich hatte mir eingeredet, ich würde damit fertig werden, aber jetzt zweifle ich daran.«

Rosalind versteckte ihr Gesicht an seiner Schulter. Er war so sehr ein Teil von ihr, obwohl sie ihn vor sechs Wochen noch gar nicht gekannt hatte. Als sie ihrer Stimme wieder vertrauen konnte, sagte sie ruhig: »Hast du gestern beim Treuegelöbnis nicht zugehört? In guten und in bösen Tagen, in Gesundheit und Krankheit, bis daß der Tod uns scheidet! Auch wenn du noch so starke Schmerzen hast, solltest du diese Worte nie vergessen.« Sie legte den Kopf in den Nacken, um ihn anschauen zu können. »Außerdem gibt es bestimmt irgendein Gesetz, das besagt, daß man einer Herzogin keine Befehle erteilen darf.«

»Du gewöhnst dich sehr schnell an gebieterisches Auftreten!« lächelte Stephen, wurde aber sofort wieder ernst. »Ich möchte dich bei mir haben. Ich wünsche es mir mehr als alles andere auf der Welt. Aber ich weiß nicht, ob mein Stolz oder mein Gerechtigkeitsgefühl das aushalten kann.«

»Und was ist mit meinem Stolz?« fragte sie selbstironisch. »Ich werde es nie verkraften, wenn mein zweiter Mann mich nach einer einzigen Nacht vor die Tür setzt. Meinen ersten Mann habe ich immerhin erst nach sechs Monaten gelangweilt.« Ihre Stimme brach, und sie hatte plötzlich wieder Tränen in den Augen. Weil Stephen das nicht sehen sollte, versteckte sie ihr Gesicht hastig wieder an ihrer Schulter, aber es war schon zu spät.

»Jordans Untreue hat dich mehr verletzt, als du zugeben wolltest, stimmt's?« fragte er sanft.

Sie nickte. »Wenn meine Eltern bemerkt hätten, wie verstört ich war, wäre in der Truppe die Hölle ausgebrochen. Mein Vater hätte Charles möglicherweise sogar umgebracht. Auf jeden Fall hätte er ihn hinausgeworfen, und ich hätte mich zwischen meinem Mann und meiner Familie entscheiden müssen. Deshalb deckte ich Charles' Eskapaden, so gut ich konnte, und tat so, als würde sein Benehmen mir nichts ausmachen. Ich dachte, mit der Zeit würde es leichter zu ertragen sein, aber es fiel mir im Gegenteil immer schwerer. Als er nach Irland ging, war ich erleichtert – und nachdem er ermordet wurde, fühlte ich mich schrecklich schuldig.«

Stephen streichelte ihren Rücken. »Die Ehe bringt dir nicht viel Gutes. Der eine Mann hat dich betrogen, und der andere hat nur noch kurze Zeit zu leben. Du hättest etwas Besseres verdient.«

Rosalind wollte nicht, daß er sich um sie Sorgen machte, während er selbst ungleich schwierigere Probleme zu bewältigen hatte. Tief durchatmend erklärte sie: »Meine Ehe mit Charles gehört der Vergangenheit an. Ich lebe in der Gegenwart, und ich bereue nicht, dich geheiratet zu haben.« Es war so wichtig, ihn davon zu überzeugen. »Wir werden nicht viel Zeit miteinander verbringen können. Das ist traurig, aber es bedeutet auch, daß wir einander nie satt bekommen. Sollte einer von uns irgendwann diese Heirat bedauern, werden wir nicht lange unter den Konsequenzen leiden müssen. Uns werden törichte Streitereien über irgendwelche Nichtigkeiten erspart bleiben. Wir kommen nur in den Genuß der Sahne einer Ehe – der faszinierenden Entdeckung einer anderen Persönlichkeit.«

Stephen hob die Brauen, und sie bemerkte, daß das Grün in seine Augen zurückgekehrt war. Er hatte sich schnell von dem schrecklichen Anfall erholt und sah schon wieder kräftig und lebhaft aus.

»Das ist ein interessanter Gedanke«, sagte er. »Du übersiehst zwar die Tatsache, daß die Sahne teilweise sauer sein wird, aber es stimmt zweifellos, daß wir uns miteinander nicht langweilen werden.«

»Dann will ich auch kein Wort mehr von Wegschikken hören.« Rosalind zog die Kapuze über ihre Haare. »Ich würde mich sowieso weigern zu gehen – schließlich muß ich auf meinen Ruf achten.«

Er lachte herzhaft. »Du bist für mich eine bessere Medizin als die verdammten Pillen! Also gut, ich verspreche dir, dieses Thema mindestens zwei Wochen lang nicht aufs Tapet zu bringen. Genießen wir die Sahne!« Er bot ihr seinen Arm. »Wie können wir die Zeit, die uns noch bleibt, am besten ausnutzen? Ich würde gern einige Tage hier verbringen und dann ganz gemächlich nach London reisen, mit kurzen Aufenthalten an Orten, die ich schon immer gern sehen wollte. Hast du irgendwelche Wünsche?«

Sie hängte sich bei ihm ein. »Könnten wir einen Abstecher nach York machen?«

»Natürlich.« Stephen hielt ihr die Tür auf. »Das Seengebiet soll wunderschön sein.«

Draußen brach gerade die Sonne durch die Wolken, und Rosalind wollte darin ein gutes Omen sehen, auch wenn sie spürte, daß Stephen immer noch eine leichte Distanz wahrte. Es war zwar nicht mehr der gähnende Abgrund von vorhin, doch sie trauerte der Nähe und perfekten Harmonie nach, die in der Nacht geherrscht hatte. Vielleicht brauchte er diese Distanz, um seine widersprüchlichen Gefühle in den Griff zu bekommen – einerseits den Wunsch, sie bei sich zu haben, und andererseits das Bestreben, seine Schwäche vor ihr zu verbergen. Vielleicht würde eine gewisse Distanz auch ihr selbst helfen, die schwierigen nächsten Wochen zu überstehen.

Trotzdem fiel es ihr schwer, sich damit abzufinden.

21. *Kapitel*

»Lord Michael Kenyon«, meldete der Butler.

Michael betrat den kleinen Salon von Bourne Castle, während sein Reisegefährte einige Schritte zurückblieb. Der Herzog und die Herzogin von Candover tranken vor dem Kaminfeuer den Nachmittagstee. Beide standen sofort auf und gingen dem Gast lächelnd entgegen.

»Das ist ja eine freudige Überraschung, Michael!« Rafe begrüßte ihn mit kräftigem Händedruck. »Du kommst gerade noch rechtzeitig – in zwei Tagen brechen wir nämlich nach London auf.«

»Nachdem die Saison ja in vollem Gange ist, befürchtete ich, ihr könntet schon dort sein.« Michael ließ Rafes Hand los und wandte sich der Herzogin zu. »Margot, du bist wie immer eine Augenweide!«

Sie umarmte ihn lachend. »Wie geht es Catherine und dem Baby?«

»Es ging ihnen ausgezeichnet, als ich sie zuletzt gesehen habe, was allerdings leider schon eine Weile her ist.« Er drehte sich nach dem Arzt um, der immer noch schüchtern auf der Schwelle stand. »Rafe und Margot, darf ich euch Dr. George Blackmer vorstellen?«

Margot war eine perfekte Gastgeberin. »Ihr übernachtet selbstverständlich hier. Kommen Sie, Dr. Blackmer, ich zeige Ihnen Ihr Zimmer, damit Sie sich vor dem Abendessen ein bißchen ausruhen und erfrischen können. Michael, du bekommst dein übliches Zimmer.« Sie führte den Arzt hinaus, um den beiden alten Freunden Gelegenheit zu einem Gespräch unter vier Augen zu geben.

»Setz dich doch.« Rafe schenkte Tee ein, mit reichlich Brandy versetzt. »Du siehst so aus, als könntest du etwas zum Aufwärmen gebrauchen. Dieses Regenwetter ist verdammt ungemütlich.«

»Dem kann ich nur zustimmen.« Michael machte es sich in einem Ohrensessel bequem, trank genüßlich und entspannte sich zum erstenmal, seit er Blackmers Brief erhalten hatte.

Auch Rafe nahm wieder Platz. »Du bist nicht der erste Kenyon, den wir in letzter Zeit zu Gesicht bekommen haben.«

»Du hast meinen Bruder gesehen?« fragte Michael aufgeregt.

»Ashburton war vor einigen Wochen hier.« Rafe grinste. »Er hat im *Sommernachtstraum* den Herzog von Athen gespielt und seine Sache wirklich gut gemacht.«

Michael beugte sich im Sessel vor. »Wie hat er ausgesehen?«

»Er war herrlich vermummt, mit Perücke und Rauschebart, aber meine schlaue Margot hat seine Stimme erkannt. Ich habe nach der Aufführung mit ihm gesprochen, und er schien sich als Schauspieler ausgesprochen wohl zu fühlen.«

»Er hat auf dich also keinen kranken Eindruck gemacht?«

Rafe runzelte die Stirn. »Nein. Warum sollte er?«

Michael stellte seine Teetasse ab und sprang nervös auf. »Mein Bruder ist sehr krank – todkrank, jedenfalls nach Ansicht von Dr. Blackmer. Sobald Stephen das erfahren hatte, verließ er Ashburton Abbey ganz allein, ohne jemandem zu sagen, wohin er wollte und wann er zurückkommen würde. Blackmer hat mir schließlich geschrieben, und seitdem sind wir auf der Suche nach Stephen.« Er lief im Salon hin und her. »Es ist fast so, als jagten wir einem Irrwisch hinterher! Nicht einmal Lucien mit seinen vielen Beziehungen konnte uns weiterhelfen.«

Rafes Miene hatte sich verdüstert. »Das tut mir wahnsinnig leid. Könnte der Arzt sich irren?«

»Wer weiß? Blackmer sagt nicht viel, aber es spricht Bände, daß er darauf bestanden hat, mich zu begleiten. Seine Nervosität wächst von Tag zu Tag. Ich glaube, er befürchtet, daß wir Stephen nicht finden werden, bevor ...« – Michael hatte Mühe, den Satz zu vollenden – »... bevor alles vorbei ist.«

Rafe fluchte selten, aber jetzt mußte er seinem Zorn auf das Schicksal irgendwie Luft machen.

Mit einem Funken Hoffnung in der Stimme fragte Michael: »Du hast gesagt, Stephen hätte nicht krank ausgesehen?«

Der Herzog zögerte. »Es war dunkel, als ich mich mit ihm unterhalten habe. Er kam mir ein bißchen mager vor, aber ich dachte mir nichts dabei, weil er ansonsten einen so fröhlichen Eindruck machte.«

»Glaubst du, daß er immer noch mit dieser Wanderbühne unterwegs ist?«

»Vielleicht ... obwohl er damals sagte, daß er die Truppe bald verlassen würde.« Rafe runzelte die Stirn. »Einige Tage später fragte er schriftlich an, ob ich einen zuverlässigen Mann hätte, der für ihn einige Aufträge in London ausführen könnte. Ich habe ihm meinen stellvertretenden Verwalter geschickt, und Gardiner war drei oder vier Tage unterwegs.«

»Weißt du, was der Mann in London erledigen sollte?«

»Ich habe ihn nicht gefragt, weil es mich ja nichts anging. Jetzt sieht die Sache natürlich anders aus ... Vielleicht erfährst du von Gardiner, was dein Bruder vorhatte ...«

Der Herzog erteilte einem Diener den Auftrag, den stellvertretenden Verwalter herbeizuholen. Als die beiden Freunde wieder unter sich waren, sagte Rafe nüchtern: »Warum wartest du eigentlich nicht einfach ab, bis dein Bruder zurückkommt? Er kam mir immer bewundernswert ausgeglichen vor, und irgendwann wird er sich bestimmt wieder auf seine Pflichten besinnen.«

»Da bin ich mir nicht mehr so sicher! Er ist jetzt schon seit über einem Monat spurlos verschwunden. Blackmer hält es zwar für ausgeschlossen, daß Stephens Verstand durch die Krankheit in Mitleidenschaft gezogen wurde, aber ich selbst finde sein Verhalten so befremdlich, daß ich das Schlimmste befürchte.« Michael schnitt eine Grimasse. »Ohne seinen Kammerdiener wegzureiten ... unter einem falschen Namen mit einer Wandertruppe aufzutreten ... Das ist einfach unglaublich, obwohl Stephen immer eine besondere Vorliebe für das Theater hatte!«

»Du mußt es aber wohl oder übel glauben.« Der Herzog leerte seine Teetasse und stellte sie ab. »Gibt es irgendwelche besonderen Gründe, weshalb du Ashburton so schnell wie möglich finden mußt?«

Michael blieb an einem Fenster stehen. »Es gibt eine ganze Menge praktischer Gründe, aber die sind mir nicht so wichtig.« Er starrte in den grauen Regen hinaus. »Ich ... ich habe mich noch nicht damit abgefunden, daß mein Bruder sterbenskrank sein soll. Ich muß ihn mit eigenen Augen sehen, um herauszufinden, ob es stimmt oder ob Blackmer nur ein pessimistischer Quacksalber ist. Und falls sein Zustand tatsächlich bedenklich ist, möchte ich ihn von Ian Kinlock untersuchen lassen. Der Mann hat mir das Leben gerettet – vielleicht kann er das gleiche für Stephen tun.«

»Und wenn ihm kein Mensch mehr helfen kann?« fragte Rafe ruhig.

»Dann möchte ich mich wenigstens von ihm verabschieden.« Michael schluckte. »Ich will ihm sagen, wieviel er mir in den letzten zwei Jahren bedeutet hat.

Kenyons sind im allgemeinen zäh, deshalb dachte ich, uns blieben noch 30 oder 40 Jahre Zeit für Unterhaltungen.« Er rieb sich den verkrampften Nacken. »Es ist interessant, wie verschieden Freundschaften sein können. Du, Luce, Nicholas und ich – wir sind zusammen aufgewachsen und kennen voneinander die meisten dunklen Geheimnisse. Ich vertraue euch dreien hundertprozentig. Aber Stephen ... er ist mein Bruder, und wir sind nicht nur durch die Blutsbande, sondern auch durch Kindheitserinnerungen und Temperament eng miteinander verbunden. Manchmal ist das unangenehm, und wir hatten uns ja auch über Jahre hinweg entfremdet. Doch wenn er stirbt, wird er in meinem Leben ein Loch hinterlassen, das ein anderer nie füllen kann. Das muß ich ihm sagen.«

»Ich habe immer bedauert, ein Einzelkind zu sein«, sagte Rafe nachdenklich. »Jetzt weiß ich nicht, ob ich erleichtert sein soll, weil mein Leben einfacher verlief, oder ob ich noch mehr bedauern soll, was mir entgangen ist.«

»Es ist besser zu lieben, auch wenn das immer mit einem Risiko verbunden ist, als jeder Bindung ängstlich aus dem Weg zu gehen, das ist meine feste Überzeugung«, erwiderte Michael langsam. »Aber es ist die reinste Hölle, einen geliebten Menschen zu verlieren.«

Und seinen Bruder zu verlieren, der nur zwei Jahre älter als er selbst war, rückte den Tod in greifbare Nähe – nicht den schnellen Tod auf dem Schlachtfeld, dem Michael oft ins Auge gesehen hatte, sondern einen viel heimtückischeren Sensenmann. Wenn Stephen in der Blüte seines Lebens von einer Krankheit dahingerafft werden konnte, war niemand dagegen gefeit – weder er selbst noch Catherine, noch ihr kleiner Sohn Nicholas, und dieser Gedanke war schier unerträglich.

Die beiden Freunde schwiegen, bis der stellvertretende Verwalter den Salon betrat – ein junger Mann mit roten Haaren, der etwas nervös wirkte. »Sie wollten mich sprechen, Euer Gnaden?«

Rafe nickte. »Gardiner, das ist Lord Michael Kenyon, der Bruder des Herzogs von Ashburton. Er wüßte gern, welche Aufträge Sie für Ashburton in London ausgeführt haben.«

»Ich habe sein Pferd in Ashburton House abgeliefert und von dort einige Kleidungsstücke mitgenommen. Außerdem habe ich bei seiner Bank einen Scheck eingelöst und war wegen der Sondergenehmigung bei *Doctors' Commons*.«

»Wie bitte?« rief Michael ungläubig. »Sie haben ihm eine *Heiratserlaubnis* besorgt?«

»Ja, Sir.« Gardiner wich unwillkürlich einen Schritt zurück, als er den Gesichtsausdruck des Lords sah. »Das war der Hauptgrund für die Reise. Die anderen Aufträge kamen nur dazu, weil ich sowieso in London war.«

Weil Michael zu explodieren drohte, mischte Rafe sich hastig ein. »Erinnern Sie sich zufällig an den Namen der Frau, die er heiraten wollte?«

Gardiner schüttelte bedauernd den Kopf. »Nein, Sir, den Namen der Dame hat er mir nicht genannt ... aber irgendwie hatte ich den Eindruck, daß es sich um eines der Mädchen von der Fitzgerald-Theatertruppe handeln könnte.«

»Eine Schauspielerin!« brüllte Michael. »Und Sie haben seinen Auftrag trotzdem ausgeführt?«

»Es steht mir nicht zu, die Handlungen eines Herzogs zu beurteilen, Mylord«, entgegnete der junge Mann mit versteinerter Miene.

Rafe griff wieder ein. »Vielen Dank für Ihre Informationen, Gardiner.«

Sobald der stellvertretende Verwalter sich zurückgezogen hatte, knurrte Michael erbittert: »O Gott, hätte ich Stephen nur rechtzeitig gefunden! Sein Verstand muß durch die Krankheit gelitten haben, wenn er irgendeine Nutte zur Herzogin von Ashburton gemacht hat!«

»Wenn er diese Frau wirklich heiraten wollte, hättest du ihn nicht davon abhalten können«, betonte Rafe.

»Vielleicht wäre es mir gelungen, ihm diese Schnapsidee auszureden«, widersprach Michael grimmig.

Rafe seufzte. »Du solltest seine Frau nicht voreilig als Nutte bezeichnen. Fitzgerald ist ein Gentleman vom Scheitel bis zur Sohle, obwohl er sich für die Bühnenlaufbahn entschieden hat, und die Truppe, die er zusammen mit seiner Frau leitet, macht einen sehr seriösen Eindruck.«

»Seriös ist ein relativer Begriff«, sagte Michael sarkastisch. »Ich brauche Stephens Privatvermögen nicht, aber ich werde auch nicht tatenlos zusehen, wenn irgendeine geldgierige Person seine Krankheit schamlos ausnützt!«

»Und wenn er sich nun in diese Frau verliebt hat?«

Michael schnaubte verächtlich.

Rafe ließ sich nicht aus der Ruhe bringen. »Hast du ein Recht, dich einzumischen, wenn sie ihm in den letzten Wochen oder Monaten seines Lebens ein wenig Glück beschert?«

Michael schnitt eine Grimasse. »Stephens erste Frau war eine vollkommene Lady, und ich kann mir beim besten Willen nicht vorstellen, daß irgendein vulgäres Weibsbild, das sich nur bereichern möchte, ihn glücklich macht.«

»Ach ja, seine erste Frau ... War sie dir so sympathisch, daß du dir deshalb keine Bürgerliche als Lebensgefährtin deines Bruders vorstellen kannst?«

»Ich habe Louisa kaum gekannt«, mußte Michael zugeben. »Sie war sehr schön und hatte ein perfektes Benehmen ... und ich erinnere mich an ihre herrlichen Stikkereien.«

Rafe hob skeptisch die Brauen. »Hat sie ihren Mann glücklich gemacht?«

»Das weiß ich nicht. Sie waren jedenfalls sehr höflich zueinander.«

»Nach einer dynamischen Ehe hört sich das nicht an«, erwiderte Rafe trocken. »Auch wenn ein Ehepaar sich in der Öffentlichkeit ganz korrekt benimmt, spürt man normalerweise immer, ob es sich wirklich zugetan ist oder nicht. Wenn das bei deinem Bruder nicht der Fall war, hat er vielleicht einfach notgedrungen das Beste aus einer Vernunftehe gemacht, obwohl er sich in Wirklichkeit eine ganz andere Frau wünschte.«

»Aber eine Schauspielerin aus einer viertklassigen Truppe?« protestierte Michael.

»Ich habe eine Spionin geheiratet, Nicholas eine Lehrerin, die auch noch Methodistin war, Lucien eine Diebin, der eine Karriere als Komödiantin prophezeit wurde, und du eine skandalumwitterte Witwe!« Rafes graue Augen funkelten amüsiert. »Warum sollte Stephen keine Schauspielerin heiraten?«

Michael zügelte mühsam sein Temperament, weil er spürte, daß sein Freund ihn aufs Glatteis geführt hatte. »Das ist eine unfaire Beschreibung von Catherine und den anderen Frauen. Sie mögen unkonventionell sein, aber trotzdem sind sie Damen.«

»Und woher willst du wissen, daß Stephens Frau keine Dame ist?«

Seufzend fuhr Michael sich mit den Fingern durch die Haare. »Diese ermüdende Suche hat offenbar mein Begriffsvermögen stark beeinträchtigt. Vielleicht könntest du mir klipp und klar sagen, wie ich mich deiner Ansicht nach verhalten soll.«

»Du hast einen ausgeprägten Beschützerinstinkt, wenn es um deinen Bruder geht«, antwortete Rafe freundlich, »aber du kannst einen erwachsenen Mann nicht vor Torheiten bewahren. Es könnte katastrophale Folgen haben, wenn du wie ein Berserker tobst und Stephens Frau als berechnende Nutte beschimpfst. Als Gentleman muß er sie sogar dir gegenüber verteidigen, und sollte er wirklich verliebt sein, was ich fast vermute, würde er dir deine unbedachten Äußerungen verständlicherweise sehr verübeln. Es käme zwangsläufig zu einer neuen Entfremdung, und du würdest dir dein Leben lang Vorwürfe machen, wenn er stirbt, ohne daß ihr euch versöhnt habt.«

Rafes Worte trafen Michael mit der Wucht eines Hammerschlags. »O Gott, ich lerne wohl nie dazu, stimmt's?« murmelte er zerknirscht. »Wie oft hast du mir im Laufe der Jahre weise Ratschläge gegeben?«

»Unzählige Male.«

»Und wie oft habe ich sie befolgt?«

Rafe überlegte. »Schätzungsweise zu fünfzig Prozent.«

»Die heutige Standpauke kannst du ebenfalls als Erfolg verbuchen.« Michael starrte wieder aus dem Fenster auf den wolkenverhangenen Himmel hinaus. »Sollte ich der neuen Herzogin begegnen, werde ich ausnehmend höflich zu ihr sein – ob sie es nun verdient oder nicht!« Er war heilfroh, daß sein Freund ihn wieder einmal davor bewahrt hatte, aus Jähzorn einen verhängnisvollen Fehler zu begehen. Wenn Stephen wirklich nur noch kurze Zeit zu leben hatte, sollte er tun und lassen können, was immer er wollte.

22. *Kapitel*

Rosalind schaute aus dem Kutschfenster auf die belebten Straßen hinaus. »Ich bin seit meiner Kindheit nicht mehr in London gewesen und dachte immer, meine Erinnerungen wären verzerrt, aber das stimmt nicht. Die Stadt ist noch größer und geschäftiger, als ich sie im Gedächtnis hatte.«

Stephen lächelte. »London wird von Jahr zu Jahr hektischer.«

»Und es stinkt«, fügte Rosalind naserümpfend hinzu, bevor sie sich wieder zurücklehnte und nach der Hand ihres Mannes griff. Sie verspürte ein absurdes Verlangen, ihn so oft wie möglich zu berühren, solange er noch bei ihr war, und glücklicherweise schien er das genauso zu genießen wie sie selbst.

Trotz des wechselhaften Herbstwetters hatten sie herrliche Flitterwochen erlebt, fröhliche Tage und Nächte voller Leidenschaft, wobei das Wissen, wie wenig Zeit ihnen blieb, alles mit besonderer Intensität erfüllte. Manchmal weinte Rosalind, weil die Stunden viel zu schnell verrannen, doch sie tat es immer nur heimlich.

Stephen hatte einige weitere Anfälle erduldet, sich jedoch jedesmal schnell erholt, so daß sie meistens so tun konnten, als wäre alles in bester Ordnung, und Rosalind hatte sich notgedrungen auch mit der kaum merklichen Distanz abgefunden, die ihrem Mann offenbar als Schutzbarriere diente.

Anstatt sich über unlösbare Probleme den Kopf zu zerbrechen, hatten sie Hand in Hand die Altstadt von York besichtigt, die mittelalterliche Stadtmauer bestaunt und in *York Minster* – einer der größten Kathedralen des Landes – ehrfürchtig geschwiegen. Auch das Seengebiet – Stephens Wunschziel – hatte ihre Erwartungen nicht enttäuscht. Der *Lake District* war ein Märchenland mit zerklüfteten Bergen und tiefen Wassern, und Rosalind würde nie die strahlenden Augen ihres Mannes vergessen, als ein Bootsmann sie bei leichtem Nebel über den Windermere-See ruderte. Sie stellte immer wieder fest, daß er die Begeisterungsfähigkeit eines Kindes besaß, das die Welt entdecken möchte, und er schien glücklich darüber zu sein, diese Entdeckungen mit ihr zu teilen, was sie wiederum glücklich machte.

Die Kutsche hatte Mayfair erreicht und blieb stehen, viel zu abrupt für Portia, die vom Türgriff neugierig aus dem Fenster geschaut hatte. Sie rutschte ab und purzelte auf den Boden, landete jedoch mit Hilfe der unvergleichlichen Luftakrobatik einer Katze durchaus elegant. In den vergangenen zwei Wochen war sie kräftig gewachsen und hatte sich erstaunlich gut ans Reisen gewöhnt. Stephen fing sie geschickt ein und verbannte sie vorübergehend in ihre Transportkiste. »Grosvenor Square. Wir sind angekommen.«

Der Kutscher öffnete die Tür, und Stephen half Rosalind beim Aussteigen aus dem staubigen Gefährt. In der Dämmerung kam Ashburton House ihr erschreckend groß vor. Bis jetzt waren sie schlicht als Mr. und Mrs. Kenyon unterwegs gewesen, so daß man sie überall zwar höflich, aber nicht übertrieben ehrerbietig behandelt hatte, was Rosalind sehr recht war. Doch hier in London würde Stephen natürlich der Herzog von Ashburton sein, und sie mußte die Herzogin spielen – eine Rolle, der sie sich immer noch nicht gewachsen fühlte.

Mühsam rang sie sich ein Lächeln ab. »Das ist ja ein richtiger Palast!«

»Leider Gottes! Viel zu prächtig für meinen Geschmack.«

Stephen griff nach Portias Kiste und legte seiner Frau einen Arm um die Schultern, während sie die breite Treppe hinaufgingen. »Es wird angenehm sein, mehrere Nächte hintereinander am selben Ort zu verbringen, aber sobald ich hier alle wichtigen Geschäfte erledigt habe, fahren wir in die Abtei. Ich freue mich darauf, sie dir zu zeigen.«

Und er wollte in Ashburton Abbey sterben, das hatte er ihr gesagt, als sie vor den Königsgräbern in der Kathedrale von York standen.

Die Haustür wurde auf Stephens Klopfen sofort von einem Diener in Livree geöffnet, dessen Miene vor Bestürzung versteinerte. »Euer Gnaden! W-wir haben Sie nicht erwartet«, stammelte er.

»Ich weiß. Wir werden mindestens zwei Wochen hier sein, Milton. Geben Sie dem Personal diesbezügliche Anweisungen und sorgen Sie dafür, daß wir so schnell wie möglich heißes Badewasser sowie ein leichtes Abendessen bekommen.« Stephen schob Rosalind ein wenig vor. »Die neue Herzogin von Ashburton, deren Befehlen genauso Folge zu leisten ist wie meinen eigenen.« Er überreichte dem Diener Portias Kiste. »Das Kätzchen der Herzogin. Bitte bringen Sie es in unsere Privaträume.«

Milton ließ die Kiste fast fallen, als Portia wie ein Tiger fauchte, und hielt sie möglichst weit von sich ab, während er sich würdevoll entfernte. Stephen nahm Rosalind auf die Arme. »Es ist an der Zeit, meine zweite Schwelle zu überqueren.«

Lachend ließ sie sich von ihm ins Haus tragen. »Dann habe ich jetzt noch drei vor mir, denn auf die Jagdhütte werde ich wohl verzichten.«

»Ein weiser Entschluß.« Er stellte sie auf dem glänzenden Marmorboden ab und küßte sie, bis sie weiche Knie hatte. Als er sich endlich widerwillig von ihren Lippen löste, lag ein zärtliches Lächeln auf seinem Gesicht. »Willkommen in Ashburton House, Herzogin.«

Rosalind konnte wieder einmal kaum glauben, daß ein so lebensprühender Mann sterbenskrank sein sollte, aber sie verdrängte diesen Gedanken rasch, um nicht in Tränen auszubrechen.

Stephen führte sie auf die Treppe zu. »Hättest du Lust, morgen abend Edmund Kean im *Drury Lane Theater* zu sehen?«

»Das wäre wunderbar!« strahlte Rosalind. Sie wollte sich nicht anmerken lassen, wie unbehaglich sie sich in diesem Prunkbau fühlte, aber sie schickte ein stummes Stoßgebet zum Himmel, daß ihr Londonaufenthalt sich nicht allzusehr in die Länge ziehen würde. Wie sollte eine unbedeutende Provinzschauspielerin hier jemals heimisch werden?

Tag 39

Als Stephen am ersten Morgen in London aufwachte, trommelte Regen an die Schlafzimmerfenster, was ihn allerdings nicht im geringsten störte, denn dicht neben ihm lag Rosalind, den Rücken an seine Brust geschmiegt. Er lag still da und genoß ihre weiche Wärme und ihre nackte Haut. Weil sie immer eng umschlungen schliefen, brauchten sie keine Nachthemden, und er liebte friedliche Momente wie diesen fast genauso wie die stürmische Leidenschaft, die sie Nacht für Nacht erlebten.

Während er Rosalind zärtlich übers Haar strich, staunte Stephen wie so oft, daß er sie gefunden hatte. Ihr sonniges Gemüt hatte die letzten Wochen zu den glücklichsten seines ganzen Lebens gemacht. Welch himmelweiter Unterschied zu seiner ersten Frau, mit der er nie eine ganze Nacht im selben Bett verbracht hatte! Er dachte mit Bedauern und leichten Schuldgefühlen an jene Ehe zurück. Hätte er unter Louisas kühler Fassade doch tief verborgene Leidenschaft entdecken können, wenn er sich mehr Mühe gegeben hätte? Hätte ein anderer Mann sie glücklich machen können? Er würde es nie wissen.

Die unerfreulichen Gedanken an Louisa beiseite schiebend, küßte er Rosalinds Kopf. Er hatte ein französisches Kindermädchen gehabt und sprach Französisch genauso fließend wie Englisch. In dieser gefühlsbetonten Sprache kamen ihm Liebesworte leichter über die Lippen. »Meine süße Herzogin«, flüsterte er, »du verzauberst mich!«

Ihre Lider flatterten. »Du bist mein Liebster«, murmelte sie in tadellosem Französisch.

Erstaunt redete Stephen weiter Französisch mit ihr, und sie antwortete in derselben Sprache. Erst nach mehreren Sätzen öffnete sie die Augen und lächelte ihm schläfrig zu. »Guten Morgen«, sagte sie auf englisch.

»Guten Morgen.« Er wickelte eine lange Locke um seinen Finger. »Ich wußte gar nicht, daß du Französisch sprichst.«

»Tu' ich ja auch nicht«, lachte Rosalind. »Papa schon, weil das in Adelskreisen nun mal zur Erziehung gehört, aber uns hat er nur einige Sätze beigebracht, die in Theaterstücken vorkommen.«

Weil Stephen das nicht glauben konnte, wiederholte er einen der Sätze, auf die sie im Schlaf mühelos geantwortet hatte. Sie runzelte die Stirn. »Was heißt das? Irgendwie habe ich das Gefühl, als müßte ich es verstehen, aber ich verstehe kein Wort.«

»Vor einer Minute hast du es nicht nur verstanden, sondern selbst fließend Französisch geredet.« Er fuhr mit der Zunge an ihrem Ohrläppchen entlang. »Könntest du französischer Herkunft sein?«

Rosalind schüttelte den Kopf. »Das wage ich zu bezweifeln. Maria sagt, ich hätte ein gutes Englisch gesprochen, als sie und Thomas mich adoptierten.«

»Wenn du vornehmer Abstammung sein solltest, bist du vielleicht wie ich von klein auf zweisprachig erzogen worden«, schlug Stephen vor. Das Thema war interessant, aber höchstwahrscheinlich würde Rosalinds wahre Herkunft für immer ein Rätsel bleiben. Und es gab Dinge, die ihn viel mehr interessierten – beispielsweise seine intensiven Reaktionen auf ihren herrlichen Körper. Er schob eine Hand unter die Decke und streichelte ihre Taille mit sanften kreisenden Bewegungen. »Ich glaube, daß Ehen so beliebt sind, weil sie ein Maximum an Versuchung mit einem Maximum an Gelegenheit kombinieren.«

Lachend rollte Rosalind auf den Rücken. »Mir scheint, du hast soeben ein wichtiges Prinzip formuliert. Wollen wir es den Ashburtonschen Lehrsatz nennen?«

Stephen warf die Decke beiseite und küßte ihre Brust. Sie seufzte genießerisch, schrie aber leise auf, als er seine Lippen auf die Brustwarze preßte.

Er hörte sofort auf. »Entschuldigung, ich wollte nicht grob sein.«

»Du warst nicht grob«, versicherte sie. »Wahrscheinlich bin ich heute morgen besonders empfindlich.« Sie lächelte schelmisch. »Vielleicht nutzt du die von dir besonders bevorzugten Teile meines Körpers zu stark ab!«

»Was für ein schrecklicher Gedanke!« Aber nicht völlig abwegig, mußte er zugeben, wenn er überlegte, wie oft sie seit der Hochzeit miteinander geschlafen hatten. »Soll ich dir eine Erholungspause gönnen?«

»Untersteh dich!« Rosalinds Hand glitt an ihm entlang, bis sie fand, wonach sie gesucht hatte. »Das war doch nur ein Scherz, mein Lieber. Übung macht mich herrlich leistungsfähig.«

Stephens Atem ging schneller, als sie ihn gekonnt zu streicheln begann. »Sie machen meine ehrbaren Absichten zunichte, Lady Caliban.« Trotzdem murmelte er vorsorglich, während seine Lippen über ihren Bauch huschten: »Melde dich bitte, wenn noch etwas anderes abgenutzt zu sein scheint.«

Ihre Reaktionen bewiesen, daß seine Lieblingsstelle zwischen ihren Schenkeln nicht überstrapaziert war. Sie wölbte sich seiner Zunge begierig entgegen, bis ihr auch das nicht mehr genügte und sie ihn wollüstig auf sich zog.

Bevor auch Stephen von Leidenschaft überwältigt wurde, war sein letzter klarer Gedanke, daß er recht gehabt hatte: In einer Ehe waren maximale Versuchung und maximale Gelegenheit wundersam kombiniert.

Nach ihrem Liebesspiel schlief Rosalind wieder ein und wachte von einem zarten Kuß aufs Ohr auf. »Tut mir leid, Liebling«, flüsterte Stephen, »aber ich muß heute morgen meinen Anwalt aufsuchen.«

Seit ihrer Hochzeit hatte er sie noch nie allein gelassen, doch sie sagte sich vernünftig, daß alle Flitterwochen einmal zu Ende gingen. Gähnend murmelte sie: »Ich schlafe vielleicht noch eine Weile. Es ist so trübes Wetter.«

»Du brauchst erst wach zu sein, wenn wir heute abend ins Theater gehen.« Stephen streichelte ihre Wange mit dem Handrücken, bevor er sich in sein Ankleidezimmer zurückzog.

Sie döste noch eine Stunde, wurde davon aber nicht munterer. Das Leben mit einer Wanderbühne hatte sie zwar an ständiges Herumreisen gewöhnt, doch mit Stephen hatte sie in den letzten zwei Wochen viel weitere

Strecken zurückgelegt. Wahrscheinlich war sie deshalb in den letzten Tagen so müde gewesen. Gähnend schwang sie die Beine aus dem Bett und wollte aufstehen, setzte sich aber sofort wieder hin, weil ihr schwindelig wurde.

Das Gefühl ging schnell vorüber, und sie konnte vorsichtig aufstehen. Hoffentlich hatte sie sich keine Erkältung zugezogen – sie wollte keine kostbare Zeit mit Krankheiten vergeuden. Während sie in ihren Morgenrock schlüpfte und nach heißem Wasser klingelte, dachte sie, daß ein geruhsamer Tag sie bestimmt kurieren würde, denn sie hatte von jeher eine sehr robuste Gesundheit gehabt.

Beim Baden fiel ihr wieder auf, daß ihre Brüste ungewöhnlich empfindlich waren. Sie mußte sie ganz behutsam abtrocknen, nachdem sie aus der Sitzwanne gestiegen war. Vielleicht würde sie demnächst ihre Regel bekommen. Wie lange lag die letzte eigentlich zurück?

Die Antwort traf sie wie ein Blitz. Bisher hatte ihre Periode immer ungewöhnlich pünktlich eingesetzt – jeden vierten Freitag am Nachmittag.

Jetzt war sie eine Woche überfällig.

Eine schier unerträgliche Erregung ergriff von ihr Besitz, obwohl sie logisch zu denken versuchte. Zu Beginn ihrer ersten Ehe hatte sie sich von Maria alle frühen Kennzeichen für eine Schwangerschaft erzählen lassen und ständig gehofft, sie an sich festzustellen, doch im Laufe der Jahre war sie zu dem Schluß gekommen, daß sie wohl unfruchtbar sein mußte.

Doch jetzt war sie mit einem anderen Mann verheiratet. Sie ließ das Handtuch fallen und betrachtete ihren nackten Körper im Spiegel. Maria hatte gesagt, an den Brüsten seien fast sofort Veränderungen zu erkennen. Waren ihre nicht etwas voller als sonst? Jedenfalls waren sie extrem druckempfindlich …

Maria hatte auch eine gesteigerte Geruchsempfindlichkeit erwähnt. Rosalind hatte das am Vortag bemerkt, aber auf den ungewohnten Großstadtgestank zurückgeführt. Was noch? Müdigkeit und Schwindel, beides Dinge, die sie sonst kaum kannte.

Sie starrte ihr Spiegelbild an und wußte es plötzlich.

Sie *wußte* es. Stephen und sie – beide davon überzeugt, daß sie keine Kinder haben konnten – hatten auf jenem sonnigen Heuboden in der Nähe der Katzenmutter mit ihren Jungen ein Baby gezeugt.

Überwältigt von dieser Erkenntnis, zog sie ihren Morgenrock an und ließ sich auf das Brokatsofa sinken, wo Portia schlief. Das Kätzchen kletterte sofort auf ihre Schulter, und sie streichelte geistesabwesend das seidige Fell. Seit jenem Tag in der Scheune hatte sie sich wie eine andere Frau gefühlt, aber nur Liebe und Ehe als Ursachen vermutet. Statt dessen gab es noch einen anderen, tieferen Grund. Am liebsten hätte sie das Fenster weit aufgerissen und die Freudenbotschaft ganz London kundgetan. Wenn Stephen nach Hause kam …

Der Gedanke ernüchterte sie ein wenig. Es war noch viel zu früh, um ihrem Mann etwas zu erzählen. Ein Arzt würde sie vermutlich auslachen, wenn sie ihre leichten Symptome und ihre Vorahnung schilderte, und möglicherweise hätte er recht. Sie konnte nicht ganz ausschließen, daß Wunschdenken ihr Urteilsvermögen trübte. Falls sie Stephen ein Kind in Aussicht stellte, würde er maßlos enttäuscht sein, wenn sich bald herausstellte, daß sie sich geirrt hatte. Nein, sie mußte abwarten, auch wenn es ihr noch so schwer fiel.

Verträumt lehnte sie sich auf dem Sofa zurück und wiegte Portia wie ein Baby in den Armen. Nachdem sie der Logik Tribut gezollt hatte, ließ sie jetzt ihrer Fantasie freien Lauf. Sie war schwanger und würde ein gesundes Kind zur Welt bringen … Stephen wünschte sich bestimmt einen Erben, und seinen Aussagen zufolge wäre sein Bruder Michael heilfroh, von der Bürde des Herzogstitels verschont zu bleiben. Doch sie selbst würde sich über eine Tochter genauso freuen.

Ein schwarzer Schatten fiel auf ihr Glück, als ihr zu Bewußtsein kam, daß Stephen aller Voraussicht nach die Geburt ihres Kindes nicht mehr erleben würde. Gleich darauf dämmerte ihr eine weitere Erkenntnis: Sie würde nicht zu ihrer Familie zurückkehren können, wenn tatsächlich ein neues Leben in ihr keimte. Ein Sohn wäre der künftige Herzog von Ashburton, eine Tochter eine reiche Erbin, und es würde Rosalinds Pflicht sein, Stephens einziges Kind in seinem Sinne zu erziehen. Das bedeutete, daß sie endgültig von der vertrauten Welt ihrer Kindheit und Jugend Abschied nehmen und statt dessen lernen mußte, sich in höchsten Adelskreisen zu behaupten.

Das würde ihr nur an der Seite ihres Mannes gelingen. Sie mußte diese wenigen Wochen in London ausnutzen, um Stephens Freunde kennenzulernen. Wenn man sie anerkannte, würde sie vielleicht auch nach seinem Tod offene Türen vorfinden.

Noch wichtiger war es, Kontakte zu seiner Familie zu knüpfen, denn als Mutter eines Kenyon-Kindes würde sie ein für allemal zu diesem Clan gehören. Beim Gedanken an die hochmütige ältere Schwester und den furchterregenden jüngeren Bruder hätte Rosalind fast laut gestöhnt. Selbst wenn Stephens Geschwister sich widerwillig mit ihr abfanden, würden sie vermutlich verlangen, daß sie alle Beziehungen zu ihrer eigenen unvornehmen Familie abbrach, was sie natürlich niemals tun würde. Und dann könnten die Kenyons versuchen, Druck auf sie auszuüben …

Seufzend schloß sie die Augen. Sollte es dazu kommen, hätte sie noch genügend Zeit, sich über diese Probleme den Kopf zu zerbrechen. Im Augenblick wollte sie sich darauf konzentrieren, in der Londoner Gesellschaft Fuß zu fassen. Dazu brauchte sie einige elegante Kleidungsstücke – am besten fließende Gewänder, die ihr auch bei fortschreitender Schwangerschaft noch passen würden. Um des Kindes willen mußte sie Stephens

Freunde davon überzeugen, daß sie nicht ›diese Schauspielerin‹ war, ›die sich den Herzog geschnappt hat, als er im Sterben lag‹, sondern eine Frau, die es verdiente, in den besten Häusern empfangen zu werden.

Rosalind legte eine Hand auf ihren Bauch und lächelte glücklich. Die Zukunft würde nicht einfach sein, wenn sie tatsächlich ein Kind erwartete – aber sie war gern bereit, alle Schwierigkeiten auf sich zu nehmen.

23. *Kapitel*

Stephen lehnte sich seufzend in seiner Kutsche zurück. Es gab wohl kaum etwas Deprimierenderes als einen Vormittag beim Anwalt, dem man seinen Letzten Willen auseinandersetzen mußte. Und in den nächsten Tagen würden weitere Besprechungen erforderlich sein, denn der Erbbesitz der Ashburtons ging zwar automatisch an Michael über, aber sein beträchtliches Privatvermögen sollte in erster Linie Rosalind und ihrer Familie zugute kommen. Sterben war eine komplizierte Angelegenheit …

Immerhin hatte er die Tortur für heute überstanden und konnte zu seiner Frau zurückkehren, in deren Nähe er seine chronischen Magenschmerzen und seine Müdigkeit vergaß. Sobald er Ashburton House betrat, übergab er Hut und Mantel einem Lakaien und wollte sich auf die Suche nach Rosalind machen.

Doch bevor er dazu kam, klopfte es an der Tür, und der Diener ließ die Gräfin von Herrington ein. Stephen hätte die Begegnung mit seiner Schwester gern noch etwas hinausgeschoben, fand sich aber sehr schnell mit der Situation ab und begrüßte sie mit einem herzlichen Lächeln. »Guten Tag, Claudia.«

Wie immer perfekt gekleidet und frisiert, erklärte sie ihr unerwartetes Auftauchen, während sie ihn flüchtig auf die Wange küßte. »Ich freue mich, daß du endlich wieder nach London gekommen bist, denn in deiner abgeschiedenen Abtei kannst du keine standesgemäße Frau finden. Meine Zofe hat mir allerdings heute morgen eine unglaubliche Geschichte erzählt. Sie will von ihrer Kusine, die in einem der Nachbarhäuser beschäftigt ist, erfahren haben, daß du gestern mit einer neuen Herzogin hier eingetroffen bist. Natürlich habe ich ihr klargemacht, daß es sich dabei nur um törichtes Geschwätz handeln kann.«

Weil Stephen nicht wollte, daß diese Unterhaltung von den Dienstboten belauscht wurde, führte er seine Schwester rasch in den kleinen Salon. »Du siehst gut aus, Claudia! Wie geht es Andrew und den Kindern?«

Ihr Gesicht wurde weicher. »Danke, ausgezeichnet. James genießt das Studium in Cambridge und hat allem Anschein nach eine vielversprechende Karriere vor sich.«

Stephen hörte sich weitere Familienneuigkeiten an, während Tee und Gebäck serviert wurden. Erst als sie wieder unter sich waren, sagte er: »Deine Zofe hat übrigens kein Geschwätz verbreitet – ich bin wieder verheiratet.«

Claudia verschluckte sich an ihrem Tee und mußte husten. Als sie wieder atmen konnte, rief sie aufgeregt: »Tatsächlich? Hast du dich für Chumleighs Tochter entschieden? Sie ist im weiten Umkreis der Abtei die einzige halbwegs standesgemäße Partie – und sehr hübsch, wie ich zugeben muß.«

»Nein, du kennst meine Frau nicht.« Bevor Stephen mehr sagen konnte, öffnete sich die Tür, und Rosalind betrat den Salon, ohne Claudia zu bemerken. »War der Anwalt schrecklich langweilig? Wenn du möchtest, sorge ich dafür, daß der Nachmittag angenehmer verläuft ...« Sie küßte ihn aufmunternd, und vorübergehend vergaß Stephen alles andere. Dann legte er einen Arm um ihre Schultern und drehte sie herum. »Rosalind, wir haben das Vergnügen, meine Schwester – Lady Herrington – bei uns begrüßen zu dürfen. Claudia, darf ich dir meine Frau vorstellen?«

Nach einem Moment völliger Sprachlosigkeit besann Claudia sich auf ihre Umgangsformen. »Entschuldigen Sie bitte … Das kommt etwas unerwartet.«

Rosalind war genauso überrascht, lächelte ihrer Schwägerin aber herzlich zu. »Ich freue mich sehr, Sie kennenzulernen.«

Stephen war stolz auf sie. Sogar in dieser extrem schwierigen Situation verlor sie nicht die Fassung.

Claudia runzelte die Stirn. »Ihr Gesicht kommt mir irgendwie bekannt vor, aber ich kann es nicht richtig einordnen. Wie lautete Ihr Mädchenname?«

Auf einen Sturm der Entrüstung gefaßt, griff Stephen nach Rosalinds Hand und nahm ihr die Antwort ab. »Fitzgerald, verwitwete Jordan.«

Lady Herrington schoß wie von der Tarantel gestochen aus ihrem Sessel hoch. »Jetzt weiß ich, wo ich Sie gesehen habe! Bei dem Theaterstück auf Candovers Landsitz! Sie sind Schauspielerin und haben in einem schamlosen Kostüm einen Elfen verkörpert!«

»Sie haben ein gutes Gedächtnis für Gesichter, Lady Herrington«, sagte Rosalind ruhig.

Ohne ihr Beachtung zu schenken, schrie Claudia ihren Bruder an: »Ashburton, wie konntest du nur eine Schauspielerin heiraten?« Nach kurzem Schweigen fuhr sie fast flehend fort: »Das soll nur ein Scherz sein, stimmt's? In Wirklichkeit ist sie natürlich nur deine Geliebte, aber du hattest schon immer einen makabren Sinn für Humor. Trotzdem finde ich es geschmacklos, daß du mir eine Geliebte vorstellst.«

Stephen holte tief Luft. »Es ist kein Scherz, Claudia. Rosalind ist meine Gemahlin und Herzogin von Ashburton.«

Claudias nußbraune Augen schleuderten Blitze. »Du … du widerlicher Lüstling! Ein Gentleman geht mit seiner Geliebten ins Bett, aber er heiratet sie nicht! Hast du denn überhaupt kein Anstandsgefühl? Was würde Vater dazu sagen?« Sie warf Rosalind einen haßerfüllten Blick zu. »Die Schande, die du über unsere Familie gebracht hast, wäre sein Tod gewesen!«

Stephen spürte, daß Rosalinds Hand zitterte, und der berüchtigte Jähzorn der Kenyons drohte ihn zu überwältigen, aber ihm fiel gerade noch rechtzeitig ein, daß er sich vorgenommen hatte, die Beziehung zu seiner einzigen Schwester vor seinem Tod zu intensivieren. Wenn er seine Zunge jetzt nicht im Zaume hielt, konnte er diese Hoffnung begraben.

»Ich bin sicher, daß der alte Herzog mein Verhalten mißbilligt hätte«, sagte er trocken. »So etwas nennt man ausgleichende Gerechtigkeit, denn auch ich war mit seiner Handlungsweise oft nicht einverstanden.«

Claudia bekam einen hochroten Kopf, und Stephen befürchtete fast, sie würde ihm ihr Handtäschchen an den Kopf werfen. »In solchen Dingen verstehe ich keinen Spaß! Allmächtiger, ich habe mich schon oft gefragt, wie ein richtiger Mann wie Vater einen solchen Waschlappen wie dich zeugen konnte! Oder bist du vielleicht ein Produkt von Mutters abscheulichen Affären?«

»Das reicht!« fiel Stephen ihr scharf ins Wort. »Ich kann verstehen, daß du schockiert bist, und ich hätte dir die Neuigkeit gern behutsamer beigebracht. Aber Rosalind ist nun einmal meine Frau, und kein Mensch hat das Recht, sie zu beleidigen.«

»Aber *dich* darf ich beleidigen?« fauchte Claudia. »Du bist ein Feigling, der nicht würdig ist, den Namen Ashburton zu tragen.«

Rosalind schnappte empört nach Luft, und Stephen drückte ihre Hand noch fester, um zu verhindern, daß sie in den Streit eingriff. »Wir haben verschiedene Wertvorstellungen, Claudia«, stellte er ruhig fest. »Trotzdem bitte ich dich – nimm dir die Zeit, meine Frau besser kennenzulernen. Du wirst feststellen, daß sie unserem Namen alle Ehre macht.« Sarkastisch fügte er hinzu: »Jedenfalls ist sie wesentlich moralischer und damenhafter als unsere Mutter!«

»Wenn Vater noch am Leben wäre, würde er dich enterben!« Claudias Stimme zitterte, während sie zur Tür stürmte. »Jetzt muß ich es an seiner Stelle tun.«

Trotz seines Zorns hatte Stephen auch Mitleid mit seiner Schwester. »Claudia, ich weiß, daß du unseren Vater vergöttert hast und mir verübelst, nicht sein Abbild sein zu wollen. Das ändert aber nichts an der Tatsache, daß ich der fünfte Herzog von Ashburton und das Familienoberhaupt bin. Eine Entfremdung zwischen uns wird auch die Menschen, die wir lieben, tief verletzen. Kannst du nicht ihnen zuliebe versuchen, mich und meine Frau zu akzeptieren?«

Claudia drehte sich mit aschfahlem Gesicht und Tränen in den Augen um. »Nein, das kann ich nicht, Stephen«, flüsterte sie.

Nachdem die Tür hinter ihr zugefallen war, atmete Stephen tief durch. »Es tut mir wahnsinnig leid, daß du diese Szene miterleben mußtest, Rosalind.«

»Ich wußte, daß unsere Heirat Ärger verursachen würde«, murmelte sie mit zittriger Stimme, »aber daß es deswegen zur Entzweiung mit deiner einzigen Schwester kommen würde, hätte ich nicht für möglich gehalten. Und ich bin schuld daran ...«

Er nahm sie in die Arme. »Nein, daran ist nur Claudia schuld. Solange unser Vater lebte, hat sie alles versucht, um sein Wohlgefallen zu erlangen. Michael und ich haben viel früher begriffen, daß es unmöglich war, den alten Herrn zufriedenzustellen – mein Bruder hat offen aufbegehrt, während ich mich eher heimlich widersetzte. Aber die arme Claudia wollte um jeden Preis die perfekte Tochter sein.«

Er dachte traurig an seine Kindheit zurück, als die ältere Schwester mit Engelsgeduld ihre Schritte seinen kurzen Beinen angepaßt hatte. Sie war viel mütterlicher gewesen als die Mutter, die sich kaum um ihre drei Kinder kümmerte, und nur in Claudias Armen hatte er sich geborgen gefühlt. »Leider hat sie deshalb Vaters schlimmste Vorurteile übernommen.«

Rosalind vergrub ihr Gesicht an seiner Schulter. »Wird dein Bruder genauso schlimm reagieren?«

»Nein, Michael wird zwar im ersten Moment bestürzt sein, aber er wird sich die Zeit nehmen, dich kennenzulernen, und dann wird er meine Wahl verstehen und billigen.« Während Stephen ihr tröstend übers Haar strich, hoffte er von ganzem Herzen, daß sein Bruder tatsächlich so tolerant sein würde.

Sie hob den Kopf und rang sich ein Lächeln ab. »Weißt du, heute morgen hatte ich beschlossen, an deiner Seite am gesellschaftlichen Leben teilzunehmen, damit niemand glauben kann, du müßtest dich deiner vulgären Frau schämen. Aber jetzt … jetzt weiß ich nicht, ob ich noch den Mut dazu habe.«

Stephen vergaß seinen Ärger auf Claudia. »Bei Gott, das ist die Lösung! Wir werden dich nach der neuesten Mode ausstaffieren, und dann stelle ich dich überall vor. Die vornehme Welt soll wissen, daß der Herzog von Ashburton stolz auf seine Frau ist!« Nach einem Kuß blickte er ihr tief in die Augen. »Die Begegnung mit Claudia war am schlimmsten. Ich schwöre dir, daß alle anderen viel einfacher sein werden.«

Obwohl er bezweifelte, daß sie wirklich überzeugt war, reckte Rosalind trotzig das Kinn. »Ich werde mein möglichstes tun, um dir keine Schande zu bereiten.«

»Das wirst du ganz bestimmt nicht! Claudia führt sich zwar so auf, als hätte ich Hochverrat begangen, aber ich bin nicht der erste Lord, der eine Schauspielerin geheiratet hat. Elizabeth Farren trat mit ihren Eltern ebenfalls auf Wanderbühnen auf, spielte später in den großen Londoner Theatern und ist jetzt die angesehene Gräfin von Derby. Wie du siehst, gibt es durchaus Präzedenzfälle für unsere Ehe.«

Rosalind lächelte kläglich. »Miss Farren scheint eine wesentlich bessere Schauspielerin als ich gewesen zu sein …«

»Es kommt einzig und allein auf deinen Charakter an.« Er überlegte. »Der Dienstbotenklatsch scheint schon weite Kreise gezogen zu haben, und deshalb müssen wir dich schon heute abend im Theater prächtig zur Schau stellen. Heute nachmittag werden wir zwar einen Schneidersalon aufsuchen, aber im Augenblick bleibt uns nichts anderes übrig, als nachzuschauen, ob Catherine etwas Passendes im Schrank hat.« Stephen zog sie aus dem Salon hinaus.

»Was meinst du damit?« fragte Rosalind besorgt.

»Michael und seine Frau wohnen in diesem Haus, wenn sie in London sind, und Catherine läßt den größten Teil ihrer Abendgarderobe hier, weil sie in Wales keine Verwendung dafür hat. Eines ihrer Kleider eignet sich bestimmt für den heutigen Theaterbesuch.«

Rosalind blieb wie angewurzelt stehen. »Ich kann doch unmöglich ohne Erlaubnis ein Kleid deiner Schwägerin anziehen! Das würde sie mir nie verzeihen – und dein Bruder wahrscheinlich auch nicht!«

»Catherine hätte bestimmt nichts dagegen.«

»So etwas kann nur ein Mann sagen«, schnaubte Rosalind. »Jessica und ich haben fünfzehn Jahre ein Zimmer geteilt, aber ich würde mir trotzdem nichts von ihr borgen, ohne sie vorher um Erlaubnis gefragt zu haben.«

»Catherine ist nicht Jessica«, erwiderte er heiter. »Komm, wir schauen einfach nach, ob wir etwas Passendes finden.«

Sie gab nach, weil es sinnlos war, mit einem Mann zu diskutieren, der offenbar keine Ahnung von Frauen hatte, und ließ sich von ihm in die Gemächer seines Bruders führen, die genauso prächtig wie ihre eigenen waren. Rosalind fühlte sich dort sehr unbehaglich, so als könnte der Offizier mit dem ›Tausend-Meter-Blick‹ plötzlich zum Vorschein kommen und sie anbrüllen. Die Möbel waren mit Schonbezügen abgedeckt, und niemand hinderte Stephen daran, im Ankleidezimmer einen der beiden riesigen Wandschränke zu öffnen. »Na, was hältst du davon?«

Rosalind machte zunächst einmal nur große Augen. Auf der Bühne hatte sie alles mögliche getragen, von Lumpen bis zu fürstlichen Gewändern, aber das waren nur Theaterkostüme gewesen. Eine solche Kollektion erlesener Abendkleider hatte sie noch nie gesehen: schimmernde Seide, weicher Samt, zarte Spitzen ... Lady Catherine mußte einen erstklassigen Geschmack haben. Sie selbst traute sich nicht einmal, die edlen Stoffe zu berühren. »Deine Schwägerin scheint dunkelhaarig zu sein«, stammelte sie. »Für mich sind das nicht die richtigen Farben.«

»Du hast recht – Catherine ist brünett und hat blaugrüne Augen, aber einige Kleider dürften auch dir gut stehen.« Stephen holte zielsicher eine atemberaubende Robe aus blauer Seide hervor. »Wie wär's damit?« Als er das Kleid um sie herum drapierte und sie zum Spiegel drehte, hielt Rosalind unwillkürlich den Atem an. Die Farbe paßte perfekt zu ihren blonden Haaren und zu ihrem zarten Teint. »Es ist bestimmt viel zu klein für mich«, wandte sie trotzdem ein. »Ich bin leider etwas zu üppig geraten.«

Er grinste. »Du hast eine herrlich weibliche Figur, genau wie Catherine. Probier das Kleid an.«

Rosalind zögerte immer noch. »Das wäre schrecklich anmaßend.«

Stephen schüttelte energisch den Kopf. »Catherine war auf allen europäischen Schlachtfeldern, wurde von französischen Soldaten bedroht, suchte nach Verletzten und betreute Sterbende in Nothospitälern. Sie weiß, worauf es im Leben wirklich ankommt, und wird es dir mit Sicherheit nicht verübeln, wenn du dir eines ihrer Kleider für einen Theaterbesuch ausleihst.«

Diese Erklärung überzeugte Rosalind endlich, und gleich darauf erkannte sie sich im Spiegel kaum wieder. Nur das tiefe Dekolleté des mit Kristallen besetzten engen Mieders bestürzte sie. »Glaubst du wirklich, daß ich mit diesem Ausschnitt damenhaft aussehe? So etwas habe ich nicht einmal auf der Bühne getragen.«

Lachend trat Stephen hinter sie und umschlang ihre Taille. »Das ist die neueste Mode, Liebling. Alle Männer werden gaffen, und die Frauen werden neidisch sein. Jetzt brauchst du dich nur noch genauso fürstlich zu benehmen wie als Hippolyta.«

»Darf ich dann auch Hippolytas Waffen tragen, um mich verteidigen zu können? Als Amazonenkönigin stehen mir doch mindestens Pfeil und Bogen zu.«

»Ich werde dich mit besseren Waffen ausstatten.« Stephen geleitete sie feierlich in sein Arbeitszimmer hinab. »Paß genau auf – du wirst wissen müssen, wie man das macht.« Er zeigte ihr, wie man zwei Geheimfächer in seinem Schreibtisch öffnete, in denen jeweils ein Schlüssel lag. Dann nahm er ein Landschaftsgemälde von der Wand, hinter dem ein Tresor zum Vorschein kam, der sich nur mit beiden Schlüsseln öffnen ließ. Gerührt über sein Vertrauen, beobachtete Rosalind, wie er eine große Schatulle hervorholte und auf den Tisch stellte. »Der wertvollste Familienschmuck befindet sich in der Abtei, aber einige hübsche Sachen bewahren wir hier auf. Wähl aus, was du heute abend tragen möchtest.«

Sie starrte die funkelnden Schmuckstücke an und fragte sich, wie jemand solche Reichtümer für selbstverständlich halten konnte. Schließlich griff sie nach einer girlandenförmigen Goldkette, weil die mit Diamanten verzierten blauen Emailblüten ideal zur Farbe ihrer Robe paßten. Dazu gehörten Ohrringe, und einen davon hielt sie probeweise an ihr Ohr. »Was hältst du davon?«

Stephen nickte. »Der Hochzeitsschmuck der Habsburger – sehr schön.«

»Ist das dein Ernst?« Vor Schreck hätte Rosalind den

Ohrring fast fallen gelassen. »Hat das einer Königin gehört?«

»Nur einer ziemlich unbedeutenden Prinzessin«, beruhigte er sie. »Es gab eine Menge Habsburger.«

Rosalind kämpfte verzweifelt gegen ihre Minderwertigkeitskomplexe an. Stephen hatte sie zwar akzeptiert, aber eine solche Toleranz war in jeder Gesellschaftsschicht die große Ausnahme. Konnte sie als Findelkind und Schauspielerin wirklich unter Menschen leben, für die Schmuckstücke der Habsburger nichts Besonderes waren?

Ihr kam ein neuer schrecklicher Gedanke. Würde Stephens Schwester nach seinem Tod vielleicht versuchen, ihr das Baby wegzunehmen, weil sie in Claudias Augen eine ›unwürdige‹ Mutter war? Aus eigener Kraft würde Lady Herrington das wohl nicht schaffen, doch mit Michaels Unterstützung könnte es ihr gelingen. Sollte der neue Herzog die Frau seines verstorbenen Bruders ebenfalls ablehnen, wäre sie den Kenyons auf Gnade und Ungnade ausgeliefert.

Tief durchatmend beruhigte Rosalind sich, daß ihre Fantasie mit ihr durchging. So weit würde es bestimmt nicht kommen – und wenn doch, würde sie mit ihrem Baby nach Amerika flüchten und sich dort irgendwie durchschlagen.

Stephen berührte ihre Schulter. »Du bist so still ...«

Aus heiterem Himmel kam ihr eine verblüffende Idee. Zeit ihres Lebens hatte sie versucht, alles zu vergessen, was vor jenem Tag geschehen war, als die Fitzgeralds sie gefunden hatten. Doch wenn sie nun selbst ein Kind erwartete, mußte sie sich zwingen, einen Blick auf ihre Vergangenheit zu werfen. »Ich dachte gerade«, murmelte sie, »daß ich in den nächsten Tagen gern einmal das Hafenviertel aufsuchen würde.«

Er verstand sofort. »Du meinst die Gegend, wo du Thomas und Maria begegnet bist?«

Rosalind nickte stumm.

Stephen runzelte die Stirn. »An der Themse herrscht Schiffsverkehr auf einer Strecke von fünf bis sechs Meilen. Weißt du, in welcher Gegend wir suchen sollten?«

»Sie haben mir erzählt, daß sie den Tower besichtigt hatten und anschließend einen kleinen Bummel machen wollten. In östliche Richtung, hat Papa einmal erwähnt.«

»Das wäre ein Bezirk namens *St. Catherine's,* weil es dort jahrhundertelang ein Nonnenkloster gab. Jetzt ist das Viertel völlig heruntergekommen und übervölkert ...« Er streichelte ihren Arm. »Wir fahren gleich morgen hin, wenn du möchtest. Aber was hoffst du dort zu finden?«

»Ich weiß nicht ... Vielleicht meine Wurzeln ...«

»Mir ist es ganz egal, wer deine leiblichen Eltern waren«, betonte Stephen. »Für Thomas und Maria hat diese Frage ja auch nie eine Rolle gespielt.«

»Aber für mich selbst ist sie sehr wichtig«, flüsterte Rosalind, während sie den Schmuck der Habsburger anstarrte. Sie konnte Claudias Empörung plötzlich gut verstehen, weil sie selbst das Gefühl hatte, sich eine Rolle anzumaßen, die ihr nicht zustand.

24. Kapitel

Das Geraune begann, sobald Rosalind Arm in Arm mit Stephen das Theaterfoyer betrat. Während er Freunde begrüßte, hörte sie Kommentare wie ›Es gibt also wirklich eine neue Herzogin‹, ›Weiß jemand Näheres über ihre Abstammung?‹, ›Dieses verdammte Weibsbild – ich hatte selbst ein Auge auf Ashburton geworfen!‹ und ›Es ist einfach ungerecht, daß Herzöge immer die attraktivsten Frauen abbekommen!‹

Hocherhobenen Hauptes überhörte Rosalind diese Bemerkungen und versuchte statt dessen, sich die Namen der Menschen zu merken, denen sie vorgestellt wurde. Zu ihrer großen Erleichterung reagierte niemand so kraß wie Lady Herrington. Alle waren höflich zu ihr, die meisten sogar herzlich, was natürlich daran lag, daß Stephen offenbar sehr geschätzt wurde. Seine Freunde schienen sich aufrichtig zu freuen, daß er nach der Trauer um seine erste Frau nun wieder am gesellschaftlichen Leben teilnahm, mit einer neuen schönen Frau an seiner Seite.

Trotzdem war Rosalind heilfroh, als sie endlich in ihrer Loge Platz nehmen konnten. Der Nachmittag war anstrengend gewesen, denn Stephen hatte sie ins beste Londoner Schneideratelier geschleppt und alles bestellt, was eine Herzogin brauchte, um auf dem neuesten Stand der Mode zu sein. Wäre sie allein gewesen, hätte sie bei den Einkäufen zu sparen versucht, doch ihr Mann hatte auf einer wahrlich fürstlichen Ausstattung bestanden.

Von der Loge aus schaute sie sich begierig um. *Drury Lane* war das größte und prächtigste Theater, das sie jemals gesehen hatte, und sie war dankbar, daß Stephen sie überredet hatte, die Robe ihrer Schwägerin anzuziehen, denn in einem ihrer eigenen Kleider wäre sie sich hier wie eine Bettlerin vorgekommen. »Es ist imposant … Wieviel Zuschauer haben in diesem Theater Platz?«

»Über dreitausend. Nachdem das alte Gebäude vor neun oder zehn Jahren abbrannte, wurde der Saal beim Wiederaufbau erheblich vergrößert.«

Rosalind lehnte sich in ihrem bequemen Sitz zurück. »Ich könnte mich an solchen Luxus gewöhnen.«

Lächelnd griff Stephen nach ihrer Hand. »Ausgezeichnet, das sollst du nämlich.« Sein Daumen strich über ihren Handschuh. »Aber mein Lieblingstheater ist und bleibt der Heuschober von Bury St. James!«

»Dort haben wir keine einzige Vorstellung gegeben«, schmunzelte Rosalind.

»Wirklich nicht?«

Seine Augen funkelten so anzüglich, daß sie errötete und sich kühle Luft zufächelte. Als Schauspielerin hatte sie die elegante Handhabung eines Fächers früh gelernt, und jetzt, da unzählige neugierige Augen auf die geheimnisvolle neue Herzogin gerichtet waren, kam ihr diese Kunst zugute.

Das Stück begann, und allmählich verlagerte das Interesse der Zuschauer sich von Rosalind auf das Bühnengeschehen. Sie atmete erleichtert auf und fieberte Keans erstem Auftritt entgegen.

Er war ein kleiner Mann mit übergroßem Kopf, doch diese Mängel wurden durch sein schauspielerisches Talent mehr als wettgemacht. Der Othello gehörte zu seinen Glanzrollen, und er verkörperte den tragischen eifersüchtigen Mohr mit solcher Intensität, daß Rosalind alles um sich herum vergaß, bis Stephens Finger ihre Hand schmerzhaft zusammenpreßten.

Erschrocken wandte sie sich ihm zu und stellte fest, daß seine Augen geschlossen waren und daß er sich vor Schmerzen völlig verkrampft hatte. »Stephen!« Sie wollte aufstehen, doch er schüttelte leicht den Kopf und umklammerte ihre Hand noch fester. Offenbar wollte er um jeden Preis vermeiden, daß seine Krankheit publik wurde, und in dem gut beleuchteten Theater würde eine unerwartete Aktivität in der Loge der Ashburtons zwangsläufig Aufsehen erregen.

Widerwillig schaute Rosalind wieder auf die Bühne, beobachtete ihren Mann jedoch aus dem Augenwinkel heraus. Sein Gesicht glänzte von kaltem Schweiß, seine Finger fühlten sich eisig an, und seine gequälten Atemzüge hallten so laut in ihrem Kopf wider, daß sie Keans donnernde Worte überhaupt nicht mehr hörte.

Der Anfall dauerte länger als alle vorangegangenen, die sie miterlebt hatte, und schließlich murmelte sie eindringlich: »Wir sollten gehen … Laß mich einen Pförtner rufen, der dich stützen kann.«

Stephen öffnete die Augen und funkelte sie wütend an. »Nein!«

Zur Untätigkeit gezwungen, tat Rosalind so, als verfolgte sie das Stück. Allmählich lockerte sich der Griff seiner verkrampften Finger – gerade noch rechtzeitig, denn die erste Pause hatte begonnen, und es klopfte an der Logentür. Sie warf ihm einen entsetzten Blick zu. »Stephen …?«

Obwohl seine Augen noch vor Schmerz getrübt waren, riß er sich mit schier übermenschlicher Anstrengung zusammen und rief laut: »Herein.«

Rosalind wechselte hastig den Platz, damit die Blicke der Besucher zunächst auf sie fielen. Am liebsten hätte sie alle hinausgescheucht, doch statt dessen setzte sie ein strahlendes Lächeln auf und ließ ihren Charme spielen, heilfroh über die langjährige Bühnenerfahrung. Stephen übernahm dankbar die Nebenrolle des verliebten Ehemanns, der wenig zum Gespräch beiträgt und schmunzelnd beobachtet, wie seine Frau alle Herzen erobert. Außer Rosalind schien niemand zu bemerken, wie schwach er noch war.

Ihr fiel ein Stein vom Herzen, als das Klingelzeichen zum nächsten Akt ertönte. Einige Besucher trödelten absichtlich herum, in der Hoffnung, zum Bleiben aufgefordert zu werden, verließen die Loge jedoch, als Rosalind sie mit einem jener aristokratischen Blicke bedachte, die sie Maria abgeschaut hatte.

Sobald sie allein waren, kommentierte Stephen humorvoll: »Du gewöhnst dich erstaunlich schnell an die Rolle der Herzogin.«

Rosalind griff wieder nach seiner Hand. »Ich werde jede Rolle spielen, die du von mir erwartest.«

»Am meisten wünsche ich mir die Rolle der Ehefrau«, sagte er leise.

Lächelnd drückte sie seine Hand an ihre Wange. »Das ist keine Rolle, sondern die Wirklichkeit.«

Der letzte Akt von *Othello* ging ohne Zwischenfälle vorüber, und es gelang ihr, Stephen zum Gehen zu überreden, bevor die Farce begann, allerdings nur, weil sie selbst Müdigkeit vortäuschte. Der Herzog von Ashburton hätte bis zum bitteren Ende ausgeharrt, obwohl sein Gesicht vor Erschöpfung aschfahl war.

»Was hältst du von Edmund Kean?« fragte er auf der Heimfahrt.

»Er ist ein fantastischer Schauspieler, der seinem Ruf wirklich gerecht wird.« Sie zögerte kurz, bevor sie hinzufügte: »Mag sein, daß ich als Tochter voreingenommen bin, aber ich finde, daß Papa es mit ihm aufnehmen kann.«

»Ich bin ganz deiner Meinung. Und du selbst hast heute einen großen Erfolg erzielt. Hoffentlich zerstreut das deine Ängste, daß man dich in der Gesellschaft nicht anerkennen könnte.«

»Größtenteils – jedenfalls solange du bei mir bist. Alle haben dich gern.«

»Ich bin noch nicht lange genug Herzog, um mir viele Feinde geschaffen zu haben«, erwiderte Stephen trocken.

Ihr war schon oft aufgefallen, daß er jedes Kompliment abwehrte, und sie machte seinen Vater dafür verantwortlich, der durch nichts zufriedenzustellen gewesen war.

In Ashburton House gingen sie sofort zu Bett. Für ihre üblichen Liebesspiele war Stephen noch zu schwach, aber er schlief in Rosalinds Armen ein, den Kopf auf ihrer Brust.

Während sie zärtlich seinen Rücken streichelte, dachte sie, daß die Rolle einer Ehefrau komplizierter war, als sie geglaubt hatte. Sie mußte nicht nur seine Geliebte, Freundin und Gefährtin sein, sondern auch seine Komplizin. Es stand zwar nicht in ihrer Macht, sein Leben zu retten, doch sie schwor sich, ihm zu helfen, wenigstens seinen Stolz zu retten.

Tag 38

Eine bleiche Herbstsonne kämpfte sich am nächsten Morgen zwischen Wolken durch. Stephen hatte ein Flußboot gemietet, das sie bequemer und schneller als eine

Kutsche an ihr Ziel im Osten von London bringen würde, und er hatte gewisse Vorsichtsmaßnahmen getroffen, denn die Gegend, die sie besuchen wollten, war nicht ganz ungefährlich. Zwei seiner Diener – Veteranen des letzten Krieges, die unter seinem Bruder gedient hatten – waren mit an Bord, nicht in ihrer üblichen aristokratischen Livree, sondern unauffällig gekleidet. Um sein eigenes wertloses Leben hätte Stephen nicht soviel Aufhebens gemacht, doch er mußte Rosalind beschützen.

Sie genoß diese Bootsfahrt und staunte über die vielen Schleppkähne und Fähren. »Ich hatte keine Ahnung, daß auf dem Fluß so viel Betrieb herrscht.«

»Die Themse ist Londons wichtigste Lebensader. Unterhalb der London Bridge, im sogenannten *Pool*, wird es noch hektischer zugehen. Dort liegen die großen Schiffe vor Anker, und nachdem Thomas und Maria dich in jener Gegend gefunden haben, bist du wahrscheinlich auf einem solchen Küsten- oder Kanalschiff nach London gelangt.«

Rosalind nickte zerstreut. Ihre ganze Aufmerksamkeit galt der Blackfriars Bridge, unter deren Bögen das schnelle Boot übers Wasser glitt. Während Stephen ihr emporgewandtes Profil betrachtete, fragte er sich unwillkürlich, ob sie nach seinem Tod einen anderen Adligen heiraten würde. Gestern abend im Theater hatte sie mühelos alle Männer um den kleinen Finger gewickelt. Einige besonders arrogante Typen würden möglicherweise an ihrer Vergangenheit Anstoß nehmen, aber als schöne und reiche Witwe dürfte sie von Freiern nur so umschwärmt werden. Er überlegte, welcher Mann gut genug für sie sein könnte, schob diese selbstquälerischen Gedanken jedoch schnell beiseite und beschloß, Michael zu bitten, Rosalind vor den schlimmsten Mitgiftjägern zu warnen.

Im *Pool* lagen, wie er prophezeit hatte, viele Segelschiffe vor Anker, deren Ladung auf Lastkähnen an Land gebracht wurde. Ihr Ruderboot kam hier nur langsam vorwärts, weil es immer wieder anderen Wasserfahrzeugen ausweichen mußte. Trotzdem kam der Tower bald in Sicht, und sobald sie das düstere Bauwerk passiert hatten, befahl Stephen den Bootsleuten, die nächste Anlegestelle anzusteuern. Wenn Rosalind sich richtig erinnerte, hatten die Fitzgeralds sie irgendwo hier in der Nähe gefunden.

Er half ihr beim Aussteigen, und sie erbleichte, kaum daß sie auf der nassen Steintreppe stand. »Dieser Geruch!« stammelte sie bestürzt. »Ich habe ihn nie vergessen ...«

Es stank nach Fisch, nach Schmutz und Schweiß, durchsetzt mit Hopfengeruch und dem schwachen Duft exotischer Gewürze. Zweifellos eine interessante Mischung, aber alles andere als erfreulich.

Ihre Blässe erschreckte Stephen. »Bist du sicher, daß das eine gute Idee ist?«

Rosalind umklammerte seinen Arm. »Nein, aber ich möchte es trotzdem tun.«

Sie stiegen die Stufen zum Ufer empor und gingen durch eine der schmalen Straßen, die von rauchgeschwärzten baufälligen Häusern gesäumt wurden. »Erkennst du irgend etwas?« fragte Stephen nach einer Weile.

Obwohl es kein kalter Morgen war, fröstelte Rosalind in ihrem Cape, während sie sich umschaute. »Nicht direkt, aber es muß die richtige Gegend sein. Irgendwo war eine Kirche und eine Brauerei, das weiß ich noch.«

»Die Katharinenkirche ist in der Nähe, und hier stinkt es so nach Hopfen, daß die Brauerei auch nicht weit entfernt sein kann.« Er führte sie um einen Abfallhaufen herum. »Ich habe gehört, daß das ganze Viertel abgerissen werden soll, um Platz für ein riesiges Trockendock zu schaffen. Eine vernünftige Idee, würde ich sagen, denn hier gibt es wirklich nichts, dem man nachtrauern könnte.«

Rosalind warf einen Blick auf jede schmutzstarrende

Gasse, an der sie vorbeikamen. »Damals kam es mir auf den Straßen viel lauter vor.«

»Ich hielt es für vernünftig, möglichst früh herzukommen.« Aus dem Augenwinkel heraus sah Stephen etwas davonhuschen – eine fette Ratte! »Die ehrlichen Leute gehen jetzt ihrer Arbeit nach, und wenn wir etwas Glück haben, schlafen die Ganoven noch.«

Ein zerlumpter Mann kam ihnen entgegen und musterte sie neugierig, was kein Wunder war, denn obwohl sie sich für diesen Ausflug ganz schlicht gekleidet hatten, paßten sie nicht nach *St. Catherine's.* Im Vorbeigehen huschten seine Schweinsäuglein lüstern über Rosalinds Körper, die sich unwillkürlich versteifte. »Dieser Mann …«, keuchte sie.

»Kennst du ihn?« Stephen warf einen Blick über seine Schulter hinweg, doch der Kerl war schon irgendwo verschwunden.

»Nein … er ist nicht alt genug, aber … aber er hat mich an jemanden von damals erinnert.« Sie fuhr sich mit dem Handrücken über den Mund.

Auf das Schlimmste vorbereitet, fragte Stephen: »Hat jener andere Mann dir etwas zuleide getan?«

»Er … er hat mir etwas zu essen angeboten«, berichtete sie zögernd. »Ich glaube, es war eine Wurst. Er war mir unheimlich, weil er mich so komisch anstarrte, aber ich hatte schrecklichen Hunger und griff nach der Wurst. Dann … dann hat er mich festgehalten und geküßt und … und seine Hand unter meinen Rock geschoben. Er stank, und seine Zunge … ich dachte, er wollte mich aufessen.« Sie wischte sich wieder mit zittriger Hand den Mund ab.

»Hat er dich mißbraucht?«

»Nicht richtig … Ich habe ihm die Zunge blutig gebissen, und als er aufschrie, konnte ich mich losreißen und weglaufen.« Sie rang mühsam um Fassung. »Die Wurst hatte ich die ganze Zeit über festgehalten, und dann habe ich mich hinter einem Müllberg versteckt und sie gierig aufgegessen.«

Beim bloßen Gedanken an alles, was sie durchgemacht hatte, stieg mörderische Wut in Stephen auf. »Wie hast du überlebt? Wo hast du geschlafen?«

Rosalind beschleunigte ihre Schritte. »Es gibt viele Winkel, in denen ein kleines Kind sich verbergen kann. Natürlich hausen dort auch andere Lebewesen.« Sie schob ihren linken Ärmel hoch und zeigte ihm eine kleine Narbe unter dem Ellbogen. »Das war ein Rattenbiß.«

Er hätte sie am liebsten in die Arme genommen und von diesem gräßlichen Ort weggebracht, zurück in die Sicherheit von Mayfair, aber er wußte genau, daß sie damit nicht einverstanden wäre. »Kannst du dich an sonst etwas erinnern?«

»An das Schiff, mit dem ich nach London gekommen bin«, murmelte sie langsam. »Es war eine rauhe Überfahrt ... Wir kamen von irgendeinem Ort, wo Französisch gesprochen wurde, und ich konnte die Sprache verstehen ... jedenfalls das, was ein Kind dieses Alters versteht, wenn Erwachsene sich unterhalten ...«

»Und mit wem warst du unterwegs?«

»Mit einer Frau.« Rosalind blieb stehen und starrte ins Leere. »Sie war seekrank, ich nicht ... Ich brachte ihr etwas zu essen, und sie stöhnte nur und schickte mich weg. Ich konnte nicht begreifen, warum es ihr so schlecht ging.«

»War diese Frau deine Mutter?«

»Nein!« rief Rosalind scharf. »Nicht meine Mutter!«

Stephen wunderte sich über ihren heftigen Protest, wollte sie aber nicht weiter quälen, speziell nicht an diesem Ort. Er zog ihren Arm durch seinen und bog in eine andere Straße ein. Wie Rosalind bemerkt hatte, wirkte die Gegend wirklich fast ausgestorben. Nur hin und wieder spürte er, daß sie durch schmutzige Fenster beobachtet wurden, und es beruhigte ihn, die beiden Diener in einiger Entfernung hinter sich zu wissen.

Einem mageren hinkenden Hund ausweichend, murmelte er: »Jetzt, da ich dieses Elendsviertel mit eigenen

Augen sehe, kann ich besser verstehen, warum hier niemand einem kleinen Waisenkind zu Hilfe gekommen ist.«

Rosalind lächelte schwach. »Wieviel ich den Fitzgeralds zu verdanken habe! Seltsamerweise hatte ich sofort Vertrauen zu Maria ... vielleicht erinnerte sie mich an meine Mutter. Als sie mich in die Arme nahm und fragte, ob ich eine neue Mama und einen neuen Papa haben wolle, schwor ich mir, ihr nie Kummer zu bereiten ...«

»Das hast du auch nicht. Thomas hat mir erzählt, du seist ein fast unnatürlich braves Kind gewesen.«

»Ich hatte Angst, daß sie mich hierher zurückbringen würden, wenn ich nicht brav wäre.« Nervös strich sie sich eine Haarsträhne aus dem Gesicht. »Natürlich war das Blödsinn, aber ich konnte diese Furcht nie ganz überwinden.«

Stephen blutete das Herz, wenn er sich vorstellte, welche Alpträume sie auch Jahre nach der Adoption gehabt haben mußte. Ein Wunder, daß sie trotzdem ein so lebensfroher Mensch geworden war!

Als sie wieder um eine Ecke bogen, sahen sie eine alte Frau, die mit einer Tonpfeife im Mund auf den Stufen eines baufälligen Hauses saß. Rosalind hielt plötzlich den Atem an. »Ich erkenne sie wieder! Das heißt, auch damals gab es hier eine Frau, die immer draußen saß. Die alte Molly ... Ich nehme an, daß sie mit einem Seemann verheiratet war und aus Langeweile alles beobachtete, was in der Nachbarschaft vorging.«

»Könnte es dieselbe Frau sein?«

Rosalind kaute nachdenklich an ihrer Unterlippe. »Molly kam mir damals uralt vor, aber sie hatte dunkle Haare. Jetzt sind sie weiß, und sie hat ein runzeliges Gesicht. Vielleicht ist es wirklich Molly.« Ihr unruhiger Blick schweifte über die Gebäude. »Sie hat in dieser Straße gewohnt, denn ich erinnere mich an diese eigenartigen Fassaden.«

»Das ist holländischer Baustil.« Hier war sie also als

hilfloses Kind umhergeirrt … »Gibt es einen besonderen Grund, weshalb du dich nach all den vielen Jahren an sie erinnerst?«

Rosalind nickte. »Genau an dieser Stelle haben Thomas und Maria mich gefunden, und Molly hat ein paar Worte mit ihnen gewechselt.«

»Dann wollen wir sie fragen, ob auch sie sich noch an jenen Tag erinnern kann.« Arm in Arm näherten sie sich der alten Frau, deren wettergegerbtes Gesicht darauf hindeutete, daß sie tatsächlich seit Jahrzehnten die meiste Zeit im Freien verbrachte.

»Guten Tag«, sagte er höflich. »Meine Frau würde Sie gern etwas fragen.«

Sie nahm die Tonpfeife aus dem Mund. »Ja?«

»Vor langer Zeit – genauer gesagt, vor 24 Jahren – hat ein Waisenkind hier gehaust«, berichtete Rosalind. »Können Sie sich zufällig noch daran erinnern?«

Die alte Frau zuckte mit den Schultern. »Waisen gibt's in dieser Gegend scharenweise.«

»Es war ein ganz kleines Mädchen.«

Die Frau zog an ihrer Pfeife. »Ach ja, die Göre … Kleine Mädchen bleiben selten lange auf der Straße, weil man sie in Bordellen gut gebrauchen kann. Ein dunkelhaariges Pärchen hat die Göre damals mitgenommen – wie Hurenjäger sahen die beiden eigentlich nicht aus, aber vielleicht waren sie trotzdem welche.« Sie musterte Rosalind aufmerksam. »Bist du jene Göre? Blonde Haare und braune Augen gibt's ziemlich selten.«

Rosalind nickte stumm.

Mollys Blick schweifte zu Stephen. »Wenn das dein Mann ist, hast du offenbar Glück gehabt, Mädchen.«

»Das weiß ich«, brachte Rosalind mühsam hervor. »Aber Sie waren damals freundlich … Sie haben mir einmal Brot geschenkt, das weiß ich noch.«

»Nicht geschenkt«, kicherte Molly. »Verschenken tu' ich nie was.«

»Stimmt, ich habe Ihnen irgendwas dafür gegeben«,

murmelte Rosalind, »aber ich weiß nicht mehr, was es war.«

»Ein Taschentuch«, erzählte die Alte bereitwillig. »Aus feinem Stoff, hübsch bestickt. Ich hab's lange behalten und dann für zwei Shilling verkauft.«

Rosalind hielt mit weit aufgerissenen Augen den Atem an. »Ja, ein Taschentuch! Wissen Sie zufällig noch, wie es ausgesehen hat?«

Molly runzelte angestrengt die Stirn. »Blumen ... irgendein Tier ... und der Buchstabe ›M‹ – so als wär's mein eigener Name! Wahrscheinlich hat's mir deshalb so gefallen.«

»Stephen, hast du zufällig Papier und Bleistift bei dir?« fragte Rosalind aufgeregt.

Er gab ihr einen Bleistift und einen gefalteten Briefumschlag, und sie skizzierte ein kleines Quadrat mit einem stilisierten Löwen in einer Ecke und einem ›M‹ in der entgegengesetzten, beide umgeben von Blumengirlanden. »Hat die Stickerei so ähnlich ausgesehen?«

Die alte Frau betrachtete die Zeichnung mit zusammengekniffenen Augen. »Ja, stimmt genau.«

Stephen griff nach Rosalinds zitternder Hand, bevor er fragte: »Können Sie sich noch daran erinnern, wie es dazu kam, daß meine Frau sich als Straßenkind durchschlagen mußte?«

Molly zuckte die Achseln. »Es hieß, sie und eine alte Frau wären von irgend 'nem Segelschiff gekommen, und die Frau wäre gleich auf dem Kai an einem Herzschlag oder so was Ähnlichem gestorben. Das Mädchen ist weggerannt, wie einer von der Küstenwache es fangen wollte.«

Eine alte Frau. Das bestätigte Rosalinds Überzeugung, daß sie nicht mit ihrer Mutter unterwegs gewesen war.

»Wie lange hat meine Frau auf der Straße gelebt, bevor sie adoptiert wurde?«

»Zwei Monate, schätz ich mal. Genau weiß ich's nicht mehr.«

Rosalind hatte also acht oder neun Wochen im Dreck gehaust, bedroht von Ratten und lüsternen Männern, in Abfällen nach irgendwelchen Essensresten suchend ... Sechzig Tage, vielleicht noch länger! Der Gedanke verursachte Stephen Übelkeit und bestärkte ihn in seinem Entschluß, etwas für Thomas und Maria zu tun. Er verbeugte sich vor Molly. »Vielen Dank, Madam.«

Ihr zahnloser Mund verzog sich zu einem Lächeln. »Ein vornehmer Herr wie Sie hat doch bestimmt ein bißchen Geld für die alte Molly übrig.«

Stephen holte eine Goldmünze aus der Tasche – das entsprach dem Jahreslohn eines Dienstmädchens – und gab sie der alten Frau. Selig kichernd, verschwand sie hastig im Haus, weil sie befürchtete, daß er sich anders besinnen und ihr das Vermögen wieder wegnehmen könnte.

Doch Stephen betrachtete Rosalinds Skizze. »Der Löwe könnte aus einem Wappen stammen. Fällt dir noch mehr dazu ein?«

Sie schüttelte den Kopf. »Von einer Sekunde zur anderen hatte ich dieses Bild vor Augen.«

Er zeichnete den Buchstaben mit einem Finger nach. »Möglicherweise beginnt dein richtiger Name mit einem ›M‹. Mary? Margaret?«

Rosalind wich einige Schritte vor ihm zurück und wurde leichenblaß. »O Gott, es war ein Fehler herzukommen!«

Erschrocken über die Wirkung seiner harmlosen Worte, die irgendwelche Schreckensszenen in ihr wachgerufen haben mußten, legte Stephen seiner Frau einen Arm um die Schultern. »Wir fahren jetzt nach Hause«, sagte er tröstend. »Alles ist in Ordnung, Rosalind. Was damals auch geschehen sein mag es ist vorbei, und dir kann nichts Schlimmes mehr passieren.«

Sie schaute ihn mit glasigen Augen an. »Es wird nie wieder in Ordnung sein«, murmelte sie auf französisch.

Von heftigen Selbstvorwürfen gepeinigt, weil er eingewilligt hatte, sie an diesen Ort zu bringen, griff Stephen nach ihrem Arm. »Gleich sind wir auf dem Fluß, und du brauchst nie mehr einen Fuß hierher zu setzen, kleine Rose. Nie mehr.«

Wie betäubt stolperte sie neben ihm her, und weil Stephen so besorgt um sie war, ließ seine Wachsamkeit nach. Als sie um eine Ecke bogen, stand plötzlich ein kräftiger Mann mit einem funkelnden Messer in der Hand dicht vor ihnen. »Gib dein Gold her, Freundchen!« knurrte er bedrohlich. »Ich hab' gesehen, daß die alte Molly was von dir gekriegt hat, aber 's ist bestimmt noch 'ne Menge für mich da!« Sein Atem stank nach Whisky. »Wenn du die Piepen schnell rausrückst, tu' ich dir und der Dame nix.« Doch seine Augen schweiften schon hungrig über Rosalinds üppige Formen.

»Nein«, stammelte sie entsetzt. »Nein ...«

Die Wut, die sich in Stephen aufgestaut hatte, seit sie an Land gegangen waren, entlud sich blitzartig. Mit einem gezielten Fußtritt schlug er dem Kerl das Messer aus der Hand, und im nächsten Moment schmetterte er ihm eine stahlharte Faust ins Gesicht. Der Räuber taumelte rückwärts und stürzte auf die Straße. Obszöne Flüche ausstoßend, wollte er sich wieder aufrappeln, doch Stephen hatte schon eine kleine Pistole aus der Tasche gezogen und zielte genau zwischen die Augen des Mannes. Den Finger am Abzug, sah er jähe Todesangst in den blutunterlaufenen Augen und rief sich ins Gedächtnis, daß man mit Giftschlangen rechnen muß, wenn man sich freiwillig in eine Schlangengrube begibt. »Such dir eine ehrliche Arbeit«, sagte er eisig.

Seine beiden Diener, denen befohlen worden war, Abstand zu halten, bogen um die Ecke und rannten erschrocken los, als sie sahen, daß etwas passiert war. »Euer Gnaden, sind Sie und die Herzogin unversehrt?«

»Ja, zum Glück, aber nehmt dem Burschen sein Messer weg.« Er deutete mit der Pistole auf die am Boden liegende Waffe. »Eine Schlange, der man die Giftzähne gezogen hat, kann weniger Schaden anrichten.«

Nachdem Stephen die kleine Pistole wieder in der Tasche verstaut hatte, nahm er Rosalind in die Arme. »Sollen wir diesen Ort den Ratten überlassen?«

Sie zitterte wie Espenlaub und wirkte trotz ihrer Größe fast zerbrechlich. Während er ihr seidiges Haar streichelte und beruhigende Worte murmelte, hatte er das Bedürfnis, sie zu beschützen, doch gleichzeitig stieg absurderweise Verlangen in ihm auf.

Dann schaute sie auf und lächelte heiter. »Ich entdekke an dir ständig neue Talente! Wenn du der jüngere Sohn gewesen wärst, hättest du dich in der Armee bestimmt genauso glänzend bewährt wie dein Bruder.«

Stephen bewunderte ihre fast übernatürliche Fähigkeit, Furcht und Verstörung abzustreifen. Wahrscheinlich war es ihr auf diese Weise gelungen, alle Schrecken ihrer frühen Kindheit zu überleben. »Es kann nie schaden, wenn ein Mann sich selbst verteidigen kann«, kommentierte er ihr Kompliment.

Die Diener blieben diesmal dicht hinter ihnen, bis sie sicher im Boot saßen. Körperlich hatten sie das heruntergekommene Viertel wohlbehalten verlassen, doch Stephen bezweifelte, daß Rosalinds seelische Wunden, die durch diesen Ausflug in die Vergangenheit wieder aufgebrochen waren, schnell verheilen würden.

25. Kapitel

Im Boot zog Rosalind sich zunächst an jenen lichten Ort zurück, den sie als kleines Kind entdeckt hatte. Dort, in einer kleinen Oase ihres Geistes, konnte nichts und niemand sie verletzen, und die erschreckende Realität war ausgesperrt. Als sie die Tür zur Wirklichkeit langsam wieder öffnete, erinnerte sie sich zwar an alles, was passiert war, hatte aber eine sichere Distanz zu den Gefühlen geschaffen, die sie andernfalls überwältigen würden.

Als sie bemerkte, wie besorgt Stephen sie beobachtete, griff sie lächelnd nach seiner Hand. »Erzähl mir etwas über die Schiffe, die dort drüben beim Zollamt vor Anker liegen.«

Erleichtert kommentierte er alles, was ringsum zu sehen war, und wies sie auf bedeutende Bauten am Ufer hin. »Wenn du nicht zu müde bist, würde ich dir gern in der Nähe von Covent Garden etwas zeigen.«

Glücklich über jede Ablenkung, versicherte Rosalind: »Ich bin nicht müde.« Sie musterte Stephen, der jedoch auch nicht angegriffen aussah, ganz im Gegenteil: Der Zwischenfall mit dem Straßenräuber schien seine Lebensgeister aufgefrischt zu haben.

Sie stiegen an der neuen Waterloo Bridge aus, während die beiden Diener mit dem Boot weiterfuhren. Mit einer Pferdedroschke erreichten sie bald Covent Garden, und kurz hinter dem geschäftigen Marktplatz ließ Stephen den Kutscher anhalten und befahl ihm zu warten. Erstaunt betrachtete Rosalind ein kleines Theater. »Das *Athenaeum?* Von dem habe ich noch nie etwas gehört.«

»Es ist seit Jahren geschlossen, aber von historischem Interesse, denn es wurde erbaut, kurz nachdem Karl II. das Verbot von Theatern aufgehoben hatte, das von den Puritanern erlassen worden war. Alle anderen Londoner Theater aus jener Epoche sind abgebrannt oder abgerissen worden, um größeren Platz zu machen. Ich dachte, daß du es vielleicht gern besichtigen würdest.« Stephen ging zu einer kleinen Tür rechts vom Haupteingang und klopfte laut.

Während sie darauf warteten, daß ihnen geöffnet wurde, kam ein Blumenmädchen vom Markt mit einem großen Korb voller Blumen in warmen Herbsttönen vorbei und hielt lockend einen Strauß hoch. »Blumen für die schöne Dame, Sir?« rief es Stephen zu und wurde nicht enttäuscht.

Lächelnd überreichte er seiner Frau den Strauß. »Rosen sind leider nicht dabei.«

»Eine Welt, in der es nur Rosen gäbe, würde einem bestimmt bald langweilig werden.« Rosalind vergrub ihre Nase in den Herbstblumen. »Danke, Stephen, du verwöhnst mich viel zu sehr.«

Er verzog das Gesicht. »Davon kann keine Rede sein, sonst hätte ich dich nie in jene Slumgegend gebracht.«

Ein kalter Schauer lief ihr über den Rücken, weil wieder etwas Gräßliches aus den Tiefen ihres Unterbewußtseins aufzusteigen drohte. Trotzdem schüttelte sie den Kopf. »Nein, es war gut, daß wir hingegangen sind.« Sie lächelte schwach. »Aber wie so viele Dinge, die gut für uns sind, war es kein angenehmes Erlebnis.«

Die Tür wurde von einem älteren Mann geöffnet, der ein Stück Käse in der Hand hatte. Neben ihm tauchte ein Hund auf, der die Fremden mißtrauisch beäugte. »Ja?«

»Ich bin Ashburton«, sagte Stephen. »Tut mir leid, Sie beim Mittagessen zu stören. Wenn Sie Mr. Farley, der Hausmeister, sind, hat man Sie bestimmt informiert, daß ich vorbeikommen würde.«

»Ach ja.« Farley trat beiseite, um die Besucher einzulassen. Stephen und Rosalind ließen sich geduldig von dem Hund beschnuppern, bevor sie das schäbige Foyer betraten. »Macht es Ihnen etwas aus, wenn wir uns allein umschauen?«

»Wie Sie wünschen, Sir. Ich bin hinten im Künstlerzimmer, falls Sie mich brauchen sollten.« Farley biß von seinem Käse ab und verschwand mit seinem Hund auf einem Seitenkorridor.

Rosalind öffnete neugierig die Tür zum Zuschauerraum, in den trübes Tageslicht durch hoch angebrachte Fenster einfiel. »Was für ein hübsches Theater!« Ihr Kennerblick schweifte über die Sitzreihen zur Bühne. »Es hat genau die richtige Größe – ein Schauspieler braucht sich hier nicht die Seele aus dem Leib zu brüllen, um auch hinten verstanden zu werden. Viel gemütlicher als das prächtige *Drury Lane,* wenn du mich fragst.«

»Geldmangel hat das *Athenaeum* davor bewahrt, zu einem riesigen Theater ausgebaut zu werden. Ich habe die Aufführungen hier immer genossen und sehr bedauert, daß es schließen mußte.«

Rosalind betrachtete skeptisch die langen Bänke ohne Rückenlehnen, die ziemlich unbequem aussahen. »Eine neue Bestuhlung wäre dringend notwendig.«

»Stimmt.« Stephen war nach vorne geschlendert und blieb hinter dem Orchestergraben an der schmalen Treppe zur Bühne stehen. »Hippolyta, willst du mich begleiten?«

Das Leben war viel unkomplizierter gewesen, als sie es mit ›Mr. Ashe‹ zu tun gehabt hatte, und deshalb schlüpfte Rosalind bereitwillig in die Rolle der Amazonenkönigin. Ihren schlichten Umhang wie ein fürstliches Cape zurückstreifend, reichte sie ihm huldvoll die Hand. »Mit Freuden, liebster Theseus!«

Sie schritten die Treppe so würdevoll empor, als wäre dies ihr Auftritt im *Sommernachtstraum,* doch auf der Bühne verwandelte Stephen sich plötzlich in den schurkischen Herzog aus *Der treulose Liebhaber* und riß Rosalind in eine stürmische Umarmung, die sie davon überzeugte, daß er sich völlig von dem schweren Anfall am Vorabend erholt hatte.

Ohne Zuschauer konnten sie sich so leidenschaftlich küssen, wie sie wollten, doch als Rosalind eine Hand auf ihrer Brust spürte, wehrte sie lachend ab. »Sir, Sie gehen wirklich zu weit! Haben Sie vergessen, daß wir vor großem Publikum spielen?«

Stephen grinste. »Du meinst wohl, vor Mäusen und Spinnen?«

»Dir fehlt es an Fantasie!« Sie wirbelte anmutig in die Bühnenmitte. »Die Geister ehemaliger Zuschauer beobachten uns und sind bereit, zu weinen und zu lachen oder aber mit fauligen Orangen zu werfen, wenn wir ihnen nicht gefallen.« Ihre Röcke mit der linken Hand raffend, den Herbststrauß in der rechten Hand, knickste sie elegant vor dem unsichtbaren Publikum.

»Vielleicht sollten wir dann den Kuß noch einige Male proben, um ganz sicher zu sein, daß wir uns nicht blamieren werden«, schlug Stephen hoffnungsvoll vor.

Rosalind schüttelte empört den Kopf. »Sie wissen genau, wohin das führen würde, mein Herr und Gebieter! Die Spinnen könnten sich zu Tode erschrecken.«

Schmunzelnd näherte Stephen sich der verstaubten Kulisse. »Das letzte Stück, das hier aufgeführt wurde, scheint ein Schauerdrama gewesen zu sein.« Er schob die Leinwand, auf die eine düstere Festung gemalt war, zur Seite, und dahinter kam eine idyllische sonnige Landschaft zum Vorschein – die passende Kulisse für ein Happy-End.

Während Rosalind ihm zuschaute und seine kraftvollen Bewegungen bewunderte, prägte sie sich diesen glücklichen Moment ins Gedächtnis ein und versah ihn mit der Überschrift: ›Stephen als attraktiver Bühnenarbeiter‹. Sie sammelte solche Szenen im Geist, um nach seinem Tod wie in einem Bilderbuch darin blättern zu können. Gleichzeitig ging ihr durch den Kopf, daß er als Hamlet umwerfend aussehen würde. Das enganliegende schwarze Kostüm würde seine breiten Schultern und die muskulösen Beine perfekt zur Geltung bringen …

Von unkeuschen Gedanken geplagt, hätte sie am liebsten vorgeschlagen, gleich nach Hause zu fahren, doch das wäre undankbar, nachdem Stephen den Besuch in diesem reizenden Theater organisiert hatte, um ihr eine Freude zu bereiten. Und Vorfreude war schließlich auch etwas Wunderschönes!

An ihren Blumen schnuppernd, freute sie sich über die kleinen Aufmerksamkeiten ihres Mannes. Auch wenn er sie nicht so lieben konnte wie seine erste Frau, hatte sie wahrlich keinen Grund zur Klage.

Stephen schaute in die Höhe. »Diese Verstrebungen und Seile werden wohl verwendet, um Luftflüge vorzutäuschen?«

Rosalind nickte. »Und es gibt gleich drei Versenkungen, aus denen Geister auftauchen können. Brian wäre von dieser Bühne hell begeistert.«

»Ich werde nie vergessen, wie ihr alle – sogar Maria – begeistert an den Bäumen von Bourne Castle geschaukelt habt«, grinste Stephen. »Es war der beste Beweis dafür, daß man zum Fliegen keine komplizierte Ausstattung benötigt.«

Das Elendsviertel und die alte Molly schienen in weite Ferne zu rücken, als Rosalind sich an die ausgelassene Stimmung im Amphitheater erinnerte. »Sollen wir uns noch ein wenig hier umschauen?« Sie schob den Strauß provozierend in ihr Mieder. »Sobald wir zu Hause sind, werde ich mich zu Bett begeben – und Ihnen kann ich nur das gleiche empfehlen, Euer Gnaden.«

Er hielt ihr eine Tür auf, die hinter die Bühne führte, und stieß einen tiefen Seufzer aus. »Ich habe verstanden, Gnädigste – Sie wollen mir eine weitere Anstrengung zumuten!«

Lachend ging sie so dicht an ihm vorbei, daß ihre Röcke ihn streiften, und während sie die Garderoben und Werkstätten erkundeten, flirteten beide schamlos miteinander. Jeder Blick, jede flüchtige Berührung gab ihnen einen köstlichen Vorgeschmack auf das, was bald in ihren eigenen vier Wänden geschehen würde. Maximale Versuchung und maximale Gelegenheit …

Nachdem sie das ganze Erdgeschoß erforscht hatten, stiegen sie eine Treppe höher. »Das ist ja richtig unheimlich«, meinte Rosalind, als sie in der großen Kulissenwerkstatt eine halbvollendete Leinwand entdeckte. »Mußte das Theater von einem Tag auf den anderen schließen?«

»Ja, leider. Der wichtigste Geldgeber machte Bankrott, und der Besitzer konnte niemanden finden, der die Schulden beglichen und das Theater weiterhin finanziell unterstützt hätte. Alles blieb praktisch einfach liegen und stehen.«

Nebenan entdeckten sie mehrere Lagerräume voller

Möbel und sonstigem Zubehör, und zuletzt landeten sie im Kostümraum. Auf Regalen lagen Hüte, königliche Insignien, Waffen und vieles mehr, während die Kleidungsstücke ordentlich aufgehängt waren. Rosalind schob eine Schutzhülle hoch. »Ah, das müßte Heinrich VIII. sein! Sein Kostüm wird immer nach der Vorlage des berühmten Porträts von Holbein geschneidert.«

»Thomas würde prächtig darin aussehen – wie ein echter König«, kommentierte Stephen.

Rosalind nahm eine funkelnde Krone zur Hand. »Auch die würde Papa gut stehen. In der nächsten Saison möchte er *König Lear* aufführen. Er hat immer gesagt, kein Mann unter fünfzig solle sich anmaßen, den Lear zu spielen.«

Stephen griff nach einem Schwert und betrachtete es nachdenklich. »Dein Vater hat recht. Junge Leute halten sich für unsterblich, und ein junger Schauspieler könnte wohl nie die Eitelkeiten und Torheiten eines Mannes begreifen, der den Tod vor Augen hat.« Er hörte selbst, daß seine Stimme sich verdächtig nach Selbstmitleid anhörte, und um rasch abzulenken, ließ er das Schwert durch die Luft sausen. »Es eignet sich bedauerlicherweise nicht einmal zum Käseschneiden.«

Rosalind warf ihm einen bewundernden Blick zu. »Ich vermute, daß Schwertkampf zu jenen Künsten gehört, die ein Aristokrat schon in frühester Jugend lernt.«

»Ja, und ich war im Umgang mit der Klinge recht geschickt. Manchmal träumte ich sogar davon, zu einem Duell herausgefordert zu werden, nur um mich melodramatisch für Degen statt Pistolen entscheiden zu können!« Stephen machte einen unerwarteten Ausfall und durchbohrte einen unsichtbaren Gegner mit dem Pappschwert.

»Wie blutrünstig junge Männer doch sind!« Rosalind stellte die Krone ins Regal zurück. »Ich muß einen Bühnenausstatter finden, um Papa eine neue Krone kaufen zu können. Seine alte ist in jämmerlichem Zustand.«

»Dann solltest du auch eine für Maria erstehen, sonst paßt sie nicht mehr zu ihrem königlichen Gemahl.«

»Ihr wollte ich ein prächtiges Cape mit Hermelinbesatz schenken.« Rosalind schaute sich traurig im Kostümraum um. »Glaubst du, daß das *Athenaeum* jemals zu neuem Leben erwachen wird?«

»Durchaus möglich.« Stephen legte das Schwert zu den anderen Waffen zurück und fragte beiläufig: »Würde es deinen Eltern gefallen?«

»Sie würden es lieben! Stell dir Mama auf einem Sofa als sterbende Isabella vor – das Publikum würde hysterisch schluchzen.« Rosalind lächelte. »Oder Papa als Lear, der blind umherstolpert, gestützt von Jessica in der Rolle der Cordelia.«

»Soll ich dieses Theater für sie kaufen?«

In ihre Fantasiegespinste versunken, machte sich Rosalind erst nach einigen Sekunden klar, was Stephen gesagt hatte. »Das soll wohl ein Scherz sein?« stammelte sie mit weit aufgerissenen Augen.

»Keineswegs. Ich habe mir lange überlegt, auf welche Weise man deinen Eltern eine unbeschwerte Zukunft bescheren könnte, und ein eigenes Theater scheint mir die beste Lösung zu sein. Als Besitzer und Direktor hätte dein Vater völlig freie Hand, und zusammen mit Maria könnte er endlich so erfolgreich sein, wie beide es längst verdient haben. Und weil ich das *Athenaeum* in guter Erinnerung hatte, beauftragte ich meinen Anwalt, Erkundigungen über den gegenwärtigen Stand der Dinge einzuziehen.«

»Und?« flüsterte Rosalind.

»Das Theater mitsamt dem ganzen Inhalt und ein kleines Wohnhaus gleich dahinter stehen zum Verkauf. Ich würde den Besitz deinen Eltern überschreiben, die Renovierungsarbeiten bezahlen und in den ersten zwei Jahren sämtliche Unkosten tragen. Danach müßten sie es eigentlich gewinnbringend betreiben können, auch wenn es für heutige Maßstäbe ziemlich klein ist. Zum Glück wurden die strengen Vorschriften für Theater in den letzten Jahren gelockert – London kann frischen Wind bei den Veranstaltungen gut gebrauchen.«

»Aber ... aber es würde ein Vermögen kosten, das Theater zu kaufen und zu renovieren!«

»Ich besitze ein Vermögen«, betonte Stephen. »Zahlreiche Vermögen, genauer gesagt – und ins Grab kann ich nichts davon mitnehmen.«

Rosalind fuhr sich mit der Hand durch die Haare. »Papa hält sehr viel von Unabhängigkeit. Vielleicht wird er ein solches Geschenk nicht annehmen wollen.«

»Von seinem Schwiegersohn? Warum nicht? Dein Vater ist doch kein Narr.« Stephen grinste. »Ihr müßt euch einfach vorstellen, es wäre dein Brautpreis. Ich hätte natürlich auch mit Kühen oder Kamelen bezahlen können, aber ich hielt ein Theater für passender.«

Rosalinds Augen begannen zu leuchten. »Wenn sie nach London kämen, müßte Jessica die Truppe nicht verlassen, um berühmt zu werden! Und Brian später auch nicht.«

»Und sollte deine Schwester Simon Kent oder einen anderen Schauspieler heiraten, könnten sie das *Athenaeum* mindestens bis zur Jahrhundertmitte weiterführen – und nach ihnen vielleicht ihre Kinder.« Er lächelte ein wenig wehmütig. »Einer Theaterdynastie von Fitzgeralds auf die Beine zu helfen ist eine Idee, die mir gut gefällt, auch wenn ich ihre Erfolge leider nicht mehr erleben werde.«

»O Stephen, das ist die wundervollste Idee, von der ich jemals gehört habe, und du bist der wundervollste Mann – nicht nur wegen deiner finanziellen Großzügigkeit.« Rosalind umarmte ihn stürmisch. »Du hast in Maria und Thomas von Anfang an nicht nur zwei Wanderschauspieler gesehen, die von der Hand in den Mund leben, sondern ihre Güte, ihr Talent und ihre Träume erkannt.« Sie schaute mit Tränen in den Augen zu ihm auf. »Und du nimmst diese Träume ernst genug, um ihnen zu helfen, sie zu verwirklichen.«

Stephen dachte an das verängstigte Kind, das in schmutzigen Gassen umhergeirrt war. »Sie haben dir das Leben gerettet, dich vor dem Verhungern oder noch Schlimmerem bewahrt. Sie waren jung, hatten wenig Geld und keine Sicherheit. Trotzdem haben sie dich aufgenommen und dir Liebe und Geborgenheit geschenkt.« Zärtlich nahm er ihr Gesicht in beide Hände. »Dafür würde ich ihnen mit Freuden jeden Penny geben, den ich besitze.«

»Ein Theater ist mehr als genug.« Unter Tränen lachend, küßte sie ihn, und ihre Lippen sagten mehr als alle Worte. Das knisternde Feuer der Erregung, das sie während der ganzen Besichtigung langsam angefacht hatten, loderte schlagartig mit aller verzehrenden Glut empor. »Fahren wir nach Hause«, murmelte sie heiser.

Doch Stephen wollte nicht warten. Er begehrte sie hier und jetzt! Gestern abend, nach seinem schlimmen Anfall im Theater, war er viel zu erschöpft gewesen, um sie lieben zu können. Wie oft würde er noch die Kraft dazu haben? Seine Krankheit machte sich von Tag zu Tag stärker bemerkbar, und schon bald könnte sein Körper ihm den Dienst versagen.

Von Leidenschaft überwältigt, preßte er Rosalind zwischen den Kostümen an die Wand, ohne sich darum zu kümmern, daß das prächtige Samtwams von Heinrich VIII. dadurch vom Bügel rutschte und auf den Boden fiel. Gierig bemächtigte er sich ihres Mundes, und obwohl sie auf diesen Überfall nicht gefaßt gewesen war, spielte ihre Zunge sofort bereitwillig mit der seinen, und sie rieb ihre Hüften an seinem Unterleib.

Ein reifer Frauenkörper, wie geschaffen für die Liebe … Und ein wehrloses kleines Mädchen, das sich von einem Unhold begrapschen lassen mußte, um eine Wurst zu ergattern … Seine Rosalind hätte von irgendeinem Dreckskerl mißbraucht und umgebracht werden können, und er hätte sie nie kennengelernt … ein unerträglicher Gedanke …

Er wußte selbst nicht, warum ihm plötzlich ein Gedicht von Andrew Marvell einfiel: *Oh, wäre uns nur Zeit beschieden …* Ihnen blieb nicht viel Zeit, denn die Tage und Stunden verrannen unaufhaltsam. Stephen schob eine Hand zwischen Rosalinds Beine, und sie grub stöhnend ihre Finger in seine Schultern.

Doch hinter mir höre ich ständig den Flügelschlag der Zeit …

Seine Hand glitt unter ihre Röcke, um die lebenspendende Quelle zu entdecken. Sie schloß die Augen und warf den Kopf zurück, als er das feuchte, heiße Fleisch rhythmisch zu reiben begann.

Das Grab ist ein gar friedlich' Ort, doch Küsse gibt es nicht dort unten … Aber er lebte noch! Sein Körper gehorchte ihm noch! Sein Blut war noch nicht erkaltet!

An seiner Hose herumfummelnd, hob er Rosalinds linkes Bein an und schlang es um seine Hüfte, um möglichst tief in ihre weiche Grotte eindringen zu können. Sie zog scharf den Atem ein, als er sie mit einem einzigen mächtigen Stoß in Besitz nahm, und einen Moment lang hielt er inne, beschämt über seine Rücksichtslosigkeit, doch er war außerstande, sich lange zu beherrschen. Er brauchte eine Bestätigung, daß er noch nicht im einsamen Grab lag, daß es für ihn noch Küsse und Umarmungen gab.

Von seinem Sinnenrausch angesteckt, klammerte Rosalind sich an ihm fest und stieß auf dem Gipfel der Lust einen gebrochenen Schrei aus. Sobald ihr Körper sich verkrampfte, erlebte auch Stephen einen mächtigen Orgasmus. Als Einzelwesen ausgelöscht, verschmolz er mit seiner Frau und Geliebten zu einem beseligenden Ganzen.

Dann, viel zu schnell, verflog dieses Gefühl, und er war wieder allein. Trotzdem wollte er sie nicht loslassen, und ihr schien es genauso zu gehen, denn sie ließ zwar langsam ihr Bein zu Boden gleiten, schmiegte sich aber ansonsten fest an ihn. Mit geschlossenen Augen kostete

Stephen diese Wärme und die Moschusdüfte aus, die in der Luft hingen.

So wenig Zeit ... Nur noch so wenig Zeit ...

Etwas streifte an seiner Wade entlang, und als er widerwillig die Augen öffnete, sah er den Hund des Hausmeisters, der ihn interessiert beschnupperte. »Die Wirklichkeit holt uns wieder ein«, murmelte Stephen und brachte seine Kleidung leicht verlegen in Ordnung.

Auch Rosalind glättete ihre Röcke. »Ich finde, wir haben die Wiedergeburt dieses Theaters auf würdige Weise gefeiert«, meinte sie lächelnd.

Er verspürte so etwas wie inneren Frieden. Gewiß, sein Tod stand kurz bevor, doch das Leben würde weitergehen, mit neuen Geburten, neuen Krisen und neuen Triumphen.

Dennoch wünschte er von ganzem Herzen, daran teilhaben zu dürfen, anstatt in einem stillen Grab liegen zu müssen.

26. Kapitel

Als sie nach Hause kamen, fanden sie einen ganzen Stapel Einladungen vor – der beste Beweis, daß Rosalind die Bewährungsprobe im *Drury Lane* bestanden hatte. Ohne diesen Karten Beachtung zu schenken, gingen sie sofort zu Bett, nicht um wieder der Leidenschaft zu frönen, sondern nur, um eng umschlungen einzuschlafen, denn nach den Aufregungen im Hafenviertel und dem stürmischen Liebesspiel im *Athenaeum* fühlten beide sich völlig ausgelaugt. Rosalind ermüdete neuerdings schneller als sonst, und Stephens Krankheit zehrte zusehens an seinen Kräften. Darüber wurde allerdings nie gesprochen, obwohl sie ja eigentlich Ehrlichkeit vereinbart hatten. In der Praxis war es einfacher, heikle Themen zu meiden.

Sie verschliefen den ganzen Nachmittag, aßen gemütlich zu Abend, und erst beim Kaffee in Stephens Arbeitszimmer schaute er die Einladungen durch und traf schnelle Entscheidungen. »Barnham – nein. Wigler – nein. Manningham – nein. Strathmore – ja. Hillingford – nein. Devonshire – vielleicht.«

Den Kopf auf einen Ellbogen gestützt, schaute Rosalind ihm fasziniert zu. »Nach welchen Kriterien triffst du deine Entscheidungen?«

»Nachdem wir dich ja der vornehmen Gesellschaft präsentieren wollen, kommen nur die besten Gastgeber und Veranstaltungen in Frage.« Er legte drei weitere Karten beiseite.

»Achtest du überhaupt darauf, um welche Art von Veranstaltung es sich handelt?«

»Ein bißchen.« Stephen warf einen flüchtigen Blick auf die nächste Einladung. »Hier haben wir beispielsweise ein ›Venezianisches Frühstück‹. Für so etwas ist es um diese Jahreszeit ungemütlich kalt, und die Gastgeberin ist zweitrangig. Sie landet bei den Böcken, nicht bei den Schafen.«

Rosalind lachte. »Und ich habe dich bisher nicht für einen Snob gehalten!«

»Der ganze Gesellschaftsrummel ist im Grunde ein Spiel, und wenn man dabei gewinnen will, muß man die Regeln beherrschen.« Endlich fand eine Einladung wieder Gnade vor seinen Augen. »St. Aubyn – ja. Er und seine Frau sind sehr gute Freunde von mir und zählen unbedingt zu den Schafen.«

»Die Gastgeber wären zu Tode beleidigt, wenn sie wüßten, wie achtlos du mit ihren Einladungen umgehst«, meinte sie kopfschüttelnd.

»Ganz im Gegenteil – die meisten würden meine hohen Ansprüche bewundern und nach Mitteln und Wegen trachten, in den Kreis der Auserwählten aufgenommen zu werden.«

Rosalind stärkte sich mit einem Schluck Kaffee. »Als

Herzog hat man bei diesem Gesellschaftsspiel wohl immer die besten Karten?«

Stephen grinste. »Stimmt, aber das gleiche gilt auch für dich als Herzogin.«

Solange sie ihn zur Seite hatte ... »Nimm nicht zuviel Einladungen an«, bat sie. »Ich möchte zwar deine Freunde kennenlernen, aber noch viel lieber bin ich mit dir allein.« Rosalind bedauerte ihre Worte, kaum daß sie ausgesprochen waren. Stephen wollte bestimmt in seinen Kreisen verkehren, bis die Krankheit es ihm unmöglich machen würde.

Zum Glück nahm er ihre Bemerkung nicht übel. »Auch ich würde mich am liebsten mit dir in ein Mauseloch zurückziehen, aber es ist wichtig, dich in die Gesellschaft einzuführen, damit du auch später über die nötigen Beziehungen verfügst.«

»Werde ich nicht zwangsläufig zur großen Schar der ›Böcke‹ gehören, wie du es vorhin so treffend ausgedrückt hast?«

»Bei echten Freunden bestimmt nicht.« Stephen spielte zerstreut mit den abgelehnten Einladungskarten. »Früher habe ich gesellschaftliche Verpflichtungen sehr ernstgenommen, aber in den letzten Wochen ist mir klargeworden, daß es im Leben auf ganz andere Dinge ankommt.«

Portia kam plötzlich wie eine kleine schwarzorange Rakete ins Zimmer geschossen, blieb abrupt stehen, warf ihren Besitzern mit hochgestelltem Schwanz einen herausfordernden Blick zu und vollführte einige wilde Seitensprünge und Purzelbäume, bevor sie wieder verschwand. Rosalind und Stephen lachten laut über die Kapriolen des Kätzchens, das in dem prächtigen Haus völlig unbekümmert herumtobte. »Wenn ich auf der Bühne stand, habe ich es immer genossen, Menschen zum Lachen bringen zu können«, meinte Rosalind. »Portia ist in dieser Hinsicht ein Naturtalent.«

Stephen nickte. »Vor eurer Vorstellung in Fletchfield,

wo ich dich zum erstenmal sah, hatte ich zwei ältere Schwestern beobachtet, aus deren Unterhaltung hervorging, daß die seltenen Gelegenheiten, bei denen sie ein Theaterstück sehen konnten, ihnen Gesprächsstoff für Jahre lieferten. Den Menschen so viel Freude bescheren zu können gehört für mich zu den Dingen, auf die es wirklich ankommt.« Er warf die nächste Einladung mit einer Grimasse beiseite. »Hingegen wäre es vergeudete Zeit, einer Veranstaltung des gesellschaftlich ehrgeizigsten Mannes von ganz England beizuwohnen!«

Er überflog einen längeren Brief. »Mein Vetter Quintus in Norfolk schreibt, daß Mrs. Reese – so heißt Ellie Warden jetzt offiziell – sich mit ihrem Baby gut eingelebt hat und vom ersten Stallburschen hofiert wird. Quintus will wissen, ob ich etwas gegen eine Ehe zwischen den beiden einzuwenden hätte.«

Rosalind grinste. »Du hattest recht – dein Vetter vermutet wirklich, daß Ellie deine Geliebte war und daß das Baby dein unehelicher Sohn ist. Ich nehme an, daß du keine Einwände hast.«

»Im Gegenteil, ich freue mich für Ellie. Der Stallbursche ist ein braver Mann, und sie müßten gut miteinander auskommen.« Er öffnete die letzte Karte. »Lady Cassell veranstaltet einen Musikabend. Ich kenne sie nicht allzu gut, aber ich liebe Musik, und sie engagiert immer ausgezeichnete Leute.«

»Also ein Schaf!« entschied Rosalind. »Auch ich liebe Musik, und ein bißchen Spaß sollten wir uns sogar in der vornehmen Gesellschaft gönnen.«

Schmunzelnd legte Stephen die Karte zu den anderen angenommenen Einladungen. »Glaubst du, daß deine Eltern für einige Tage nach London kommen könnten, wenn ich ihnen eine Kutsche schicke? Bevor ich das *Athenaeum* kaufe, möchte ich wissen, was sie von meiner Idee halten.«

Es gefiel Rosalind, daß er die Fitzgeralds nicht einfach vor vollendete Tatsachen stellen wollte. »Zur Not kann die Truppe einige Tage ohne meine Eltern auskommen, wenn der Spielplan geändert wird. Soll ich in irgendeinem Gasthof hier in der Nähe ein Zimmer reservieren?«

Er hob die Brauen. »Werden sie sich weigern, unter meinem Dach zu wohnen?«

Nach kurzem Zögern entschied sie sich für die Wahrheit. »Sie werden dir bestimmt die Peinlichkeit ersparen wollen, zwei Schauspieler zu beherbergen.«

Stephen machte ein gequältes Gesicht. »Ich weiß, daß du mich für einen Snob hältst, aber ich wäre ein armseliger Gentleman, wenn ich mich meiner Schwiegereltern schämen würde. Außerdem freue ich mich auf Thomas und Maria. Ich habe sie in den letzten Wochen vermißt.«

»Also gut.« Rosalind war glücklich, daß London ihn nicht verändert hatte. »Wenn die Kutsche sie direkt vor Ashburton House absetzt, werden sie sich vermutlich überreden lassen, hier zu wohnen.«

Er griff nach einer Schreibfeder. »Ich werde auch meinen Sekretär und Kammerdiener aus der Abtei nach London kommen lassen. Sie wundern sich mit Sicherheit, wo ich abgeblieben bin.«

Rosalind starrte ihn verblüfft an. »Soll das heißen, daß du ihnen während der ganzen Zeit nie geschrieben hast?«

»So ist es. Ich wollte meine Ruhe haben, und ich wollte mir beweisen, daß ich auch ohne Kammerdiener zurechtkommen kann. Nachdem ich das tatsächlich geschafft habe, werde ich jetzt aber froh sein, wenn Hubble sich wieder um mich kümmert.«

Sie schüttelte lächelnd den Kopf. Verschiedene Welten …

»Grinse nicht so arrogant«, sagte Stephen streng. »Wir müssen auch für dich eine Zofe einstellen. Du wirst sie benötigen.«

Stöhnend stimmte Rosalind zu. Sie war zu allem bereit, um ihrem Kind den Weg in die vornehmsten Kreise zu ebnen. In den nächsten Wochen würde sie an Stephens Seite als Schauspielerin glänzen, wie sie es auf der Bühne nie getan hatte, und wenn er meinte, daß eine Herzogin eine Zofe brauchte, würde sie sich notgedrungen bedienen lassen.

Bald stellte sich eine gewisse Routine in ihrem Tagesablauf ein. Vormittags ging Stephen seinen Geschäften nach, die Nachmittage verbrachten sie lesend oder plaudernd zu zweit, und abends gingen sie aus. An Abwechslung fehlte es ihnen wahrlich nicht, und es war wirklich so, wie Rosalind ihrem Mann am Tag nach der Hochzeit prophezeit hatte: Sie kosteten nur die Sahne des Ehelebens. Sozusagen verlängerte Flitterwochen, die sie mit leichter Wehmut genossen, weil sie wußten, daß die Zeit unaufhaltsam verrann.

Jeden Morgen fand Rosalind auf ihrem Frisiertisch eine rote Rose in einer Kristallvase. Eine rote Rose als Symbol für die Leidenschaft, die immer wieder hell aufloderte.

Allmählich wurde Rosalinds neue Garderobe geliefert, und bekanntlich stärkt kaum etwas das Selbstbewußtsein einer Frau so sehr wie exquisite Kleidung. Stephens Freunde nahmen sie sehr herzlich auf, so daß sie schnell ihre Ängste vergaß. Und er hatte zielsicher nur Einladungen angenommen, die auch Spaß machten – seine Zeit war viel zu kostbar, um langweilige Veranstaltungen geduldig über sich ergehen zu lassen.

Ein Thema, über das nie gesprochen wurde, war Stephens erste Frau. Als Rosalind einmal den kunstvoll bestickten Ofenschirm in ihrem Wohnzimmer bewundert hatte, sagte er knapp, den habe Louisa gearbeitet. Seitdem fielen ihr überall im Haus prächtige Stickereien auf – Kissen und Stuhlbezüge, ein Gobelin und ein Lesezeichen mit zarten Blumen.

Als Rosalind dieses Lesezeichen in einer Bibel fand, strich sie mit den Fingerspitzen behutsam über die feinen Blüten. Sie wußte, wie ihre Vorgängerin ausgesehen hatte, denn es gab eine gerahmte Pastellzeichnung von der verstorbenen Herzogin. Louisa war traumhaft schön gewesen, und manchmal fragte Rosalind sich, ob Stephen aus Gram über den Tod seiner Frau krank geworden war. Sie kannte Menschen, die den Verlust eines geliebten Partners nicht lange überlebten, und sie vermutete, daß es auch bei ihren Eltern so sein würde, denn es war unmöglich, sich Thomas und Maria getrennt vorzustellen.

Das Lesezeichen in Louisas Bibel hatte den 23. Psalm markiert: *Der Herr ist mein Hirte; mir wird nichts mangeln … Und ob ich schon wanderte im finstern Tal, fürchte ich kein Unglück, denn Du bist bei mir…*

Ihr wurde die Kehle eng. Stephen war nicht frei von Furcht, das spürte sie, auch wenn er nie darüber sprach. Wie sollte er keine Angst vor dem Tod haben, nachdem er nicht an ein Jenseits glauben konnte? Um so bewundernswerter war die Tapferkeit, mit der er Schmerzen klaglos ertrug und das Leben in vollen Zügen genoß, wann immer es ihm möglich war.

Entschlossen klappte sie die Bibel zu, um den düsteren Gedanken zu entkommen, legte sich aufs Sofa und schloß die Augen. Bald würde es Zeit sein, sich für den Musikabend bei den Cassells umzukleiden. Wie vor jedem gesellschaftlichen Ereignis, so wandte sie auch jetzt einen von Marias Tricks an und stellte sich geistig darauf ein, sehr charmant zu sein und den Anschein von Schönheit zu erwecken.

Sie konnte so wenig für Stephen tun, aber eines wollte sie immer wieder versuchen: in seinen Kreisen zu glänzen, damit er stolz auf sie sein konnte.

Tag 31

Während der Kutschfahrt zu den Cassells wurde Stephen von düsteren Zweifeln geplagt, ob ihm noch 31 Tage vergönnt sein würden. Anfangs hatte er noch geglaubt, die drei Monate seien ein Minimum, das er um Wochen oder sogar Monate verlängern könnte, doch jetzt befürchtete er, noch früher zu sterben. Solange er gesund gewesen war, hatte er seinen Körper für einen perfekt funktionierenden Organismus gehalten, den man nicht ständig beobachten mußte. Nun bemerkte er jede Kleinigkeit und konnte den Verfall trotzdem nicht aufhalten.

Bald würde er eine unsichtbare Grenze überschreiten und so krank sein, daß an ein halbwegs normales Leben nicht mehr zu denken war. Und wenn die Schmerzen immer unerträglicher wurden, würde er den Tod vermutlich als Gnade empfinden.

Aber er wollte nicht sterben. *Er wollte nicht sterben!* Die Silhouette von Rosalinds Profil hob sich vom Fenster ab, und dieses friedliche Bild schnürte ihm die Kehle zu. Er wollte noch so vieles über sie erfahren, er wollte noch so vieles mit ihr unternehmen ... Jeder Morgen begann für ihn mit ihrem schläfrigen Lächeln, und jeder Abend endete mit ihrem zufriedenen Seufzer, wenn sie sich im Bett an ihn schmiegte. Seit dem Besuch im Hafenviertel sah er manchmal dunkle Schatten in ihren Augen, aber sie hatte immer ein Lächeln für ihn bereit, war immer liebevoll. Seine vollkommene Rose ...

31 Tage, mehr oder weniger. *Bitte, Gott, wenn es dich gibt, laß es einige Tage mehr sein!*

Die Kutsche hielt vor dem Haus der Cassells an. Sie hatten sich verspätet, und als der Butler sie einließ, war schon ein Cembalo zu hören. Der Graf und die Gräfin wollten sich gerade in den Salon begeben, wo das Konzert stattfand, kehrten aber höflich in die Halle zurück, um die Neuankömmlinge zu begrüßen.

Während Lord Cassell sich Rosalind vorstellte, reichte seine Gemahlin, eine große elegante Frau in den Fünfzigern, Stephen die Hand. »Ashburton, ich freue mich, daß Sie kommen konnten, denn ich sterbe vor Neugier, die neue Herzogin kennenzulernen. Alle reden über ihren Charme und ihre Schönheit.«

»Jedes Wort davon entspricht der Wahrheit.« Stephen küßte ihre Hand. »Entschuldigen Sie bitte unsere Verspätung – eines der Pferde lahmte. Dürfen wir dem Konzert trotzdem lauschen?«

»Herzöge haben das Recht, zu spät zu kommen«, erwiderte die Gräfin mit trockenem Humor.

»Trotzdem macht es einen schlechten Eindruck.« Stephen drehte sich nach seiner Frau um, die über irgendeine witzige Bemerkung des Grafen lachte. »Darf ich dich mit unserer Gastgeberin bekannt machen, meine Liebe?«

Rosalind, die in einer bernsteinfarbenen Seidenrobe hinreißend aussah, lächelte strahlend. »Es ist ein Vergnügen, hier zu sein, Lady Cassell. Das Cembalo klingt einfach himmlisch.«

Die ausgestreckte Hand der Gräfin sank plötzlich hinab, sie starrte Rosalind entgeistert an, wurde leichenblaß und fiel in Ohnmacht.

Stephen, der dicht neben ihr stand, konnte sie auffangen und verhindern, daß sie sich auf dem Marmorboden verletzte. »Anne!« rief Lord Cassell erschrocken und stürzte herbei, um seine Frau zu stützen.

Sie schlug die Lider auf. »Alles ... alles in Ordnung, Roger«, flüsterte sie. »Hilf mir in die Bibliothek. Ashburton, kommen Sie bitte auch mit.« Ihr Blick schweifte zu Rosalind, wobei sie wie Espenlaub zitterte. »Und Ihre Gemahlin.«

Stephen führte die geschwächte Gräfin zusammen mit Lord Cassell in die Bibliothek, die zum Glück nicht weit von der Halle entfernt war, wo sie auf ein Sofa sank. Der Butler schenkte ein Glas Brandy ein und verließ sodann diskret den Raum.

Lady Cassell trank einen Schluck, und allmählich bekam ihr Gesicht wieder etwas Farbe. »Tut mir leid, Sie so erschreckt zu haben.« Sie schaute wieder Rosalind an. »Es ist nur ... Sie sehen meiner jüngeren Schwester Sophia unglaublich ähnlich. Mein Mädchenname war

Westley. Ist es möglich, daß wir miteinander verwandt sind?«

Rosalind versteifte sich. »Das weiß ich nicht. Ich ... ich bin ein Findelkind, das mit drei oder vier Jahren adoptiert wurde.«

»Wann und wo?« fragte die Gräfin aufgeregt.

Von jähem Schwindel erfaßt, nahm Rosalind hastig Platz und umklammerte die Stuhllehnen. »Ich wurde im Sommer 1794 im Londoner Hafenviertel aufgefunden.«

Aus dem Salon waren die lieblichen Klänge einer Mozart-Sonate zu hören, während in der Bibliothek Totenstille herrschte.

»Mein Gott!« murmelte Lady Cassell nach längerem Schweigen. Eine Hand aufs Herz gepreßt, schaute sie zu ihrem Mann auf. »Glaubst du, daß es möglich ist?«

Rosalinds gehetzter Blick erinnerte Stephen an ein vom Fuchs in die Enge getriebenes Kaninchen. Er trat neben ihren Stuhl und legte ihr beruhigend eine Hand auf die Schulter. »Erzählen Sie uns etwas über Ihre Schwester«, forderte er die Gräfin auf.

»Sophia hat einen Franzosen geheiratet – Philippe St. Cyr, Comte du Lac. Beide sind während der Schreckensherrschaft nach der Französischen Revolution ums Leben gekommen. Sie hatten eine Tochter, Marguerite, die damals etwa dreieinhalb Jahre alt war. Wir dachten, das Kind hätte jene Zeit ebenfalls nicht überlebt.« Lady Cassell beugte sich vor. »Sie sehen Sophia verblüffend ähnlich, Herzogin, nur daß Sie braune Augen haben – wie ihr Mann Philippe. Können Sie sich noch erinnern, wie Sie nach England gekommen sind?«

»Nein!« Mit aschfahlem Gesicht schüttelte Rosalind heftig den Kopf. Stephen beobachtete sie besorgt, während er das wenige berichtete, was er wußte. »Sie wurde offenbar von einer älteren Frau über den Kanal gebracht, die jedoch gleich nach der Ankunft in London einem Herzschlag erlag. Rosalind schlug sich einige Wochen allein als Straßenkind durch, bis sie von einem Ehepaar namens Thomas und Maria Fitzgerald adoptiert wurde. Und ich habe vor kurzem festgestellt, daß sie im Halbschlaf Französisch versteht und spricht, obwohl sie die Sprache angeblich nie gelernt hat.«

Lady Cassell stellte ihr Brandyglas mit zittriger Hand ab. »Mrs. Standish, unsere alte Amme, bestand trotz ihrer Herzbeschwerden darauf, Sophia nach Frankreich zu begleiten, weil meine Schwester wollte, daß ihre Kinder auch Englisch lernten.« Ihre Stimme brach. »Im letzten Brief, den ich von Sophia erhielt, berichtete sie, daß Marguerite beide Sprachen gut beherrsche. Sie war ... sie war so stolz auf ihre Tochter.«

»Es könnte ein Zufall sein, Anne«, wandte Lord Cassell ein. »Es ist fast dreißig Jahre her, seit du deine Schwester zuletzt gesehen hast. Vielleicht übertreibst du die Ähnlichkeit zwischen ihr und der Herzogin.«

Auch Stephen hielt es für möglich, daß Wunschdenken das Urteilsvermögen der Gräfin trübte, doch andererseits bestand sogar zwischen ihr und Rosalind eine unübersehbare Ähnlichkeit. Sie hatten den gleichen Körperbau und die gleiche Haarfarbe, obwohl das Dunkelblond bei Lady Cassell mit grauen Strähnen durchsetzt war.

»Meine Frau hat nur wenige verschwommene Erinnerungen an die Zeit vor ihrer Adoption«, fuhr er in seinem Bericht fort, »aber neulich skizzierte sie ein Kindertaschentuch, mit Blumen bestickt und mit einem ›M‹ sowie einem stilisierten Löwen in zwei entgegengesetzten Ekken.«

»Der Löwe aus dem Wappen der St. Cyr! Meine Mutter hat zwei solche Taschentücher für Sophias Baby bestickt.« Mit Tränen in den Augen streckte Lady Cassell ihre Hand aus. »Mein liebes Kind, du bist meine Nichte! Mrs. Standish muß dich gerettet und nach England zurückgebracht haben. Marguerite ...«

»Nennen Sie mich nicht so!« rief Rosalind scharf.

»Warum nicht?« fragte Stephen ruhig.

Während die Musik im Salon ein Crescendo erreichte, sprang Rosalind auf und lief nervös hin und her. »Als wir wegrannten, wurden wir von Soldaten verfolgt, und ... und Standy sagte, ich dürfe keinem Menschen meinen richtigen Namen verraten, auf gar keinen Fall.«

»Seid ihr aus dem *Palais du Lac* geflohen?« wollte Lady Cassell wissen. »Das war der Familiensitz deines Vaters, vor den Toren von Paris – ein riesiger Palast aus weißem Stein, mit Türmen und einem See voller Schwäne.«

»Schwäne ... O Gott, ich erinnere mich an die Schwäne! Ich habe sie immer gefüttert.« Rosalind blieb wie angewurzelt stehen und preßte ihre Hände auf die Stirn. »Ich ... ich bin ins Kinderzimmer gerannt, weil ich Standy finden wollte. Ich schrie, und sie schlug mir ins Gesicht, damit ich aufhörte. Sie sagte, ich dürfe keinen Laut von mir geben, aber sie selbst schluchzte. Ich hatte sie nie zuvor weinen sehen.«

»Warum hast du geschrien?« fragte ihre Tante zögernd. »Haben die Soldaten jemanden ... verletzt?«

Ohne darauf einzugehen, stammelte Rosalind: »Standy führte mich die Hintertreppe hinab und schnappte sich zwei Dienstbotenmäntel von der Garderobe an der Hintertür. Es dämmerte schon, und wir liefen am See vorbei. Die Soldaten hatten alle Schwäne erschossen ... sie trieben leblos im Wasser ...« Rosalind holte schaudernd Luft. »Wir rannten und rannten, bis ich keine Kraft mehr hatte ... aber aus der Ferne war immer noch das Gebrüll der Soldaten zu hören ... Standy nahm mich in die Arme und trug mich ... Sie sagte wieder, ich dürfe niemandem meinen Namen verraten und müsse sehr brav sein, damit wir auf dem Heimweg nach England niemandem auffielen ... Aber sie weinte immer noch ...«

»Das Mädchen muß noch andere gräßliche Dinge gesehen haben, Anne«, flüsterte Lord Cassell seiner Frau zu. »Frag sie nicht weiter aus.«

Stephen legte einen Arm um Rosalinds steife Schultern, führte sie zu einem Sofa und setzte sich neben sie. Sie vergrub ihr Gesicht an seiner Brust und brach in verzweifeltes Schluchzen aus.

»Ich wüßte gern, was Sophia und Philippe zugestoßen ist«, murmelte die Gräfin, genauso bleich wie Rosalind.

»Sie müssen auf schreckliche Weise ums Leben gekommen sein«, erwiderte ihr Mann grimmig. »Aber vermutlich ist alles sehr schnell gegangen, und dafür sollten wir dankbar sein.«

Während Stephen Rosalind festhielt, fragte er sich, welche anderen Schreckensbilder sie verdrängt haben mochte. Kein Wunder, daß sie im Londoner Hafen vor einem uniformierten Wachposten geflohen war, der für ein kleines Kind wie ein Soldat ausgesehen haben mußte. Kein Wunder, daß sie sich verzweifelt bemüht hatte, eine perfekte Adoptivtochter zu sein – und eine perfekte Ehefrau.

Ihre Ausgeglichenheit und Heiterkeit hatte sein Leben in den letzten Wochen unglaublich bereichert, und weil sein ganzes Denken nur um Krankheit und baldigen Tod kreiste, war er egoistisch darauf bedacht gewesen, Rosalinds Probleme mit der fernen Vergangenheit zu ignorieren. Von Selbstvorwürfen geplagt, sagte er sich, daß er den Fitzgeralds eigentlich sämtliche Theater von London kaufen müßte, denn sie hatten die kleine Waise nicht nur adoptiert, sondern ihr auch über Jahre hinweg das Gefühl gegeben, beschützt und geliebt zu werden, und nur das hatte Rosalind davor bewahrt, seelisch zu verkümmern.

Im Salon wurde laut applaudiert, und gleich darauf stimmten die Musiker ein anderes Stück an.

Als Rosalinds Tränen allmählich versiegten, drückte Stephen ihr sein Taschentuch in die Hand und fragte sanft: »Soll ich dich nach Hause bringen, Liebling?«

»Nein, jetzt noch nicht.« Sie setzte sich auf und schneuzte sich kräftig. »Es tut mir leid, Lady Cassell ... Ich wünschte, ich könnte mich an mehr erinnern.«

»Mein liebes Kind, ich muß mich bei dir entschuldigen, nicht umgekehrt.« Die Gräfin lächelte mühsam. »Trotzdem empfinde ich es als Segen, daß wir dich gefunden haben.«

Stephen strich seiner Frau behutsam einige feuchte Haarsträhnen aus dem Gesicht. »Rosalind ist also die Gräfin du Lac … Hat sie väterlicherseits viele Angehörige?«

»Einige Cousins, soviel ich weiß.« Lord Cassell runzelte nachdenklich die Stirn. »Nachdem in Frankreich jetzt nicht mehr Bonaparte, sondern ein König auf dem Thron sitzt, dürfte Ihre Gemahlin eine reiche Erbin sein.«

Vielleicht … Doch Stephen bezweifelte, daß alles Gold der Welt Rosalind für die Schrecken ihrer frühen Kindheit entschädigen könnte.

27. Kapitel

Jahrelang hatte Rosalind sich gefragt, wer wohl in London auf ein kleines Mädchen gewartet haben mochte, das nie am Ziel ankam, aber sie hätte nie zu träumen gewagt, daß eine Aristokratin wie Lady Cassell ihre Tante sein könnte. »Erzählen Sie mir doch bitte etwas über Ihre Familie, Lady Cassell«, bat sie. »Besser gesagt – über meine Familie.«

»Ich bin für dich nicht Lady Cassell, sondern Tante Anne!« Die Gräfin schien erleichtert zu sein, sich der Gegenwart zuwenden zu können. »Mein jüngerer Bruder, Lord Westley, lebt mit seiner Frau und vier Kindern auf dem Familiensitz in Leicestershire. Roger und ich haben zwei Söhne, eine Tochter und drei Enkel, und wir sind in Suffolk zu Hause.« Sie legte ihrem Mann liebevoll eine Hand aufs Knie – eine Geste, die unter normalen Umständen in der Öffentlichkeit unvorstellbar gewesen wäre. »Ferner gibt es Cousins und Kusinen in Hülle und Fülle – und natürlich meine Mutter, Lady Westley. Sie ist verwitwet, lebt in Richmond, und ihre Gesundheit ist ziemlich angegriffen. Du mußt sie bald besuchen, Marguerite.«

»Ich bin Rosalind!« Sie konnte es nicht ertragen, mit dem französischen Namen angeredet zu werden. »So heiße ich seit 24 Jahren, und daran soll sich nichts ändern.«

»Wie du möchtest, meine Liebe«, sagte Lady Cassell friedfertig. »Erzähl mir etwas über die Leute, die dich adoptiert haben – dein Mann erwähnte den Namen Fitzgerald. Alter irischer Adel, habe ich recht?«

»Meine Eltern sind Wanderschauspieler«, erwiderte Rosalind brüsk, »und auch ich selbst stand seit meiner Adoption auf der Bühne.«

»Mein Gott«, murmelte Lady Cassell. »Mir sind Gerüchte dieser Art zu Ohren gekommen, aber ... Nun ja, jedenfalls scheinen diese Fitzgeralds anständige Menschen zu sein.«

»Sie sind meine *Eltern*, Lady Cassell!« Rosalind bemerkte selbst, wie scharf ihre Stimme sich anhörte, und mäßigte ihren Ton. »Sobald ich mich vom ersten Schock erholt habe, werde ich bestimmt froh sein, meine Familie wiedergefunden zu haben – aber Thomas und Maria haben mich aufgezogen, aus purer Herzensgüte!«

»Ich bin stolz darauf, daß sie meine Schwiegereltern sind«, kam Stephen ihr zu Hilfe.

»Dann werde auch ich stolz sein, sie kennenlernen zu dürfen.« Lady Cassell beugte sich eifrig vor. »Meine Mutter wird überglücklich sein, daß Sophias Tochter überlebt hat. Ich werde es ihr gleich morgen persönlich erzählen. Könntest du sie vielleicht übermorgen in Richmond besuchen? Ich möchte auch meine Kinder und die Familie meines Bruders einladen, wenn du damit einverstanden bist.«

Rosalind warf Stephen einen fragenden Blick zu, völlig außerstande, selbst einen Entschluß zu fassen, und er drückte ihr beruhigend die Hand. »Wir kommen – aber es sollte wirklich bei einem Treffen im engsten Familienkreis bleiben.«

Sie war erleichtert, daß er sie ohne Worte verstanden hatte. Du lieber Himmel – sie hatte eine Großmutter, Tante und Onkel, Cousins und Kusinen ... »Könnten wir jetzt vielleicht nach Hause fahren, Stephen?« flüsterte sie überwältigt.

»Natürlich.« Stephen half ihr beim Aufstehen und wandte sich an die Gastgeber. »Bitte entschuldigen Sie uns ... Rosalind muß sich von diesen Aufregungen erholen. Teilen Sie uns bitte mit, wann das Familientreffen in Richmond stattfinden soll.«

Lady Cassell nickte zustimmend, erhob sich ebenfalls und küßte Rosalind auf die Wange. »Ich habe meine Schwester sehr geliebt«, sagte sie leise, »und ich bin überglücklich, daß sie in dir weiterlebt.«

Rosalind rang sich mühsam ein Lächeln ab, ohne etwas erwidern zu können. Später würde auch sie sich bestimmt über die Ereignisse dieses Abends freuen, aber jetzt noch nicht.

Im Augenblick war sie so benommen, daß sie überhaupt nichts empfand.

Zum Glück schwieg Stephen auf der ganzen Heimfahrt, brachte sie sofort ins Schlafzimmer und zog sie geschickt aus. Dann legte er rasch seine eigene Kleidung ab, blies die Kerzen aus und legte sich zu ihr. Sie schmiegte sich sofort fest an seine nackte Haut, so als könnte sie dort Trost finden. Erst jetzt fragte er leise: »Wie fühlst du dich?«

Rosalind suchte mühsam nach einer ehrlichen Antwort. »Ich weiß nicht – wie betäubt ... leer ... Wer bin ich? Weder Rosalind Fitzgerald noch Marguerite St. Cyr, die vor vielen Jahren irgendwo auf der Flucht von Frankreich nach England seelisch gestorben ist.«

»Du bist auf jeden Fall die Herzogin von Ashburton.« Seine warme Hand strich über ihren Rücken. »Und meine Frau.«

Sie war überglücklich, daß er das gesagt hatte, und in seinen Armen fühlte sie sich geborgen, obwohl die alptraumhaften Erinnerungen sie weiterhin bedrängten. »Welch ein Zufall, meine Tante auf diese Weise kennenzulernen!«

»Im Grunde ist es gar nicht so verwunderlich«, entgegnete Stephen nüchtern. »Wärst du keine Aristokratin gewesen, hättest du nicht aus Frankreich flüchten müssen, und nachdem du offenbar deiner Mutter sehr ähnlich siehst und neuerdings in der vornehmen Gesellschaft verkehrst, hätte es früher oder später zu einer solchen Begegnung mit deinen Verwandten mütterlicherseits kommen müssen.«

Rosalind legte eine Hand auf ihren Bauch. Nur weil sie hoffte, ein Kind unter dem Herzen zu tragen, hatte sie den Kontakt zu höchsten Adelskreisen gesucht, und dadurch hatte sie endlich ihre wahre Identität entdeckt! »Wenn ich eine französische Gräfin bin, bist du ja durchaus eine standesgemäße Ehe eingegangen«, kicherte sie. »Das nenne ich eine Ironie des Schicksals.«

»Mir kommt es nur darauf an, daß ich die *richtige* Frau geheiratet habe, und das wußte ich von Anfang an.« Stephen streichelte sie sanft. »Aber vielleicht kannst du jetzt endlich die absurde Idee, meiner nicht würdig zu sein, überwinden, und darüber wäre ich sehr glücklich.«

Obwohl Rosalind nicht glaubte, daß sie die gesellschaftliche Ächtung, die Schauspieler nun einmal in Kauf nehmen mußten, jemals ganz vergessen würde, lächelte sie im Dunkeln. »Es wird eine Weile dauern, bis ich mich an den Gedanken gewöhne, eine Gräfin zu sein. Was wird meine Familie … was werden die Fitzgeralds dazu sagen?«

»Sie sind immer noch deine Familie, kleine Rose«, betonte Stephen. »Du hast jetzt gleich drei Familien – die deiner leiblichen Eltern, die deiner Adoptiveltern und die deines Ehemanns.«

Als gebürtige Gräfin würde sie vielleicht sogar für die Kenyons akzeptabel sein … auch für Claudia? Rosalind seufzte, denn sie bezweifelte, daß Stephens Schwester durch die Neuigkeit besänftigt werden konnte.

Ihr Mann hörte den schweren Seufzer und versuchte sie zu trösten. »Es muß schlimm sein, nach so vielen Jahren zu erfahren, wer deine Eltern waren, und gleichzeitig zu wissen, daß sie höchstwahrscheinlich eines gewaltsamen Todes gestorben sind.« Er küßte sie auf die Schläfe. »Aber das alles ist lange her, sie ruhen in Frieden, und das schönste Denkmal, das du ihnen setzen kannst, ist deine Lebensfreude.«

Rosalind wußte, daß er recht hatte, doch im Dunkeln vermengten sich schreckliche Erinnerungen und Stephens baldiger Tod zu einem unerträglichen Ganzen. Sie schlang ihre Arme um ihn und spürte, wie mager er geworden war – fast nur noch Haut und Knochen. »Ich will nicht allein sein«, flüsterte sie verzweifelt.

Stephens Lippen glitten über ihren Hals. »Ich werde nicht immer bei dir sein können, doch jetzt bin ich da.« Er küßte sie auf den Mund, nicht fordernd, nur darauf bedacht, sie zu wärmen und zu beschützen. Rosalind war dankbar für diesen Körperkontakt, der beredter als tausend Worte war. Morgen, so nahm sie sich vor, würde sie wieder stark sein, aber jetzt fühlte sie sich schwach und hilfsbedürftig. Nur Stephen vermochte ihr das Gefühl von Geborgenheit zu geben …

Als sie seinen Kuß leidenschaftlich erwiderte, begriff er, was sie brauchte, und war glücklich, ihr Lust bescheren zu können, um sie wenigstens vorübergehend von den düsteren Schatten der Vergangenheit abzulenken. Mit ihrem Körper mittlerweile so vertraut wie ein Musiker mit seinem kostbaren Instrument, stellte er seine eigenen Bedürfnisse völlig in den Hintergrund und setzte Hände und Lippen ein, bis sie sich ihm stöhnend entgegenwölbte. Stephen, ihr Mann ... ihr Geliebter ... der Vater ihres Kindes ... Er sollte sie in Besitz nehmen, ihr Verlangen stillen ...

Ein intensiver Orgasmus löschte ihr Denken minutenlang aus, doch sobald sie wieder ruhig atmete, mußte sie gegen Tränen ankämpfen. O Gott, wie oft würde sie ihn nach einer beseligenden Vereinigung noch so innig in den Armen halten können? Bald würde er sie allein zurücklassen, und wie könnte sie ohne ihn weiterleben?

Immerhin – heute, da sie ihn mehr denn je brauchte, war er noch bei ihr, und dafür mußte sie dankbar sein, anstatt mit dem Schicksal zu hadern.

»Schlaf gut, kleine Marguerite«, murmelte Stephen.

Seine liebevollen Worte lösten einen neuen Schwall von Erinnerungen aus, ungewollt und gänzlich unerwartet. Standy, ihr altes englisches Kindermädchen, hatte ihr dieselben Worte ins Ohr geflüstert, als sie in einer Scheune Zuflucht suchten. Wie glühende Lava aus einem Vulkan, so schossen Schreckensbilder aus der Tiefe ihres Unterbewußtseins hervor. »Allmächtiger!« keuchte sie entsetzt. »Ich ... ich sehe jetzt, wie meine Eltern gestorben sind!«

»Warst du dabei?« fragte Stephen bestürzt.

Rosalind nickte. Nur seine warmen Arme bewahrten sie davor, zu einem Eisklumpen zu gefrieren. »Die Soldaten ... sie kamen plötzlich in den Salon gestürzt, wo Mama und Papa nach dem Essen Kaffee tranken. Ich hätte eigentlich im Kinderzimmer sein sollen, aber ich hatte mich mit meiner Puppe Minette auf der Galerie versteckt. Das tat ich oft.«

»Was wollten die Soldaten?« Stephen zwang seine Stimme zur Ruhe, obwohl er vor ohnmächtiger Wut am liebsten laut gebrüllt hätte.

»Sie schwenkten Weinflaschen und grölten, ›Madame Guillotine‹ warte auf alle Aristokraten. Papa protestierte, er sei immer ein Freund der Revolution gewesen, aber einer der Soldaten schlug ihn zu Boden. Mama schrie und wollte zu ihm laufen, doch die Soldaten fingen sie ein und begrapschten sie lachend. Einer rief: ›Prächtiges Weibsbild, was?‹ Und ein anderer grinste: ›Zu schade für die Guillotine – mit der können wir hier viel Spaß haben!‹« Von ihren Erinnerungen überwältigt, hörte Rosalind nur noch ihr eigenes rasendes Herzklopfen, das schmerzhaft in ihrem Schädel widerhallte und ihn zu sprengen drohte. »Sie ... sie warfen Mama zu Boden und begannen an ihren Kleidern zu zerren.«

Stephen zog scharf die Luft ein. »Wie grauenhaft, daß du das alles mit ansehen mußtest!«

»Die Soldaten hatten Papa ganz vergessen. Er kam wieder auf die Beine und schlich zu einem Tisch. In der Schublade hatte er einen Revolver versteckt, weil er wegen der Unruhen auf den Straßen beunruhigt war. Er nahm ihn zur Hand und sagte ...« Rosalind zitterte wie Espenlaub. »Er sagte: ›Möge Gott mir verzeihen, Sophie!‹ Und dann ... dann ...«

Ihre Stimme brach, und sie konnte nicht weitersprechen, bis Stephen flüsterte: »Hab keine Angst, mein Liebling. Was damals auch geschehen sein mag – jetzt bist du in Sicherheit.«

Sie schloß die Lider, hatte die Szene aber dennoch deutlich vor Augen. »Er ... er schoß Mama mitten ins Herz«, murmelte sie kaum hörbar. »Der Schuß war laut, so laut, und der Rauch brannte in meinen Augen. Ich verstand nicht richtig, was passiert war, auch nicht, als Mama plötzlich still dalag und sich nicht mehr gegen die Soldaten wehrte. Ihr Gesicht sah ... friedlich aus, aber die Soldaten waren wütend, und einer brüllte: ›Dieses Schwein hat die Hure umgebracht, bevor wir sie haben konnten!‹« Rosalind holte schaudernd Luft. »Er zog sein Schwert und ... und schnitt Papa die Kehle durch.«

Leise fluchend preßte Stephen ihren Kopf an seine Brust, und sein warmer Körper spendete ihr ein wenig Trost. Ohne dieses Gefühl von Geborgenheit hätte sie sich niemals an alles erinnern können, das wurde ihr in diesem Moment klar. »Überall war Blut ... so viel Blut ... und ich schrie. Der Anführer schaute hoch, entdeckte mich und schrie: ›Die Kleine heißt Marguerite. Bringt sie her, sie wird's anstelle ihrer Mutter auch tun!‹ Zwei Soldaten begannen nach dem Aufgang zur Galerie zu suchen, und einer rief: ›Wir kommen, Marguerite!‹ Seine Stimme hörte sich gräßlich an, und ich rannte weg und fand Standy und ... und den Rest kennst du ja schon.« Sie klammerte sich an Stephen fest, so als könnte nur er sie davor bewahren, in einem Meer von Grauen unterzugehen.

»Es ist eine schreckliche Geschichte, kleine Rose«, sagte er sanft, »und bei dem Gedanken, daß du das miterleben mußtest, bricht mir fast das Herz. Aber es ging wenigstens sehr schnell ... Dein Vater besaß den Mut und die Entschlossenheit, deiner Mutter unvorstellbares Leid zu ersparen.« Er streichelte ihr schweißnasses Haar. »Er muß sie sehr geliebt haben.«

Rosalind dachte über die Entscheidung ihres Vaters nach. »Und er hat nicht nur Mama geholfen, sondern ist auch selbst schnell gestorben«, flüsterte sie.

»Dein Vater war ein tapferer Mann. Ich weiß nicht, ob ich den Mut gehabt hätte, auf den Abzug zu drücken.«

»Du zweifelst an deinem Mut, obwohl du Tag für Tag dem Tod mit Würde und Haltung ins Auge blickst?« fragte Rosalind leise. »Du bist der tapferste Mensch, den ich je gekannt habe.«

»Der tapferste bestimmt nicht – aber einer der glücklichsten.« Stephen küßte ihre Schläfe. »Daß ich dich gefunden habe, grenzt an ein Wunder.«

Von seinen Worten und seiner Zärtlichkeit eingelullt, begann sie sich zu entspannen. »Ich bin froh, daß ich mich endlich an alles erinnert habe. Irgendwie fühle ich mich ... erleichtert. Ich ahnte immer, daß in den dunkelsten Winkeln meines Geistes irgendwelche Ungeheuer lauerten, und jetzt kenne ich sie wenigstens.«

»Ans Licht gezerrt, verlieren Ungeheuer ihre Schrekken.« Er drehte sie behutsam um und drückte ihren Rükken an seine Brust. »Schlaf, kleine Rose ... du bist in Sicherheit.«

Von seinen Armen umschlungen, fiel sie erschöpft in einen tiefen, traumlosen Schlaf.

28. Kapitel

Dicke Schneeflocken wirbelten durch die Luft und ließen die rauhe nördliche Landschaft noch unwirtlicher als sonst erscheinen. In Schottland brach der Winter früh herein, dachte Michael, während er aus dem Fenster starrte und an seinem Krug mit heißem Whisky-Punsch nippte.

Jemand trat neben ihn ans Fenster, ebenfalls mit einem dampfenden Krug in der Hand, und Michael wußte, ohne sich umzudrehen, daß es George Blackmer war. Im Laufe der langen Irrfahrt durch England hatte sich zwischen den beiden Männern zwar keine Freundschaft, aber doch eine Art Kameradschaft entwickelt.

»Glauben Sie, daß wir hier eingeschneit werden?« fragte der Arzt.

»Höchstens für ein, zwei Tage.« Michael seufzte todmüde. »Aber dieser Sturm ist ein Zeichen, daß es höchste Zeit ist, aufzugeben und den Heimweg anzutreten.«

»Ich dachte, eine Kapitulation käme für Sie nicht in Frage«, bemerkte Blackmer trocken.

»Manchmal muß man sich damit abfinden, ob man will oder nicht. Unsere ganze Expedition stand von Anfang an unter einem schlechten Stern – wir haben immer zur falschen Zeit am falschen Ort gesucht.« Michael trank einen großen Schluck, um sich aufzuwärmen. »Und es war der Gipfel der Torheit, dieser verdammten Kutsche bis nach Schottland zu folgen! Ich hätte mich wie ein vernünftiger Mann benehmen und einfach abwarten sollen, bis mein Bruder auf eigene Faust zurückkehrt.«

»Und warum haben Sie es nicht getan?«

Michael hatte Blackmer nie anvertraut, daß er Stephen zu einem anderen Arzt schleppen wollte, und nach allem, was sie inzwischen gemeinsam durchgemacht hatten, war es unvorstellbar, den Mann derart zu kränken. Deshalb begnügte er sich mit der halben Wahrheit. »Ich hatte das Bedürfnis, etwas zu tun. Irgend etwas ... Eine primitive Form von Magie, wenn Sie so wollen. Der Glaube, das Leben meines Bruders verlängern zu können, wenn ich intensiv nach ihm suchte.« Erst jetzt, da er es laut aussprach, begriff Michael, wie absurd diese instinktive Hoffnung gewesen war. Er warf seinem Gefährten einen neugierigen Blick zu. »Und Sie? Warum haben Sie mich begleitet? Ashburton ist zwar Ihr prominentester Patient, aber Sie vernachlässigen Ihre übrige Praxis.«

»Aus Verantwortungsbewußtsein ... oder Schuldgefühlen.« Blackmer verzog schmerzlich das Gesicht. »Der Herzog wäre nicht spurlos verschwunden, wenn ich ... wenn ich mich geschickter verhalten hätte.«

»Wenn mein Bruder wirklich todkrank ist, werden Sie ihm nicht mehr helfen können.« Michael starrte in seinen Krug. »Und wenn Ihre Diagnose falsch war und er sich bester Gesundheit erfreut, braucht er keinen Arzt.«

»Seit meiner letzten Untersuchung ist so viel Zeit vergangen, daß ich seinen gegenwärtigen Zustand kaum einschätzen kann.« Blackmer schüttelte hilflos den Kopf. »Ich weiß es einfach nicht.«

»Sie sind für einen Arzt sehr ehrlich. Die meisten Ihrer Kollegen bevorzugen Geheimniskrämerei.«

»Mir ist schon oft aufgefallen, daß Sie für Ärzte offenbar nichts übrig haben. Warum?«

Michael zuckte mit den Schultern. »Pillen, Salben und Säfte mit komplizierten Dosierungsanweisungen. Ich hatte immer den Eindruck, das alles solle die Patienten beeindrucken und den Geldbeutel des Arztes füllen. Was mich betrifft, so hatte ich hauptsächlich mit Chirurgen zu tun.« Grinsend erinnerte er sich an Ian Kinlock. »Das sind blutrünstige Burschen, die den Leiden der Menschheit mit einem Messer zu Leibe rücken, und diese Direktheit sagt mir mehr zu als Medikamente.«

Lange Zeit beobachteten sie schweigend das Schneetreiben und die hereinbrechende Dunkelheit, doch schließlich stellte Blackmer eine Frage, die ihm auf der Seele brannte. »Ich habe den alten Herzog behandelt, wenn er sich in der Abtei aufhielt, aber ich kannte ihn kaum. Wie war es, ihn zum Vater zu haben?«

Eine solche Frage hörte sich in Michaels Ohren wie blanker Hohn an, doch das konnte der Arzt natürlich nicht wissen. »Schwierig«, antwortete er klipp und klar.

»Ein schwieriger Vater ist immer noch besser als gar keiner.«

Michael dachte an die häufigen Prügel, an die noch schlimmeren sarkastischen Bemerkungen und verächtlichen Blicke und wußte, daß Blackmer sich irrte. Von einem Mann großgezogen zu werden, der seinen eigenen Sohn aus unerfindlichen Gründen haßte, war viel schlimmer, als allein zu sein. Doch ein Findelkind machte sich verständlicherweise romantische Vorstellungen von dem, was es nie gehabt hatte. »Familien können Himmel oder Hölle sein. Ihnen blieb wenigstens die Hölle erspart.«

Michaels Familie war die Hölle gewesen, doch dafür hatte er bei Catherine den Himmel gefunden. Vermutlich war das der umgekehrten Reihenfolge vorzuziehen!

Catherine ... Er vermißte sie wahnsinnig, und er brauchte sie mehr denn je, denn in ihren Armen könnte er die Sorgen um Stephen wenigstens vorübergehend vergessen. Kurz bevor er zu dieser verrückten Verfolgungsjagd aufgebrochen war, hatte sie gesagt, es sei Zeit für ein weiteres Kind, und er war damit mehr als einverstanden. Ihre Liebe und Leidenschaft war das Schönste, was das Leben ihm beschert hatte.

Er hatte ihr vor einigen Tagen geschrieben und sie gebeten, ihn in London zu treffen. Sollte Stephen nicht dort sein, könnten sie zusammen zur Abtei reisen. Sein Bruder liebte Ashburton Abbey und würde wahrscheinlich dort sterben wollen.

Sterben ... Tief durchatmend wandte Michael sich vom Fenster ab. Höchste Zeit, nach Hause zu reiten!

29. Kapitel

Tag 29

Ein scharfer Schmerz riß Stephen aus dem Schlaf. Er lag einen Moment lang still da und versuchte abzuschätzen, wie schlimm dieser Anfall sein würde. Am Abend hatte er zwei Pillen geschluckt und danach etwas Schlaf gefunden, doch die betäubende Wirkung hatte diesmal nicht lange angehalten.

Neben ihm atmete Rosalind gleichmäßig, einen Arm auf seiner Brust, das Gesicht in seiner Halsgrube versteckt. Er löste sich behutsam von ihr und drückte ihr als Ersatz ein Kissen in den Arm. Seit ihm selbst kaum noch eine ungestörte Nachtruhe vergönnt war, hatte er gelernt aufzustehen, ohne seine Frau zu wecken.

Im Schlafzimmer war es ungemütlich kalt, und er zog schnell seinen wollenen Morgenrock an, der über einem Stuhl hing. Dann tastete er sich bis zu seinem Ankleidezimmer durch, schloß leise die Tür und zündete eine Kerze an.

Dieser Raum war sein Zufluchtsort geworden, seit schier unerträgliche Schmerzen ihm oft den Schlaf raubten. Außer zwei riesigen Schränken und einer Waschkommode stand hier sein Lieblingssessel und daneben, auf einem Tischchen, ein Krug Milch. Hubble, sein Kammerdiener, der vor einigen Tagen in London eingetroffen war und ihn seitdem rührend umsorgte, konnte zwar nicht verstehen, wozu er nachts Milch benötigte, führte den Auftrag jedoch getreulich aus.

Stephen spülte eine Opiumpille mit einem Glas Milch hinunter. Die kühle Flüssigkeit war in letzter Zeit fast das einzige, wogegen sein Magen nicht rebellierte. Er trat ans Fenster und schob den Vorhang beiseite: Die Morgendämmerung war nicht mehr fern, und in wenigen Stunden würde er Rosalind nach Richmond bringen, damit sie ihre Großmutter und andere Angehörige kennenlernte. Nachdem sie sich vom ersten Schock erholt hatte, strahlte sie inneren Frieden aus. Die traumatischen Kindheitserlebnisse, an die sie sich schlagartig erinnert hatte, würden sie bestimmt noch lange verfolgen, doch dafür wußte sie nun endlich, wer sie war.

Weil Stephen erst ins Bett zurückkehren wollte, wenn das Opium wirkte, machte er es sich vorerst im Sessel bequem und überlegte, welche wichtigen Angelegenheiten er noch regeln mußte. Sein Testament war abgefaßt und unterschrieben, er hatte alle Schulden beglichen, die Wohltätigkeitsfonds abgesichert und Kirby Manor an Rosalind übertragen. In wenigen Tagen würden sie in die Abtei reisen können, und er hatte Michael geschrieben und ihn gebeten, ebenfalls dorthin zu kommen. Es gab einiges, was er mit seinem Nachfolger persönlich besprechen wollte, doch vor allem hatte er einfach das Bedürfnis, seinen Bruder noch einmal zu sehen. Es würde eine überaus schmerzliche Begegnung sein, und er hatte ernsthaft überlegt, ob es nicht vernünftiger wäre, ihnen beiden diese herzzerreißende Szene zu ersparen, aber er wußte, daß Michael ihm das nie verzeihen würde.

Gab es noch eine Möglichkeit, sich mit Claudia zu versöhnen? Er hatte ihr einen Brief geschrieben, der ungeöffnet zurückgeschickt worden war, und obwohl er es noch einmal versuchen wollte, wagte er kaum auf einen plötzlichen Sinneswandel seiner Schwester zu hoffen.

Die nagenden Schmerzen steigerten sich von einer Sekunde zur anderen zur wahren Höllenqual. Das Glas entglitt seinen Fingern, und er taumelte keuchend und würgend auf die Waschkommode zu, um sich in die Waschschüssel übergeben zu können. Bevor er sie erreichte, brach er jedoch zusammengekrümmt zu Boden, bei vollem Bewußtsein, aber völlig hilflos. Auch als die Krämpfe allmählich verebbten, hielt die lähmende Schwäche an, und er schloß verzweifelt die Augen. *Es ist passiert! Die Waagschale der Krankheit hat sich endgültig gesenkt!* Er konnte sich nicht mehr einreden, ein halbwegs gesunder Mann mit gelegentlichen Schmerzen zu sein. Unter Aufbietung aller Willenskraft würde es ihm vielleicht noch hin und wieder gelingen, den Schein zu wahren, doch bald würde auch das nicht mehr möglich sein …

Auf jeden Fall mußte er es schaffen, Rosalind heute nach Richmond zu begleiten, denn bei dieser ersten Begegnung mit der Familie ihrer Mutter würde sie seinen Beistand dringend benötigen. Mühsam kroch er auf allen vieren zum Sessel, zog sich an den Armlehnen hoch und sank erschöpft in die Polster.

Der Tod war so nahe gerückt, daß Stephen fast glaubte, ein Gespräch mit dem Sensenmann führen zu können. Und was kam danach? Himmlische Harfenklänge, Höllenfeuer oder einfach das Nichts? Dieses Geheimnis vermochte niemand zu lüften, denn die Toten konnten den Lebenden ihre Erfahrungen ja nicht mitteilen.

Als er am Vortag seinen Bankier in der City aufgesucht hatte, war die Kutsche am *St. Bartholomew's Hospital* vorbeigefahren, einem riesigen Gebäudekomplex, dessen Grundmauern aus dem 12. Jahrhundert stammten. Dort mußten viele Patienten liegen, für die keinerlei Hoffnung mehr bestand, und Stephen hatte den dringenden Wunsch verspürt, hineinzugehen und einen Sterbenden auszufragen, in der Hoffnung, tröstliche Antworten zu erhalten. Doch er hatte darauf verzichtet, weil er vermutete, daß diese armen Teufel genauso im dunkeln tappten wie er selbst.

Stephen stemmte sich aus dem Sessel hoch. Es würde ihn eine gewaltige Anstrengung kosten, ins Schlafzimmer zurückzukehren, aber ihn lockte die Vorstellung, in Rosalinds Armen zu liegen.

Rosalind hielt es für ein gutes Omen, daß der Tag sonnig war. Während der Kutschfahrt nach Richmond – einer an der Themse gelegenen Ortschaft westlich von London – hielt sie Stephens Hand. Sie wußte, daß er nachts aufgestanden war, denn sie war aufgewacht, als er vor Kälte zitternd ins Bett zurückkam, und sie hatte sich wortlos an ihn geschmiegt und mit ihrem Körper gewärmt.

Er sah auch jetzt noch sehr schlecht aus, und ihr war klar, daß sein Gesundheitszustand sich nicht länger verheimlichen ließ. Seine Magerkeit und seine trüben Augen würden jedem, der ihn gut kannte, sofort auffallen. Die Ungerechtigkeit des Schicksals versetzte sie in ohnmächtige Wut, gegen die sie mühsam ankämpfte, um nicht die Fassung zu verlieren.

Die Kutsche passierte ein weit geöffnetes schmiedeeisernes Tor und hielt auf der Einfahrt vor einer eleganten Villa im Palladio-Stil an. »Was für ein schönes Haus«, sagte Rosalind, als Stephen ihr beim Aussteigen half.

Arm in Arm schritten sie die breite Freitreppe empor, und noch bevor sie die Tür erreicht hatten, wurde sie von einem älteren Butler geöffnet, der sich ehrerbietig verbeugte. »Willkommen, Eure Gnaden!« Obwohl er die undurchdringliche Miene des perfekten Dieners zur Schau trug, funkelten seine Augen vor Neugier.

Rosalind versuchte sich seelisch zu wappnen. Sie hatte auf der Bühne mehr als einmal eine verlorene Tochter gespielt und würde diese Rolle auch im wirklichen Leben bewältigen können.

In der Halle wurden sie sofort von einer zerbrechlich wirkenden kleinen Frau mit schneeweißen Haaren begrüßt. »Ich bin deine Großmutter, mein Kind.« Sie schenkte Rosalind ein warmes Lächeln. »Laß dich anschauen.«

Verglichen mit dieser zierlichen alten Dame kam Rosalind sich schrecklich grobschlächtig vor, doch Lady Westley seufzte zufrieden. »Anne hatte recht – du siehst Sophia sehr ähnlich, aber du bist natürlich nicht meine Tochter, sondern meine Enkelin.«

Rosalind bückte sich und küßte zögernd eine faltige Wange, die sich wie Pergament anfühlte. »Ich hatte noch nie eine Großmutter«, gestand sie, »und weiß deshalb nicht so recht, was ich machen soll.«

Lady Westley lachte. »Du mußt nur ein bißchen Nachsicht mit mir haben, sonst nichts. Ich habe mein Alter und meine angegriffene Gesundheit schamlos ausgenutzt, um wenigstens die ersten Minuten mit dir allein zu sein. Schließlich bekomme ich nicht jeden Tag eine neue Enkelin – schon gar nicht eine so bezaubernde erwachsene!« Sie wandte sich Stephen zu. »Wir sind uns einige Male begegnet, Ashburton, obwohl es Jahre her ist. Ich habe Ihre Mutter gekannt – ein wildes Mädchen, aber gutherzig. Es freut mich sehr, daß Sie jetzt zur Familie gehören.«

Stephen machte eine untadelige Verbeugung, obwohl er bei der Erwähnung seiner Mutter kaum merklich zusammengezuckt war. »Die Freude beruht auf Gegenseitigkeit, Lady Westley.«

»Wir sollten jetzt lieber zu den anderen gehen, sonst kommen sie alle herausgestürmt, um ihre neue Kusine zu begrüßen. Die jungen Leute finden deine Geschichte sehr romantisch, Rosalind.« Lady Westley verzog das Gesicht. »Sie wissen noch nicht, wieviel Leid sich hinter solcher Romantik verbergen kann.«

Rosalind fand ihre Großmutter sehr sympathisch, und sobald sie den Salon betrat, wurde sie von ihren anderen Verwandten umringt, die sichtlich begeistert waren, sie kennenzulernen. Lady Westley stellte ihr die Familienmitglieder vor, und während sie sich Gesichter und Namen zu merken versuchte, ging ihr durch den Kopf, daß sie sich hier nichts mühsam erkämpfen mußte. Ihre Abstammung gab ihr das Recht, in diesen Kreis aufgenommen zu werden, und sie brauchte nicht zu befürchten, verstoßen zu werden, wenn sie nicht perfekt war. In einer hübschen jungen Kusine namens Cassandra glaubte sie sich selbst mit siebzehn wiederzuerkennen, und sie sah auch anderen Verwandten ähnlich, was Körperbau und Haarfarbe betraf. Lord Westley, ihr Onkel, wirkte so heiter und warmherzig, daß sie fast vermutete, ihr eigenes sonniges Gemüt sei ein Erbteil dieser Familie.

Die Schreckensherrschaft hatte sie ihrer Eltern beraubt, doch nach einem Vierteljahrhundert war ihr das Glück zuteil geworden, Blutsbande neu knüpfen zu können, und dafür würde sie dem Schicksal ewig dankbar sein.

Stephen hielt sich bei diesem Familientreffen dezent im Hintergrund, heilfroh, nicht selbst im Mittelpunkt des Interesses zu stehen, denn dafür hätten seine Kräfte nicht ausgereicht. Während er das Essen auf seinem Teller von einer Seite auf die andere schob und vorsichtig am Wein nippte, beobachtete er seine Frau, die offenbar alle Herzen im Sturm erobert hatte. Wenn er nicht mehr da war, würden diese Menschen ihr zweifellos beistehen, und als gebürtige Gräfin du Lac und verwitwete Herzogin von Ashburton hätte sie auf dem Heiratsmarkt die allerbesten Chancen. Ihr Vetter James, Westleys Erbe, schien völlig hingerissen von ihr zu sein, und er würde dem Alter nach gut zu ihr passen

Um sich von diesen unerfreulichen Gedanken abzulenken, ließ Stephen seine Blicke ziellos umherschweifen, wurde aber seinerseits von Rosalinds Großmutter fixiert. »Sobald wir uns vom Tisch erheben, müssen Sie mich in den Garten begleiten, Ashburton.« Ihre blauen Augen funkelten amüsiert. »Es ist ein Vorrecht des Alters, die Gesellschaft eines attraktiven Mannes beanspruchen zu können, ohne eine Abfuhr zu riskieren.«

Stephen lachte. »Sie hätten auch früher keine Abfuhr

riskiert, Lady Westley.« Vom Lärm ermüdet, war ihm ein ruhiger Spaziergang mehr als willkommen.

Cassandra rannte die Treppen hinauf, um ihrer Großmutter einen Schal und den Gehstock zu bringen. Stephen lächelte Rosalind über den Salon hinweg zu, bevor er mit der alten Dame hinausging, deren kleiner Hund sich zu ihnen gesellte. Es war ein herrlicher Herbsttag, der bunte Blätter und späte Blumen im weichen Sonnenlicht erstrahlen ließ. Heckenrosen rankten sich an einer Mauer empor, und weiter unten schimmerte die Themse. »Das ist einer der schönsten Gärten, die ich je gesehen habe«, sagte Stephen impulsiv.

»Der goldene Oktober ... Bald wird der erste Frost meine Blumen töten, die Blätter werden abfallen, und vom Fluß her wird ein eisiger Wind wehen.« Sie pflückte geistesabwesend eine gelbe Chrysantheme. »Es tut mir leid, daß ich im Frühling nicht mehr hier sein werde. Ich habe mein halbes Leben in diesem Haus verbracht, und der Garten gehörte immer zu meinen größten Freuden.«

»Wollen Sie zu Ihrem Sohn oder Ihrer Tochter ziehen?«

»O nein! Ich werde im Frühjahr nicht mehr am Leben sein«, entgegnete sie ruhig.

Stephen zuckte wie vom Blitz getroffen zusammen. »Das können Sie doch nicht vorhersagen!«

»Ich weiß es.«

»Leiden Sie an einer tödlichen Krankheit?«

Die alte Dame lächelte wehmütig. »Nein, es ist einfach das Alter ... Mein Körper hat keine Kraft mehr, was ganz normal ist ... Ich glaube, ich wäre schon tot, wenn ich nicht irgendwie geahnt hätte, daß das Leben für mich noch eine letzte wunderbare Überraschung bereithält – Rosalind!«

Sie kamen zu einer Lichtung mit einem verwitterten Steinbrunnen, und Lady Westley betrachtete den pausbäckigen Engel, aus dessen Vase Wasser ins moosbewachsene Becken sprudelte. »Ein Kind zu verlieren ist der schlimmste Schmerz, der einem Mensch widerfahren kann«, sagte sie leise. »Man kommt nie darüber hinweg … niemals! Mit Rosalind ist ein Stück von Sophia zu mir zurückgekehrt.« Sie führte die Chrysantheme an ihre Lippen, bevor sie die Blume in den Springbrunnen warf.

Während sie auf einem gewundenen Pfad weiter durch den Garten schlenderten, warnte Stephen: »Rosalind mag ihrer Mutter zwar sehr ähnlich sehen, aber sie hat ein ganz anderes Leben geführt.«

»Wenn ich daran denke, daß dieses süße kleine Mädchen im Dreck nach Essensresten suchen mußte, zerreißt es mir fast das Herz!« Lady Westley schüttelte den Kopf. »Und später – eine Westley auf der Bühne! Ich wünschte, ich hätte sie sehen können.«

»Rosalind ist eine gute Schauspielerin, obwohl sie diesen Beruf nie mit Leib und Seele ausgeübt hat.« Er lächelte in der Erinnerung an seine Lady Caliban. »Nachdem Sie nicht schockiert zu sein scheinen, hätten Sie vielleicht wirklich Ihre Freude am Talent Ihrer Enkelin gehabt.«

»In meinem Alter ist man nicht so leicht schockiert«, lachte die alte Dame. »Und obwohl Rosalind kein einfaches Leben hatte, ist sie ihrer Mutter auch im Wesen sehr ähnlich. Sie strahlt dieselbe Wärme und Herzlichkeit wie Sophia aus.«

»Das weiß niemand besser als ich«, stimmte Stephen zu.

Auf der nächsten Lichtung stand eine Bank, die gute Aussicht auf den Fluß bot. »Das ist mein Lieblingsort. Es macht mir Spaß, die Schleppkähne und Boote zu beobachten. Sollen wir hier ein bißchen ausruhen?« Sie nahmen nebeneinander auf der Bank Platz, und der kleine Hund rollte sich zu Füßen seines Frauchens zusammen.

»Sie müssen wissen, Sophia war meine Jüngste«, berichtete Lady Westley. »Ich bin bei ihrer Geburt fast gestorben, und vielleicht hatte ich deshalb ein besonders inniges Verhältnis zu ihr, obwohl ich auch meine beiden anderen Kinder von ganzem Herzen liebe – Richard, meinen einzigen Sohn, und Anne, meine Älteste, die wie eine Glucke über mich wacht. Ja, ich hatte wirklich Glück mit allen dreien.«

Stephen bedauerte wie so oft seine eigene Kinderlosigkeit. »Und Ihre Kinder hatten Glück mit einer solchen Mutter.« Lady Westley besaß einen Glauben, um den er sie glühend beneidete. Natürlich war es höchst unschicklich, eine fast Fremde nach solchen Dingen zu fragen, aber er setzte sich ausnahmsweise über Anstandsregeln hinweg. »Wie können Sie Ihrem baldigen Tod so gelassen entgegensehen?«

Sie warf ihm einen überraschten Blick zu, antwortete jedoch, ohne zu zögern: »Der Tod ist eine natürliche Konsequenz des Lebens und kein vermeidbares Übel.«

»Ich werde auch bald sterben«, gestand er mit rauher Stimme, »doch mir fehlt Ihre philosophische Ruhe.«

»Ich verstehe ... Beim Mittagessen ist mir aufgefallen, daß Sie die anderen beobachteten, als stünden Sie selbst etwas abseits. Wie weit ist Ihre Krankheit fortgeschritten?«

Stephen wußte ihre nüchterne Art zu schätzen. Die meisten Leute hätten mit betretenem Schweigen reagiert oder ihn bedauert, und beides half ihm nicht weiter. »Ich habe bestenfalls noch einige Wochen zu leben, und mein Zustand wird sich bald nicht mehr vor der Welt verbergen lassen.«

»Weiß Rosalind Bescheid?«

»Ja, ich habe es ihr vor der Hochzeit gesagt. Vielleicht hätte sie meinen Heiratsantrag gar nicht angenommen, wenn es sich um eine jahrelange Bindung gehandelt hätte, aber sie war bereit, mir die letzten Monate zu versüßen.«

»Unsinn! Sogar ein Blinder könnte sehen, daß das keine Vernunftehe ist.« Ihre Miene umwölkte sich. »Für einen jungen Menschen wie Sie, der noch nicht bereit ist, muß der Tod schwer zu ertragen sein, und auch Rosalind wird sehr darunter leiden. Doch der Tod ist nicht das Ende, und eines Tages werdet ihr euch wiedersehen.«

»Sie glauben wirklich daran?«

Lady Westley lächelte ihm zu. »Ich *weiß* es.«

»Wie ist das möglich?« fragte Stephen eindringlich. »Woher nehmen Sie diese Gewißheit?«

»Sie würden meine Antwort wahrscheinlich für das Hirngespinst einer alten Frau halten.«

»Trotzdem möchte ich sie gern hören.«

Sie faltete ihre von Arthritis gekrümmten Finger auf dem Goldknauf des Gehstocks. »Wie schon erwähnt, wäre ich nach Sophias Geburt fast an Kindbettfieber gestorben. Ich hatte wahnsinnige Schmerzen und schreckliche Angst vor dem Tod. Plötzlich befand ich mich nicht mehr in meinem Körper, sondern schwebte an der Dekke, und als ich hinabschaute, tat mir die kranke junge Frau im Bett von ganzem Herzen leid.

Dann rief jemand meinen Namen, ich drehte mich um und sah meine Mutter, die fünf Jahre zuvor gestorben war. Ich konnte das nicht glauben, bis sie mich umarmte.« Lady Westley schürzte die Lippen. »Es ist schwer zu erklären – ich war körperlos, und doch konnte ich diese Umarmung genießen. Ich hatte meine Mutter sehr vermißt, und sie nahm mich bei der Hand und führte mich in einen Garten – in den schönsten Garten, den ich je gesehen hatte.« Die alte Dame deutete auf die gepflegten Anlagen. »Seitdem habe ich versucht, jenen Garten nachzubilden, aber es ist mir nur sehr unvollkommen gelungen.«

Wider Willen fasziniert, fragte Stephen: »Und was ist dann geschehen?«

»Dort waren andere Menschen, die ich kannte – lauter Verstorbene, die gekommen waren, um mich willkommen zu heißen und mir zu helfen, falls ich verwirrt sein sollte.« Sie lächelte. »Es war fast wie eine Soiree, nur tausendmal befriedigender. Ich schaute mich um und entdeckte in der Mitte des Gartens eine Art Kristalltempel, der in hellem Licht erstrahlte, und ich fühlte mich magisch davon angezogen, weil er eine Aura der Liebe verströmte.« Ihre Augen waren sehnsüchtig in eine unsichtbare Ferne gerichtet.

»Haben Sie den Tempel betreten?«

Blinzelnd kehrte Lady Westley in die Gegenwart zurück. »Nein ... Ich hörte das Weinen eines Kindes und wußte, daß es mein Baby war. Plötzlich befand ich mich im Kinderzimmer und sah die Amme, die meine schreiende Tochter zu beruhigen versuchte. Sophia hatte einen hochroten Kopf und war alles andere als hübsch, aber der Gedanke, daß sie ihre Mutter nie kennenlernen würde, machte mir das Herz schwer. Und dann schwebte ich ins Nebenzimmer, wo Anne und Richard verängstigt in einer Ecke saßen. Sie tätschelte ihm den Rücken und versicherte ihm, daß Mama bald wieder gesund sein würde, aber auch sie weinte.«

Der Hund winselte leise, und sie bückte sich und streichelte seinen Kopf. »Gleich darauf war ich wieder in meinem eigenen Zimmer, immer noch an der Decke schwebend. Mein Mann James saß an meinem Bett und hielt meine Hand – und Tränen liefen ihm über die Wangen. Ich hatte ihn noch nie weinen sehen. Unsere Ehe war zwischen den Elternpaaren abgesprochen worden, aber wir kamen gut miteinander zurecht.« Ein verschmitztes Lächeln huschte über ihr Gesicht. »Sogar im Bett ... Trotzdem hatte ich bis dahin nicht gewußt, daß James mich liebte, denn romantische Worte waren nicht sein Fall. Jetzt *sah* ich diese Liebe – sie umgab ihn wie ein Strahlenkranz, und es war dasselbe gleißende Licht, das von dem Kristalltempel ausstrahlte.« Sie runzelte die Stirn. »In diesem Moment begriff ich, daß ich selbst entscheiden konnte, ob ich in jenen Garten oder aber zu meiner Familie zurückkehren wollte.«

Stephen betrachtete sie verständnislos. »Diese Entscheidung dürfte Ihnen doch nicht schwergefallen sein, oder?«

»Ob Sie es glauben oder nicht – es war die schwierigste Entscheidung meines Lebens. Ich hatte mich nie so glücklich und geborgen gefühlt wie in jenem Garten. Umgeben von Menschen, die ich geliebt hatte, gab es dort so viel zu lernen. Aber ich wußte, daß meine Familie mich brauchte und daß der Garten mir auch später offenstehen würde. Ich berührte James – und auf einmal lag ich wieder in meinem Bett, verschwitzt und fiebrig, und der Arzt sagte mir, ich sei drei Tage bewußtlos gewesen.«

»Dann war alles also nur ein Traum?« murmelte Stephen enttäuscht.

»Ich wußte, daß Sie mir nicht glauben würden.« Lady Westley zuckte die Achseln. »Natürlich hört sich das alles unsinnig an, aber jener Garten läßt sich mit dem, was wir Vernunft nennen, eben nicht erklären. Allerdings habe ich meinen Mann später gefragt, ob er weinend an meinem Bett gesessen habe, und er hat es mit hochrotem Kopf zugegeben. Woher hätte ich das wissen sollen, wenn ich bewußtlos war – es sei denn, ich schwebte wirklich im Raum.«

Stephen dachte, daß sie ihren Mann vielleicht einfach im Delirium gesehen und es später vergessen hatte, doch er hatte nicht die Absicht, ihren Glauben an diese tröstliche Vision zu zerstören. »Haben Sie jemals bedauert, in Ihren Körper zurückgekehrt zu sein?«

»Zweimal, glaube ich – als wir Sophia verloren und vor zehn Jahren, als James starb.« Ein strahlendes Lächeln verklärte ihr Gesicht. »Aber bald werde ich mit ihnen vereint sein.«

Vielleicht würde sie all die Menschen, die sie geliebt hatte, wirklich wiedersehen, doch das Tor zu jenem himmlischen Garten ließ sich offenbar nur mit dem Schlüssel des Glaubens öffnen, und deshalb würde ihm selbst ewige Dunkelheit beschieden sein.

Eine Wolkenbank schob sich vor die Sonne, und die Luft wurde kalt. »Ich sollte Sie jetzt lieber zurückbringen, bevor Sie sich erkälten«, sagte er nüchtern. »Ihre versammelte Sippschaft wird mich in den Fluß werfen, wenn ich nicht gut auf Sie aufpasse.«

Ihr Blick ruhte lange auf ihm, so als hätte sie seine Gedanken gelesen. »Auch wenn Sie mir nicht glauben, werden Sie feststellen, daß es ein Leben nach dem Tod gibt.«

Er beneidete sie glühend um ihre Gewißheit. »Hoffentlich haben Sie recht.« Impulsiv küßte er ihre faltige Wange. »Doch selbst wenn das nicht der Fall sein sollte, war es ein Vergnügen, Sie näher kennenzulernen, Lady Westley. Ich kann nicht beurteilen, ob Rosalind ihrer Mutter gleicht, aber sie gleicht *Ihnen* im Wesen, und das ist ein großes Kompliment für Sie und Ihre Enkelin.«

Doch leider hatte ihm auch diese sympathische alte Dame keine befriedigenden Antworten auf die Fragen geben können, die ihn in letzter Zeit unablässig beschäftigten.

30. Kapitel

Das Mittagessen bei den Westleys zog sich bis zum Spätnachmittag hin, und Rosalind wäre vielleicht noch länger geblieben, wenn ihr nicht plötzlich aufgefallen wäre, wie müde Stephen aussah, der sich mit ihrem Onkel Richard unterhielt. Schuldbewußt nahm sie Abschied von ihren Verwandten, und kurz darauf saßen sie in ihrer Kutsche.

»Das war viel erfreulicher, als ich erwartet hatte«, lächelte Rosalind zufrieden. »Du hattest recht, Stephen – ich kann mich glücklich schätzen, mehrere Familien zu haben. Vielleicht werde ich eines Tages auch noch meine französischen Verwandten kennenlernen.«

»Ich habe mit Lord Westley über sie gesprochen«, berichtete Stephen. »Er sagte, dein Cousin ersten Grades – er heißt Philippe St. Cyr, wie dein Vater – habe an der

Seite der Royalisten gekämpft und den Grafentitel samt Besitz beansprucht, sobald die Bourbonen wieder auf dem Thron saßen. Euer Palast war offenbar in miserablem Zustand, aber dein Vetter bemüht sich, ihn in neuem Glanz erstrahlen zu lassen.« Er warf ihr einen Seitenblick zu. »Von Rechts wegen gehört der ganze Besitz natürlich dir.«

»Allmächtiger«, murmelte Rosalind überwältigt. »Ich habe einen Palast in Frankreich?«

»Es dürfte nicht schwer sein, zu beweisen, daß du die rechtmäßige Erbin bist.«

Sie überlegte, ob dieser französische Vetter braune Augen wie sie selbst haben könnte. »Ich mag die direkte Erbin sein, aber ich möchte nicht in Frankreich leben, und wenn Cousin Philippe schon so viel Zeit und Mühe investiert hat, soll er den Besitz auch behalten.«

Stephen lächelte ihr zu. »Ich dachte mir fast, daß du das sagen würdest, aber es ist überaus großzügig von dir.«

Sie lachte. »Nachdem du mich so verwöhnst, kann ich es mir leisten, großzügig zu sein.«

»Ich werde meinen Anwalt beauftragen, deinem Vetter zu schreiben. Er sollte wissen, daß du am Leben bist, und du müßtest formell auf deine Ansprüche verzichten.« Er drückte ihre Hand. »Vielleicht überläßt er dir im Gegenzug irgendwelche Möbel oder Familienschmuck, zur Erinnerung an deine französische Herkunft.«

Rosalind hatte plötzlich die Möbel im Schlafzimmer ihrer Mutter vor Augen, besonders eine elegante Frisierkommode ... »Das würde mir gefallen. Stell dir vor – ich kann noch eine neue Familie kennenlernen! Hoffentlich sind diese Verwandten väterlicherseits genauso nett wie die Westleys.«

»Die Westleys erinnern mich ein bißchen an die Fitzgeralds«, sagte Stephen nachdenklich. »Ich wußte gar nicht, daß es auch in aristokratischen Kreisen so herzlich und ungezwungen zugehen kann.«

Seine eigene Familie war offenbar das genaue Gegenteil gewesen. »Meine Großmutter sagte, deine Mutter sei wild, aber gutherzig gewesen«, murmelte sie zögernd. »Stimmt das? Du hast nie über sie gesprochen.«

»Wild war eine höfliche Umschreibung für ausschweifend.« Stephen schnitt eine Grimasse. »Meine Mutter war sehr schön, und mein Vater war verrückt nach ihr. Zwischen ihnen tobte ein ständiger Machtkampf – Vater konnte sich selbst nicht verzeihen, daß er sie rasend begehrte, und Mutter ging sehr großzügig mit ihrer Gunst um ... Ich war immer heilfroh, diese leidenschaftliche Veranlagung nicht von ihnen geerbt zu haben – im Gegensatz zu Michael, der sehr darunter zu leiden hatte, bis er sie endlich in den Griff bekam.« Ein Schatten huschte über sein Gesicht. »Aber es stimmt, daß Mutter im Grunde gutherzig war. Ich habe mich manchmal gefragt, was für ein Mensch sie ohne ihr Luxusleben und mit einem vernünftigen Mann an ihrer Seite geworden wäre. Sie starb, als ich fünfzehn Jahre alt war.«

Seltsam, daß er sich selbst so falsch einschätzte! Rosalind hatte ihn auf den ersten Blick als leidenschaftlichen Mann beurteilt, und ihre Erwartungen waren nicht enttäuscht, sondern in jeder Hinsicht übertroffen worden.

Er gähnte hinter vorgehaltener Hand. »Entschuldigung, ich habe vergangene Nacht schlecht geschlafen. Bist du mir böse, wenn ich jetzt ein Nickerchen mache?«

Von seinem Gähnen angesteckt, meinte Rosalind: »Eine ausgezeichnete Idee.«

Stephen lehnte sich zurück und schloß die Augen. Sein ausgemergeltes Gesicht ließ ihn zwanzig Jahre älter erscheinen, als er war, und Rosalind stellte erschrocken fest, daß seine Haut sich gelblich verfärbte – die Krankheit hatte allem Anschein nach auch seine Leber angegriffen! Sie preßte ihren Kopf an seine Schulter, um seine Wärme zu spüren, solange er noch bei ihr war, und er zog sie in seine Arme, so als hätte er das gleiche Bedürfnis. Sie bedauerte zutiefst, daß er in einer zerrütteten Familie aufgewachsen war, und schwor sich, ihn wenigstens mit seiner Schwester zu versöhnen, koste es, was es wolle.

Rosalind stieg aus der Kutsche und ging die Stufen zum Haus der Herringtons hinauf. Obwohl sie schlimmeres Lampenfieber als vor jedem Bühnenauftritt hatte, gab sie sich nach außen hin völlig gelassen. Schauspielerin zu sein war wirklich sehr nützlich, wenn man in den tückischen Gewässern der vornehmen Gesellschaft nicht untergehen wollte. Maria hatte ihrer Tochter fürstliches Auftreten beigebracht, damit sie sogar Königinnen überzeugend verkörpern konnte, und das kam Rosalind jetzt zugute.

Als ein Diener die Tür öffnete, rauschte sie hoheitsvoll an ihm vorbei. »Ich bin die Herzogin von Ashburton« – sie überreichte ihm eine ihrer neuen Visitenkarten – »und wünsche meine Schwägerin zu sprechen.«

Der Diener zögerte. »Lady Herrington empfängt normalerweise niemanden zu so früher Stunde.«

Rosalinds Augen verengten sich bedrohlich – diesen stechenden Blick hatte Maria als Königin Elisabeth –, und er zeigte sofort Wirkung.

»Bei Ihnen ist das natürlich etwas anderes«, versicherte der Mann hastig, »denn Sie gehören ja zur Familie. Nehmen Sie doch bitte im Salon Platz, Euer Gnaden. Ich werde Lady Herrington sofort Bescheid sagen.«

Der Salon war prächtig eingerichtet, tadellos gepflegt und so unpersönlich, daß Rosalind sich wie in einer Totengruft vorkam. Anstatt sich zu setzen, lief sie nervös auf und ab, bis die Tür geöffnet wurde. Kalte Wut stand Claudia ins Gesicht geschrieben, und sie würdigte ihre Schwägerin nicht einmal einer höflichen Begrüßung. »Wie können Sie es wagen, in mein Haus zu kommen, obwohl Sie wissen, was ich von Ihnen halte?« Ihre Stimme war schneidend. »Wahrscheinlich glauben Sie, der Anstand würde es mir verbieten, Sie hinauswerfen zu lassen, aber Sie irren sich. Wenn Sie nicht unverzüglich verschwinden, befehle ich meinen Dienern, Sie in die Gosse zu befördern, wo Sie hingehören!«

Das war noch schlimmer, als Rosalind erwartet hatte. »Es ist nicht meine Art, mich irgendwo aufzudrängen, wo ich nicht erwünscht bin«, erwiderte sie möglichst ruhig. »Aber ich muß Ihnen etwas äußerst Wichtiges mitteilen. Wenn Sie mir fünf Minuten zuhören, verspreche ich Ihnen, Sie nie wieder zu belästigen.«

Claudias Miene wurde noch eisiger. »Also gut«, knurrte sie. »Für die Aussicht, Sie nie wiedersehen zu müssen, opfere ich gern fünf Minuten meiner Zeit – obwohl ich bezweifle, daß auf Ihr Wort Verlaß ist.« Sie stellte sich hinter einen Lehnstuhl, so als brauchte sie eine Schutzmauer.

Rosalind holte tief Luft. »Vielleicht wird es Sie milder stimmen, wenn Sie hören, daß wir vor einigen Tagen meine wahre Identität erfahren haben. Meine Mutter war Sophia Westley, die Schwester von Lord Westley und Lady Cassell.«

Claudia schüttelte angewidert den Kopf. »Eine Lügnerin sind Sie also auch noch! Ich kannte Sophia Westley – sie heiratete einen Franzosen und kam vor vielen Jahren während der Schreckensherrschaft ums Leben. Mir ist nicht bekannt, daß sie Kinder hatte.«

Rosalind hatte wieder den furchtbaren Tod ihrer Eltern vor Augen, ließ sich jedoch keine Gefühlsregung anmerken. »Sie hatte eine Tochter – mich, Marguerite St. Cyr, Gräfin du Lac. Mein englisches Kindermädchen brachte mich nach England, starb aber, bevor wir die Familie meiner Mutter erreichen konnten. Ich wurde von den Fitzgeralds adoptiert, wofür ich ihnen ewig dankbar sein werde. Doch nachdem Sie solchen Wert auf die Abstammung eines Menschen legen, müßte es Sie freuen, daß die Westleys mich als Sophias Tochter anerkannt haben. Wenn Sie an meinen Worten zweifeln, können Sie jedes Mitglied der Familie fragen. Meine Verwandten sagen übereinstimmend, ich würde meiner Mutter verblüffend ähnlich sehen, und da Sie Sophia ja gekannt haben, müßte diese Ähnlichkeit auch Ihnen auffallen.«

Claudia musterte ihre Besucherin eingehend von Kopf bis Fuß und gab schließlich widerwillig zu: »Ja, Sie sehen so aus, wie ich Sophia in Erinnerung habe, doch selbst wenn Sie tatsächlich ihre legitime Tochter sein sollten, macht das aus Ihnen noch lange keine Dame. Sie wurden von dem üblen Milieu geprägt, in dem Sie aufgewachsen sind, und mein Bruder ließ sich bedauerlicherweise von Ihren Schauspielertricks umgarnen!«

»Sie überschätzen mein schauspielerisches Talent, und Sie unterschätzen Stephens Intelligenz«, entgegnete Rosalind amüsiert. »Offensichtlich vermag nichts Ihre Meinung über mich zu beeinflussen, aber Sie sollten wenigstens dankbar sein, daß man in Ihren Kreisen jetzt sagen wird, der Herzog von Ashburton hätte durchaus standesgemäß geheiratet.«

Claudia kniff die Lippen zusammen. »Mein Vater wäre mit dieser Heirat niemals einverstanden gewesen.«

»Ihr Vater ist tot, Lady Herrington, und so sehr Sie sich auch anstrengen mögen – seine Billigung oder Liebe können Sie nicht mehr erkämpfen.«

»Verlassen Sie sofort das Haus!« rief Claudia leichenblaß.

Rosalind ärgerte sich, daß sie nicht gleich auf ihr eigentliches Anliegen zu sprechen gekommen war. »Ich habe noch eine Minute Zeit, um Ihnen zu erklären, warum ich hier bin.« Sie atmete tief durch. »Stephen ist todkrank. Er hat höchstwahrscheinlich nur noch wenige Wochen zu leben. Auch wenn Sie mich verabscheuen – gehen Sie zu ihm, bevor es zu spät ist!«

Claudias Augen weiteten sich vor Schreck. »Todkrank … Stephen? Das ist unmöglich! Alle Kenyons erreichen ein hohes Alter.«

»Stephen nicht. Er hat irgendeine schwere innere Krankheit«, sagte Rosalind tonlos. »Ein Beweis für die

These, daß gute Menschen viel zu früh sterben, denn er ist der beste Mensch, den ich je gekannt habe. Er hängt sehr an Ihnen und leidet unter der Entfremdung. Wenn er stirbt, ohne daß es zu einer Versöhnung gekommen ist, werden Sie sich vermutlich bis zu Ihrem Lebensende schwere Vorwürfe machen.«

»Allmächtiger ... nicht Stephen«, flüsterte Claudia fröstelnd und schloß die Augen, doch gleich darauf starrte sie ihre Schwägerin haßerfüllt an. »Sie haben Ihre Sache wirklich gut gemacht! Da mein Bruder übertrieben großzügig ist, brauchen Sie nur einige Wochen die fürsorgliche Ehefrau zu spielen, um hinterher als verwitwete Herzogin Ansehen und Wohlstand zu genießen!«

Rosalind protestierte, obwohl sie wußte, daß es sinnlos war. »Ich habe Stephen nicht wegen seines Geldes geheiratet.«

»Nein? Leidet er tatsächlich an einer unheilbaren Krankheit, oder haben Sie ihn vielleicht vergiftet, weil Sie eine reiche Witwe werden wollen?«

Die Anschuldigung traf Rosalind wie ein Peitschenhieb, auch wenn ihr klar war, daß Claudia nur aus Kummer wild um sich schlug. »Mir ist unverständlich, wie Stephen, der die Güte in Person ist, eine so bösartige Schwester haben kann«, sagte sie mit bebender Stimme. »Er war schon todkrank, als wir uns kennenlernten. Fragen Sie Dr. Blackmer, den Arzt der Ashburtons, wenn Sie mir nicht glauben.« Sie ging zur Tür und hatte die Klinke schon in der Hand, als sie sich um Stephens willen zu einem letzten Appell entschloß. »In wenigen Tagen werden wir London verlassen. Ich würde vorschlagen, daß Sie Ihr Gewissen erforschen und herausfinden, was Ihnen mehr bedeutet – Ihr verdammter Stolz oder Ihr Bruder, der Sie liebt!«

Das Blut pochte in ihren Schläfen, während sie das Haus verließ, und sie hatte kaum Hoffnung, daß Claudia einlenken würde.

Auf der Heimfahrt bot sie ihre ganze Selbstdisziplin auf, um ihre Gefühle unter Kontrolle zu bekommen. Stephen arbeitete an diesem Vormittag zu Hause, und sie wollte nicht, daß er ihre Verstörung bemerkte. Sie hatte auch nicht die Absicht, ihm von dem entsetzlichen Besuch bei seiner Schwester zu erzählen.

Wie konnten Geschwister, die im selben Elternhaus aufgewachsen waren, nur so gänzlich verschieden sein? Ihr fiel ein, daß Stephen einmal erzählt hatte, er und sein jüngerer Bruder hätten irgendwann eingesehen, daß sie es ihrem Vater nie recht machen konnten, während Claudia sich weiterhin verzweifelt bemühte, eine perfekte Kenyon zu sein. Rosalind hatte plötzlich fast Mitleid mit ihrer giftigen Schwägerin, deren Leben vom Schatten eines übermächtigen Vaters bestimmt wurde.

Als ihre Karosse vor Ashburton House anhielt, stand dort schon eine große Reisekutsche. Ein Diener lud gerade das bescheidene Gepäck der Fitzgeralds aus, und ihre Mutter betrachtete skeptisch die eindrucksvolle Fassade des palastartigen Stadthauses.

»Mama! Papa!« Überglücklich rannte Rosalind auf ihre Eltern zu, so als wäre sie fünf Jahre alt, und warf sich stürmisch in die Arme ihres Vaters.

Thomas drückte sie schmunzelnd an sich. »Du tust ja so, als hätten wir uns jahrelang nicht gesehen, mein Kleines! Dabei waren es nur wenige Wochen.«

»Mir sind sie aber wie Jahre vorgekommen!« Rosalind küßte ihre Mutter und wünschte, sie könnte wie als kleines Mädchen auf Marias Schoß klettern und sich in den Schlaf wiegen lassen. »Bevor ich Stephen geheiratet habe, war ich 24 Jahre lang nie von euch getrennt.«

»Stimmt, aber du gibst eine prächtige Herzogin ab, Liebling«, lachte Maria. »Der Kutscher bestand darauf, uns hierher zu bringen, aber wir würden uns in einem Gasthof wohler fühlen, glaube ich.«

»Davon wollte Stephen nichts hören, und ich bin seiner Meinung.« Rosalind hakte sich bei ihren Eltern ein und führte sie die Treppe hinauf. »Ihr wart schnell hier.«

»Das ist kein Kunststück, wenn man eine so luxuriöse Kutsche zur Verfügung hat«, sagte Thomas. »Um welche dringende Angelegenheit geht es eigentlich? Das hat Stephen uns in seinem Brief leider nicht verraten, aber du weißt doch bestimmt, worum es geht.«

»Ja, aber Stephen soll es euch selbst erklären.« Während ihre Eltern die Halle bewunderten, gab sie dem Butler Anweisungen. »Bringen Sie Erfrischungen in den Salon, und sobald der Anwalt sich verabschiedet hat, sagen Sie meinem Mann bitte Bescheid, daß meine Eltern angekommen sind.«

Portia hatte im Salon geschlafen, und Thomas' weiches Herz schmolz sofort dahin, als das Kätzchen auf seinen Schoß sprang und zu schnurren begann. In den nächsten fünf Minuten wurden Neuigkeiten ausgetauscht: Jessica und Simon Kent würden wahrscheinlich demnächst ihre Verlobung bekanntgeben, Brian vermißte Stephen als Lehrer und machte kaum Fortschritte in Latein, und Mary Kent bewährte sich als Rosalinds Nachfolgerin.

Danach berichtete Rosalind ihren Eltern, daß das Geheimnis ihrer Herkunft endlich gelüftet war. Fasziniert und bestürzt lauschten die Fitzgeralds ihrer Schilderung der dramatischen Ereignisse im Hause der Cassells und des Mittagessens mit den Westleys. Als sie geendet hatte, murmelte Thomas überwältigt: »Na, so was – der Kuckuck in unserem Nest war eine Gräfin!«

»Nein, nur ein schutzbedürftiges Kleinkind!« Es war Rosalind ungeheuer wichtig, ihnen klarzumachen, daß sie nicht die Absicht hatte, die Familienbande zu lockern, nur weil sie jetzt auch andere Angehörige hatte. Während sie Tee einschenkte, dachte sie, daß ein gnädiger Gott damals die Schritte der Fitzgeralds in jenes Elendsviertel gelenkt haben mußte. Diese Antwort hätte sie Stephen geben sollen, als er sie fragte, warum sie gläubig sei.

Stephens Besprechung mit dem Familienanwalt war anstrengend, weil er ihm endlich reinen Wein über seinen Zustand eingeschenkt hatte. Der Jurist reagierte verständlicherweise sehr bestürzt – die Umstellung vom alten Herzog auf Stephen war ihm nicht leichtgefallen, und nun würde der arme Teufel sich demnächst an einen weiteren Kenyon gewöhnen müssen.

Nach dieser strapaziösen Unterredung freute Stephen sich auf das Wiedersehen mit seinen Schwiegereltern. Als er den Salon betrat, war ein lebhaftes Gespräch im Gange, doch Rosalind sprang sofort auf, um ihn mit einem Kuß zu begrüßen.

»Papa stirbt fast vor Neugier«, flüsterte sie, »aber ich habe mich bewundernswert beherrscht und nicht verraten, was du im Schilde führst.«

»Du bist immer bewundernswert.« Stephen drückte sie zärtlich an sich und vergaß seine Müdigkeit. »Wie schön, daß ihr hier seid«, hieß er seine Gäste lächelnd willkommen. »Maria, du siehst wie immer hinreißend aus.« Er küßte seine Schwiegermutter und schüttelte Thomas kräftig die Hand. »Wie lange könnt ihr hierbleiben?«

»Eine Nacht – höchstens zwei«, erwiderte Fitzgerald. »Die Truppe kann nur einige wenige Stücke aufführen, wenn wir nicht da sind.« Er grinste verschmitzt. »Hoffentlich habe ich heute abend Gelegenheit, Kean auszupfeifen!«

Stephen hatte sich in weiser Voraussicht über den Spielplan informiert. »Er spielt Sir Giles Overreach in *Eine neue Art, alte Schulden zu bezahlen,* und von meiner Loge aus könntest du sogar faule Eier auf die Bühne werfen!«

»Mein Mann wird sich anständig benehmen.« Maria warf Thomas einen strengen Blick zu. »Versprochen?«

»Versprochen«, knurrte er. »Aber ein Mensch wird doch wohl noch träumen dürfen, oder?«

»Träume sind erlaubt«, sagte sie huldvoll.

»Apropos Träume ...« Stephen setzte sich, und Rosalind schenkte ihm Tee ein. »Kennt ihr zufällig das *Athenaeum*, ein altes Theater in der Nähe von Covent Garden?«

Maria nickte. »Vor vielen Jahren haben wir dort *Der Lauf der Welt* gesehen. Die Mirabell war nicht schlecht, die Millamant schrecklich.«

»Aber sie hatte tolle Knöchel«, warf ihr Mann augenzwinkernd ein.

»Bestimmt keine schöneren als die meinen«, fauchte Maria.

»Da müßte ich mich erst vergewissern.« Thomas tat so, als wollte er die Röcke seiner Frau anheben.

Während Maria ihm auf die Hand schlug, verkündete Rosalind pathetisch. »Ich glaube, es hat unsere Eltern wieder einmal gepackt!«

Sie imitierte Jessicas Lieblingsausspruch so gekonnt, daß alle schallend lachten. Als die Heiterkeit verebbte, fragte Stephen beiläufig: »Wie würde euch das *Athenaeum* als Bühne gefallen?«

»Ich wäre davon hell begeistert.« Thomas trank einen Schluck Tee. »Bedauerlicherweise können wir ein Theater aber nicht wie irgendwelche Requisiten mit uns herumschleppen.«

»Das sollt ihr auch nicht – ich möchte es euch schenken, damit die Truppe ständig in London auftreten kann.«

Einen Moment lang war es totenstill im Raum. Dann stellte Thomas seine Tasse geräuschvoll ab. »Was, zum Teufel ...?«

»Der Teufel hat nichts damit zu tun. Das Theater steht zu einem vernünftigen Preis zum Verkauf, mitsamt Kostümen und allem übrigen Zubehör sowie einem kleinen Haus, in dem ihr wohnen könntet.« Stephen lächelte. »Als Eigentümer und Direktor hättest du völlig freie Hand, Thomas, und zusammen mit Maria könntest du deine eigenen Ideen in die Tat umsetzen. Ich zweifle nicht daran, daß ihr viel Erfolg hättet.«

»Aber … aber …« Thomas schaute wie betäubt seine Frau an, und nur mit Blicken fochten die beiden ein stummes Wortgefecht aus. Thomas beharrte auf seiner Unabhängigkeit und wollte niemandem etwas schuldig sein, während Maria ihn an die vielen Jahre finanzieller Unsicherheit, an Opfer und unerfüllte Träume erinnerte.

»Wie könnten wir ein solches Geschenk annehmen?« fragte Thomas schließlich verunsichert.

»Ganz einfach«, meinte Maria, ohne ihn aus den Augen zu lassen. »Wir sind viel zu alt, um zehn Monate im Jahr von Ort zu Ort zu ziehen.« Seit ihrer Heirat hatte sie ihrem Mann und ihrer Familie zuliebe auf eine glänzende Karriere verzichtet, aber diesmal war sie nicht bereit nachzugeben.

Thomas sah das ein. »Aber warum?« wollte er trotzdem von seinem Schwiegersohn wissen.

»Weil ihr Rosalind vor einem schrecklichen Tod in jenem Slum bewahrt und sie mit soviel Liebe aufgezogen habt«, antwortete Stephen ruhig. »Und weil ihr auch mich mit offenen Armen aufgenommen habt … Warum sollten Güte und Menschenliebe nicht ausnahmsweise belohnt werden?«

»In vielen Theaterstücken gibt es einen Deus ex machina, der überraschend alle Probleme löst. Jetzt erleben wir, daß es so etwas auch im wirklichen Leben gibt.« Maria stand auf und küßte Stephen. »Gott segne dich, mein Junge. Ich brauche dir nicht zu sagen, was das für uns bedeutet, denn das weißt du genau.« Sie wandte sich ihrem Mann zu. »Was werden wir als erstes aufführen? Es muß ein Stück mit guten Rollen für uns beide und für Jessica und Simon sein.«

Beim Gedanken an eine Premiere in London, im eigenen Theater, vergaß auch Thomas seine Skrupel. »Natürlich kommt nur Shakespeare in Frage. Wie wär's mit dem *Wintermärchen*?«

Maria nickte begeistert. »Großartig – Jessica und Simon werden als junges Liebespaar glänzen, du wirst die Zuschauer als König von Sizilien beeindrucken, und ich werde als deine zu Unrecht beschuldigte Gemahlin die Damen zu Tränen rühren.«

»Und dann sorgt das glückliche Ende dafür, daß alle lächelnd nach Hause gehen.« Thomas sprang plötzlich auf und wirbelte seine Frau im Kreis herum. »Was hältst du davon, heute abend auf Kean zu verzichten und statt dessen jetzt das *Athenaeum* zu besichtigen?«

Sein Vorschlag fand allgemeine Zustimmung, und sie verbrachten den Nachmittag zu viert im Theater, wo die Fitzgeralds wie ein aufgeregtes Schwalbenpaar beim Nestbau umherschwirrten und Pläne schmiedeten, während Stephen und Rosalind sich fast wie Eltern vorkamen, die ihren Kindern glücklich beim Öffnen der Weihnachtsgeschenke zuschauen.

Für Stephen war es ein tröstlicher Gedanke, daß die Truppe das Londoner Publikum zum Weinen und Lachen bringen würde, wenn er selbst längst im Grabe lag. Reichtum brachte viele Vorteile mit sich, aber es gab wohl nichts Befriedigenderes, als anderen Menschen bei der Verwirklichung ihrer Träume helfen zu können.

31. Kapitel

Es war ein langer, ermüdender Tag gewesen, und Rosalind war froh, daß ihre Eltern darauf verzichtet hatten, Kean zu sehen. In zwei Monaten würden sie in London leben und ins Theater gehen können, wann immer sie wollten, jedenfalls bis zur Wiedereröffnung des *Athenaeum,* die wegen der notwendigen Renovierungsarbeiten frühestens gegen Ende des Winters stattfinden konnte.

Während die beiden Männer nach dem Abendessen bei einem Glas Portwein geschäftliche Dinge besprachen, zog Rosalind sich mit Maria in den Salon zurück. »Ich kann es kaum erwarten, unsere Tournee zu beenden und hier in London seßhaft zu werden!« Maria lief hin und her und sah in ihrer freudigen Erregung fast so jung wie an jenem Tag aus, als sie Rosalind aus dem Elendsviertel gerettet hatte. »Ein eigenes Haus, Rose! Und ein Theater, das wir führen können, wie wir wollen! Finanzielle Absicherung, bis das Unternehmen floriert! Stephen ist unser Schutzengel …«

Rosalind hatte es sich auf einem Sofa bequem gemacht, dankbar für diese Gelegenheit, mit ihrer Mutter allein zu sein, und glücklich über deren kindliche Freude.

Maria lächelte ihr schelmisch zu. »Du solltest deinen Herzog aber etwas mehr schonen, Liebling. Während du wie das blühende Leben aussiehst, macht der arme Kerl einen sehr geschwächten Eindruck. Du darfst nicht vergessen, daß wir Frauen das stärkere Geschlecht sind – auch im Bett! Männer können mit unserer Unersättlichkeit nicht mithalten.«

Bei diesen Worten zerplatzte Rosalinds Zufriedenheit wie eine Seifenblase, und sie brach in Tränen aus.

Bestürzt darüber, daß ihre scherzhafte Bemerkung eine solche Reaktion hervorgerufen hatte, fragte Maria: »Was ist denn, Kleines? Eure Ehe scheint doch sehr harmonisch zu sein – jedenfalls deuten die innigen Blicke, die ihr dauernd tauscht, darauf hin.«

»Stephen … er wird bald sterben«, schluchzte Rosalind. »Ich wußte es, bevor wir geheiratet haben, aber … o Mama, ich dachte nicht, daß es so schwer zu ertragen sein würde.«

»Mein Gott«, flüsterte Maria. Sie setzte sich zu ihrer Tochter und nahm sie in die Arme, so wie sie es früher getan hatte, wenn das verängstigte Kind nachts schreiend aus Alpträumen hochgeschreckt war. »Das ist ja grauenhaft! Ein so junger Mann … ein so guter Mensch …«

Es tat Rosalind gut, sich in den Armen ihrer Mutter auszuweinen und tröstliche Wärme zu spüren. Als sie keine Tränen mehr hatte, murmelte sie mit belegter Stimme: »Ich habe aber auch eine gute Nachricht – ich glaube, daß ich schwanger bin!«

»O Rose, wie wunderbar! Das muß ein großer Trost für euch beide sein.«

»Ich habe es Stephen noch nicht erzählt, weil ich mir erst ganz sicher sein wollte.«

»Erzähl mir, wie dein Körper sich verhält«, befahl Maria.

Rosalind führte alle spürbaren Veränderungen auf, und ihre Mutter nickte zufrieden. »Kein Zweifel, du bist schwanger. So Gott will, wirst du ein gesundes Kind zur Welt bringen, das dich von deinem Kummer ablenkt. Du lieber Himmel, ein Junge würde ja vom ersten Atemzug an der nächste Herzog von Ashburton sein!« Sie schüttelte den Kopf. »Kaum zu glauben, daß mein erstes Enkelkind ein Herzog sein könnte! Es ist gut, daß du deine vornehmen Verwandten gefunden hast, Rose, denn nach Stephens Tod wirst du ihre Unterstützung benötigen. Dein Kind hat ein Recht darauf, in den besten Kreisen zu verkehren.«

Rosalind staunte, daß ihre Mutter das viel schneller als sie selbst begriffen hatte. »Die Westleys sind sehr nett, aber ...« Sie griff nach Marias Hand. »Aber du bist doch trotzdem noch meine Mutter, oder?«

»Immer, Rose«, versicherte Maria lächelnd. »Solange ich lebe.«

Tag 25

Obwohl Stephen den Besuch seiner Schwiegereltern genossen hatte, war er froh, als sie wieder abreisten, denn ihre überschäumende Lebensfreude war anstrengend, und er mußte mit seinen Kräften jetzt sehr sparsam haushalten. Während er zusammen mit Rosalind der Kutsche nachwinkte, dachte er niedergeschlagen, daß er die Fitzgeralds nicht wiedersehen würde. Jeden Tag galt es, von irgend etwas Abschied zu nehmen …

Seine Frau lächelte ihm zu. »Ich fahre zu den Cassells, um mit meinen beiden neuen Tanten zu Mittag zu essen«, berichtete sie und gab ihm einen Kuß. »Und heute abend habe ich dir etwas sehr Wichtiges zu erzählen.«

Stephen hielt sie fest umschlungen. Sein geschwächter Körper hinderte ihn immer häufiger an leidenschaftlichen Liebesspielen, aber er brauchte Rosalinds Nähe und bedauerte, sie in den nächsten Stunden entbehren zu müssen. Allerdings konnte er diese Zeit nutzen, um wichtige Angelegenheiten zu erledigen. Mit der Anweisung, daß er nicht gestört werden wolle, zog er sich ins Arbeitszimmer zurück. Zu den Vorteilen eines langsamen Todes gehörte es, alle Dinge in Ruhe ordnen zu können. Heute mußte er sich nur noch seiner vielen Ehrenämter entledigen, und sein Sekretär hatte ihm alle Unterlagen auf den Schreibtisch gelegt. In den nächsten Tagen würden Rosalind und er endlich in die Abtei fahren können, und vielleicht würde es ihm sogar gelingen, sie auch dort über die Schwelle zu tragen.

Von heftigen Schmerzen geplagt, schluckte Stephen zwei Opiumpillen, bevor er sich an den Schreibtisch setzte und konzentriert zu arbeiten begann. Der Anfall kam wie immer völlig überraschend. Seine Hand verkrampfte sich um den Federhalter, und die Feder brach ab, als sein gekrümmter Körper vornübersackte. Ein Glück, daß ihn stundenlang niemand stören würde! Bis zu Rosalinds Rückkehr würde er sich bestimmt erholt haben.

Mühsam stemmte er sich vom Schreibtisch hoch und wollte zum Sofa gehen, das auf der anderen Seite des Arbeitszimmers stand, doch schon nach einem Schritt wurde ihm schwindelig, und seine tauben Beine vermochten ihn nicht zu tragen. Kraftlos sank er zu Boden und spürte den Aufprall kaum, denn in seinen inneren Organen schienen Raubtiere zu wüten. Als ihm schwarz vor Augen wurde, war sein letzter Gedanke, daß er doch unmöglich schon heute sterben konnte. Nach Blackmers Prophezeiung blieben ihm noch mindestens drei Wochen Zeit!

Dann versank er gnädigerweise in tiefe Bewußtlosigkeit.

»Stephen!«

Rosalinds Stimme riß ihn aus den dunklen Nebelschwaden. Sie kniete leichenblaß neben ihm. Er hörte das vertraute Rascheln ihrer Unterröcke und spürte ihre warmen Finger auf seinem Handgelenk, als sie nach dem Puls tastete. »Noch ... noch nicht tot«, brachte er mühsam hervor.

»Gott sei Dank! Als ich hereinkam und dich hier liegen sah ...« Rosalind hatte Tränen in den Augen. »Glaubst du, daß du es bis nach oben ins Schlafzimmer schaffst, wenn ich dich stütze?«

Stephen begriff sofort, daß seine Welt sich seit heute morgen auf die vier Wände dieses Hauses verengt hatte. Es war unmöglich geworden, einen Schein von Normalität zu wahren, und er würde die Abtei nicht wiedersehen. Höchstwahrscheinlich würde er nie mehr mit Rosalind der Leidenschaft frönen können ... *O Gott!* »Nein«, flüsterte er rauh. »Hol zwei Diener.«

Rosalind stand auf und zerrte heftig an der Klingel, kehrte aber sofort an Stephens Seite zurück und wischte ihm mit ihrem Taschentuch behutsam den Schweiß vom Gesicht. Als die Diener erschienen, befahl sie ihnen, den Herzog ins Schlafzimmer zu tragen, wobei ihre Stimme nichts von ihrer tiefen Verstörung verriet. Die jungen Männer waren hingegen sichtlich betroffen, als sie ihren Herrn kraftlos auf dem Boden liegen sahen, und sie transportierten ihn mit größter Vorsicht. Immer noch halb benommen, dachte Stephen, daß es sich in schlechten Zeiten auszahlte, wenn man das Personal gut behandelt hatte.

Auf der Treppe wurde er wieder ohnmächtig, und als er zu sich kam, lag er im Bett und trug zum erstenmal, seit er Rosalind geheiratet hatte, ein Nachthemd. Doch obwohl er zusätzlich in warme Decken gehüllt war, zitterte er vor Kälte.

Rosalind setzte sich auf die Bettkante und griff nach seiner Hand. »Kannst du mich hören, Stephen?« Als er nickte, fuhr sie fort: »Ich werde jetzt einen Arzt holen lassen. Darauf hätte ich schon seit unserer Ankunft in London bestehen sollen.«

Sie wollte aufstehen, aber er packte sie am Handgelenk. »Nein! Ich habe gesehen, was Ärzte machen, wenn ein reicher Mann im Sterben liegt. Mein Vater wurde zur Ader gelassen, klistiert und sonstigen entwürdigenden Prozeduren unterzogen. Damals habe ich mir geschworen, diese Halsabschneider nicht an mich heranzulassen, wenn mir selbst die Stunde schlagen würde.« Er schaute Rosalind beschwörend an. »Ich kann dem Tod ins Auge sehen – mir bleibt ja gar keine andere Wahl –, aber ich möchte wenigstens in Würde sterben, so wie ein Tier, das sich dazu in seiner Höhle verkriecht.«

»Und wenn ein Arzt dir nun helfen könnte?« wandte Rosalind flehend ein. »Vielleicht war Blackmers Diagnose falsch, vielleicht könntest du geheilt werden.«

»Wenn ich das glauben könnte, hätte ich jeden Quacksalber in Großbritannien aufgesucht.« Er stieß röchelnd den Atem aus. »Doch der Körper lügt nicht ... Versprich mir, daß du mich so sterben läßt, wie ich es mir wünsche. Bitte!«

Sie biß sich auf die Unterlippe, um nicht in Tränen auszubrechen. »Ich verspreche es. Brauchst du deine Opiumpillen?«

Stephen nickte. »Gib mir drei ...« In einem Anflug von schwarzem Humor fügte er hinzu: »Ich dachte, sie würden nicht bis zum Ende ausreichen, aber jetzt hat es eher den Anschein, als würden etliche übrigbleiben.«

Rosalind hob seinen Kopf etwas an, legte ihm die Pillen in den Mund und hielt ein Glas Wasser an seine Lippen. Sogar das Schlucken kostete ihn große Anstrengung, und er war erleichtert, als sie seinen Kopf wieder in die weichen Kissen bettete. Einzelne Haarsträhnen hatten sich aus ihrem Knoten gelöst und fielen ihr ins Gesicht, und ihre dunklen Augen spiegelten Angst und tiefen Schmerz wider.

Stephen hätte ihr gern gesagt, wieviel sie ihm bedeutete, welches Glück ihm die wenigen Wochen mit ihr beschert hatten, doch ihm fehlten die Worte, weil er nie gelernt hatte, Gefühle auszudrücken. Aber er betrachtete ihr Gesicht, bis seine Lider sich erschöpft schlossen, und hoffte inbrünstig, daß er es soeben nicht zum letztenmal gesehen hatte.

Rosalind hielt Stephens Hand, bis er eingeschlafen war. Was sollte sie jetzt machen? Höchstwahrscheinlich würde er nicht mehr die Kraft haben, in seine geliebte Abtei zurückzukehren. Sie mußte Fyfield, seinen Sekretär, bitten, Lord Michael zu benachrichtigen, der vielleicht schon in Ashburton Abbey auf seinen Bruder wartete.

Und sie selbst? Sollte sie ihre Mutter oder Jessica zu Hilfe rufen? Seelischer Beistand wäre ihr sehr willkommen, aber konnte sie es verantworten, die Truppe einer der beiden Hauptdarstellerinnen zu berauben?

Sobald Stephen gleichmäßig atmete, stand sie auf und verließ leise das Zimmer. Glücklicherweise hatte das Personal sie von Anfang an akzeptiert und gehorchte ihr aufs Wort. Nachdem sie Fyfield beauftragt hatte, Stephens Bruder zu informieren, unterhielt sie sich mit Hubble, der ebenso wie sie selbst am liebsten einen Arzt geholt hätte, aber Verständnis zeigte, als Rosalind ihm erklärte, warum Stephen nichts davon wissen wollte. Der Kammerdiener hatte miterlebt, welchen unnötigen medizinischen Torturen der alte Herzog unterzogen worden war, und die sollten seinem Herrn erspart bleiben. Als Hubble bat, einige Stunden am Krankenbett wachen zu dürfen, erlaubte Rosalind es bereitwillig, denn der Mann kannte Stephen viel länger als sie und hing sehr an ihm.

Außerdem war sie mit ihren seelischen Kräften fast am Ende und hatte das Bedürfnis, ihrer Verzweiflung irgendwo ungestört freien Lauf zu lassen, was in einem Haus voller Dienstboten leider nicht leicht zu bewerkstelligen war. Dann fiel ihr Lord Michaels Suite ein, und sie flüchtete dorthin, warf sich im Schlafzimmer auf das breite Bett und brach in haltloses Schluchzen aus.

32. Kapitel

Es war schön, wieder in der Abtei zu sein. Stephen ging den Pfad entlang, der diagonal durch den Klostergarten führte, und genoß das Knirschen des Kieses unter seinen Stiefeln. Hier hatte er schon als kleiner Junge am liebsten gespielt, und heute war der Garten schöner denn je. Die Blumen verströmten einen betörenden Duft und zeigten in der Sonne ihre ganze Farbenpracht.

Aber wie war es möglich, daß er an diesem herrlichen Sommertag in Ashburton Abbey war? Er hielt sich doch in London auf, und es war schon Herbst. Mit gerunzelter Stirn blieb er stehen und betrachtete seine Umgebung. Alles sah ganz normal aus, und er trug auch seine übliche Landhauskleidung: Reithose, Reitstiefel und dunkelblaues Jackett.

Nicht normal war nur, daß er keine Schmerzen verspürte. Verwirrt ging er weiter. Der Garten war auf allen vier Seiten von einem offenen Bogengang mit alten Steinkapitellen umgeben, wo früher die Nonnen ihre Exerzitien abgehalten hatten. Auch Stephen hielt sich gern in diesem Kreuzgang auf, besonders an stürmischen Tagen, wenn das Deckengewölbe Schutz vor peitschendem Regen bot.

Louisa hatte den Ort ebenfalls geliebt und stundenlang hier gesessen, bei schönem Wetter im Garten, ansonsten im Kreuzgang.

Auch jetzt saß sie auf einer Steinbank, wie immer über ihren Stickrahmen gebeugt. Der Anblick war ihm so vertraut, daß er das ganz natürlich fand, bis ihm einfiel, daß an dieser Stelle nie eine Bank gestanden hatte – und daß Louisa tot war.

Träumte er? Es mußte wohl so sein, aber er hatte noch nie im Leben einen so realistischen Traum gehabt.

»Louisa?« rief er und ging langsam auf sie zu.

Sie schaute auf und schenkte ihm ein heiteres Lächeln. Obwohl sie die Lippen nicht bewegte, hörte er ihren Gruß im Geist. *Stephen, ich habe auf dich gewartet.*

Stephen ließ sich im Gras vor der Bank auf ein Knie nieder, damit ihre Augen auf gleicher Höhe waren. Louisa war so zierlich und schön wie früher, doch ihr Gesichtsausdruck hatte sich verändert. Sie sah *zugänglich* aus, so als wäre die unsichtbare Wand, die sie immer voneinander getrennt hatte, verschwunden. »Wo bin ich?« fragte er. »Und warum bin ich hier?«

Sie legte ihren Stickrahmen auf den Schoß und schaute ihn mit ruhigen blauen Augen an. *Dies ist eine Art Vorzimmer zum Himmel.*

Er starrte sie an. »Es gibt also wirklich ein Leben nach dem Tod?«

Das Wort Tod hört sich so endgültig an. In Wirklichkeit gibt es nur Leben, und was als Tod bezeichnet wird, ist nur ein Übergang. Sie lächelte schwach. *Zugegeben, ein sehr drastischer Übergang.*

Stephen erinnerte sich an den lichten Garten, von dem Lady Westley ihm erzählt hatte. »Vor einigen Tagen habe ich eine Frau kennengelernt, die mir eine ähnliche Erfahrung schilderte. Bin ich gestorben, und bist du hier, um mir bei diesem … diesem Übergang zu helfen?«

Du bist noch nicht gestorben, aber dem Tode so nahe, daß der Schleier zwischen Sichtbarem und Unsichtbarem hauch-

dünn geworden ist. Deshalb kannst du hier sein. Sie lächelte wieder. *Was mich betrifft, so bin ich hergekommen, um dir zu helfen, aber auch, um etwas gutzumachen.*

»Gutzumachen?« wiederholte Stephen verwundert. »Du hast mir doch nie etwas zuleide getan, warst immer sanft und freundlich. Es war weder deine noch meine Schuld, daß … daß unsere Ehe nicht glücklich war.«

Du irrst dich. Es war meine Schuld. Ihr Gesicht spiegelte tiefes Bedauern wider. *Ich wußte schon als kleines Mädchen, daß ich nicht heiraten sollte, aber ich ließ mir einreden, diese Ehe sei meine Pflicht, weil ich mir verzweifelt wünschte, nach Ashburton Abbey zurückzukehren. Wegen meiner egoistischen Bedürfnisse habe ich dich der Wärme beraubt, die du verdient hättest und die ich dir nicht geben konnte. Du bist ein gütiger und liebevoller Mann. Obwohl ich dich so unglücklich machte, hast du mich stets rücksichtsvoll und mit Respekt behandelt. Das hätten nur wenige Männer getan. Kannst du mir verzeihen, was ich dir angetan habe?*

Stephen setzte sich vor Verblüffung ins Gras. Er und liebevoll? Das hatte ihm noch kein Mensch gesagt. Er war doch kühl und distanziert, ein Gentleman, ausgeglichen und um Gerechtigkeit bemüht. Ein guter Freund … Aber diese Tugenden waren doch bestimmt keine Liebe. Er wußte nicht einmal, was dieses Wort bedeutete.

Dann fiel ihm jedoch das beklemmende Schweigen ein, das so typisch für seine erste Ehe gewesen war, die körperliche und seelische Verzweiflung, die ihn manchmal überwältigt hatte, und der Zorn, der tief in seinem Innern loderte. Vielleicht waren das Anzeichen von Liebe gewesen, die nie ausgedrückt werden konnte. Die Idee war neu und bestürzend, denn das würde ja bedeuten, daß er sich immer falsch eingeschätzt hatte. Aber er konnte nicht leugnen, daß die leidenschaftliche Intensität seiner Gefühle für Rosalind nicht zum Bild eines kühlen, distanzierten Gentlemans paßte.

Er schaute in Louisas Augen. »Ich habe dir nichts zu

verzeihen, meine Liebe. Auch ich hatte Zweifel, dich zu heiraten, und ließ mich überreden, gegen meinen Instinkt zu handeln. Aber haben wir nicht beide unser Bestes versucht? Wenn zwischen uns schon keine Liebe und Leidenschaft möglich war, so gab es doch immerhin Höflichkeit ... und Freundlichkeit, oder nicht?«

Ihr zartes Gesicht leuchtete. *Ja, es gab viel Freundlichkeit, besonders von deiner Seite. Danke, Stephen.*

Er fühlte sich grenzenlos erleichtert, daß Louisa ihn von jeder Schuld an ihrer freudlosen Ehe freigesprochen hatte. Sie hatten beide ihr Bestes versucht, und mehr konnte niemand tun.

Louisa beugte sich wieder über ihre Stickerei, und sie saßen in freundschaftlichem Schweigen beisammen. Im Garten war es so still, daß ein bunter Schmetterling sich für kurze Zeit auf Stephens Hand niederließ.

Nach einer Weile drängte sich ihm trotzdem eine neue Frage auf. »Du hast gesagt, du hättest mich geheiratet, weil du unbedingt nach Ashburton Abbey zurückkehren wolltest. Wieso? Du hattest den Ort vor unserer Hochzeit doch nie gesehen.«

Sie machte einen letzten Stich und verknotete den glänzenden Faden. Dann zeigte sie ihm ihr vollendetes Werk, einen Wandbehang, auf dem der Klostergarten zu sehen war. Nur war er ganz anders als jetzt bepflanzt, der Kreuzgang war noch nicht verwittert, und im Hintergrund ragte ein viereckiger Glockenturm empor. Stephen kannte diese Szenerie von einer Radierung aus der Zeit vor der Zerstörung der Klöster. So hatte Ashburton Abbey ausgesehen, als Nonnen hier ein abgeschiedenes Leben führten.

Louisa schüttelte den Wandbehang ein wenig, und plötzlich wurde er lebendig und umgab sie beide. Sie standen im weichen Gras, und Louisa trug mit einmal ein dunkles Nonnengewand. Sie schaute ruhig zu ihm auf. *Vor langer Zeit, in einem anderen Leben, lebte ich in der Abtei und empfand tiefen inneren Frieden. In diesem Leben wollte ich an den Ort zurückkehren, wo ich so glücklich gewesen war, doch nach unserer Heirat mußte ich erkennen, daß es nicht die alten Steine waren, nach denen ich mich gesehnt hatte. Was mein Herz wirklich begehrte, war die Glaubensgemeinschaft, die ich verloren hatte.*

Die Glocke im Turm begann zu läuten – ein feierlicher Ruf zum Gebet. Louisa senkte den Kopf. *Leb wohl, Stephen. Gott segne dich.*

Sie entfernte sich langsam, und Stephen sah im westlichen Kreuzgang eine lange Reihe Nonnen, denen Louisa sich anschloß, während sie einen Schleier über ihr Gesicht zog. Die erste Nonne betrat die Kapelle, die anderen folgten geräuschlos. Nach Louisa schloß sich die Tür, und Stephen war allein. Er verstand, daß sie einst zu dieser Schwesternschaft gehört hatte. Keusch und fromm, war sie im reinen mit sich selbst gewesen. Und weil das Leben mit ihm ihr diesen Frieden nicht bescheren konnte, war sie stets von einer tiefen Traurigkeit erfüllt gewesen, die sie wie eine unüberwindliche Steinmauer voneinander getrennt hatte.

Jetzt war sie wieder mit sich im reinen. Stephen schloß die Augen und sprach ein Dankgebet, das erste innig empfundene Gebet seines Lebens.

Wenn er wirklich noch am Leben war ... Der Garten sah jetzt wieder so aus, wie er ihn kannte und liebte, doch er brauchte keinen Garten, sondern Rosalind. Nur sie könnte ihn davon überzeugen, daß er noch lebte.

Sein Herz machte einen Freudensprung, als sie tatsächlich auf ihn zukam, Arm in Arm mit einem Mann, beide in den prächtigen Gewändern, die vor einem Vierteljahrhundert modern gewesen waren.

Nein, die Frau war nicht Rosalind! Ihre Augen waren blau, nicht braun, und sie war etwas kleiner als seine Frau. Mit gespenstischer Gelassenheit begriff er, daß er Sophia Westley und ihren Mann, Philippe St. Cyr, sah. Sophia lächelte ihm zu, als wären sie alte Bekannte, und reichte ihm ihre Hand zum Kuß. Sie war warm, fest, erstaunlich real. Bestürzt stellte er fest, daß Sophia jünger als Rosalind aussah, und auch ihr Mann mußte jünger als Stephen selbst sein.

Sie hielt seine Hand fest, und vor seinem geistigen Auge tauchten Bilder in rascher Folge auf. Eine ältere Frau stolperte mit einem verängstigten Kind durch die Wälder, versteckte sich vor Soldaten, bezahlte von ihrem kleinen Geldvorrat die notwendigsten Lebensmittel und Fahrten auf Bauernkarren. Endlich erreichte sie einen Hafen – in Frankreich? in Belgien? – und kaufte eine Schiffspassage nach London. Irgendwie hatte Stephen das Gefühl, als hätten Sophie und Philippe das Kindermädchen und ihren Schützling auf der Reise begleitet und beschützt, so gut sie konnten.

Doch sie waren machtlos, als das Herz der alten Frau auf dem Londoner Kai versagte. Stephen sah im Geist, wie der uniformierte Beamte von der Küstenwache nach Rosalind griff, wie sie entsetzt wegrannte und sich im schmutzigen Straßengewirr verkroch.

Sophia und Philippe blieben bei ihrer Tochter, versuchten sie vor dem Schlimmsten zu bewahren und hielten nach jemandem Ausschau, der sich ihrer annehmen könnte, doch vergeblich. Beide waren schließlich nur Geister, noch dazu völlig unerfahrene.

Dann kam der Tag, als Sophia endlich Thomas und Maria entdeckte, die lachend den Tower verließen, wo sie die Kronjuwelen bestaunt hatten. Sophia spürte in Maria eine Seelenverwandtschaft, die es ihr ermöglichte, geistigen Kontakt aufzunehmen und die Schritte der Fremden ins Hafenviertel zu lenken.

Als Sophia und Philippe sahen, daß die Fitzgeralds freundlich zu ihrer Tochter waren und die Kleine mitnahmen, konnten sie selbst endlich Frieden im Garten des Lichts finden.

»Ich habe verstanden«, sagte Stephen und küßte die glatte Wange seiner Schwiegermutter. Philippe schüttelte ihm kräftig die Hand. Er war ein attraktiver dunkelhaariger Mann mit warmen braunen Augen – Rosalinds Augen. »Ihr habt eure Sache sehr gut gemacht.«

Nicht wir allein. Philippe machte eine Geste, und Stephen blickte in einen umzäunten Garten, wo eine ältere Frau mit heiterem Gesicht auf mehrere Kinder aufpaßte, die in der Sonne tanzten. *Madame Standish, Marguerites tapfere Amme.*

Die Frau hob den Kopf und lächelte Stephen zu. Er begriff, daß sie sich an diesem Ort, der weder Erde noch Himmel war, um Kinder kümmerte, die früh verstorben waren.

Stephen wandte seine Aufmerksamkeit wieder Sophia und Philippe zu. »Danke«, sagte er ruhig. »Ich weiß natürlich, daß ihr eure Tochter nicht um meinetwillen gerettet habt, aber ich habe davon profitiert. Sie war die größte Freude meines Lebens.«

Sag Marguerite, wie sehr wir sie lieben und daß wir uns auf den Tag freuen, an dem wir sie wiedersehen werden. Sie gingen auf die Sonne zu und verschwanden im Licht.

Stephens Kehle war wie zugeschnürt, während er ihnen nachblickte, und er spürte, wie jenes Licht jede Faser von ihm durchdrang.

Das Licht der Liebe …

Erschüttert sank er auf die Steinbank, überwältigt von Emotionen, die er sein Leben lang verdrängt hatte. Er sah jetzt ganz deutlich, wie er langsam eine Mauer errichtet hatte, um sich vor den Schmerzen der Liebe zu schützen. Das hatte schon begonnen, als er ein Kleinkind war und bestraft wurde, sobald er Gefühle zeigte. Sein Vater hatte ihn geschlagen, wenn er über den Tod eines Haustiers weinte oder mit Kindern von Dienstboten spielte. Die Mauer war Stein um Stein gewachsen und in die Höhe geschossen, als er dahinterkam, daß seine Mutter diverse Liebhaber hatte.

Er verbarrikadierte sich hinter dieser Mauer, die ihn zwar vor Leiden bewahrte, ihm aber gleichzeitig die Lebensfreude raubte, ohne daß er es bemerkte. Er wurde zu einem musterhaften englischen Gentleman – kühl, distanziert, vernünftig, und ein solcher Mann ließ sich natürlich niemals auf die Risiken der Liebe ein.

Und doch hatte es in seinem Leben immer Liebe gegeben – er hatte sich nur nie getraut, seinen Gefühlen diesen Namen zu geben. Trotz ihrer Fehler hatte er seine Mutter geliebt, er hatte seine Schwester geliebt, die besser geben als nehmen konnte, und er hatte auch Michael immer geliebt, obwohl ihre Beziehung zeitweise sehr gestört gewesen war, weil sie törichterweise um die Gunst ihres Vaters wetteiferten.

Am allermeisten liebte er Rosalind. Ihre Wärme und ihr Verständnis hatten Löcher in seine Schutzmauer geschlagen, und die Leidenschaft, die er mit ihr erlebt hatte, war das reinste Paradies. Die Tatsache, daß er sie gegen jede Wahrscheinlichkeit gefunden hatte, war eigentlich der beste Beweis dafür, daß dem Leben doch ein göttlicher Plan zugrunde liegen mußte.

Mit geschlossenen Augen ließ er sich von dem warmen Licht durchfluten, das seine Wunden heilte und das Eis in seinem Innern zum Schmelzen brachte. Rosalind … Seine Frau, seine Geliebte. Es war ein Wunder, daß er im Schatten des Todes die Liebe entdeckt hatte.

Und nun würde er sich nie mehr vor dem Tod fürchten.

33. Kapitel

Rosalinds Tränen waren längst versiegt, aber sie blieb weiterhin auf dem Bett liegen, viel zu erschöpft, um sich zu bewegen, obwohl sie in dem ungeheizten Zimmer fror. Stephens Krankheit schritt viel schneller voran, als sie geglaubt hatte, und dieses Tempo überforderte sie emotional. Trotzdem mußte sie durchhalten. Er war ihr

Mann, und sie wollte eine perfekte Frau sein, ob das nun bedeutete, ihn zum Essen zu überreden oder ihm die Ärzte vom Hals zu halten. Sie durfte nicht schwach sein, sie durfte sich von ihrem Schmerz nicht überwältigen lassen.

Draußen brach schon die Abenddämmerung herein. Bald würde sie aufstehen und Hubble an Stephens Krankenbett ablösen müssen. Portia, die zusammengerollt neben ihr lag, bewegte sich und öffnete ihre großen grünen Augen. Das Kätzchen war Rosalind unbemerkt in Lord Michaels Suite gefolgt, hatte es sich auf dem Bett bequem gemacht und seiner Besitzerin den ganzen Nachmittag Gesellschaft geleistet.

Lächelnd kraulte Rosalind das Tier am Hals. Stephens Hochzeitsgeschenk vermochte selbst die dunkelsten Stunden ein wenig aufzuhellen, denn es war einfach unmöglich, Portias wilde Sprünge zu sehen oder ihre rauhe Zunge zu spüren und sich nicht etwas besser zu fühlen.

Aus dem Erdgeschoß drangen Stimmen zu ihr herauf. Waren irgendwelche Besucher gekommen? Sie mußte unbedingt aufstehen und sich das Gesicht mit viel kaltem Wasser waschen. Sie war Schauspielerin, sie konnte ihre Gefühle unter Kontrolle halten und die Rolle der starken, distinguierten Hausherrin spielen. Und das würde sie auch tun – in wenigen Minuten, sobald sie ihre Kräfte gesammelt hatte.

Die Tür des Wohnzimmers wurde geöffnet, und schnelle Schritte näherten sich. Gleich darauf flog auch die Schlafzimmertür auf. Als Rosalind sich in tödlicher Verlegenheit aufsetzte, stand vor ihr die schönste Frau, die sie je gesehen hatte. Dunkle Haare, ein herzförmiges Gesicht, blaugrüne Augen und eine Figur, die sogar in dem schlichten Reisekostüm perfekt zur Geltung kam.

Inwendig stöhnend stand Rosalind hastig auf und suchte Halt an einem der massiven Bettpfosten. »Guten

Tag! Sie müssen Lady Michael sein. Es … es tut mir leid, daß ich mich in Ihren Räumen aufhalte.«

»Sie brauchen sich nicht zu entschuldigen.« Die Dame legte den Kopf zur Seite. »Sind Sie Stephens neue Frau?«

»Ja. Ich heiße Rosalind.«

»Ich brauche dich im Augenblick nicht, Molly«, sagte Lady Michael über die Schulter hinweg zu ihrer Zofe, bevor sie lächelnd das Zimmer durchquerte. »Es freut mich, dich kennenzulernen. Ich finde es einfacher, wenn wir uns gleich duzen. Ich heiße Catherine.«

Während sie einen Händedruck tauschten, stammelte Rosalind: »An meinem zweiten Abend in London habe ich eines Ihrer … eines deiner Kleider getragen. Stephen schwor zwar, es würde dir nichts ausmachen, aber ich bin mir da nicht so sicher.«.

Catherine lachte. »Du kannst ihm ruhig glauben. Stephen hat immer recht.« Sie nahm ihren Hut ab und warf ihr Cape beiseite. »Ist er zu Hause?«

Offenbar wußte sie nichts vom Zustand ihres Schwagers. Rosalind holte tief Luft. »Er ist hier, aber sehr krank. Am frühen Nachmittag hatte er einen schlimmen Anfall, und wahrscheinlich schläft er noch.«

Catherine wirbelte erschrocken auf dem Absatz herum. »Dann stimmt es also? Sein Arzt, Dr. Blackmer, hat meinem Mann vor einigen Wochen geschrieben, daß Stephen krank sei und sich ohne Diener auf Reisen begeben habe. Seitdem sucht Michael verzweifelt nach ihm.« Sie biß sich auf die Lippe. »Unterwegs hat er von eurer Hochzeit erfahren, und ich habe mir seitdem eingeredet, daß Blackmer sich irren müsse. Vielleicht wollte ich einfach nicht glauben, daß Stephen ernsthaft krank sein könnte.«

»Lord Michael hat seinen Bruder gesucht?« rief Rosalind erstaunt. »Stephen dachte nicht, daß irgend jemand sich Sorgen wegen seiner Abwesenheit machen würde. Er wollte Urlaub von seinem normalen Leben machen.«

»Das ist ihm auch gelungen!« Catherine verdrehte die Augen. »Mein Mann, für den Geduld ein Fremdwort ist, war schon der Verzweiflung nahe. Schließlich hat er mir aus Schottland geschrieben, daß er aufgebe und daß ich ihn hier in London treffen solle.«

»Schottland?« fragte Rosalind ungläubig.

»Er und Dr. Blackmer, der ihn begleitet, sind einer Kutsche fast bis Edinburgh gefolgt, weil die Beschreibung der Insassen auf euch paßte.«

»Du lieber Himmel! Ich weiß nicht, ob ich mein Mitgefühl bekunden oder lachen soll.«

»Lach lieber«, entschied Catherine. »Das ist entspannend.«

Sie hatte natürlich recht, aber Rosalind war eigentlich nicht nach Lachen zumute. »Wann dürfte dein Mann in London eintreffen?«

»Morgen oder übermorgen, nehme ich an.« Seufzend zündete Catherine eine Lampe an. »Es kommt mir so vor, als hätte ich ihn seit einer Ewigkeit nicht mehr gesehen.«

»Je eher Lord Michael kommt, desto besser. Sogar in zwei Tagen könnte es schon zu spät sein.«

Catherine schaute erschrocken von der Lampe auf. »Ist Stephens Zustand so ernst?«

Rosalind sank auf die Bettkante. »Kritisch. Ich glaube, er ist heute fast gestorben, und ich befürchte, daß es jederzeit passieren kann.«

»Und was sagt der Arzt?«

»Stephen hat mir verboten, einen zu rufen. Offenbar hat sein Vater schrecklich unter den Behandlungsmethoden verschiedener Ärzte gelitten, als er im Sterben lag, und das will Stephen sich ersparen.«

»Dem ist schwer zu widersprechen«, meinte Catherine. »Kann ich zu ihm? Ich möchte ihn sehen, und außerdem habe ich viel Erfahrung als Krankenschwester. Vielleicht kann ich ihm irgendwie helfen.«

»Natürlich.« Rosalind führte ihre Schwägerin in die

Herzogssuite. Im Schlafzimmer war es angenehm warm, weil ein Feuer im Kamin brannte, und Kerzen spendeten weiches Licht. Hubble saß mit düsterer Miene am Krankenbett.

Stephen lag so still da, daß Rosalind mit dem Schlimmsten rechnete, bis sie sah, daß er atmete. Auch Catherine erschrak beim Anblick ihres Schwagers. Sein fahles, eingefallenes Gesicht war das eines Sterbenden, daran bestand kein Zweifel.

Rosalind trat ans Bett und fragte leise: »Bist du wach, Liebling?«

Stephens Lider öffneten sich. »Tod, sei nicht stolz – und nennt auch mancher dich sehr stark und furchtbar: denn das bist du nicht!« murmelte er. »Nach kurzem Schlaf werd' ewig wach ich stehen: Dort wird kein Tod sein – Tod, du wirst vergehen!«

Einen Augenblick lang dachte Rosalind, er fantasiere, doch seine Augen waren klar und warm, und sie lächelte erleichtert. »Es muß dir bessergehen, wenn du schon wieder John Donne zitieren kannst.«

»Ja, es geht mir besser. Tut mir leid, dir einen solchen Schreck eingejagt zu haben. Ich muß dir etwas sagen, aber … aber dazu fühle ich mich doch noch zu schwach.«

»Warum schläfst du nicht noch eine Weile?« schlug sie vor. »Du siehst schon viel besser als vor einigen Stunden aus, und Schlaf wird dich bestimmt kräftigen.«

Stephen nickte. »Dann also später.«

Rosalind sah in seinen graugrünen Augen einen neuen Frieden, fast so etwas wie Glück. Der untergründige Groll auf das Schicksal, den sie immer in ihm gespürt hatte, war ebenso verschwunden wie seine Furcht, und dafür war sie dankbar. Doch daß er sich mit dem Tod abgefunden hatte, bedeutete auch, daß er sich immer weiter von ihr entfernte. Sie verdrängte diesen traurigen Gedanken rasch und sagte lächelnd: »Du hast eine Besucherin.«

Ihre Schwägerin trat an die andere Seite des Bettes. »Hallo, Stephen!«

»Catherine!« Er strahlte. »Ist Michael auch hier?«

»Nein, aber er kommt bald.« Sie bückte sich und küßte Stephen auf die Wange. »Es war sehr ungezogen von dir, so krank zu werden. Ich bin damit gar nicht einverstanden.«

»Ich selbst auch nicht«, erwiderte er trocken. »Verdammt leichtsinnig von mir, das gebe ich gern zu. Mit meiner Frau hast du ja offenbar schon Bekanntschaft geschlossen.«

Catherine lachte. »O ja, und ich habe die Absicht, mit Rosalind eine Flasche Wein zu trinken und dabei Erfahrungen auszutauschen, wie es ist, mit einem Kenyon zu leben.«

Stephen verzog das Gesicht. »Gut, daß ich das nicht hören werde.«

»Es würde dich nur noch arroganter machen«, warf Rosalind ein, die sich freute, daß er noch Scherze machen konnte.

Stephen warf einen Blick auf das dunkle Fenster. »Ihr beide solltet jetzt etwas essen. Catherine ist nach der langen Reise sicher hungrig.«

»Wie du meinst.« Rosalind nahm die Pillendose zur Hand. »Möchtest du noch welche einnehmen?«

Er nickte. »Zwei, bitte.«

Sie stützte ihn, damit er die Pillen mit einem Glas Milch hinunterspülen konnte. Dann küßte sie ihn und drückte ihre Wange an die seine. Seine Haut war kühl, aber nicht mehr klebrig.

Rosalind sagte dem Kammerdiener, daß sie sein Abendessen hochschicken und ihn später ablösen würde. Zusammen mit Catherine ging sie ins Erdgeschoß, und sie setzten sich zwanglos ins Frühstückszimmer.

»Ich bin aus Michaels Briefen manchmal nicht ganz schlau geworden und sterbe jetzt vor Neugier«, gab Catherine zu. »Stimmt es, daß du Schauspielerin bist und daß Stephen sich eurer Familientruppe eine Zeitlang angeschlossen hat? Wenn es dir nichts ausmacht, würde ich gern die ganze Geschichte hören.«

Rosalind seufzte. »Ich habe ihn nicht wegen seines Geldes geheiratet.«

Catherine hob die Brauen. »Das war mir klar, sobald ich euch zusammen gesehen habe.«

Rosalind entspannte sich. »Ich freue mich, daß du es siehst – im Gegensatz zu Claudia.«

»Ah, Claudia! Mich hat sie noch nie direkt beleidigt, aber das liegt nur daran, daß sie es kaum ertragen kann, mit Michael in einem Raum zu sein. Wahrscheinlich glaubt sie, daß er eine vulgäre Person wie mich verdient hat.«

»Sie mißbilligt *dich*?«

»Aber ja. Claudia mißbilligt fast jeden, und ich habe ihr wirklich allen Grund dazu gegeben.« Catherines Augen funkelten amüsiert. »Eine Witwe mit Tochter, eine Frau, die wildfremde nackte Männer gepflegt hat und mit der Armee durch die Lande gezogen ist – einfach schrecklich! Keine echte Dame hätte das überlebt.«

Rosalind mußte lachen. »Ich glaube, wir beide haben viel gemeinsam, Catherine.«

»Das glaube ich auch.«

Sie ließen sich ein leichtes Abendessen – Suppe, Brot und Käse – schmecken, und Rosalind erzählte, wie Stephen ihren kleinen Bruder vor dem Ertrinken gerettet hatte, wie ›Mr. Ashe‹ ein Mitglied der Theatertruppe geworden war und wie sie schließlich auf einer Wiese geheiratet hatten. Sie schilderte auch ihre eigene Lebensgeschichte, mit der Enthüllung ihrer wahren Identität als Höhepunkt.

Im Gegenzug erzählte Catherine von ihren Kindern und ihrem Heim in Wales, und aus ihren Worten ging deutlich hervor, daß sie nicht nur die große Tochter und den kleinen Sohn, sondern auch ihren Mann vergötterte. Das beruhigte Rosalind, denn ein Mann, den diese Frau liebte, konnte nicht allzu furchterregend sein.

Nachdem sie eine Kanne Kaffee ausgetrunken hatten, sagte Rosalind: »Ich werde jetzt Hubble ablösen. Tut mir leid, daß ich keine bessere Gastgeberin bin, aber ich nehme an, daß du dich in diesem Haus sowieso besser auskennst als ich.«

»Mach dir um mich keine Sorgen, ich komme bestens zurecht.« Catherine gähnte. »Wahrscheinlich gehe ich gleich ins Bett. Nur noch eine letzte Frage – bist du schwanger?«

Rosalind starrte sie fassungslos an. »Du mußt eine großartige Krankenschwester gewesen sein.«

»Manchen Frauen kann man es an den Augen ansehen«, erklärte Catherine. »Es stimmt also?«

Rosalind nickte. »Ich bin mir fast sicher.«

»Halleluja!« Catherine strahlte übers ganze Gesicht. »Ich freue mich riesig, und Stephen muß hell begeistert sein.«

»Ich habe es ihm noch gar nicht erzählt. Ich werde es heute abend tun, falls er wach ist.«

»Dann wollen wir beten, daß es ein Junge wird.«

»Stephen sagte, Michael wolle gar nicht Herzog sein, aber wünschst du dir als Mutter nicht, daß dein Sohn eines Tages Herzog wäre?« fragte Rosalind neugierig.

»Nein. Ich zweifle nicht daran, daß mein kleiner Nicholas dieser Aufgabe gewachsen wäre, doch Michael wäre als Herzog todunglücklich, und das will ich nicht.« Sie lächelte. »Und ich will auch nicht, daß er zu wenig Zeit für mich hat.«

»Warum ist deinem Mann der Gedanke, Stephen zu beerben, eigentlich so zuwider?«

Catherine wägte ihre Worte sorgsam ab. »Ich habe den alten Herzog nicht gekannt, aber ich weiß, daß er Michael fürchterlich behandelt hat. Abgesehen von Kinderspielen mit Stephen hat mein Mann keine guten Erinnerungen an Ashburton Abbey. Es macht ihm nichts aus, dort zu Besuch zu sein, aber mit dem Titel und den Besitztümern will er nichts zu tun haben.«

Rosalind nickte verständnisvoll, stand auf und legte eine Hand auf ihren Bauch. »Ich werde mein Bestes für euch beide tun.«

Auch Catherine stand auf und umarmte ihre Schwägerin. »Ich bin so froh, daß Stephen dich gefunden hat.«

Diese Frau hatte eine mütterliche Ausstrahlung, die Rosalind an Maria erinnerte. »Ich bin auch sehr froh darüber«, flüsterte sie. »Trotz allem ...«

Als Stephen aus leichtem Schlummer erwachte, saß Rosalind still an seinem Bett, dunkle Ringe unter den Augen. »Warum in aller Welt sitzt du auf einem Stuhl«, murmelte er, »wenn du ein bequemes Bett zur Verfügung hast?«

Sie blinzelte schläfrig. »Möchtest du mich wirklich bei dir haben? Ich hatte Angst, dir weh zu tun.«

»Ich glaube kaum, daß meine Schmerzen schlimmer werden, wenn ich mit meiner Frau schlafe. Im Gegenteil, ich könnte mir vorstellen, daß ich mich dann besser fühlen werde.« Nach kurzem Zögern fügte er hinzu: »Oder ist es dir zuwider, neben einem Sterbenden zu liegen?«

»Dummkopf! Wie kannst du nur auf eine solche Idee kommen?« Gähnend verließ sie den Raum. »Ich ziehe mir nur schnell ein Nachthemd an.«

Stephen hätte sie viel lieber nackt in seinen Armen gehalten, akzeptierte das Nachthemd aber widerwillig, denn irgendein besorgter Mensch könnte hereinkommen, um nach ihm zu schauen. Die Einschränkung der Privatsphäre gehörte zweifellos zu den unangenehmen Begleiterscheinungen des Sterbens.

Einige Minuten später kehrte Rosalind ins Schlafzimmer zurück. Sie trug ein hübsch besticktes Nachthemd und hatte ihr langes Haar zu einem Zopf geflochten. Während sie fast alle Kerzen ausblies, fragte sie: »Brauchst du weitere Medizin?«

»Nein, nur dich.« Er wollte die kostbare Zeit mit seiner Frau nicht im Dämmerzustand verbringen. Sie legte sich neben ihn, und er zog ihren weichen Körper in seine Arme. Dieses beseligende Gefühl ließ ihn vorübergehend fast seine Schmerzen vergessen. »Du fühlst dich wundervoll an«, flüsterte er ihr ins Ohr.

»Mmm ... du auch.« Einige Minuten genossen sie schweigend ihr Beisammensein, dann sagte Rosalind: »Ich habe eine gute Neuigkeit, Stephen. Ich bekomme ein Baby.«

Er hielt den Atem an und konnte es im ersten Augenblick kaum glauben. Wenn er nicht zu schwach gewesen wäre, hätte er am liebsten laut gejubelt. »Das ist herrlich.« Auf einen Ellbogen gestützt, gelang es ihm, sich ein wenig aufzurichten. Im schwachen Licht spiegelte sich auf Rosalinds Gesicht jene stille Zufriedenheit wider, mit der wohl schon Eva ihrem Mann Adam angekündigt hatte, daß sie ihm ein Kind schenken würde. Zärtlich strich er ihr übers Haar. »Was für ein geschicktes Mädchen du bist!«

»Du hattest auch etwas damit zu tun.« Lachend legte sie seine Hand auf ihren Bauch, der sein Geheimnis noch nicht nach außen hin preisgab. »Es muß gleich beim erstenmal passiert sein, auf dem Heuboden.«

»Das ist ein Wunder, Rosalind.« Stephen ließ seinen Kopf wieder in die Kissen sinken. »Wir hielten uns beide für unfruchtbar, und gemeinsam haben wir ein neues Leben erschaffen!« In sein Glück mischte sich Bitterkeit, weil er die Geburt dieses Kindes nicht mehr erleben würde. Vielleicht würde es ihm vergönnt sein, als Geist wenigstens einen Blick darauf zu werfen, so wie Sophia und Philippe ihre Tochter noch eine Zeitlang begleiten durften. Doch das war nicht dasselbe, wie das Baby wirklich in den Armen zu halten und in dem winzigen Gesicht nach Ähnlichkeiten mit Rosalind zu suchen ...

Hastig verdrängte er diese fruchtlosen Gedanken. Noch war er hier, bei Rosalind, und er mußte ihr die Botschaft ihrer Eltern übermitteln. »Heute nachmittag, nach dem Anfall, hatte ich ein seltsames Erlebnis«, begann er zögernd.

Er beschrieb seinen Besuch in der Abtei und seine Begegnung mit Louisa. Es wäre indiskret gewesen, zu wiederholen, was sie über ihre Ehe gesagt hatte, aber er durfte erwähnen, daß sie den Tod als bloßen Übergang bezeichnet hatte. Und dann erzählte er Rosalind von seinem Zusammentreffen mit ihren Eltern, die dafür gesorgt hatten, daß sie in gute Obhut kam. »Ich soll dir von ihnen ausrichten, daß sie dich sehr lieben.«

Während der tiefen Stille, die nach seinem Bericht eintrat, fragte er sich, ob Rosalind jetzt vielleicht über seine Einweisung ins Irrenhaus nachdachte. Dann gab sie einen erstickten Laut von sich, und er bemerkte, daß sie an seiner Schulter weinte. »Rosalind, ich bin nicht verrückt.« Er küßte ihre Schläfe. »Wahrscheinlich war es nur ein sehr realistischer Traum.«

»Es muß an der Schwangerschaft liegen, daß ich neuerdings so dicht am Wasser gebaut bin.« Sie wischte sich mit einem Zipfel des Bettlakens die Augen. »Ob es nun ein Traum war oder nicht, ändert nichts am Wahrheitsgehalt. Als du erzählt hast, daß meine Eltern gemeinsam über mich gewacht haben, sangen diese Worte in meinem Herzen.« Rosalind rieb ihre Wange an der seinen, und er war froh, daß Hubble ihn rasiert hatte. »Ich konnte dir keine Antwort geben, als du mich einmal gefragt hast, warum ich glaube, daß es ein Jenseits gibt. Aber du hast es mir soeben erklärt – ich muß immer geahnt haben, daß meine Eltern mich als Schutzengel begleiteten.«

Und wenn Sophia und Philippe vereint waren, würde er eines Tages wieder mit Rosalind vereint sein, dachte Stephen. Er streichelte ihren Rücken und fühlte sich ihr seelisch genauso nahe wie körperlich. Das Schlimme war nur, daß er ein Verlangen nach völliger Verschmelzung verspürte. Er wollte in ihren Körper eindringen, ihren gebrochenen Schrei hören und überwältigende Lust empfinden …

Am liebsten hätte er geflucht. Statt dessen flüsterte er: »Mir wird erst jetzt klar, in welchem Ausmaß das Begehren vom Geist gelenkt wird. Ich wünsche mir so sehr, mit dir zu schlafen, aber ich kann nicht … mein Körper ist zu schwach dazu.«

»Schon gut, Stephen«, murmelte Rosalind. Ihre warme Hand glitt über seinen Körper und legte sich sanft auf seine Geschlechtsorgane. »Ich weiß nicht, ob ich es ertragen könnte, von dir in Besitz genommen zu werden und zu wissen, daß es vielleicht das letzte Mal ist.«

Stephens Kehle war wie zugeschnürt, der Verlust seiner Manneskraft schmerzte mehr als alles andere. Würde es im Garten des Lichts eine körperliche Vereinigung geben? Irgendwo hatte er gelesen, die spirituelle Vereinigung im Himmel sei tausendmal befriedigender als der Sexualakt, und damals hatte er sich gefragt, woher der Schriftsteller das wissen wollte. Jetzt, da er mit Rosalind grenzenlose Lust erlebt hatte, bezweifelte er, daß irgend etwas noch schöner sein könnte …

Nachdem Stephen eingeschlafen war, lag Rosalind noch lange wach. Sein seltsames Erlebnis stieß bei ihr auf keinerlei Skepsis. Es war völlig einleuchtend: Ihre leiblichen Eltern hatten sie behütet und ihren Adoptiveltern übergeben. Sie war doppelt gesegnet gewesen – und doch hatte sie ihr Leben lang Angst gehabt.

Diese Erkenntnis machte sie wütend auf sich selbst, bis die Bilder des gewaltsamen Todes ihrer Eltern wieder vor ihrem geistigen Auge auftauchten. Gewiß, sie waren schnell gestorben, aber das Grauen jenes Tages hatte sich unauslöschlich in ihre Seele eingebrannt. Jener Tragödie war die Flucht gefolgt, und der Tod ihrer geliebten Amme war ein weiteres Drama gewesen. Danach wochenlanger Kampf ums Überleben auf der Straße, Kälte, Hunger und Schrecken aller Art.

Nein, es war kein Wunder, daß sie sich seitdem nie wieder ganz sicher gefühlt hatte. Sie hatte ihre Ängste tief in sich vergraben und sich bemüht, eine perfekte Tochter zu sein, damit Thomas und Maria sie nicht wegschickten.

Trotzdem war die Furcht ihr ständiger schattenhafter Begleiter geblieben. Sie hatte sich vor allem Unbekannten gefürchtet, sie hatte Angst gehabt, ihre Adoptiveltern zu verlassen, und sie hatte Charles geheiratet, weil er ein Teil ihrer vertrauten Welt war. Und sogar als sie Stephen geheiratet hatte, war sie davon ausgegangen, bald ihr altes Leben wiederaufnehmen zu können.

Liebe war gefährlich, weil sie immer das Risiko eines Verlusts in sich barg – eines schier unerträglichen Verlusts, den sie mit dem Tod ihrer Eltern und ihres Kindermädchens erlitten hatte. Deshalb hatte sie sich selbst nie eingestehen wollen, wie sehr sie Stephen liebte. Aber sie liebte ihn von ganzem Herzen, und sie wußte noch nicht, wie sie den bevorstehenden neuen Verlust überleben sollte.

Doch eines Tages würde sie ihn wiedersehen, das wußte sie jetzt. Sie klammerte sich an diesen schwachen Trost und schlief endlich erschöpft ein.

34. Kapitel

Tag 24

Am nächsten Morgen fühlte Stephen sich beim Aufwachen erstaunlich frisch, wahrscheinlich weil Rosalind noch immer in seinen Armen schlief. Sogar Portia hatte sich eingeschlichen und auf dem Bett zusammengerollt.

Als Rosalind aufwachte, hatte er freilich schon wieder nagende Schmerzen, die ein wenig nachließen, nachdem er zwei Pillen geschluckt hatte. Sie überredete ihn, einen Eierpunsch zu trinken, den sie aus Milch, einem Ei und einem Löffel Honig zubereitete, und sein Magen rebellierte nicht gegen den stärkenden Trank.

Er zog nicht einmal in Betracht, aufzustehen und bis zum Sessel zu gehen, aber immerhin war er kräftig genug, um sich im Bett aufsetzen zu können. Catherine leistete ihm und Rosalind Gesellschaft, und sie verbrachten zu dritt einen angenehmen Vormittag. Stephen trug zwar nicht viel zur Unterhaltung bei, lehnte aber entspannt in den weichen Kissen hinter seinem Rücken und lauschte zufrieden dem munteren Geplauder der beiden Frauen.

Er glaubte kaum, daß sein Körper länger als ein, zwei Tage durchhalten würde, und sein größter Wunsch war, daß sein Bruder noch rechtzeitig eintreffen würde.

Dann betrat Hubble den Raum und berichtete mit bestürzter Miene: »Euer Gnaden, Lord und Lady Herrington sind hier, und sie besteht darauf, Sie zu sehen.«

Rosalind schnappte nach Luft, und Catherine, die auf der anderen Bettseite saß, hätte fast ihre Teetasse fallen gelassen. Genauso überrascht wie die Frauen, sagte Stephen:

»Führen Sie sie herein.«

Gleich darauf standen die Herringtons im Zimmer. Claudia erstarrte förmlich, als sie ihren Bruder sah. Er vermutete, daß jemand sie über seinen Zustand informiert hatte, ohne sie jedoch darüber aufzuklären, *wie* schlimm es um ihn stand.

Sobald sie sich vom ersten Schock erholt hatte, trat Claudia an sein Bett. »Ich mußte einfach herkommen, Stephen.«

»Es freut mich, dich zu sehen. Und auch dich, Andrew.« Er hatte seinen ruhigen Schwager immer gern gehabt, und sie tauschten einen warmen Händedruck.

Rosalind betrachtete die Besucher mit der Wachsamkeit einer Löwin, die ihr krankes Junges verteidigen muß, doch Catherine sagte höflich. »Guten Tag, Claudia. Wie geht es deinen Kindern?«

Claudias Miene wurde weicher, wie immer, wenn jemand ihre Kinder erwähnte. »Sehr gut, danke. Und deinem Sohn und deiner Tochter?«

»Ausgezeichnet.«

Die Unterhaltung stockte, bis Stephen sagte: »Du darfst auch Rosalind und mir gratulieren.«

»Wie schön!« Claudia sah aufrichtig erfreut aus. Babys waren das geeignetste Mittel, um ihr Herz zu erweichen. »Sie müssen jetzt sehr gut auf sich aufpassen, Rosalind.«

»Das werde ich tun«, murmelte Rosalind überrascht.

Stephen hatte keine Kraft für müßige Konversation. »Rosalind, wenn du nichts dagegen hast, möchte Claudia vielleicht unter vier Augen mit mir sprechen.«

»So ist es, aber vorher ...« Claudia warf ihrem Mann einen gequälten Blick zu, und er berührte sie am Ellbogen, um ihr Mut zu machen. »Rosalind, Catherine, ich ... ich möchte mich für mein bisheriges Benehmen euch gegenüber entschuldigen.«

Rosalind war wie vom Donner gerührt. »Ich nehme Ihre Entschuldigung an. Es ist verständlich, daß Sie bestürzt über die Heirat Ihres Bruders waren.«

Mit einem ironischen Funkeln in den Augen murmelte auch Catherine einige freundliche Worte.

Claudia schnitt eine Grimasse. »Ihr seid großmütiger, als ich es verdient habe.«

»Ich wollte nie einen Zwist mit Ihnen, Lady Herrington«, erwiderte Rosalind mit ruhiger Würde. Zusammen mit Catherine und Lord Herrington verließ sie das Zimmer.

Anstatt sich zu setzen, lief Claudia nervös im Raum hin und her. Es ermüdete Stephen, ihr dabei zuzuschauen. »Ich bin glücklich, daß du gekommen bist«, eröffnete er das Gespräch. »Ich dachte nicht, daß ich dich wiedersehen würde.«

»Fast wäre es auch so gekommen.« Sie mied seinen Blick. »Deine Frau hat mich aufgesucht, um mich über deine Krankheit zu informieren, und ich habe sie einfach schrecklich behandelt.«

Stephen zuckte zusammen, weil er sich diese Szene

mühelos vorstellen konnte. »Du hattest von jeher eine scharfe Zunge, wenn du bestürzt warst. Und was hat deinen Sinneswandel bewirkt?«

Sie trat ans Fenster und starrte hinaus. Im Profil sah sie dem alten Herzog verblüffend ähnlich. »Nachdem deine Frau gegangen war, kam Andrew in den Salon und fand mich weinend vor. Ich ... ich glaube nicht, daß er mich je zuvor weinen gesehen hat. Natürlich wollte er den Grund wissen. Ich erklärte ihm alles, in der Annahme, er würde mir zustimmen, daß deine neue Ehe verdammungswürdig sei, daß keine Schauspielerin als Herzogin von Ashburton anerkannt werden könne.«

»Und er hat dir nicht beigepflichtet?«

Sie schüttelte den Kopf. »Er runzelte die Stirn und sagte, meine Besessenheit mit dem Geschlecht der Ashburtons sei nicht mehr normal. Und er fügte etwas hinzu, das deine Rosalind zuvor auch gesagt hatte – daß nichts, was ich jetzt tue, mir Vaters Billigung einbringen kann!« Tränen standen in ihren Augen. »Er meinte, ich müsse deine Wahl respektieren und damit aufhören, dir und Michael zu verübeln, daß ihr als Jungen auf die Welt gekommen seid.«

Es war Stephen nie in den Sinn gekommen, daß das der Fall sein könnte, und er bewunderte Andrews Scharfblick. »Wenn es im Leben gerecht zuginge, wärst du ein Sohn gewesen, Claudie.« Er benutzte ihren Kosenamen aus Kinderzeiten. »Du warst das Kind, das seiner Idealvorstellung von einem Herzog am ehesten entsprochen hätte.«

Seufzend dachte er an die unzähligen Male, da er die Verachtung seines Vaters zu spüren bekommen hatte. »Weißt du, er hat uns alle ungerecht behandelt. Nur weil du ein Mädchen warst, hat er dir nicht die Beachtung geschenkt, die du brauchtest und verdient hättest. Mich mochte er nicht, weil mir seine Arroganz fehlte, und Michael hat er regelrecht verabscheut, was ich ihm am wenigsten verzeihen kann. Doch ich glaube, er hat seine Ansichten von seinem eigenen Vater übernommen, der ihm offenbar eingeimpft hat, seine Lebensweise sei die einzig richtige.«

»Und wie du selbst gesagt hast, bin ich ihm nachgeraten.« Claudia senkte niedergeschlagen den Kopf. »Mir war nicht klar, wie abhängig ich von Andrews Unterstützung bin, bis ich sie verlor. Ich weiß, daß ich eine schwierige Frau bin, aber er war trotz meiner Fehler immer für mich da.« Sie schluckte hart. »Ich mag mich selbst nicht besonders, Stephen, aber ich weiß auch nicht, wie ich mich ändern könnte. Wer bin ich, wenn nicht meines Vaters Tochter?«

»Du bist auch Ehefrau, Mutter und Schwester«, sagte er ruhig. »Und was Andrew betrifft, so versteht er dich allem Anschein nach sehr gut. Glaubst du wirklich, daß er nur wegen dieser Geschichte aufhören wird, dich zu lieben? Du sagst doch selbst, daß er sich deiner Schwächen immer bewußt war.«

»Andrew liebt mich nicht. Wie könnte jemand mich lieben?« rief sie verzweifelt, und jetzt liefen Tränen ihr über die Wangen.

Es tat Stephen weh, ihren Jammer zu sehen. Er erinnerte sich daran, wie oft er als kleiner Junge begierig auf seine Schwester zugerannt war, um sie zu umarmen und von ihr umarmt zu werden. »Ich kann leider nicht aufstehen, Claudie, deshalb wirst du herkommen müssen, wenn du umarmt werden möchtest.«

Unter Tränen lächelnd, setzte sie sich auf die Bettkante. »Entschuldige, Stephen.« Sie fuhr sich verlegen über die Augen. »Der Kranke bist du, und ich sollte dich zu trösten versuchen, nicht umgekehrt.«

Er tätschelte ihre Hand. »Sterben ist im Grunde eine ziemlich einfache Angelegenheit – leben ist wesentlich komplizierter.«

Ihre Tränen begannen wieder zu fließen. »Ich kann den Gedanken nicht ertragen, dich zu verlieren«, flüsterte sie. »Du bist jünger als ich, und es ist so ungerecht, daß ich übellaunige Person gesund bin, während du als viel wertvollerer Mensch sterben mußt.«

Er grinste. »Vielleicht stimmt es ja, daß nur die guten Menschen früh sterben.«

Sie preßte eine Hand auf den Mund. »Das hat Rosalind auch gesagt, als sie bei mir war. O Stephen, ich habe mein Leben lang alles falsch gemacht.«

Stephen griff nach ihrer Hand und zog sie zu sich herunter, um einen Arm um ihre Schultern legen zu können. Weinend vergrub sie ihr Gesicht in der Decke, und ihm war klar, daß ihre Tränen nicht nur seinem baldigen Tod galten, sondern auch aus Trauer vergossen wurden, weil es ihr nie gelungen war, ihren vergötterten Vater auf sich aufmerksam zu machen, obwohl sie alles tat, um seinen unmöglich hohen Anforderungen gerecht zu werden.

»Geh nicht zu hart mit dir selbst ins Gericht, Claudie. Während meiner Kindheit warst du mir der liebste Mensch, weißt du das? Du hast mir immer zugehört und mich ernstgenommen, und du konntest auch mit anderen kleinen Kindern wunderbar umgehen.« Stephen lächelte. »Wenn du keine Gräfin wärst, hättest du bestimmt eine großartige Amme abgegeben.« Sie wäre wie Mrs. Standish gewesen, bereit, ihr eigenes Leben aufs Spiel zu setzen, um einen ihr anvertrauten Schützling zu retten.

Claudia kicherte. »Wahrscheinlich wäre ich dann viel nützlicher gewesen.«

Wenn er jetzt das Richtige sagte, könnte er ihr vielleicht helfen, aber er wußte nicht genau, was das Richtige war, bis ihm plötzlich eine Idee kam. »Warum hast du Andrew geheiratet? Du hattest bessere Anträge und hättest sogar Marquise werden können.«

»Weil er mir am sympathischsten war. Wenn ich mit ihm zusammen war, kam ich mir immer hübsch und klug vor – und begehrenswert.« Sie seufzte. »Es war herrlich, sich begehrenswert zu fühlen!«

»Hast du jemals bereut, ihn geheiratet zu haben?«

»Nie.«

»Mit anderen Worten – du liebst ihn und hast ihn immer geliebt. Sagst du ihm das manchmal?«

Sie stand auf und glättete die Knitterfalten an ihrem Kleid. »Er weiß, daß ich ... daß ich ihn gern habe.«

Stephen wunderte sich nicht, daß sie das Wort *Liebe* nicht über die Lippen brachte. Er selbst hatte das ja auch nie gekonnt – bis er gestern einen Blick in den Garten des Lichts geworfen hatte.

Jetzt wußte er, auf welche Weise er seiner Schwester helfen konnte. »Vater hat uns seine persönliche Version der Kardinaltugenden beigebracht, Claudie, und zuoberst auf dieser Liste standen Stolz und Anstandsformen. Liebe kam darauf überhaupt nicht vor. Im Gegenteil – wir lernten, es sei ein Zeichen von Schwäche, zu lieben und den Wunsch nach Liebe zu verspüren.« Stephen mußte sich ein wenig erholen, bevor er Kraft zum Weitersprechen fand. »Vater hat sozusagen das Pferd von hinten aufgezäumt. Liebe ist die höchste Tugend, die einzige, die das Leben lebenswert macht, während Stolz und Anstandsformen nur Asche sind. Sag Andrew, daß du ihn liebst, Claudie, und sag es auch deinen Kindern – es wird euer aller Leben verändern.« Er lächelte schwach. »Sprich es aus, auch wenn du das Gefühl hast, deine Zunge könnte herausfallen, wenn du es versuchst.«

Claudia schaute ihn verunsichert an. »Glaubst du denn, daß sie es gern hören würden?«

»Ich bin mir ganz sicher. Und du darfst auch dich selbst nicht in Grund und Boden verdammen, denn vieles an deinem Charakter ist durchaus bewundernswert. Du besitzt Mut und Redlichkeit, und du bist liebevoll – zwar nicht unbedingt in Worten, aber in Taten.«

»Liebevoll? Ich?«

Sie war genauso überrascht, wie er es am Vortag gewesen war, als Louisa ihn als liebevollen Mann bezeichnet hatte. »Ja – du! Hinter deiner scharfen Zunge verbirgt sich ein gutes Herz.« Er sank tiefer in die Kissen, viel zu erschöpft, um noch sitzen zu können. »Denk einfach rechtzeitig daran, dir auf die Zunge zu beißen, wenn du wieder einmal versucht bist, vom hohen Roß der Kenyons aus unerbittlich zuzuschlagen.«

»Ich werd's versuchen.« Sie schaute ihn traurig an. »Leb wohl, Stephen. Erst jetzt, da es zu spät ist, habe ich begriffen, wie sehr ich dich vermissen werde.«

Stephen lächelte müde. »Wir werden uns wiedersehen.«

Claudia zog die Brauen zusammen. »Glaubst du wirklich daran?«

»Ich weiß es.«

»Ich hoffe von ganzem Herzen, daß du recht hast.« Sie bückte sich und küßte ihn auf die Wange. »Ich ... ich liebe dich, Stephen.« Ein verzerrtes Lächeln huschte über ihr Gesicht. »Meine Zunge ist nicht herausgefallen!«

Er lachte leise. »Ich liebe dich auch, Claudie.« Die Worte waren so leicht auszusprechen. Warum hatte er sie sein Leben lang nicht gefunden?

Während seine Schwester das Schlafzimmer verließ, drehte er sich mit einem müden Seufzer auf die Seite. Er hatte Rosalind bis jetzt nicht gesagt, daß er sie liebte. Gestern abend, als er dieses Bekenntnis zum erstenmal über die Lippen gebracht hätte, waren zuviel andere Dinge zu besprechen gewesen. Bevor er völlig erschöpft einschlief, dachte er, daß es vor seinem Tod nur noch eine einzige wirklich wichtige Aufgabe zu erledigen gab: Rosalind seine tiefen Gefühle zu gestehen.

Ticktack, ticktack, ticktack. Die Uhr auf dem Schlafzimmerkamin hörte sich in der Stille unnatürlich laut an. Das Stück Straße vor dem Haus war mit Stroh bestreut worden, um den Verkehrslärm zu dämpfen, und das klappte nur allzu gut.

Rosalind strich immer wieder rastlos über die Bettdekke. Es war Spätnachmittag, und Stephen schlief seit Claudias Aufbruch, die seine mageren Kraftreserven offenbar völlig erschöpft hatte. Doch dafür hatte Lady Herrington wie verwandelt gewirkt, als sie mit verweintem Gesicht und auf den Arm ihres Mannes gestützt das Haus verließ. Sie hatte sich erstaunlich herzlich von ihren Schwägerinnen verabschiedet, und Rosalind konnte kaum glauben, daß sie von dieser Frau noch vor wenigen Tagen übel beschimpft worden war. Sie hoffte von Herzen, daß der Zauber, den Stephen auf seine Schwester ausgeübt haben mußte, von Dauer sein würde.

Catherine leistete ihr im Krankenzimmer Gesellschaft und erledigte dabei Stopfarbeiten. Der Butler war entsetzt gewesen, als Lady Michael diesen Wunsch geäußert hatte, doch sie bestand darauf, weil sie ihre Hände beschäftigt wissen wollte.

Rosalind zog es vor, untätig dazusitzen und Stephens Gesicht zu betrachten. Er sah im Schlaf viel friedvoller als die beiden Frauen aus.

Ticktack, ticktack, ticktack. Jedes Ticken verkürzte Stephens Leben.

Sie konnte das Geräusch plötzlich nicht mehr ertragen, stand auf und ging zum Kamin. Die verdammte feuervergoldete Uhr einfach ins Feuer zu werfen wäre sehr befriedigend gewesen, doch das Ding war vermutlich ein Familienerbstück und ein kleines Vermögen wert. Deshalb begnügte Rosalind sich damit, das Pendel anzuhalten.

Segensreiche Stille … Sie trat ans Fenster und schaute auf die Straße hinaus. Der feine Nieselregen entsprach genau ihrer trostlosen Stimmung. Würde Stephen das nächste Morgengrauen noch erleben? Und das übernächste?

»Ich bin heilfroh, daß du diese Uhr angehalten hast«, murmelte Catherine hinter ihr. »Sie ging mir wahnsinnig auf die Nerven.«

»Wirklich? Ich dachte, du wüßtest gar nicht, was Nervosität ist. Du strahlst soviel Ruhe in einem Krankenzimmer aus.«

»Ich hatte ja auch jede Menge Übung – aber es ist

schwieriger, wenn man den Patienten gern hat.« Catherine rieb sich seufzend die Schläfe. »Und ich habe Stephen sehr gern. Er war mir und auch meiner Tochter immer ein guter Freund. Amy wird am Boden zerstört sein.«

»Es ist selbstsüchtig von mir, aber ich bin glücklich, dich bei mir zu haben.« Rosalind lächelte schwach. »Ich hatte überlegt, ob ich meine Mutter oder Schwester bitten sollte herzukommen, aber beiden wird schnell übel, wenn jemand krank ist. Deshalb habe ich immer alle Verletzungen in der Truppe verarztet.«

»Wahrscheinlich hast du alle Aufgaben übernommen, für die deine temperamentvollen Kollegen ungeeignet waren«, sagte Catherine amüsiert. »Ich bin genauso. Talent ist schön und gut, aber jemand muß die Socken stopfen.«

Rosalind lehnte ihre Stirn an die kühle Fensterscheibe. »Ich schäme mich so, doch ein Teil von mir wünscht, daß das alles schon *vorüber* wäre. Andererseits weiß ich nicht, wie ich seinen Tod ertragen soll.«

»Es ist ganz normal, ein Ende des Leidens herbeizuwünschen«, beruhigte Catherine sie sanft. »Und das Leben danach wirst du Tag für Tag und Minute für Minute ertragen, weil dir gar nichts anderes übrigbleibt, schon um deines Kindes willen.«

Als Rosalind daran dachte, daß Catherine ihre Eltern und einen Ehemann zu Grabe getragen hatte, schämte sie sich ihrer Schwäche. Ja, für das Baby, das Stephens größtes Vermächtnis sein würde, wollte sie stark sein.

»Rosalind?« rief eine schwache Stimme.

Sie eilte zum Bett. »Wie fühlst du dich?«

Er zuckte die Achseln. »Nicht schlecht.«

Das bedeutete im Klartext, daß er Schmerzen hatte, aber nicht darüber klagen wollte. Wie konnte er nur so ruhig und gefaßt sein? Sie hatte ihn für einen Helden gehalten, als er Brian rettete, doch jetzt bewies er viel größere Tapferkeit.

Sie gab ihm schweigend zwei Pillen und küßte ihn auf

die Stirn. »Möchtest du etwas Eierpunsch? Oder vielleicht Hühnerbrühe?«

»Eierpunsch hört sich gut an.«

Der Koch hatte am Nachmittag einen ganzen Krug voll zubereitet und in eine Schüssel mit zerstoßenem Eis gestellt. Während sie ihm ein Glas einschenkte, murmelte er. »Ich muß dir etwas Wichtiges sagen.«

Rosalind schaute lächelnd auf, doch im nächsten Moment verzerrte sich sein Gesicht, und er zog scharf die Luft ein. Leichenblaß und mit zusammengekniffenen Augen erlitt er den schwersten Anfall, den sie je miterlebt hatte, und sie konnte nichts anderes tun, als seine Hand zu halten.

Die Krämpfe gingen schnell vorüber, denn sogar zu dieser Anstrengung fehlte seinem Körper jetzt die Kraft. Sobald er bewußtlos wurde, wechselten Rosalind und Catherine gemeinsam das beschmutzte Bettzeug. Als das erledigt war und Rosalind Stephens Gesicht mit einem feuchten Tuch abwischte, sagte Catherine eindringlich: »Laß mich einen Arzt rufen, den ich gut kenne.«

Rosalind schaute auf. »Du weißt doch, daß ich ihm versprochen habe, das nicht zu tun.«

»Ian Kinlock ist nicht wie andere Ärzte. Ich habe ihn in der Armee kennengelernt. Er ist Arzt und Chirurg, ein glänzender Fachmann und sehr unkonventionell. Michael verdankt nur ihm, daß er noch am Leben ist, denn andere Chirurgen wollten sich gar nicht mehr die Mühe machen, ihn zu operieren. Einer der Hauptgründe für Michaels Suche nach Stephen war sein Wunsch, ihn zu Ian zu bringen.«

Rosalind schwankte zwischen ihrem Versprechen und dem verzweifelten Bedürfnis, nach jedem noch so dünnen Strohhalm Hoffnung zu greifen. »Laß ihn wenigstens von Ian untersuchen«, redete Catherine weiter auf sie ein. »Er wird deine Wünsche respektieren, wenn du Behandlungsmethoden verbietest, die Stephens Leiden vergrößern könnten.« Catherine schloß die Augen und preßte eine Hand auf die Stirn. »Bitte laß mich ihn rufen! Wir müssen doch irgend etwas *tun.*«

Rosalind kapitulierte mit einem erschöpften Seufzer. »Also gut.«

Während Catherine hinauseilte, küßte Rosalind ihren Mann. »Ich liebe dich, Stephen«, flüsterte sie. »Ich werde dich immer lieben.«

Vielleicht wollte er das gar nicht hören, aber sagen mußte sie es ihm.

Hubble wurde beauftragt, Ian Kinlock ausfindig zu machen und ins Ashburton House zu bringen. Das gelang dem Kammerdiener erst nach mehreren Stunden, und mittlerweile atmete Stephen etwas gleichmäßiger, und es gab erste Anzeichen, daß er bald aus seiner tiefen Bewußtlosigkeit erwachen würde. Rosalind saß neben ihm und hielt seine Hand. Sie ließ ihn keine Sekunde aus den Augen, so als könnte sie ihn dadurch am Leben erhalten.

Die Tür wurde geöffnet, und Catherine sprang auf. »Ian, Gott sei Dank, daß du gekommen bist.«

Rosalind schaute auf und sah, daß ihre Schwägerin einen breitschultrigen Mann mit wirren weißen Haaren umarmte, sich bei ihm einhängte und ihn zum Bett führte. »Rosalind, das ist mein Freund und Wunderheiler Ian Kinlock. Ian – die Herzogin von Ashburton.«

Er sagte mit unüberhörbarem schottischem Akzent: »Deine Schmeicheleien verhelfen dir nicht zu einem Wunder, Catherine. Die kann nur Gott bewirken, und bedauerlicherweise geht er sehr sparsam damit um.« Kinlock nickte Rosalind zu und stellte seine Tasche ab. »Erzählen Sie mir von der Krankheit Ihres Mannes.«

Der Arzt war trotz seiner weißen Haare höchstens vierzig Jahre alt und strahlte Intelligenz und unerschütterliche Ruhe aus. Froh darüber, seinem Besuch zugestimmt zu haben, berichtete Rosalind: »Ich glaube, die Schmerzen haben im späten Frühling oder im Frühsommer begonnen. Sein Arzt diagnostizierte offenbar Geschwülste an Magen und Leber.«

»Eine ziemlich vage Diagnose«, knurrte Kinlock. »Welche Symptome?«

Sie beantwortete seine Fragen, so gut sie konnte, bevor er mit der Untersuchung begann. Nachdem er Stephens Bauch gründlich abgetastet hatte, murmelte er: »Eine Geschwulst ist entweder ein harter Knoten oder eine Schwellung. Von beidem ist nichts zu spüren, obwohl er auf Druck übertrieben empfindlich reagiert.«

Obwohl Stephen immer noch nicht bei vollem Bewußtsein war, stöhnte er tatsächlich bei jeder leichten Berührung auf, und Rosalind litt mit ihm. Trotzdem fragte sie mit leiser Hoffnung: »Heißt das, daß er nicht so schwer krank ist, wie wir glaubten?«

»Sein Zustand ist kritisch, daran besteht überhaupt kein Zweifel.« Mit gerunzelter Stirn holte Kinlock eine Nadel aus seiner Tasche. »Aber ich muß gestehen, daß das Krankheitsbild mich verwirrt.« Er stach mit der Nadel in Stephens Handfläche, der kaum darauf reagierte. Rosalind biß sich dafür die Lippe blutig und dachte wieder an ihr gebrochenes Versprechen. Doch während sie den Arzt bei weiteren Untersuchungen beobachtete, rief sie sich ins Gedächtnis, daß Stephen einmal gesagt hatte, bei der geringsten Hoffnung auf Heilung hätte er gern jeden Quacksalber in England aufgesucht.

Eine noch so schwache Hoffnung war immer noch besser als totale Hoffnungslosigkeit.

35. Kapitel

Vom kalten Regen durchnäßt, legten Michael und Blackmer die letzte kurze Strecke durch Mayfair schweigend zurück. Der Abend war genauso düster wie Michaels Stimmung, die sich allerdings etwas besserte, als Ashburton House in Sicht kam. »Schauen Sie – die Fenster sind beleuchtet, und auf der Straße liegt Stroh! Stephen muß hier sein, und hoffentlich ist auch Catherine schon angekommen.«

Blackmer richtete sich im Sattel auf. »Gott sei Dank! Ich dachte allmählich schon, diese Suche würde nie ein Ende nehmen!«

Michael konnte seine Frustration nur allzu gut verstehen. Der Stallknecht bestätigte ihnen, daß der Herzog und seine neue Frau seit etwa vierzehn Tagen in London weilten und daß Lady Michael am Vortag eingetroffen war. Im Flüsterton fügte der Mann hinzu, der Herzog sei schwer krank und hätte nur noch wenige Tage zu leben.

Mit versteinertem Gesicht schloß Michael die Haustür auf. Daß Stephen seinem jüngeren Bruder einen Schlüssel gegeben hatte, gehörte zu den vielen Kleinigkeiten, die Michael beweisen sollten, daß er wirklich zur Familie gehörte und kein verabscheuter Ausgestoßener war. Und jetzt lag Stephen im … Michael führte diesen Gedanken nicht zu Ende. Ohne sich darum zu kümmern, ob Blackmer ihm folgte oder nicht, eilte er zu der prächtigen Treppe, die in die Privatgemächer emporführte. Als er hochschaute, sah er Catherine auf einer Bank vor Stephens Suite sitzen. Ihr dunkler Kopf lehnte an der Wand, und sie sah genauso müde aus, wie er selbst sich fühlte.

Aus Rücksicht auf den Kranken rief er ihren Namen ziemlich leise. Sie fuhr aus ihrem leichten Schlummer. »Michael!«

Übers ganze Gesicht strahlend, sprang sie auf und rannte die Treppe hinab, während Michael drei Stufen auf einmal nahm. Auf dem Absatz, wo die Treppe sich verzweigte, trafen sie zusammen, und er riß seine Frau stürmisch in seine Arme. »Mein Gott, Catherine, wie habe ich dich vermißt!« Endlich war er zu Hause.

»Dieses Gefühl beruhte auf Gegenseitigkeit.« Trotz seiner nassen Kleidung schlang Catherine die Arme um seinen Hals und küßte ihn so leidenschaftlich, daß er die

Strapazen der letzten Wochen für einen Augenblick vergaß.

Endlich riß er sich widerwillig von ihren Lippen los. »Wie geht es Stephen?«

Seufzend lehnte sie ihre Stirn an seine Wange. »Er lebt noch ... Vor kurzem ist er zu sich gekommen, doch sein Zustand ist sehr ernst. Lange schafft er es nicht mehr.«

Blackmer, der bisher diskret unten gewartet hatte, hastete die Treppe hinauf. »Bringen Sie mich zu ihm!« verlangte er. »Vielleicht kann ich etwas tun.« Der arme Teufel wirkte völlig außer sich. Glaubte er, ein Wunder vollbringen zu können, das die mühsame Suche letztlich doch rechtfertigen würde?

»Zehn Minuten machen jetzt keinen großen Unterschied mehr. Zuerst will ich Stephen sehen, nachdem er glücklicherweise bei Bewußtsein ist. Ziehen Sie inzwischen etwas Trockenes an und lassen Sie sich etwas zu essen bringen.« Michael ging weiter die Treppe hinauf und hielt unschicklicherweise seine Frau fest an sich gepreßt.

»Aber ich bin sein Arzt!« rief Blackmer ihm nach. »Ich muß sofort zu ihm.«

Michael drehte sich kurz um und bellte mit einer Stimme, die sogar den hartgesottensten Soldaten hatte erbleichen lassen: »Später!«

Catherine mischte sich hastig ein. »Im Augenblick ist ein Arzt bei ihm, Dr. Blackmer, ein Freund von uns, Ian Kinlock.« Sie runzelte die Stirn. »Ian scheint verwirrt zu sein, obwohl er nicht gesagt hat, warum. Vielleicht können Sie sich mit ihm beraten, während Michael seinen Bruder besucht.«

Blackmer sah wohl ein, daß weitere Proteste sinnlos waren. »Ich ziehe mich nur schnell um und komme in wenigen Minuten nach.« Er eilte die Treppe hinab und rannte fast einen Diener über den Haufen, der das Gepäck der Neuankömmlinge nach oben bringen sollte.

»Ich bin froh, daß du Kinlock gerufen hast«, sagte Michael leise. »Das wollte ich auch als erstes machen. Wenn jemand Stephen helfen kann, dann Ian.«

»Er sagt, er könne keine Wunder bewirken«, erwiderte Catherine nüchtern.

Michael hoffte trotzdem auf ein Wunder. »Und was hältst du von Stephens Provinzschauspielerin?«

Sie bedachte ihn mit einem strafenden Blick. »Gib deine Vorurteile auf, mein Lieber. Rosalind ist wundervoll. Sie und Stephen lieben einander, und ich wünschte, sie wären sich schon vor zehn Jahren begegnet.« Sie zwinkerte ihm zu. »Außerdem ist sie so attraktiv, daß ich von Glück sagen kann, wenn du mir nicht untreu wirst.«

Lachend vergrub er sein Gesicht in ihren Haaren, die herrlich frisch und süß rochen. »Nach Komplimenten kannst du später angeln, schamlose Person!«

Catherine streichelte provozierend sein unrasiertes Kinn. »Es wird dich freuen zu hören, daß Rosalind ein Kind erwartet. Du brauchst jetzt also nur noch inbrünstig zu beten, daß es ein Junge wird.«

Michael fühlte sich wie ein Gefangener, der plötzlich eine offene Tür erblickt. »Das ist ja herrlich! Stephen muß begeistert sein.«

Ein Schatten huschte über Catherines Gesicht. »Das ist er.«

Michael verstand, was sie nicht ausgesprochen hatte. Er konnte sich lebhaft vorstellen, wie ihm zumute gewesen wäre, wenn er während ihrer Schwangerschaft todkrank geworden wäre. Eine Mischung aus Glück, daß etwas von ihm weiterleben würde, und aus ohnmächtigem Zorn, weil er sein Kind nicht aufwachsen sehen würde.

Über dem freudigen Wiedersehen mit seiner Frau hatte er fast vergessen, warum er hier war. Achtlos warf er seinen nassen Umhang über das Treppengeländer, bevor er mit grimmiger Miene das Schlafzimmer seines Bruders betrat.

Irgendwann während der schmerzhaften Untersuchung war Stephen endgültig aus der Umnebelung aufgetaucht. Geduldig ließ er alles über sich ergehen und machte Rosalind keine Vorwürfe, weil sie entgegen seinen Wünschen einen Arzt gerufen hatte. Trotzdem hatte sie Gewissensbisse, als sie sich vom Bett entfernte, damit die beiden Männer unter vier Augen miteinander sprechen konnten. Sie setzte sich ans Fenster und dachte an etwas, das sie Jessica einmal erklärt hatte: Würde sei so sehr ein Teil von Stephen, daß nichts, nicht einmal der Tod, sie ihm rauben könne. Damals hatte sie noch nicht geahnt, auf welch schreckliche Weise ihre Worte sich bewahrheiten würden.

Die Tür flog auf, und ein Mann mit ›Tausend-Meter-Blick‹ betrat das Zimmer. Lord Michael Kenyon! Obwohl er müde und schmutzig war, hatte er jene raubtierhafte Wachsamkeit an sich, die sie bei vielen Soldaten beobachtet hatte. Die Ähnlichkeit mit Stephen fiel sofort ins Auge, auch wenn er viel bedrohlicher aussah.

Nachdem Stephen immer noch mit Kinlock redete und seinen Bruder bisher nicht bemerkt hatte, beschloß Rosalind, die unumgängliche Vorstellung rasch hinter sich zu bringen. Wenn sie Glück hatte, würde Lord Michael ihr aus Sorge um seinen Bruder kaum Beachtung schenken.

Sie ging ihm entgegen und sagte ruhig »Lord Michael, ich freue mich, daß Sie gekommen sind. Dr. Kinlock hat seine Untersuchung fast abgeschlossen.«

Seine Augen waren leuchtend grün, und während er sie betrachtete, kam sie sich wie eine Maus vor, die von einer Katze fixiert wird. Dann lächelte er überraschend und wirkte plötzlich nicht mehr wie ein gefährliches Raubtier. »Rosalind! Catherine hat mir schon von Ihnen erzählt.« Er gab ihr die Hand, verzichtete aber auf eine Verbeugung, weil er seine Frau nicht loslassen wollte.

Allmächtiger, wie war es möglich, daß diese Begegnung, vor der sie solche Angst gehabt hatte, so harmlos verlief? »Ich traue mich kaum zu fragen, was sie Ihnen erzählt hat.«

»Sie sagte, Sie seien wundervoll und müßten mit allem Respekt behandelt werden.« Er zog Catherine noch fester an sich. »Und ich tue immer, was meine Frau mir sagt.«

Catherine verdrehte die Augen. »Ja, ja, und der Mond besteht aus Sauerrahm!«

Sie lachten zu dritt, und das fiel Stephen auf. Er drehte seinen Kopf zur Tür und lächelte müde. »Michael! Gerade noch rechtzeitig.«

Beim Anblick des Sterbenden krampften Michaels Lungen sich zusammen. Als Kind hatte er unter starkem Asthma gelitten und die Krankheit nie völlig überwunden. Er zwang sich, gleichmäßig zu atmen, ließ seine Frau los und ging auf das Bett zu. »Hat Catherine dir erzählt, wie Blackmer und ich dich wochenlang durch ganz Großbritannien verfolgt haben?«

Stephens Stimme war kaum mehr als ein Flüstern. »Ich muß schlauer sein, als ich dachte, wenn ich dir so lange entkommen bin.«

Ian Kinlock, der Michael während der Kriege zweimal zusammengeflickt hatte, musterte seinen ehemaligen Patienten mit der interessierten Miene eines Schreiners, der die Haltbarkeit seines Tisches überprüfen möchte. »Schön, Sie wiederzusehen, Oberst.«

»Gleichfalls.« Michael schüttelte dem Chirurgen kräftig die Hand. »Sind Sie mit Ihrem Stochern und Drücken fertig?«

»Ja, jedenfalls für den Augenblick. Jetzt muß ich erst einmal nachdenken.« Mit gerunzelter Stirn ging Kinlock zum Kamin und starrte ins Feuer.

Michael ließ sich auf einen Stuhl am Bett fallen. Wie, zum Teufel, redete man mit einem sterbenden Bruder? Es gäbe tausend Dinge zu sagen, aber nichts kam ihm wichtig genug vor.

Stephen machte es ihm leicht. »Am besten besprechen wir zunächst einmal das Geschäftliche. Ich glaubte, vor meinem Tod alles regeln zu können, aber mir blieb dazu weniger Zeit, als ich gedacht hatte. Außerdem hat Rosalind mir gestern abend erzählt, daß sie ein Kind erwartet, und das ist eine zusätzliche Komplikation.«

»Eine erfreuliche«, warf Michael ein.

»Natürlich, aber es ist mir nie in den Sinn gekommen, daß ich einen eigenen Erben hinterlassen könnte. Diese Hoffnung hatte ich vor langer Zeit aufgegeben.« Stephen schloß einen Moment lang die Augen. »Ich ging davon aus, daß du mich sofort beerben würdest. Statt dessen muß man jetzt monatelang abwarten, ob das Kind ein Junge oder ein Mädchen wird, und das bringt meine sorgfältigen Planungen völlig durcheinander. Mein Sekretär und mein Anwalt sind gerade dabei, Dokumente aufzusetzen, in denen du und Rosalind vorerst zu gemeinsamen Vermögensverwaltern erklärt werdet. Sollte das Kind ein Mädchen sein, geht der Besitz natürlich an dich über. Sollte es ein Junge sein, bleibst du bis zu seinem einundzwanzigsten Geburtstag der Vormund.« In seinen matten Augen zeigte sich ein Funke Humor. »Mit anderen Worten – du mußt dann die ganze Arbeit erledigen, ohne den Titel zu erben.«

»Glaub mir – das wäre mir viel lieber.«

»Kümmere dich bitte um Rosalind.« Sein Blick schweifte zu den Bettvorhängen. »Obwohl sie gut auf sich selbst aufpassen kann … Ich vermute, daß sie wieder heiraten wird. Sei nicht empört, wenn sie das tut.«

»Du bist großmütiger als ich«, bemerkte Michael selbstironisch. »Wenn ich sterben müßte, würde ich lieber glauben, daß Catherine nie wieder einen Mann anschauen und den Rest ihres Lebens in Sack und Asche verbringen wird.«

Stephen hob eine Braue. »Tatsächlich?«

Schon als Kind hatte Michael seinen Bruder nie hinters Licht führen können. »Nein«, gab er zu. »Ich würde ihr wünschen, daß sie wieder glücklich wird – nur nicht ganz so glücklich, wie sie mit mir war.«

»Bewundernswert aufrichtig«, kommentierte Stephen. »Als ich die Abtei Hals über Kopf verließ und nach Norden ritt, überlegte ich, ob ich dich in Wales besuchen sollte, um dich zu fragen, wie man sich fühlt, wenn man dem Tod ins Auge blickt. Aber ich war dann doch zu stolz, um meinem jüngeren Bruder meine Angst zu gestehen und ihn um Rat zu fragen.«

»Du scheinst deine Antworten auch ohne meine Hilfe gefunden zu haben.« In Stephens Gesicht entdeckte er die gleiche Ruhe, die er selbst am Rande des Todes verspürt hatte. »Jedenfalls wirkst du abgeklärt.«

Stephens Augen schweiften zu Rosalind, die sich mit Catherine diskret ans andere Ende des Zimmers zurückgezogen hatte. »Weiß Gott, ich möchte nicht sterben, aber in den letzten Wochen wurde mir mehr Glück zuteil als den meisten Menschen im ganzen Leben. Ohne meine Krankheit wäre mir dieses Glück nie beschert gewesen.«

Und die Ursache dieses Glücks war Rosalind, die ›Provinzschauspielerin‹! Michael hätte sich ohrfeigen mögen, weil er auf die Nachricht von Stephens Heirat mit typisch aristokratischer Arroganz reagiert hatte, anstatt auf das Urteilsvermögen seines Bruders zu vertrauen. Manchmal war er dem alten Herzog verdammt ähnlich – zum Glück nicht oft!

Den Blick unverwandt auf Rosalind gerichtet, sagte Stephen leise: »Ich glaube, wenn wir wüßten, daß das Weltende bevorsteht, wären die Straßen voll von Menschen, die zu ihren Angehörigen und Freunden eilen würden, um ihnen ihre Liebe zu gestehen, bevor es zu spät ist.« Er schaute seinen Bruder an. »Ich liebe dich, Michael. Ich wünschte, wir wären schon viel früher gute Freunde geworden.«

Gegen Kummer und Rührung ankämpfend, griff Michael nach Stephens Hand. »Ich liebe dich auch. Wir wären jetzt keine Freunde, wenn du mir nicht in der schlimmsten Zeit meines Lebens geholfen hättest. Diese Dankesschuld werde ich nie bezahlen können.«

»Du bist mir nichts schuldig, denn ich habe von unserer Freundschaft genauso profitiert wie du.« Stephen holte mühsam Luft. »Claudia war heute hier, um sich für ihre Torheiten zu entschuldigen. Sollte sie auch dir den Ölzweig reichen – und ich bin fast sicher, daß sie es tun wird –, so wirf ihn bitte nicht ins erstbeste Feuer – mir zuliebe.«

»Versprochen.« Michael spürte den langsamen Puls seines Bruders und bekam wieder Atembeschwerden. Wie lange noch? Wie lange wird Stephen noch leben? »Wenn wir nicht sofort das Thema wechseln, bekomme ich einen Asthmaanfall«, warnte er.

»Dann reden wir lieber wieder über geschäftliche Dinge.« Stephen schloß erneut die Augen, um Kräfte zu sammeln. »Ich bin dabei, für Rosalinds Eltern das *Athenaeum Theater* zu kaufen. Sorg bitte dafür, daß alles schnell vonstatten geht. Rosalind weiß über die Einzelheiten Bescheid.«

Er wollte seinen Schwiegereltern ein Theater kaufen?

Nun ja, Stephen war noch nie knauserig gewesen! »Ich werde mich darum kümmern.«

Ian Kinlock, der die ganze Zeit über ins Feuer gestarrt hatte, ohne sich zu rühren, rief plötzlich: »Ich möchte mit Ihnen allen sprechen!«

Er trat ans Krankenbett, und die beiden Frauen eilten hinzu. Rosalind konnte an Stephens Gesicht sofort ablesen, daß er wieder starke Schmerzen hatte, und hielt fragend die Pillendose hoch. Er nickte schwach, und sie schenkte ein Glas Wasser ein und schüttelte zwei Tabletten auf ihre Handfläche.

»Hast du eine Diagnose gestellt, Ian?« fragte Catherine begierig.

»Ja, aber sie hört sich so unglaubhaft an, daß ich Zweifel hatte, sie laut zu äußern.« Der Chirurg fuhr sich mit den Fingern durch die weißen Haare. »Ich möchte keine falschen Hoffnungen wecken, doch wenn ich recht habe, Ashburton, könnten Sie wieder gesund werden. Nur …«

»Kinlock, um Himmels willen, nun sagen Sie uns doch endlich, was Sie glauben?« rief Michael schärfer als gewollt.

Nach längerem Zögern sagte der Arzt langsam: »Ich glaube, daß der Herzog vergiftet wird.«

36. Kapitel

Kinlocks Vermutung rief fassungsloses Schweigen hervor. Gift? Stephen winkte ab, als Rosalind ihm die Pillen hinhielt. Er wollte den weiteren Ausführungen des Arztes folgen können, ohne von dem schmerzstillenden Medikament halb betäubt zu sein. »Wie könnte das sein?«

Zur selben Zeit knurrte Michael: »Das ist absurd! Wer sollte meinen Bruder vergiften wollen?«

»Es muß nicht unbedingt eine vorsätzliche Tat sein«, erklärte Kinlock. »Die Symptome deuten auf Arsen hin, das nicht nur in der Medizin verwendet wird, sondern auch in vielen Haushaltsgegenständen enthalten ist, beispielsweise in Tapeten. Das kann zu einer allmählichen Vergiftung führen.« Er schaute Stephen an. »Wie schon erwähnt, Ashburton – sollte meine Diagnose stimmen, werden Sie mit größter Wahrscheinlichkeit genesen.«

Michael schnappte nach Luft, und Catherine murmelte: »Mein Gott!«

Genesung ... Diese Aussicht war ein noch größerer Schock als der Gedanke, daß er vergiftet worden war. Stephen empfand seltsamerweise keine Freude. Auf der Schwelle des Todes angelangt, hielt er eine Rückkehr ins Leben für unmöglich. Doch dann griff Rosalind nach seiner Hand, und er sah, daß ihre Augen hoffnungsvoll leuchteten. Sollte Kinlock sich irren, so würde ihre Enttäuschung grenzenlos sein. Stephen holte tief Luft und betete zu Gott, daß der Arzt recht haben möge. »Wie wird eine Arsenvergiftung behandelt?«

»Milch zu trinken war das Beste, was Sie tun konnten. Sie beruhigt den Magen nicht nur, sondern bindet das Arsen auch, wodurch die Gefahr eines Dauerschadens erheblich gesenkt wird.« Kinlock seufzte bekümmert. »Falls wir die Giftquelle ausfindig machen und beseitigen können, werden Sie sich innerhalb von kurzer Zeit erholen – vorausgesetzt, daß meine Diagnose stimmt«, wiederholte er nachdrücklich. Catherine, die ehemalige Krankenschwester, runzelte die Stirn. »Stephen könnte doch an einer Art Magenentzündung leiden. Was bringt dich auf diese Idee einer Arsenvergiftung?«

»Ich habe zwei Fälle von Arsenvergiftung behandelt, und die Symptome waren dieselben wie bei Ashburton. Im ersten Fall handelte es sich um einen vorsätzlichen Mordversuch – eine junge spanische Ehefrau wollte ihren reichen alten Mann loswerden.«

Rosalind gab einen erstickten Laut von sich, und Stephen sagte warnend: »Sollten Sie meiner Frau etwas unterstellen wollen, packe ich Sie am Kragen und werfe Sie aus dem Haus.« Ein stechender Schmerz rief ihm seinen geschwächten Zustand ins Gedächtnis, und so fügte er trocken hinzu: »Vielmehr werde ich Michael bitten, das zu übernehmen.«

Kinlock winkte ab. »Wie Sie mir selbst berichtet haben, waren Sie krank, lang bevor Sie Ihre Frau kennenlernten. Sie hatten einige akute Anfälle, aber die meisten Symptome deuten auf chronische Vergiftung hin, deren Ursache nicht leicht festzustellen ist.«

»Was meinst du damit?« fragte Catherine.

»In dem Fall einer chronischen Vergiftung, den ich persönlich behandelt habe, erkrankte ein Kind von den Arsendämpfen, die aus einer neuen Tapete in seinem Zimmer entwichen. Aber es gibt auch viele andere ähnliche Giftquellen.« Die Stirn des Arztes legte sich in tiefe Falten. »Was mich verwirrt, ist die Tatsache, daß Ashburtons Zustand sich nicht besserte, nachdem er die Abtei verlassen hatte. Folglich kommt jenes Haus als Giftquelle nicht in Frage. Und seitdem hat er seinen Aufenthaltsort ständig gewechselt …«

»Aus diesem Grund ist auch eine vorsätzliche Vergiftung unmöglich«, fiel Catherine ihm ins Wort. »Er war ganz allein unterwegs, und kein Mensch wußte, wo er sich aufhielt. Nicht einmal Michael konnte ihn finden. Wie hätte ein potentieller Mörder das bewerkstelligen sollen?«

Stephen dachte an die Monate seiner Krankheit zurück. Es gab keinen einzigen Menschen, der während dieser ganzen Zeit bei ihm gewesen wäre, und das bedeutete, daß Kinlocks Theorie falsch war. Es würde keine wundersame Genesung geben …

»Deine Medizin!« rief Rosalind plötzlich entsetzt. »Die Opiumpillen.« Sie starrte die kleinen Tabletten an, die sie immer noch in der Hand hatte. »Du hast monatelang mindestens eine am Tag eingenommen, in letzter Zeit wesentlich mehr.«

»Woher stammen diese Pillen?« fragte Kinlock scharf.

»Mein Hausarzt, Dr. Blackmer, hat sie extra für mich hergestellt«, murmelte Stephen betroffen.

Das leise Knarren der Tür hörte sich in dem stillen Raum sehr laut an. Blackmer trat ein, und Stephen fragte sich einen Moment lang, ob er Halluzinationen hatte, bis ihm einfiel, daß der Arzt Michael ja begleitet hatte.

Blackmer sah, daß alle Augen auf ihn gerichtet waren, und blieb zögernd stehen. »Ist der Herzog …?« stammelte er leichenblaß.

»Nein, er ist nicht tot.« Michael stürzte mit der Behendigkeit eines Panthers quer durchs Zimmer und packte den Arzt am Kragen. »Stephen wurde durch Arsen vergiftet, das Sie ihm verabreicht haben, Sie verdammter Bastard!« Er drückte Blackmer gegen die Wand.

»Warten Sie!« protestierte Kinlock. »Wir wissen doch noch gar nicht, ob das Gift sich tatsächlich in den Pillen befand.«

Doch Blackmer machte keinen Versuch zu leugnen.

Schuld und Angst standen ihm ins Gesicht geschrieben, und dieses wortlose Geständnis war überzeugender als jede Aussage.

»Sprechen Sie ein letztes Gebet, wenn Sie wollen, Blackmer«, sagte Michael eisig, während er eine Pistole aus der Tasche zog und sie an die Schläfe des Arztes preßte.

»Nein!« Stephens Stimme war kaum mehr als ein Flüstern, und doch hinderte sie Michael daran abzudrücken. »Töte ihn nicht – jedenfalls *noch* nicht.«

Widerwillig ließ er Blackmer los und steckte die Pistole wieder ein, ließ den Mann jedoch keine Sekunde aus den Augen. Gift, keine tödliche Krankheit! Er würde leben. *Leben* ... Stephen konnte es kaum fassen. Doch zunächst mußte die gegenwärtige Krise bewältigt werden. Er nahm seine ganze Kraft zusammen und bat Rosalind: »Hilf mir, damit ich mich aufsetzen kann.«

»Du wirst nicht sterben!« flüsterte sie selig, während sie seinen Oberkörper anhob und ihm Kissen in den Rükken stopfte. »Dem Himmel sei Dank!«

Stephen zog sie neben sich auf die Bettkante, bevor er seine Aufmerksamkeit dem Mann zuwandte, der ihn um ein Haar ermordet hätte. »Nachdem es *mein* Leben war, das auf dem Spiel stand, beanspruche ich das Recht, ihn zu verhören. Blackmer, geben Sie zu, daß Sie mich umbringen wollten?«

»Ich ... ich hatte nicht die Absicht, Sie zu töten.« Der Arzt holte tief Luft. »Alles fing mit dem Medikament an, das ich Ihnen gab, als Sie im Frühjahr jene Lebensmittelvergiftung hatten. Nur etwa ein Viertel der Pillen enthielt Arsen, und die Menge war verschieden, so daß ich ausschließen konnte, daß Sie eine tödliche Dosis einnehmen würden.«

»Aber die Einnahme über längere Zeit hinweg führte zu einer chronischen Vergiftung, mit akuten Anfällen, wenn er zufällig eine besonders starke Dosis abbekam«, kommentierte Kinlock grimmig. »Ein diabolischer Plan!

Je mehr Pillen er schluckte, desto näher rückte sein Tod.«

»Mein Gott, diese beiden hätten ihn vollends töten können!« Rosalind schleuderte die Tabletten ins Feuer und wischte ihre Hand angeekelt am Kleid ab.

Michael schaute Stephen an. »Das Schwein hat seine Schuld zugegeben. Darf ich es jetzt liquidieren?«

»Halt deine blutrünstigen Gelüste noch ein wenig im Zaume. Wir wissen noch nicht, *warum* er es getan hat.« Mit eisiger Stimme fragte er: »Blackmer, können Sie Ihr teuflisches Vorhaben irgendwie rechtfertigen? Habe ich Ihnen jemals ungewollt etwas Schlimmes angetan?«

»Ich wollte Sie nicht umbringen, das schwöre ich Ihnen.« Wie Espenlaub zitternd, lehnte der Arzt sich an die Wand. »Ich wollte warten, bis Sie einige Anfälle hinter sich hatten, und Sie sodann auf wundersame Weise heilen.«

»Sie haben einen Menschen also fast getötet, nur um Ihren Ehrgeiz zu befriedigen?« rief Kinlock ungläubig. »Wie kann ein Arzt nur so tief sinken? Erschießen Sie ihn nicht, Oberst. Er hat verdient, daß man ihm mit einer stumpfen Klinge die Leber aus dem Leib schneidet!«

Mit gerunzelter Stirn versuchte Stephen die Motive des Arztes zu begreifen. »Sie haben immer noch nicht erklärt, warum Sie das getan haben. Sie werden allgemein geachtet, sind beliebt und wohlhabend. Seit Jahren sind Sie mit der verwitweten Schwester des Pfarrers befreundet. Sie brauchten doch kein angebliches Wunder zu vollbringen, um Ihre Position zu festigen.« Ihm kam plötzlich ein schrecklicher Gedanke. »Oder haben Sie schon früher Patienten vergiftet und dann so getan, als würden Sie sie heilen? Mein Gott, Sie haben Louisa vor ihrem Tod betreut! Ist sie Ihnen versehentlich unter den Händen weggestorben?«

»Nein!« protestierte Blackmer vehement. »Ich schwöre Ihnen, niemals einem anderen Patienten etwas zuleide getan zu haben, auch nicht der Herzogin.«

Seltsamerweise glaubte Stephen ihm. »Und warum haben Sie es dann ausgerechnet auf mich abgesehen gehabt? Sind Sie ein Republikaner, der alle Adligen haßt? Oder bin es nur ich, den Sie aus irgendeinem Grund verabscheuen?«

Schwer atmend ließ Blackmer den Kopf hängen, ohne zu antworten.

Rosalind zog plötzlich scharf den Atem ein. »Blackmer, mein Mann hat mir erzählt, Sie seien ein Findelkind, das von der Gemeinde großgezogen wurde. Wer war Ihr Vater?«

Er hob ruckartig den Kopf, und sein Gesicht wurde aschfahl. »Sie ... Sie haben es erraten.«

»Schaut ihn euch einmal genau an.« Rosalinds Blick schweifte von Blackmer zu Michael und Stephen und zurück. »Seine Gesichtsform, seine Größe, seine Haarfarbe, Stephens graugrüne Augen. Die Ähnlichkeit ist nicht so groß wie die zwischen Stephen und Michael, aber sie ist vorhanden. Blackmer ist der uneheliche Sohn des alten Herzogs.«

Ihre Worte riefen ein betroffenes Schweigen hervor. Schließlich knurrte Michael angewidert: »Dieses Schwein kann nicht mein Bruder sein!«

»Michael!« Stephen beschwichtigte seinen jüngeren Bruder mit einem einzigen Blick, bevor er sich Blackmer zuwandte, der immer noch an der Wand neben der Tür lehnte. »Kommen Sie her.«

Der Arzt näherte sich dem Bett so zögernd, als ginge er zum Schafott. Michael folgte ihm dicht auf den Fersen, bereit zuzuschlagen, wenn Blackmer eine falsche Bewegung machte.

Stephen musterte den Mann aufmerksam. Rosalind hatte recht – eine Familienähnlichkeit war nicht zu leugnen. Er wäre um ein Haar von einem Blutsverwandten umgebracht worden! »Was erhofften Sie sich von dieser Vergiftungsaktion? Wollten Sie sich rächen, weil ich im Gegensatz zu Ihnen ein legitimer Sohn des Herzogs war?«

Blackmer schwieg. Rosalind antwortete an seiner Stelle: »Er wollte keine Rache, sondern Anerkennung. Wer war Ihre Mutter?«

»Eine Milchmagd, die bei meiner Geburt starb. Sie hatte keine Familie und hatte den Namen des Vaters nie preisgegeben, deshalb kam ich in die Obhut der Gemeinde.« Er schloß müde die Augen. »Als ich acht Jahre alt war, ritt der Herzog eines Tages an dem Feld vorbei, wo ich Unkraut jätete. Er rief mich zu sich und sagte, er sei mein Vater und werde dafür sorgen, daß ich eine gute Ausbildung bekomme. Er versprach mir auch, mich als seinen Sohn anzuerkennen, wenn ich erwachsen sei, aber das hat er nie getan. Ich hatte bis zu seinem Tod darauf gehofft, und danach war ich wütend und verbittert. Das artete schließlich zu einer Art Besessenheit aus ... aber das wurde mir erst klar, nachdem Sie die Abtei verlassen hatten und ich nicht mehr stoppen konnte, was ich angezettelt hatte.«

Er öffnete die Augen und schaute Stephen an. »Ich wollte ... ich wollte Ihnen etwas bedeuten! Wenn ich schon kein Kenyon sein konnte, wollte ich wenigstens der brillante Arzt sein, der Ihnen das Leben gerettet hatte.«

»Er wollte eine Beziehung, die über professionelle Dienste hinausgehen sollte«, ergänzte Rosalind. »Er wollte als Freund behandelt werden.«

Blackmers Blick schweifte verwirrt zu ihr hinüber. »Warum verstehen Sie mich besser, als ich mich selbst verstehe, Herzogin?«

»Weil ich selbst ein Findelkind war«, antwortete Rosalind ruhig. »Ich hatte zwar mehr Glück als Sie, aber ich kenne diesen verzweifelten Wunsch, irgendwo dazuzugehören, Teil einer Familie zu sein.«

»Wie rührend!« kommentierte Michael sarkastisch. »Das ändert aber nichts an der Tatsache, daß Blackmer Stephen fast umgebracht hätte.«

»Gott ist mein Zeuge – ich wollte dem Herzog keinen schweren Schaden zufügen! Was glauben Sie, warum ich so versessen darauf war, ihn zu finden? Ich wollte die Vergiftung abbrechen, bevor es zu spät sein würde.«

»Vielleicht wollten Sie sich nur vergewissern, ob er schon tot ist!« Michael war unversöhnlich. »Und wenn er noch lebte, mußten Sie ihn natürlich selbst behandeln, weil Sie befürchteten, daß ein anderer Arzt die Ursache für Stephens Leiden erkennen würde.«

Blackmer rieb sich seufzend die Stirn. »Ich kann Ihnen nicht beweisen, daß Sie sich irren, aber Sie müssen mir wenigstens glauben, daß ich mir mit Ausnahme dieses einen Falles als Arzt niemals etwas zuschulden kommen ließ. Es gab in meiner Praxis keine verdächtigen Todesfälle, und ich genieße, wie Ashburton sagt, bei meinen Patienten großes Ansehen.«

Stephen dachte an die letzte Krankheit seiner Frau. »Als Louisa im Sterben lag, wich er bis zum Schluß kaum von ihrer Seite. Und er behandelt jeden, der seine Hilfe braucht – auch Leute, die ihm nichts bezahlen können.«

»Unterwegs sahen wir einmal, daß ein vom Blitz getroffener Baum auf ein Haus gestürzt war, in dem sich ein Mann und ein Kind befanden«, zwang Michael sich widerwillig zur Ehrlichkeit. »Blackmer riskierte sein Leben, indem er in die Ruine kroch, um den Mann vor dem Verbluten zu bewahren. Ich gebe zu, daß er mutig ist – aber das ist bei Kriminellen nichts Ungewöhnliches!«

»Vielleicht, doch Tatsache ist, daß er von unserem Vater betrogen wurde«, sagte Stephen nüchtern. »Daß diese Ungerechtigkeit ihn verbitterte, müßtest du eigentlich am besten von uns allen verstehen können. Und Findelkinder wurden zu jenen Zeiten von einer Familie zur anderen geschoben und meistens wie unbezahlte Dienstboten behandelt.«

»Lumpen, Schläge und kalter Haferbrei«, bestätigte Blackmer. »Und manchmal noch viel Schlimmeres ... Erst nachdem Sie den Titel geerbt hatten, wendete sich das Los der Waisen zum Besseren, weil Sie den Pfarrer beauftragten, dafür zu sorgen, daß die Kinder gut behandelt werden und zur Schule gehen können. Ich war sehr erleichtert und dankbar, als Sie das taten.«

»Und Sie haben sich dafür erkenntlich gezeigt, indem Sie ihn vergifteten«, sagte Catherine mit versteinerter Miene.

»Ich bedaure zutiefst, was Sie durchmachen mußten – kein Kind dürfte so schlecht behandelt werden.« Stephen verlagerte sein Gewicht von einer Seite zur anderen, mit seinen Kräften fast am Ende. »Aber warum wollten Sie meine Aufmerksamkeit auf so spektakuläre Art und Weise erzielen? Warum haben Sie mir nicht einfach gesagt, wer Sie sind?«

Der Arzt starrte ihn an. »Hätten Sie mir denn geglaubt?«

»Höchstwahrscheinlich. Die Ähnlichkeit ist vorhanden, und ich weiß über die Ausschweifungen meines Vaters Bescheid.«

»Ich hielt es für sinnlos, mit Ihnen zu sprechen.« Die Mundwinkel des Arztes zuckten. »Von den Kenyons erwartete ich keine Gerechtigkeit.«

Die Arroganz und sexuelle Zügellosigkeit des alten Herzogs hatten fast zum Tod seines Erben geführt ... Das konnte man wirklich als Ironie des Schicksals bezeichnen!

Müde rieb Stephen sich den schmerzenden Magen. »Was, zum Teufel, soll ich jetzt mit Ihnen machen, Blackmer?«

»Das naheliegendste wäre, ihm den Prozeß machen zu lassen«, meinte Catherine. »Wenn du aber nicht willst, daß er gehängt wird, könnte man ihn vielleicht in die australischen Kolonien schicken. Dort werden Ärzte dringend benötigt.«

»Dazu müßte man sich darauf verlassen können, daß er in Australien keine neuen Schandtaten begeht.« Kinlock war genauso skeptisch wie Michael. »Es gibt keine Entschuldigung dafür, daß er seinen Eid gebrochen hat.«

Stephen schaute Rosalind an. »Und was meinst du?«

»Ein Teil von mir möchte, daß er genauso leidet wie du. Nach einigen Jahren mit gräßlichen Schmerzen würde ich ihn dann vielleicht begnadigen. Andererseits …« Sie verzog das Gesicht. »Wer von uns hat noch nie einen schweren Fehler gemacht? Als Jessica klein war, wollte sie einmal Brian baden und hätte ihn fast ertränkt. Was Blackmer getan hat, war zwar kein Unfall, aber ich glaube ihm, daß er dich nicht töten wollte.«

Als ehrenamtlicher Richter hatte Stephen oft Gerechtigkeit walten lassen müssen, aber es war viel schwieriger, eine Entscheidung zu treffen, wenn man persönlich betroffen war. Er betrachtete Blackmers hageres Gesicht. Sein Bruder, der stoisch auf ein Urteil wartete …

Sobald Blackmer erfahren hatte, wer er war, mußte dieses Wissen eine schwärende Wunde gewesen sein. Wenn er Stephen oder Michael vorbeireiten sah, mußte er verbittert daran gedacht haben, daß seine Halbbrüder in Luxus und mit allen Privilegien lebten, während er selbst hungerte und ausgebeutet wurde. Und nachdem er ein oder zwei Jahre älter als Stephen war, hätte ihm sogar der Herzogstitel zugestanden, wenn er ein legitimer Sohn gewesen wäre. Armer Bastard, im buchstäblichen Sinne des Wortes!

Im großen und ganzen hatte er trotzdem das Beste aus seiner Situation gemacht und die Chancen einer guten Schulbildung genutzt, um Medizin zu studieren. Er war ein erstklassiger Arzt geworden, der nicht mit seiner Zeit geizte und sich auch um die Mittellosen kümmerte.

Stephen schaute zu seinem jüngeren Bruder hinüber. Auch Michael war von seinem Vater schändlich behandelt worden, aber immerhin hatte er alle Vorteile des Reichtums genossen. Er hatte der Abtei oft entfliehen können – nach Eton und in die Familien seiner Freunde. Dennoch hatten die körperlichen und seelischen Mißhandlungen der Kinderzeit tiefe Spuren hinterlassen, und es hatte sehr lange gedauert, bis er diese Dämonen besiegte, die ihn zu allen möglichen Torheiten veranlaßten.

Alle Kinder des Herzogs hatten auf irgendeine Weise unter seiner Tyrannei gelitten. Claudia war arrogant und verbittert geworden, und Stephen selbst hatte sich hinter seiner Schutzmauer verbarrikadiert und dadurch auf die größten Freuden des Lebens verzichtet. Sollte Blackmer, der am meisten gelitten hatte, vernichtet werden, nur weil er sich aus durchaus berechtigtem Zorn zu einer Verzweiflungstat hatte hinreißen lassen?

Es war der Arzt selbst, der ein Urteil über sich fällte. »Lord Michael hat recht – obwohl ich nicht in mörderischer Absicht handelte, sind Sie durch meine Schuld fast ums Leben gekommen. Sie haben jedes Recht, mich an den Galgen zu bringen. Ich kann nicht erwarten, daß Sie mir verzeihen, aber ich möchte Ihnen allen trotzdem sagen, wie leid es mir tut. Ashburton, ich bitte Sie um Entschuldigung für die Höllenqualen, die ich Ihnen zugefügt habe.« Seine Blicke schweiften zu Rosalind. »Auch Sie muß ich um Entschuldigung bitten, denn ich kann mir vorstellen, was Sie an der Seite Ihres Mannes durchgemacht haben – vielleicht in mancher Hinsicht sogar noch Schlimmeres als er selbst.«

Dann schaute er Michael an. »Ich bitte auch Sie um Entschuldigung, Lord Michael. Ich habe Sie in tiefe Sorge versetzt und von Ihrer Familie getrennt. Während unserer ganzen gemeinsamen Reise machte ich mir deswegen schwere Vorwürfe.«

Stephen dachte plötzlich an den *Sturm*, jenes Stück, das die Fitzgerald-Truppe aufgeführt hatte, als er sie zum erstenmal sah. Er liebte besonders die Szene, in der Prospero seinem Bruder Antonio einen vor zwölf Jahren begangenen Mordversuch verzeiht. Bisher hatte er diese Geschichte immer auf sich selbst und Michael bezogen, obwohl zwischen ihnen nie ein Verbrechen gestanden hatte, sondern nur gegenseitiges Mißtrauen.

Von kaum ertragbaren Schmerzen geplagt, schloß Stephen kurz die Augen. Blackmer hatte ihm Schlimmes angetan, aber er war viel zu erschöpft, um Zorn empfinden zu können. Er wollte auch diesen Fall vorurteilslos und gerecht entscheiden. Es war kein vorsätzlicher Mordversuch gewesen, soviel stand fest, und als Richter hatte er gelernt, zwischen geheuchelter und echter Reue der Angeklagten zu unterscheiden. Blackmers Reue war echt, davon war Stephen überzeugt. Und war es nicht seine Pflicht, das schurkische Verhalten seines Vaters wiedergutzumachen?

»Wenn ich ihn nach Australien schicke, wird Great Ashburton ohne Arzt sein, und Blackmer ist ein guter Arzt. Deshalb bevorzuge ich eine andere Lösung.« Mit strenger Miene suchte er die Augen seines Halbbruders. »Geben Sie mir Ihr Ehrenwort als ein Kenyon, nie wieder jemandem absichtlich Schaden zuzufügen?«

Blackmer blinzelte verblüfft, bevor er stammelte: »J... ja.«

»Dann kehren Sie nach Hause und in Ihre Praxis zurück.« Trocken fügte Stephen hinzu: »Obwohl ich nicht an Ihrem Ehrenwort zweifle, werden Sie bestimmt Verständnis dafür haben, daß ich in Zukunft für mich und meine Familie einen anderen Arzt bevorzugen werde.«

»Sie ... Sie wollen mich ungestraft davonkommen lassen?« murmelte Blackmer ungläubig. »Nach allem, was ich getan habe?«

Stephen legte seine Hand auf Rosalinds. Dieser Kontakt gab ihm Kraft, und plötzlich begriff er, warum es ihm leichtfiel zu verzeihen. »Letztlich habe ich von Ihrer Tat profitiert – was natürlich nicht heißen soll, daß es angenehm war, vergiftet zu werden!« Er schaute zu seiner Frau auf. »Ich hätte Rosalind nie kennengelernt, wenn Sie mir nicht meinen baldigen Tod prophezeit hätten.«

Und er hätte auch nie den spirituellen Glauben gefunden, der seinem Leben jetzt eine neue Dimension gab. Durch ein Verbrechen seines Halbbruders war ihm endlich ein Glück beschieden worden, von dem er noch vor kurzem nicht einmal zu träumen gewagt hätte.

Sein Blick kehrte zu Blackmer zurück. »Ich werde Sie als Sohn des alten Herzogs anerkennen, und wenn Sie den Namen Kenyon tragen wollen, habe ich nichts dagegen. Eines Tages werde ich auch bereit sein, Sie näher kennenzulernen, aber dafür müssen Sie mir noch etwas Zeit lassen.«

Blackmers gefaßte Haltung geriet ins Wanken. »Mein Gott! Ihr Großmut beschämt mich …« Er bedeckte seine Augen, während er mühsam um Fassung rang. Als er seine Hand wieder senkte, sagte er leise: »Ich schwöre, fortan nicht mehr zu sündigen.«

Stephen wandte sich an Michael. »Akzeptierst du mein Urteil? Ich erwarte nicht, daß du dich mit Blackmer anfreundest. Ich bitte dich nur, ihn nicht umzubringen.«

Michael seufzte schwer. »Rosalinds Bemerkung, daß jeder von uns Fehler macht, hat mir ins Gedächtnis gerufen, wie oft ich selbst darauf angewiesen war, daß Freunde mir meine Torheiten verziehen. Deshalb darf ich mich nicht darüber beklagen, daß du Gnade vor Recht ergehen läßt.« Er legte einen Arm um Catherine und zog sie an sich. »Die Hauptsache ist schließlich, daß du wieder gesund wirst. Allerdings glaube ich, daß ich Heiligkeit immer dir und meiner Frau überlassen werde. Zu mir paßt eher ein Schwert als ein Heiligenschein.«

Zu entkräftet, um mehr als die Augen zu bewegen, fixierte Stephen den anderen Arzt im Raum. »Kinlock, Sie sind hier der einzige, der nicht zur Familie gehört. Sind Sie bereit, Schweigen zu bewahren?«

»Mir bleibt wohl nichts anderes übrig.« Kinlock warf seinem Kollegen einen grimmigen Blick zu. »Wenn Sie ein Rechtsanwalt wären, könnte ich Ihr Verhalten leichter entschuldigen. Juristen ist alles zuzutrauen, aber ein Arzt sollte mehr Moral besitzen.«

»Ich werde mir selbst nie verzeihen, meinen Eid gebrochen zu haben«, erwiderte Blackmer. »Diese Strafe mag verglichen mit meinem Verbrechen sehr leicht sein, aber ich versichere Ihnen, daß auch Gewissensbisse eine Strafe sein können.«

Rosalind meldete sich streng zu Wort. »Wenn alles Wichtige gesagt ist, sollten jetzt alle gehen, damit Stephen endlich ausruhen kann.«

»Alle außer dir«, flüsterte Stephen kaum hörbar.

»Sehr viel Schlaf, sehr viel Milch und kein Arsen mehr!« befahl Kinlock seinem Patienten. »Ich schaue in einigen Tagen wieder nach Ihnen.« Er hob seine Tasche auf und verließ das Zimmer.

Catherine blickte Blackmer an. »Ich werde ein Zimmer für Sie vorbereiten lassen«, sagte sie ohne große Begeisterung.

Er verbeugte sich. »Sie sind sehr großzügig, Lady Michael, aber ich halte es für angebrachter, wenn ich in einem Gasthof übernachte.«

Sie nickte wortlos und gab Stephen einen Kuß auf die Wange. »Ian meinte, er könne keine Wunder wirken, aber er hat es doch getan. Gott sei Dank!«

Michael legte seinem Bruder nur stumm eine Hand auf die Schulter, bevor er Arm in Arm mit Catherine hinausging. Blackmer wollte ihnen folgen, eine tragisch einsame Gestalt.

Als Michael vor einigen Jahren nicht mehr aus noch ein wußte, hatte er genauso ausgesehen wie jetzt der Arzt, dachte Stephen und sammelte seine letzten Kraftreserven. »Die Vergangenheit können Sie nicht mehr ändern, Blackmer, aber Ihre Zukunft können Sie selbst gestalten. Sie hatten als Kind keine Familie – gründen Sie jetzt selbst eine.«

»Ich dachte oft daran«, gab der Arzt zu, »aber ich ... ich kam mir unwürdig vor. Wie könnte ich Jane einen Heiratsantrag machen? Sie ist die Tochter und Schwester von Geistlichen, und ich bin nur ein Bastard, dessen eigener Vater ihn nicht anerkennen wollte.«

»Heiraten Sie die Frau, Blackmer«, riet Rosalind eindringlich. »Ich kenne Ihre Jane zwar nicht, aber sie muß Ihre uneheliche Abstammung längst akzeptiert haben, sonst hätte sie nicht Ihre Freundschaft gesucht. Stephen hat Ihnen eine zweite Chance gegeben. Nutzen Sie sie!«

Die Miene des Arztes hellte sich ein wenig auf. »Vielleicht werde ich es tun.« Er verließ den Raum und schloß leise die Tür.

Endlich konnte Stephen sich der tiefen Erschöpfung überlassen, die ihn wie dichter Londoner Nebel umhüllte. »Rosalind«, flüsterte er sehnsüchtig. Er wollte ihr sagen, wie sehr er sie liebte, doch seine Kräfte waren restlos erschöpft. »Rose ...«

Mit Tränen in den Augen legte sie sich neben ihn und zog seinen Kopf an ihre Brust. »Schlaf, Liebster, schlaf und erhol dich.«

Von ihren warmen Armen umschlungen, seufzte Stephen zufrieden und ließ sich in die Dunkelheit fallen.

Rosalind wachte auf, als Stephen sie unter dem Ohr küßte. Sie öffnete die Augen und schenkte ihm ein strahlendes Lächeln. Es war Morgen, das Zimmer war lichtdurchflutet, und sie lagen nebeneinander, so dicht umschlungen wie zwei Efeuranken. Sobald sie sein Gesicht sah, wußte sie, daß sein Entrinnen aus dem Tal des Todes kein Traum gewesen war. Stephen würde leben. *Er würde leben!* »Ich brauche nicht zu fragen, ob du gut geschlafen hast«, murmelte sie träge, »denn du hast dich die ganze Nacht nicht bewegt.«

»Wie kommt es dann, daß du jetzt dieses reizvolle Nachthemd anhast?« Er strich über den dünnen Stoff. »Oder hast du es schon gestern abend während des Melodrams getragen, und es ist mir nur nicht aufgefallen?«

Sie grinste. »Ich bin mitten in der Nacht aufgestanden und habe mich umgezogen. Gott sei Dank bist du nicht aufgewacht.«

»Ich glaube, ich wäre nicht einmal aufgewacht, wenn ein Regiment durch dieses Zimmer marschiert wäre. So gut habe ich seit Monaten nicht geschlafen.« Er bewegte seine Finger. »Das taube Gefühl in meinen Händen und Füßen läßt schon nach, und die Magenschmerzen sind fast erträglich.«

»Wunderbar!« Sie streckte sich genüßlich. »Ich bin so glücklich, daß ich Purzelbäume schlagen würde, wenn es hier im Bett nicht so gemütlich wäre. Und du mußt noch glücklicher sein.«

»Als ich erfahren habe, daß ich nicht sterben muß, fühlte ich mich seltsamerweise zunächst nur ... irgendwie dumpf. Wahrscheinlich hatte ich mich schon so mit dem Tod abgefunden, daß ich mich erst wieder an den Gedanken gewöhnen mußte, noch eine Weile auf dieser Erde zu verbringen.« Stephen lächelte. »Heute morgen sieht die Sache schon ganz anders aus. Ich fürchte den Tod nicht mehr, aber ich bin überglücklich, daß ich meine sterbliche Hülle noch nicht abstreifen muß.« Seine Hand glitt langsam über ihren Körper, von der Schulter bis zur Hüfte. »Allerdings werden wir jetzt unsere Ehe überdenken müssen.«

Ihr wurde kalt ums Herz. »Was meinst du damit?«

»Nun, als ich dir den Heiratsantrag machte, ging ich davon aus, daß dieser Bund fürs Leben nur wenige Monate dauern würde, so daß du mich nicht lange ertragen müßtest, falls wir nicht zusammenpaßten. Und du sagtest nach unserer Hochzeit, wir würden nur die Sahne genießen.« Seine Hand blieb auf ihrem Gesäß liegen, und sie genoß die Wärme durch das dünne Nachthemd hindurch. »Und jetzt bist du auf lange Zeit an mich gekettet, und das bedeutet nicht nur Sahne, sondern auch Milch, Käse und andere schlichte Nahrungsmittel.«

»Du Schuft!« rief Rosalind erleichtert. »Ich sollte dich aus dem Bett stoßen. Ich dachte, jetzt, da du Zeit hast, dich in aller Ruhe auf dem Heiratsmarkt umzuschauen, wolltest du mich zugunsten einer passenderen Frau loswerden.«

Stephen sah bestürzt aus. »Abgesehen von der Tatsache, daß es gar nicht so einfach ist, eine Ehefrau loszuwerden, verspüre ich auch nicht den geringsten Wunsch dazu. Was glaubst du denn, was für eine Art von Frau besser als du zu mir passen würde?«

Nachdem sie dieses Thema dummerweise angeschnitten hatte, mußte sie jetzt mit der Wahrheit herausrücken. »Eine Frau wie Louisa. Eine, die du lieben könntest.«

Nach längerem Schweigen sagte er ernst: »Ich habe Louisa nicht geliebt, und sie hat mich auch nicht geliebt. Unsere Ehe machte uns beide unglücklich, obwohl wir unser Bestes versuchten.«

»Dann habe ich wohl etwas mißverstanden, was du über deine erste Ehe gesagt – oder nicht gesagt – hast. Ich dachte, du hättest sie so geliebt, daß keine andere Frau dir mehr als eine Bettgefährtin sein könnte.«

»Du glaubst, ich würde in dir nur eine Bettgefährtin sehen? Ich sollte George Blackmer eigentlich sehr dankbar für die Erkenntnisse und Offenbarungen sein, die mir im Schatten des Todes zuteil wurden.« Er strich ihr zärtlich die Haare aus der Stirn. »Liebe stand bei den Kenyons nie auf der Tagesordnung, und ich begriff erst in jenem Traum – oder was auch immer es gewesen sein mag –, bei dem ich Louisa und deine Eltern traf, daß es im Leben nichts Wichtigeres als die Liebe gibt.« Seine Augen spiegelten seine innigen Gefühle deutlich wider. »Ich begehrte dich auf den ersten Blick, ich mochte dich, sobald wir die ersten Worte gewechselt hatten, und ich wollte dich bei mir behalten, nachdem wir auf dem Heuboden intim geworden waren. Doch erst, als ich dem Tod so nahe war, daß das Begehren in den Hintergrund trat, erkannte ich, wieviel du mir bedeutest.« Er küßte sie zärtlich. »Ich liebe deinen Körper, liebe deinen Geist, liebe deine Seele. Früher hätte ich diese Worte nicht über die Lippen gebracht, deshalb sage ich sie jetzt und bin mir ihrer Bedeutung bewußt: Ich liebe dich, Rosalind. Das habe ich noch zu keiner Frau gesagt.«

Sie riß die Augen auf. »Nie?«

»Doch, gestern zu Claudia.« Stephen lächelte schelmisch. »Aber bei einer Schwester haben diese Worte eine etwas andere Klangfarbe.«

Rosalind war von einer Wärme erfüllt, die sich nicht auf ihren Körper beschränkte, sondern auch Seele und Geist bis zum letzten kalten Winkel überflutete. »Auch ich liebe dich«, flüsterte sie. »Anfangs wollte ich es nicht einmal mir selbst eingestehen, und später glaubte ich, dich mit meinen Gefühlen verschonen zu müssen, doch tief im Herzen wußte ich fast von Anfang an, daß ich dich liebe und immer lieben werde.«

Stephen küßte sie wieder. »Du bist meine Herzallerliebste. Es hat sich gelohnt, bis an den Rand des Todes zu gehen, um dich zu finden.«

Trotz ihrer Seligkeit bekam sie plötzlich Gewissensbisse. »Ich muß dir ein Geständnis machen – ich bin nicht vollkommen. Ich habe versucht, die perfekte Tochter und perfekte Bühnenorganisatorin zu sein, und ich wollte dir eine perfekte Ehefrau sein, immer liebevoll und vernünftig.« Sie schaute ihn etwas ängstlich an. »Wenn wir nur wenige Monate verheiratet gewesen wären, hätte ich diese Illusion vielleicht aufrechterhalten können, aber jahrelang schaffe ich das nicht. Ich bin launisch und egoistisch und werde nie vollkommen sein. Ich dachte, ich müßte dich warnen, bevor du viel zu hohe Erwartungen stellst.«

Lachend zog er sie noch fester an sich. Ein Jammer, daß sein Körper noch nicht kräftig genug für leidenschaftliche Liebesbeweise war. Wie lange würde es dauern, bis er sich soweit erholt hatte, daß er sie wieder stürmisch erobern konnte?

Bestimmt nicht allzulange … »Also gut, ich habe zur Kenntnis genommen, daß du nicht perfekt bist, und wenn ich einige Wochen scharf überlege, fallen mir bestimmt fünf oder sechs Situationen ein, bei denen ich an dir etwas auszusetzen hatte.« Ganz leise flüsterte er ihr ins Ohr: »Trotzdem bist du für mich die ideale Frau, meine vollkommene Rose.«

EPILOG

London, 1819

Natürlich hatten die Ashburtons die beste Loge im *Athenaeum*. Rosalind war wahnsinnig aufgeregt, denn an diesem Abend würde die Fitzgerald-Truppe das Theater mit einer Aufführung von Shakespeares *Wintermärchen* feierlich eröffnen. Nach fünf Monaten aufwendiger Renovierungsarbeiten erstrahlte es in neuem Glanz.

Auf die Brüstung gestützt, schaute sie sich um. Herren und Damen in Abendgarderobe nahmen in den Logen Platz oder unterhielten sich im Parkett. Sie winkte ihren Verwandten, den Cassells und Westleys, fröhlich zu, ebenso dem Herzog und der Herzogin von Candover, die extra angereist waren, um die Truppe zu sehen, die sie seit Jahren in ihr Amphitheater auf Bourne Castle eingeladen hatten.

Auch andere Freunde waren gekommen, denn die Londoner Gesellschaft hatte die Schauspielerin, die eine gebürtige französische Gräfin war und den Herzog von Ashburton geheiratet hatte, bereitwillig anerkannt. Sie entdeckte die Strathmores, die Aberdares und die St. Aubyns, bei denen sie sich mittlerweile fast wie zu Hause fühlte, und raunte Stephen zu: »Stell dir vor, die Vorstellung ist völlig ausverkauft! Heute abend dürfte dieses Theater zu den begehrtesten Orten der Stadt gehören.«

Er legte lachend einen Arm um ihre Taille. »Diesmal werde ich in der Pause nicht herumrennen müssen, um Zuschauer anzulocken.«

Rosalind konnte kaum glauben, daß das derselbe Mann war, der vor fünf Monaten mit dem Tod gerungen hatte. Er war so attraktiv, daß unzählige Frauen sie beneideten – völlig zu Recht, wie sie meinte, denn auch seine Manneskraft ließ schon lange nichts zu wünschen übrig, und er war äußerst erfindungsreich, wenn es darum ging, ihr trotz der zunehmenden Leibesfülle Lust zu verschaffen.

Seine schwere Krankheit hatte bewirkt, daß beide sich bewußt waren, wie schnell das Leben vorüber sein konnte und daß man deshalb jeden Tag, jede Stunde und Minute voll auskosten sollte. Sie hatten oft über dieses Thema gesprochen, dankbar und fest entschlossen, ihre Liebe füreinander nie für etwas Selbstverständliches zu halten, sondern wie eine kostbare Pflanze zu hüten und zu pflegen.

Lächelnd schaute Rosalind ihrem Mann tief in die Augen. »Du siehst heute abend umwerfend aus, Liebling.«

»Und du bist wunderschön.« Am liebsten hätte er sie geküßt, doch das wäre in der Öffentlichkeit höchst unschicklich, und so verzichtete er schweren Herzens darauf.

Rosalind nahm vorsichtig Platz. »Ich bin so unförmig wie ein schwerfälliger Gaul!« lachte sie.

»Das stimmt, aber trotzdem bist du schön.« Stephen setzte sich neben sie und legte eine Hand auf ihren Bauch. Sofort erhielt er einen schwachen Tritt. »Sie ist heute abend besonders aktiv«, grinste er. »Eine richtige Fitzgerald, die sich auf die Vorstellung freut!«

Rosalind kicherte. »Nein, *er* verlangt jene Aufmerksamkeit, die ihm als Aristokraten gebührt.«

Die Logentür öffnete sich, und die Herringtons traten ein. Claudia sah viel jünger und weicher als vor einem halben Jahr aus. »Guten Abend, Stephen. Guten Abend, Rosalind.«

Sie küßte ihre Schwägerin auf die Wange. »Herzlichen Glückwunsch! Das Theater deiner Eltern scheint ein großer Erfolg zu werden.«

Erstaunlicherweise hatten die beiden Frauen sich angefreundet. Claudia hatte ihre scharfe Zunge zwar noch nicht ganz unter Kontrolle, war aber entspannter und toleranter geworden. Das sei Stephens Werk, hatte sie Rosalind anvertraut.

Andrew begrüßte Rosalind mit Handkuß und Stephen mit kräftigem Händedruck, bevor er seiner Frau half, Platz zu nehmen. Sie bedankte sich mit einem Blick, den man nicht anders als feurig bezeichnen konnte, und Rosalind mußte ein Lächeln rasch hinter ihrem Fächer verbergen. Auch diese neue Wärme zwischen Andrew und Claudia war ein Resultat jenes Gesprächs, das Stephen als Sterbender mit seiner Schwester geführt hatte.

Er flüsterte ihr ins Ohr: »Ich sehe es gern, wenn ein Paar, das seit zwanzig Jahren verheiratet ist, sich wie in den Flitterwochen benimmt. Was meinst du, werden wir in zwanzig Jahren auch noch so verliebt sein?«

»Da bin ich mir ganz sicher.« Hinter vorgehaltenem Fächer berührte Rosalind ihren Mann auf höchst anstößige Weise.

Seine Augen wurden leuchtend grün. »Haben Sie irgendwelche Pläne für später, Mylady?«

»Ich werde den triumphalen Erfolg mit den Fitzgeralds feiern … und noch später werde ich zu Hause meinen Mann verführen.«

»Das dürfte dir nicht schwerfallen«, lächelte Stephen.

Rosalind schaute zur Bühne hinüber und sah, daß Maria im Kostüm der Hermione hinter den Kulissen hervorspähte. Als ihre Blicke sich trafen, winkten sie einander zu.

Marias Gesicht glühte vor Aufregung, und Rosalind wußte aus Erfahrung, daß hinter der Bühne im Moment das reinste Chaos herrschte, doch sobald der Vorhang sich hob, würde die Truppe bereit sein, das Publikum zu verzaubern. Mary Kent war als zufriedenstellende Schauspielerin und ausgezeichnete Organisatorin in Rosalinds Fußstapfen getreten und würde im Mai Jeremiah Jones heiraten, eine Woche nach der Hochzeit von Jessica und Simon.

»Wärst du jetzt lieber dort hinten und würdest nervös

darauf warten, den Menschen Freude zu bereiten?« fragte Stephen.

»Nein«, antwortete Rosalind wahrheitsgemäß. »Ich könnte nirgends glücklicher sein als hier an deiner Seite.«

Die letzten Logengäste traten ein: Lord und Lady Michael mit Catherines reizender vierzehnjähriger Tochter Amy. Es gab lebhafte Begrüßungen zwischen den Verwandten, und sogar Michael und Claudia gingen höflich und freundlich miteinander um – auch das war Stephens Werk.

Auf der Schwelle des Todes hatte er die Familie zusammengeführt, und er war sogar so großmütig gewesen, sich mit seinem Halbbruder anzufreunden, der jetzt den Namen George Blackmer-Kenyon führte und seine Jane geheiratet hatte, der es hoffentlich gelingen würde, viele seiner alten Wunden zu heilen.

Das Orchester stimmte einen Triumphmarsch an, und langsam hob sich der Vorhang. Rosalind griff nach Stephens Hand, und er drückte sie beruhigend. »Lassen wir uns verzaubern, Liebste«, flüsterte er.

Sie schaute ihm lächelnd in die Augen. »Sind wir das nicht schon lange?«